Peter Orullian

Das Gewölbe des Himmels

Drittes Buch

Peter Orullian

Das Gewölbe des Himmels

Der Ausgestoßene

Aus dem Englischen
von Maike Claußnitzer

blanvalet

Die amerikanische Originalausgabe erschien unter dem Titel
»The Vault of Heaven 2. Trial of Intentions (Part One)«
bei Tor Books, New York.

MIX
Papier aus verantwortungsvollen Quellen
FSC® C014496

Verlagsgruppe Random House FSC® N001967
Das für dieses Buch verwendete FSC®-zertifizierte
Papier *Super Snowbright* liefert
Hellefoss AS, Hokksund, Norwegen.

1. Auflage
Oktober 2015 bei Blanvalet, einem Unternehmen
der Verlagsgruppe Random House GmbH, München.

Umschlaggestaltung: Melanie Miklitza, Inkcraft, München
Umschlagillustration: © Melanie Miklitza, Inkcraft, München
Karte © by Peter Orullian
Redaktion: Alexander Groß
Lektorat: Holger Kappel
Herstellung: sam
Satz: KompetenzCenter, Mönchengladbach
Druck und Einband: GGP Media GmbH, Pößneck
Printed in Germany
ISBN: 978-3-442-26841-2

www.blanvalet.de

Für Mom und Dad.
Euer Vorbild bedeutet mir alles.

Prolog

EIN DRITTER ZWECK

Ermutigung schöpft man aus Lebendigem – Bäumen, Gräsern, Tieren. Vor allem und am besten aus der eigenen Familie. Alle nähren einen. Ihre Abwesenheit richtet einen zugrunde.

(*Aus der* Wirkung von Abwesenheiten, *einer Kriegsdoktrin der Wechselbeziehungen, die ihren Ursprung im Born hat*)

Nach langen Jahren in den Landen des Mals erkannte Tahn Junell, dass ihre Patrouillen noch einem dritten Zweck dienten.

Der erste und offensichtlichste war der, dass sie für rechtzeitige Warnung sorgten, wenn Besucher oder Fremde ins Mal kamen. Die Patrouillenrouten gestatteten einen weiten Blick ins offene, öde Land. Neuankömmlinge konnten so mühelos schon von weitem erspäht und gemeldet werden.

Der zweite praktische Zweck, den die Patrouillen erfüllten, bestand darin, Ausdauer für Kämpfe aufzubauen und zu erhalten. Jedes Mündel des Mals im Alter zwischen drei und neunzehn Jahren verbrachte nicht weniger als sechs Stunden täglich mit ritualisierten Waffenübungen.

Erst später wurde Tahn schließlich klar, dass es noch einen

dritten, unausgesprochenen Grund für die Patrouillen gab. Sie ermöglichten es den Mündeln des Mals, einander im Auge zu behalten und zu verhüten, dass eines von ihnen sich allein von zu Hause fortstahl.

Um sich das Leben zu nehmen.

Tahn und Alemdra rannten schnell und erreichten den Schluchtengrat weit vor Sonnenaufgang. Sie verlangsamten ihre Schritte, schöpften Atem und tauschten ein Lächeln.

»Du bist für mich mittlerweile ein Klotz am Bein«, neckte ihn Alemdra. »Ich glaube, das liegt daran, dass ich zur Frau werde, während du noch ein Junge bist.«

Er lachte. »Na, wenn wir weiter zusammen Patrouille laufen, lege ich dir einfach einen Sattel auf.«

Sie verpasste ihm einen Schlag gegen den Arm, und sie setzten sich gemeinsam hin und ließen die Beine von einer der wenigen nennenswerten Erhebungen im Mal baumeln. Alemdra wurde heute zwölf Jahre alt, kaum älter als Tahn. Und er hatte vor, sie zu küssen. Angesichts des Funkelns ihrer Augen fragte er sich, ob sie seine Absicht erraten hatte. Aber wenn ja, dann steigerte das unausgesprochene Geheimnis die Vorfreude nur.

Sie wackelten entspannt mit den Zehen und blickten nach Osten.

»Siehst du den?« Er zeigte auf den hellsten Stern der östlichen Hemisphäre. Sie nickte. »Das ist Pilona Soray, der Morgenstern. In Wirklichkeit ist er ein Planet.«

»Ach so?« Sie kniff die Augen zusammen, als könnte sie den fernen Stern so schärfer sehen.

»*Pilona Soray* heißt auf Dimnisch so viel wie ›liebeskrank‹.« Kaum etwas bereitete ihm mehr Vergnügen, als über den Himmel zu reden. »Es gibt eine ganze Geschichte darüber, wie ein Pflüger sich in eine Hofdame verliebte.«

Sie bemühte sich gar nicht erst zu verbergen, wie verdächtig sie es fand, dass er gerade jetzt die Geschichte ausgerechnet dieses Planeten erzählte. »Vielleicht wird eines Tages ein guter Pflüger aus dir. Natürlich nur, wenn du dich anstrengst.«

»Eigentlich«, konterte er, »wird die Geschichte nur vollständig, wenn er in Konjunktion mit Rych Symone steht – dem Planeten, der nach dem Gott der Fülle und Gunst benannt ist. Du weißt schon, reiche Ernten und überbordende Herbstfeste.« Bei Letzterem errötete er fast, da er mittlerweile wusste, wie ausschweifend die Rituale bei diesen Festen werden konnten. »Rych ist der größte Planet …«

Sie bedachte ihn mit einem Blick. Mit *dem* Blick. »Du scheinst ja zu glauben, dass du jetzt klüger bist als wir.«

»Was soll das heißen – *jetzt*?« Und er begann zu lachen.

Sie brach ebenfalls in Gelächter aus. »Es hat dir dort wirklich gefallen, nicht wahr? In Albenhain.«

»Ich würde schon morgen dorthin zurückkehren, wenn das nicht hieße, dich zurückzulassen.« Es klang aufrichtiger, als er es sich hatte anmerken lassen wollen, aber das machte ihn nicht verlegen. Er hielt den Blick weiter unverwandt auf Katia in der Ferne gerichtet. »Es ist ganz wunderbar, Alemdra. Keine Patrouillen. Keine Kampfübungen. Nur Bücher. Lernen. Durchs Fernrohr den Himmel betrachten, um herauszufinden, was dort oben ist.« Er wies mit großer Geste auf den östlichen Himmel.

Sie lächelte und konnte seine Begeisterung für die wenigen Jahre nachempfinden, die er fort gewesen war, bevor man ihn hierher zurückgerufen hatte. »Glaubst du, dass du das Mal je endgültig verlassen wirst?« Ein fast unheilvoller Unterton lag in ihrer Stimme.

Tahn drehte sich um und sah ihren Gesichtsausdruck – den,

den sie immer aufsetzte, wenn sie über Grant sprachen. Während alle Mündel gewissermaßen Grants Adoptivkinder waren, war Tahn der leibliche Sohn des Mannes. Er vermutete, dass er diesen Ort möglicherweise irgendwann verlassen würde, besonders, wenn er je herausfand, wer seine Mutter war und ob sie vielleicht sogar noch lebte.

»Früher oder später. Wenn mein Vater einst in die Erde zurückgekehrt ist. Ich glaube nicht, dass ich ihn hier allein lassen könnte.« Tahn warf einen Stein und lauschte, um zu hören, wie er weit unter ihnen auftraf. Er begann im Kopf Berechnungen anzustellen, um die Höhe des Grats herauszufinden. *Anfangsgeschwindigkeit, bis sechs gezählt, bis der Stein aufgetroffen ist, Beschleunigung durch die Schwerkraft ...*

»Er wird nie allein sein, Tahn«, sagte sie und unterbrach so seine Berechnungen. »Nicht, solange es die *Wiege* gibt.«

Tahn nickte grimmig. Die Vergessene Wiege. Sie rief allen Mündeln des Mals eindringlich ins Gedächtnis, dass sie ausgesetzt worden waren. Und sie war der Weg, auf dem die meisten von ihnen hierhergelangten. In jedem Zyklus des ersten Mondes wurde ein Säugling in die Höhlung im Stamm einer toten Grannen-Kiefer gelegt. Waisen. Findelkinder. Und manchmal auch Kinder, deren Eltern sie einfach nicht mehr wollten. Grant holte das Kind ab und versuchte, ein angemessenes Zuhause außerhalb des Mals zu finden. Diejenigen, für die sich keine solche Regelung treffen ließ, kamen zu ihnen, um mit ihnen *auf* dem Mal zu leben. Da sie ihren eigentlichen Geburtstag nicht kannten, feierten Mündel ihren *Wiegentag* – den Tag, an dem sie aus dem Baum gerettet worden waren. So, wie sie es heute für Alemdra taten.

»Ich weiß nicht, warum du überhaupt genug Loyalität ihm gegenüber empfindest, um zu bleiben.« Sie sah beiseite, dorthin, wo die Sonne sich gleich über die Berge im Osten erheben würde. »Nicht nach allem, was er dir angetan hat.«

Sein Vater setzte ihn stärker unter Druck als die anderen. Tahns Lehrstunden waren weniger berechenbar. Schwieriger. Man hätte sich fragen können, ob sein Vater seine Verbannung an ihm ausließ, weil er sein Sohn war. Tahns Vater hatte sich diese Verurteilung eingehandelt, weil er der Regentin getrotzt hatte, und er konnte das Mal niemals verlassen, denn wer hätte sonst die Säuglinge aus der Wiege holen sollen?

Ihr besonderer Morgen hatte einen düsteren Beigeschmack angenommen. Aber Tahn konnte Alemdras Bemerkung nicht einfach so stehen lassen, obwohl er ihr von Herzen zustimmte. »Er hat einfach eine andere Art zu unterrichten.«

Alemdra schien zu erkennen, dass sie einen wunden Punkt berührt hatte, was uneingestandene Unsicherheiten betraf. »Wenn du fortgehst, nimmst du mich dann mit?«

Tahn lächelte, dankbar dafür, dass ihre morgendliche Plauderei eine andere Richtung eingeschlagen hatte. »Glaubst du, dass du da mithalten kannst? Ich war ja schließlich schon auf der Akademie und so weiter.«

Diesmal versetzte sie ihm einen Schlag gegen die Schulter, sanft genug, um ihn wissen zu lassen, dass sie nicht beleidigt war, aber zugleich fest genug, um ihm deutlich zu machen, dass sie kein Dummkopf war. Dann verfielen sie wieder in freundschaftliches Schweigen. Die Sonne würde bald aufgehen. Sie würden nichts mehr sagen, bis ihre Strahlen ihnen in den Augen funkelten. Dies war Tahns liebste Tageszeit auf dem Mal. Dem Morgen wohnte etwas Wunderbares inne – so als könnte der neue Tag vielleicht anders enden als der vorangegangene. Er nahm sich täglich die Zeit, Zeuge des Augenblicks zu werden, in dem die Sonne zum ersten Mal den Himmel erhellte, und ihm gefielen diese Sonnenaufgangsaugenblicke dann am besten, wenn Alemdra bei ihm war.

Er wollte sie küssen, wenn die Sonne hervorzubrechen begann. Vielleicht war das Gefühlsduselei, aber es erschien ihm trotzdem richtig. Als der Zeitpunkt näher kam, begann sein linkes Bein von selbst unruhig hin und her zu rutschen.

Was, wenn er ihre sich vertiefende Freundschaft missdeutet hatte? Was, wenn sie seinen Kuss zurückwies? Dann würde er sich alle künftigen Gelegenheiten verbauen, mit ihr die Morgenpatrouille zu laufen.

Als die ersten Sonnenstrahlen am Horizont hervorbrachen, wandte er sich Alemdra zu. Seine Gedanken überschlugen sich, um die richtigen Worte zu finden, und er rang mit sich, ob er sie einfach an den Schultern packen und es tun sollte.

Er sprach nicht und packte sie auch nicht. In derselben Sekunde, als er sich umdrehte, beugte Alemdra sich rasch und anmutig vor und drückte den Mund auf seinen. Ihre Augen waren geöffnet, und sie ließ ihre Lippen lange Zeit dort ruhen, bevor sie sie schloss und voll unschuldigem Entzücken seufzte.

Das Geräusch ließ Tahns Herz dröhnend bis zum Hals klopfen, und er wusste, dass er sie liebte. Die anderen Mündel würden ihn damit aufziehen und vielleicht gar versuchen, ihm einzureden, dass er bloß ein kleiner Junge war und solche Gefühle gar nicht kennen konnte. Sollten sie nur. Denn selbst, wenn Alemdra und er niemals einen intimeren Augenblick als diesen einen erlebten, würde er sich immer an ihren Kuss und an ihr Seufzen erinnern.

Etwas später löste sie sich von ihm und schlug die Augen, die sie geschlossen hatte, wieder auf. Sie lächelte – nicht verlegen, sondern glücklich. Und gemeinsam sahen sie zu, wie die Sonne ihren Aufgang am Himmel vollendete.

Dann durchbrach ein eiliger Rhythmus die Stille. Ferne Schritte. Jemand rannte. Gemeinsam wandten sie sich dem Geräusch zu. Hundert Schritt weit östlich tauchte hinter einem Wäldchen aus abgestorbenen Bäumen eine Gestalt auf und rannte in halsbrecherischem Tempo auf die Klippe zu. Sie sahen entsetzt mit an, wie ihre Freundin Devin von der Kante sprang. Ihre Arme und Beine ruderten kurz, bevor sie sich in den Fall schickte und ihr Körpergewicht sie gen Boden auf die gezackten Felsen weit unten zustürzen ließ.

Alemdra schrie. Das schrille Geräusch hallte in der tiefen Felsschlucht wider, während ihre Freundin fiel. Und fiel. Tahn stand instinktiv auf, konnte aber auch nur zusehen, wie Devin gen Himmel starrte und die Erdanziehungskraft ihr schreckliches Werk tun ließ. *Anfangsgeschwindigkeit, Beschleunigung durch die Schwerkraft ...*

Wenige Augenblicke später schlug Devin mit einem kurzen Schrei auf dem vorstehenden Stein tief unten auf. Und lag sofort still.

»Devin!«, wimmerte Tahn und wünschte sich, seine Freundin hätte das zurücknehmen können. Tränen des Zorns und der Enttäuschung schossen ihm in die Augen.

Alemdra drehte sich zu ihm um. Sie tauschten einen langen, schmerzerfüllten Blick. Sie hatten den dritten Zweck nicht erfüllt. Sie waren so mit Alemdras Wiegentag, dem Frieden des Sonnenaufgangs und ihrem ersten Kuss beschäftigt gewesen, dass sie jegliche Spur von Devin übersehen hatten, die eine ihrer engsten Freundinnen gewesen war.

Alemdra sank auf die Knie. Schluchzer schüttelten ihren Körper. Tahn legte die Arme um sie, und gemeinsam weinten sie um Devin. Am Schluchtengrat, in den ersten Sonnenstrahlen des Tages, während Pilona Soray noch im Osten aufging, weinten sie um ein weiteres Mündel, das seinen Kampf mit dem Mal verloren hatte.

Der dritte Zweck. Tahn verstand die Gefühle, die diejenigen überkamen, die diesen Entschluss fassten. Jedes Mündel hatte irgendeine Art, sich dagegen zu wehren, oder versuchte das zumindest. Tahns Verteidigung waren der Himmel, der Morgen und der Sonnenaufgang. Diese Augenblicke schenkten ihm etwas, worauf er sich freuen und woraus er Hoffnung schöpfen konnte.

Ein wenig später stiegen sie langsam hinab, um den Leichnam einzusammeln, und schwiegen unterwegs, wie es sich für Trauernde schickte. Die Sonne brannte schon heiß vom Himmel, als sie Devin erreichten. Sie standen eine Weile da, bevor Alemdra das Schweigen brach. »Letzte Woche ist sie fünfzehn geworden.«

Mündel, die den Weg aus dem Mal suchten, taten das oft kurz nach ihrem Wiegentag.

Alemdra zog die Nase hoch und wischte sich die Tränen ab. In ihrer Stimme lag die altbekannte Besorgnis, als sie flüsterte: »Sie war stark. Stärker als die meisten.«

Tahn wusste, dass sie das in geistiger Hinsicht meinte. Er nickte. »Das ist es, was mir Angst macht.«

Sie verstummten wieder, in dem Wissen, dass sie bald eine Bahre würden bauen müssen, um den Leichnam nach Hause zu bringen. In Devins Tasche steckte sicher ein Brief. Es gab immer einen Brief. Er würde eine Entschuldigung enthalten, von Reue zeugen, von der Unfähigkeit, das Mal auch nur einen Tag länger zu ertragen. Es würde keine Schuldzuweisung an Grant erfolgen. Ihm würde vielmehr dafür gedankt werden, dass er sich um sie alle kümmerte, dass er sich bemühte, ihnen beizubringen, in der Welt zu überleben. Aber vor allem würde es in dem Brief um das gehen, was *nicht* auf dem Papier stand. Es würde darum gehen, dass das Mal irgendwie die Verlassenheit verstärkte, die ein Mündel überhaupt erst in die Vergessene Wiege gebracht hatte.

Die Briefe waren alle gleich und ohnehin immer an Grant gerichtet. Die Patrouillen machten sich meist nicht die Mühe, nach ihnen zu suchen.

Alemdra trat langsam neben Devin und kniete sich hin. Über den Leichnam gebeugt, strich sie Devin zärtlich übers Haar und sprach in tröstendem Ton auf sie ein – so wie man es einem Kind oder einem Schwerkranken gegenüber tat. Ihre Schultern begannen vor Schluchzen, das sie nicht länger zurückhalten konnte, zu zittern.

Tahn trat vor, legte einen Arm um sie und versuchte, diesmal stark zu sein.

»Es nistet sich ein.« Alemdra klopfte sich auf die Brust. »Man kann das Mal nie wirklich verlassen, nicht wahr? Selbst dann nicht, wenn man fortgeht.« Sie schaute zu Tahn hoch. Ihr Gesichtsausdruck verriet, dass sie wollte, dass er ihr widersprach und sie vom Gegenteil überzeugte.

Tahn konnte ihren Blick nur starr erwidern. Er hatte das Mal verlassen – zumindest ein bisschen –, als er in Albenhain gelebt hatte. Vielleicht.

Diesmal suchte Alemdra *doch* nach dem Brief. Er war nicht schwer zu finden. Aber als sie das quadratische Pergament auseinanderfaltete, war es anders als alle anderen: überhaupt keine Worte, sondern eine Zeichnung, die eine Frau im Alter von etwa vierzig Jahren zeigte, gekonnt mit tiefen Lachfältchen um Augen und Mund und recht großer Nase dargestellt. Devin war in dieser Hinsicht begabt gewesen. Sie hatte zeichnen können, ohne alles nach einem Hirngespinst aussehen zu lassen.

Das Porträt ließ Alemdra in neuerliches Schluchzen ausbrechen. »So hat sie sich ihre Mutter vorgestellt!«

Das brachte Tahns Tapferkeit ins Wanken. Er konnte in der Zeichnung einen Hauch von Devin als reiferer Frau erahnen. Es war etwas so Einfaches, die Gesichter seiner Eltern kennen zu wollen. *Bei den toten Göttern, Devin, es tut mir leid.*

I

DER RECHTE SCHUSS

Gnade hat viele Gesichter. Eines von ihnen gleicht der Grausamkeit.
(Versöhnungskirchliche Apologie der Ausweisung der Stilletreuen in den Born durch die Götter)

Tahn Junell rannte über die Solielebene nach Norden, und seine Vergangenheit rannte mit. Er lief durch die Kälte vor Sonnenaufgang. Ein helles Sternenzelt funkelte am klaren Himmel über ihm. Und unter ihm trommelten seine Stiefel einen eiligen Rhythmus auf den Schiefer. Mit der linken Hand umklammerte er seinen Bogen. In seinem Kopf verdrängte wachsende Furcht die Last seiner kurz zuvor zurückerlangten Erinnerungen. Vor ihm, noch außer Sichtweite, marschierten die Stilletreuen auf die Stadt Naltus Fern zu.

Bei den entschwundenen Göttern! Die Stilletreuen. Noch vor ein paar Mondzyklen waren diese sagenumwobenen Völker für Tahn nur das gewesen: Sagen. Geschichten, an die er zwar geglaubt hatte, aber nur auf die entfernte Art, wie der Tod die Lebenden betrifft. *Ihre* Geschichte handelte davon, wie sie zusammengetrieben und weit im fernen Nordwesten eingesperrt worden waren, in abgelegenen Landen, die man als den Born bezeichnete, an einem Ort, der von den Göttern erschaffen worden war, bevor sie die Welt als verloren im Stich gelassen hatten.

Einer seiner Ferngefährten klopfte ihm auf die Schulter und deutete mit dem Finger. »Dorthin.«

Links vor ihnen erhob sich ein Dolmen aus großen Schieferplatten.

Tahn sammelte sich, achtete gut darauf, wohin er die Füße setzte, und versuchte, möglichst unauffällig weiterzulaufen. Die drei Fern von der Stadtwache rannten dicht bei ihm und huschten leise wie ein Flüstern über die Steine der Ebene dahin. Sie hatten darauf bestanden, ihn zu begleiten. Es war keine Zeit geblieben zu widersprechen.

Sie rannten durch die leichte Brise, die den Geruch von Schiefer und Salbei mit sich trug. Hundert Schritt weiter duckten sie sich in eine flache Senke neben dem Hünengrab. Auf der windabgewandten Seite des Grabes blieb Tahn keuchend stehen, während die Fern kaum außer Atem waren.

»Ich bin Daen«, sagte der Fernhauptmann leise. Er schenkte Tahn ein schiefes Lächeln – sie machten sich erst hier und jetzt miteinander bekannt – und streckte die Hand aus.

»Tahn.« Er umfasste die Hand des Fern in freundschaftlichem Griff.

»Ich weiß. Das hier sind Jarron und Aelos.« Daen wies auf die zwei Fern hinter ihm. Beide nickten zum Gruß. »Willst du uns jetzt erzählen, warum du Hals über Kopf auf mehrere Cullach Bar'dyn zugestürmt bist?« Daens Lächeln wurde fragend.

Tahn sah in Richtung der vorrückenden Armee. Sie war immer noch weit entfernt. Aber er malte sie sich vor seinem inneren Auge aus: Ein Cullach allein war tausend Mann stark. Und mehrere von ihnen … *Bei den tauben Göttern!* Und die Bar'dyn: Ein Volk von Stilletreuen, zwei Köpfe größer als die meisten Menschen und doppelt so kräftig, mit Haut, die wie Ulmenrinde, aber zäher und dehnbarer war.

Er lauschte. Nur die Schritte schwerer Füße auf Schiefer in der Ferne. Die Bar'dyn schlugen keine Trommel, stießen in kein Horn. Das Fehlen der Geräusche ging ihm unter die Haut wie die Stille eines Spätherbstmorgens, bevor Vieh geschlachtet wurde, um Vorräte für den Winter anzulegen.

Tahn sah wieder Daen an. Sie hatten eine gewisse Wartezeit zu überbrücken, und der Fernhauptmann hatte eine Antwort verdient. »Es wirkt tollkühn, nicht wahr?« Er bedachte jeden Einzelnen von ihnen mit einem freudlosen Lächeln. »Die Wahrheit? Ich konnte einfach nicht anders.«

Keiner der Fern antwortete. Es war keine Herablassung. Eher so etwas wie entwaffnende Geduld, was Tahn seltsam erschien, da die Fern über geradezu übernatürliche Schnelligkeit und Anmut verfügten. Gaben der Götter. Und sie brachten ihr ganzes Leben mit der Vorbereitung auf den Krieg zu. Endlose Waffenübungen und Wachsamkeit, um eine alte Sprache zu beschützen.

»Ich wäre überhaupt nicht in Naltus, wenn die Stilletreuen nicht wären.« Tahn blickte auf den Bogen auf seinem Schoß hinab und wusste plötzlich nicht mehr, was er eigentlich vorhatte. Sein Bogen – jeder Bogen – war ihm ein sehr teurer, sehr alter Freund. Er schoss schon mit dem Bogen, seit er stark genug war, einen zu spannen. Aber sein Bogen gegen eine Armee? *Vielleicht bin ich am Ende doch noch zu tief in die Jauchegrube gewatet.*

»Das haben wir uns schon gedacht«, sagte Daen.

Tahn sah dem Fernhauptmann in die Augen, der seinen Blick fragend erwiderte. »Vor zwei Zyklen habe ich noch ein glückliches, nicht weiter bemerkenswertes Leben geführt. In einem Dorf namens Helligtal. Das einzig Interessante an mir war ein quälender Mangel an Erinnerungen. Ich konnte mich an nichts vor meinem zwölften Lebensjahr erinnern. Kurz bevor ich achtzehn wurde … tauchte dann plötzlich ein Sheson auf.«

Der Fern Jarron schnappte nach Luft.

Tahn nickte angesichts dieser Reaktion. »An dem Tag, als ich Vendanji kennenlernte, wurde mir bewusst, dass die Geschichten über die Sheson der Wahrheit entsprechen. Ich sah ihn den Willen lenken. Gegenstände bewegen. Töten. Mit kaum mehr als einem Gedanken.«

»Vendanji ist ein Freund des Königs«, sagte Daen. »Nicht jeder misstraut ihm.«

Tahn lächelte zur Antwort darauf schwach. »Auch in *mein* Dorf ist er gekommen, unmittelbar bevor die Stilletreuen es erreichten.«

Dann blickte er nach Südwesten, auf Naltus, eine prächtige Stadt, die größtenteils aus dem schwarzen Schiefer errichtet war, der die ausgedehnten Ebenen prägte. Auch im Dämmerlicht vor Sonnenaufgang bot sie einen imposanten Anblick. Sie würde nie funkeln. Sie wurde nicht von tausend Lichtern erhellt wie Decalam oder jede andere große Stadt. Hier herrschte auch kein geschäftiges Treiben von Handwerkern und Händlern. Naltus hatte seinen Ruf nicht Kunst und Kultur zu verdanken. Aber die Stadt selbst war ein eindrucksvolles Gebilde mit starren Umrissen, die von Dauerhaftigkeit und Unerschütterlichkeit zeugten. Sie war einer jener Orte, an denen man sein wollte, wenn ein Sturm losbrach, an denen man weder Wind noch Gewitter fürchtete und an denen der Regen den frischen Geruch sauberer Steine aufsteigen ließ – aber ganz anders als Helligtal mit seinen Hartholzwäldern und seinem Lehmboden.

Was hätte Tahn nicht um trockenen Apfelwein und einen Schwung Lügen in Form von Helligtaler Klatsch gegeben! »Vendanji hat mich überredet, ihm zum Tillinghast zu folgen.«

Diesmal war Aelos derjenige, der einen kehligen Laut ausstieß, der wie eine Warnung klang. Er erinnerte Tahn daran, dass selbst das Volk der Fern – trotz seiner Kampfbegabung und seiner Berufung zu Wächtern der Bundessprache – niemals den Tillinghast aufsuchte.

»Bist du bis an den äußersten Rand gelangt?«, fragte Daen.

Tahn drehte sich um und sah in Richtung der Saeculoren. Die Bergkette ragte als dunkler, gezackter Schattenriss im Osten auf. Unglaublich hoch. Ja, er war dorthin gelangt, und mit ihm die wenigen Freunde, die ihn aus Helligtal begleitet hatten. Doch nur er allein hatte an der Kante am äußersten Rand von allem gestanden, an einem Ort, wo die Erde sich erneuerte – oder einst erneuert hatte.

Er hatte dort einem Draethmorte gegenübergestanden, einem der alten Diener des Gotts des Widerspruchs. Mehr noch: Er hatte sich der schrecklichen Umarmung der sonderbaren Wolken gestellt, die jenseits der Klippe des Tillinghast hingen. Sie hatten ihm irgendwie alle Entscheidungen seines Lebens vor Augen geführt – die, die er getroffen hatte, und die, die er nicht gefällt hatte. Es war schrecklich zu sehen, dass man die Gelegenheit versäumt hatte, einem Freund zu helfen. Oder einem Fremden. Als diese Wolken ihn umschlungen hatten, hatten sie ihm auch die Folgen seiner Entscheidungen gezeigt, mögliche Zukünfte. Die schwere Last dieses Wissens hatte ihn beinahe umgebracht.

Sie schmerzte noch immer.

Aber er hatte den Draethmorte überlebt. Und die Wolken. Es war ihm gelungen, indem er herausgefunden hatte, dass er über eine besondere Fähigkeit verfügte: die, einen leeren Bogen zu spannen, einen Teil von sich selbst zu verschießen. Er konnte es nicht besser erklären. Es war, als würde man eine seltsame Mischung aus Gedanken und Gefühlen verschießen, und er fühlte sich danach kalt bis ins Mark und unvollständig. *Vermindert.* Wenigstens für eine Weile. Vielleicht war ihm in der Wildnis von Steinsberg irgendetwas zugestoßen. Vielleicht hatte der gespenstische Grabräuber, dem er dort begegnet war, ihn berührt: seinen Verstand oder seine Seele, womöglich gar beides. Ob nun der Grabräuber oder etwas anderes, irgendetwas hatte ihm geholfen, sich am Tillinghast selbst zu verschießen, obwohl er sich verdammt sicher war, es nicht noch einmal tun zu wollen, und er es ohnehin nicht recht zu beherrschen vermochte.

»Ja, wir sind an den äußersten Rand gelangt«, sagte er schließlich.

Er sah Daen an, dass dieser einiges darüber wusste, was jenseits der Saeculoren lag. Aber der Fernhauptmann war so höflich, nicht weiter nachzuhaken.

Doch es verschaffte Tahn eine gewisse Erleichterung, sich einiges von dem, was geschehen war, von der Seele zu reden. »Nahe beim Gipfel hat Vendanji mein Gedächtnis wiederhergestellt. Er dachte, es würde mir helfen, dort oben zu überleben.«

Jarron warf einen Blick auf die Bergkette der Saeculoren. »Hat es geholfen?«

Tahn wusste keine Antwort darauf und zuckte nur die Achseln.

Daen legte ihm eine Hand auf die Schulter. »Der Sheson glaubte, dass du ihm, wenn du den Tillinghast überleben würdest, helfen könntest, die Stille diesmal zurückzuschlagen. Lerne nun diejenigen kennen, die dem Gott des Widerspruchs ergeben sind … und für ihn in den Krieg ziehen.« Er wies mit dem Kopf in Richtung der Armee, die auf sie zumarschierte.

Schon zweimal – in den Kriegen des Ersten und Zweiten Eides – hatten die Völker der Ostlande die Stilletreuen zurückgeschlagen und so die Tyrannei verhindert, auf die sie es anscheinend abgesehen hatten. Doch nun kehrten die Stilletreuen zurück.

»Das trifft mehr oder minder zu«, sagte Tahn, »aber seit dem Tillinghast kämpfe ich eigentlich nur gegen einen Kopf voll schrecklicher Erinnerungen. Seit zwei verdammten Tagen tue ich nichts anderes, als im Anwesen eures Königs herumzusitzen und mich zu erinnern.« Sein Griff um den Bogen verstärkte sich, und er fuhr mit zusammengebissenen Zähnen fort: »Da ist es besser, sich zu bewegen. Besser, jemanden ... oder etwas für diese Vergangenheit zur Verantwortung zu ziehen.«

»Untätigkeit macht Erinnerungen bitter.« Daens Bemerkung klang nach einem Sprichwort, das eine Mutter gebrauchen mochte, um ein träges Kind auszuschimpfen.

Tahn zwang sich zu einem Lächeln, aber es fühlte sich wie das eines Wahnsinnigen an. »Vendanji war derjenige, der mir die Erinnerungen überhaupt erst genommen hat. Er dachte, es würde mich schützen ...«

»Vor der Stille«, vollendete Daen. »Also bist du aus einer Art blinder Rache hier. Zornig auf die Welt. Zornig auf das, was du für schlechte Entscheidungen der Leute hältst, denen du etwas bedeutest.«

Der Wind erstarb und umhüllte sie mit mürrischem Schweigen, einem Schweigen, das nur vom dumpfen Dröhnen Tausender schwerer Füße durchbrochen wurde, die über die Schieferebene auf sie zukamen.

In das Schweigen hinein sagte Tahn: »Nein.«

»Nein?« Daen neigte skeptisch den Kopf zur Seite.

»Ich bin kein wütender Junge.« Tahns Lächeln wurde sanfter, und er bedachte den Fernhauptmann mit einem ernsten Blick. »Wenn ich tollkühn bin, dann deshalb, weil ich Angst habe. *Und* zornig bin. Ob ich ein paar Stilletreue hiermit niederstrecken will?« Er klopfte auf seinen Bogen. »Bei den stummen Höllen, ja! Aber als ich sie heute Morgen von meinem Fenster im Anwesen des Königs aus gesehen habe ... Ich will zum Abort eines toten Gottes werden, wenn ich zulasse, dass die Fern dieser Armee, die vermutlich *meinetwegen* hier ist, ohne mich entgegentreten.« Er deutete auf das Heer der Stilletreuen, das von Nordosten her anrückte.

Daen musterte Tahn eine ganze Weile. »Es ist tollkühn ... aber vernünftig.« Er grinste. »Was rede ich da! Ich klinge so widersprüchlich wie ein Mann aus Helligtal.« Sein Grinsen verblasste zu einer Art dankbarer Ernsthaftigkeit. »Ich bin froh, dass du wach warst und sie von deinem Fenster aus gesehen hast, Tahn. Aus irgendeinem Grunde haben unsere Kundschafter es versäumt, uns darüber zu unterrichten.«

Tahn war früh aufgestanden. Das tat er immer, um die Morgendämmerung zu begrüßen oder sie sich vielmehr auszumalen, bevor sie kam. Diese tröstlichen Momente waren ihm mittlerweile wichtiger denn je, da ihn Tag und Nacht Bilder quälten. Bilder aus dem Tillinghast. Bilder aus einer Vergangenheit, an die er sich seit kurzem wieder erinnern konnte. Manchmal ließen ihn die Bilder am ganzen Körper zittern. Gelegentlich brach ihm der Schweiß aus.

Tahn blickte wieder nach Osten und freute sich auf den Sonnenaufgang. Die Farbe des Mondes stach ihm ins Auge. Ein rötlicher Schimmer. *Mondfinsternis.* So wie es aussah, war die Mondfinsternis vor einigen Stunden vollständig gewesen. Secula, der erste Mond, zog seine Bahn durch die Penumbra der Sonne. Tahn hatte schon einmal eine vollständige Mondfinsternis gesehen, in ... *Albenhain!* Es nahm kein Ende mit den Erinnerungen. Er hatte mehrere Jahre seines jungen Lebens im Hain verbracht, einem Ort, der dem Studium des Himmels gewidmet war, in einer Gemeinschaft von Wissenschaftlern. Diese eine Erinnerung zumindest war glücklich.

Hat die Mondfinsternis irgendetwas mit der Armee der Stilletreuen zu tun?

Ein interessanter Gedanke, doch es blieb keine Zeit, ihn weiter zu verfolgen. Das dumpfe Dröhnen der Füße Tausender Stilletreuer, die über die steinige Ebene marschierten, wurde lauter und kam näher.

»Wir warten, bis die Erste Legion auf dem Schiefer zu uns stößt.« Daen sprach mit der Selbstsicherheit eines Mannes, der es gewohnt war, Befehle zu erteilen. »Alles, was wir beobachten, melden wir unseren Schlachtenstrategen.«

Sie hatten kein Verständnis für Tahns Bedürfnis hinauszurennen und sich dieser Armee zu stellen, ebenso wenig, wie seine Freunde es verstanden hätten, insbesondere Sutter und Mira – Sutter, weil er schon mit Tahn befreundet war, seit dieser in Helligtal angekommen war, und Mira, weil sie ihn (wenn er sich nicht irrte) liebte. Also hatte er nur gemeldet, dass die Stille anrückte, und sich dann unbemerkt aus dem Anwesen des Königs davongeschlichen.

»Ich tue schon nichts Törichtes«, versicherte Tahn Daen und begann, an den Rand der Senke zu kriechen.

Der Fernhauptmann packte Tahn am Arm. Das Lächeln war aus seinem Gesicht verschwunden. »Warum bist du so erpicht darauf zu sterben?«

Tahn warf einen Blick auf den Bogen in seiner Hand und sah dann unvermittelt wieder den Fern an. »Ich will nicht sterben. Und ich will auch nicht, dass *ihr* meinetwegen sterbt.«

Der Fernhauptmann ließ ihn nicht los. »Ich habe die Blutrünstigkeit des Menschen noch nie verstanden, selbst dann nicht, wenn sie einem guten Zweck gilt. Sie macht ihn töricht.«

Tahn seufzte; er konnte die Einschätzung nachvollziehen. »Mir geht es nicht um Ruhm und Ehre.« Er biss wieder die

Zähne zusammen, da die Unzufriedenheit, mit der er sich nun schon seit Tagen herumschlug, ihn erneut übermannte – Erinnerungen an eine vergessene Vergangenheit, Bilder aus möglichen Zukünften. »Aber *irgendetwas* muss ich tun.«

Der Fern hielt ihn weiter fest und wägte ab. Am Ende nickte er. »Versprich mir nur, dass du dich nicht ins Getümmel stürzt, bevor wir den König mit der Ersten Legion durch die Stadtmauer vorrücken sehen.«

Tahn stimmte zu, und die beiden krochen zum Rand der Senke und spähten über die Kante auf die felsige Ebene hinab. Was sie sahen, verschlug Tahn den Atem: mehr Bar'dyn, als er sich je hätte vorstellen können. Die Reihe erstreckte sich bis an den Rand seines Gesichtsfelds, und dahinter kam Reihe um Reihe um Reihe … »Liebe tote Götter«, flüsterte Tahn kaum hörbar. Naltus würde fallen. Trotz der beträchtlichen Fähigkeiten der Fern. Trotz Vendanjis Hilfe und seiner Shesonkräfte.

Wir können nicht gewinnen. Verzweiflung durchströmte ihn, wie er es bisher nur ein einziges Mal erlebt hatte – am Tillinghast.

Und sie rückten weiter vor. Keine Schlachtrufe. Kein Hörnerschall. Lediglich der stetige Marsch über trockenes, dunkles Gestein. Nur noch hundert Schritt entfernt stampften zahllose Füße auf den Schiefer wie eine Kriegsmaschine und kamen immer näher. Tahn schlug das Herz bis zum Hals.

Neben ihm sagte Daen etwas in einer Sprache, die Tahn nicht verstand. Es klang nach einem Gebet … und einem Fluch.

Dann sah er etwas, das ihn in seinen Träumen noch lange Zeit verfolgen sollte. Die Armee der Stille machte dreißig Schritt von ihm entfernt Halt. Die vorderste Reihe der Bar'dyn teilte sich, und eine langsame Prozession schritt aus der Horde hervor, angeführt von einer hochgewachsenen, verdorrten Gestalt, die in durchscheinende Gewänder in der Farbe getrockneten Blutes gehüllt war. *Velle! Bei den stillen Höllen!* Die Velle waren wie die Sheson Willenslenker, nur dass sie nicht bereit waren, den Preis für ihr Lenken selbst zu zahlen. Sie schöpften ihn aus anderen Quellen.

Die Kleider des Velle raschelten, als der Wind wieder auffrischte und über die Schieferebene fegte. Tahns Kehle war wie zugeschnürt. Nicht wegen des Velle, oder zumindest nicht wegen des Velle allein, sondern wegen dem, was er umklammert hielt: eine Handvoll schwarzer Führleinen, an deren Ende jeweils … ein Kind von nicht mehr als acht Jahren stand.

»Nein«, flüsterte Tahn. Er senkte das Gesicht auf den Schiefer, weil er den Blick abwenden musste und sich nicht eingestehen wollte, zu welchem Zweck die Kinder dem Velle offensichtlich dienten.

Als er wieder aufschaute, waren zwei weitere Velle vorgetreten. Einer wirkte weiblich und war in ein majestätisches, mitternachtsblaues Kleid gehüllt. Das Gewand hatte breite Ärmel- und Rockaufschläge und polierte schwarze Knöpfe, die in Dreierreihen an der Vorderseite hinab verliefen. Die breit gepolsterten Schultern des Kleides verliehen der Velle ein eindrucksvolles, königliches Aussehen. Der dritte Velle hätte ein beliebiger Knecht von jedem Bauernhof in Helligtal sein können. Er war in einen schlichten Mantel gekleidet, der bequem, warm und abgetragen wirkte. Auch seine Hose und seine Stiefel waren nicht weiter bemerkenswert. Er schien nicht ausgehungert zu sein. Auch nicht verärgert. Er stand einfach da und betrachtete die Stadt, wie es wohl jeder nach einer langen Wanderung getan hätte.

Und in den Händen dieser Velle lagen die Leinen von sechs Kindern, die sich unter ihren Fesseln krümmten. Zerlumpte, behelfsmäßige Kittelschürzen hingen ihnen von den dürren

Schultern. Jeder Windstoß riss an den zu weiten, verschmutzten Kleidern und enthüllte Haut, die sich straff über Rippen spannte, oder knotige Beine, die wirkten, als könnten sie bei der ersten Berührung zerbrechen.

Am schlimmsten war der Gesichtsausdruck der Kinder – gehetzt, verängstigt und fürs Leben gezeichnet. Es war ein Gesichtsausdruck, den Tahn kannte. Ein Gesichtsausdruck, der dem vieler Kinder auf dem Mal glich, einem öden Ort, an den er sich erst kürzlich wieder erinnert hatte. Einem Ort, an dem er einen Großteil seiner Kindheit verbracht hatte. Dort hatte er gelernt zu kämpfen. Misstrauisch zu sein. Das, was Verlassene eben lernten.

Allerdings war nicht jede Erinnerung an das Mal schlecht. Ein Name und ein Gesicht blitzten in seinen Gedanken auf: Alemdra. Aber die schöne Erinnerung an ihr Gesicht wandelte sich rasch. Alte Trauer regte sich erneut, als er an den Grat dachte, zu dem sie gelaufen waren, um den Sonnenaufgang zu beobachten, nur um stattdessen mit anzusehen, wie eine Freundin ihren Tagen ein Ende setzte. *Devin.* Von manchen Wunden konnte man, wie er erkannte, einfach nicht genesen. Keine Wiedergutmachung war vollständig genug.

Die Velle rissen an den Fesseln und zogen die Kleinen von beiden Seiten eng an sich. Die Kinder schrien nicht auf und beklagten sich nicht, aber einige verzogen vor Schmerz das Gesicht. Die meisten versuchten nur, das Gleichgewicht zu halten und nicht schwer auf den Schiefer zu stürzen.

Dann griffen die Velle nach unten und schlangen die Finger um die Handgelenke der Kleinen.

Die Legion des Fernkönigs war noch nicht aus der Stadtmauer vorgerückt. Die Belagerung von Naltus hatte noch nicht begonnen. Aber Tahn wusste, dass der Angriff, den diese Velle ins Werk setzten und mit dem Leben der sechs Kinder speisten, vernichtend sein würde. Naltus würde vielleicht zerstört werden, bevor auch nur ein einziges Schwert gehoben wurde.

Neben ihm fluchte der Fernhauptmann erneut und kroch zum Hünengrab hinunter, um sich mit seinen Gefährten zu beraten. *Was soll ich nur tun?* Tahns Griff krampfte sich fester um seinen Bogen. Die Geschichten über einsame Helden, die sich gegen ganze Armeen stellten, waren nichts als Märchen der Autoren, unterhaltsam zu lesen, aber unwahr. Völlig unwahr. Er könnte ein paar Pfeile auf die Willenslenker abschießen, bevor auch nur einer der Bar'dyn reagieren konnte. Aber das würde nicht ausreichen, sie aufzuhalten oder die Kinder zu retten.

Jeder Velle streckte eine Hand nach Naltus aus. Tahn musste etwas tun. Jetzt.

Ohne weiter nachzudenken, kletterte er auf die Schieferebene und baute sich breitbeinig auf. Er hob den Bogen mit einer fließenden, schnellen Bewegung, während er einen Pfeil anlegte.

Leise begann er: »Den Bogen spannen meine Arme, doch der Wille …«

Er brach ab und vollendete den Satz nicht, den er schon sein Leben lang sprach, wann immer er den Bogen spannte, einen Satz, den sein Vater ihn gelehrt hatte, um herauszufinden, ob ein Schuss statthaft war. Ob es richtig war zu töten. Sein Vater und Vendanji hatten gewollt, dass er nie die Schuld auf sich lud, unrechtmäßig Mensch oder Tier zu töten, weil sie geglaubt hatten, dass er eines Tages für sie zum Tillinghast würde gehen müssen. Es war wahrscheinlicher gewesen, dass er dort überleben würde, wenn er nicht mit dem Makel eines falschen oder selbstsüchtigen Schusses behaftet war.

Solange er sich erinnern konnte, hatte er diese Worte gesprochen und war in der Lage gewesen, die stumme Bestätigung zu spüren, dass das, worauf er zielte, sterben sollte. Oder eben nicht. Gewöhnlich war es nur ein Hirsch, um die Vorräte im Fleischkeller aufzustocken. Aber nicht immer. Vor seinem inneren Auge sah er den Bar'dyn, der sich über seine Schwester Wendra gebeugt und das Kind gepackt hatte, das sie gerade zur Welt gebracht hatte. Er sah sich mit dem Bogen auf ihn zielen, spürte, dass seine Worte ihm rieten, das Geschöpf *nicht* zu erschießen. Tahn hatte den Wink befolgt, und das vergiftete seither sein Verhältnis zu Wendra.

Er hatte genug von den alten Worten. Die Velle sollten sterben. Er wollte sie töten. Aber er wusste auch, dass er sie niemals alle niederstrecken würde, nicht einmal mit seiner neugewonnenen Fähigkeit, einen Teil seiner selbst zu verschießen, die er noch nicht zu beherrschen gelernt hatte. Er würde nicht verhindern können, dass sie aus den Kleinen schöpften.

Weitere Bilder. Gesichter, die er vergessen hatte. Gesichter älterer Kinder – dreizehn, vierzehn –, die still ruhten. Für immer still. Von eigener Hand verstummt. Die Verzweiflung des Mals hatte ihnen alle Hoffnung geraubt ... Wie Devin, die er nicht hatte retten können.

Und was war mit den Kindern in den Händen dieser Velle? Mit *ihrer* zerstörten Kindheit? Den langen Nächten, die sie damit verbracht hatten, darauf zu hoffen, dass ihre Eltern kommen und sie retten würden? Der bis ins Mark reichenden Verzweiflung, die denen vorbehalten blieb, die lernten, die Hoffnung aufzugeben? Tahn spürte auch das Ende, das auf jedes einzelne der Kinder wartete, den blendenden Schmerz, der ihnen die Seele aus dem Fleisch reißen und sie in eine zerstörerische Waffe verwandeln würde. Und sie würden nicht einfach nur sterben: Ihre Seelen würden verbraucht sein. Wenn es ein Jenseits gab und dort Verwandte auf sie warteten, würden diese Kleinen nie dorthin finden, weil sie einfach aufgehört haben würden zu existieren.

Leid aus seiner Vergangenheit.

Dieser Augenblick des Leids.

Eine schreckliche Last aus Trauer und Entmutigung.

Dann flüsterte eine Stimme in seinem Verstand das Undenkbare. Etwas Entsetzliches. Etwas nicht Wiedergutzumachendes. Er rang damit. Schrie stumm dagegen an. Aber die düstere Logik war unerbittlich. Und die Velle waren fast bereit.

Er holte tief Atem, verlagerte sein Ziel nur leicht. Und ließ seine abscheuliche Gnade fliegen.

Der Pfeil segelte vor den Schatten des Morgens und den kohlschwarzen Farbspielen des Schiefertals entlang. Und das erste Kind fiel zu Boden.

Durch heiße, stumme Tränen hindurch zielte Tahn schnell erneut, und dann noch einmal. Die Stilletreuen brauchten einige Augenblicke, um zu verstehen, was vorging. Und als sie Tahn schließlich im grauen Dämmerlicht neben dem Dolmen stehen sahen, wirkten sie kurzzeitig verwirrt. Bar'dyn sprangen wie Schutzschilde vor die Velle. *Sie verstehen es immer noch nicht.*

Wie eine Vogelscheuche – leicht und nachgiebig – fiel ein Kind nach dem anderen. Tahn verfehlte keines. Kein einziges.

Als es getan war, stieß er einen lauten, inbrünstigen Schrei aus, der in die Morgenluft emporstieg – die einzige Stimme auf der ganzen Ebene.

Bar'dyn begannen auf ihn zuzustürmen. Tahn sank auf die Knie, ließ seinen Bogen los und wartete auf sie. Er beobachtete, wie sie näher kamen, während er über die erbärmliche Tat nachsann, die er gerade begangen hatte.

Es spielte keine Rolle, dass er wusste, dass er den Kindern eine beträchtliche Gnade erwiesen hatte, und auch nicht, dass er selbst den Entschluss dazu gefasst hatte. In diesem Augenblick war es noch nicht einmal wichtig, ob das, was er getan hatte, Naltus gerettet hatte.

Diese Kleinen, ihre erstaunten Mienen, bevor seine Pfeile sie getroffen hatten – *oder war es etwa Hoffnung, als sie mich erblickt haben? Sie dachten, ich würde sie retten …* Bis seine Pfeile dann ihr Ziel gefunden hatten.

Der Schiefer erbebte unter dem Anrücken der Bar'dyn, die mit ruhigen, vernünftigen Gesichtern auf ihn zustürmten. Tahn fragte sich bereits, was er getan hätte, wenn er noch einmal vor diesen Schüssen gestanden hätte. Die Bitterkeit übermannte ihn, und er sehnte sich plötzlich nach der Erlösung, die ihm die Bar'dyn mit einem raschen Tod bescheren würden. Dann rissen ihn starke Hände an den Füßen zurück, und ein zweites Paar Hände hob seinen Bogen auf. Die Fern schleuderten Tahn in die Sicherheit des Hünengrabs. Er drehte sich um und beobachtete, wie Daen und sein Trupp den Eingang zum Grab verteidigten, während die Bar'dyn auf sie eindrangen.

Jarron fiel fast sofort, so dass nur Daen und Aelos blieben, um gegen drei Stilletreue zu kämpfen.

Tahn konnte nicht aufhören zu zittern. Es hatte nichts mit der Schlacht zu tun, die den Soliel bald dunkel vor Blut färben würde. Es lag daran, auf welche Weise die Stilletreuen ihren Krieg führen würden. Daran, wozu die Menschen gezwungen sein würden, um sich zu wehren. An Entscheidungen wie der, die er gerade gefällt hatte.

Schlagartig wichen die Bar'dyn zurück. Die beiden Fern tauschten einen verwirrten Blick, die Schwerter immer noch vor sich in Verteidigungshaltung erhoben. Dann kam langsam einer der Velle in Sicht. Er blieb stehen und spähte an den Fern vorbei ins Hünengrab.

»Du lässt dich zu sehr von deiner eigenen Furcht verzehren, Quilleszent. Ungeschliffen und unerprobt, obwohl du den Tillinghast überlebt hast.« Seine Worte schwebten durch die Luft wie ein leises, unheilvolles Gebet. »Hast du herausgefunden, was du bist? Was du tun solltest?« Der Velle presste den Mund zu einer grimmigen Linie zusammen.

Tahn schüttelte voller Trotz und Verwirrung den Kopf. Ganz gleich, ob der Tillinghast Vendanji nun bewiesen haben mochte, dass Tahn in der Lage sein würde, sich gegen die Stille zu stellen, der Gedanke an seine eigene Zukunft erschien ihm als Belastung. Er wollte es lieber gar nicht wissen.

»Du bist eine Marionette, Quilleszent. Oder warst es. Aber du hast deine Schnüre durchtrennt, nicht wahr? Indem du diese Kinder getötet hast. Und für uns bist du ...«

Ein Schwall schwarzer Galle schoss aus dem Mund der Kreatur, überzog ihre zerstörten Lippen und lief ihr übers Kinn. Eine Klinge drang aus ihrem Bauch hervor. Noch im Fallen reckte der Velle Tahn eine dürre Hand entgegen, und eine Energieexplosion schleuderte Tahn rückwärts gegen den höchsten Stein des Hünengrabs. Blut spritzte ihm aus Nase und Mund, und ein stechender Schmerz zuckte hinter seinen Augen. Die Prellungen, die die Muskeln und Knochen seines Rückens davontrugen, gingen tief und waren sofort zu spüren.

Er ging zu Boden. Ihm verschwamm alles vor den Augen, aber er sah noch, wie Daen und Aelos und die Bar'dyn schnell den Blick nach links wandten, auf das Wispern zahlloser Füße zu, die über den Schiefer der Armee der Stille entgegeneilten. Die Fernlegion zog in die Schlacht.

2

AUS DEM TRITT GERATEN

Die Fern sterben nach ihrem achtzehnten Jahr – mit Beginn des Alters der Schuldfähigkeit –, bevor sie eine Missetat begehen können. Wie man sich erzählt, hat ihnen die Vorsehung im Gegenzug körperliche Vorzüge verliehen: Flinkheit und Anmut. Das logische Experiment würde darin bestehen, sie zur Sünde zu verleiten und Messungen anzustellen.

(Kompendium der rezenten Völker der Ostlande,
Ren Scholas, Schreiber und Historiker)

Mira Fern erwachte von einem Flügelrauschen. Sie saß im Schatten eines Winkels in Tahns Zimmer, wo sie nachts über den jungen Mann aus Helligtal wachte. Einen Mann, den sie zu lieben glaubte.

Entrückte Götter, ich bin eingeschlafen!

Sie war noch nie während einer Wache eingeschlafen. Aber sie schob es fürs Erste beiseite – Tahn war fort.

Sie ließ den Blick rasch durchs Zimmer schweifen und nahm alles in Augenschein. Um diese Zeit stand Tahn gewöhnlich am Fenster, hielt selbst Wache und wartete auf den Tagesanbruch. Das Fenster war geöffnet, aber niemand stand dort. Sogar Tahns Bogen war verschwunden. *Er ist an irgendeinen anderen Ort gegangen, um den Tag zu begrüßen. Er hat es satt, hinter dem Ofen zu hocken.* Dann verdichtete sich in ihrem Verstand ein Geräusch, wie das Rauschen vieler Flügel: Nur, dass es keine Flügel waren, sondern Stiefel auf weit entfernten Steinen – viele Stiefel.

Mira eilte ans Fenster. Auf den Straßen wimmelte es von Fern, die auf die Nordostmauer zurannten. Dahinter, auf dem fernen Schiefer, rückte eine Armee an, die mit nichts zu vergleichen war, was sie je gesehen hatte. *Der Dummkopf ist losgezogen, um sich ihnen entgegenzustellen.* Er hatte sich davongeschlichen, ohne sie aufzuwecken, weil er gewusst hatte, dass sie versuchen würde, ihn aufzuhalten.

Nie zuvor war irgendjemand in der Lage gewesen, sich an ihr vorbeizuschleichen, ohne sie zu wecken. Dass sie überhaupt eingeschlafen war …

Sie wandte sich zur Tür und fuhr mit den Händen über ihre Waffen, um eine Bestandsaufnahme zu machen. Das Fehlen ihres zweiten Schwerts, das sie gewöhnlich über der linken Schulter trug, erinnerte sie schmerzlich an die Tage in den Saeculoren. An ihren gebrochenen Eid. Sie hatte die Klinge noch nicht ersetzt – so etwas durfte man nicht überhastet tun. Und jetzt hatte sie keine Zeit dafür.

Sie eilte in schnellen Sprüngen mehrere Treppen hinab und verließ Elans Anwesen durch die Hintertür. Statt sich zwischen Tausenden von Fern hindurchzuzwängen, die auf dem Weg zu den Nordtoren waren, rannte sie zur Nordwestmauer.

Aus vollem Lauf gab sie dem Turmwächter ein Zeichen, der das Tor weit genug öffnete, um sie hindurchzulassen, ohne dass sie langsamer werden musste. Draußen auf der felsigen Ebene wandte sie sich nach Norden und achtete gut darauf, wohin sie trat, um ihre Schritte in den Schatten vor der Morgendämmerung möglichst lautlos zu halten. Weit rechts von ihr würde die

Erste Legion bald aus den Toren hervorströmen und sich anschicken, gegen eine lange Reihe wartender Bar'dyn vorzurücken.

Aber es waren nicht nur Bar'dyn. Als sie auf das äußerste Ende der linken Flanke zurannte, zeichneten sich die Umrisse von Velle im Dämmerlicht des Morgens ab. *Velle! Bei den Göttern, nein!* Und sie waren sehr nahe. Hundert Schritt entfernt. Die Erste Legion war noch dabei, sich zu formieren, während die stilletreuen Willenslenker schon die Arme gegen Naltus erhoben.

Mira versuchte, ihre Schritte zu beschleunigen, konnte aber nicht noch mehr aus sich herausholen.

Fünfzig Schritt vor ihr richtete sich neben einem der Dolmen ihres Volkes jemand auf. Im schwachen Morgenlicht begann die Gestalt, mit dem Bogen auf die Willenslenker zu schießen.

Sie erkannte die Umrisse des Bogenschützen. *Ich will verflucht sein – er schießt nicht auf die Velle ...* Sie rannte mit aller Kraft auf den düsteren Augenblick zu und wusste, dass er Tahn das Herz zerriss. Es war entsetzlich sinnvoll. Aber hörte er nur auf seine Gefühle? So wie er es in den Saeculoren getan hatte, als er geschossen hatte, um sie statt des Mimenjungen zu retten?

Drei Bar'dyn drangen auf Tahn ein. Drei Fern eilten ihm zu Hilfe. Sie kämpften nahe beim Dolmeneingang, und ein Fern fiel schnell. Hinter ihnen suchten die Velle sich hastig mehr Körper zusammen, aus denen sie schöpfen konnten, um den Willen zu lenken. Mira warf einen Blick über die rechte Schulter. Die Fernlegion marschierte nun in fiebrigem Laufschritt über den Schiefer, doch ihre Schritte waren so leise wie ein sanftes Flügelrauschen. Kein Kriegsgeschrei. Nur stumme Zielstrebigkeit. Der Zusammenprall von Muskeln, Knochen und

Stahl würde bald den Morgen zerfetzen. Sie konnte das andere Ende der Armee der Stilletreuen nicht sehen. Ihre schiere Anzahl …

Ihre Beine begannen, müde zu werden. *Bei der gefallenen Hölle, was ist nur mit mir los?* Aber sie kämpfte sich weiter voran, während einer der Velle den Dolmen erreichte. Und damit Tahn.

Dreißig Schritt. *Ich werde nicht rechtzeitig dort ankommen.*

Die Stimme des dunklen Willenslenkers war im Wind weithin zu hören. Die undeutlichen Worte klangen einladend, so wie die Lügen der Stille, die man Tahn am Tillinghast erzählt hatte, um ihn von seinen Absichten abzubringen.

Fünfzehn Schritt. Sie beugte sich vor und nahm den Rest des Weges in Angriff. Ihre Stiefel übertönten auf dem Schiefer den Wind, anders als die ihrer Verwandten, die in die Schlacht stürmten.

Ich muss der Attacke gegen Tahn ein Ende setzen.

Als sie die letzten paar Schritte hinter sich brachte, kam jemand stumm von rechts angerannt und rammte dem Velle ein Schwert in den Rücken. Schnell und präzise zog der Angreifer sein Schwert aus dem Körper und stieß erneut zu.

Der Dreckskerl war schneller da als ich! Das hatte *sie* tun wollen, um wiedergutzumachen, dass sie Tahn ungesehen hatte entkommen lassen. Aber jetzt, da sie es nicht mehr würde tun müssen, entspannten sich ihr Hals und ihre Schultern. Zweifel hatten sich in ihre Gedanken geschlichen – Zweifel, die sie nie zuvor empfunden hatte, an Dingen, über die sie gar nicht hätte nachdenken sollen.

Der Velle stieß Tahn nach hinten gegen den Dolmenstein, bevor er zusammenbrach. Der Mann, der ihn getötet hatte, wandte sich ihr halb zu: Grant, der ehemalige Meritus vom Hofe in Decalam, der in die Ödnis der Lande des Mals verbannt worden war. Grant verfügte über die Fähigkeit, schnell und leise über den Schiefer zu laufen – etwas, wozu Mira selbst anscheinend nicht mehr in der Lage war. Er sah sich mit leisem Tadel im Blick, aber vielleicht auch mit einem gewissen Mitgefühl nach ihr um.

In diesem Moment, den sie miteinander teilten, erkannte sie die Ähnlichkeit. Grant und Tahn. Vater und Sohn. Beide Männer sprachen mit den Augen. Grant hatte allerdings die wettergegerbte Haut und die tiefen Falten eines Mannes, der lange Zeit in der Sonne verbracht hatte. Ihm wohnte eine Härte inne, die sowohl verdient als auch aufgezwungen wirkte. Forschend. So war der Ausdruck seines Gesichts.

Sie hätte da sein sollen. Etwas hatte sich verändert. Sie wusste es. Grant auch.

Und was sich verändert hatte, war ihr kein Rätsel. Als sie den hingestreckten Tahn betrachtete, sah sie vor ihrem inneren Auge, in welchem Moment es begonnen hatte.

Hoch oben in den Saeculoren waren sie von einem Trupp Bar'dyn angegriffen worden. Sowohl Mira als auch Penit – der Spielmannsjunge, der sie begleitet hatte – waren in Gefahr gewesen. Tahn hatte den Bogen gehoben und nur Zeit gehabt, einen einzigen Schuss abzugeben. Einen Schuss, den er hätte nutzen sollen, um den Jungen zu retten. Ein Schuss, den er stattdessen genutzt hatte, um Mira zu retten.

Er hatte seinen Sinn für den rechten Schuss außer Acht gelassen, seinen Sinn für den Allwillen, weil er auf eine Zukunft mit ihr hoffte. Aber es war die falsche Entscheidung gewesen. Seine Selbstsucht hatte seine Aussichten, am Tillinghast zu überleben, aufs Spiel gesetzt.

Also hatte sie Vendanji gebeten, diesen Makel auf sie zu übertragen, und dabei gewusst, dass ihr das den Fern verheißene Leben nach diesem versagt bleiben würde. Denn diese Verheißung beruhte auf einem makellosen Leben. Was sie *nicht* gewusst hatte, war, dass ihre Fähigkeit zu geschmeidigen Bewegungen und ihr Urteilsvermögen ebenfalls an ihre Makellosigkeit gekoppelt waren.

Aber Tahn hatte am Tillinghast überlebt, so dass ihr Opfer sich gelohnt hatte.

Und jetzt? Tahn hatte gerade mehrere Kinder erschossen. War das einfach seine eigene Entscheidung gewesen, wie damals, als er geschossen hatte, um sie zu retten? Hatte sie recht daran getan, dieses Opfer zu bringen?

Bereue nicht, jemandem geholfen zu haben, den du liebst.

Und dennoch, etwas von dem zu verlieren, was sie zur Fern gemacht hatte … es schmerzte. Es schmerzte so, wie ein Kind sich fühlen mochte, wenn es bei seiner Familie nicht länger willkommen war.

3

DUNKEL UND HELL

Die vortrefflichste Eigenschaft einer Klinge mag darin bestehen, dass sie uns an das erinnert, was wir zu verlieren haben: an die Dinge, die wir gegen unser Leben eintauschen würden.

(Redewendung der Stahlhändler von Alon'Itol, von den Infanteristen der dortigen Armee übernommen)

Die Dunkelheit umhüllte Braethen im selben Moment, als er die Hand auf die Klinge der Zeitalter legte, und brachte das Schweigen von Grabhügelblumen mit sich. Furcht durchzuckte ihn, und er stieß ein besorgtes Seufzen aus, das in der Dunkelheit verloren ging, als hätte er nur *daran gedacht* zu seufzen. Er war außerhalb von sich selbst, außerhalb von Zeit und Raum. Einsamkeit ergriff ihn. Und doch war er sich entfernt bewusst, dass er immer noch mit dem Sheson Vendanji über die Schieferebene auf die dunkle Reihe der Stilletreuen zuschritt.

Es war, als wäre er an zwei Orten zugleich, so wie wenn man träumte und sich des Traums bewusst war, ohne sich aus der Illusion lösen zu können. In der endlosen Dunkelheit ging er blind vorwärts und umklammerte fest sein Schwert.

Lass es los! Lass die Klinge fallen!

Er konnte es nicht. Die Widersprüchlichkeit verhöhnte ihn: Das Schwert löste diese erstickende Schwärze überhaupt erst aus, und doch spürte er, dass es sein einziger Weg daraus hervor war. Er trug es hoch erhoben vor seinen Augen, obwohl er es auch nicht besser erkennen konnte als die Stilletreuen vor sich.

Dann ertönten Stimmen, wie das Pfeifen des Windes durch Bäume im Winter, das kalte, blattlose Äste umspielte, die hoch in einen schiefergrauen Himmel aufragten. In diesem zischelnden Raunen murmelten einige Stimmen so, als würden sie schon seit vielen Zeitaltern auf diesen Winden weitergetragen, während andere so nah klangen, als hätte er die Hand ausstrecken und ihre Besitzer berühren können. Aber die Worte selbst konnte er nicht ausmachen.

Bald waren auch seine eigenen Schritte unmerklich wie in einem Traum, da er immer tiefer in diese seltsame Schwärze abglitt. Dann begann er, das Gefühl für das Schwert in seiner Hand zu verlieren. Ein entsetzlicher Gedanke huschte ihm durch den Sinn: *Ich werde zu einem Teil davon.*

Verloren in der Leere, gestand er sich ein, keine Ahnung zu haben, wie er daraus entkommen oder wie er den Sheson beschützen und verteidigen sollte. *Ich bin ein Hochstapler, der nur so tut, als wäre er ein Sodale.*

Einen Großteil seines Lebens hatte er sich danach gesehnt, den Eid der Sodalität zu schwören und einem Sheson als Helfer und Freund zu dienen. Die Leute hatten ihn einen Narren gescholten. Alle hatten von ihm erwartet, den Weg des Autors einzuschlagen – *schreiben, studieren, schreiben, lehren, schreiben* –, ganz wie sein Vater, der Autor Posian. Jedermann achtete A'Posian.

Das Bild seines Vaters stieg aus der Dunkelheit auf. Er konnte ihn klar erkennen, nicht so wie in seinen Träumen, sondern so, als würde er den Mann vor sich sehen, wo auch immer er jetzt gerade sein mochte. Es war so schwindelerregend, dass es Braethen völlig aus dem Gleichgewicht brachte. Was ihn am meisten verstörte, war, wie sehr er seinem Vater ähnelte. Rotbraunes Haar, ein noch rötlicherer Bart. Die Augen eines Lesers, so als wäre die ganze Welt eine Erzählung. Eine Handbreit größer als die meisten anderen Menschen, aber immer etwas gebückt, um ihnen geradewegs in die Augen zu blicken. Braethen sah seinen Vater auf einem Stuhl auf ihrer Veranda sitzen, ein Buch in der Hand. Es war eine Vision des Lebens, das zu führen er erwartet hatte. Sie schien dafür zu sprechen, dass Braethen *tatsächlich* ein Narr war, dass er zu Hause hätte sein sollen, um in die Fußstapfen seines Vaters zu treten.

Aber er war kein Autor, und daran waren die Bücher seines Vaters schuld. Die Geschichten über die Sodalität hatten sich seiner Vorstellungskraft bemächtigt. So hatte Braethen Vendanji, als dieser nach Helligtal gekommen war, gebeten, sich ihm anschließen zu dürfen. Er hatte seinen Freunden, Tahn und den anderen, helfen wollen, aber vor allem hatte er mit Feuereifer die Gelegenheit ergriffen, Sodale zu werden. Und kurz nachdem sie Helligtal verlassen hatten, hatte er den Eid geschworen.

Das war noch nicht lange her. Sein Verständnis des Dienstes entstammte größtenteils Büchern und der Schwertkampfausbildung, die Mira ihm auf ihrem Weg nach Naltus hatte angedeihen lassen. Aber es fehlte ihm an näheren Kenntnissen über *dieses* Schwert, die Klinge der Zeitalter. Er war verloren. Er tappte im Dunkeln.

Sogar das Bild seines Vaters verblasste.

Er malte sich aus, wie sein Körper langsam verschwand, bis sein Schwert einen Moment lang in der Luft hing und dann auf den Schieferboden fiel, ohne Schaden anzurichten.

Im nächsten Moment begann die Dunkelheit vor ihm zu

beben und zu wirbeln. Verzerrte schwarze Linien durchzuckten sein Gesichtsfeld und umfingen ihn. Bald würde ihm das schwere Eisen eines Bar'dyn-Streithammers den Brustkorb zerschmettern, und er würde es noch nicht einmal spüren, sondern nur gewahr werden, wie sein Fleisch zerriss, bevor eine Dunkelheit von ganz anderer Art ihn umgab.

Nein! Braethen kämpfte gegen den Angriff an und versuchte, der Schatten Herr zu werden. Aber sein zorniges Aufbegehren ließ die Linien aus Dunkelheit nur in Bewegung geraten und *enger* werden, als wäre er eine Fliege, die in einem Spinnennetz gefangen war.

Dann etwas Neues: ein Vibrieren in seinen Füßen. Das Grollen erschütterte seine Fußsohlen und drang weiter nach oben, wie die Hufe einer Kavallerieeinheit, die in gestrecktem Galopp dahinschoss. *Die Bar'dyn greifen an!*

Braethen rang verzweifelt darum freizukommen, um etwas zu sehen, um an einem Ort und zu einer Zeit gegenwärtig zu sein. Sein Kampf verschlug ihm den Atem, aber die Dunkelheit behielt die Oberhand.

Bis ... ein einzelner Grashalm erschien.

Vor seinem inneren Auge stieg das unvergleichlich hoffnungsvolle Bild eines langen, dünnen, grünen Halms auf, der zierlich in einer Vase stand. Er sah ihn in scharfem Kontrast zu einer trostlosen grauen Hütte, die sich in ein düsteres Tal duckte, in dem es ständig regnete. *Ja'Nien.* Die junge Witwe, der er auf dem Weg nach Naltus begegnet war. Schön trotz ihres verbrannten Gesichts – oder deswegen. Ihr tägliches Ritual, eine gewisse Strecke zu wandern, um ein paar lange Grashalme zu pflücken, verlieh ihrem farblosen Zimmer Buntheit und Leben.

Bei der schlichten Erinnerung an diesen Grashalm, den er als Emblem für sich selbst übernommen hatte, wuchs seine Entschlossenheit. Damit ging die Feststellung einher, die eine Art Schlachtruf war und zu der er auf dem Weg von Helligtal hierher gelangt war: »Ich bin ich.«

Sie durchbrach die Stille und die Dunkelheit.

Als die Schatten sich auflösten, sah Braethen den matten Schein des morgendlichen Dämmerlichts, der von der Schneide seines Schwertes widergespiegelt wurde. Jenseits davon, auf der weitläufigen Schieferebene, nahte eine Heerschar von Stilletreuen, die alles überstieg, was er sich jemals hätte ausmalen können. Ihr zügiges Vorrücken bildete eine langsame Wellenbewegung, als würde eine sanfte Sommerbrise über ein gewaltiges, noch nicht abgeerntetes Weizenfeld streichen.

Er fing einen raschen Blick von Vendanji auf, dessen Gesichtsausdruck fragend war.

Braethen antwortete mit einem Nicken. *Ich bin bereit.* Vendanji dagegen wirkte nicht kriegstüchtig. Der hochgewachsene Mann ging etwas gebeugt, und sein kurzer Bart konnte sein ausgemergeltes, verhärmtes Gesicht nicht verdecken. Der sonst so harte Blick seiner Augen wirkte erschöpft. Er hatte sich noch nicht ganz von ihren Tagen in den Saeculoren erholt.

»Kein Stilletreuer durchbricht die Linie«, befahl Elan zu Braethens Linker. Die Worte des Fernkönigs waren die einzigen, die gesprochen wurden, und weithin über die Ebene zu hören.

Die Erste Legion wurde nicht langsamer, als die Bar'dyn auf sie zustürmten. Braethen schritt weiter durch die Stille – keine der beiden Armeen rief etwas oder schrie. Stattdessen bewegten sie sich mit so grimmiger Entschlossenheit, dass nur das Knirschen des Schiefers unter ihren Füßen ein Geräusch verursachte.

Zehn Schritte von den Stilletreuen entfernt riss Vendanji die Hände hoch, als wollte er mit beiden jeweils eine Handvoll

Himmel ergreifen. Dann rammte er sie mit einer heftigen Bewegung in Richtung der Bar'dyn. Aus seinen Handflächen schoss eine Energiewelle hervor, die nur anhand des Schotters und der kleinen Steine sichtbar wurde, die sie ansammelte, als sie auf die Stilletreuen zuschoss. Wie die machtvolle Strömung eines Flusses riss sie mehr als ein Dutzend Bar'dyn aus der ersten Reihe um. Ein paar standen nicht wieder auf. Die Stilletreuen hinter ihnen sprangen einfach über ihre Leichen hinweg und stürmten im Laufschritt auf ihre Gegner zu.

Links von Braethen wichen die Fern tänzerisch den Attacken aus, führten tödliche Hiebe und streckten viele in der ersten Angriffswelle nieder.

Eine hünenhafte Gestalt drängte nach vorn und hielt auf Vendanji zu. Braethen hatte noch nie solch einen Stilletreuen gesehen oder auch nur etwas über seinesgleichen gelesen: drei Schritt hoch, mit kleinen Knochengraten, die wie Adern über sein Gesicht, seinen Hals, seine Arme und seine Hände verliefen. Die Kreatur holte mit einem großen eisernen Streitflegel aus. Ihre Augen funkelten vor Intelligenz und Entschlossenheit.

Vendanji schlug die Handballen seiner Fäuste zusammen. Sein Fleisch platzte bei der Wucht des Aufpralls, so dass Blut aus dem gerissenen Gewebe spritzte. Die Zeit schien sich zu verlangsamen, und der Blutschauer hing einen Moment lang in der Luft, bevor er zu einem roten Wind wurde, der über die Bestie herfiel. Er peitschte auf ihr Gesicht, ihre Augen und ihre Haut ein und streckte sie nieder, bevor er zu den Bar'dyn in der Nähe weiterfegte.

Kaum dass die Körper, die der Blutwind getroffen hatte, zu Boden gestürzt waren, traten schon andere Stilletreue an ihre Stelle. Einer schleuderte einen Speer mit zwei Spitzen nach Braethen, so dass er aus dem Gleichgewicht geriet, als der

Bar'dyn weiter auf ihn zustürmte. Es gelang ihm, rechtzeitig wieder Fuß zu fassen, um den Aufprall abzufangen. Sie stürzten, und die Schulter der Kreatur presste ihm die Luft schmerzhaft aus der Lunge. Dicke Hände schlangen sich um seinen Hals und versuchten, ihm die Kehle zu zerdrücken. Braethen schlug wild mit dem Schwert nach dem Kopf der Kreatur.

Ein Arm des Bar'dyn hob sich, um den Hieb abzuwehren, und mehrere seiner Finger fielen zu Boden. Er schrie nicht auf, sondern drückte Braethens Hals mit der heilen Hand nur umso enger zusammen. Dann kam Elan hinzu und rammte dem Bar'dyn das Schwert ins Ohr. Der Bar'dyn erschlaffte sofort und sank zu Boden.

Der Fernkönig zog Braethen auf die Beine, und die beiden wirbelten schnell genug herum, um zu sehen, wie die Horde sich teilte und eine kleinere Gestalt herangeschlendert kam. Sie trug eine Robe in mattem Scharlachrot und hatte das hagere Gesicht eines Menschen, der schon sehr lange nichts mehr gegessen hat.

Velle.

Braethen stellte sich eilig zwischen Vendanji und die dunkle Willenslenkerin. Er rechnete damit, dass der Sheson ihn zurückrufen oder ihn auffordern würde, sich angesichts seiner Unerfahrenheit in Sicherheit zu bringen. Vendanji tat keines von beidem.

»Soll ein grüner Junge dich verteidigen, Sheson? Noch ein Sodale, den deine Unverschämtheit das Leben kostet.« Die Stimme der Velle klang leise und heiser, wie die vom Rauch zerstörte einer Sängerin, die nachts in Schenken auftrat. »Ich habe selbst eine junge Helferin.«

Ein Bar'dyn trat hinzu und führte eine kleine Gestalt vor, die mit einer Kette um den Hals gefesselt war. Es lag vielleicht am schwachen Morgenlicht oder an der Dunkelheit, die Braethens Augen noch immer umschattete, nachdem er dem Einfluss seines Schwerts entronnen war, oder vielleicht auch nur daran, dass er es nicht sehen *wollte,* dass er mehrere Augenblicke brauchte, um sich zu konzentrieren und zu begreifen …

Ein Kind.

Das Mädchen war etwa sieben Jahre alt. Sie trug einen Jutekittel über schmächtigen Schultern. Ihr Haar stand schmutzig und verfilzt ab. Sie hatte das leidgeprüfte Gesicht eines Mädchens, das in zu jungem Alter Erniedrigungen erfahren hatte. Und dennoch … Als sie Braethen trotzig und mit erhobenem Schwert dastehen sah, blitzte ein Funken Hoffnung in ihren Augen auf. Es erinnerte ihn … an einen Grashalm. Und dieses Bild blieb ihm einen Augenblick erhalten, bevor der Bar'dyn grob an ihrem Halseisen riss und sie neben der Velle auf die Knie zog.

Kinder, weil die sich nicht wehren können. Weil ihre Seelen noch lebendiger sind.

Braethens Zorn brannte heiß. Und bevor einer der anderen etwas sagen konnte, trat er mit klopfendem Herzen näher heran. Als er sprach, hallte der Klang in der Waffe in seinen Händen wider. »Wenn du dem Kind auch nur ein Haar krümmst …«

Das kleine Mädchen weinte stumme Tränen der Hoffnung, während Braethen in die gleichmütig blickenden Augen der Velle starrte.

»Deine Empörung kommt viel zu spät, Sodale. Überhaupt – womit drohst du mir? Mit dem Tod? Der ist eine gänzlich menschliche Schwäche.« Die Velle stieß unbekümmert ein kehliges Lachen aus.

Ohne sich umzusehen, hielt Braethen die erhobene Hand in Vendanjis Richtung. Diesmal wollte er keine Einmischung. Der Sheson sagte nichts und leistete seiner unausgesprochenen Bitte

Folge. Sie wussten beide, dass es an der Zeit für Braethen war, sich selbst zu verteidigen.

Eine seltsame Stille breitete sich aus, während in einiger Entfernung die Schlacht weitertobte. Die Stilletreuen in der Nähe warteten ab, wie ihr Wortwechsel verlaufen würde. Vendanji, die Erste Legion und der König selbst warteten und sahen zu; Braethen spürte, dass sie entschlossen waren, sich hinter ihn zu stellen.

Die Velle schwieg und starrte Braethen mit verstörender Teilnahmslosigkeit an. Schließlich sagte sie in gleichgültigem Ton: »Ich bin schon in der Hölle, Sodale. Du hast nicht die Macht, mich zu retten oder zu verdammen. Ich werde dich vor deinen Königen und Sheson niedermähen, und ich werde entlarven, wie traurig es um deinen Eid bestellt ist, den ein alberner, junger Büchernarr abgelegt hat, der nicht Manns genug ist, einer Frau die Röte in die Wangen zu treiben, wenn sie darum bittet, und nicht den Verstand hat, einen Vater schätzen zu wissen, der unter der Undankbarkeit seines Sohnes leidet.«

Woher weiß sie das alles? Über Ja'Nien? Über meinen Vater?

Die Worte sickerten in Braethens Verstand ein, tadelten ihn, untergruben sein Selbstbewusstsein. Das Schwert in seiner Hand wurde mit einem Mal sehr schwer und fremd. Dunkelheit schlich sich an die Ränder seines Gesichtsfelds, und damit ging das Gefühl einher, an zwei Orten zugleich zu sein. Es drohte, ihn zu verschlingen.

Dann ertönten leise, in unnachgiebigem Ton gesprochen, zwei aufmunternde Wörter: »Nur Mut.«

Es war Vendanji, der sie so, dass nur Braethen allein sie hören konnte, als Einladung und Befehl zugleich äußerte.

Braethen wandte seine Aufmerksamkeit wieder der Velle zu. »Lass das Kind gehen.« Er dachte, dass ihm das Herz zerspringen würde, aber es gelang ihm, zwei Schritte vorwärts zu machen.

Die Velle packte die Kette, mit der das kleine Mädchen gefesselt war, und zerrte es vor sich wie einen Straßenköter. In der angespannten Miene des Mädchens mischten sich Hoffnung und Furcht.

Bevor Braethen reagieren konnte, packte die Velle die Kleine im Nacken und streckte eine knochige Hand nach Braethen aus. In einem langen, entsetzlichen Augenblick wurde das Leben dem zerbrechlichen, ausgemergelten Körper des Mädchens entzogen, um die düstere Kunst der Velle zu nähren. Schmerz und Trauer traten auf das Gesicht der Kleinen. Sie griff nach Braethen. Ein schwarzer Windstoß umströmte ihn und ging durch ihn hindurch, und er fiel auf den harten Schiefer und spürte ein Brennen in sich. Andere ringsum stürzten ebenfalls.

Er landete auf dem Fels des Soliel, die linke Hand immer noch fest um seinen Schwertgriff geschlossen. *Ich bin ein götterverdammter Narr!*

Er sah das kleine Mädchen vor sich, das ebenfalls auf den Schiefer gestürzt war. Ihre zarten, schmutzigen Gesichtszüge waren leblos, ihre Augen offen, starr und leer.

Der Schrei begann in seinem Herzen, das vom Schmerz über den Tod des Kindes aufgewühlt war. Dieser Schrei brach aus seiner Kehle hervor wie eine Fanfare, die alle Lebenden in den Krieg rief. Er hallte in seiner Hand wider, während die Klinge der Zeitalter pulsierte und danach verlangte, geführt zu werden. Er stemmte sich auf die Beine und schritt zielstrebig wie ein Henker auf die Velle zu.

Hinter ihm ertönte Schwerterklirren. Die Luft selbst schien zu zerreißen – der Sheson rief den Allwillen zu Hilfe. Aber all das klang fern und unwichtig. Er konzentrierte sich auf die Velle, die seinen Blick starr mit derselben verstörenden Teilnahmslosigkeit wie zuvor erwiderte.

Ein gewaltiger Bar'dyn verstellte ihm den Weg. Braethen wich einem Hieb aus und stieß sein Schwert in den Hals des Feindes. Die Kreatur stürzte und versuchte, den Fluss ihres eigenen Blutes zu stillen.

Die Velle hob wieder die Hände und vergaß, dass sie kein Gefäß hatte, aus dem sie schöpfen konnte.

Braethen schüttelte den Kopf, trat nahe heran und holte mit der Waffe zu einem Hammerschlag aus, den er mit aller Kraft niederfahren ließ.

Seine Schwertschneide durchtrennte das Fleisch der Velle mit befriedigender Langsamkeit. Düstere Bilder stiegen vor seinem inneren Auge auf, als die Kreatur nach Luft schnappte. Einen Moment später heulte sie auf. Es klang wie das bittere Wehklagen eines Menschen, der für immer in ein Gefängnis zurückkehrt. Der Schrei hallte über den stummen Armeen wider, die auf dem Schiefer kämpften, und verklang schließlich. Und die Velle fiel.

Braethen fand kein Vergnügen daran, sondern starrte stattdessen auf das Kind hinab, das auf dem harten, kalten Boden lag. Aber er hatte keine Zeit zu trauern.

Er sprang zurück an die Seite des Sheson und schwang das Schwert mit aller Wut, die in ihm tobte, nach den umstehenden Stilletreuen. Zum ersten Mal empfand er es als wohltuend, diese belastende Klinge zu führen, auch wenn es ihm noch an Geschick fehlte. Und während er an Vendanjis Seite kämpfte und an die Mahnung dachte, mit der der Sheson ihm den Rücken gestärkt hatte – *Nur Mut* –, sann er über die seltsame Macht der Klinge nach.

Zwei Orte zugleich.

4

GESÄNGE DER VERGELTUNG

Rache hat einen Klang. Bei den guten verschwundenen Göttern, einen Klang! Und der ertönt nicht süß.

(Aus Mutmaßungen über die Kehrreime der Mor, *einer Schrift aus einem divadischen Konservatorium)*

Wendra saß am Fenster ihres Schlafzimmers und starrte auf einen Garten hinaus, der ins Licht eines weinroten Mondes getaucht war. Stille und Schatten erfüllten ihr Zimmer und waren hier, auf der Westseite des Anwesens des Fernkönigs, tiefer als anderswo. Muffiger, säuerlicher Geruch lag in der warmen Luft. Wendras Habseligkeiten waren dort verstreut, wo sie sie vor Tagen hingeworfen oder fallen gelassen hatte. Sie hatte sich die ganze Zeit über nicht die Mühe gemacht, die Kleider zu wechseln, und hatte auch nicht im Geringsten versucht, alles mit einem Lied aufzuheitern. Sie hatte keinen Ton gesungen. Kein einziges Mal.

»Habt Ihr je versucht, noch ein Kind zu bekommen?«, fragte Wendra.

Sie sprach mit Sendera, die ihr Gesellschaft leistete und sie bewachte. Die Fern saß wie schon seit Tagen in der Ecke und rührte sich nicht. Vendanji hatte Wendra darüber in Kenntnis gesetzt, dass Naltus angegriffen wurde, ihr jedoch befohlen zu bleiben, wo sie war: *Ihr habt noch nicht gelernt, Euren Gesang zu beherrschen.*

»Ja«, antwortete Sendera, sagte aber nicht mehr als das.

So ging es schon die letzten paar Tage über. Wendra hatte erfahren, dass Sendera ein Kind bei der Geburt verloren hatte. Aber abgesehen davon, dass sie direkte Fragen beantwortete, hatte die Fern nicht viel erzählt, sondern überwiegend stumm Wache gehalten. Dennoch hatten die beiden schrittweise begonnen, Gemeinsamkeiten zu entdecken.

»Hat eines von ihnen überlebt?«, hakte Wendra nach und wandte den Kopf, um die Reaktion der Fern zu beobachten.

»Eines.« Aus Senderas Antwort hörte Wendra eine Wahrheit heraus, die den meisten Frauen bewusst war: dass weitaus mehr Kinder tot geboren wurden oder kurz nach der Geburt starben, als gemeinhin offen besprochen wurde.

Senderas Gesichtsausdruck blieb die ganze Zeit über gleichmütig, und sie setzte ihre stumme, schützende Wache fort.

»Wenn Ihr jemanden dafür zur Verantwortung ziehen könntet ... wenn Ihr etwas unternehmen könntet, um die Schuldgefühle und die Leere zu lindern, die bleiben, wenn einem ein Kind genommen wird ... würdet Ihr es tun?«

Wendra sah wieder auf den ordentlich gepflegten Garten hinaus. Dieses Fleckchen Boden, um das man sich inmitten der kahlen Schieferstadt so geduldig bemühte, erregte in ihr auf eine Art Anstoß, die sie nicht recht beschreiben konnte. Aber woran sie noch Anstoß nahm, war ihr äußerst klar, und sie konnte Namen nennen: an Vendanji, weil er ihr die Gelegenheit versagte, Penit zu rächen, der von den Bar'dyn in den Saeculoren verschleppt worden war; an Tahn, ihrem verdammten

Bruder, weil er zugelassen hatte, dass Penit entführt wurde, obwohl er ihn hätte retten können.

In den Schatten beugte Sendera sich vor, was sie bisher noch nie getan hatte, und ihr Stuhl knarrte in der Stille. »Rache wird Euch keinen Frieden finden lassen.« Aber ihr Tonfall verriet keine Überzeugung.

Wendra dachte einen Moment lang darüber nach. »Ihr irrt Euch.«

Bis zum Angriff der Stilletreuen auf Naltus hatte Wendra nicht den Wunsch gehabt, viel mehr zu tun, als aus dem Fenster zu starren. Sie grübelte nicht voller Trauer vor sich hin. Sie zügelte ihren Zorn.

Es war ein Zorn, der in dem Moment geboren worden war, als ihr eigenes Kind tot zur Welt gekommen war – tot, wie sie annahm, nur deshalb, weil die Geburt von einem Bar'dyn erzwungen worden war, der sich in ihr Heim gestohlen hatte. Die Stille in den Augenblicken, als ihr Kind ihren Leib verlassen hatte ... diese fürchterliche Stille. Gefolgt vom Raub der Leiche; sie durchschaute die Gründe dafür nicht.

Also hatte sie Helligtal gemeinsam mit Vendanji, Tahn und den anderen verlassen, weil sie um ihres Kindes willen etwas gegen die Stille hatte unternehmen wollen.

Unterwegs hatte sie Penit kennengelernt, einen kleinen Mimen. Sie hatten sich angefreundet, und nachdem sie von den anderen getrennt worden waren, waren sie von einem Wegelagerer gefangen genommen und beinahe als *Vieh* an die Bar'dyn verkauft worden. Sie waren nicht die einzigen Betroffenen. Wendra hatte von einem weitverbreiteten Menschenhandel erfahren, der in den gesamten Ostlanden dasselbe anrichtete. Menschen – ganze *Familien* – wurden aus ihrem Zuhause entführt und in den Born verkauft.

Als sie die letzten paar Tage über hier gesessen hatte, war ihr alles voll und ganz klar geworden: was geschehen war; was immer noch geschah; was weiter geschehen würde, wenn sie nichts unternahm. Wenn sie an die Sklavenauktion dachte, auf der Käufer menschliches Vieh ersteigerten, um es an die Stille zu verkaufen, vertiefte sich ihr Zorn nur noch.

»Ihr irrt Euch«, wiederholte sie und erzählte Sendera endlich, warum – erzählte ihr alles, begonnen mit der Vergewaltigung, bei der sie schwanger geworden war. Als sie zum Ende kam, sah sie in den Garten voller Zedern und beschnittenem Wacholder hinaus. »Habt Ihr Frieden oder Vergebung gefunden, was Euer eigenes verlorenes Kind betrifft?«

Es war keine müßige Frage. Auch keine grausame oder sarkastische. Sie wollte es wissen. Sie fragte mit dem Ernst einer kinderlosen Mutter. Sie fragte, weil sie jenseits der Stadtmauer sein wollte, um ihren Verrätern ins Auge zu sehen und mit den Liedern, die ohne Unterlass in ihren Gedanken ertönten, alles auf eine Karte zu setzen.

»Mein erstes Kind wurde zu früh geboren«, sagte Sendera und durchbrach so das Schweigen, das sich zwischen ihnen herabgesenkt hatte. »Er war so klein ...«

Weitere Worte sprach die Fern nicht, bevor sie wieder ihre gleichmütige Wache aufnahm.

Erst jetzt wurde Wendra wirklich bewusst, dass ihre Bewacherin, die zum Kämpfen erzogen und mit der Begabung dazu gesegnet war, zugleich unter der Unberechenbarkeit der Geburt zu leiden gehabt hatte – und Wendra hatte sie gedrängt, das alles noch einmal zu durchleben.

Ich mache einer Mutter Schande.

Dann sprach Sendera wieder. Leise. »Selbst wenn mein Sohn überlebt hätte, wäre ich nicht lange seine Mutter gewesen. Die

Fern leben nur bis zur Volljährigkeit. Ich glaube, Ihr bezeichnet sie als Euren Einstand. Achtzehn Jahre.« Sie sah Wendra mit einem gewissen Bedauern an. »Aufgrund dessen steht es uns frei, die Bundessprache mit allen Mitteln zu verteidigen. Aber es bedeutet auch, dass keines unserer Kinder sich je an das Gesicht seiner Mutter erinnern wird.«

Angesichts des Verlustes, den sie beide erlitten hatten, begann Wendra mit gesenkter Stimme ihr erstes Lied seit Tagen zu singen, ein Wiegenlied, das aber bald traurig klang. Sie bot den Gesang langsam dar, mit langen Pausen zwischen den einzelnen Melodieteilen. Sie veränderte ein paar Wörter, verschob die Geschichte in die Vergangenheit – die Zeit verlorener Kinder. Und sie ließ in den Klang einen Teil von sich selbst einströmen, auf die Art, wie sie es auch tat, wenn sie mit heiserer Kehle ihre Musik herausschrie. Es war die Macht, die einer Leiholan innewohnte, ihrer Musik *Einfluss* zu verleihen. Sie verstand diese Fähigkeit nicht völlig, und sie hatte nicht gelernt, sie zu beherrschen, hatte sie aber schon oft genug gebraucht, um zu wissen, dass ihre Gefühle einem Lied Gewicht verleihen konnten. Ein Gewicht, das andere spürten.

Als sie zu singen aufhörte, lastete die Stille schwer im Raum. Ebenso die Erinnerung.

Nach mehreren langen Augenblicken sagte Sendera leise: »Ihr seid eine Leiholan.«

Wendra antwortete nicht.

»War dies das Leidenslied? Ich habe gehört, dass nur Leiholan das Leidenslied singen können.« Sie erwartete die Antwort mit so viel Neugier, wie Wendra sie noch nie bei einer Fern erlebt hatte.

Wendra schüttelte den Kopf. »Das Leidenslied erzählt die

Geschichte von Quietus, dem Gott des Widerspruchs, und davon, wie all diejenigen, die er erschaffen hatte, in den Born getrieben und hinter dem Schleier eingesperrt wurden. Das Leidenslied erhält den Schleier aufrecht. Ich kenne seine Melodie nicht.« Sie schenkte Sendera ein mattes Lächeln. »Aber ich wäre nicht überrascht, wenn darin Stellen enthalten wären, die meinem gebrochenen Wiegenlied ähneln.«

Sendera tauschte einen stummen, aufmerksamen Blick mit Wendra. »Kommt.« Sie stand auf und verließ unverzüglich das Zimmer.

Wendra wusste nicht, ob sie Sendera mit der Macht ihres Leiholangesangs beeinflusst hatte oder ob die Worte und die Melodie allein ausgereicht hatten. Aber sie wartete nicht ab, um es herauszufinden, sondern folgte Sendera im Laufschritt.

Die Straßen der Stadt lagen verlassen da und vermittelten eine Art Herbststimmung. Anscheinend war jeder Fern entweder in die Schlacht gezogen oder hatte sich einen sicheren Ort gesucht, um das Ende des Kampfes abzuwarten. Wendra und Sendera hasteten durch ein stilles Naltus, das ins blutige Licht eines seltsamen Mondes getaucht war. Sie erreichten rasch die Nordostmauer.

Sendera blieb nur stehen, um zu sagen: »Ich komme mit.«

Ihre Gründe bedurften keiner Erläuterung. Wendra nickte.

Die beiden durchquerten einen dunklen Korridor und passierten in der Nähe der Außenmauer mehrere Wachposten. Einen Augenblick später kamen sie auf der anderen Seite ins Freie. Aus der Ferne schallte Waffenklirren über den Schiefer, und sie rannten schnell Richtung Ostflanke. Es waren kaum Rufe oder Schreie zu hören. Nur gelegentlich erhob sich einer weit vor ihnen und tönte wie eine Totenglocke in die Morgendämmerung empor. Wendra hatte noch keinen Krieg erlebt.

Seine kalte Wirklichkeit traf sie hundert Schritt später, als sie sich über Fels vortasten musste, der rutschig von Blut war. Und voller Leichen.

Sendera eilte nach links davon und verschwand fünfzig Schritt entfernt im Handgemenge. Aber Wendra blieb stehen. Beim Anblick der Leichen, die überall verstreut lagen, drehte sich ihr der Magen um. Sie waren nicht einfach nur tot, sondern zermalmt, aufgerissen und zerfetzt. Der Kupfergeruch des Bluts und der Galle überwältigte sie, und sie erbrach sich heftig auf die Stiefel eines gefallenen Fern.

Sie wischte sich den Mund ab und ließ den Blick über das Schlachtfeld schweifen. Ihr Rachedurst schwächte sich ab. Dann sah sie, wie ein paar hundert Schritt westlich eine Gestalt ein Kind packte. Vor ihren Augen fiel das Kind. Erinnerungen und Bitterkeit brachen über sie herein wie eine kalte Sturzflut. Wendra wirbelte herum und stürmte auf den nächstbesten Bar'dyn zu. Zehn Schritt von ihm entfernt beschwor sie die düsteren Klänge herauf, die in ihr lebten.

Schrille Töne brachen rau aus ihrem Hals hervor. Sie klangen wie eine Mischung aus Kreischen und Husten, aber sie verlieh ihnen eine Melodie, die in Halbtönen abfiel, bis sie eine Tonlage traf, von der sie gar nicht gewusst hatte, dass ihr Stimmumfang dafür ausreichte: tief und heiser.

Die Luft erbebte bei dem Klang, während Wendra schnell die Kraft ihres Gesangs fand. Sie schrie das Lied voll zorniger Erinnerung heraus.

Die dunkle Musik ertönte nicht in Worten, sondern in syllabischen Schreien, die sich gut für die Geräusche eigneten, die ihre Seele hervorbringen musste. Abwechselnd dumpf und schneidend mähte ihr Lied eine Schneise durchs Kampfgetümmel und streckte alles nieder, was es berührte. Alles.

Wendra hatte keine Kontrolle darüber und strebte geblendet von ihrer Raserei auch gar nicht danach.

Ihr Blickfeld füllte sich mit einem schmerzhaften Kontrast aus Hell und Dunkel. Alles wurde zu einem Mosaik ohne Zwischentöne. Weiß war Schwarz. Schwarz war Weiß. Ein jämmerlicher Schattenriss der Wirklichkeit. Sie konnte keine Einzelheiten erkennen, keine Gesichter, kein Leid. Sie spürte nur die Gewissheit ihres Zorns und zielte mit ihrem verdüsterten Gesang auf jede Bewegung, bei der sich sowohl weiße als auch schwarze Dinge im Klang ihrer Musik auflösten und wie Staub von einem mächtigen Windstoß davongeblasen wurden.

Aber das war noch nicht alles. Und auch nicht genug.

Sie schrie lauter und länger, gewann die neue Fähigkeit, sich über den heiseren Gesang zu erheben und aus voller Brust eine kraftvolle, durchdringende Klangfarbe zu erreichen, die den Lauten eines Raubvogels nahekam, nur dass sie tiefer war und stärker widerhallte. Wendra begann, geradewegs in die Stilletreuen hineinzustürmen, verband nicht länger einen Ton mit dem anderen, sondern bellte ihren Gesang in einzelnen Salven, lenkte ihn mit einer Kopfdrehung, ließ ihr durchdringendes Lied ihre Feinde durchbohren und ihre Seelen davontreiben.

Sie richtete eine wilde, brutale Verheerung an und kümmerte sich nicht darum, wen oder was sie ansang. Ihr war nur wichtig, dass sie fielen, während sie weiter ihre Schneise durch die Lebenden mähte.

Und es war immer noch nicht genug. Sie begann sich jedes einzelne Wesen auszumalen, das für ihren Verlust verantwortlich war, sah jedes vor sich, wie es ein Kind antastete. Ihr Verständnis dieses Liedes vertiefte sich, und ihre Fähigkeiten wuchsen über jeden früheren Versuch hinaus, auf diese Art zu singen.

Um sie herum barst der Schiefer, Steintrümmer zerfielen zu Schutt, Fleisch häutete sich, Stahl schmolz, und die Luft flirrte, während ihr Lied dahinfegte und alles, was hören konnte, vernichtete.

Sie verlor sich in ihrer Raserei und vergaß Zeit und Raum. Ein wenig später sank sie völlig erschöpft auf der dunklen Felsebene auf die Knie. Ihr Körper brannte vor Fieber. Ihr Haar und ihre Kleider waren vor Anstrengung schweißgetränkt. Sie fiel mit dem Gesicht nach unten hin und rang nach Luft wie jemand, der viel zu lange unter Wasser gehalten worden ist.

Sie klammerte sich an das kühle Gestein unter ihrer Wange und versuchte, so der Hitze in ihrem Innern zu entkommen. Und ein paar gesegnete Augenblicke lang dachte sie nicht an ihr Kind oder an Penit oder an die, die sie enttäuscht hatten, weil sie die beiden nicht gerettet hatten, oder auch an all die Menschen, die als Sklaven in den Born verkauft wurden. Während sie dalag und das Brennen in sich ertrug, dachte sie über ihr Lied nach und geriet ins Staunen. Die Macht, die ihrer Stimme innewohnte, war beinahe unfassbar. Beinahe furchteinflößend.

Sie erhaschte einen flüchtigen Blick auf eine weiß gekleidete Gestalt mit alabasterfarbenem Haar und gütigem Gesicht. *Belamae.* Der Musiklehrer, Maester an der Discantus-Kathedrale. Belamae bildete Leiholan wie sie im Gebrauch ihres Gesangs aus und lehrte sie, ihn zu beherrschen. Er hatte sie gebeten, die Discantus-Kathedrale nicht zu verlassen, solange sie nicht angemessen ausgebildet worden war. Er hatte gewollt, dass sie blieb und nicht nach Naltus reiste, als hätte er gewusst, was geschehen würde.

Was ist denn überhaupt geschehen?, dachte sie.

Als ihre Kraft in gewissem Maße zurückgekehrt war, erhob

sie sich auf die Knie und sah sich um. *Liebe sterbende Götter!* So viele Tote. Tausende. Vielleicht noch mehr. Und viele, die … ihretwegen gestorben waren …

Ich habe Fern mit meinem Gesang getötet. Unschuldige Leute.

Sie gab den Stilletreuen die Schuld daran.

Eine andere Art von Zorn erfüllte sie, und sie begann, sich auf die Beine zu kämpfen, während neue Energie in ihr aufwallte. Sie hatte sich fast aufgerichtet, als eine Leiche auf sie fiel. Dann noch eine. Und noch eine. In dem Gewirr aus Gliedmaßen traf ihr Kopf auf etwas – oder wurde davon getroffen –, und sie stürzte ins Dunkel der Bewusstlosigkeit.

5

EIN ANDERES ZIEL

Alles und jeder verfügt über eine gewisse Substanz. Ein Sheson muss lernen, auf seine eigene einzuwirken. Sobald er dazu in der Lage ist, bedeutet Beständigkeit nichts mehr – und zugleich alles.

(Über die Natur der Beeinflussung,
Vorlesung im fünften Lehrjahr in Estem Salo)

Irgendetwas stimmt nicht.

Die Schlacht tobte rings um Vendanji. Zu seiner Rechten kämpfte Braethen tapfer und hielt die Bar'dyn so lange in Schach, dass Vendanji aus dem Willen schöpfen konnte. Zu seiner Linken ordnete Elan die Fern neu und trieb die Stilletreuen weiter von Naltus fort.

Aber irgendetwas stimmte nicht.

Die Stilletreuen kämpften, um zu töten, und hatten dennoch nicht versucht, ihren Gegnern in die Flanke zu fallen. Sie versuchten noch nicht einmal, die Reihen der Fern zu durchbrechen.

Warum?

Tahn!

Vendanji rannte zu dem Hünengrab, vor dem Grant und

Mira die Bar'dyn abwehrten, die sich in dem Versuch, die beiden niederzustrecken, aus der Schlachtreihe gelöst hatten. Er sah Tahn nicht sofort. Instinktiv bückte er sich in den Dolmen hinein. Kalte Luft ruhte schwer auf allem, auch auf Tahn, der bewusstlos und blutüberströmt dalag.

Vendanji suchte sich schnell ein trockenes Grasbüschel und riss es aus. Er teilte es in zwei ungefähr gleich große Hälften und verdrehte die beiden Stränge zu etwas, das ansatzweise einem Menschen ähnelte. Dann beugte er sich über Tahn und rieb die Graspuppe im Blut des Jungen.

Tahn regte sich.

»Lieg still. Aber sieh zu, dass du den Kopf klar bekommst. Du wirst ihn bald brauchen.«

Vendanji streckte die Hand aus und bewirkte eine neue Art von Stille in der Luft des Hünengrabs. Völlige Stille. Um Tahn vor forschenden Gedanken zu verbergen.

Dann schlüpfte er zurück ins Morgenlicht und hielt nach einem Pferd Ausschau. Da schon so viele Fern gefallen waren, entdeckte er bald ein reiterloses Tier und rannte nach Süden, um es einzufangen. Nachdem er leise etwas in den Wind geflüstert hatte, beruhigte er das aufgeregte Pferd und hielt bald seine Zügel in der Hand.

Er schloss die Augen, richtete seinen Willen auf die Graspuppe und rief sich die vielen Dinge ins Gedächtnis, die er Tahn hatte tun sehen, seine Worte, seine Eigenheiten, seinen Zorn und sein Lachen. Er beschwor das Bild des Jungen aus Helligtal vor seinem inneren Auge herauf und formte es in seinem Verstand, bis es selbst einen – wenn auch schlichten – eigenen Verstand zu haben schien. Zuletzt fügte er Furcht hinzu – nicht die stärkste Regung, aber die, der man am einfachsten nachspüren konnte. Er tränkte die Graspuppe mit so viel schierem Entsetzen und Verzweiflung, wie er nur konnte. Als er die Gesamtheit dessen, was er sich vorgestellt hatte, auf das Abbild übertragen hatte, öffnete er die Augen und sah nach unten. Die Halme hatten sich passender zusammengefügt, sich verflochten, verformt und an manchen Stellen Schlingen gebildet, um im weitesten Sinne der Person zu ähneln, die ihnen eine seltsame Bastardintelligenz verlieh. Die Figur zuckte voller Pein, die der Sheson ihr eingeflößt hatte, in seiner Hand.

Er benutzte die Zügel, um die blutverschmierte Strohpuppe an den Sattelknauf zu binden, und versetzte dem Reittier einen Schlag aufs Hinterteil. Das Pferd machte einen Satz und rannte mit wildem Ausdruck in den Augen nach Westen.

Die Hufe der Stute donnerten über die Schieferebene und entfernten sich rasch. Das Tier trug Tahns Ebenbild davon.

Vendanji konzentrierte sich wieder auf die Schlacht, die nördlich von ihm tobte. Er hielt nicht nur mit den Augen Ausschau, sondern weitete zugleich seine Verbindung zu Schiefer, Salbei und Wind aus und geduldete sich, bis sich etwas regte.

Lange musste er nicht warten.

Wenige Augenblicke später bewegten sich zwei Gestalten am äußersten Rand seiner Sinne ein wenig, wandten den Blick nach Westen und wägten ab. Er spürte, dass sie den fliehenden Reiter einzuschätzen versuchten. Ihre Bewegungen und Gedanken erreichten Vendanji wie eine Welle, die sich von einem Ende eines Teichs bis ans entgegengesetzte Ufer fortsetzt.

Dann wieder Stille. Vendanji hatte seine Antwort.

Er rannte weit genug zurück, dass seine Gefährten ihn hören konnten. »Zu mir!«

Dann wirbelte er herum und rannte in Richtung Stadtmauer. Er erhaschte einen Blick auf Mira, Grant und Tahn, die Anstalten machten, ihm zu folgen. Er raste über Geröll und Schieferfelsen, und bei jedem eiligen Schritt wuchs die Furcht, die ihn erfüllte. *Wie konnte ich nur so blind sein!*

Zwanzig Schritt von den Mauern entfernt winkte er mit einer Hand und bedeutete der Wache, ihnen den Weg freizumachen. Sie stürmten in vollem Lauf durch die Öffnung. Das Klappern ihrer Stiefel auf dem Kopfsteinpflaster hallte in den leeren Straßen wider. Die Fernkinder waren versteckt worden. Die Fernkrieger waren in den Kampf verstrickt. Aber sicher stand ein Ferntrupp bei der Gewölbebibliothek Wache. *Erhört das Gebet eines Narren!*

Vendanji stieg die Stufen zum Forum von Naltus empor und rannte durch das Haupttor ins eigentliche Forum. Öllampen brannten überall im Raum, aber Vendanji sah keine Spur von Stilletreuen. Die Stühle waren weder umgestoßen noch verschoben worden, und die Luft stand, als wäre sie nicht vor kurzem durch Bewegungen aufgewühlt worden. Aber Vendanjis Haut prickelte vor Beunruhigung. Irgendetwas war in der Nähe.

Er rannte quer durch den Raum zu der Steintreppe, die in die Schwärze hinabführte. Auf den beiden obersten Stufen lagen zwei Fern und zwei Bar'dyn. Unterhalb von ihnen bildete ihr Blut Lachen. *Sie sind hier.* Er ergriff die nächstbeste Lampe und eilte nach unten, dichtauf gefolgt von Braethen und den anderen. Am unteren Ende der ersten Treppe gelangten sie zu einem gewaltigen Steinportal, das von einer Tür hätte verschlossen sein sollen. Der kurze Treppenabsatz war mit den Trümmern eben dieser Tür übersät – und mit noch mehr Leichen, vier Fern, zwei weiteren Bar'dyn.

Diese Tür war mit einem Zauberbann verschlossen gewesen. Kein Rammbock hätte sie zusammenbrechen lassen ... Velle.

Er stieg über die Toten hinweg, durch die Haufen von Steintrümmern und dann eine zweite Treppe hinab. Sie durchquerten noch zwei zerstörte Türen, und die Zahl der Todesopfer stieg – eine Handvoll Bar'dyn, ein Velle ... über zwanzig Fern. Aber Vendanji hörte kein Stöhnen oder Waffenklirren aus den dunklen Gängen vor ihnen, sondern nur das schwere Atmen des Sodalen hinter sich und ihre eigenen hastigen Bewegungen. Sie stiegen immer tiefer hinab und suchten sich einen Weg durch das Labyrinth, das die Bundessprache schützte.

Die Bundessprache war die Sprache der Schöpfer – der Götter, die die Welt Aeshau Vaal erschaffen hatten, bevor sie sie sich selbst überlassen hatten. Jeder noch so winzige Bestandteil dieser Sprache taugte dazu, vollkommen verstanden, umgesetzt und zusammengefügt zu werden. Man konnte damit etwas ins Dasein sprechen. Oder es *entschaffen*. Mit dieser Sprache konnten die Stilletreuen den Schleier vernichten, der sie gefangen hielt, und einfach in die Ostlande hereinspazieren. Was als Instrument gegen die Möglichkeit einer solchen Invasion bewahrt worden war, würde zum Werkzeug ihres Erfolgs werden.

Vendanji erschauerte. Deshalb also hatten die Stilletreuen nicht versucht, der ersten Legion in die Flanke zu fallen oder zum Sturm auf die Stadt selbst anzusetzen! Die Schlacht auf der Schieferebene war nur ein Ablenkungsmanöver, damit ein kleiner Trupp sich ins Herz von Naltus stehlen konnte, um die Bundessprache in seine Gewalt zu bringen.

Wenn ihm das glückte, waren Vendanjis Mühen und Opfer allesamt vergebens gewesen. Er dachte an seine Frau und sein ungeborenes Kind, die beide vor Jahren in den Nachwehen eines Angriffs der Stilletreuen gestorben waren. Allerdings trug auch die Liga der Edukation einen Teil der Schuld daran: Unter Berufung auf einen Erlass, der als das Zivilisierungsgesetz bekannt war, hatte die Liga Vendanji daran gehindert, seiner verletzten Frau zu helfen.

Die Stille und die Liga. Zwei götterverdammte Seiten derselben Medaille.

Sie stiegen noch mehrere Treppen hinunter, bogen immer weiter nach innen und erdwärts ab. Vendanji konnte nur hoffen, dass Dunkelheit, Schweigen und das Labyrinth selbst Schutz genug waren, um das, was darunter lag, so lange zu behüten, bis sie dorthin gelangten.

Sie passierten noch ein Portal. Noch mehr tote Fern.

Bald erspähte er vor sich einen Lichtschein. Ein paar Augenblicke später traten sie auf eine Galerie, die auf eine große Mulde in der Erde hinausging. Eine Gewölbedecke erhob sich zweihundert Schritt über ihnen; der Boden verlor sich in den Schatten weit unten. Die klaffende Höhle hatte einen Durchmesser von gut dreihundert Schritt, und in ihrer Mitte erhob sich wie auf einer Insel die Bibliothek von Naltus.

Unzählige Fackeln an den Wänden der Grotte beleuchteten die große Höhle. Weitere brannten rings um die Bibliothek und erhellten einen rundum verlaufenden Steg. Drei schmale Brücken überspannten die Leere zwischen der Außenwand und der Bibliothek. Über diese Brücken rückten nicht weniger als zwanzig Bar'dyn in kohlschwarzen Gewändern vor. Sie waren nicht in Eile, sondern richteten ihre Aufmerksamkeit ganz auf die Fern, die sich bereithielten, sie auf der anderen Seite zu empfangen.

Aber es waren nicht die Bar'dyn, nach denen Vendanji Ausschau hielt. Er ließ den Blick wieder durch die Höhle schweifen und spähte durch das schwache Licht, bis er eine Bewegung auf dem flachen Dach der Bibliothek bemerkte.

Nein. Nicht heute.

Er setzte seine Lampe ab und trat an die Kante der Galerie. Mit einem einzigen Wort – »*Suuthor!*« – hob er beide Handflächen und beschwor einen Wind herauf. Aus den Tiefen der

Grotte begann die Luft hervorzustrudeln und auf alles einzupeitschen. Bald schon brauste sie wie ein Sturm über dem Meer. Vendanji warf die Hände nach links. Der Sturm wirbelte durch die Höhle und traf als Seitenwind auf die verschiedenen Brücken.

Überrumpelt stürzten einige Bar'dyn von den Brücken in die Dunkelheit. Ein paar duckten sich und kämpften sich weiter voran. Diejenigen, die der anderen Seite schon am nächsten waren, sprangen auf den Steg vor der Bibliothek und drückten sich fest an die Mauern, um den tosenden Winden zu entgehen.

Vendanji hob wieder die Arme, diesmal noch höher, und führte den Wind zu rasender Geschwindigkeit. Er pfiff über die Stege und heulte an den Höhlenwänden. Die letzten paar Stilletreuen, die noch auf dem Weg zur Bibliothek waren, wurden von der Brücke gerissen und in die Luft gewirbelt. Diesmal übertönte das Rauschen des Windes ihr Auftreffen auf dem Steinboden weit unten.

»Jetzt!«, schrie Vendanji und senkte die Hände, um den Wind zum Erliegen zu bringen.

Die Bar'dyn, die schon auf der anderen Seite waren, griffen die Fern an, während Grant und Mira über die mittlere Brücke rannten. Tahn begann auf die Stilletreuen zu schießen. Der Sodale sprang vorwärts und überquerte den nächstgelegenen Steg im Laufschritt. Vendanji folgte ihm dichtauf und hatte beinahe schon die andere Seite erreicht, als zweierlei geschah: Mira stürzte, und Vendanji erspähte wieder den dunklen Umriss auf dem Bibliotheksdach.

»Braethen, steh Mira bei!«, rief Vendanji. Dann setzte er in vollem Lauf einen Fuß auf den Leichnam eines gefallenen Bar'dyn und stieß sich ab, um das obere Ende der Bibliotheksmauer zu erreichen. Er prallte mit Wucht dagegen und schlug sich die Stirn auf. Die Platzwunde begann sofort zu bluten.

Er ignorierte sie – das Blut lief ihm zum Glück nicht in die Augen – und zog sich aufs Dach. Zwanzig Schritt vor ihm stand ein Velle, der ihm den Rücken zugewandt hatte. Er konzentrierte sich auf das Schieferdach unter seinen Füßen und gestikulierte mit der linken Hand. *Er schöpft aus dem Willen.* Aber Schiefer enthielt wenig Forda – wenig eigene Energie. *Dieser Velle hat kein Gefäß ... Ist er etwa willens ...*

»Halt!«, schrie Vendanji.

Der Velle drehte sich um. Er sah wie ein durchschnittlicher Schwarzrock von Heiler aus – jemand, den Eltern mit ihrem kranken Kind aufgesucht hätten. Er trug einen wollenen Mantel über einer fadenscheinigen Weste. Wiedererkennen blitzte in Vendanji auf und verflog sogleich wieder.

Der Velle schlenderte beiläufig zu einer Seite des Daches und blickte auf die Schlacht hinab, die rings um die Bibliothek tobte. »Ihr kommt zu spät.« Seine melodiöse Stimme übertönte das Schwerterklirren und das Scharren der Füße. »Aber das mit dem Wind war klug.« Dann nagelte er Vendanji mit einem Blick fest. »Ihr seid Vendanji. Der Skeptiker ... der Ketzer. Nicht gerade die Art Sheson, die Dritten gegenüber eine Empfehlung für Euren Orden darstellt, nicht wahr?«

Vendanji ignorierte die rhetorische Frage.

Der andere lächelte und spazierte in die Mitte des Bibliotheksdaches zurück. Vendanji erhaschte einen genaueren Blick auf das blasse, zerfurchte Gesicht. *Kenne ich ihn?*

Der Velle drehte sich im Kreis und ließ den Blick über die große, tiefe Höhle unter Naltus schweifen. Selbstgefällige Befriedigung zeichnete sich auf seinen Zügen ab, als er langsam nickte. »Jetzt sind wir so weit. Die Stimme der Götter liegt unter meinen Füßen, und mit ihrer Hilfe wird die Ungerechtigkeit der Ausweisung behoben werden.« Er blieb wieder stehen und wandte sich Vendanji zu. »Das hätte das Werk der *Sheson* sein sollen. Das hätte Palamon gewollt.«

Vendanji schüttelte den Kopf. »Palamon half mit, Euresgleichen einzusperren.«

»Ihr seid irregeleitet.« Der Velle zeigte auf Vendanji. »Von allen Sheson solltet gerade *Ihr* das verstehen. Verstoßene Völker, Geschöpfe der Väter ... *Abweichler*« – der Velle bedachte ihn mit einem grausamen Lächeln –, »allesamt in einem brachliegenden Land gefangen gesetzt. Den Born nennt Ihr es. Woher wollt Ihr wissen, dass die Zeitalter dort uns nicht geläutert haben? In uns die *Menschlichkeit* haben heranreifen lassen, die die Menschen zu erreichen hoffen?«

Die Worte des Velle enthielten nur eine einzige ehrliche Frage, und diese brachte Vendanji dazu nachzudenken, bevor er antwortete. Ja, er war ein Abweichler. Aber war er wie die Stilletreuen?

Als der Rat der Götter die Welt erschaffen hatte, war einer von ihnen vom rechten Weg abgewichen. Manchen Geschichten zufolge war er wahnsinnig gewesen. Sein Name war Maldea. Ihm war die Aufgabe anvertraut gewesen, die Dinge und Kreaturen zu erschaffen, die die Menschen auf die Probe stellen und läutern sollten. Aber er ging zu weit, wurde vor den Rat befohlen und *geweißt* – ihm wurde sein Platz im Kreise der Götter aberkannt, und er erhielt den Namen Quietus und wurde mit allem, was seinen übereifrigen Händen entströmt war, verbannt.

Vendanji vertrat vielleicht eine andere Meinung als manch einer, sogar eine andere als *die meisten*, aber Widerspruch war nicht der Kern der Stille. Vor langer Zeit war irgendetwas in denen, die im Born lebten, fehlgegangen. Ihre Absichten hatten nichts mehr damit zu tun, die Menschheit zu läutern.

»Wenn die Stilletreuen den Schleier durchstoßen, kommen sie nicht mit Bitten«, sagte Vendanji in scharfem Tonfall. »Sie bringen vielmehr die Geißel der Erde mit sich.« Er trat trotzig einen Schritt näher heran, verärgert über die Andeutung, dass ein Stilletreuer sich in ihn hineinversetzen konnte. »Und *Ihr*. Ihr steht da, bereit, eine der wenigen Verteidigungswaffen, die wir haben, zu stehlen oder zu vernichten.« Er schüttelte erneut den Kopf. »Euch ist es nicht darum zu tun, uns auf die Probe zu stellen. Ihr wollt uns beherrschen.«

»Ihr seid irregeleitet«, wiederholte der Velle. Er senkte den Kopf und machte sich kampfbereit.

»Ich bin nicht der Irregeleitete hier.« Vendanji ging auf den Velle zu. Seine Geduld war aufgebraucht, und seine Arme und Finger strotzten vor Willen.

Die Hände des Velle zuckten auf ihn zu und schleuderten eine unsichtbare Kraft, die Vendanji von den Beinen riss und mit voller Wucht auf dem Rücken landen ließ. Sein Kopf prallte auf das Schieferdach, so dass eine zweite Wunde aufplatzte. Er erhob sich schnell; schwarze Punkte tanzten vor seinen Augen. Bevor er eine Verteidigung heraufbeschwören konnte, umfing ein neuerlicher Energiestoß seinen Kopf und begann, nach innen zu pressen. Der Druck stieg schnell. Schmerzspitzen zuckten hinter seinen Augen entlang, bis etwas tief in seinem Gehörgang platzte. Er begann zu wanken. Unfähig, das Gleichgewicht zu halten, fiel er auf die Knie.

Er stützte den Kopf in die Hände und beschwor seinen Willen herauf, um zu versuchen, dem gewaltigen Druck Einhalt zu gebieten. Aber unter Schmerzen konnte er sich nicht konzentrieren.

Aus weiter Ferne hörte er Tahn nach Grant rufen – es ging anscheinend um Mira. Das Klirren der Waffen und das Ächzen derjenigen, die sie führten, verklangen, als würde Vendanji in der Dunkelheit eines kalten Meeres versinken. Er sackte nach vorn, und sein Gesicht traf auf den Stein. Diesmal bekam sein Kinn das Schlimmste ab.

Die Bundessprache ruhte unter ihm, auf der anderen Seite dieses Schieferdaches. Aber er wurde von Augenblick zu Augenblick schwächer. Er konnte nur mit Mühe gegen den Druck ankämpfen, der drohte, seinen Schädel zu sprengen und ihm Knochensplitter ins Gehirn dringen zu lassen.

Verschwommen erschienen Stiefel vor seinen Augen: Der dunkle Willenslenker war nahe herangetreten. Er hockte sich hin, ragte drohend über Vendanji auf. Das Leder seiner Stiefel knarrte, und sein Mantel stank nach verrottendem Schlamm, säuerlichem Schweiß und altem Stroh.

Unter Schmerzen stieß Vendanji heiser einen einzigen Fluch aus: »Velle!« In der Bundessprache bedeutete dieses Wort *mein*.

»Bruder«, verbesserte der andere sanft. »Gesellt Euch zu mir. Der Wiedervereinigung wohnt eine Schönheit inne, die wir beide genießen können. Das ist nicht so schwer einzusehen, oder? Die Lebewesen, die Ihr im Born verborgen und gefangen halten wollt … sie sind diejenigen, die wahrlich verlassen sind.«

Vendanji spürte, wie sein Schädel nachzugeben begann; der Knochen hielt nicht länger stand. *Ich muss ihn ablenken.* »Bruder …«

Da ihm die Ehre erwiesen wurde, als »Bruder« angesprochen zu werden, verlor der Velle ein kleines Maß an Konzentration. Nur für einen Moment. Aber in diesem Moment sah Vendanji Bedauern ebenso wie Menschlichkeit kurz im Gesicht des Velle aufblitzen. Er sah es, bevor er einen Willensstoß abschoss, die Kreatur von den Beinen riss und mit Wucht aufs Dach schleuderte.

Der Druck auf seinen Kopf löste sich sofort, und völlig erschöpft brach er wieder zusammen.

Als er etwas auf dem Stein scharren hörte, drehte er sich um und sah, wie der andere einen Kreis um sich selbst zeichnete. Im nächsten Moment sank der Velle so mühelos wie ein Geist durchs Schieferdach.

Die Bundessprache würde binnen weniger Augenblicke gestohlen oder zerstört werden. Vendanji raffte alles zusammen, was noch in ihm steckte, und folgte dem Vorbild seines Feindes: Er ließ sich durchs Dach fallen wie ein Stein, der die Oberfläche eines Sees durchdringt.

6

DIE HOFFNUNG VERBRENNT

Wenn es zutrifft, dass die Welt mithilfe von Worten erschaffen wurde, dann muss zugleich wahr sein, dass sie neu geschaffen werden kann. Oder entschaffen.
(Die ersten Zeilen von Denolan SeFeerys ketzerischer neuer Charta)

Mira liegt am Boden!«

Grant rammte dem Bar'dyn vor sich das Schwert durchs Handgelenk und nutzte es als Hebel, um die Bestie vom Steg zu wirbeln. Er drehte sich um und sah, wie Tahn auf Mira zurannte, die auf dem Rücken lag und Hiebe eines weiteren Bar'dyn abwehrte. Sie führte nur ein einzelnes Schwert und wurde langsam rückwärts an die Kante des Stegs gedrängt.

Grant ließ den Blick über die gefallenen Fern ringsum schweifen und erspähte, was er brauchte. Mit einer einzigen Bewegung hob er eine Klinge auf und schleuderte sie so, dass sie sich in der Luft drehte und in den Rücken des Bar'dyn drang, der auf Mira einschlug. Die Waffe prallte von der dicken, rauen Haut der Kreatur ab, brachte sie aber dazu, sich nach ihm umzuwenden. Das verschaffte Tahn genug Zeit, in Position zu gehen und dem Bar'dyn einen Pfeil ins Auge zu schießen, so dass er beinahe auf Mira zusammenbrach.

Da er kurz abgelenkt war, wurde Grant fast von einem Hammer an der Schläfe getroffen. Aber Braethen war zur Stelle, wehrte den Hieb ab und führte einen Gegenschlag. Grant und der Sodale stellten sich nun zu zweit gegen den Stilletreuen und trieben ihn rückwärts vor sich her, bis Grant hochsprang und ihn mit einem Tritt über die Kante beförderte.

Von oben hörte er Stimmen, und eine war Vendanjis. Aber er hatte keine Zeit, dem Willenslenker zu helfen, da zwei weitere Bar'dyn auf ihn und Braethen eindrangen. Pfeile zischten durch die Luft und trafen diese Stilletreuen von hinten. Ihre Gesichter verrieten keine Spur von Schmerz, als die Pfeile sich in ihre Haut gruben. Und sie wurden nicht langsamer.

Grant packte Braethen und stieß ihn wieder hinter die Ecke der Bibliothek. Dann stürzte er sich mit einem Hechtsprung auf die Knie der angreifenden Bar'dyn. Indem er die Arme ausstreckte, brachte er sie beide zu Fall, so dass sie hinschlugen.

Einer stürzte über die Kante des Stegs in die Dunkelheit. Der andere rollte sich ab und kam mit dem Hammer in der Hand wieder auf die Beine. Während er ausholte, traf ihn ein Pfeil mitten in die Kehle. Als der Bar'dyn fiel, senkte sich mit ihm plötzliche Stille herab.

Schlachten endeten fast immer ohne viel Aufhebens, und die Kämpfer, die noch aufrecht standen, traten von einem Bein aufs andere und wussten nicht recht, was sie mit sich anfangen sollten. Die Notwendigkeit, sich zu verteidigen, zu kämpfen, endete nicht so schlagartig. Daher blieben die Menschen ruhelos und unbefriedigt zurück. Nach einigen langen, verstörenden Momenten schwang die Tür zur Bibliothek auf.

Grant sprang auf die Beine und war als Erster im Gebäude. Zu seiner Linken lag Vendanji, der offensichtlich die Tür geöffnet hatte. Als er sie sah, ließ der Sheson den Kopf auf den

Stein sinken, auf dem er ruhte. Tahn und die anderen traten neben Grant.

Einen Moment lang rührte sich niemand, während Grant sich in dem schlecht beleuchteten Raum umsah. Die Jahre der Verbannung in den Landen des Mals hatten ihm weder die Fähigkeit zu staunen noch die Hoffnung genommen. Die Bundessprache. Die Macht, mit der die Götter die Welt erschaffen hatten. Wenn es sie wirklich gab und sie noch immer in dieser Bibliothek verwahrt wurde … dann war noch nicht alles verloren. Obwohl die Götter die Menschheit im Stich gelassen hatten, konnte diese vielleicht lernen, die Macht der Bundessprache für sich zu nutzen.

Das war das Geheimnis, das er im Herzen trug – die Häresie, wie manch einer wohl gesagt hätte. Zu Hause auf dem Mal hatte diese kleine Hoffnung ihn dazu verleitet, in den Abendstunden zu schreiben. Die Charta zu schreiben – oder vielleicht zutreffender *neu* zu schreiben. Die ursprüngliche Charta war womöglich überhaupt keine Urkunde gewesen. Aber es hieß, dass die Väter die Bestimmung und die Werte dieser Welt im Zeitalter der Schöpfung festgelegt hatten. Wenn man sich an diese Werte hielt, führten sie zu Gerechtigkeit, Läuterung und Frieden. Aber die Götter waren fortgegangen. Die Menschen hatten die Charta aus dem Blick verloren, und ihre Bestimmung außer Acht zu lassen, schien keine Folgen zu zeitigen.

Also hatte er damit begonnen, die Charta niederzuschreiben. Das, was er davon verstand. Aber auch etwas hinzuzufügen. Einen neuen Traktat darüber, wie alles sein sollte. Prinzipien, um Taten und Entscheidungen zu lenken. *Moral, bei allen fernen Göttern!* Und echte Folgen. Konsequenzen, die jeder Einzelne sehen und fühlen konnte, ohne sich auf Gesetze oder Soldaten verlassen zu müssen … oder sogar auf Rache. Aber um der

Charta Gewicht zu verleihen, um sie Wirklichkeit werden zu lassen, musste er, wie er wusste, die Machtvollkommenheit erwerben, seinen Gedanken Leben einzuhauchen. Etwas wie die Bundessprache. Um seine Vorstellungen verbindlich zu machen. Um den Stoff, aus dem die Dinge bestanden, zu verwandeln. Um die Denkweise der Menschen zu ändern – die Art, wie sie einander betrachteten.

Es war ein größenwahnsinniger Gedanke.

Und es war das Geheimnis, das er im Herzen trug.

Seine kleine Urkunde war in seiner Wüste des Mals zu etwas wie einer Primel geworden, die ihn auf ganz unscheinbare, äußerst zarte Art ... an etwas Schönes erinnerte.

Meine Primel ...

Es war ein Ideal. Das wusste er. Aber er hatte es nicht über sich gebracht, es aufzugeben.

In der Bibliothek waren die Wände von kleinen Podesten gesäumt. Auf jedem stand ein breites, mit Öl gefülltes Becken, das einen brennenden Docht speiste. In der Stille regten die Flammen sich nicht und flackerten auch nicht. Ihr sanfter Lichtschein traf auf die Kanten einer einzigen, endlosen Textzeile, die in Augenhöhe in die Schieferwände gemeißelt war. Grant nahm an, dass es sich bei den fremden Buchstaben um die Bundessprache handelte.

Die Kerzen beleuchteten auch einige Bücherregale, die an den Wänden standen. Neben jedem davon befand sich ein gepolsterter Sessel, als sollte man dort Platz nehmen, um ebendiese Bücher zu lesen. In der Mitte des Raums erhob sich ein Podest, das von weiteren beckenförmigen Öllampen umgeben war. Darauf lag ein einziges Buch.

Grant hatte sich ein großes Archiv vorgestellt, endlose Regalreihen, Pergamentstapel und Behälter voller Schriftrollen. Er war sich sicher gewesen, Sternenkarten und Geschichtsbücher zu sehen, die in Hunderten von Spielarten aller möglichen Sprachen verfasst waren. Es hätte unzählige Kopistentische geben sollen, auf denen Tintenfässer für Schreiber bereitstanden, die die Gedanken und Übersetzungen von Generationen festhielten und bisweilen auch ihre Arbeit erläuterten, interpretierten, zusammenfassten, erhellten …

Nichts dergleichen.

Abgesehen von der bescheidenen Anzahl von Büchern und den bereitstehenden Sesseln, auf denen man sie durchlesen konnte, gab es nur das eine Buch. Und auch dieses war kein dicker Band. Stattdessen ruhte auf dem Podest ein kleines dünnes Büchlein mit dunklem Ledereinband. Mehrere niedrige Kerzen, die ringsum an der Kante des Podests standen, tauchten das Buch in warmes Licht.

Es konnte nicht mehr als fünf Seiten umfassen. Wie konnte solch ein Bändchen die gesamte Bundessprache enthalten? Und doch war Grant, nachdem er das Buch einen Moment lang betrachtet hatte, davon überzeugt. Große Macht erregte keine Aufmerksamkeit. Wahre Kraft kam in schlichter Gestalt, in kaum merklichen Bewegungen. Neue Zuversicht erfüllte ihn, bis eine Gestalt sich aus den Schatten hinter dem Podest erhob, nach unten langte und das kleine Buch aufhob. *Velle!*

»Legt es zurück«, befahl Grant ruhig, obwohl ihm das Herz bis zum Hals schlug.

Der Velle strich zärtlich über den Ledereinband und blätterte mit dem Daumen lässig die paar Seiten durch, bevor er zu ihm hochschaute. »Ihr kommt zu spät.«

Die Augen weiter auf den Stilletreuen gerichtet, wies Grant Mira an, die Tür zu schließen. »Ihr habt keinen Fluchtweg.«

Der Velle lachte leise und unbesorgt. »Ich werde auf dem

Weg gehen, auf dem ich gekommen bin.« Dann wandte er sich Mira zu. »Ihr zumindest solltet einen gewissen Frieden hierin finden. Nun haben *alle* Fern ihren Eid gebrochen.«

Mira antwortete nicht, sondern trat ins Licht eines der Ölbecken.

»Das Buch wird Euch nicht das Geringste nützen.« Braethen baute sich, das Schwert in der Hand, links von Grant auf. »Ihr habt keinen Codex, um es zu entziffern.«

»Und woher wisst Ihr das?«, fragte der Velle mit nachsichtiger Erheiterung.

»Weil Ihr zugesehen habt, wie die Bibliothek von Kumram abgebrannt ist. Wenn Ihr eine Möglichkeit hättet, das Buch da zu übersetzen« – Braethen wies auf das Bändchen in den Händen des Velle –, »dann wärt Ihr gar nicht erst dorthin gegangen. Die Schreiber in Kumram waren schon seit Jahrhunderten mit dem Versuch beschäftigt, eine Möglichkeit zu erarbeiten, die Sprache zu entziffern. Sie haben ihre Arbeit lieber verbrannt, als zuzusehen, wie sie Euch in die Hände fiel.«

Das Gesicht des Velle erschlaffte. Alle Heiterkeit war daraus verschwunden. »Wir sind im Born auch nicht faul, Sodale. Das solltet Ihr nicht vergessen, wenn wir in die Ostlande zurückkehren.« Er hob eine Hand in ihre Richtung.

In der Stille ertönte das Knarren eines hölzernen Bogens, der gespannt wurde.

Der Velle riss überrascht die Augen auf und erstarrte in seiner Gebärde, als Tahn sich vor sie alle stellte.

»Legt das Buch hin«, sagte Grants Sohn.

Der Velle seinerseits starrte ihn abschätzig an. »Du weißt doch mittlerweile, dass du nicht wie sie bist.«

Tahn spannte den Bogen noch weiter.

Grant trat nach links und versuchte, in den Rücken des Velle zu gelangen. »Wir können dafür sorgen, dass es für Euch schnell geht. Legt einfach das Buch wieder hin.«

Der Velle achtete gar nicht auf Grant, sondern schenkte weiter allein Tahn Aufmerksamkeit. »Deine kleinen Stöckchen sind bedeutungslos, Quilleszent.«

Tahn schien einen Moment lang darüber nachzudenken. Widerstreben spiegelte sich kurz in seinen Zügen. Dann ließ er den Pfeil los, den er an die Sehne gelegt hatte. Der Pfeil fiel klappernd zu Boden, ohne Schaden anzurichten. Als Nächstes ließ Tahn die Sehne los. Aber der Bogen entspannte sich nicht. Tahn beugte die Finger in der leeren Luft, als würde er ihn wieder spannen.

Das hat er auch am Tillinghast getan.

Besorgnis huschte über das Gesicht des Velle. Er machte mit den Fingern eine kurze Kreisbewegung und streckte die freie Hand nach Grant aus, der bis auf wenige Schritte an ihn herangekommen war. Grant wurde durch die Luft geschleudert, als hätte ihn etwas heftig an der Brust getroffen. Ein Bersten wie von splitterndem Glas ertönte in der Bibliothek. Sein Schwert, seine Messer, Miras Klinge – alle brachen sie in tausend Stücke wie Eis, das auf Stein geschmettert wird. Nur Braethens Schwert und Tahns Bogen schienen davon nicht betroffen zu sein.

Tahn spannte den Bogen noch weiter. Kurz huschte ein verunsicherter Ausdruck über sein Gesicht, als wäre er sich nicht sicher, ob er das, was er zu tun plante, unter Kontrolle hatte. Dann wurde seine Miene entschlossen, und er ließ die Bogensehne los. Kerzen flackerten. Seiten offener Bücher schlugen hin und her. Eine Welle aus verzerrtem Licht schoss durch die Bibliothek, als würde sich das Licht um etwas herum brechen, das Grant nicht sehen konnte. Sie traf den Velle, versank in ihm und streckte ihn nieder. Tahn brach neben Vendanji zusammen.

Niemand rührte sich. Nicht einmal der Velle. Die Augenblicke zogen sich in die Länge. War es so schnell vorbei?

Der Stilletreue brach das Schweigen, indem er auf der anderen Seite der Bibliothek, wo er lag, etwas murmelte. Dann begann er zur Decke zu schweben.

»Er versucht zu entkommen!«, rief Vendanji.

Mira riss ein Dokument hoch, das auf einem nahen Lesetisch lag, knüllte es der Länge nach zusammen und setzte es an einer Kerzenflamme in Brand. Dann hob sie ein Ölbecken hoch und stürmte auf den Stilletreuen zu. Einen halben Augenblick später besprengte sie den schwebenden Velle mit Öl, sprang hoch und packte ihn an den Füßen, bevor er die Decke erreichte. Sie setzte sein ölgetränktes Gewand in Brand, ließ sich dann fallen, traf hart auf und riss sich die eigene brennende Tunika vom Leib, bevor sie von Flammen umhüllt werden konnte.

Das Öl loderte auf, und binnen weniger Atemzüge sah der Velle wie eine lebende Fackel aus. Sein Fleisch schmorte, seine Haare prasselten und seine Schmerzensschreie ließen die Flammen flackern, die an seinem Mund leckten.

Das Feuer breitete sich seine Arme hinauf aus, auf das Buch zu, das er erhoben hielt.

Der Velle krümmte sich in der Luft, während er sich der Decke näherte. Grant stand auf, als die Kreatur ein letztes Mal aufschrie, zu Boden fiel und sich in den Flammen wälzte.

Meine Primel!

Er rannte an dem Podest vorbei auf den Velle zu und hoffte, dass er das Buch würde retten können, bevor das Feuer es verschlang.

7

ÜBERMITTLUNG

Man geht davon aus, dass Erinnerungen Rückstände hinterlassen, die das körperliche ebenso wie das körperlose Selbst verändern. Wenn das zutrifft, wohnt Erinnerungen eine eigenständige Energie inne.

(Aus Axiome über das Verhalten, *einem Lehrbuch der Sheson zum Thema Folgeerscheinungen)*

Während Grant auf den brennenden Velle zurannte, wandte sich Braethen um und fiel neben Vendanji auf die Knie. Der Atem des Sheson rasselte in der Kehle, und sein Gesicht war verhärmt, feucht und gerötet, als litte er am Winterfieber. Braethen legte Vendanji ein Ohr auf die Brust und hörte einen schwachen, unregelmäßigen Herzschlag.

Ein Kräuterzweiglein reicht da nicht! Er schloss die Augen, konzentrierte sich und rief sich eine bestimmte Geschichte aus einem alten Buch ins Gedächtnis. Einen Abschnitt über ein Heilritual. Etwas, wozu ein *geübter* Sodale in der Lage war. Es beinhaltete mehr, als Salbe aufzutragen oder ein Allheilmittel zu verabreichen. *Verdammt, er braucht einen Schwarzrock oder jemanden, der sich mit Gebeten auskennt!*

Er hatte nie miterlebt, wie dieses alte Ritual vollzogen wurde. Um Himmels willen, er konnte die Tage, die er überhaupt erst Sodale war, doch noch abzählen!

Und was, wenn ich etwas falsch mache?

Mira schreckte ihn auf: »Sodale! Tu etwas!«

Er legte Vendanji eine zitternde Hand auf die Stirn und die andere auf seine eigene Brust. Dann schloss er die Augen ... und atmete. Ein, aus. Ein, aus. Er verdrängte alles andere aus seinen Gedanken, fand einen Ort innerer Ruhe, wo es nur ihn selbst und den Sheson zu geben schien. Dann sprach er die Worte dieses alten Sodalenbrauchs, so gut er sich auf sie besinnen konnte: »*Isala, els uretae.*« *Was ich getan habe, darfst auch du.*

Er wiederholte es. Wieder und wieder. Und füllte seinen Verstand mit Bildern von sich selbst, Bildern des Sheson, hin und her. Er hatte keine Ahnung, wie lange er sich schon auf den schlichten Satz konzentriert hatte, als seine Hand sich auf Vendanjis Haut warm anzufühlen begann. Und wenige Momente später begann sein Körper wie der Vendanjis zu schwitzen. Schwäche durchströmte ihn.

Er spürte die Auswirkungen des Durchgangs durch die Schieferdecke. Vendanji hatte seinen Körper mit dem Gesteinsmaterial in Einklang gebracht, um hindurchschlüpfen zu können. Es war ein gewaltiger Akt des Willenslenkens gewesen. Es fühlte sich an, als würde Wasser durch scheuernden Sand sickern und Braethen überall aufschürfen.

Dann tanzten undeutliche Gestalten und Schatten an ihm vorbei, zu schnell, um gesehen oder verstanden zu werden. Mit ihnen kamen Gerüche, Farben und Geräusche, die alle wie ein Atemstoß vom Wind davongeweht wurden, bevor er sie zu benennen vermochte. Plötzlich fand er sich dabei wieder, lange nach Einbruch der Dunkelheit auf ein kleines Städtchen hinabzusehen. *Eine von Vendanjis Erinnerungen.*

Weit entfernt flackerte Laternenlicht in den Fenstern wie Glühwürmchen in der Dämmerung. Ein paar offene Feuer brannten hier und da, übergossen die nächstgelegenen Oberflächen mit Licht und zeichneten die Form der Nebengebäude von Maelar nach. Die kleine Stadt am Fluss schmiegte sich etwa fünfzig Meilen nördlich der Stelle, an der Tolin und Cantel sich vereinigten, an die Ufer des Tolin.

Vendanji war in den fernen Norden von Alon'Itol gereist, um sich selbst zu überzeugen – um sich der Heimsuchung zu vergewissern. Er musste Maelar nicht einmal betreten, um zu wissen, wie es stand: Die Stille hatte hier Wurzeln geschlagen. Er spürte es so gewiss wie den Wind auf seiner Haut.

Neben ihm stand seine Frau Illenia und wartete geduldig im Dunkeln. »Was siehst du?«

»Stilletreue«, sagte er. »Mehr, als ich zählen kann. Und die Leute dort helfen ihnen.« Er hielt inne und starrte zu dem unscheinbaren Städtchen am Fluss hinüber. »Der Ort ist aber kein Brückenkopf für eine Invasion. Sie dient einem anderen Zweck.«

Sie legte ihm die Hand auf die Schulter. »Wovon redest du?«

Er schüttelte den Kopf, weil er es nicht laut aussprechen wollte.

Illenias nächste Worte kamen ihm zuvor. »Es gibt doch sicher einige hier, die nicht der Sache der Stille dienen.«

Er antwortete auch darauf nicht. Stattdessen drehte er sich um und beobachtete, wie die Schatten, die das Feuer warf, am dunklen Ufer des Flusses schwächer wurden.

Mit sanfter Beharrlichkeit wiederholte Illenia ihre Frage.

Er ergriff ihre Hand. »Vielleicht. Wenn ja, dann bieten sie den Plänen der Stilletreuen unwissentlich Deckung und Schutz.«

»Wir werden sie herausholen.« Sie begann, auf Maelar zuzugehen.

Vendanji riss sie zurück. »Selbst wenn einige nicht befallen sind, wird es eine Panik auslösen, wenn wir versuchen, sie zu warnen. Und eine Panik wird die Stilletreuen aufscheuchen.«

»Dann werden wir sie aus Maelar vertreiben. Sie zurück über die Bahrenberge schicken.« Sie sah ihn mit fragendem Ausdruck in die Augen. Sie wollte offenbar sein Zögern verstehen.

»Sie zu vertreiben löst das Problem nicht. Sie würden einen anderen Ort finden, um ihr Werk zu tun. Wir müssen dem hier und heute Nacht ein Ende setzen.« Er verabscheute, was er damit andeutete.

Illenia sah ihn weiter unverwandt an. »Dann sag mir: Was ist ihr Werk?«

Mit wenig mehr als einem Blick bot sie ihm an, seine Last mitzutragen. Also erzählte er es ihr, erklärte, dass diese Hafenstadt in der Nähe der Bahrenberge Männer, Frauen und Kinder in den Born verkaufte. Der Fluss ermöglichte müheloses Vorankommen, und an seinem Ufer lagen Städte, in denen willige Mitverschwörer lebten.

»Warum?«, fragte sie auf ihre unnachahmliche Art. Illenia glaubte, dass es für jedes Problem eine Lösung gab, wenn man nur genug darüber wusste.

Vendanji schüttelte abermals den Kopf. Er wusste es eigentlich nicht. Er hatte einen gewissen Verdacht, aber keine Beweise, und das war nichts, worüber er spekulieren wollte. Er wiederholte nur: »Wir müssen dem hier und heute Nacht ein Ende setzen.«

Langsam breitete sich das Verstehen in ihrem schönen Gesicht aus, gefolgt von Entsetzen und Unglauben. »Nein, Vendanji, das darfst du nicht. Sag, dass du es nicht tun wirst.«

Er sah seine Liebste mitfühlend, aber unnachgiebig an.

»Das kannst du nicht tun«, beharrte sie. »Sie wissen von nichts. Sie verdienen eine Gelegenheit …«

Vendanji legte ihr die Hand an die Wange, um sie sanft zum Schweigen zu ermahnen. »Es tut mir leid, Illenia. Wenn du musst, dann hasse mich dafür …« Leiser fügte er hinzu: »Es gibt keine andere Möglichkeit.«

Er drehte sich um und wandte sich in diesen frühen Abendstunden der Stadt am Flussufer zu. *Verzeih mir.* Er kauerte sich hin und zeichnete ein Symbol in die Erde zu seinen Füßen – das gleiche Symbol, das er in den letzten Tagen auf jeden Fensterladen, jede Tür, jedes Tor in der Stadt Maelar gezeichnet hatte. Er sprach ein paar Worte und schöpfte aus dem Willen, der ihm innewohnte. Dann ließ er die Hände auf dem beschrifteten Boden ruhen. Die Luft flirrte in den Schatten, wogte wie die Oberfläche eines Sees, die im Wind Wellen schlägt. Die Kraft des Willens stürmte durch die Nacht, fing sich in den weit entfernten Symbolen in der Stadt und setzte sie in Brand. Die Flammen loderten sofort unbezwingbar und tosend empor.

Binnen weniger Momente geriet das Feuer außer Kontrolle und wurde zu einem Inferno, das alles und jeden verschlang.

Vendanji setzte sich erschöpft vom Willenslenken hin und lauschte den verängstigten Schreien von Frauen und Kindern, die durch die Nachtluft hallten. Er hörte sie über das ferne Prasseln des Feuers und das leise Weinen seiner Liebsten hinweg, die neben ihm kniete.

»Wir können nur hoffen, dass uns mehr Gnade zuteilwird, wenn das Leben unseres eigenen Kindes je auf dem Spiel steht«, flüsterte Illenia, größtenteils an sich selbst gerichtet.

Die Enthüllung, dass sie ein ungeborenes Kind hatten, machte Vendanji sprachlos, während er noch dasaß und unter dem Schmerz litt, der dem, was er gerade getan hatte, geschuldet war. Jetzt brannte dieser Schmerz noch bitterer, und obwohl er weiterhin überzeugt war, dass es richtig gewesen war – dass der Kampf gegen die Stille einen zwang, entsetzliche Entscheidungen zu fällen –, begann er, Hass auf sich selbst zu empfinden. Er rollte sich zusammen und presste den Mund auf den lehmigen Boden unter sich, um einen Schrei zu ersticken. Letzten Endes schien sogar das zu sehr einer Gnade gleichzukommen, und so legte er die Wange auf den kühlen Boden und lauschte seinem eigenen Atem.

Braethen konnte es nicht länger ertragen und öffnete die Augen, nur um zu sehen, dass Vendanji zu ihm emporstarrte. Erstaunen und Besorgnis lagen im Gesicht des Sheson – aber auch Dankbarkeit.

»Danke«, flüsterte Vendanji schwach. »Ich wusste nicht, dass du gelernt hast zu *übermitteln.*«

Braethen zog die Hand weg und holte tief Atem, um sich zu sammeln. Jegliches Hochgefühl über seinen Erfolg wurde von dem verdrängt, was er gerade gesehen hatte.

»Du wusstest nicht, dass es in beide Richtungen zugleich erfolgt.« Vendanji wedelte mit der Hand zwischen ihnen hin und her. »Es ist kein gerechter Tausch, Braethen. Wenn ich es ungeschehen machen könnte, würde ich es tun. Aber jetzt ist die Erinnerung auch deine.«

Braethen starrte Vendanji an. »Du warst ein Ratgeber des Schmiedekönigs von Alon'Itol und hast in seinem Reich eine ganze Stadt niedergebrannt, ohne ihn im Voraus davon in Kenntnis zu setzen.«

»Wir werden bald noch über den Schmiedekönig sprechen.« Vendanji setzte sich mühsam auf und stieß Braethen dann schwach beiseite. »Der Velle? Das Buch?«

Aus Rauch und Schatten trat Grant hervor. In den Händen hielt er nur Asche. »Die Flammen haben beide verzehrt.«

8

TODBRINGEND

»Kinder sind unverwüstlich« ist die verlogene Ausrede, mit der ein Pferdearsch sich dafür rechtfertigt, dass er die Kleinen schlecht behandelt.

(Auszug aus einer von Ligaschreibern durchgeführten Befragung über die üblen Auswirkungen von Mummenschanz und Armut)

Sutter Te Polis kniete erschöpft auf dem Schiefer, während die Stilletreuen nach Nordwesten davonstapften. Die Belagerung von Naltus war gescheitert. »Verschwindet, ihr Haufen Pferdeäpfel!« Man hätte sie verfolgen sollen. Aber die Fern waren genauso ausgelaugt wie er. *Bei den Höllen, die meisten von ihnen sind tot!* Die Ebene war mit Fern übersät.

Überlebende wandelten langsam über den Schiefer, um nach anderen Überlebenden zu suchen. Ihre Stiefel schlurften durchs Geröll – ein verstörendes Geräusch. Aber Sutter blieb weiter auf den Knien und hielt seine Sedaginklinge auf dem Schoß.

Das Schwert und der Sedaginhandschuh waren Geschenke vom Anführer des Volkes der Sedagin gewesen. Der Mann hatte sie Sutter in dem Glauben geschenkt, dass er sie verdient hätte.

Er betastete den Handschuh mit der anderen Hand und

sagte an niemanden gewandt: »Alles, was ich getan habe, um die Geschenke zu verdienen, war, einen Mann daran zu erinnern, dass eine Dame selbst entscheidet, mit wem sie tanzt.« Er schnaufte durch die Nase. »Das ist keine große Hilfe, wenn die Schlacht losbricht.«

Die Sedagin waren für ihre Fechtkunst mit ihren Langschwertern berühmt – und zugleich für ihre Tapferkeit. Sie waren die Ersten gewesen, die in den Kriegen des Ersten und Zweiten Eides gegen die Stilletreuen gezogen waren. *Sie haben ihre Ehre bewahrt, verdammt!* Sedaginehre bedeutete, sich in der Schlacht zu behaupten. Dem war Sutter heute nicht gerecht geworden.

»Ich sollte zu meinen Wurzeln zurückkehren«, sagte er zu dem Handschuh. Er sehnte sich nach einem Tag zu Hause in Helligtal auf dem Rübenacker seines Vaters. *Verdammt noch mal! Das hätte ich mir nie träumen lassen.*

Aber er konnte nicht aufstehen, weder um auf den Bauernhof seines Vaters zurückzukehren, noch um sich zu verkriechen und seine Schande zu verbergen. Er konnte nur den toten Fern anstarren, der vor ihm lag. Deshalb kniete er immer noch da. Deshalb hatte er sich nicht gerührt. Weil er in den Tiefen der Nacht aus seinem Fenster den Geist dieses Fern gesehen hatte – wie er im Laufe des letzten Mondumlaufs viele Geister gesehen hatte.

Zum ersten Mal war das ein oder zwei Tage nach seiner und Tahns Begegnung mit dem Grabräuber in der Wildnis von Steinsberg geschehen. Das gespenstische Wesen hatte Sutter die schmutzige Hand in den Brustkorb geschoben. Ihn irgendwie verwandelt. Ihm dieses verdammte *zweite Gesicht* verliehen. Das war ihm bewusst geworden, als er die Seele der Sheson gesehen hatte, die am nächsten Tag hatte verbrannt werden sollen. Ihr

Geist hatte das Fenster des Gästezimmers gefunden, in dem er während seiner Genesung gelegen hatte.

Gestern Nacht war es fast genauso gewesen – mit dem Unterschied, dass er Tausende gesehen hatte …

Dann war er heute Morgen von Vendanji und den anderen getrennt worden. Er hatte in Schwierigkeiten gesteckt. Dieser Fern, der jetzt vor ihm lag, war ihm zu Hilfe geeilt und deshalb getötet worden.

Ich habe den Geist eines Mannes gesehen, der später gestorben ist, als er mir das Leben gerettet hat.

Und dieser Fern war nicht der Einzige. Sutter hatte darauf bestanden, sich ins Handgemenge zu stürzen. Mehrere Fern waren gefallen, als sie zusammengeströmt waren, um ihn zu retten, da er sich ungeschickt dabei angestellt hatte, sich zu verteidigen. Er musterte sein Sedaginschwert abermals voller Abscheu.

Habe ich sie getötet? Habe ich sie getötet, weil ich nicht mit einer Klinge umgehen kann?

Die Leichen der Fern, deren Geister er von seinem Fenster aus in den frühen Nachtstunden gesehen hatte, lagen jetzt überall auf der Felsebene. Sie hatten ihn aufgesucht. Er hatte verdammt noch einmal keine Ahnung, was sie gewollt hatten, und das nagte an ihm.

Er streckte die Hand aus und schloss dem Fern sacht die Augen. Er hatte keine Leichenrede zu halten. Aber er kannte ein einfaches Bauerngedicht und flüsterte es, so dass der Klang vom Scharren der Stiefel auf dem Schiefer übertönt wurde: »Die Erde ist warm und wird dich nähren. Sie wird dir Fleisch verleihen. Dereinst wird sie das beste, letzte Bett für deine müden Hände sein.« Das war etwas, was sein Vater jeden Morgen sagte, wenn er sie für einen neuen arbeitsreichen Tag aufs

Feld hinausführte. Das war Sutter sogar heute noch: ein Rübenbauer. Ja, vielleicht konnte er jetzt schon besser mit einer Klinge umgehen als damals, als er den Bauernhof seines Vaters verlassen hatte, aber erst, wenn man ihn gebeten hätte, ein paar Kartoffeln auszugraben, hätte sich seine wahre Begabung gezeigt.

Der Hof meines Vaters … Er vermisste den Hof ganz entsetzlich. Vermisste es, das tägliche Gedicht seines Vaters zu hören.

Da er seine Freunde suchen wollte, stemmte er sich schließlich doch hoch. In seiner Magengrube breitete sich Entsetzen aus und verursachte ihm Übelkeit. Er hatte bisher noch nie ein Schlachtfeld abgesucht. Er umklammerte das Schwert, bis ihm die Finger wehtaten, und war nicht in der Lage, seinen Griff zu lösen, der klebrig von Blut war. Auch seine Kleider waren über und über mit Blut bedeckt. Die Überreste des Todes hatten sein Hemd und seine Hose so durchtränkt wie den Boden ringsum. Er fühlte sich wie ein Lappen, mit dem man Blut abwischte, um die Toten auf ihre Bestattung vorzubereiten.

Er ging von Leichnam zu Leichnam und erkannte weitere Fern, deren Geister er in der vorigen Nacht gesehen hatte. Noch mehr Fern, die gestorben waren, um ihn zu verteidigen. Er wandte sich rasch ab, fiel auf einer Freifläche auf die Knie und übergab sich. Sein Magen wogte noch lange, nachdem er leer war.

Sutter starrte auf das säuerliche Erbrochene hinab und schwor sich, ein fähiger Schwertkämpfer zu werden. Das würde zwar vielleicht nicht ausreichen, seine Schuldgefühle zu lindern, aber es war ein Teil der Antwort. Ein Teil, an dem er verdammt noch mal etwas ändern konnte.

Er kämpfte sich wieder auf die Beine und setzte dann seine Suche zwischen den Leichen der Gefallenen fort. Er achtete genau darauf, wohin er trat, da der Schiefer rutschig von Blut war. Viele der überlebenden Fern hatten begonnen, sich auf den Heimweg in die Stadt zu machen. Die wenigen, die blieben, standen da, unterhielten sich in ehrfürchtigem Ton und blickten nach Nordwesten.

Ein Stöhnen.

Zuerst klang es, als käme es von einem der Fern, die der Toten gedachten. Aber es war immer deutlicher zu hören, je weiter Sutter nach Osten ging. *Da hat jemand Schmerzen.* Sutter beeilte sich und folgte dem Geräusch zu einem Haufen toter Fern. Aber keiner in dem Durcheinander schien noch am Leben zu sein. Er packte einen der Fern am Arm und zog ihn sanft vom Haufen herunter. Dann noch einen. Drei Leichen später starrte Sutter auf eine Lebende hinab.

»Wendra!« Er lächelte breit und freute sich, sie zu sehen. »Du bist ein Wrack.«

Sie hatte offensichtlich schon tagelang nichts mehr gegessen. Das dunkelbraune Haar, das er nur ein einziges Mal berührt hatte, klebte ihr wirr und verfilzt am Kopf. Ihre Augen waren blutunterlaufen und hatten vor Schlafmangel dunkle Ringe. Ihre Wangen und ihr Kinn waren blutüberströmt. Sutter fiel auf die Knie und wischte ihr mit den Händen das Blut ab. »Wo bist du verletzt?«

Sie stöhnte noch einmal, sog die Luft ein wie jemand, der zu lange unter Wasser gewesen ist, und schüttelte den Kopf.

»Zeig es mir«, beharrte er.

Wendra sog noch mehrere zittrige Atemzüge ein, als müsste sie erst wieder lernen, Luft zu holen. »Ich bin nicht verletzt«, stieß sie heiser hervor.

Er zog etwas Balsawurzel aus der Gürteltasche, brach ein Stück ab und schob es Wendra sanft in den Mund. »Iss das hier trotzdem.«

Sie schluckte es und drehte sich dann zu den toten Fern um, die Sutter von ihr heruntergezogen hatte. »Sie haben sich über mich geworfen.« Sie holte noch einmal tief und stockend Atem. Ihre nächsten Worte waren schwer zu ertragen. »Warum sollten sie ...?«

Ein Ausdruck des Verstehens breitete sich auf ihrem Gesicht aus. Sie riss den Mund weit zu einem stummen Schrei auf. In diesem Augenblick erkannte Sutter, dass das Gerücht, das die Runde auf dem Schlachtfeld gemacht hatte, der Wahrheit entsprach: Wendras Gesang war unterschiedslos über Stilletreue und Fern hergefallen.

Sie keuchte und holte tief Luft, als wollte sie schluchzen oder wimmern. Sie tat keines von beidem, sondern starrte ihn mit flehendem Blick an. Er zog sie eng an sich und begann sich vor und zurück zu wiegen, so wie seine Mutter es immer getan hatte, wenn er krank gewesen war.

Er wollte etwas Hilfreiches sagen. Aber er fand keine Worte für all dies hier. Das Beste, was er tun konnte, war, sie in den Armen zu halten, während sie das Leid durchstand.

So saßen sie eine Stunde lang da. Eine sanfte Brise zog an ihrem Haar, während er sie festhielt und sie beide nach Süden starrten.

Wendra sprach als Erste wieder und fragte leise: »Wie geht es dir?«

Sutter wollte ihr nichts von dem Fluch erzählen, die Toten zu sehen, bevor sie fielen, und schüttelte nur den Kopf. »Ich bin ein Narr.« Er schluckte schwer. »Viele von ihnen sind gestorben, um mich zu retten. Ich weiß nicht, wie ich damit leben soll ...«

Wendra nickte und setzte sich auf. »Diese Fern ...« Sie wies auf die Toten, die Sutter von ihr heruntergeschleift hatte.

»Ich weiß.« Er ließ den Blick lange schweifen. »Und ich verstehe, dass sie einen Eid erfüllen und so weiter. Aber hast du nicht auch den Eindruck, dass sie uns für etwas halten, das wir gar nicht sind? Als hätten sie eine Art Vertrauen in uns gesetzt, das wir nicht verdienen. Ich bin ein götterverdammter Rübenbauer.«

Wendra sah ihn mit verständnisvollem Blick an. Und er beschloss, es ihr zu erzählen, wie er es auch Tahn erzählt hatte.

»Wenn mein Vater nicht gewesen wäre, wäre ich gar nicht hier«, begann er.

Sie runzelte fragend die Stirn.

Ein mattes Lächeln huschte über sein Gesicht. »Ich bin kein echter Te Polis. Mein Vater ging seine Felder ab und sah ein Spielmannspärchen von den Bühnenwagen draußen auf seiner Heuwiese. Ihr Kind wurde gerade geboren, und als es zur Welt kam, machten sie Anstalten, es in einen Wassereimer zu stecken. Den Jungen zu ertränken.« Er sah ihr in die Augen. »Das war ich.«

»Bei den Göttern, Sutter ...« Wendra legte eine Hand in seine.

»Ich weiß nicht, wer sie sind. Aber ich empfinde tiefen, rechtschaffenen Hass auf sie.« Er biss einen Moment lang die Zähne zusammen. »Ich wollte unter anderem aus Helligtal fort, um sie zu finden. Keine Ahnung, was ich zu ihnen sagen würde. Aber ich würde wahrscheinlich mit etwas über diesen Eimer anfangen.« Er lachte, um nicht weinen zu müssen, da seine Nerven angesichts all der Gefallenen äußerst angespannt waren. »Ich würde sie windelweich prügeln. Genau das würde ich tun. Kein Tag vergeht, ohne dass ich an diesen Eimer denke.« Sein Lächeln wurde wärmer. »Oder an meinen echten Vater – den, der mich vor dem Eimer gerettet hat.«

»Du bist ganz wie er, Sutter.« Sie schüttelte ihm sanft die Hand. »Du warst gut zu *mir*, als niemand sonst dazu bereit war.«

Er erwiderte ihren nachdenklichen Blick und dachte an die harten Tage in Helligtal zurück. Dann zeigte er auf die Fern und dachte an diejenigen, die gestorben waren, um ihn zu beschützen. »Ich bin schon viel zu oft von anderen gerettet worden. Ich sollte versuchen, den Gefallen zu erwidern, indem ich selbst jemanden rette.« Er spürte neue Entschlossenheit in sich aufsteigen. »Zumindest soll niemand mehr meinetwegen sterben.«

Wendra nickte verstehend und stand auf. »Wo sind Tahn und die anderen?«

Sutter erhob sich ebenfalls. »Ich habe sie nicht gesehen.«

»Wahrscheinlich geht es ihnen gut«, sagte sie. »Im Dunkeln finden wir sie ohnehin nicht. Hilf mir in die Stadt zurück.«

Er hoffte, dass sie recht hatte.

Er legte sich einen ihrer Arme um die Schultern und umfasste ihre Taille. Gemeinsam machten sie sich auf den Rückweg. Erst jetzt entspannte er sich, da ihm aufging, dass er nicht den Geist auch nur eines seiner Freunde gesehen hatte. Sie waren nicht tot. Noch nicht.

9

KLAGELIEDER: DIE VERGANGENHEIT

Ich glaube nicht, dass wir auch nur die leiseste Ahnung haben, was sich aus einem Missklang am Sternenhimmel ergeben könnte. Und wenn wir es herausfinden, ist es vielleicht schon zu spät.

(Aus der Schlussbemerkung der Kümmerlichen Beweise für ewige Wahrheiten, *der philosophischen Schrift eines Kosmologen)*

Am späten Nachmittag zog Tahn sanft seine Pfeile aus den Leichen der sechs Kinder, die er erschossen hatte. Er sah eine ganze Weile das friedliche Gesicht jedes einzelnen Kindes an, bevor er die schweren Wolldecken über sie breitete, die er aus der Stadt mitgebracht hatte. Dann legte er sie nebeneinander. Und weinte. Er weinte um die jungen Leben, die ein so frühes Ende gefunden hatten, und er weinte um sich selbst.

»Ich wünschte, ich hätte einen anderen Weg finden können«, flüsterte er. »Bitte ruht sanft.«

Er wischte sich die Augen, band sich das Haar zurück und begann, ihre Gräber auszuheben. Er war noch nicht lange dabei, als jemand ihn unterbrach.

»Kann ich helfen?« Die raue Stimme seines Vaters, Grant.

»Wir haben viel Übung, nicht wahr?« Tahn grub weiter.

Devin. Eine Freundin aus seiner Zeit auf dem Mal. Die Erinnerung an sie war heute Morgen wieder aufgeflackert, als er diesen Kleinen den Gnadenschuss versetzt hatte. Sie war eine der vielen gewesen, um die sich sein Vater an jenem höllischen Ort gekümmert hatte.

»Die haben wir wohl.« Grant hatte selbst eine Spitzhacke und einen Spaten mitgebracht, wie auch Hunderte von Fern, die ihre Landsleute überall auf der Solielebene begruben.

Ohne ein weiteres Wort begannen die beiden, den harten Boden zu bearbeiten. Nur das Geräusch des Eisens, das auf Erde und Schiefer traf, begleitete sie für fast eine Stunde. Ihre Schatten, die sich oft im Gleichklang bewegten, erinnerten Tahn daran, wie sehr er dem Mann ähnelte. Grants Haar war kurzgeschoren und hatte aufgrund seiner Jahre unter der Sonne des Mals einen helleren Schwarzton angenommen. Seine Haut war dunkler. Aber die nachdenkliche, oft gerunzelte Stirn über himmelblauen Augen hätte Tahns eigene sein können.

Es gelang ihnen, mehrere kurze Gruben auszuheben – die Gräber für diese Kleinen mussten nicht besonders lang sein.

Als sie mit dem Schaufeln fertig waren, gönnten sie ihren Armen Ruhe. Die Stille der Abenddämmerung hatte sich über sie herabgesenkt. Grant brach das Schweigen. »Wir haben eigentlich noch nicht miteinander gesprochen, seit Vendanji deine Erinnerungen wiederhergestellt hat. Wie geht es dir?« Er zögerte einen Moment, bevor er hinzufügte: »Du hast wahrscheinlich Fragen. Vielleicht kann ich dir helfen.«

Tahn ließ den Blick über die Schieferebene schweifen, auf der die Velle beinahe aus dem Leben dieser Kinder geschöpft hätten. »Die Lande des Mals wurden von Velle erschaffen. Haben sie es auf diese Weise getan?« Er wies auf die sechs verhüllten Leichen.

Grant stützte sich auf seinen Spaten. »Nein, sie haben in der Schlacht des Rings aus der Energie der Erde geschöpft. Das hat alles unfruchtbar werden lassen.«

Tahn konnte es vor seinem inneren Auge sehen. Eine große Fläche voller Trockenheit, schwarzem Staub, rotem Stein, ausgeblichenem Holz und unbarmherziger Sonne.

»Du musstest dort leben, weil du versucht hast zu verhindern, dass das Kind der Regentin von einem Sheson wiederbelebt wurde.« Tahn sah seinen Vater an und fragte sich, wie jemand so etwas hatte tun können.

Grant seufzte verständnisvoll. »Ein Kind wiederzubeleben verstößt gegen die grundlegenden Prinzipien der Charta, Tahn: Menschen sind keine Götter, und man soll die Toten ruhen lassen ...«

Tahn sah auf die Kinder hinab, die auf den harten Schiefer gebettet waren. Wenn es in seiner Macht gestanden hätte, sie wiederzubeleben, hätte er es sofort getan. *Soll die Charta doch verbrennen.* Dann schaute er zu Grant hoch, dessen Blick starr auf dieselben deckenumhüllten Körper gerichtet war. Aus dem Gesicht seines Vaters sprach eine Erschöpfung, die Tahn bei ihm zuvor noch nicht gesehen hatte, als hätte der Mann sich lange Zeit an einem trockenen, rauen Ort um Kinder gekümmert ... und dabei versagt.

»Ich war sieben, als du mich nach Albenhain geschickt hast.« Tahn drehte sich um und blickte nach Südwesten, wo mehrere Länder entfernt der Hain lag. »Ich war dort glücklich. Ich habe die Sterne studiert und auch andere Wissenschaften. Eine gewisse Zeit lang.«

Tahn war nach vier kurzen Jahren dem Hain wieder entrissen und zurück zu seinem Vater geschickt worden. Aufs Mal. Ein halbes Jahr später waren Alemdra und Tahn auf Patrouille gewesen. Sie hatten sich zum ersten Mal geküsst. Und dann hatten sie mit angesehen, wie Devin gesprungen war …

Die Frage, die er stellte, galt eigentlich nicht seinem Vater: »Wie viele haben sich das Leben genommen?«

Grants Gesicht verriet keine Überraschung. Er wusste, was Tahn meinte. »Siebenunddreißig.«

Und so, wie er es sagte – mit solcher Gewissheit –, vermutete Tahn, dass Grant auch jeden einzelnen Namen kannte. Sie schwiegen beide eine Weile für diese toten Mündel des Mals.

Nach einiger Zeit unterbrach Grant ihren stillen Augenblick. »Tahn, du wirst es früher oder später erfahren, und ich sollte derjenige sein, der es dir sagt. Eine der siebenunddreißig war … Alemdra …«

Tahns Beine gaben nach. Er fiel auf ein Knie, während ihm schlagartig heiße Tränen in die Augen schossen. Er schüttelte den Kopf. »Nein. Nicht Alemdra.«

Grant legte Tahn eine Hand auf den Rücken. »Ich glaube, sie war nach Devin nicht mehr dieselbe. Sie gab sich die Schuld. Nach einigen Jahren …«

Tahn verstand. Seit er sich an Devin erinnern konnte, spürte er die gleichen Schuldgefühle. *Ich will verflucht sein!* Alles nur, weil er seinen Sonnenaufgang gewollt hatte. Und einen Kuss.

Grant zog die Hand von Tahns Rücken zurück und holte in der abkühlenden Luft tief Atem. »Menschen enttäuschen einen. Sie meinen es gewöhnlich nicht böse – und gewöhnlich tun sie es auch nicht mit den besten Absichten, wie ich es mit dir getan habe. Aber die Gründe spielen keine Rolle, wenn jemand einen enttäuscht.«

Er sah seinen Vater an. »Du meinst so, wie die siebenunddreißig Mündel dich enttäuscht haben, indem sie das Mal haben gewinnen lassen.«

Grant schüttelte den Kopf. Als er antwortete, war seine Stimme heiser vor Trauer: »Ich meine die Art, auf die ich meine Mündel enttäuscht habe. Besonders jene siebenunddreißig … besonders dich.«

Es war das erste Mal, dass Tahn dem Mann Schmerz anmerkte.

Grant schluckte schwer. »Das ist die Weisheit eines Verbannten. Andere haben dir gewiss Erfreulicheres zu berichten. Aber das macht das, was ich gesagt habe, nicht unwahr. Und irgendwann, Tahn, wirst du entscheiden müssen, dass du all dies« – er wies in die Runde – »tust, weil *du* es willst. Nicht, weil der Sheson es verlangt.«

Tahn richtete den Blick zum Himmel. Der Mond und die Sterne schienen unstet und hell zugleich und tauchten die Ränder der Steine, Hünengräber und Grasbüschel in silbriges Licht. Wie immer tröstete es ihn, einfach nach oben zu blicken und sich in der gewaltigen Weite des Himmels zu verlieren.

Aber der Trost währte nur kurz. Zu seinen Füßen lagen sechs tote Kinder. Tot wie Devin. Tot wie Alemdra, die ihn geküsst und davon gesprochen hatte, die Lande des Mals zu verlassen. Tot wie die siebenunddreißig.

Er hasste das Mal. Er hasste die Stilletreuen dafür, dass sie das Mal erschaffen hatten – ein ödes Land, das mit jedem Jahr wuchs, als ob die Auswirkungen der Stille noch immer andauerten. Mehr unfruchtbares Gelände. Mehr Mündel. Mit jedem Mondumlauf.

Und alle paar Umläufe beschloss ein Mündel zu gehen und nutzte den Tod als Fluchtweg.

»Das ist einer der Gründe, weshalb wir dir das Gedächtnis genommen haben«, sagte Grant und klang, als ob er zwar noch überzeugt von der Entscheidung, aber müde wäre. »Es begann, dich zu belasten. Auf die eine oder andere Art belastet es uns wohl alle. Aber dir verlangte es einen Tribut ab.« Grant sah ihn geradewegs an und zögerte kurz. »Ich bin mir nicht sicher, ob du es sonst geschafft hättest.« Der Gedanke ließ Tahn eiskalt werden. Er hätte Devins und Alemdras Schicksal teilen können. »Wir dachten, es würde dir leichter fallen, damit umzugehen, wenn du erst älter wärst. Also verschleierten wir deine Erinnerungen und schickten dich nach Helligtal. Dort war es außerdem sicherer.« Von Letzterem schien sein Vater nicht ganz so überzeugt zu sein. »Zumindest musstest du dort weniger Freunde sterben sehen.«

Er erinnerte sich an viele Gesichter und Namen. Es war entsetzlich, als Kind einen Freund zu verliehen. Schwer verständlich. Man konnte niemanden verantwortlich machen. Nichts daran ändern. Und sich von einer Freundin zu verabschieden, die schon in die Erde zurückgekehrt war, von Alemdra … war ein hohler Abschied.

Das bedeutete das Mal für ihn. Das bedeutete die Stille. In diesem Moment kam er zu einem Schluss darüber, auf welcher Seite er stand.

»Ich habe die alten Worte heute nicht benutzt.« Tahn hielt für einen langen, schmerzlichen Augenblick inne. »Es war meine Entscheidung. Ich habe mir ihr Leben ausgemalt. Mir vorgestellt, wie sie sterben würden. Ich konnte sie nicht retten. Aber ich konnte sie auch nicht leiden lassen. Vielleicht gibt es ja ein Leben nach dem Tod, und ich wollte um keinen Preis zulassen, dass die Velle ihnen die Gelegenheit nehmen, dort Teil einer Familie zu sein.« Er unterbrach sich und wischte sich die Tränen ab. »Deshalb habe ich sie getötet.«

Grant drückte Tahn tröstend die Schulter. Dann schenkte er ihm ein trauriges Lächeln und sagte: »Obwohl du es verabscheuen wirst, das zu hören: Du klingst wie ich.« Dann bedachte er die Gräber, die sie aushoben, mit einem langen Blick. »Du hast ihnen Gnade erwiesen. Eine harte Gnade. Aber Gnade war es dennoch. Du wirst wohl eine Weile mit deiner Schuld leben müssen, was nichts Schlechtes ist. Schuld läutert einen Mann so, wie Schmiedekohlen Stahl härten. Aber nicht lange, Tahn. Eine Weile – dann lass es los.«

»So, wie du deine Schuld losgelassen hast.« Tahn lächelte schwach.

»Oh, ich bin ja auch ein Dreckskerl, Tahn. Wusstest du das noch nicht?«

Sie lachten beide. Das Geräusch war das beste Loblied, das sie auf die sechs Kleinen hätten singen können.

Tahn sah wieder nach oben.

Grant folgte Tahns starrem Blick. »Was ist?«

»Wir hatten gestern Nacht eine Mondfinsternis«, sagte Tahn. »Hast du es gesehen? Den roten Mond?«

»Ich verstehe mich nicht auf Monde und dergleichen. Ich kenne mich besser mit Leuten aus.«

Tahn lachte wieder, diesmal mit leichterem Herzen. »Die Sterne sind hier so klar zu sehen wie auf dem Mal«, bemerkte er, »aber nicht einmal annähernd so hell wie im Hain.«

Der Hain. Das waren schöne Jahre gewesen. Freundliche Jahre, die er an einem Ort verbracht hatte, wo seine angeborene Neigung, sich mit dem Himmel zu befassen, gefördert werden konnte.

»Ich habe dich dort nie besucht, aber man hat mir erzählt, dass du dir einen Namen gemacht hättest.«

Tahn deutete nach Nordwesten auf einen Planeten, den er nur zu gut kannte. »Pilona Soray. Siehst du sie?«

Grant suchte den Himmel ab und ließ den Blick dann auf

Soray ruhen. »Ja. Ich hätte sie aber nicht gesehen, wenn du mich nicht auf sie hingewiesen hättest.«

»Sie ist von ihrer Bahn abgewichen«, antwortete Tahn, abgelenkt von Erinnerungen, die sich in seinem Kopf wie Bruchstücke eines Mosaiks zusammensetzten. Erinnerungen an den Hain. An Pilona Soray. Und vor allem an eine ganz besondere Nacht.

»Ein guter Astronom kann aus der Beobachtung eines leeren Himmelsstücks so viel entnehmen wie aus der Vermessung eines großen Sternenfelds.« Scalinou Deschop schnaufte die Worte hervor, während er Tahn die Turmstufen hinaufführte. Alle neunhundertachtundneunzig, ganz so wie in den anderen vier Türmen.

»Also werden wir heute leeren Himmel betrachten?«, fragte Tahn mit einem schiefen Grinsen.

Scalinou, der Weise des Kollegs der Kosmologie, blieb auf der Treppe stehen und warf aus dem Augenwinkel einen Blick auf Tahn. »Fühlst du dich der Herausforderung gewachsen?«

»Nichts anzustarren?«, neckte Tahn ihn erneut. Er stand mit Scalinou auf so vertrautem Fuß wie mit der Weisen seines eigenen Kollegs der Astronomie. »Irgendwie schaffe ich das schon.«

Als sie die Glaskuppel erreichten, blieb Scalinou außer Atem auf der obersten Stufe stehen. »Wenn das Herz mir nicht mehr in den Ohren hämmert, fangen wir an.«

»Wir hätten einfach den Flaschenzug nehmen sollen«, sagte Tahn, um Scalinou ein wenig zu ärgern.

»Unfug. Das verstößt gegen die Vorschriften. Und, zu den Höllen, Treppen halten mich jung!« Die Stimme des alten Mannes hallte wie Gesang in der weiten Kuppel des Observatoriums wider.

Tahn stellte sich neben seinen alten Freund und Mentor und ließ den Blick über die Glasscheiben schweifen, aus denen die große Kuppel bestand. Jede war einen ganzen Schritt hoch und breit und saß in einer unglaublich schmalen Fassung aus Eisenholz. Vom Boden der Kuppel aus wirkte es, als wären es gar keine einzelnen Scheiben: Man hatte in alle Richtungen einen unverstellten Blick auf den gesamten Himmel.

In einigen Türmen gab es alchemistische Lampen oder Lichtsteine, die von Bewegungen oder Wärme angetrieben wurden. Scalinou untersagte solchen Unsinn in seiner Kuppel. Hier stellten Öllampen die fortschrittlichste Technologie dar, aber eigentlich bevorzugte Scalinou Kerzen. *Beschafft mir einen guten Kerzenzieher*, sagte er mit Vorliebe.

Hier und da standen Tische im Dunkeln. Auf ihnen: Armillarsphären, Modelle des Sonnensystems, Quadrantenkarten, Wasseruhrwerke, die die Zeiger von Uhren betätigten, die auf verschiedene Planetenumläufe eingestellt waren. Sie arbeiteten alle stumm, aber ein kundiger Astronom, der durch die Kuppel schritt, konnte sehen, dass hundert Berechnungen zugleich angestellt und nachvollzogen wurden. Es gab einige niedrige Bücherregale. Scalinous Bücher. Und natürlich befand sich in der Mitte der Kuppel auf einem eingelassenen Drehboden das zweitbeeindruckendste Teleskop in Albenhain – das beeindruckendste überhaupt stand in der Kuppel des Kollegs der Astronomie. Es versetzte Tahn schon in freudige Erregung, es auch nur anzusehen.

All das hatte seine Heimstatt in einer Halbkugel von fünfzig Schritt Durchmesser. Die Kuppeln waren Tahns Lieblingsplätze in Albenhain. Er wurde es nie müde, sie zu besuchen.

Als Scalinou sich erholte hatte, schlurfte er zu dem langen Teleskop hinüber, das auf eine offene Luke gerichtet war. Mit der Wärme, mit der ein anderer vielleicht sein Lieblingsschoßtier gestreichelt hätte, klopfte Tahn sanft auf das Messingrohr des Teleskops. Ein unmelodisches *Klack-klack-klack* ertönte in der breiten Höhlung. Dann starrte er an der etwa neun Schritt entfernten Sammellinse vorbei nach oben.

Scalinou ließ sich auf seinem Stuhl ohne Armlehnen nieder – er mochte es nicht, wenn seine Ellbogen in irgendeiner Form eingeengt waren. Dann beugte er sich über seine Werkbank und die Quadrantenkarte, die darauf lag. Die Karte wurde von kleinen Sandsäcken auf allen Ecken ausgebreitet gehalten. Halb überrascht, halb erleichtert stieß Scalinou ein zufriedenes Brummen aus. »Dieses eine Mal haben diese Störenfriede von jungen Kosmologen sie in Ruhe gelassen.« Er beugte sich im Licht einer schmalen Mondsichel und zahlloser Sterne tief über seine Armillarsphäre und stellte sie etwas anders als zuvor ein.

»Suchst du unsere leeren Himmelsflächen?«, fragte Tahn.

Scalinou grummelte und glich dann seine Armillarsphäre mit der Karte ab. Zuletzt zog er ein Buch hervor und überflog datierte Einträge, die über ein Jahr in die Vergangenheit reichten.

Nachdem all das erledigt war, setzte er sich auf und rollte die Schultern wie ein Athlet, der sich auf einen Wettkampf vorbereitete. In Scalinous Fall handelte es sich um ein Ringen mit seinem Stückchen Himmel.

Tahn hob die Hand, als wäre er zum Schiedsrichter über diesen Kampf eingesetzt. »Hast du mich nicht deshalb eingeladen?«

Im ersten Augenblick wirkte Scalinou ungehalten, aber bald trat ein Lächeln auf sein runzliges Gesicht. Er stand mit großer Geste auf und bedeutete Tahn theatralisch, sich auf dem Stuhl ohne Armlehnen niederzulassen – dem Thron eines Kosmologen.

Tahn verschränkte die Finger und drückte sie durch, wie er es Musiker hatte tun sehen, um allem eine gewisse Feierlichkeit zu verleihen. Dann drehte er sich auf Scalinous Thron herum und begann, langsam die beiden Handhebel am Gestell des Teleskops auszurichten. Er hielt sich sorgfältig an Grad und Minute und die Längenbestimmung der Armillarsphäre.

Sobald das geschehen war, holte er langsam tief Luft, atmete wieder aus und beugte sich sacht vor, um durch das Okular zu spähen. *Freiflächen.* Dann machte er es sich für eine lange, geduldige Beobachtung bequem.

Ein paar Stunden veränderte er seine Stellung kaum und zappelte weniger herum als andere Beobachter in seinem Alter. Weitaus weniger. Geduldiges Hinsehen war ihm nur recht.

»Es lässt sich ein hohes Maß an Frieden darin finden, einen leeren Fleck am Himmel zu betrachten.« Scalinou saß in der Nähe und hatte die Nase in einer Erstausgabe der *Kümmerlichen Beweise für ewige Wahrheiten* versenkt, einem philosophischen Traktat, das man noch nicht einmal in den Annalen des Kollegs finden konnte.

»Es ist verdammt hübsch«, sagte Tahn, ohne dass ihm bewusst geworden wäre, dass er gerade in Anwesenheit eines Weisen geflucht hatte.

»Haha! Ja! Das ist meine Kosmologie.« Scalinou grinste befriedigt. »Das ist der Grund dafür, dass du der einzige Astronom bist, dessen Gesellschaft ich länger als eine Stunde ertragen kann. Aber jetzt sieh dir wieder die Vorstellung an!«

Das war Scalinous Art, Tahn anzuweisen, sich um das Okular seines Teleskops zu kümmern. Die *Vorstellung* war Scalinous Bezeichnung für den Tanz der Sterne.

Sie beobachteten Pilona Soray – einen Wandelstern. Soray war eigentlich ein Planet, aber Scalinou fand – wie Tahn – den alten Ausdruck poetischer, und so nannten sie Soray hier einen *Wandelstern*.

Tahn sah genau hin, während die Zeit verging und der vertraute Schmerz sich in seinem Hals und seinen Schultern einnistete, weil seine Muskeln sich verkrampften. Er hätte gern die Schultern gerollt und sich gereckt und gestreckt, war aber gleich darauf froh, aufmerksam geblieben zu sein, denn einen Augenblick später ... geschah es.

Er seufzte leise, als Soray ihren Rücklauf vollendete. Kein lauter Knalleffekt, kein Füßestampfen auf Wagenbühnenbrettern, keine Musik, die das Ende der Vorstellung einläutete. Nur die stumme, unermesslich ferne Vollendung der Schleife des Wandelsterns – und er wich von seiner Bahn ab. Das war nicht die Ellipse, die er gewöhnlich beschrieb. Die Länge der Schleife hatte sich verändert. *Sie ist weiter entfernt ...*

Er lehnte sich fassungslos zurück.

Als er Tahns Gesichtsausdruck sah, jauchzte Scalinou beinahe vor Freude. Der alte Kosmologe goss sich ein großes Glas Tresterschnaps ein. Während Tahn über das nachgrübelte, was er gerade gesehen hatte, trank Scalinou und wartete darauf, dass Tahn seine Gedanken äußerte.

»Vielleicht stimmt mit deinem Teleskop etwas nicht«, schlug Tahn vor. »Lass es uns überprüfen.«

Scalinou prustete Luft zwischen zusammengepressten Lippen hervor und schnalzte dann spöttisch damit. »Das ist die Falle, in die ein Zweifler tappt. Die Methode eines Himmelsfeiglings. Du weißt, was du gesehen hast. Schreib es auf.«

Tahn nahm ein kurzes Messer und spitzte ein Stück Graphit

an. Kein Sternkundiger vertraute dem Papier eine neue Erkenntnis gleich in Tinte an. Aber als er seine Eintragung in Scalinous Tagebuch vornahm, war die Berechnung nicht schwer. Sie würden ihr bald Tintendauer verleihen.

Nachdem er rasch alles notiert hatte, stand er auf, rollte mehrfach die Schultern und versuchte, Hals- und Rückenmuskeln zu lockern. Etwas entspannter goss er sich ein Glas lauwarmes Wasser ein und musterte Scalinou durch die Schatten hindurch.

Das Grinsen des Weisen war so breit, dass es sein Gesicht entzweizureißen drohte. »Was hältst du jetzt von meinen Freiflächen, Gnomon?« Der Spitzname bezog sich auf den Zeiger einer Sonnenuhr, den Teil, der einen Schatten warf, wie Tahn es jeden Morgen tat, wenn er den Sonnenaufgang beobachtete.

»Was hat das zu bedeuten?«, fragte Tahn.

»Das weiß ich noch nicht«, antwortete Scalinou. »Aber ist es nicht wunderschön?«

Dann hinkte der alte Mann zum Rand der Kuppel. Tahn folgte ihm. Von dort aus starrte Scalinou *mit bloßem Auge,* also ohne Teleskop, empor.

Der Weise legte eine Hand gegen das Glas und brach so noch eine seiner Kuppelregeln. Tahn tat es ihm nach. Das Glas fühlte sich kühl an.

»Das ist unsere Stadt, Tahn. Albenhain.« Er richtete den Blick nach unten auf die Dächer und Straßen und hinüber zu den anderen vier Türmen. Dann nahm Scalinous Stimme einen ganz anderen Ton an. Aufrichtiger. Schlichter. »Du liebst sie auch, nicht wahr? Die Forschungen und Debatten. Das Studium des Himmels.«

Das alles liebte Tahn tatsächlich, aber auch den alten Mann. Sie führten diese Unterhaltung jedes Mal, wenn sie zusammen waren. Sie sprachen laut aus, was zählte. Keine unnötigen Wortklaubereien.

Nur, dass es heute Nacht ein wenig anders war. Tahn glaubte, einen Unterton in Scalinous Frage mitschwingen zu hören. Das änderte aber nichts an Tahns Antwort. »Ich möchte niemals von hier fort.«

Scalinous Lächeln schwand dahin.

»Du brauchtest heute meine Hilfe bei den Freiflächen gar nicht, nicht wahr?«, schloss Tahn.

»Unfug. Ich kann deine Hilfe immer gebrauchen«, tadelte Scalinou ihn milde.

Tahn schenkte ihm ein nachsichtiges Lächeln. »Aber das ist nicht der einzige Grund, weshalb du mich hergebracht hast, nicht wahr?«

Der Hain hatte vor kurzem eine Debattenfolge durchlaufen, eine ritualisierte Reihe von Vorträgen und Diskussionen, in der ein Wissenschaftler versuchte, eine Hypothese zu beweisen, indem er sie nach und nach in jedem Kolleg des Hains darlegte und verteidigte. Diesmal hatten Tahn und seine beste Freundin, Rithi, ihrer Mutter geholfen, die Debattenfolge anzustoßen. Sie hatte für die Einheit der himmlischen Mechanik argumentiert, die sie als Kontinuität bezeichnete.

»Die Sterne deines Lebens drehen sich ziemlich schnell«, bemerkte Scalinou.

»Ihr schickt mich fort, nicht wahr?«

Scalinou machte den Mund fest zu und schluckte die Worte hinunter, die seinen Lippen zu entschlüpfen drohten.

Tahn schwieg eine Weile, bevor er sagte: »Es ist meine Schuld.«

»Was ist deine Schuld?«, fragte Scalinou vorsichtig.

»Dass Rithis Mutter … sich das angetan hat. Ich hätte sie

in der Astronomiedebatte im Hörsaal besser unterstützen sollen.«

Die Bemerkung erschütterte Scalinou sichtlich. Rithis Mutter Nanjesho war eine brillante Mathematikerin gewesen, aber ihre Theorie war in sich zusammengebrochen, als sie damit zum Kolleg der Astronomie gekommen war. Tahn und Rithi hatten Nanjesho bei ihrer Debattenfolge ihre eben erst erblühenden Fähigkeiten zur Verfügung gestellt. Gewöhnlich wäre solche Hilfe als bloßer Spaß betrachtet worden. Aber nicht von Tahn. Und auch nicht von Rithi.

Wie auch immer – ein paar Tage, nachdem die Frau daran gescheitert war, die Kontinuität zu beweisen, hatte sie sich das Leben genommen.

Wie ein Mündel des Mals.

»Es ist eine unschöne Angelegenheit«, sagte Scalinou. »Unschön für sie. Für ihre Tochter. Für uns alle. Aber« – er schüttelte Tahn sanft an der Schulter – »nichts noch nie Dagewesenes. Sie hat eine gewaltige Theorie aufgestellt. Gewaltige Theorien von der Art, dass sie unser Verständnis des Himmels umstoßen, verzehren jemanden. Bedeuten ihm alles.«

»Aber ich …«

»Und ganz gleich, was für ein gewitzter junger Astronom du auch sein magst, Gnomon, die Schuld an dem, was geschehen ist, trägst nicht du.« Scalinou sah mit ernstem Blick auf ihn herab. »Und es ist auch nicht der Grund dafür, dass du fortgehen wirst.«

Tahn schwieg und sah hinauf zum Himmel, an dem Soray ihre Bahn zog. Jetzt wandelte sie wirklich. Dann sagte er kleinlaut: »Bitte zwingt mich nicht fortzugehen. Nicht zurück ins Mal. All die Kinder da … sie sind wie Vogelscheuchen, die auf einem Brachfeld warten. Aber ihre Eltern kommen nie, um sie zu holen ...«

Scalinous Gesicht war voller Mitgefühl. »Aber *dein* Vater ist da.«

Das rief nur ein tiefes Seufzen hervor. »Ihm sind die anderen Kinder, die er aufnimmt, viel wichtiger, als ich es jemals war. Und wir betrachten dort nicht den Himmel. Wir üben nur das Kämpfen. Gehen auf Patrouille.« Er schaute mit neuer Besorgnis auf. »Und Rithi wird glauben, dass ich sie im Stich lasse.«

»Rithi kommt schon zurecht. Nicht sofort, aber früher oder später. Und du, du bist hier immer willkommen«, gab Scalinou mit aufrichtigem Blick zu bedenken. »Ich glaube, dass dein Vater und seine Freunde im Moment einfach annehmen, dass du bei ihnen sicherer sein wirst.«

»Sicherer wovor?«

Scalinou wirkte, als wäre er tatsächlich nahe daran, Tahn zum ersten Mal anzulügen. Aber was auch immer kurz in seinem Gesicht gestanden hatte, verschwand so schnell, wie es gekommen war. »Die Kontinuitätsdebatte hat viel Aufmerksamkeit der falschen Art erregt, Gnomon. Ich glaube, dass dein Vater recht daran tut, dich aus Albenhain fortzuholen.«

Er zog Tahn enger an sich, und gemeinsam blickten sie nach oben am Teleskop vorbei dorthin, wo Soray ihrem üblichen Rhythmus und Lauf trotzte.

»Wenn Nanjesho Erfolg gehabt hätte«, bemerkte Tahn, »hättest du vielleicht eine Möglichkeit gehabt, Soray zu erklären.«

Die Erinnerung an Scalinou, Rithi und Nanjesho verblasste langsam, während Tahn weiter in den Nachthimmel aufsah. Erinnerungen an den Hain und seine Studien dort brachen über ihn herein wie eine Sturzflut durch einen geborstenen Deich.

»Es ist unglaublich, wie viel vom Himmel ich vergessen hatte.« Tahn schüttelte den Kopf.

»Darauf bilde ich mir ein bisschen etwas ein. Auf die Menge des Wissens, meine ich«, sagte Grant. »Ich habe dir – und all meinen Mündeln – dimnische Lerntechniken beigebracht. Kinder in Mesonn Dimn wissen mehr als zehn Erwachsene anderswo. Und was dich betrifft … du hast schon die Sterne betrachtet, seit du selbstständig den Kopf heben konntest. Ein so starkes Interesse darf man nicht verkommen lassen. Deshalb haben wir dich in den Hain gesandt.«

»Ich habe Freunde dort.« Götter, wie er den Ort vermisste! »Ich könnte sie wieder aufsuchen.« Er zeigte nach oben. »Mich am Nordstern orientieren. Einen Weg dorthin finden.«

Grant nickte; der Gedanke schien ihm zu gefallen. »Vielleicht solltest du das tatsächlich tun.«

»Ich habe allerdings auch Freunde auf dem Mal«, fügte Tahn ernüchtert hinzu. »Bringen wir das hier zu Ende.« Er begann, die lose Erde und die Steine aus den Gräbern zu entfernen.

Grant half mit, und binnen kurzer Zeit hatten sie die kleinen Gräber gesäubert, die Kinder hineingelegt und sie sanft zugedeckt. Grant sprach ein altes Gebet.

Als sein Vater damit fertig war, kauerte Tahn sich hin, als ob die Toten sein Flüstern hätten hören können, wenn er ihnen nur nahe war. »Ich werde nicht zulassen, dass das Mal sich ausweitet. Ich werde nicht zulassen, dass es auch nur einen mehr von uns gibt.«

Gewiss, er dachte an die sechs, aber auch an die siebenunddreißig. An Devin. An Alemdra.

Bei allen entrückten Göttern, diesmal würde er den *Eindringling* daran hindern, dorthin zu spazieren, wo er nicht sein sollte, gleichgültig, ob es ein einzelner Mann war … oder eine ganze verdammte Armee von Stilletreuen.

Keine Frage mehr, ob er seinen Pfeil abschießen sollte.

Keine Entscheidung mehr, welchen Freund er beschützen sollte.

Keine Rettung eines kleinen Kindes mehr, indem er es tötete, bevor die Stilletreuen es tun konnten.

Und keine Waisen und Findelkinder mehr, die ins Mal geschickt wurden.

Nie wieder!

Die Stille musste aufgehalten werden.

Er wandte ein letztes Mal den Blick zum Himmel empor und empfand ein gewisses Maß an Frieden. Es war ein Frieden, den er während seiner Zeit im Hain, in den sein Vater ihn gesandt hatte, damit er dem Mal entging, weitaus mehr zu schätzen gelernt hatte.

»Danke, Papa«, sagte Tahn und brach in Richtung Naltus auf.

»Wo willst du hin?«

»Ich will ein längst überfälliges Gespräch führen.«

Danke, Papa, hatte Tahn gesagt. Grant hätte nie gedacht, dass der Junge ihn jemals wieder so nennen würde. *Papa.* Tahn hatte das Wort gerade zum ersten Mal seit über zwölf Jahren ausgesprochen, und es sorgte dafür, dass Grant sich nach all der Zeit zum ersten Mal wieder wie ein Vater fühlte.

Er war nicht so naiv, dass er angenommen hätte, dass zwischen ihnen nun alles zum Besten stand. Aber er hatte aufgehört, so zu tun, als würde ihm der Gedanke keinen Schmerz bereiten, dass er seinen Sohn nach dem morgigen Tag vielleicht nie wiedersehen würde. Er hatte beschlossen, dass er Tahn, selbst wenn dieser ihm nicht verzeihen konnte, zumindest etwas Klarheit in einigen Angelegenheiten bieten konnte. Und das hatte er getan. Größtenteils.

Als er herausgekommen war, um die Toten zu begraben, hatte er vorgehabt, Tahn sogar noch umfassender die Wahrheit zu sagen. Er hatte ihm etwas erzählen wollen, von dem er annahm, dass es vielleicht für immer einen Keil zwischen sie treiben würde: wer Tahns Mutter war.

Sein Sohn wusste, dass Grant ins Mal verbannt worden war, weil er versucht hatte, einen Sheson davon abzuhalten, das totgeborene Kind der Regentin wiederzubeleben. Was er nicht wusste, war, dass Grant mit der Regentin, Helaina, verheiratet gewesen war. Sie war Tahns Mutter. Und das Kind, dessen Wiederbelebung er zu verhindern versucht hatte ... war Tahn.

Er liebte seinen Sohn. Aber die Menschen hatten kein Recht, die Charta zu missachten, auf der ihre Welt fußte. Der Konflikt zwischen diesen beiden Überzeugungen war ein götterverdammtes Dornengestrüpp.

Aber er hatte Tahn nicht daran teilhaben lassen, weil der Junge dann gewusst hätte, dass Grant nur seinetwegen ins Mal verbannt worden war. Und dann hätte Tahn sich die Schuld an *allen* Mündeln des Mals gegeben, einschließlich derer, die sie zu jung begraben hatten. An den siebenunddreißig. Und in dem Moment, als Grant die Augen seines Sohnes hatte leuchten sehen – als Tahn sich an den Hain erinnert hatte –, war er zu dem Schluss gekommen, dass es nicht der rechte Zeitpunkt war, das Geheimnis zu lüften. Manche Geheimnisse wahrte man besser.

Bald schien das Scharren von Eisen im Boden – das Ausheben der Gräber – zu verklingen. Es blieb nur das leise Raunen der Grashalme, die vom Wind aneinander gerieben wurden.

10

KLAGELIEDER: DIE GEGENWART

Das Maß, in dem jemand leidet, wenn er einen Eid gebrochen hat, lässt seine wahre Natur erkennen. Wer nichts empfindet, wenn er sein Wort gebrochen hat, ist nicht einmal die Spucke wert, um einen Stiefel zu polieren. Wahrer Unrat.

(Aus dem veröffentlichten Tagebuch der Isabelle Rycher, Mitglied des Dichterkreises)

Unter dem klaren Nachthimmel schritt Mira das Schlachtfeld ab. Überall auf der weiten Felsebene wurden Gräber für die Gefallenen ausgehoben. Heute Nacht würde man mit der Tradition brechen, Dolmen für die Fern zu errichten, die in die Erde zurückkehrten: Es waren einfach zu viele Tote. Stattdessen also schlichte Gräber.

Der Klang des schweren Eisens, das die Erde aufriss, bildete eine stetige, beruhigende Musik. Sie nahm den Duft der alten, neu umgegrabenen Erde ringsum in sich auf und dachte darüber nach, dass sie aus dem Tritt geraten war.

Mit erstickender Folgerichtigkeit war wieder über sie hereingebrochen, dass alles wirklich geschehen war: Sie war keine Fern mehr. Nicht vollständig. Sie verlor nach und nach die

Eigenschaften, mit denen ihr Volk von Natur aus begabt war. *Ich bin eine Eidbrecherin.*

All die Jahre lang hatte sie sich auf das gefreut, was auf dieses Leben folgte, auf den Moment, in dem sie mit ihrer Mutter wiedervereint sein würde. Mit einer Mutter, die sie nie gekannt hatte. Ihre Mädchenzeit hatte sie bei mehreren *Betreuerinnen* verbracht. Sie hatte nie die Wärme der Umarmung einer Mutter gespürt. Sie hatte nie an der Seite ihrer Mutter gekämpft. Sie hatte nie heimliche Gespräche geführt, wie Mütter und Töchter sie führen sollten. Sie hatten nie so miteinander gelacht, dass nur sie beide es verstanden. Nichts.

Aber die Verheißung der Fern hatte das erträglich gemacht. Sie würde ihre Mutter treffen, wenn dieses Leben vorüber war. Nur, dass sie das jetzt nicht mehr tun würde. Da sie Tahns Makel auf sich genommen hatte, galt die Verheißung für sie nicht mehr. Sie würde die Umarmung ihrer Mutter nie kennenlernen, und obwohl das etwas so Schlichtes war, schmerzte es sie, die Gelegenheit dazu verschenkt zu haben.

Sie atmete tief ein und roch den Gestank geronnenen Blutes. Später würde sie vielleicht um das trauern, was sie verloren hatte, aber für den Augenblick schob sie es beiseite. Angesichts solch überwältigender Verluste schien es einfach keine Rolle zu spielen.

Ein paar Fern kamen auf sie zu. Sie zogen einen Karren hinter sich her. Sie knieten neben einem toten Verwandten nach dem anderen nieder, sammelten respektvoll persönliche Habseligkeiten und Waffen ein und schnürten sie in großen, quadratischen Lederstücken zu Bündeln. Danach wurde von außen mit dunkler Tinte sorgfältig ein Name auf das Bündel geschrieben, bevor es auf den Karren geladen wurde.

Hinter ihnen kamen weitere Fern, die Steine mit Tritten aus

dem Weg beförderten und an den Stellen der Schieferebene zu graben begannen, an denen der Mutterboden offen zutage trat. Mira bat um eine Spitzhacke und einen Spaten. Wortlos reichte ein gleichmütiger Fern ihr seine eigenen und ging, um sich Ersatz zu besorgen.

Mira streifte noch eine halbe Stunde lang auf dem Schlachtfeld umher, bevor sie Elan, wie sie es im Voraus gewusst hatte, damit beschäftigt fand, ein Grab auszuheben. Sie räumte ein Stück Boden neben ihm frei und begann, auf die Erde einzuhacken. Die Anstrengung trieb ihr die Hitze in Arme, Hals und Gesicht. Sie arbeitete schneller und brach den festgetretenen Boden auf, damit er zur letzten Ruhestätte für jemanden werden konnte, dessen Namen sie nicht kannte.

Bald atmete sie keuchend durch trockene Lippen, hielt aber nicht inne. Schlag um Schlag hämmerte sie auf die harte Erde ein, erinnerte sich an Gesichter aus ihrer Kindheit, das Gesicht ihrer Schwester, sogar das Gesicht des kleinen Penit. Alle waren sie fort. Dann trieb der Gedanke an Tahn sie zu einer wütenden Folge von Hieben mit der Hacke – sie hegte echte Gefühle für ihn.

Vielleicht könnten uns ein paar Jahre vergönnt sein …

Es war ein verantwortungsloser Gedanke – die Fern benötigten sie schließlich noch, um einen Erben zu gebären –, und er verblasste, sobald sie sich an Fern um Fern um Fern erinnerte, die alle nacheinander die Rolle ihrer Mutter gespielt hatten, bis es für sie an der Zeit gewesen war, in die Erde zurückzukehren. *Der Segen eines verkürzten Lebens …*

Als würde sie aus einem Traum erwachen, bemerkte Mira, dass sie zu graben aufgehört hatte. Schweißüberströmt wandte sie sich um und sah Elan an. Er stand bis zur Hüfte in dem Grab, das er ausgehoben hatte, und erwiderte unverwandt ihren Blick. Ihr König.

»Du siehst aus wie sie.« Zuneigung und Trauer hielten sich auf seinem Gesicht die Waage. »Die gleiche Haut, weiß wie Schnee. Die gleichen Augen, wie Wolken nach einem Sturm. Haar wie frisch gepflügte Erde … Ich vermisse sie.«

Lyra. Miras ältere Schwester und Elans Frau, die vor noch nicht ganz zwei Umläufen in die Erde zurückgekehrt war.

Mira nickte. »Du solltest dich ausruhen.«

»Hier gibt es noch viel zu tun.« Er wies auf das Grab, das sie aushob. »Ist das für jemanden, den du kennst?«

Sie schüttelte den Kopf und arbeitete stumm eine Weile weiter. Erschöpft musste sie schließlich eine Pause einlegen.

Ihr König hackte weiter auf den harten Boden ein. »Ich möchte, dass du bleibst«, sagte er und warf im Schaufeln einen Blick zu ihr herüber. »Ich weiß um die Wichtigkeit dessen, was der Sheson verlangt, aber du wirst hier gebraucht. Jede andere Fern könnte Tahn und Sutter ebenso gut begleiten. Die Wacht ist, was zählt, nicht der Wächter.«

Mira lehnte sich an die Kante des Grabes. »Ich kann nicht bleiben, Elan, und du auch nicht.«

Er musterte sie mit verschlossener Miene. »Du meinst das Große Mandat.«

»Du musst hingehen. Ich habe versprochen, diesen Sitz selbst einzunehmen, wenn du es nicht tust.«

»Die Fern haben nie an einem Großen Mandat teilgenommen«, sagte er.

»Diesmal benötigt die Regentin deine Unterstützung. Ohne sie wird es uns, glaube ich, nicht gelingen, die Stille noch einmal zurückzudrängen.« Sie ließ den Blick über die Ebene voller toter Fern schweifen.

Elan folgte ihrem Blick und seufzte tief.

Der Schleier, der die Stilletreuen im Born hielt, wurde schwächer. Dieses Feld voller Leichen war ein Beweis dafür. Und wenn der Schleier fiel, würde die Flut von Stilletreuen, die über die Ostlande hinwegbranden würde, gewaltig sein. Die Regentin von Decalam hatte ein Großes Mandat aller Könige und Herrscher des Ostens einberufen, um ein Bündnis zu schmieden, das sich dieser Flut entgegenstellen sollte.

»Unser Volk braucht einen Erben, Mira. Wir sind die Letzten der Dynastien, du und ich.«

»Spielt das denn noch eine Rolle?« Sie starrte in die Schatten des Grabes, das sie umgab. »Ich habe gesehen, wie das Buch zu Asche verbrannt ist.«

Als sie wieder aufblickte, standen in den Augen des Königs Erstaunen und Enttäuschung. »Wir tragen immer noch die Verantwortung zu führen«, sagte er voller Entschlossenheit. »Das Leben dieser Leute ...« Er sah sich im Kreise derer um, die die Toten begruben. »Es ist noch nicht bedeutungslos. Es wird schwer, alles wieder aufzubauen, und noch schwerer, ihrem Dasein einen Zweck zu verleihen. Aber der beginnt mit dir und mir und dem Kind, das wir ihnen schenken müssen.«

Elans junges Gesicht spiegelte noch eine andere Empfindung wider. Es hatte viele Fernkönige gegeben; ihre Namen zierten die Wände des Forums und waren für immer in den dunklen Stein gemeißelt. Wie sie war Elan ein großer Kriegsherr. Aber er war etwas Besonderes. Er hatte zugleich einen Weg gefunden, den Fern das Gefühl zu verleihen, dass ihr Leben jeweils einzigartig war und sich nicht in ihrem Auftrag erschöpfte, die Bundessprache zu bewahren.

»Und es gibt noch Hoffnung«, fügte er mit leuchtenden Augen hinzu. »Die Gelehrten durchsuchen jetzt schon die historischen Aufzeichnungen. Manche nehmen an, dass ein Kind, das uns geboren wird, über die Aloinbegabung verfügen könnte:

Es könnte ein Muttersprachler der Bundessprache sein. Das ist die Gabe, die in deinem Blut lebt. Das Geschenk, das nur du einem Kind machen kannst.« Elan hielt inne. Um sie herum tönte der Lärm der Spaten und Spitzhacken.

»Wir haben so etwas noch nie erlebt, Elan …«

»Weil es bisher nie nötig war. Wir haben nur unsere Alltagssprache, einzelne übliche Begriffe und die Übungsabläufe weitergegeben. Wenn wir vielleicht …«

»Elan, ich kann dir kein Kind gebären … weil ich meinen Eid gebrochen habe.«

Er runzelte die Stirn.

Sie berichtete ihm von dem Kampf in den Saeculoren, von Tahns Schuss, um sie statt des kleinen Penit zu retten. Sie erzählte, dass sie den Preis dieser selbstsüchtigen Entscheidung auf sich genommen hatte, um Tahn zu helfen, am Tillinghast nicht zu scheitern.

»Eidbrecherin«, flüsterte Elan. Sein Blick ging in weite Ferne.

Sie hatte das Wort zuletzt am Tillinghast gehört. Es jetzt von ihrem König gesprochen zu hören, traf sie schmerzlicher, als sie es für möglich gehalten hätte.

Sie kannte ihn schon lange. Sie waren Freunde gewesen, die einander Geheimnisse anvertrauen konnten, also wusste sie, wie er zum Ausdruck brachte, was sein Herz bewegte. Was sie jetzt sah, ließ ihr eiskalt werden, wenn auch nur aus dem Grunde, dass sie es noch nie in seinen Augen gesehen hatte. Verunsicherung. Sie huschte kurz über sein Gesicht und wich dann der Entschlossenheit eines Königs, der schon mehr als einmal der Vernichtung ins Auge gesehen hat.

»Vielleicht gibt es eine Möglichkeit für dich.« Er wartete ab, bis einige Fern an ihnen vorbeigegangen waren, bevor er fortfuhr: »Westlich, jenseits des Soliel, lebt ein Volk mit einer ganz eigenen Begabung. Die Laeodalin. Du kennst sie wahrscheinlich als die ›Handsänger‹. Sie leben sehr zurückgezogen, aber sie sind alte Verwandte der Fern. Wenn du sie finden kannst, kann ihr Handgesang dir vielleicht helfen. *Uns* helfen.«

Neue Hoffnung flammte in ihr auf. Sie erinnerte sich an die Geschichten über die Handsänger. Sie verfügten über einen Gesang, der als »Soriah« bekannt war und bei dem es sich angeblich um das sanfteste Lied handelte, das je einen Sinneswandel bewirkt hatte. Sie woben ihre Musik aus Bewegungen und berührten den stillsten Teil derjenigen, die sie hörten. Elan hatte recht. Der Handgesang der Laeodalin würde vielleicht in der Lage sein, den Makel zu entfernen. Sie konnte wieder ganz werden. Sie konnte ihrem Volk einen Erben gebären. Und die Fern würden vielleicht sogar die Sprache zurückgewinnen, die sie verloren hatten.

Aber mit allem anderen ging auch eine geheime, selbstsüchtigere Hoffnung einher. Wenn sie wieder ganz wäre, würde sie ihr Erbe zurückgewinnen … und im nächsten Leben ihrer Mutter begegnen. Mira würde mit der Frau sprechen und sie im Arm halten können, die sie in den ersten paar Jahren gewiegt hatte, bevor sie bei ihrem eigenen Wandel gestorben war.

»Geh nach Decalam«, sagte Mira. »Folge dem Ruf der Regentin. Hilf dem Sheson, die Übrigen zu überzeugen, dem Mandat ihre Unterstützung zuzusichern. Ich werde die Laeodalin suchen und hoffen, dass sie mich heilen können.« Sie lächelte. »Danke, Elan.«

Er nickte, wartete aber noch immer auf ihre Antwort.

»Und sobald ich kann, werde ich zurückkehren, um dir einen Erben zu gebären.«

Elan wirkte nicht erleichtert. »Solche Reisen neigen dazu, mehr Zeit zu verschlingen, als wir im Voraus veranschlagen.«

»Ich weiß«, sagte sie. »Aber ein Kind, das jetzt geboren wird, hat keine nennenswerte Zukunft, wenn das Große Mandat scheitert. Du hast gesehen, was heute geschehen ist.« Sie wies mit dem Kopf auf die Ebene hinaus, wo Tausende von Stilletreuen auf dem Schiefer lagen. »Wenn wir die Stille nicht zurückdrängen können, wird jeder Erbe, den ich den Fern schenke, dasselbe Schicksal erleiden, das die Menschenkinder erwartet. Deine Anwesenheit am Tisch der Regentin wird die Zweifler überzeugen. Und dein Heer an der Seite ihrer Armeen wird einen Unterschied machen.« Sie kroch aus dem Grab hervor, das sie geschaufelt hatte, ging zu ihm und ergriff seine Hand, nicht aus Zuneigung, sondern um ihn zu beruhigen. »Ich werde mich beeilen.«

Endlich nickte Elan. Er griff an die Seite des Grabes, das er schaufelte, und hob ein langes Bündel hoch, das in schweres, dunkles Leder gehüllt war. Er betrachtete es einen Moment lang und reichte es ihr dann hinauf.

»Was ist das?« Sie begann, die Verschnürung zu öffnen.

Er sagte nichts, sondern sah nur zu, wie sie einen neuen Satz Schwerter aus der Umhüllung löste. Oder vielmehr einen alten Satz Schwerter … den ihres Vaters. »Das ist nicht gestattet«, sagte sie zuerst. Dann blickte sie auf. »Du wusstest es.«

»Ich bin froh, dass du es mir von dir aus gesagt hast, aber, ja, ich wusste es. Wir sind schon zu lange befreundet, als dass ich es hätte übersehen können. Aber Eid hin oder her, du brauchst zwei Schwerter, die zusammenpassen. Und dein Vater hätte gewollt, dass du sie bekommst. Sie sind von erlesener Güte.«

Dann entdeckte sie ein kleineres, zusammengerolltes Lederstück unter den Griffen. Sie öffnete es und hielt es erhoben ins Mondlicht.

»Eine Landkarte«, erklärte er. »Sie wird dir helfen, die Laeodalin zu finden. Wenn die Gefahr besteht, dass du sie verlierst« – er wies auf die Karte –, »dann zerstöre sie. Die Laeodalin behüten ihre Abgeschiedenheit, und das sollten auch wir tun.«

Ihre Hochachtung vor ihm verdoppelte sich in jenen Augenblicken. Aber er wartete nicht auf einen Dank, sondern hob die Hacke und fuhr fort, weiter den harten Boden aufzugraben.

II

KLAGELIEDER: DIE ZUKUNFT

Lasst uns nicht vergessen, dass es neben dem absoluten Klang auch den relativen Klang gibt. Über die höchst wirksame Macht des Letzteren gebietet jeder, der bereit ist, zum Trost ein Lied darzubieten.

(Erster Lehrsatz der Unterweisung im absoluten Klang, die man in der Discantus-Kathedrale sowohl den Lyren als auch den Souden angedeihen lässt)

Ein höchst schwermütiger Klang weckte Wendra. Sie setzte sich auf. Schüttelfrost und Fieberschauer jagten ihr noch immer über die Haut. Ihr Schlafzimmer lag im Dunkeln, doch dort, wo sich das Fenster befand, sah sie eine hellere Kohlefarbe. Was sie hörte, war Musik. Eine Hymne, gesungen in einer Sprache, die sie nicht kannte. Doch die Sprache spielte keine Rolle. Sie wusste, dass diese Hymne für die Toten erklang.

Das Lied war schön. Es wurde nicht schneller und schwoll auch nicht an. Das Klagegeheul, das sonst so oft mit Liedern auf die Gefallenen einherging, kam in diesem Trauergesang nicht vor. Er schwebte in einem stetigen, endlosen Ausdruck des Verlustes dahin und setzte sich aus dem zusammen, was ihr Vater die »traurigen Töne« genannt hatte. Belamae nannte sie

Halbtöne, Töne zwischen Tönen, die man nutzte, um Klagelieder zu komponieren.

Sie starrte durch ihr Fenster hinaus auf den Garten des Fernkönigs und verlor sich im süßen Leid des Liedes selbst, das – in ihren Ohren – einen Unterton von Hoffnung verriet.

»Erzählt mir von dem Lied«, sagte sie zu Sendera, die in ihrer üblichen Ecke im Schatten saß.

»Sehr viele sind heute gefallen«, antwortete Sendera.

»Ich möchte hin«, sagte Wendra. »Könnt Ihr mich dorthin mitnehmen?«

»Ihr seid dort nicht willkommen«, sagte Sendera ohne jeden spürbaren Vorwurf.

Wendra wandte sich ihr zu. »Ich sollte hingehen. Bitte. Viele von denen, für die sie singen … Es ist meine Schuld.«

»Deshalb könnt Ihr nicht hingehen.«

Hätten sie nicht angesichts des Todes der Fern solche Schuldgefühle geplagt, hätte Wendra über die Fähigkeit gestaunt, die in ihr geweckt worden war. Während sie dasaß und zurückdachte, konnte sie sich nur einer einzigen Gelegenheit entsinnen, bei der sie diese Macht heraufbeschworen hatte, um etwas anderes zu tun, als zu zerstören. Beim ersten Mal. Sie hatte das Lied ihrer Spieluhr gesungen und sich so selbst von dem Fieber geheilt, das in ihr erwacht war, nachdem ein Bar'dyn sie verwundet hatte.

»Ich würde gern mit ihnen trauern. Das schulde ich ihnen.«

Sendera schwieg lange angespannt. »Nein«, sagte sie dann schlicht.

»Bringt Ihr mich wenigstens näher heran? Ich möchte die Musik gern besser hören.«

Die Fern zögerte einen Moment lang, stand dann aber auf. Wendra kleidete sich rasch an, und gemeinsam gingen sie auf die Straßen von Naltus hinaus und folgten dem Klang des Klagelieds durch die Stadt aus schwarzem Schiefer. Die Straßen waren verlassen, die Fenster überwiegend dunkel. Alles roch nach staubigem Stein und Holz, das nach Regen dürstete.

Nach einiger Zeit gelangten sie zu einem großen Gebäude, das zwar wie der Rest der Stadt aus Schiefer errichtet war, dessen Fassade aber dicht mit eingravierten Schriftzeichen übersät war – Namen. In kleiner Schrift begannen die Namen an den Türen und führten in Spalten bis ans etwa dreißig Schritt hoch gelegene Dach empor. Und beiderseits der Halle warteten lange Reihen von Fern geduldig und stumm darauf, durch die Seitentüren das Gebäude zu betreten.

Sendera zog Wendra die Kapuze über den Kopf und tief hinunter, um ihr Gesicht zu verbergen. »Nehmt sie nicht ab.«

Durch eine breite Straße davon getrennt, standen sie vor dem großen Haus des Gesangs und lauschten. Fast eine Stunde lang rührte sich keine von beiden. Es half, näher zu sein, aber Wendra wollte bei ihnen sein. Das Wissen, dass sie es nicht konnte, ließ ihr das Lied als zu schmerzlich erscheinen, um noch länger zuzuhören.

Sie wandte sich an Sendera. »Ich muss gehen.«

Die Fern setzte sich in Bewegung. Als Wendra ihr nicht folgte, sah Sendera sich um.

»Allein«, sagte Wendra.

Die Fern war nicht ihre Kerkermeisterin. Ihre Pflicht beschränkte sich darauf, Wache zu halten, wenn Wendra schlief. »Nehmt die Kapuze nicht ab«, riet sie und ging in die Richtung von Elans Anwesen davon.

Während Wendra durch die kühlen, abendlichen Straßen von Naltus schritt und sich so weit von der Trauerhymne entfernte, wie sie konnte, dachte sie darüber nach, wie leicht sie an diesem Tag die Beherrschung verloren hatte. Wie der Gesang ihr anscheinend das Ruder aus der Hand gerissen hatte. Aber vor allem dachte sie an die Fern, die heute Nacht allein schliefen, und an die Betten, die leer blieben. An einem Gutteil dieser Leere trug sie die Schuld.

Sie hatte es natürlich nicht absichtlich getan. Sie hatte nur den Stilletreuen ein Ende singen wollen. Um all des Schadens willen, den sie im Leben so vieler anrichteten, hatte sie gesungen, um sie zu vernichten.

Etwas später fiel ihr auf, dass es auf den Straßen still war. Kein Klagelied mehr. Nur eine einzelne Stimme. Und kein Gesang. Ein zartes Geräusch. Ein leises Schluchzen. Wendra ging ihm nach und fand sich vor dem Fenster eines Fernwohnhauses wieder. Sie spähte durch eine kleine Öffnung zwischen den Vorhängen und sah ein Kind zusammengerollt auf seinem Bett liegen. Der kleine Junge war vielleicht fünf Jahre alt.

Sie hörte es seiner Stimme an – er hatte in der heutigen Schlacht Angehörige verloren. Und wenn ein Kind so weinte, ging es um einen Elternteil. Vielleicht gar um beide Eltern.

Wendra lehnte sich gegen die Wand des Hauses, um sich zu stählen. *Ist das meine Schuld?*

Sie musste es wiedergutmachen. Aber das war ein törichter Gedanke. Es gab keine Antwort auf den Verlust, den der kleine Junge empfand. Aber sie konnte *dennoch* etwas tun.

So leise, dass jeder, der es hörte, es vielleicht für einen bloßen Traum halten würde, begann sie zu summen. Es war kein kühner Klang. Kein Lied, das aufheitern sollte. Sie summte ein Wiegenlied. Eines, das sie ihrem eigenen Sohn vorgesungen hätte, wenn er überlebt hätte.

Sie legte all das Mitgefühl hinein, das sie durch Gesang auszudrücken vermochte. Sie wob das Lied über das hinaus, was sie ursprünglich geschrieben hatte, erschuf es für diesen Jungen neu. Eine Entschuldigung schwang darin mit, und es enthielt Töne, die ihn an Erinnerungen gemahnen sollten, an die er sich halten konnte. Vor allem beruhigte es. Es ließ ihn wissen, dass alles wieder gut werden würde, dass seine Eltern ihn liebten und dass das Gefühl ihrer Liebe niemals schwinden musste.

Wendra verlieh dem Lied nicht den Einfluss ihrer Leiholangabe. Sie fürchtete sich vor dem, was sonst geschehen wäre. Diesmal sang sie einfach mit aller Zärtlichkeit, derer sie fähig war. Es gab einen Ort der Begegnung zwischen ihr und diesem Jungen – einen Ort des Verlusts, dessen Klang sie sang. Sie teilte das Gefühl der Genesung mit ihm, auf die sie nach ihren eigenen Verlusten gehofft hatte – nachdem sie ihre eigenen Eltern verloren hatte. Sie sah immer noch vor sich, wie die frische Erde über ihre Leichen geschaufelt wurde, die im Boden zur letzten Ruhe gebettet worden waren. Sie spürte immer noch das Gefühl endgültiger Trennung, das jedem Spaten voll Erde folgte. Keine gemeinsamen Lieder mehr. Nicht einmal die Gelegenheit, sich zu verabschieden. Ihre Stimme wurde belegt, da sich ihr beim Singen die Kehle zuschnürte.

Sie sang noch lange, nachdem der Junge zu weinen aufgehört hatte und eingeschlafen war. Sie sang für sich selbst. Und die Discantus-Kathedrale zog sie stärker denn je an, da sie dort mehr über ihren Gesang lernen konnte: wie man ihn beherrschte. Wie man ihn stärkte. Für das nächste Mal.

12

EIN ÜBERFÄLLIGES GESPRÄCH

Ein guter Astronom – ja, jeder gute Wissenschaftler – misst der Vorstellung, dass es ein Schicksal gibt, wenig Wert bei. Etwas ganz anderes sind die vorhersagbaren Ergebnisse, die sich aus genauer Beobachtung ergeben.

(*Aus* Von der Versöhnung der Dichtkunst mit der Wissenschaft, *einer Untersuchung über die Vorsehung; Annalen des Astronomiekollegs, Albenhain*)

Die meisten Türen in Naltus, auch die in Elans Anwesen, ließen sich nicht abschließen, denn das hätte der Gastfreundschaft der Fern widersprochen. Schlösser waren ohnehin größtenteils überflüssig: Die Fern machten sich nichts aus wertvollen Habseligkeiten und waren zudem wohlerzogen. Also stieß Tahn leise die Tür auf. Er würde keine Stunde länger abwarten, dieses Gespräch zu führen.

Er trat ins Schlafzimmer und schob die Tür sanft zu. Dann drehte er sich um und ließ seinen Augen Zeit, sich an die Dunkelheit zu gewöhnen. In der gegenüberliegenden Ecke stand ein niedriges Bett in den Schatten, und er konnte die tiefen Atemzüge eines Schlafenden hören.

Er wollte Vendanji schon wecken, als der Sheson fragte: »Gibt es etwas unter vier Augen zu besprechen?«

»Warum habt ihr mich aus dem Hain fortgeholt?« Tahn machte einen Schritt ins Zimmer.

Vendanji wälzte sich herum, um ihn anzusehen. »Neue Erinnerungen?«

Tahn hakte nach. »Ihr müsst doch gewusst haben, dass ich dort glücklich war.«

»Warum stellst du Fragen, auf die du die Antworten schon kennst?« Vendanji machte keine Anstalten aufzustehen. Er drückte sich den Nasenrücken wie jemand mit anhaltenden Kopfschmerzen. Seine Bewegungen und sogar seine Worte waren langsam.

»Um mich zu schützen. Um den Hain zu schützen.« Tahn machte einen weiteren Schritt ins Zimmer.

Vendanji antwortete mit einem langen Seufzen: »Du hast den Hain gemocht. Mehr als gemocht. Und einer der vielen Gründe, deine Vergangenheit zu verschleiern, war der, dich davon abzuhalten, Helligtal zu verlassen – wo du in Sicherheit warst – und dorthin zurückzukehren.« Vendanji deutete auf einen Stuhl neben seinem Bett. »Bitte setz dich.«

In den Worten des Mannes hörte Tahn die Einladung, mehr über seine Vergangenheit zu erfahren. Er setzte sich rasch hin.

Vendanji musterte ihn mit nachdenklichem Blick und zeigte auf seinen Bogen. »Du verfügst über gewisse Begabungen, Tahn. Gewisse Fähigkeiten. Das tut jeder. Irgendetwas zeichnet jeden aus. Und deshalb hat jeder eine Rolle bei dem zu spielen, was wir tun.«

»Du meinst Braethen und Wendra.«

»Ich meine alle«, betonte Vendanji. »Ein Großteil dieser Hilfe ist gar nicht zu sehen oder zu hören. Kleine Opfer. Enden ohne viel Aufhebens …« Diese letzten Worte klangen, als würde Vendanji einen Vers aus einem Lieblingsgedicht zitieren, und ihm versagte für einen Moment die Stimme. »Für dich war es der Tillinghast, aufgrund der Art, wie du deinen Bogen spannst.«

Wie ich meinen Bogen früher *gespannt habe.*

»Wir hatten noch keine Zeit, über die Kinder zu sprechen.« Ein verständnisvoller Ausdruck huschte über Vendanjis Gesicht. »Es tut mir leid. Du hast etwas Schwieriges getan. Aber es war das Richtige. Für uns, aber auch für die Kleinen. Lass dich davon nicht zu lange aus dem Tritt bringen.«

Dann erzählte Vendanji Tahn von seinem eigenen Kind. Einem ungeborenen Kind. Einem Kind, das zu Tode gekommen war, als seine Frau unter der erbärmlichen Heilbehandlung der Liga gestorben war. Ein kleines Lächeln umspielte die Lippen des Sheson, als er von der Zukunft sprach, die sein Kind vielleicht gehabt hätte. So versonnen hatte Tahn Vendanji noch nie gesehen oder reden hören.

»Sie wäre im nächsten Frühjahr zehn geworden.« Vendanji beschrieb mit der Hand eine Kreisbewegung, als würde er die Zeit voranrollen. »Ich stelle mir gern vor, wie sie mir Bilder gezeichnet hätte. Wir hätten miteinander gerangelt, und sie hätte gelacht, wenn ich mich von ihr hätte niederringen lassen. Und am frühen Morgen wären wir über die Märkte gestreift, um Ausschau nach dem perfekten Apfel zu halten. Nur, dass sie uns dazu gebracht hätte, einen voller Stoßstellen zu kaufen, weil ihr der Gedanke so widerstrebt hätte, dass niemand sonst das arme Ding kaufen würde.«

So redete er noch eine Weile weiter. Ein wenig später ging er ohne Pause dazu über, sich die Zukunft der Kinder auszumalen, die Tahn an diesem Tag aus Gnade getötet hatte. Er hauchte ihnen Leben ein und ließ sich besondere Augenblicke einfallen, die sich anfühlten, als wären sie tatsächlich gelebt und bis zur Neige ausgekostet worden. Vendanji war dabei nie in Eile und klang auch nie, als gäbe es irgendetwas Wichtigeres zu sagen.

Und als er schließlich doch innehielt, forderte er Tahn auf, sich mit ihm zusammen etwas einfallen zu lassen.

Also begann Tahn, obwohl er sich durch die Reuetränen hindurchkämpfen musste, die ihm in den Augen brannten: »Der erste Junge … ich glaube, er hatte nichts als Streiche im Kopf. Er hat sich gern an seine Freunde angeschlichen, wie ein Dämon losgekreischt und sich gefreut, wenn sie zusammengezuckt sind.«

Vendanji lachte. Seine Augen wirkten wie die eines Mannes, der die Szene genau vor sich sah. »Er wird zu einem zweiten Sutter heranwachsen.«

Auch Tahn lachte. »Aber er war zugleich der Erste, der sich in jeden Kampf eingemischt hat, um seine Freunde zu verteidigen«, fuhr er fort. »Und nachts, wenn die anderen Kinder begannen, vor Angst zu weinen, weil noch ein Tag vergangen war, ohne dass ihre Eltern gekommen waren und sie gerettet hatten … dann saß er bei ihnen, legte ihnen den Arm um die Schultern und erklärte, dass es lange dauert, die Bahrenberge zu ersteigen, und dass ihre Eltern schon unterwegs waren. Er sagte ihnen, dass sie Geduld haben müssten.«

Vendanji nickte angesichts dieser Vorstellung beifällig.

»Das große Mädchen war seine Schwester«, fuhr Tahn fort, »die Stärkste von ihnen. Eine Friedensstifterin. Aus ihr wäre eine Ratgeberin geworden, der man Vertrauen schenkt. Eines Tages hätte der König von Nallan geplant, die Steuern so anzuheben, dass ganze Familien verhungert wären. Und sie hätte ihn überzeugt, mit ihr durch die Elendsviertel zu gehen, wo man Suppe aus fauligen Kartoffeln kocht. Sie hätte ihm gezeigt, was auf das Steuereintreiben folgt. Und der König wäre als der *nährende König* bekannt geworden, denn zu seiner Zeit hätte niemand in seinem Volk Hunger leiden müssen.«

Die beiden saßen eine ganze Weile so beisammen, hauchten den Kleinen Leben ein und erwiesen ihnen auf diese Art die letzte Ehre. Tahn würde ihre Gesichter nie vergessen, und irgendwie war er jetzt noch tiefer davon überzeugt, dass er sie vor etwas gerettet hatte, das schlimmer gewesen wäre als der Tod.

Freundschaftliches Schweigen senkte sich im Zimmer herab, als ihre Phantasievorstellungen über die sechs Kinder zu Ende waren. Tahn aber fuhr im Kopf fort, dasselbe für die Freunde zu tun, die er auf dem Mal gekannt hatte. Und ein wenig auch für sich selbst. Aber es war die Erinnerung an sie – jene siebenunddreißig –, die ihm schließlich half, Vendanji die Wahrheit zu sagen. »Als ich sie vor den Velle gerettet habe, habe ich nicht auf die Worte zurückgegriffen.«

Den Bogen spannen meine Arme, doch der Wille löst den Pfeil.

Er konnte es kaum noch ertragen, sie auch nur zu denken.

Aus der Dunkelheit ertönte die müde Stimme des Sheson, in die sich ein Hauch von Verzweiflung schlich: »Oh, Tahn, du hast dich davon losgesagt. Ihr sterbenden Götter …«

Die Worte und der Ernst, der in ihnen mitschwang, ließen Tahn eiskalt werden. Vendanji beugte sich langsam vor, und sein Gesicht fing ein wenig Mondlicht auf, das durch das Fenster schien. Tahn war dankbar für die Dunkelheit, die den Ausdruck der Enttäuschung abmilderte, den er auf dem Gesicht des Mannes sah. Der Sheson starrte ihn lange Zeit mit hängenden Schultern durch die Dunkelheit an.

Am Ende ließ Vendanji den Kopf hängen, so dass die Worte,

die er murmelte, schwer zu verstehen waren: »Es lag nicht nur daran, dass sie es auf die Bibliothek abgesehen hatten. Die Stilletreuen sind dem Abbild nicht gefolgt, weil sie die Achtung vor dir verloren haben. Sie wussten, dass du dich davon losgesagt hattest. In den Saeculoren hast du die Handreichung des Allwillens in den Wind geschlagen. Jetzt … weist du sie ganz von dir.«

Tahn wollte nicht darüber reden und kam auf seine andere Frage zu sprechen. »Sag mir, was ›Quilleszent‹ bedeutet.«

Vendanji zündete die Lampe auf dem Nachttisch an und drehte den Docht höher, so dass der Raum in warmes Licht getaucht war. Die Flamme enthüllte, wie tief der Verlust ging, der sich in der Miene des Sheson spiegelte. Es war der Ausdruck völliger Entmutigung und vergeudeter Jahre. Der Mann schien unnatürlich gealtert zu sein.

Er hatte vollständig bekleidet auf dem gemachten Bett gelegen. Nun beugte er sich vor, stützte die Ellbogen auf die Knie und rieb sich einen Moment lang das Gesicht. Tahn glaubte, dass Vendanji sich anschickte, ihn zu schelten und ihn dann zu überreden, sich jenen Worten wieder zu öffnen. Aber er tat es nicht, was für ihn sprach.

Als er nach einer ganzen Weile aufschaute, schenkte er Tahn ein trauriges Lächeln und fragte: »Sagst du das bitte noch einmal?«

»Quilleszent«, wiederholte Tahn.

Vendanji erwiderte seinen Blick aus geröteten Augen, die von dunklen Ringen umgeben waren. »Du hast schon einmal danach gefragt. Ich kenne das Wort nicht. Ich dachte, ich könnte es hier finden, in der Bibliothek von Naltus.«

Tahn musterte ihn argwöhnisch. »Du hast noch nicht einmal eine Ahnung?«

»Viele Ahnungen.« Vendanjis Augen wurden leicht glasig. »Wahrscheinlich ist es ein Fluch, vielleicht aber auch ein Name, den sie für jemanden benutzen, den sie suchen.«

Tahn schüttelte den Kopf. »Es ist enger gefasst, nur auf mich bezogen.«

Der Sheson starrte ihn an, ohne etwas zu sagen.

»Verschafft dir das noch ein paar Ahnungen?«, fragte Tahn ernst.

Nun war es an Vendanji, den Kopf zu schütteln.

Tahn begann zu überlegen, ob seine beiden Fragen irgendetwas miteinander zu tun haben mochten und ob die Bezeichnung Quilleszent in irgendeiner Verbindung zum Hain stand. »Warum habt ihr mich überhaupt nach Albenhain geschickt?«

Vendanji rieb sich abermals das Gesicht und wirkte wie ein Mann, der sich bemüht, einen klaren Kopf zu bekommen.

Währenddessen richtete Tahn die eigenen Gedanken auf den Hain: Er war ein Ort der Wissenschaft, auch ein Ort zum Lernen, aber das war nicht die Hauptsache – er war keine Schule. Tahns Erinnerungen galten eher Debatten und Fragestellungen, Forschung und Hypothesen. Es gab keine Unterrichtsräume oder Prüfungen, und alles drehte sich um die verschiedenen Disziplinen, die ihre Anstrengungen auf das Gewölbe des Himmels richteten.

Es gelang Vendanji, eine gewisse Spannkraft zurückzugewinnen. »Einer der großen Türme dort ist der Astronomie gewidmet. Erinnerst du dich daran?«

»Es ist einer von fünf Türmen«, sagte Tahn. »Jeder widmet sich einer anderen Wissenschaft.«

Vendanji nickte. »Wir waren uns nicht sicher, ob wir je von dir verlangen würden, zum Tillinghast zu gehen. Es gab andere vor dir, und weitere, die wir darum hätten bitten können.«

Dann schien der Sheson in die Vergangenheit zu blicken. »Der Himmel aber … du hast dich von Anfang an von ihm angezogen gefühlt. Es erschien uns richtig, dieses Interesse zu fördern. Und was deine Frage angeht: Wir dachten wohl, dass es helfen könnte, dich in den Hain zu senden, falls wir dich jemals bitten sollten, zum Tillinghast zu gehen. Wissen über den Himmel ist ein gutes Mittel, um dafür zu sorgen, dass ein Mensch bodenständig bleibt.«

Tahn sehnte sich plötzlich danach, ein Astrolabium und eine Quadrantenkarte in der Hand zu halten und durch ein Teleskop nach oben zu blicken.

Vendanji sah Tahns Augen diese Sehnsucht offenbar an. »Wenn man den langen Umlauf eines Sterns in der Nacht beobachtet, erfährt man mehr über sich selbst, als man es in Gesellschaft von Philosophen und Priestern je tun wird.« Er zeigte auf Tahn. »Das ist eine Art Weisheit, die dir von Anfang an innezuwohnen schien. Das hat den Hain zu einem guten Ort für dich gemacht. Zumindest für eine Weile.«

Tahn saß da und starrte in seine eigene Vergangenheit, in der plötzlich mehrere Jahre seines Lebens erneut aufgetaucht waren, herausgeputzt und bereit zum Tanz. Etwas später wurde sein Blick wieder klar. Die Überlegung, die er draußen auf dem Schiefer angestellt hatte, wurde zu einer Überzeugung. »Ich gehe nach Albenhain.«

»Tahn …«

»Ich kann dort mehr Gutes bewirken als sonst irgendwo.« Es erschien ihm mittlerweile ganz eindeutig und offensichtlich. »Du möchtest Wendra sicher nach Decalam zurückschicken, damit sie das Leidenslied singt, aber es gibt vielleicht noch andere Möglichkeiten, die Stilletreuen in Schach zu halten. Ich glaube, ich kenne eine, und ich werde es sicher wissen, wenn ich nach Albenhain gehe.« Er bedachte Vendanji mit einem langen Blick. »Ihr bereitet euch darauf vor, einen Krieg zu führen, obwohl ihr eher versuchen solltet, einen Krieg zu *verhindern*.«

»Tahn.« In Vendanjis Stimme lag entsetzliche Gewissheit. »Der Krieg hat längst begonnen. Und es ist nicht nur ein Krieg gegen die Stille.« Der Sheson stieß einen tiefen Seufzer aus. »Oh, die Stilletreuen werden kommen. Aber während sie schon anrücken, streiten wir uns mit der Liga der Edukation über unmoralische Gesetze ... und versuchen, eine Bruderschaft wieder zu versöhnen, die mittlerweile gespalten ist.«

»Die Sheson«, sagte Tahn.

Vendanji nickte. »Viele glauben wie ich, dass die Bedrohung aus dem Born Wirklichkeit ist, und dass wir es uns nicht leisten können, halbe Sachen zu machen. Aber andere ... sie glauben, dass meine persönlichen Verluste mich in den Wahnsinn getrieben haben.« Er lächelte matt. »Der Orden ist in sich zerrissen. Und ich hoffe, dass du mir helfen kannst, die anderen Sheson klarer sehen zu lassen.«

»Was klarer sehen zu lassen?«, fragte Tahn.

Der Sheson holte tief Atem, und Tahn hatte den Eindruck, dass er nun den springenden Punkt gefunden hatte. »Erinnerst du dich an die Geschichte, die der kleine Penit uns am Feuer erzählt hat? Darüber, wie Grant versucht hat, den Sheson Artixan davon abzuhalten, das Kind der Regentin, das tot zur Welt gekommen war, zum Leben zu erwecken?«

Tahn erinnerte sich. Er hatte eine Gänsehaut bekommen. Aus der Geschichte hatten unbequeme Wahrheiten gesprochen.

»Grant und ich sind uns darüber nicht einig«, erklärte Vendanji, »genauso, wie Thaelon und ich uns nicht einig sind. Thaelon ist der Randior der Sheson: Er leitet unseren Orden. Und er glaubt, dass wir bestimmte Grenzen nicht überschreiten sollten, wenn wir den Willen gebrauchen. Er hätte Grant geholfen, Artixan davon abzuhalten, Helainas totgeborenes Kind wiederzubeleben. Er hätte mir gesagt, dass der Versuch, dem Säugling das Leben zurückzugeben, gleichbedeutend damit wäre, sich Göttlichkeit anzumaßen. Das steht uns Menschen nicht zu, würde er sagen.« Schwach klopfte Vendanji sich auf die Brust. »Ich dagegen werde dereinst in dem Glauben sterben, dass der Wille auf jede Art genutzt werden sollte, die notwendig ist, um Leiden zu lindern. Auf jede Art, die notwendig ist, um die Stille aufzuhalten.« Er lächelte und schien die Stimmung aufhellen zu wollen. »Die Götter, die sich von uns abgewandt haben, haben uns nicht viel gelassen. Machen wir das Beste aus dem, was wir *überhaupt* haben.«

Tahn begann zu verstehen, welche Bürde Vendanji trug. In ihm regte sich Mitgefühl mit dem Mann. Leicht scherzhaft fragte er: »Und da glaubst du, dass *ich* ihn umstimmen kann?«

»Du hast die Stilletreuen gesehen, mit ihnen gesprochen.« Vendanji blickte durch das Fenster in die Nacht hinaus. »Du hast davon gehört, dass die Liga ihre eigenen Leute vergiftet. Deine Zeit auf dem Mal und sogar in Albenhain verhilft dir zu Einsichten, vor denen Thaelon Respekt haben wird. Du hast dich dem Tillinghast gestellt, Tahn … und es überlebt.« Er sog einen tiefen, langsamen Atemzug ein. »Wenn wir den Orden nicht wiedervereinen, werden wir bald selbst Leid erdulden müssen.« Vendanji sah Tahn wieder an und tätschelte ihm voller Wärme und Vertraulichkeit seitlich das Bein. »Die Zeit für Politik ist vorüber, und der einzige Weg durch dieses Elend ist einer, den wir gemeinsam und vereint beschreiten. Ich glaube, du könntest dem Randior helfen, das einzusehen. Und ich sage dir noch etwas: Sogar wenn das Große Mandat Erfolg hat und Helaina die Ostlande eint, können wir wohl die Stille nicht überleben, solange die Sheson uneins bleiben. Wir müssen Thaelon dazu bringen, das einzusehen. Wir müssen den Shesonorden wieder einen.«

Alles, was Vendanji gesagt hatte, überzeugte Tahn mehr denn je, dass das Beste, was er tun konnte, war, einen Weg zu finden, den Krieg aufzuhalten, bevor er ausbrach. »Ich werde nach Estem Salo gehen, und ich werde tun, was ich kann, um deinen Randior zu überzeugen«, versprach Tahn. »Aber – bei allen Höllen! – erst reise ich in den Hain, um zu versuchen, diesen Krieg aufzuhalten, bevor er kommt.«

»Tahn ...«

»Sieh dir doch an, was heute dort draußen geschehen ist. Wie konnten so viele Stilletreue die Bahrenberge überqueren?« *Eine Mondfinsternis. Pilona Soray, die von ihrer Bahn abweicht.* »Irgendetwas stimmt mit dem Schleier nicht. Uns geht die Zeit aus.«

Es gibt einen besseren Weg.

Und er glaubte, dass er ihn in Albenhain würde finden können. Er konnte auf dem aufbauen, was in den letzten paar Zyklen, bevor er Albenhain hatte verlassen müssen, geschehen war.

»Was gibt es im Hain, das uns deiner Ansicht nach helfen kann?« Vendanji zog neugierig die Augenbrauen hoch.

»Eine Hypothese«, antwortete Tahn. Nun sah *er* aus Vendanjis Fenster, um einen Blick auf die Sterne zu erhaschen. Er konnte Reliquas sehen, den dritten Planeten, und dachte plötzlich über die Resonanz der Umlaufbahnen nach. »Wenn wir herausfinden, wie der Schleier funktioniert, auf welchen Prinzipien er beruht, dann können wir ihn vielleicht stärken. Die Stilletreuen dort halten, wo sie sind.«

»Besser als durch den Widerhall des Leidensliedes, meinst du.« Vendanji klang wie gebannt.

»Es geht um die Verbindung zwischen den Dingen, sogar über große Entfernungen hinweg, auch wenn man diese Verbindung nicht sehen kann.« Er drehte sich wieder zu Vendanji um und begann mit wachsender Aufregung immer schneller zu reden. »Es ist nur eine Hypothese, und eine komplexe noch dazu.« Er lächelte, unfähig, sich weiter zurückzuhalten. »Aber ja. Götterverdammt, ja!«

»Aber es ist keine neue Hypothese, nicht wahr?« Der Sheson bedachte Tahn mit einem wissenden Blick.

»Nein, und sie ist nicht leicht zu beweisen. Aber ich glaube, ich habe einen neuen Ansatz.« Sein Lächeln wurde breiter, als er über das Leidenslied, die Macht der Sheson über den Willen und seine eigene Fähigkeit, einen Teil seiner selbst zu verschießen, nachdachte. *Das muss alles miteinander zusammenhängen.*

»Eigentlich ist das, was du sagst, vernünftig.« Vendanji nickte und rieb sich abermals die Augen. »Ich wollte dich nicht aus Albenhain fortholen. Aber als du das letzte Mal daran beteiligt warst, diese Hypothese zu beweisen, ist das nicht gut gegangen.« Er musterte ihn besorgt.

»Das letzte Mal war es aber auch nicht meine eigene Argumentation«, fügte Tahn hinzu. »Diesmal … ist sie es.«

13

EINE FRAGE DER ABSICHT

Ich fürchte mich nicht vor den Überzeugungen eines Menschen, aber vielleicht fürchte ich mich vor den Absichten, zu denen sie ihn verleiten.

(Aus Palamons Tagebuch,
am Vorabend der ersten Absichtenprüfung)

Es war weit nach Mitternacht. Leichter Regen fiel auf die Dächer und kopfsteingepflasterten Straßen von Estem Salo, der Shesonstadt hoch oben in den Dividen. Der Niederschlag ging ohne Sturm oder Unwetter nieder, nur ein langsamer, senkrechter Fall von Tropfen, die die schlafende Stadt in noch größeres Schweigen hüllten. Thaelon Solas, Randior, Anführer der Sheson, stand in seinem Arbeitszimmer und beobachtete den Regen.

Das Privatgemach lag an der Rückseite der Gewölbehallen. Der Blick aus dem Erdgeschoss ging auf einen hohen Hain aus Pappeln und Hochgebirgsfichten hinaus, obwohl in der Dunkelheit nichts von ihrer Farbe und heiteren Schönheit zu sehen war. In den letzten Tagen hatte Thaelon sich oft dabei ertappt, hier lange nach Einbruch der Dunkelheit allein mit sich zu sein.

Die Rückwand war zweigeteilt und an steinernen Gleitrollen befestigt, die in tief eingekerbten Rillen in Fußboden und Decke eingelassen waren. Von innen konnte man ohne große Mühe drei eiserne Riegel lösen und die beiden Wandhälften beiseiterollen. Das ließ es wirken, als läge sein Arbeitszimmer mitten unter den Bäumen, und er freute sich darüber.

Der Schreibtisch hinter ihm war von Briefen übersät. Manche trugen das Siegel von Königen oder Räten. In geschwungener, förmlicher Schreibschrift unterrichteten ihn diese Herrscher und Nationen über den Wandel der gesellschaftlichen und politischen Verhältnisse in ihren Ländern. Man verlangte noch nicht von den Sheson zu gehen, aber die Weltanschauung der Liga der Edukation wirkte sich darauf aus, wie man Thaelon und seinesgleichen einschätzte. Das Zivilisierungsgesetz der Liga, in dem das Willenslenken zum Verbrechen erklärt wurde, fand immer weitere Verbreitung. Sheson, die man dabei ertappte, gegen dieses Gesetz zu verstoßen, wurden hingerichtet.

Unwissende Politiker. Er zügelte seinen Zorn, bevor er ihn übermannen konnte. »Gemütsbewegung und Vernunft vertragen sich nicht«, hatte sein Vater ihm beigebracht. Das half ihm, über die anderen Briefe auf seinem Schreibtisch nachzudenken, diejenigen, die von der ungeübten Hand derjenigen hingekritzelt waren, die besser mit einem Hammer als mit einer Schreibfeder umzugehen verstanden. Es waren flehentliche Bitten von Eltern, deren Kinder an unbekannten Leiden erkrankt waren oder aus undurchsichtigen Gründen unter Waffen standen. Die Armeen wuchsen. Die Liga wurde immer militanter.

Auf unterschiedliche Art stellten alle Briefe dieselbe Frage: *Wie* sollten die Sheson dienen?

Vendanji. Der unnachgiebige, forsche Sheson scherte sich keinen Deut um etwas anderes als seine eigenen Ziele und seine Philosophie. Das war der Unterschied zwischen ihnen und wahrscheinlich im Kern auch das, was dazu führte, dass die Liga Thaelon und seinesgleichen misstraute und sie verurteilte. Den Willen als Mittel zum Zweck zu lenken war falsch und nur einen kleinen Schritt davon entfernt, zum Velle zu werden. Manche Willenslenkungen durften einfach nicht gewirkt werden. Manch ein Zweck ging zu weit.

Vendanjis Absichten waren nicht unmenschlich, aber doch tollkühn. Er war ein Problem.

Thaelon atmete den beruhigenden Duft des Regens tief ein und versuchte, sich darauf zu konzentrieren, eine Antwort zu finden. Einen Augenblick später ertönten in der Nacht leise Schritte auf durchweichtem Erdboden. Aus Dunkelheit und Regen trat Raalena Solem hervor, seine engste Freundin, die Leiterin der Sodalität. Ihr Haar lag durchnässt an ihrem Kopf. Sie weigerte sich, eine Kapuze zu tragen. *Zu viel Geheimniskrämerei,* sagte sie gern. Thaelon wusste, dass sie heute Nacht noch einen anderen Grund dafür hatte: Sie zog die Kapuze nicht hoch, weil sie es genoss, den Regen auf der Haut zu spüren.

Ein angenehmer Moschusgeruch ging von ihr aus, eine Mischung aus nasser Wolle und Schweiß – Raalena war wochenlang auf der Landstraße unterwegs gewesen. Ein kleines, beifälliges Lächeln huschte über Thaelons Lippen, weil sie gewusst hatte, wo sie ihn finden würde.

Sie erwiderte das Lächeln. »Du siehst wie eine wandelnde Leiche aus. Wann hast du dir das letzte Mal den Kopf rasiert?«

Er fuhr sich mit der Hand über die Kopfhaut. Die Stoppeln waren mehrere Tage alt. Sicherheitshalber betastete er auch seine Wangen und gelangte zu demselben Ergebnis. *Bei den tauben Göttern, wie müde er doch war!*

Sie ging an ihm vorbei und ließ eine wasserdichte Botentasche auf die Briefe fallen. »Einmal darfst du raten, was darin ist.« Sie wischte sich einen Regentropfen von der Nasenspitze.

Noch mehr Briefe. Thaelon sagte nichts.

»Es geht immer schneller. Man verliert binnen kürzester Zeit den Respekt vor uns.« Sie stellte sich neben ihn, und gemeinsam sahen sie in den Regen hinaus. »Manche sagen, dass wir zu geheimniskrämerisch sind. Die Pragmatiker dagegen haben einfach den Eindruck, wir wären nicht mehr von Nutzen.«

Er atmete tief ein. »Was ist mit den Kranken und Ängstlichen? Wie will man Schutz vor dem Born finden?«

Sie antwortete mit einem traurigen Lachen: »Viele behaupten, der Born sei nur ein Märchen der Autoren, dazu gedacht, unsere Kinder anzuspornen, rasch wieder an die Arbeit zu gehen.« Ihr Tonfall wurde ernst. »Diejenigen, die wissen, dass es jenseits der Bahrenberge Leben gibt, betrachten jene Völker als ferne Nachbarn. Vielleicht als Nachbarn mit Eroberungsgelüsten, aber jedenfalls nicht als die Unholde aus Kinderreimen.«

»Aber *du* glaubst noch daran, nicht wahr?«, fragte er lächelnd.

»Ich mische mich nicht in die Politik ein. Mir ist es lieber, wenn mein Wein einen Bodensatz hat.« Das war eine ihrer üblichen Antworten; Raalena hielt nicht viel von Dummköpfen, die sie ohne viel Federlesens an ihrem Weingeschmack erkannte.

Sie schwiegen eine Weile und beobachteten den Regen, der ohne Eile fiel.

»Aber es gibt *doch* etwas, wovor du dich in Acht nehmen musst«, sagte Raalena am Ende. »Vendanji hat Abweichler um sich geschart.«

Bei dieser Neuigkeit nickte er. »Das war wohl unvermeidlich. Aber urteile noch nicht zu streng über ihn. Er ist unbedacht, aber wir wissen nicht genau, welche Absichten er hat.«

»Ich gebe nichts auf seine Absichten!«, erwiderte Raalena heftig. »Allein aufgrund seines Rufes werden sich ihm noch viele anschließen.« Dann sah sie ihn nachdenklich an. »Ich habe Neuigkeiten über seine Reisegefährten.«

»Und du kannst es kaum abwarten, sie mir mitzuteilen.« Er lachte müde.

»Nun tu nicht so, als ob es dir nicht auf den Nägeln brennt, es zu erfahren! Das ist doch der halbe Grund dafür, dass du *mich* ausgeschickt hast, obwohl hundert andere genauso gut diese Schriftstücke hier hätten abholen können.« Sie wies mit der freien Hand abfällig auf die Tasche, die sie auf seinen Schreibtisch gelegt hatte.

Er schmunzelte über ihre Fähigkeit, jemanden so gut zu durchschauen, und ihre gelegentliche *Unfähigkeit,* diese Erkenntnisse für sich zu behalten. In aller Regel war es besser, wenn einige Gedanken Privatsache blieben. Raalena hatte die damit verbundene Kunst, *nicht* gleich alles auszuplaudern, was sie beobachtete, immer noch nicht gemeistert.

»Wo soll ich anfangen?« Sie klopfte sich an die Lippe und zögerte ihre Enthüllungen spielerisch hinaus. Dann beschrieb sie jeden von Vendanjis Reisebegleitern.

Danach senkte sich Schweigen zwischen ihnen herab. Raalena schien nicht willens zu sein, noch mehr zu erzählen. Vielleicht hatte sie ja doch etwas darüber gelernt, wie viel Wahrheit auf einmal ein Mensch verkraften konnte …

»Vendanji führt einen Jungen zum Tillinghast«, sagte sie. »Bei den Höllen, mittlerweile sind sie wahrscheinlich schon zurück. Ich habe den Verdacht, dass er auch versuchen wird, am Großen Mandat teilzunehmen, um auch dort seine ganz eigene Art von gutem Willen unter Beweis zu stellen.«

Thaelon lächelte nachsichtig. »Ich habe Artixan und E'Sau

bereits darum gebeten, beim Großen Mandat für uns einzuspringen. Ich hatte da so ein Gefühl, dass wir *hier* gebraucht werden könnten.«

Sie zeigte noch einmal auf seinen Schreibtisch, ihre Tasche und die offiziellen Verlautbarungen der Könige. »Während der Rest der Welt einen Weg einschlägt, nimmt Vendanji den anderen, ohne sich um den Preis dafür zu scheren.« Sie legte ihm sanft den Arm um die Schultern. »Du musst dich für eine Seite entscheiden.«

»Ist das die Einsicht, die zu finden ich dich ausgesandt habe?« Es klang etwas gereizter, als es in seiner Absicht gelegen hatte. Sie hatte ihm schließlich die Nachrichten nur *überbracht*, sie aber nicht verursacht. Weniger schneidend fügte er hinzu: »Das wusste ich schon, bevor du aufgebrochen bist.«

»Aber das ist erst die halbe Wahrheit.« Sie grinste nicht boshaft, wie sie es sonst immer tat, wenn sie ihr Wissen wohldosiert austeilte, um das Entsetzen Stück für Stück zu steigern.

»Ach so?« Und während er sich noch vor einem Augenblick für die schlimmste Nachricht überhaupt gewappnet hätte, besann er sich jetzt auf seinen Zorn oder vielleicht auch nur darauf, ihn auszuleben. Es war kein Rachedurst, sondern feurige Entschlossenheit – die Bürde, die damit einherging, Randior zu sein.

Als ob sie es ihm anmerkte, brachte Raalena ihm alles Übrige behutsam bei. »Ich bin schon seit fünf Tagen wieder hier. Ich habe meine Rückkehr geheim gehalten, um in Estem Salo zu überprüfen, was ich jenseits der Grenzen gesehen und gehört hatte.«

»Du hast auf eigene Faust spioniert? Das ist selbst für deine Verhältnisse ziemlich schäbig, Raalena.«

Das Schweigen, das darauf folgte, schien sogar den leichten Regenguss zu übertönen.

Raalena bewahrte angesichts der Kritik Haltung und sagte nur: »Sie haben begonnen, Partei zu ergreifen, Thaelon. Hier in Estem Salo. Manche warten ab, dass du ihnen einen Weg vorgibst. Andere glauben an das, was Vendanji seit dem Tod seiner Frau predigt. Die Uneinigkeit wächst. Es ist zur Spaltung des Ordens gekommen.«

Ihre Worte hingen, begleitet vom gedämpften Geräusch des sanften Regens, noch in der Luft seines privaten Arbeitszimmers, als er leise mit fester Stimme befahl: »Beruf die Absichtenprüfung ein.« Er hielt inne. »Wir müssen wissen, wer ohne Rücksicht auf seinen Eid den Willen lenken würde.«

»Du meinst, dass wir herausfinden müssen, wer Vendanjis Ansichten teilt«, sagte Raalena.

Er sah sie nicht an. »Es sind dieselben Leute.«

14

ASTERISMUS

Wenn man den Abstand zwischen zwei Körpern halbiert, steigert sich die Anziehungskraft zwischen ihnen um das Vierfache, und so weiter.

(Auszug aus Schwer- und Anziehungskraft,
einem derben Rhei-Fol aus der Feder von Martin Bandel,
Astronom und ehemaliger Mime)

Mira betrat Tahns Zimmer und war froh, ihn dort anzutreffen. Jetzt, da sie die Schwerter ihres Vaters trug, fühlte sie sich beinahe wie immer, und die Karte zu den Laeodalin, die sie in ihrem Hemd versteckt hatte, fühlte sich wie ein kleines Bündel der Hoffnung an. Aber Tahn verschaffte ihrem Herzen mehr Erleichterung als all diese Dinge.

Sie zog sich einen Stuhl nah an das Bett heran, auf dem er lag. Nachdem sie sich hingesetzt hatte, ließ sie betrübt den Blick auf ihm ruhen. »Ich bin eine Eidbrecherin, Tahn. Mein Leben hatte immer nur eine Bestimmung: die Bundessprache zu schützen. Darauf habe ich nun verzichtet.«

Tahn verzog schuldbewusst das Gesicht. »Es tut mir leid, Mira.«

»Es war meine Entscheidung. Jetzt verliere ich nach und nach die Fähigkeit, so wie andere Fern zu reagieren und alles vorherzusehen.« Sie lächelte und betastete die Karte in ihrem Hemd. »Aber ich darf hoffen wiederzugewinnen, was ich verloren haben. Sogar, den Fern einen Erben zu schenken. Ich werde die Handsänger der Laeodalin westlich des Soliel aufsuchen. Morgen früh breche ich auf.«

Tahn seufzte. »Ich würde dich gern begleiten, Mira. Wirklich. Aber das kann ich nicht. Ich muss nach Albenhain. Es gibt etwas, das ich dort tun kann.« Er erzählte ihr von seinem Gespräch mit Vendanji.

Sie lauschte seinem aufgeregten Wortschwall. »Du solltest dorthin reisen«, sagte sie dann. »Aber ich muss versuchen, die Laeodalin zu finden.«

»Damit du Elans Königin werden kannst«, sagte Tahn. In seinen Worten schwang ein Hauch von Unmut mit.

Sie lächelte. »Ich bin schon jetzt mehr oder minder Königin. Aber es geht eher darum, ein Kind zu bekommen, als um den Titel. Elan verlangt nicht meine Zuneigung – die gehört dir.« Sein Gesichtsausdruck gefiel ihr, bis er auf eine Art, die ihr Sorgen machte, in Bitterkeit abglitt. »Stimmt etwas nicht?«

Er antwortete nicht, sondern schüttelte den Kopf, als würde er mit sich ringen. Sie sah seinen Augen an, dass er hin- und hergerissen war. »Vielleicht sehe ich dich nach morgen nie mehr wieder«, sagte er schließlich.

»Die Gefahr bestand schon, seit wir uns zum ersten Mal begegnet sind.«

»Nein …« Tahns Stirnrunzeln vertiefte sich vor Besorgnis. »Ich liebe dich. Und ich kann dich nicht …«

Da verstand sie. Sie mochte noch nicht offiziell Elans Königin sein, aber Tahn hatte seine Schwierigkeiten mit der Frage, ob es moralisch vertretbar war, sie zu lieben, wenn sie Elan irgendwann heiraten sollte. Sie lächelte erneut. Er war wirklich Grants Sohn.

Dann musterte sie Tahn mit nachdenklichem Blick. Sie konnte es ihm leicht machen. Sie konnte das Zimmer verlassen und vielleicht sogar jemanden auftreiben, der ihn heute Nacht bewachte. Aber sie wollte nicht gehen. Sie wollte eigentlich sogar noch näher bei ihm sein. Doch das hätte ihn in eine heikle Lage gebracht, und das wollte sie nicht.

Sie lächelte Tahn traurig an und wollte sich erheben, als er sie plötzlich packte und sie zu einem leidenschaftlichen Kuss an sich riss. Er löste sich einmal kurz von ihr, um sie anzusehen, und zog sie dann aufs Bett, rollte sich auf sie und küsste sie wieder, inbrünstig, aber sanfter. Sein Haar fiel um sein Gesicht herab und streifte ihre Ohren und ihren Hals. Sie hätte ihn das nicht tun lassen sollen. Aber schon während sie das dachte, schlang sie die Beine um seine Hüften.

Tahn lächelte bei seinem nächsten Kuss. Es war kein selbstgefälliges oder gar lüsternes Lächeln, sondern ein zufriedenes. Es fühlte sich gut an, ihre Lippen darauf zu pressen, besonders, weil ihm ein gewisses Verlangen innewohnte.

Dann flüsterte Tahn ihr etwas zu, das ihr mehr bedeutete als alle Liebesschwüre: »Ich lasse nicht zu, dass ein Eid einen Keil zwischen uns treibt. Weder deiner noch meiner. Niemals.«

Sie lächelte. »Das war ziemlich poetisch.«

Er lachte leise. »Du bist eine wohlwollende Kritikerin.«

Dann ertappte sie sich – vielleicht, weil die Fern einen Erben brauchten – bei einer Frage: Wenn sie und Tahn jemals ein Kind miteinander hätten, würde es ihre helle Haut, ihre grauen Augen und ihren schmalen Körperbau erben? Oder würde es eher Tahn ähneln, breitschultriger und mit beinahe ständig besorgter Miene?

Es würde das dunkle, glatte Haar haben, das sie beide hatten, und hochgewachsen sein wie sie beide. Und sie würde es unterrichten …

Sie spürte Tahns Atem an ihrem Hals, der warm in kleinen Stößen weiterwanderte, und ihr Zögern verflog vollkommen. Sie strich ihm mit der Hand über Stirn und Wange, betastete das Gesicht, das ihr jetzt so viel bedeutete. Und doch war auch in ihm etwas Neues. Ein Maß an Selbstvertrauen, das sie zum Lächeln brachte. Sie tauschten einen anderen, stummen Eid aus.

Dann schliefen sie stundenlang miteinander, ohne Reue, ohne Verlegenheit. Sie waren verändert, alle beide, und Mira genoss diesen Wandel für den Augenblick und vergaß den Tod, die Stilletreuen und ihre Mutterlosigkeit. All das wartete jenseits dieser Nacht auf sie. Aber in diesen Momenten gab sie sich Tahn völlig hin, und er sich ihr. Ihre Körper woben eine Art Tanz und Melodie, an die sie sich voller Wärme erinnern würde, selbst wenn sie niemals den einzigartigen Lebensrhythmus einer wahren Fern zurückerlangte.

Ihr Liebesspiel verdrängte alles andere aus Tahns Verstand. Einen Moment lang hatte er geglaubt, dass er in Miras Armen vielleicht nur Zuflucht vor seiner mannigfachen Verzweiflung suchte, dass irgendein Teil von ihm die Lust so unbändig verspüren wollte, wie er vorher den Schmerz verspürt hatte. Dass er dies hier womöglich brauchte, um seine Lebensfreude zurückzugewinnen. Dass ihre Liebe genug sein würde, die Wunden zu schließen, die sich in ihm geöffnet hatten, weil er sich nicht vorstellen konnte, dass etwas anderes als Liebe die Macht dazu hatte. Und er liebte Mira von Herzen.

Aber all das war es nicht. Was er stattdessen erkannte, war

schlicht und wunderbar: Er fand heraus, dass Liebe alles andere erträglich machte.

Als er sich diese Gefühle endlich eingestand, wurde ihm bewusst, dass sie nicht von Romantik oder Poesie erfüllt waren. Seine Liebe war von einem echten Verlust geläutert worden, von der Art, die einem half zu erkennen, dass man zwar ohne jemanden leben konnte, es aber nicht wollte. Er verbrachte seine letzte Nacht in Naltus damit, sich dieser einfachen Wahrheit hinzugeben.

Danach saßen sie am Fenster und blickten gen Himmel.

»Siehst du das?«, fragte Tahn und zeigte hin.

Miras Blick folgte seinem ausgestreckten Arm. »Wo?«

»Die drei Sterne dort.« Er beschrieb mit dem Finger einen engen Kreis.

Sie nickte.

»Man nennt sie den Kapellen-Asterismus. Ein einzigartiger Dreifachstern.« Er lächelte und war glücklich darüber, etwas, das ihm so viel Freude machte, mit ihr teilen zu können. »Zwei dieser Sterne sind Fixsterne. Sie ziehen ihre Bahn über das Gewölbe des Himmels, während die Welt ihren Lauf nimmt. Der dritte hingegen« – er zeigte auf den obersten Stern – »ist Reliquas.«

»Ein Planet«, bemerkte Mira.

»Ein Wandelstern«, sagte Tahn. »So nenne ich sie lieber. Zu dieser Sternenkonstellation kommt es nur, wenn Reliquas' Bahn die beiden Kapellensterne kreuzt. Das geschieht jedes Jahr ein paar Mal.«

Sie grinste. »Du denkst dir da eine schlechte Metapher für uns beide heute Nacht aus.«

»Reliquas gesellt sich für kurze Zeit zu den Kapellensternen und wandert dann weiter.« Er lachte. »Das ist kein staunenswerter Zufall, nur ein Muster am Himmel. Reliquas wird den Weg der Kapelle wieder kreuzen.«

»Ich verstehe«, sagte sie und stand auf, um selbst in vertraute Muster zurückzufallen – sie ölte ihre Klingen.

Es klopfte an ihrer Tür; dann ertönte eine Stimme: »Elan möchte euch in der Königskammer sehen.« Schritte zogen sich den Flur entlang zurück, und es klopfte auch an anderen Türen.

15

NICHT MEHR UND NICHT WENIGER

Es heißt, die Macht, die der Sprache der Götter innewohnte – der Sprache, derer sie sich bedienten, um die Welt zu erschaffen –, habe auf bestimmten Lautmustern, Betonungen und Absichten beruht. Lässt sich all das nicht erlernen?

(Auszug aus Über die Natur der Gottheit, *einer von der Meritengarde genutzten Schrift über die Prinzipien der Vorbereitung)*

Elans Königskammer war hell erleuchtet: Lampen in jeder Ecke, Lampen auf Ständern aus Eschenholz überall im Zimmer und noch mehr Lampen auf seinem länglichen Schreibtisch. Vendanji gestattete sich innezuhalten, um die Wärme und Helligkeit dieses Raums zu spüren, der im dunklen Herzen der Schieferebene lag.

Bücherregale waren direkt in die Schieferwände gemeißelt. Zugleich waren Worte in den Stein über und hinter dem Schreibtisch des Königs eingraviert: *Deleadem solet a rahmen caleendra ruel.* Es waren Worte, die jedes Fernkind lernte, sobald es sprechen konnte: *Wir werden unser Gelübde halten, um euch in eurer letzten, verzweifeltsten Not zu dienen.*

Sie warteten alle auf ihn. Tahn, Grant, Wendra, Sutter, Braethen, Mira und natürlich Elan. Vendanji trat ein, blieb vor Elans großem Tisch stehen und sah sie alle eine Weile an.

»Das Buch der Bundessprache ist dahin.« Er tauschte einen bekümmerten Blick mit Elan, für den die Nachricht am schwersten zu ertragen sein würde. »Ich habe versucht, es wiederherzustellen, aber was noch übrig war, ist wenig mehr als Asche.«

Braethen wandte sich an den Fernkönig. »Ihr verfügt doch gewiss über Kopien?«

Elan antwortete mit der Müdigkeit eines weit älteren Mannes: »Zwei Kopien, die in getrennten Gewölben anderswo in Naltus aufbewahrt wurden. Velle haben beide gefunden. Es bestand der Befehl, das Buch lieber zu zerstören, als zuzulassen, dass es geraubt wurde …«

Vendanji hatte versucht wiederherzustellen, was von den Bänden noch übrig gewesen war. Aber alles Willenslenken konnte das Werk der Flammen nicht ungeschehen machen.

Die Stille des Scheiterns lastete noch schwerer auf der Königskammer, bis Elan im schleppenden Tonfall eines Geständnisses sagte: »Wir sind daran gescheitert, die Sprache der Väter zu bewahren … und wären es auch, wenn wir das Buch gerettet hätten.« Der König der Fern durchquerte den Raum und nahm eines der vielen Bücher aus einem der Regale. Er streichelte kurz den rissigen Einband, schlug es dann auf und las stumm einige Zeilen. Dann schüttelte er den Kopf, ging quer durchs Zimmer zurück zu Mira und reichte ihr das offene Buch. Er deutete auf eine Stelle auf der Seite und forderte sie auf: »Lies das.«

Vendanji trat zu ihnen.

Sie sahen auf einen Textabschnitt hinab, der von einem

schlichten Rahmen hervorgehoben wurde. Obwohl Vendanji die Bundessprache unvertraut war, wusste er, dass dieser Abschnitt in ihr verfasst war.

Mira schüttelte den Kopf. »Das kann ich nicht. Was steht da?«

»Was dort steht, ist nicht entscheidend«, sagte Elan, »sondern dass wir es nicht lesen können.«

Mira schaute von der Seite ins düstere Gesicht ihres Königs. Elan sagte nichts mehr und ließ ihnen Zeit, die Enthüllung zu verdauen. Mira schüttelte ungläubig den Kopf. »Du irrst dich.«

Elan schenkte ihr ein trauriges Lächeln. »Als du in die Saeculoren aufgebrochen bist, habe ich mehrere Tage damit verbracht, mir einzureden, dass der Erhalt unseres Hüteramts von dir abhing. Aber ich habe mir diesen Abschnitt Stück für Stück aus Fragmenten der Sprache zusammengesetzt, die wir noch in unseren Schulen auswendig lernen ...«

Mira ergriff seine Hand. »Was steht dort?«

In verstörend ausdruckslosem Tonfall antwortete Elan: »Dort steht, dass der Auftrag der Fern darin besteht, die Sprache zu beschützen.«

Sie schüttelte den Kopf. »Das wissen wir doch.«

Elan zeigte auf eine bestimmte Textstelle. »Das Wort *silaetum* bedeutet ›beschützen‹. Es heißt aber zugleich ›besitzen‹. Im Laufe der Zeit sind wir zu vernarrt in unsere körperlichen Begabungen geworden. Wir stellten Regimenter auf, um die Kunst der Bewegung einzuüben und zu erforschen. Wir machten sie schlagkräftig und vorausschauend. Wir behielten die Bundessprache als Teil unserer Ausbildung bei, jedoch nur in Form weniger Gedichte und Zitate, die den Latae-Tänzen Kraft verliehen.« Er drehte sich um und betrachtete die Inschrift an der Wand seines Zimmers. »Aber im Laufe der Zeit haben wir die

Übersetzung einfach auswendig gelernt, ohne noch in der Lage zu sein, die Bundessprache selbst zu übersetzen.«

»Was ist mit den Anrufungen, die wir im Kampf verwenden? Auch sie entstammen der Bundessprache«, wandte Mira ein.

»Aber weißt du, was sie wirklich bedeuten? Oder nur, was sie bewirken?« Elan hielt inne und sah sich nach Vendanji um. »Wir haben unseren Auftrag auf die leichte Schulter genommen, nicht, weil wir träge oder respektlos wären, sondern weil wir die falschen Schwerpunkte gesetzt haben. Wir sollten die Sprache am Leben erhalten und haben sie sterben lassen. Wir verwahrten die Texte wie Schätze, statt sie in uns zu tragen, wie wir es hätten tun sollen.«

Vendanji zügelte vorerst seinen Zorn. »Gibt es niemanden, der sie sprechen kann?«

»Nur bruchstückhaft.« Elan blickte auf, als wäre er nahe daran, Götter um eine Eingebung anzuflehen. »Und die Sprache bestand ja nicht nur aus den einzelnen Wörtern, sondern auch daraus, wie man die Laute verband, aus den verschiedenen Betonungen, wenn man sie aussprach, und der rechten Absicht. Dieses Wissen … ist verloren.«

»Narren.« Vendanjis Bemühen, seine Wut zu bezähmen, ließ den Ausruf nur umso wilder klingen. »Generationen haben im ständigen Kampf gegen die Stille gelebt und sind darin gestorben. Die ganze Zeit über haben die Menschen niemals von den Fern eingefordert, ihr Hüteramt tatsächlich auszuüben. Und nun, in unserer höchsten Not, da wir die Bundessprache als Waffe gegen die Stilletreuen einsetzen könnten, seid Ihr unfähig dazu.« Er unterbrach sich und fuhr dann mit zusammengebissenen Zähnen fort: »Es ist eine Schande. Bei allen toten Göttern, Elan, welche Wahl lasst Ihr uns denn noch?«

Elan nahm Vendanjis Verachtung wortlos hin.

Ein langes Schweigen senkte sich über sie herab. Nach und nach verdrängte Vendanji seinen Ärger und begann, über alles nachzudenken. »Die Bibliothek von Kumram ist zerstört. Die Bibliothek von Naltus ist zerstört. Wir verfügen nicht mehr über die Sprache der Väter, aber wir haben sie zugleich der Stille vorenthalten.«

Seine Gedanken richteten sich nach Süden, auf das Große Mandat, das die Regentin in Decalam einberufen hatte. Es konnte ihnen noch immer gelingen, die Völker des Ostens zu einen. Das war nun wichtiger denn je. Aber es war nicht das *einzig* Wichtige. Die Sheson waren gespalten. Sie mussten wieder eins werden – einig in ihren Zielen. Da es die Bundessprache nicht mehr gab, würde die Unterstützung der Sheson von entscheidender Bedeutung sein, wenn die Stilletreuen kamen.

Vendanji seufzte gedehnt. »Wir müssen nach Estem Salo reisen. Aber das dritte Große Mandat wird demnächst beginnen. Das hat Vorrang.«

Grant rieb sich das Kinn wie jemand, der einen Vorschlag hat. »Der Sheson Artixan hält sich in Decalam auf und gehört Helainas Hohem Rat an. Lasst ihn für die Sheson sprechen.«

»Ich habe großen Respekt vor Artixan und habe viele Jahre damit verbracht, von ihm zu lernen. Er ist ein guter Freund. Aber er ist nicht mehr jung.« Vendanji dachte einen Moment lang nach. »Außerdem habe ich die Bedrohung, zu deren Bewältigung das Große Mandat einberufen worden ist, mit eigenen Augen gesehen.«

Grant hob einen Finger, um etwas anzumerken. »Nicht alle Völker werden dem Ruf der Regentin Folge leisten. Manche werden Helainas Einladung als politischen Schachzug betrachten. Andere werden sich weigern, weil sie keinen persönlichen

Vorteil darin sehen.« Er lachte zynisch. »Manche werden behaupten, dass gar keine Notwendigkeit zu einer Versammlung besteht. Wir sollten unsere Zeit besser damit verbringen, diese Verweigerer zu überzeugen. Wir wissen beide, um wen es sich handelt.«

Vendanji stimmte ihm zu und wandte sich an Elan. »Mein Freund, die Fern haben bei Großen Mandaten nie ihren Sitz eingenommen. Euer Auftrag war einzigartig und bestand abseits menschlicher Herrschaft. Aber jene Zeit ist nun vorüber. Ihr müsst jetzt …«

Elan hob die Hand. »Ich werde darüber nachdenken.« Er sah Mira an.

»So wirksam die Gegenwart der Fern beim Großen Mandat auch wäre, sie allein würde nicht ausreichen«, beharrte Grant.

Vendanji wusste, an wen Grant dachte: an Jaales Relothian, den Schmiedekönig von Alon'Itol. Vendanji dachte selbst seit mehreren Tagen dasselbe. Das Gewerbe in Alon'Itol, Einfuhr und Ausfuhr – alles diente dem Krieg. Wie eine lästige Pflicht war das Waffenhandwerk dort zur Gewohnheit geworden. Als Jaales Relothian den Knochenthron bestiegen hatte, war er Schmied gewesen – ein begabter Schmied, der die lästige Pflicht seines Volkes auf sich genommen und eine wahre Kunst daraus gemacht hatte. Ihre Kriegsgeräte, ihre … Maschinen waren zu neuzeitlichen Legenden geworden.

Aber die Beziehungen zum Schmiedekönig waren mittlerweile sehr getrübt, und einen Großteil der Schuld daran trug Vendanji. »Vor Jahren wurde ich als Gesandter der Sheson zu König Relothian geschickt. Ich beriet ihn in der Hoffnung, Frieden zwischen seinem Hof und denen zu stiften, die er bekämpfte. Ich hatte weniger Erfolg damit, als ich gehofft hatte.«

»Bei den tauben Göttern!«, sagte Braethen, da er sich auf die Erinnerung besann, die er mit Vendanji geteilt hatte. »Du hast ja auch eine der Städte des Königs niedergebrannt!«

»Nichtsdestotrotz«, sagte Vendanji, »brauchen wir seine Hilfe. Und keine Armee ist besser ausgebildet als die Relothians. Aber Jaales wird uns seine Kraft nicht aus gutem Willen oder aufgrund gemeinsamer Ziele zur Verfügung stellen. Wir müssen ihn auf irgendeine andere Art an das Große Mandat binden.«

Sutter straffte sich. »Ich gehe hin.«

Vendanji drehte sich um und sah den jungen Mann aus Helligtal ebenso überrascht wie erfreut an.

Sutter lachte leise. »Bei den stummen Höllen! Wenn ich nach allem, was geschehen ist, keinen Schmied überzeugen kann, an meiner Seite zu kämpfen, kann ich genauso gut gleich nach Hause gehen.«

Grant zog die Augenbrauen hoch. »Das ist eigentlich gar keine schlechte Idee.« Er sah Vendanji an. »Wir vergessen, dass Sutter den Handschuh der Sedagin und ihr Schwert trägt. Der Schmiedekönig respektiert die Sedagin so sehr wie sonst niemanden.«

»Das verschafft ihm zumindest gewisse Aussichten, nicht wahr?«, erwiderte Vendanji. Er nagelte Sutter mit einem strengen Blick fest. »Versuch, den König dabei nicht zu beleidigen.«

»Macht Euch keine Sorgen. Tahn und ich sind ein gutes Gespann, um ...«

»Tahn reist nach Albenhain«, setzte Vendanji schnell hinzu. »Im Hain mag es Wissen geben, das uns gegen die Stille helfen kann. Er wird dorthin gehen und tun, was er nur kann, um es aufzuspüren. Keiner von Euch wird das irgendwo erwähnen. Sprecht noch nicht einmal untereinander darüber.«

Sutter fuhr ehrlich erstaunt zu Tahn herum. »Eichhörnchen?«

»Wir brauchen keinen Rübenbauern, Dreckpfote«, sagte Tahn mit einem Lächeln.

Auch Vendanji lächelte, wenn auch nur angesichts der Alltäglichkeit, die aus so etwas Simplem wie diesen Spitznamen sprach: einem, der sich auf die Zeit bezog, die Tahn in den Wäldern verbracht hatte, und einem, der Sutters von der Feldarbeit schmutzigen Fingernägeln galt.

»Dein Handschuh wird uns an Relothians Hof die besten Dienste leisten, Sutter.« Vendanji zeigte auf den Sedaginhandschuh, den Sutter trug. »Und Mira wäre entzückt über deine Gesellschaft.«

Sutter lachte laut über Vendanjis schwachen Versuch, einen Scherz zu machen, und erfüllte die Königskammer zum ersten Mal an diesem Abend mit echtem Leben.

»Für den doppelten Sold«, sagte Mira. Ihr eigenes Lächeln bestand nur aus dem schiefen Anheben eines Mundwinkels. Sie tauschte einen Blick mit Elan, der widerwillig mit einem zustimmenden Nicken antwortete.

Dann sah Vendanji den dreisten Burschen wieder an. »Vergiss nur nicht, dass du dadurch, dass du Sedaginsymbole trägst, noch nicht zum ganzen Sedagin wirst.«

»Ich weiß dein Vertrauen in mich wirklich zu schätzen«, witzelte Sutter.

Nachdem diese Angelegenheit besprochen war, richtete Vendanji seine Aufmerksamkeit auf Wendra. Sie saß etwas abseits von den anderen. »Wendra, ich möchte Euch bitten, mich nach Decalam zu begleiten. Kehrt in die Discantus-Kathedrale zurück. Ihr könnt Euch von Maester Belamae ausbilden lassen. Ich weiß, dass er sich freuen wird, Euch zu sehen.« Er musterte sie zuversichtlich. »Wenn Ihr erst gelernt habt, Euren Gesang zu beherrschen, werdet Ihr das Leidenslied vermutlich wie keine Zweite singen.«

Ihr Gesichtsausdruck verriet zögerliche Dankbarkeit. Sie sah sich in der Königskammer im Kreise all ihrer Freunde um. Dann sagte sie mit leiser Stimme: »Ich habe so viele Fern getötet.« Sie schwieg für eine ganze Weile, und ihr trauriger Blick ging in weite Ferne. »Und ich hätte jeden von euch töten können … euch alle. Ich hätte es noch nicht einmal bemerkt.« Mit vor Reue belegter Stimme fügte sie hinzu: »Es tut mir leid.«

Es war Elan, der zu ihr ging. Der König der Fern drückte ihr tröstend den Arm. »Es war Krieg. Nicht mehr und nicht weniger.«

Wendra schloss die Augen, holte tief Atem, um sich zu sammeln, und hielt offenbar Tränen zurück.

Vendanji musste dafür sorgen, dass sie sich nicht ablenken ließen. »Grant, du wirst Wendra, Braethen und mich begleiten. Ich werde deine Erfahrung in Decalam benötigen.«

Grant lachte heiser und kehlig. »Ich bin dort nicht unbedingt beliebt.«

»Ich brauche auch nicht deine Beliebtheit, sondern deine Fähigkeit, im Versammlungssaal eine eigenständige Meinung zu vertreten.« Vendanji sah seinen alten Freund schief an. »Du hast ein Talent dafür, Paragrafenreiter mit polierten Knöpfen davon zu überzeugen, dass sie sich ganz wie wir anderen über Abtrittslöcher hocken.«

Grant schenkte ihm ein verschlagenes Lächeln und schien der Vorstellung durchaus etwas abgewinnen zu können.

Vendanji entschloss sich, noch etwas hinzuzufügen: »Und du scheinst dich nicht von Gedankenspielen in die Falle locken zu lassen. Deine Rhetorik ist nicht zu durchschauen – was mir ein Rätsel ist –, aber zweifellos etwas, das wir brauchen werden, wenn wir uns an die Mandatsversammlung wenden.«

Nur wenige der anderen bemerkten, dass er sich an einem weiteren kleinen Scherz versucht hatte, und sahen einander an, während sie lachten.

Vendanji ging die sechs Schritte zur Tür, blieb stehen und wandte sich halb um. Nachdenklich und abwägend musterte er erst den jungen König und dann die Übrigen, jeden Einzelnen von ihnen, ein letztes Mal. Aus einem Grunde, den er sich nicht erklären konnte, wollte er den Augenblick einfach im Gedächtnis behalten.

»Wir brechen im ersten Morgenlicht auf. Schlaft gut.« Dann verließ er das Zimmer, hin- und hergerissen zwischen Hoffnung und Zweifeln.

Wir müssen die Sheson einen. Aber erst müssen wir die Menschen einen. Alles andere ist nur Wind in trockenem Gras.

16

GÄRTEN DES GESANGS

Eine Erzählung ist eine Art Wegsuche. Sie besteht aus Worten, die einen fernen Ort so deutlich erkennbar machen, dass man die Hand ausstrecken und ihn berühren kann. Diesen Worten muss man allerdings eine Stimme verleihen, und die Sangeskünste der meisten Autoren sind keinen Pfifferling wert.

(Das Zwölfte Vorbild der Deutlichkeit,
ein Studienführer für Autoren von A'Garlen)

Sutter fand Wendra am anderen Ende von Elans sorgsam gepflegtem Garten. Kleine Wacholdersträucher und Feuerdornbüsche, die Beeren trugen, wuchsen geduckt zwischen dichten, kurz gemähten Rasenstreifen. Der Garten wirkte in dieser Stadt aus Schiefer wie eine Kuriosität, aber wie eine hochwillkommene. Sutter bog nach links ab und blieb neben der niedrigen Bank stehen, auf der die Frau saß, von der er immer angenommen hatte, dass er sie eines Tages heiraten würde und die ausdruckslos ins Dunkel vor Anbruch der Dämmerung starrte.

»Guten Morgen«, sagte sie mit gespielter Fröhlichkeit.

Ihr Gesicht war schlaff vor Schlafmangel; die Augen fielen ihr fast zu und waren von dunklen Ringen umgeben. Mehr noch, ihre Schultern hingen herab wie die eines Mannes am Abend eines Tages, den er damit zugebracht hatte, ohne Pferd zu pflügen. Das sah Wendra gar nicht ähnlich. Sie hatte einen geraden Rücken. Sogar die Gerüchte und anzüglichen Bemerkungen, die auf ihre Vergewaltigung gefolgt waren, hatten ihr das Selbstbewusstsein nicht genommen.

Als Sutter sie so vor sich sah, fiel ihm etwas ein, woran er lange nicht mehr gedacht hatte. »Habe ich dir je erzählt, dass mein Vater ein Lied hatte?«

Sie sah ihn leicht überrascht an. Er hatte nie mit ihr darüber gesprochen – eigentlich mit überhaupt niemandem. Aber es kam ihm richtig vor, ihr jetzt davon zu erzählen. Sie deutete auf die andere Seite der Steinbank. Es war keine großartige Einladung, aber gut genug.

Er setzte sich hin und blickte wie sie auf die Reihen von ordentlich gestutztem Wacholder. »Es ist keines, das du je gehört hättest«, begann er. »Ich bin mir ziemlich sicher, dass mein Vater es selbst geschrieben hat. Es war das einzige Lied, das er je gesungen hat, und das hat er nicht oft getan. Aber wenn er es tat, wusste ich, dass er es ernst meinte. Ein bisschen so, als müsste er es singen. Es hören. Verstehst du, was ich meine?«

Sie nickte.

»Es hat mir geholfen«, fuhr Sutter fort. »Lach mich jetzt nicht aus. Ich bin in der Hinsicht unbegabt.« Er wartete nicht ab, ob sie es ihm ausreden oder ihn ermutigen würde. Er wollte das Lied hören, ganz gleich, wie schlecht er sich beim Singen anstellte. Er schluckte, um die Kehle freizubekommen, und ahmte den Gesang seines Vaters nach, so gut er nur konnte:

Zu scheitern droht mein Streben,
mein schlichter Plan allhier,
und and'rer Leute Leben
stürzt dann ins Leid mit mir.
Nicht ich bin auserkoren
den Schleier hell zu schau'n,
bin ich doch erdgeboren,
die Nägel schmutzig braun.

Und schleicht auf leisen Sohlen
der Nordwind um das Haus,
den Herbst herbeizuholen,
so, hoffe ich, reicht aus,
mein Vorrat klein –
die Kälte lasse ich nicht ein!

Mit Schmerz bin ich versöhnet,
kenn ich doch diese Welt,
die ihren Spross verhöhnet,
oft hat sie mich gefällt,
mir Namen aufgezwungen,
doch ich will weiter geh'n,
hab stets darum gerungen
stark wieder aufzusteh'n.

Denn steht ein Mensch, so lehrt's ihn:
Trau deiner eig'nen Kraft,
dass sie dir fürderhin dien',
bleib nicht dem Staub verhaft'.
Bin ich einst alt, so suche ich
den rechten Weg nach Haus'

und schwinge an den Himmel mich
ins Sommerlicht hinaus.

Weint nicht um mich,
Lohn sucht' ich nicht
zu erringen
in dem Ringen
um einen Weg nach Haus' –
nur einen Weg nach Haus',
um meinen Weg zu finden.

Als er zum Ende kam, stellte er fest, dass Wendra ihn sanft mit dankbarer Miene ansah.

»Ich schätze, es ist ziemlich einfältig. Vielleicht nur eine Kleinigkeit«, sagte er. »Aber ich glaube, das Gefühl, das darin liegt, ist groß.«

Sie streckte die Hand aus und legte sie sacht auf seine. In der Morgenkühle fühlten sich ihre Hände warm an.

Er schenkte ihr ein Lächeln. »Können wir kurz miteinander reden?«, fragte er. Das Lied war nicht geplant gewesen, und das, was er ihr eigentlich hatte mitteilen wollen, würde sie noch weiter aufheitern. »Es steht mir nicht zu, dir zu sagen, dass du ›darüber hinwegkommen‹ sollst«, erklärte er. »Aber was ich dir zu sagen habe, bringt dich vielleicht zum Lächeln.«

Wendras Gesichtsausdruck verriet keine Neugier und keine Erwartung. Sie schien für den Augenblick recht zufrieden zu sein. Als er sie so ansah, erhaschte er einen Blick auf die Macht eines Liedes, alles ins rechte Licht zu rücken. Aber er hatte wirklich eine gute Nachricht.

»Zunächst einmal muss ich dir etwas über mich erzählen,

und du musst versprechen, es niemandem zu verraten, nicht einmal unserem lustigen Sheson. Aber Tahn weiß es.«

Wendra schwieg, aber ihre Lippen verzogen sich bei Tahns Namen zu einem schmalen Ausdruck des Abscheus.

Sutter ging nicht darauf ein, sondern begann einfach. Er erzählte ihr, dass ihm die Gesichter der Toten erschienen. Er berichtete ihr von der Frau, die in Ulayla bei lebendigem Leib verbrannt worden war, und von den Geistern, die er in den Kerkerzellen in den Katakomben unter dem Solath Mahnus gesehen hatte. Zu guter Letzt schilderte er, wie er vor Beginn der Schlacht auf dem Schiefer Heerscharen von Fernseelen gesehen hatte.

Die Frau, von der er annahm, dass er sie vielleicht liebte, sah ihn fragend an.

Er drückte ihr die Hand. »Wendra, ich habe Penits Geist nicht gesehen.«

Die Dunkelheit vor Anbruch der Morgendämmerung lastete noch am Himmel über dem Garten des Königs der Fern und wirkte in den Schatten der hohen Wacholder, die wie auf dem Kopf stehende Tränen zurechtgestutzt waren, sogar noch tiefer. Aber durch die Schwärze sah Sutter das Licht der Hoffnung auf Wendras Gesicht dämmern. Dort wuchs es langsam – erst Verwirrung, dann Zweifel und zögerlicher Glaube, schließlich echte Hoffnung.

Ihre Finger schlossen sich fester um seine, und ihr Lächeln entflammte sein Herz.

In der Morgenstille ertönten Schritte auf dem Weg aus Schieferschotter. Als Sutter und Wendra sich umwandten, sahen sie Vendanji auf sich zukommen.

Er blieb vor ihnen stehen. »Sutter, ich muss allein mit Wendra sprechen.«

Sutter nickte. »Na gut. Aber sie fühlt sich ein bisschen besser. Versuchen wir doch, dafür zu sorgen, dass es so bleibt.« Er drückte ihr noch einmal aufmunternd die Hand und stand auf.

Vendanji ging nicht auf Sutters Scherz ein. »Weck die anderen. Sag ihnen, dass wir bald aufbrechen.«

Wendra lauschte, wie Sutters Schritte sich über den Schotter entfernten und dann verklangen. Er hatte ihr etwas Hoffnung geschenkt und noch dazu ein Lächeln beschert. Falls sie all das hier überstanden, würde sie ihn heiraten, wenn er sie darum bat.

Die Hoffnung, die er ihr gebracht hatte, galt aber nicht Penit allein. Ihr war im selben Moment klar geworden, dass, wenn Penit noch am Leben war, vielleicht Tausende von Menschen lebend im Born gefangen gehalten wurden. Von Wegelagerern dorthin verschleppt, so wie es beinahe auch ihr ergangen wäre. Der Keim eines neuen Ziels schlug in ihr Wurzeln – und der eines neuen Zorns. Aber dieser Zorn fühlte sich nicht falsch an. In stillen Augenblicken wie diesen, als sie im Garten des Fernkönigs saß, fühlte sich ihr Zorn *wahr* an.

Und mit dem Gedanken löste sie sich von einem Großteil des Grolls, den sie wegen ihres eigenen Kindes, das von einem Bar'dyn geraubt worden war, wegen Penit und gegen Tahn empfunden hatte. Die Vorstellung, dass Väter und Mütter, Söhne und Töchter entführt und in den Born verkauft worden waren, füllte ihre Gedanken aus. Tief in ihr regten sich die Schwingungen eines Liedes.

Dann blickte sie ins ruhige Gesicht des Sheson auf.

Er nickte und setzte sich dorthin, wo eben noch Sutter gesessen hatte. »Es ist gut, in einfachen Dingen Trost zu finden«, klang Vendanjis Stimme leise und gelassen durch den Garten.

»Zu Hause haben wir abends immer auf der Veranda gesessen. Glühwürmchen flimmerten vor den Bäumen jenseits des Feldes. Mein Vater spielte auf der Fiedel. Meine Mutter sang. Das war, bevor beide in die Erde zurückkehrten ...« Sie riss sich aus der Erinnerung los.

Vendanji sprach eine ganze Weile nicht und schien dem Gedenken so Ehre zu erweisen. »Ich weiß, dass Ihr um die Fern trauert, die Eurem Gesang zum Opfer gefallen sind, genauso, wie ich weiß, dass der Zorn in Euch danach strebt, in düsteren Klängen loszubrechen. Glaubt mir, ich verstehe, wie hin- und hergerissen eine Seele ist, die sich nach Gerechtigkeit sehnt, die Macht hat, sie zu erwirken, und dennoch auf den richtigen Zeitpunkt warten muss.«

Sie erwiderte starr den Blick der dunklen Augen des Sheson und sagte nichts.

Vendanjis Gesichtsausdruck wurde sanfter. Er legte ihr die großen Hände auf die Schultern. »Aber so stark Euer Gesang in blindem Zorn auch sein mag, er kann noch machtvoller werden, wenn er mit der rechten Zielstrebigkeit gesungen wird. Ich bin nicht derjenige, der Euch das beibringen kann – aber Belamae kann es.«

Sie wollte ja auch in die Discantus-Kathedrale zurückkehren, mehr über ihren Gesang erfahren und lernen, das Leidenslied zu singen ...

»Doch erst einmal«, sprach Vendanji rasch weiter, »benötigen wir Eure Hilfe. Ich habe hier etwas, das Ihr versuchen sollt.«

Er ließ ihre Schultern los, griff in eine Innentasche seines Mantels und zog zwei gefaltete Pergamentstücke daraus hervor. Er reichte sie ihr.

»Was ist das?« Eine Art Furcht machte sich in ihrem Bauch breit.

»Öffnet sie«, bat er sie und wartete.

Sie entfaltete die Blätter und drehte sie so, dass sie ein wenig Licht vom östlichen Himmel auffingen. Auf dem ersten stand in sorgfältiger Handschrift eine schöne Beschreibung von Decalam. Die Worte riefen ihr lebendige Bilder vor Augen, fingen die Pracht und die Verheißung jener großen Stadt ein. Als Wendra die Beschreibung las, hatte sie das Gefühl, selbst in Decalam zu sein, und sehnte sich auf einmal nach dem Ort.

Als sie fertig war, schaute sie zu Vendanji auf und fühlte sich etwas erschöpft, als wäre ein Teil von ihr in diesen wenigen Augenblicken nach Decalam und wieder zurück gereist.

Vendanji nickte ihr wissend zu. »Es ist eine Erzählung wie die, die Belamae für uns gesungen hat, als wir nach Naltus gekommen sind. Es gibt Autoren, die über die Fähigkeit verfügen, die Essenz eines Ortes niederzuschreiben.« Er klopfte auf das Pergamentblatt in ihrer Hand. »Wenn sie von einer Leiholan gesungen wird, kann sie uns einen Durchgang nach Decalam öffnen, der uns wertvolle Zeit sparen wird.« Vendanji stellte ihr die Frage mit einem Blick.

Sie hatte ihren Gesang überwiegend zum Kämpfen genutzt und sich sogar dabei ungeschickt angestellt. Er benötigte jemanden, der geübt war, jemanden aus der Discantus-Kathedrale. »Ich glaube nicht, dass ich es kann.«

»Ihr könnt es«, sagte er schlicht. »Das zweite Pergament beschreibt Albenhain, einen Ort, an dem ihr noch nicht wart. Aber die Worte sind ebenso lebendig.«

»Was, wenn ich es nicht kann?«

Der Sheson zog die Augenbrauen hoch, als dächte er ernsthaft über die Frage nach. »Um die Wahrheit zu sagen: Wir kommen vielleicht ohnehin schon zu spät. Aber wenn Ihr hierzu nicht in der Lage seid, wird das Große Mandat fast sicher scheitern. Ihr müsst es versuchen.« Er hielt einen Moment lang inne und fügte dann hinzu: »Bitte. Wir brauchen Euch.«

Es war das erste Mal, dass sie ihn so sprechen hörte. *Bitte.* Sie sah wieder das Pergament in ihrer Hand an. »Ich weiß nicht einmal, wie ich anfangen soll.«

»Lest sie«, sagte er. »Wieder und wieder, bis die Worte fließen. Ich komme in einer Stunde mit den anderen zurück. Dann versuchen wir es.«

Wendra starrte auf die Pergamente hinab, während sich Vendanjis Schritte über den Schotter davonbewegten und in der Ferne verklangen. In der Stille des Gartens kehrte der Gedanke, den sie begonnen hatte – das Zentrum ihres Zorns –, zu ihr zurück, als hätte er nur auf ihre Aufmerksamkeit gewartet: *Wegelagerer, die Männer, Frauen und Kinder in den Born verkaufen, in die Hände der Stilletreuen.* Wegelagerer wie der, der Wendra und Penit beinahe an Bar'dyn verkauft hätte.

Doch es fehlte ein Mosaiksteinchen: Warum bezahlten die Stilletreuen Sklavenhändler dafür, menschliches Vieh über die Bahrenberge zu treiben? Das war es, was sie verstehen wollte – das, wovon sie annahm, dass ihre Lieder vielleicht die Antwort darauf waren. So oder so.

Bedeutet das, für Maester Belamae in der Discantus-Kathedrale das Leidenslied zu singen?

Sie wusste es nicht. Was sie aber sehr wohl wusste, war, dass sie etwas unternehmen musste, um denen zu helfen, die in den Born verschleppt worden waren, und zugleich versuchen musste zu verhindern, dass noch mehr Menschen gezwungen wurden, dorthin zu gehen. Aber *ihre* Vorgehensweise war waghalsig und würde ihr nicht helfen, eine Antwort auf das Zentrum ihres Zorns zu finden. Sie musste zur Discantus-Kathedrale gehen und sich ausbilden lassen.

Im Augenblick wünschte sie sich, sie hätte schon mehr gelernt, als sie zum ersten Mal in der Discantus-Kathedrale gewesen war. Wenn sie das getan hätte, hätte sie sich jetzt nicht solche Sorgen um diese Erzählungen gemacht.

Das Licht hatte allmählich von Osten her zugenommen. Wendra hatte jedes Pergament zehnmal gelesen und sich in die Worte versenkt, als sie die Schritte vieler Füße näher kommen hörte. Als sie aufblickte, sah sie alle: Vendanji, Braethen, Grant, Sutter, Mira und Tahn. Sie kamen mit einigen Reitpferden.

Als sie sich versammelt hatten, erklärte Vendanji, warum sie sich im Garten trafen. »Ich habe Wendra gebeten, zwei Erzählungen zu singen, eine, mittels derer Tahn an sein Ziel gelangen soll, und eine zweite, die nach Decalam führt.«

Alle sahen sie an. Sie erkannte Erstaunen und Zurückhaltung und glaubte sogar, einen Hauch von Bewunderung wahrzunehmen.

»Es besteht ein gewisses Risiko«, fuhr Vendanji fort, »aber ich vertraue Wendra. Und das solltet ihr auch.«

»Was ist mit Sutter und Mira?«, fragte Wendra.

»Sie werden zu Pferd nach Westen reisen. Mira muss den Laeodalin einen Besuch abstatten. Für jenen Ort haben wir keine Erzählung.« Vendanji sah Sutter und Mira mahnend an und richtete seine nächsten Worte an sie: »Sobald ihr dort fertig seid, begebt euch rasch zu König Relothian. Sagt ihm, was ihr sagen müsst, um ihn zu überzeugen. Wenn die Stille kommt, haben wir ohne seine Unterstützung kaum eine Aussicht auf Erfolg.«

»Ihr werdet ihm gegenüber energisch auftreten müssen«, mischte sich Grant ein.

Vendanji nickte zustimmend. »Reist sodann nach Estem

Salo. Mira kennt den Weg. Wir werden tun, was wir können, um beim Großen Mandat Erfolg zu haben.« Er hielt inne und suchte nach Worten. »Aber nichts von alledem wird ausreichen, um gegen die Stille zu bestehen, wenn der Shesonorden fällt … Und wir stehen am Rande des Zusammenbruchs.«

Entsetztes Schweigen folgte.

»Manche geben mir die Schuld an der Spaltung des Ordens. Daran ist durchaus etwas Wahres.« Vendanji nickte reuevoll. »Aber wir können die Zwietracht schlichten. Wir *müssen.*« Er trat einige Schritte vor und tätschelte Tahn aufmunternd die Schulter. »Wenn du in Albenhain fertig bist, brauchen wir auch dich in Estem Salo. Wenn du dort vor uns eintriffst, such den Randior Thaelon Solas auf. Er leitet den Orden. Sag ihm, dass die Bibliothek in Kumram niedergebrannt ist. Erzähl ihm, was hier in Naltus geschehen ist. Und die Sigille, die du dem Draethmorte am Tillinghast abgenommen hast … achte darauf, dass er sie sieht.«

Tahn zog den Anhänger hervor, und sie betrachteten ihn alle.

Die Sigille bestand aus schlichtem Silber und ähnelte einer glatten, dicken Münze mit einem Loch in der Mitte, in dessen Zentrum sich eine kleine Scheibe befand. Diese Innenscheibe bewegte sich nicht aus der Mitte der Sigille fort, obwohl sie keine physische Verbindung zum äußeren Ring hatte. Es bestand eine Kontinuität, die die Lücke überbrückte und den inneren Kreis unverrückbar machte, obwohl man mit einer Messerspitze einmal ringsherum durch den Hohlraum fahren konnte, ohne etwas zu spüren.

»Die Sigille ist mehr als ein Wunder der Naturgesetze«, erklärte Vendanji. »Sie ist ein magisches Schriftzeichen. Ein Symbol aus der Zeit der Väter, das einzigartig ist, weil es neben Höhe und Breite auch über Tiefe verfügt. Es steht für Brüderlichkeit. Familie. Es bedeutet auch eine innere Resonanz äußeren Dingen gegenüber – Verbindung und Familienbande, die nicht aufgelöst oder ausgelöscht werden können. Thaelon muss den Anhänger des Draethmorte sehen und wissen, dass die Anführer der Stilletreuen noch immer dieses Schriftzeichen tragen. Das sagt viel über das aus, woran sie glauben. Es verrät, dass sich die Stilletreuen trotz aller Verbitterung und Wut, die sie empfinden, noch immer an eine schlichte Annahme über ihr Verhältnis zu den Völkern des Ostens klammern.«

»Was ist das für ein Verhältnis?«, fragte Tahn.

Vendanji sah in die Ferne, zu den Saeculoren. »Ihre Ankunft wird mehr sein als wahnwitzige Rache. Sie werden mit einem klaren Ziel herkommen, demselben Ziel, das ihr Ursprung war: der Bestimmung, die Menschheit zu *läutern*. Sie werden in dem Glauben kommen, zu uns zu gehören. Vielleicht sogar verwandt mit uns zu sein. Mit den Menschen. Mit den Sheson.« Vendanji wandte sich an Tahn und hob warnend einen Finger. »Aber sei vorsichtig. Die Stilletreuen sind um der Bundessprache willen nach Naltus gekommen, doch andere machen vielleicht noch Jagd auf dich. Wenn ja, wird es sie nicht lange in die Irre führen, wenn du durch eine Erzählung in den Hain reist. Die Sigille wird noch mehr Stilletreue auf deine Spur lenken …«

»Gib sie mir«, mischte sich Sutter ein. »Ich weiß nichts über diesen Albenhain oder darüber, was du dort ohne *meine* Hilfe erreichen zu können glaubst.« Er hielt inne und schenkte ihm ein gewinnendes Lächeln. »Aber wenn ich das Ding nehme, wird jeder Fährtenleser glauben, dass du von Naltus aufbrichst, und dann verfolgen sie mich und die Kichererbse hier.« Er zeigte mit dem Daumen auf Mira.

Tahn schüttelte den Kopf. »Ich kann nicht zulassen, dass du …«

»Fang gar nicht erst damit an. Dann streiten wir uns nur immer weiter, und es dauert länger, bis wir all den Spaß haben können, der uns bevorsteht.« Sutter warf Vendanji einen Seitenblick zu. »So ist es doch, oder?«

Der Sheson nickte wohlwollend. »Wenn du dich nicht freiwillig gemeldet hättest, hätte ich genau das vorgeschlagen. Es ist einer der Gründe dafür, dass ihr zu Pferde reist.« Dann sah Vendanji die Fern an. »Mira?«

Sie zögerte so unmerklich, dass den meisten die Besorgnis in ihrem Blick vielleicht gar nicht auffiel, aber dann nickte auch sie.

»Und bevor du es sagst: Ja, ich bin ganz vorsichtig. Ich bin mit Mira unterwegs, und wir werden so schnell vorankommen, dass die Stilletreuen nicht mithalten können.« Sutters Lächeln schwand, und er wandte sich so an Tahn, wie es nur ein Freund kann, der aufs Wesentliche zu sprechen kommt: »Du würdest das auch für mich tun. Lass es mich für dich tun.«

Tahn sagte eine ganze Weile nichts und erwiderte unverwandt Sutters Blick. Dann reichte er Sutter mit einer Hand den Anhänger und umfasste ihn mit der anderen im Helligtaler Freundschaftsgriff.

»Das ist ein gutes Geschäft, Eichhörnchen«, sagte Sutter und klopfte Tahn auf die Schulter.

Vendanji wirkte erfreut, aber sein Gesichtsausdruck wich bald wieder seiner vertrauten Miene, aus der Härte und Umsicht sprachen. »Wir sollten die Täuschung vollkommen machen.« Er kam zu Sutter und nahm dessen rechte Hand zwischen beide Handflächen. Beinahe sofort begann Sutters Handrücken zu brennen, doch er schien keinerlei Schmerz zu leiden. Als Vendanji zurücktrat, trug Sutters Haut das gleiche Hammerbrandmal wie Tahns.

»Was sage ich, wenn die Leute mich fragen, was das zu bedeuten hat?«, fragte Sutter. »Das geht doch nicht als zufällige Narbe durch. Ist es ein Zeichen, dass ich zum Heiland auserkoren bin?«

Grant lachte mit seiner heiseren Stimme. »Es erinnert einen daran, dass das Leben harte Arbeit ist – und Werkzeug der beste Freund eines Menschen. Vertrau auf dein Werkzeug.« Dann trat Grant vor und hängte Sutter seinen Bogen auf die Schulter. »Trag den hier. Steck deinen Sedaginhandschuh ein und spiel Tahns Rolle, bis du nach Ir-Caul gelangst …«

»Und dann zeige ich ihnen den Handschuh«, schloss Sutter. »Ich weiß.«

Mira betrachtete Sutters Schwert und den Handschuh. »Die Sedaginsymbole reichen vielleicht nicht aus.«

»Vielleicht nicht«, pflichtete Vendanji ihr bei, »aber die Menschen dort haben vergessen, wer sie sind. Bringt sie dazu, sich zu erinnern. Die Sigille wird dabei helfen.«

»Würde es dir etwas ausmachen, uns das zu erklären?«, fragte Sutter.

»Ich werde es dir unterwegs in einfache Worte übersetzen«, bot Mira an.

Sutter lachte und hängte sich die Sigille um; damit war die Sache abgemacht.

Dann wandte Vendanji sich an alle. »Die Stilletreuen kämpfen nicht immer in offener Feldschlacht. Sie spielen Leute wie uns gegeneinander aus und setzen Gerüchte in die Welt.« Er musterte Sutter nachdenklich. »Das wird deine Verkleidung für uns umso nützlicher, für dich aber gefährlicher machen.« Der Sheson drehte sich um und umfasste Wendras Hand in väterlichem Griff. »Klärt nun Euren Verstand. Widmet Eure Aufmerksamkeit ganz den Worten, ihren Bedeutungen. Ruft Euch das, was sie beschreiben, so klar vor Euer inneres Auge, wie Ihr nur könnt. Lasst es vor Euch Gestalt annehmen.« Er drückte ihr sanft das Kinn. »Eine Melodie, Wendra, durchaus auch eine laute, wenn Euer Herz Euch rät, sie so zu singen. Versteht Ihr?«

Wendra nickte.

»Tahn wird als Erster gehen.« Vendanji wandte sich an Tahn und äußerte rätselhaft: »Verzichte nicht auf die Worte, die geholfen haben, dich zu dem zu machen, der du bist. Das wäre ein Fehler.« Dann trat der Sheson zurück und stellte sich neben die anderen.

Bevor sie begann, ging Wendra auf Tahn zu, ergriff sanft seinen Arm und zog ihn ein paar Schritte beiseite. »Ich bin immer noch zornig. Aber nicht mehr so sehr auf dich. Auch nicht wegen Penit.« Sie warf einen Blick auf die Erzählungen, die sie in der linken Hand hielt. »Wir hatten kaum Zeit, miteinander zu sprechen, seit wir von zu Hause aufgebrochen sind, aber ich hätte dennoch zu dir kommen sollen. Dann hätten wir unseren Streit so austragen können, wie Balatin es uns immer hat tun lassen.« Sie schenkte ihm ein schwaches, aber aufrichtiges Lächeln.

Tahn ergriff ihre Hand. »Dazu ist später noch Zeit.« Er lachte versöhnlich. »Aber ich werde mich bemühen, dir nicht noch mehr Gründe zu verschaffen, mich zu hassen.«

Sie musterte sein Gesicht einen Moment lang fragend.

»Ich meine damit nur, dass du dich von jetzt an auf mich verlassen kannst, was das betrifft.« Er klopfte auf seinen Bogen. »Und der Grund, weshalb ich nach Albenhain gehe, ist der, dass ich annehme, dass es einen Weg gibt, all das hier abzuwehren, bevor es beginnt.«

»Die Stille?«, fragte sie.

Tahn nickte. »Geh du und lerne, das Leidenslied zu singen«,

sagte er, »und ich werde vom Hain aus tun, was ich kann, um dir zu helfen.«

Sie merkte Tahn aufrichtige Leidenschaft an, wenn er von diesem Hain und dem, was er dort vorhatte, sprach. Er wirkte entschlossen und freudig erregt.

»Aber ich will nicht, dass uns all das so sehr verändert, dass wir Helligtal vergessen«, fügte er hinzu. »Den frischen Rhabarber im Frühling. Weißt du noch? Dein Zorn ist süß und bitter zugleich.«

Darüber lächelte sie. »Wenn alles überstanden ist, backe ich uns einen Rhabarberkuchen. Wir werden ihn draußen auf der Veranda essen und einen Krug mit eisgekühltem Gurkenwasser dazu trinken. Bis dahin habe ich mich sicher abgekühlt. Belamae wird mir dabei helfen.« Bei dem Gedanken an den Maester wurde ihr Lächeln breiter. Er hatte einen beruhigenden Einfluss auf sie, und er würde ihr beibringen, ihren Gesang einzusetzen, was sie nun mehr denn je wollte.

Grant trat zu ihnen. »Passt beide auf euch auf.«

Tahn streckte Grant die freie Hand hin, und Grant hielt sie lange genug fest, um die Geste mehr als einen schlichten Abschied sein zu lassen. Es sah aus, als wollte Grant Tahn noch etwas sagen, aber am Ende nickte er nur.

Dann drückte Wendra Tahn die Hand und ließ sie los. Sie atmete tief ein und fing an zu lesen. Langsam und leise begann sie zu summen, wie die Worte sich *anfühlten*, und es wurde eine Melodie daraus, die für sie nach dem Ort klang, der in der Erzählung beschrieben wurde.

Ein sehr leiser Ton erklang zwischen ihren Zähnen, als sie die Bilder aus Albenhain las und vor ihrem inneren Auge sah. Bald darauf sang sie ein paar Zeilen der spontanen Melodie, die von der Schönheit der Worte und der Bilder, die sie heraufbeschworen, inspiriert war. Wenige Augenblicke später sang sie schon ununterbrochen mit vollerer Stimme und ließ die Worte als Lied erklingen, das die Atmosphäre des Ortes vermittelte und ihm Gestalt und Substanz verlieh.

Während sie sang, geschah zweierlei.

Vor ihr begann die Luft zu flirren. Es wirkte, als würden Tausende von Fäden in senkrechten und waagrechten Linien tanzen, sich miteinander verflechten und straffen. Es erinnerte sie an den Anblick von Sommerhitze, die aus sonnenverbrannter Erde aufstieg und alles verschwimmen ließ, was jenseits davon lag. Nur dass dieses Flirren ein Muster hatte, als würde ein Stoff gewoben oder ein Teppich geknüpft.

Zugleich schrie etwas in ihr nach Aufmerksamkeit – das Lied, das ihr Erleichterung von den Erinnerungen an die Geburt, die Sklavenversteigerung und die von den Stilletreuen verschleppten Kinder verschaffte.

Ihre Stimme überschlug sich. Das Portal, das vor ihr Gestalt annahm, schlug Wellen, als drohte es einzustürzen. Sie versuchte, sich auf die Worte zu konzentrieren und ihre Stimme zu zwingen, dem Verlauf der Melodie zu folgen, die sie gefunden hatte. Aber je verbissener sie es versuchte, desto unzusammenhängender schienen die Luftstränge zu werden.

»Konzentriert Euch, Wendra«, hörte sie den Sheson irgendwo hinter sich sagen.

Sie schloss die Augen und sah Penit vor sich, erinnerte sich an die Spielmannswagenstücke, die er vor ihnen aufgeführt hatte, seinen quicklebendigen Verstand und sein Vertrauen. Dann sah sie Jastail, den Wegelagerer, der Penit und sie entführt und dann versucht hatte, sie in den Born zu verkaufen. Das war genug. Sie öffnete die Augen, hielt sich an die Worte, las und sang, bis beides sich wie ein und dieselbe Tätigkeit anfühlte.

Über den oberen Rand des Pergaments hinweg sah sie, dass die Luft vor ihr hell schimmerte und sich, wie auf einen unsichtbaren Webstuhl gespannt, zu langen Fäden verzog. Wendra starrte das Bild an, das wie eine Luftspiegelung auf einer Wüstenebene Gestalt annahm. Ihre Stimme wurde kräftiger und kündete von der Pracht des Ortes namens Albenhain.

Sie transponierte ihre Melodie in eine höhere Tonart, so dass sie natürlicher klang. Die klaren Töne stiegen weit in die Morgenluft auf und griffen über den Garten hinaus. Und vor ihr erstarrte das Gewebe der Welt zu einem großen Portal, durch das ein Bild von fünf hohen Türmen zu sehen war.

Sie bekam nichts vom letzten Abschiednehmen mit, sondern sah nur, wie Tahn an ihr vorbei durch die Erzählung schritt, die sie gesungen hatte. Sie sah, wie er sich krümmte, als hätte er starke Schmerzen, bevor er außer Sicht fiel. Sie ließ ihr Lied verklingen, und die Fäden der Erzählung lösten sich auf, bis Wendra nur noch Elans Feuerdornhecke vor sich sah.

»Noch einmal«, drängte Vendanji sie, ohne auch nur eine Bemerkung über das zu machen, was sie doch sicher alle gesehen hatten, als Tahn ins Erzählungsfenster getreten war.

Wendra entrollte das zweite Pergament – Decalam – und wiederholte, was sie eben getan hatte.

Nach mehreren Augenblicken entstand aus dem Gewebe eine zweite Öffnung, die ihnen die Hauptstadt von Vohnce in ihrer ganzen Herrlichkeit zeigte.

»Ihr kommt als Letzte«, sagte Vendanji zu ihr. »Hört nicht auf zu singen, bis Ihr auf der anderen Seite steht.«

Wendras Pulsschlag beschleunigte sich. Sie konnte Decalam wie durch einen matten Dunstschleier erkennen. Sie hatte diese Schicht nicht gesehen, als sie für Tahn gesungen hatte, aber sie kannte Albenhain ja auch nicht aus eigener Anschauung. Bevor sie das Lied unterbrechen oder ihre Gefährten warnen konnte, waren diese schon auf dem Weg durch die Öffnung.

»Singt weiter«, sagte Vendanji, als er sein Pferd hindurchführte.

Das Vertrauen, das der Sheson in sie setzte, stärkte Wendras Lied, und sie legte hinein, was sie nur konnte. Wenige Momente später trat sie hindurch.

Die Bewegung glich dem Versuch, durch brusttiefes Wasser zu waten. Die Pferde gerieten alle ins Taumeln und stürzten. Klänge breiteten sich verlangsamt aus, und die Töne waren verzerrt und wirkten tiefer.

Links und rechts von ihr purzelten Braethen und Grant auf weiche, feuchte Erde. Mit großer Mühe wälzte sich Wendra auf den Rücken und hörte auf zu singen. Das Fenster durch den Raum begann sich in seine Einzelteile aufzulösen und zu verfliegen; dann war es verschwunden.

Wendra ließ den Kopf in den Schlamm sinken, drehte sich aber sogleich um und würgte. Sie konnte hören, wie die anderen dasselbe taten, während sich ihr vor Übelkeit und Unwohlsein der Magen umdrehte. Irgendeine hauchdünne Ablagerung war auf sie und zugleich in sie geraten.

Sie ließ sich auf den Rücken fallen und sog tiefe, unregelmäßige Atemzüge ein. Dunkle Wolken zogen am Himmel über ihr auf, und sie versuchte, sich auf ihre sanften Bewegungen zu konzentrieren, um ihren Sinnen Linderung zu verschaffen. Einige Zeit später – sie wusste nicht, wie lange – kroch der Sheson an ihre Seite.

»Geht es Euch gut?«, fragte er.

Wendra nickte. »Ich habe Euch doch gesagt, dass es noch zu früh war.«

Sie spürte den feuchten, brackigen Schlamm an den Fingern

und im Gesicht. Der Gestank der verfaulenden Pflanzen und die abscheuliche Übelkeit, die noch immer in ihrem Magen tobte, ließen sie vermuten, dass sie leider wusste, wo sie gelandet waren. Ihr Verstand zog in aller Eile düstere Schlussfolgerungen.

»Es war nicht perfekt«, räumte Vendanji ein, »aber seht doch!«

Er half ihr, sich aufzusetzen, und deutete mit dem Finger. In weiter Ferne lagen, ganz wie eine zweite Luftspiegelung, die Mauern von Decalam. Bei ihrem Anblick überkam Wendra Erleichterung, und Tränen der Dankbarkeit schossen ihr in die Augen.

»Wir verdanken Euch viel, Anais«, sagte er und gebrauchte die respektvolle alte Anrede.

Sie warf einen Blick auf Braethen, der ausgestreckt am Ufer dessen lag, was sie nun als breites, stehendes Gewässer erkannte. Er tauschte einen dankbaren Blick mit ihr und nickte; sie nahm an, dass er noch nicht bereit war, es auf den Versuch ankommen zu lassen, aufzustehen oder zu sprechen. Er wirkte nicht, als ob es ihm gut ging.

Grant versuchte mit schmerzverzerrtem Gesicht, auf die Beine zu kommen.

Wendra ließ den Kopf wieder in Vendanjis Schoß sinken, schloss die Augen und kämpfte gegen eine neuerliche Welle von Übelkeit an. Doch darunter stieg ein kleiner Hauch von Triumphgefühl auf. Sie hatte es geschafft. Sie staunte wieder einmal darüber, dass ihrem Gesang eine Macht innewohnte, die über die einer reinen Melodie hinausging. Und ihre Aufregung darüber wuchs, der Discantus-Kathedrale und damit dem Erlernen des Leidensliedes so nahe zu sein. Aber für den Augenblick gestattete sie es sich, den Erfolg zu genießen, sie so weit gebracht zu haben.

17

DER BORN: VORSPIEL

Wenn man erfährt, dass ein Gefangener unschuldig ist, lässt man ihn dann nicht frei? Wie ist es um unser Gewissen bestellt, wenn die Schöpfungsgeschichten wahr sind und die einzige Sünde der Inveteraevölker, für die sie für immer in den Born verbannt wurden, darin bestand, nicht wohlgelitten zu sein?

(Die Verurteilung der Götter und Menschen,
ein neuer Abriss, vorgelegt von Darius Franck,
Kolleg der Philosophie, Albenhain)

Kett Valan fiel in einer Lache seines eigenen Bluts auf die Knie. Seine Arme wurden von den dicken Lederriemen, mit denen seine Handgelenke gefesselt und an abgestorbenen Bäumen rechts und links von ihm verankert waren, ruckartig in verschiedene Richtungen gerissen. Er heulte vor Schmerz auf. Der Schrei stieg über das Tribunal und die Basaltklippen bis in den tiefhängenden Himmel des Borns empor. Tiefe Herbstkühle lag in der Luft. Morgendlicher Raureif überzog den Boden, abgesehen von den Stellen, an denen er in der Wärme von Ketts Blut geschmolzen war. Seine Lippen zitterten. Aber nicht vor Kälte oder sogar vor Schmerz. Sie zitterten, weil er gestehen würde. Er würde gestehen, wenn auch nicht, um der Peitsche und ihren

Dornen aus rostigem Stahl zu entgehen – den Schmerz konnte er ertragen. Er würde gestehen und die Inveteraevölker verraten, die insgeheim aus dem Born zu entkommen versuchten, weil er nicht willens war, seine Familie leiden zu sehen.

Die Inveterae waren auch seine Leute, was sein Geständnis nur umso bitterer machte. Die Ersten Väter hatten die Inveteraevölker gemeinsam mit den Stilletreuen in den Born getrieben, als sie diese Welt im Stich gelassen hatten. So hieß es zumindest in den alten Geschichten. Die Väter hatten an seinesgleichen nicht genug Wertvolles gesehen, um die Inveterae in den Landen der Menschen weilen zu lassen. Kett glaubte, dass die Götter sich irrten. Dass sie übereilt gehandelt hatten.

Er war ein Gotun. Kein schönes Volk. Nicht wie die Menschen. Muskulöser, mit dickeren Knochen, breiterer Nase und Taille. Eher den Bar'dyn ähnlich, aber mit glatterer Haut – die leichter zu brandmarken war. Aber ein Vater sieht so etwas nicht, wenn er seine Kinder oder seine Gefährtin betrachtet.

Seine Kleinen, Marckol und Neliera, standen im festen Griff stilletreuer Wachen da. Die schmutzigen Hände der Bar'dyn auf ihnen zu sehen, ließ seinen Zorn erneut auflodern. Vielleicht hätte er sogar jetzt noch dem Tribunal die Stirn geboten, wenn die Angst in den Augen seines Sohnes und die Tränen auf den Wangen seiner Tochter nicht gewesen wären. Ihre Besorgnis und ihr Entsetzen galten ihm; sie begriffen nicht, dass bei seinen Entscheidungen hier und heute auch ihr eigenes Leben auf dem Spiel stand.

Seine Gefährtin, Salima, versuchte um seinetwillen, eine tapfere Miene zur Schau zu tragen. Aber die verhärmten Falten, die ihre Stirn durchzogen, zeigten ihm, wie es wirklich stand. Er unterdrückte seinen Schmerz und seine Scham und spielte für sie den Starken, um ihr Herz zu beruhigen.

»Steh auf«, befahl Balroath. Die Stimme des Jinaaloffiziers ertönte tief und klar – die hervorstechendste Eigenschaft des Hauses Jinaal. »Beweise die Stärke, dich deinem Urteil auf eigenen Füßen zu stellen, Kett Valan, oder bestätige die Gerüchte über deinen Verrat. Gib zu, dass du diese Separatistenbewegung gemeinsam mit anderen Inveteraeverschwörern anführst.«

Kett zog einen Fuß nach vorn und stemmte sich auf die Beine. Eine Welle von Übelkeit und Schwindel drohte, ihn wieder auf die Knie taumeln zu lassen, aber er kämpfte gegen die Empfindung an und nutzte die Riemen, mit denen seine Handgelenke gefesselt waren, um das Gleichgewicht zu halten.

Balroath nickte. »Gut. Verräter sollten im Angesicht derjenigen, die sie hintergehen, denselben Mut an den Tag legen, den sie zeigen, wenn sie im Dunkeln Ränke schmieden. Reden wir nun offen miteinander, du und ich, damit wir uns nicht missverstehen.«

Balroath holte mit der Peitsche aus und ließ sie kraftvoll quer über Ketts Hals schnellen. Die Wucht und das Brennen des Schlags rissen Kett beinahe wieder um. Aber er drückte die Knie durch, zog die Arme so eng an sich, wie er konnte, und nutzte das Leder, um sich aufrecht zu halten.

Diesmal unterdrückte er seinen Aufschrei, um seine Kleinen zu schonen. Er konnte nicht zulassen, dass sie das hier noch länger mit ansehen mussten. Er musste Balroath alles sagen. Aber wie konnte er sämtliche Inveteraevölker dazu verdammen, ihren Versuch aufzugeben, der Hoffnungslosigkeit des Borns zu entfliehen? Während er unter Folterqualen von Krämpfen geschüttelt wurde, richtete er den Blick gen Himmel.

Wir hätten nie hierhergeschickt werden sollen.

Als der Schmerz sich legte, senkte Kett den Blick zu seinem Folterer und Richter und sah ihn unverwandt an. »Keine Missverständnisse.« Er versuchte, würdevoll zu klingen, doch es fiel ihm schwer, durch sein eigenes Keuchen hindurch zu sprechen. »Du zwingst mich mit der Peitsche und indem du meine Familie bedrohst zu einem Geständnis. Dein Tribunal ist ein Witz. Wir sind nicht wie ihr« – er schnappte nach Luft – »und waren es nie.«

Wieder schnellte die Peitsche vor und riss ihm diesmal tief die Wange auf.

»Wenn du damit sagen willst, dass du undankbar bist, dann sind wir einer Meinung.« Balroath rollte die Peitschenschnur auf. »Du planst, die Inveterae der Obhut der einzigen Fürsprecher, die sie je hatten, zu entziehen. Ihr stammt ja vielleicht aus den Händen anderer Götter als wir, aber jene Götter haben euch mit uns hier eingesperrt. Was ist es also, Kett Valan? In welcher Hinsicht seid ihr anders? Glaubst du etwa, dass nur Inveterae es verdient haben, dem Born zu entkommen?«

Kett lächelte. Die Platzwunde in seinem Gesicht ließ ihm neue Schmerzschauer über den Hals laufen. »Ihr wollt keine Befreiung, Balroath. Ihr wollt in Tyrannei herrschen.« Er lachte. »Und Fürsprecher? Ihr tretet die Inveterae mit Füßen. Das habt ihr immer getan. Wir bauen Nahrungsmittel für euch an, kümmern uns um eure Gefangenenlager. Ihr treibt uns vor euch her, wenn ihr versucht, den Schleier zu durchdringen, und marschiert dann über unseren Rücken, wenn wir tot in die Bresche fallen.«

Balroath ließ die Peitsche erneut durch die Luft sausen. Und noch einmal. Und machte weiter, bis Kett zusammenbrach. Diesmal knackten seine Schultern, als seine Arme sich aus den Schultergelenken lösten. Er sackte nach unten. Sein Gesicht hing so nahe über dem Boden, dass er metallisches Blut und unfruchtbare Erde riechen konnte.

Er flüsterte, vor allem an sich selbst gerichtet: »Wir wollen, was man uns genommen hat, aber wir wollen es nicht in einem Krieg zurückholen. Wir möchten einfach nur nach Süden. Und leben.«

Langes Schweigen senkte sich über sie.

Balroath durchbrach die Stille mit einer unterschwelligen Drohung: Er legte die Peitsche weg. Der nächste Angriff würde jemandem gelten, den Kett liebte.

»Ich frage nicht noch einmal.«

Ketts Brustkorb, Eingeweide und Kehle schnürten sich zusammen. Konnte er die Namen, Pläne und Hoffnungen zahlloser Familien verraten?

Ich muss uns herausholen!

Er wandte sich ein letztes Mal Salima zu. Er brauchte ihren vertrauensvollen, mutigen Blick – doch der war nicht da. Nur blindes Flehen. Ihr Herz war zu weit getrieben worden. Er war allein.

Da wollte er zu seinen Göttern schreien. Um Rettung, Kraft oder nur Erleichterung bitten. Ihm war noch nie derart wie jetzt bewusst gewesen, dass sie ihn verlassen hatten. Er war nicht nur vor diesem abgelegenen Tribunal allein, sondern allein unter allen Himmeln.

Ihm kam die Geschichte von Tanelius in den Sinn, einem Inveterae aus dem Volk der Fennsalar, der nach der Weisung des Quietus in den Born getrieben worden war – Tanelius, der, obwohl seine Schöpfer ihn verlassen hatten, nicht bereit gewesen war, sie seinerseits zu verlassen. Tanelius, der geglaubt hatte, dass sein eigener Anstand ihn eines Tages würdig machen würde, in die Lande südlich der Bahrenberge zurückzukehren. Tanelius, der sich das Vertrauen der Stilletreuen durch harte Arbeit erworben hatte …

Ein neuer Gedanke keimte in Ketts Verstand auf. Ein gefährlicher.

Es gab Gerüchte, dass die Stilletreuen einen Weg aus dem Born hinaus gefunden hatten oder zumindest eine Möglichkeit kannten, den Schleier zu unterbrechen, während sie ihn durchquerten. Es war nur ein Gerücht, aber eines, das Kett oft genug gehört hatte, um ihm einige Bedeutung beizumessen.

Es gab also einen Weg.

Er hustete noch mehr Blut, raffte alle Kraft zusammen und stand auf, obwohl seine Schultern vor Schmerz pochten. »Nimm mich in Dienst. Verleih mir einen Rang.«

Balroath zog die Augenbrauen hoch. »Was meinst du?«

»Wenn ich meine Vettern verrate, werde ich binnen weniger Stunden tot sein – mein Volk duldet keine Doppelzüngigkeit. Aber wenn du mich begnadigst, mir ein Brandmal und einen Rang verleihst, dann bin ich für dich wertvoller.«

»Ich höre«, sagte Balroath ohne jegliche Befriedigung oder Skepsis.

Kett sammelte sich, sog die Lunge voll Luft und sah sich im Kreise der anderen Mitglieder des Tribunals um. »Wenn *tatsächlich* ein Auszug der Inveterae geplant ist, wird es *euch* sehr schwerfallen, ihn aufzuhalten, ganz zu schweigen davon, dass es euch von euren eigenen Plänen ablenken wird. Aber die Inveteraevölker werden auf mich hören. Ich kann ein Vorbild sein. Ich kann sie in eine neue Richtung lenken.«

Balroath musterte ihn genau. »Warum solltest du dazu bereit sein?«

»Du kennst die Antwort darauf.« Kett warf einen Blick auf Salima und seine Kinder. »Aber ich muss in der Achtung eurer Anführer, der Sedgel, hoch steigen. Ich muss einen Platz in eurer Mitte haben.«

Balroath starrte ihn fragend an.

»Sonst«, fuhr Kett fort, »werden die Inveterae nicht glauben, was ich ihnen erzähle.«

»Und was würdest du ihnen erzählen?«

Kett wählte seine Worte sorgfältig. »Dass ihr uns *alle* in die Welt jenseits der Bahrenberge führen werdet. Dass ihr keinen Krieg wollt. Dass ihr uns zur ursprünglichen Absicht der Väter zurückführen werdet.«

Balroath lachte – ein abscheuliches, tiefes Geräusch, das bis in den Boden drang. »Du glaubst also, dass du die Inveterae davon überzeugen kannst?«

Valan erwiderte seinen Blick unverwandt und so herausfordernd, wie er es wagte. »Wenn sie sehen, dass ich einen Sitz in den Hallen eurer Anführer einnehme ... dann ja.«

Die finstere Erheiterung schwand aus Balroaths Miene. Er trat vor und schwenkte seine Peitsche. »Du verstehst nicht, auf was für einen Handel du dich einlässt, Kett Valan. Der Süden des Borns ist ein guter Ort für dich. Der Norden und der Westen ... erfüllen eine andere Aufgabe. Und wenn wir zu einer Einigung gelangen, wirst du dich ändern. Es wäre dir vielleicht lieber, so zu sterben, wie du bist.« Balroath hielt inne und musterte ihn prüfend.

Kett stand fest entschlossen da.

Der warme Atem, den der Jinaal ausstieß, bildete in der kalten Luft Wölkchen, während er einen seiner Gefährten nach dem anderen ansah. Sie nickten nach und nach.

»Abgemacht.«

Kett atmete die Luft aus, die er angehalten hatte, so dass der Dampf vor seinem Gesicht ihn Balroaths Bewegung erst gar nicht sehen ließ.

Als die Luft klar wurde, pochte ihm das Herz schmerzvoll bis zum Hals.

Balroath war drei gebieterische Schritte auf Salima zugetreten und hatte ihr Gesicht zu sich gedreht. Er starrte ihr eine ganze Weile mit beinahe zärtlichem, fast innigem Ausdruck in die Augen. Dann beugte er sich zu ihr, als wollte er ihr einen Kuss rauben. Aber er machte unmittelbar vor ihren Lippen Halt, atmete langsam durch die Nase ein und füllte seine Lunge. Dünne Dunstschwaden strömten aus Salimas Nase und Mund in ihn hinein. Sie begann zusammenzusacken. Ihre Schultern hingen nach vorn, ihre Knie und Hüften gaben nach. Balroath legte ihr eine Hand um die Taille, um sie aufrecht zu halten.

Er saugt ihren Geist ein.

»Bitte hör auf!«, schrie Kett.

Balroath sah ihn mit unbarmherzigem Blick an. Als er Salima zu Kett herumwirbelte, war sie verschwunden – oder zumindest der Teil von ihr, der sie zu Salima gemacht hatte. Die Hülle, die geblieben war, starrte Kett aus leeren Augen an.

Balroath zog ein Messer aus dem mit eisernen Nieten besetzten Gürtel. Mit einer geschmeidigen Bewegung packte er Salimas Kopf an den Haaren und zog ihr die Klinge über die Kehle. Es ging so schnell, dass sie keine Zeit hatte, sich zu wehren oder aufzuschreien. Sie versuchte es kaum.

Aber Entsetzen trat auf ihr Gesicht, und die Augen, die abwesend gewirkt hatten, blickten nun flehend. Sie sank auf die Knie und hielt sich die Kehle, um die Blutung zu stoppen, als wäre sie für kurze Frist wieder sie selbst. Sie fiel vornüber, wandte den Kopf zu Kett und griff nach ihm.

»Du weißt, welche Folgen es hat, unser Vertrauen zu enttäuschen.« Balroath machte Anstalten, Ketts Kinder abzuführen.

Ein letzter verzweifelter Schrei entrang sich Ketts Kehle, als er die Stilletreuen und den Gott, der sie erschaffen hatte, verfluchte. Der Schrei stieg die Felsen empor und schoss himmelwärts.

Der Morgen war ein günstiger Zeitpunkt, um die Toten zur letzten Ruhe zu betten.

Kett trat aus der engen Schlucht hervor. Er zog einen Handkarren hinter sich her, der mit dem Leichnam seiner Gefährtin beladen war. Die Räder knarrten in der Stille des Morgens. Das Geräusch hallte über dem langen, schmalen See wider, der am Grunde des tiefen Tals lag. Dort blieb Kett stehen – am Ende einer dreitägigen Reise, um das Trauertal zu erreichen, in das die Inveterae seit undenklichen Zeiten ihre Toten brachten, um Abschied zu nehmen.

Heutzutage hielten sich nur noch wenige Inveterae an die Traditionen ihrer Vorfahren; viele hatten sogar vergessen, dass es das Trauertal überhaupt gab. Die meisten Inveterae beschränkten sich einfach darauf, dürren Weizen zu ernten und Wurzelgemüse für die Stilletreuen auszugraben, oder sie arbeiteten in den Lagern und hüteten Gefangene von beiden Seiten des Schleiers.

Und sie hatten sich mehr oder minder von der Vorstellung verabschiedet, aus dem Born zu entkommen. Sogar die alten Geschichten über die Völker der Mor – Inveterae, von denen es hieß, dass sie über ein machtvolles Lied verfügt hätten, ein Lied, das ihnen geholfen hätte, den Schleier zu durchbrechen und in die Ostlande hinüberzugelangen – gerieten langsam in Vergessenheit.

Kett ging zum Seeufer und beobachtete, wie Küstennebel träge über der spiegelglatten Oberfläche waberte und am Land und seinen Fußspitzen leckte. Er sah sein eigenes blasses Spiegelbild und dachte, wie er es schon so oft getan hatte, dass seinesgleichen ein Hauch von Groteskem anhaftete.

Aus weiter Ferne wäre es schwierig gewesen, den Unterschied zwischen seinem eigenen Volk, den Gotun, und den Bar'dyn zu erkennen. Aus der Nähe hingegen hätte man tiefer eingesunkene Augen, dünnere Lippen und glattere Haut gesehen.

Aber der wahre Unterschied lag in ihren jeweiligen Vorstellungen. Gotun – bei den stummen Höllen, alle Inveterae! – hegten anders als die Stilletreuen keine wahrhaft bösen Absichten gegen die Menschen. Das hatten sie ihrem Ursprung aus den Händen anderer Schöpfer zu verdanken: Der erste und einzige Vater der Stilletreuen war Maldea, der Gott des Widerspruchs; die Inveterae dagegen waren Geschöpfe der entrückten Götter.

Kett sah auf den See hinaus und ließ den Blick über die gespenstische Stille schweifen. Kein Fisch durchbrach die Wasseroberfläche, kein Insekt summte, kein Vogel stieß einen Ruf aus. Ein paar Bäume klammerten sich ans Leben. Ihre Blätter oder Nadeln erschienen unter dem bewölkten Himmel graugrün. Die meisten aber waren tot und wirkten mit ihren kahlen weißen Ästen wie knochige Hände, die sich dem Himmel entgegenreckten – die perfekte Gesellschaft für die Knochen, die unter ihnen lagen.

Die Inveterae begruben ihre Toten nicht. Stattdessen legten sie sie mit nach oben gerichtetem Gesicht hin, damit sie die Gnade der Väter erwarten konnten, die sie vielleicht mit denen wiedervereinen würden, die schon dahingeschieden waren. Wie Holzscheite lagen die Knochen ganzer Generationen am Ufer rings um den See aufgeschichtet. Totenhemden aus den Bestattungsriten hingen von den Überresten ihrer Skelette. Auf den Hügelflanken um den See waren Inveterae zur letzten Ruhe gebettet worden, so weit das Auge reichte: Das dunkle Wasser war von endlosen weißen Knochenhaufen umrahmt.

Kett kehrte zum Karren zurück, hob sanft Salimas Leichnam hoch und trug ihn zum Ufer. Er schöpfte mit den hohlen Händen Wasser aus dem See, um zärtlich Salimas Gesicht und ihren Hals zu salben.

Er berührte die tiefe Wunde in seiner Wange, die er bei seinem Verhör davongetragen hatte. Es gefiel ihm, dass die Narbe ein Andenken bilden würde, wenn der Schorf erst abgefallen war. Er würde sich an Salima erinnert fühlen, und er würde nicht aufgeben.

Dann war er bereit und begann, die alten Worte zu rezitieren:

Gedenke unserer, wie wir deiner gedenken,
gib uns, wie wir dir geben,
folge uns, wie wir dir folgen,
verzweifle unseretwegen nur,
weil dein Entkommen zu früh gelingt
und uns hier zurücklässt,
um zu warten, so gut wir es vermögen,
bis alles getan ist, was wir tun können,
oder bis die Verlassenheit endet
und wir mit dir
an glücklicheren Gestaden
wieder vereint sind.

Er sagte das Gedicht noch einmal auf, und als er damit fertig war, blieb er mehrere Augenblicke still stehen und nahm stumm persönlichen Abschied. Dann hob er den Kopf, reckte das Kinn zum entgegengesetzten Ende des Sees und stimmte ein Wehgeheul an. Der gequälte Schrei schallte über die dunkle Wasseroberfläche, über die Knochen unzähliger Vorfahren hinweg und schien das gesamte Trauertal auszufüllen.

In seine Klage fielen Stimmen vom Rande der Schlucht hinter ihm mit ein und ließen eine entsetzliche Harmonie ins graue Morgenlicht emporsteigen.

Kett sprang auf und wirbelte zu den Eindringlingen herum. Während sein Heulen noch vom Echo über dem See zurückgeworfen wurde, beendeten mehrere hünenhafte Gestalten ihre eigenen Schreie und sahen ihn unverwandt an. Als wieder Stille herrschte, beobachtete er, wie sechs Inveterae, von denen jeder einem anderen Volk entstammte, langsam auf ihn zukamen.

Sie scharten sich um den Leichnam seiner Frau und sahen mit einem Ausdruck der Bekümmerung und Wertschätzung auf sie hinab. Dann kniete sich einer nach dem anderen hin, legte eine Hand auf Salima und erwies ihr so in aller Stille die letzte Ehre. Einige Zeit später schauten sie auf und sahen allesamt Kett an.

Eine Frau aus dem Volk der Raolyn Ela ergriff als Erste das Wort. Die Raolyn mieden seit sechs Generationen die Gesellschaft der übrigen Inveterae. Mit ihrer vollkommen weißen Haut und ihren dunklen, pupillenlosen Augen waren sie leicht zu erkennen.

»Du bist Kett Valan. Ich bin Sul.« Die Raolyn bedachte auch Salima mit einem Blick. »Und das ist deine Gefährtin, Salima.«

Kett nickte.

»Du planst, die Inveteraevölker über die Bahrenberge zu führen.« Sul starrte ihn mit ihren großen schwarzen Augen an. Sie wies langsam auf die anderen, die rings um Salima knieten, und sagte schlicht: »Wir sind bei dir.«

Ketts Herz hämmerte in seiner Brust. Viele bittere Jahre lang hatte er jede nur mögliche – und heimliche – Gelegenheit ergriffen, anderen von seiner Hoffnung auf Befreiung aus dem Born zu erzählen. Aber von jeweils hundert, die überhaupt bereit waren, ihm zuzuhören, glaubten vielleicht fünf, dass überhaupt etwas unternommen werden konnte, und nur einer war willens, selbst mitzuhelfen.

Doch im Laufe der Jahre hatte sich eine kleine Gruppe gebildet – eine *Bewegung,* wie Balroath sie genannt hatte, als er bei seinem Tribunal mit der Peitsche über Kett hergefallen war.

Aber hier und jetzt, an den Seeufern des Trauertals, schworen die Anführer der wichtigsten Häuser ihm Treue. Das brachte sein Blut in Wallung und ließ alles nur noch dringlicher erscheinen. Er sah diesen Vertretern aller Häuser – der Thealote, Simsi, Dystontal, Uren, Waelon Sol und Raolyn Ela – ins Gesicht und dachte zum ersten Mal, dass vielleicht …

»Ich werde bald unter die Jinaal aufgenommen«, erklärte Kett. »Ich werde in eure Städte und Dörfer kommen und eine Botschaft der Einigkeit und Unterwerfung unter die Stilletreuen verbreiten.« Er hielt inne. »Sie rechnen mit einer gewissen Anzahl von Widerständlern.«

»Eine wohlbedachte List.« Sul lächelte. »Du wirst Einsicht in ihre Pläne gewinnen, und wir werden vorgewarnt sein, wenn sie kommen, um zu plündern.«

Kett sah auf Salima hinab und dachte über Opfer nach. »Ich glaube, es wird noch mehr als das bedeuten. Ich habe Gerüchte gehört. Die Jinaal glauben, einen Weg gefunden zu haben, den Schleier zu durchqueren – und das nicht nur zu wenigen auf einmal. Einen Weg, den Schleier endgültig zu teilen, oder zumindest so lange, wie es nötig ist, um eine Armee hindurchzusenden.«

Erstauntes Gemurmel von seinen neuen Freunden.

»Ich habe vor herauszufinden, wie«, sagte Kett, »und es zu *unserem* Vorteil zu nutzen. Um die *Inveterae* zu befreien.«

Alle nickten erfreut und stimmten dem Plan zu.

»Aber ich muss wie ein Teil von ihnen wirken.« Schon jetzt musste er ihren Treueschwur auf die Probe stellen. »Falls es keinerlei Widerstand gibt, wenn ich zu euch komme, wird das verdächtig wirken. Einige von euch werden gegen mich aufbegehren müssen …«

Der Anführer des Hauses Uren legte Kett die Hand auf die Schulter. Es beruhigte Kett, seine glitschige pechschwarze Haut zu spüren. Der Uren sprach aus einem Mund voller Zähne: »Ich bin Rorgard. Es wird uns nicht schwerfallen, Uren zu finden, die bereit sind, sich zu opfern.«

»Und ich bin Fedema«, sagte die Simsifrau. Sie drückte den Rücken durch und richtete sich zu ihrer vollen, geschmeidigen Länge auf, zwei Köpfe größer als Kett. Etwas wie ein Schauer durchlief ihren Körper, so dass sich nadelspitze Haare wellenförmig aufrichteten, bevor sie mit einem leisen Raunen wieder zurücksanken. »Du hast schon viel gegeben«, sagte sie und sah in Salimas friedliches Gesicht, »aber du wirst vielleicht noch mehr Opfer bringen müssen.«

Kett dachte an seine Kleinen. Zurzeit waren sie noch am Leben.

Die anderen beiden Inveterae kannte er dem Namen nach. Lorin, der Thealote, saß nachdenklich und stumm da. Wenn er in Eile war, ließen seine kräftigen Schultern und langen Arme es wirken, als würde er auf allen vieren galoppieren. Malat von den Waelon Sol – mit Schultern, die so schmal waren wie Lorins breit – zappelte ein wenig herum. Die Waelon waren das kleinste Volk der Inveterae, aber zugleich das weitaus schnellste. Die Naturgesetze schienen für sie in geringerem Maße zu gelten. Weder Lorin noch Malat sagte etwas, aber ihre Gesichter verrieten friedliche Zustimmung zu dem, was sie gehört hatten.

Das letzte Haus der Inveterae, Dystontal, hatte eine junge Frau geschickt, die gerade die Qual der Sprachlosigkeit durchmachte – man hatte ihr den Mund zugenäht. Sie trug keine Kleider, schien aber alles andere als nackt: Vom Hals an abwärts wirkte ihre Haut vollständig wie ein Gemälde aus Symbolen und Bildern. Sie nickte. Die Dystontal standen auf seiner Seite.

Kett ließ den Blick durchs Trauertal schweifen und nahm das Panorama der dunklen Wasser und Knochendickichte in sich auf, mit denen die Hügelflanken des Tals bis an den schiefergrauen Himmel angefüllt waren. Der Wind bewegte die Seeoberfläche und löste kleine Wellen aus, die vor ihm sanft ans Ufer spülten.

Er setzte zum letzten Teil der Totenriten an und hob die Stimme, um die Götter durchdringend anzuflehen, Salimas dahingeschiedenen Geist zu beschützen. Es war das älteste Gebet, das er kannte, und seine Mitverschwörer fielen mit ein.

Die Bräuche sind nicht gestorben.

Generationen hatten die Hilfe der Götter erfleht, die sie in diesen fernen Born gesandt hatten. Das Totengebet bat die Ersten Väter, die Geister der Inveterae, die sie nicht für würdig befunden hatten, an der Seite der Menschen zu leben, zu sich heimkehren zu lassen.

Kett bot die Totenklage dar, und sein Trauerlied schallte über die Seeoberfläche und die Knochenfelder.

18

TOD EINES LIEDES

Der Gesang der Leiholan wirkt sich sowohl auf den Zuhörer als auch auf den Sänger aus. Man denke nur an das Leidenslied.

(Aus einem auf dem Zweiten Konzil der Konservatorien gehaltenen Vortrag)

Trotz all ihrer Musiksäle und himmelwärts ragenden Turmspitzen kauerte die Discantus-Kathedrale in der Nacht wie ein vergessenes Kind. Bis auf ein paar matte Lichter hinter vernagelten Fenstern hätte man sie in der Dunkelheit übersehen können – nur ein Schatten wie jeder andere am Ende einer müden Straße. Das einstige Kronjuwel von Decalam stand inmitten des Viertels, das seinen Namen trug, des Kathedralviertels, des Elendsquartiers der Hauptstadt.

Zwei Arten von Gästen suchten die Kathedrale auf: Die einen waren Musiker, die noch immer in den Gewölbesälen ausgebildet wurden. Die anderen waren Obdachlose, die in ihr nichts als einen Platz sahen, an dem sie sich erleichtern konnten, wenn sie sich zu sehr betrunken hatten. Helaina Storalaith, die Regentin von Decalam, gehörte keiner der beiden Gruppen an, kam aber schon zum zweiten Mal in ebenso vielen Wochen in die Discantus-Kathedrale. Diesmal allerdings hatte man sie dorthin bestellt.

Entlang der Straßen des Viertels brannten Feuer in offenen Gruben, um die sich Männer und Frauen scharten, die sich durch Handschuhe, die aus mehr Löchern als Stoff bestanden, die Hände wärmten. Misstönende Musik schallte aus den Tavernen herüber; nach Einbruch der Dunkelheit traten dort die auf die Bühne, die diese Übung bitter nötig hatten. Und Huren wandten, vom Laudanum benebelt, die mit Schminke überkrusteten, halb offenen Augen Männern und Frauen gleichermaßen zu und brüllten vor Lachen, wenn Passanten unbelästigt vorbeizuhuschen versuchten.

Die Straßen stanken nach menschlichem und tierischem Kot. Helaina versuchte, durch den Mund zu atmen, um dem Geruch zu entgehen. Mit herabgezogener Kapuze gelangte sie ungehindert durch das Elendsviertel zum vorderen Portal der Kathedrale. Als sie ankam, schmerzten ihre Gelenke vor Rheuma, und sie fühlte sich erschöpfter, als sie es vorausgeahnt hatte.

Das Eisenholz der Tür fing das Licht der Bettlerfeuer hinter ihr nicht auf und spiegelte es auch nicht wider. Matt und schwer hatte es über die Jahre mehr als einem Angriff widerstanden und wies Dellen auf, die davon zeugten. Aus der Nähe konnte sie auch eine schwache Ritzung in der eisengleichen Oberfläche erkennen – Musiknoten von einer Art, wie sie sie noch nie gesehen hatte.

Sie klopfte an und trat dann zurück, um zu warten. Während sie am Fuße des einst so prächtigen Heiligtums stand, ließ sie den Blick die Steinfassade hinaufschweifen. Die gewaltigen Formen meißelten einen Schattenriss in den sternenklaren Himmel darüber. *Unerbittlich*, dachte sie. Die Pracht der Discantus-Kathedrale hatte sich verändert, war aber für diejenigen, die

Augen dafür hatten, immer noch vorhanden. Einst war die Kathedrale ein architektonisches Meisterwerk und eine Hochburg der Philosophie gewesen, und ihre Kraft war ihr noch immer anzumerken, wenn auch mittlerweile eher als Zeugnis des Durchhaltevermögens.

Musikschüler erschienen und baten Helaina herein. Sie verneigten sich aus Achtung vor ihrem Amt und führten sie zu dem, der sie herbefohlen hatte.

Ringsum schien das Leidenslied sogar den Stein selbst zu durchziehen. Das Lied wurde irgendwo im Herzen der Kathedrale gesungen, sickerte in ihre Fundamente ein und breitete sich nach außen und oben aus. Obwohl Helainas Volk in groben Zügen um die Bestimmung und den Zweck der Discantus-Kathedrale wusste, hatten die wenigsten eine Vorstellung von der wahren Natur ihres Liedes.

Helaina folgte dem stattlichen Paar junger Schüler – man bezeichnete sie als Lyren. Gemeinsam passierten sie Porträts der Maesteri und Kohlebecken, die die Gänge der Kathedrale beleuchteten und heizten. Sie kamen an Musikunterrichtsräumen vorbei, wo Instrumente zur Nachtruhe gebettet waren, und gingen an großen Konzertsälen und Atrien vorüber, in denen Reihen leerer Stühle standen. Das ganze Gebäude wirkte auf Helaina wie ein unterschwelliges Lied.

Schließlich wichen die Lyren vor einer Tür beiseite und nickten ihr zu einzutreten. Allein schritt sie durch einen kurzen Korridor in ein großes rundes Zimmer in einer der weitläufigen Kuppeln, die hundert Schritt oder mehr emporstrebte. Helaina hätte sich von außen die gewaltige Größe dieses Raums niemals träumen lassen: Er war so riesig, dass sogar die Stille einen leisen Ton summte.

Fünf weitere Gänge führten gleich weit voneinander entfernt

aus der Halle fort. Als Helaina weiter ins Innere des Raums ging, kamen die Lyren herein, schlossen die Tür hinter sich und bezogen davor Stellung wie Torwächter.

Wasserbecken standen in regelmäßigen Abständen an der Wand. Beiderseits jedes Bassins ragten große Marmorstatuen in Sängerhaltung auf. Der Boden war, wie auch die Kuppeldecke, sorgfältig mit Steinen in verschiedensten Farben ausgelegt, um ein Mosaik des Himmels zu bilden. Zeitweise hatte Helaina das Gefühl, in der Weite des Raums zu schweben, umgeben von nichts als Himmel.

In der Mitte des Saals befand sich eine runde Steinestrade, auf der eine einsame Leiholan stand ... und sang. Ihr Lied hallte sanft im ganzen Raum wider. Noch das kleinste Geräusch, das auf der Estrade hervorgebracht wurde, drang ungebrochen zu jeder Oberfläche des Saals.

Während Helaina gebannt dem Klagelied lauschte, schienen die Wände zu verschwinden. Es war, als stünde sie an dem Ort, den das Lied beschrieb. In gewissen Abständen veränderte sich der Anblick, ganz so wie das Lied sich in Ton und Takt wandelte. Helaina wurde Zeugin großer und kleiner Grausamkeiten. Manche entstammten den historischen Annalen, von anderen hatte sie nie etwas gehört oder gelesen. Nach ein paar Augenblicken des Liedes übermannte sie der Schmerz, und sie begann sich schwach zu fühlen.

Sie taumelte. Die Lyren eilten heran und stützten sie von beiden Seiten. Erst als die Sängerin einen beschwingteren Kehrreim anstimmte, wurden die Wände des Saals wieder zu Stein, und Helaina konnte Maester Belamae auf sich zueilen sehen.

Er lächelte voller Wärme, ergriff ihren Arm und nickte seinen Schülern zu, die sich wieder auf ihre Posten zurückzogen.

Leise, um die Musik nicht zu stören, sagte er: »Ihr seht ganz verhärmt aus. Möchtet Ihr einen Schluck Wasser?« Er wartete ihre Antwort nicht ab, sondern führte sie zum nächstbesten Becken und holte ihr einen kleinen Becher.

Die Kühle auf ihren Lippen erfrischte sie ein wenig. »Danke«, flüsterte sie.

»Und jetzt seht Ihr besser denn je aus.« Er lächelte.

Sie wünschte, ihr Treffen mit Belamae hätte nicht in Gegenwart anderer stattgefunden, denn dann hätte sie ihre Fassade der Stärke ein wenig fallen lassen können. Die Gelenke taten ihr höllisch weh, und sie schwitzte jetzt so, wie sie es nachts oft tat – obwohl das gewöhnlich aus keinem guten Grund geschah. Heute Abend hatte sie immerhin einen schnellen Spaziergang hinter sich.

Sie strich sich die Haare zurück. »Ihr seid ein schlechter Lügner. Ich bin alt.«

Belamae umfasste ein Büschel seines eigenen Haars, das so hellsilbern wie ihr eigenes war. »Lasst mir doch meine Illusionen.«

Helaina wies auf den weitläufigen Saal. »Das hier ist wahrhaft bemerkenswert, Belamae.«

»Dabei ist es nur der Übungssaal.« Er sah sich befriedigt um.

»Für das Leidenslied?«

Er nickte und blinzelte langsam wie jemand, der nicht genug geschlafen hat.

»Nun, dann kann ich mir nicht vorstellen, wie es erst sein muss ...« Sie hielt inne. Sie war noch nie in diesem Allerheiligsten gewesen, weder als Belamaes Freundin noch als Regentin von Decalam. In die inneren Abläufe des Leidens erhielten nur diejenigen Einblick, die sein Lied sangen. Es war nicht der rechte Zeitpunkt für Wortgeplänkel. »Was ist geschehen?«

Sein wohlvertrautes Lächeln schwand und wich lastender Besorgnis. Er sagte nichts, sondern ergriff nur ihre Hand und führte sie halb um den Saal herum zu einem der Korridore, in dem zwei weitere Lyren vor einer Gestalt hockten, die auf einer niedrigen Bank lag.

Das Lied hinter ihnen wandelte sich zum Klang einer Totenklage.

Als sie sich näherten, zogen die beiden Lyren sich zurück. Eine von beiden sah Belamae an und schüttelte den Kopf. »Sogar die heilsame Akustik hier hat nicht geholfen«, sagte sie.

Belamae nickte und kniete sich neben eine tote Leiholan. Er bedeutete Helaina, sich neben ihn zu knien. »Das hier ist Soluna. Sie hat acht Jahre lang das Leidenslied gesungen. Sie ist im Alter von sechzehn Jahren aus Mesonn Dimn zu uns gekommen, um sich ausbilden zu lassen. Und heute Nacht hat ihr das Lied dann zu viel abverlangt ...«

Helaina starrte überrascht und erschrocken auf die Leiholan hinab. »Wie konnte es ihr den Tod bringen?«

Belamae schaute auf. Er hielt noch immer die Hand der jungen Frau umfasst. »Dem Leiden Ausdruck zu verleihen, fordert viel von einem. Die Worte und die Musik sind immer dieselben, aber Tonfall und Timbre sind jedes Mal, wenn das Leidenslied gesungen wird, einzigartig.«

»Das verstehe ich nicht.«

»Der Schleier ist nicht unwandelbar«, erklärte er. »Er nimmt zu und ab wie ein Mond. Aber anders als ein Mond folgt sein Wandel keinem festgelegten Muster. Ebbe und Flut des Schleiers ergeben sich aus den Belastungen, denen er ausgesetzt ist ... von beiden Seiten.« Ihr alter Freund sah ihr unverwandt in die Augen. »Der Born brandet gegen den Schleier an, Helaina, und wenn er das tut, fordert das Lied einen höheren Tribut von uns.«

Die Vergeudung dieses so jung verlorenen Lebens verdüsterte Helainas Stimmung.

»Die Leiholanbegabung tritt seltener auf als früher oder wird zumindest nicht so häufig erkannt.« Belamae zuckte bedächtig die Achseln. »Wie auch immer, unser Konservatorium krankt daran, zu wenige Schüler zu haben. Infolgedessen leidet auch das Lied darunter. Es ist nicht hoffnungslos.« Er lächelte schwach. »Aber ich mache mir Sorgen, Helaina. Ich mache mir Sorgen ...«

»Was erzählt Ihr mir da, Belamae? Warum habt Ihr mich hergeholt, um mir eine tote Leiholan zu zeigen?«

Über das leise Summen des Leidensliedes hinweg, das jetzt wie ein Gebet klang, sah Belamae sie bedauernd und ernst an. »Die Zeit wird knapp. Beeilt Euch mit Eurem Großen Mandat. Aber sofern sich nichts ändert, sind wir vielleicht nicht mehr in der Lage, das Lied Tag und Nacht durchzuhalten. Es könnte Zeiten der Stille geben. Und wenn es dazu kommt, mögen die tauben Götter uns beistehen!«

Die Tragweite dessen, was er sagte, entsetzte sie. Die Stilletreuen drangen schon jetzt in kleinen Gruppen durch den Schleier. Deshalb hatte sie ja überhaupt ein Großes Mandat einberufen: Einzelne Länder oder Reiche würden allein oder sogar, wenn zwei oder drei sich zusammentaten, überhaupt nicht in der Lage sein, sich den Stilletreuen entgegenzustellen, wenn sie in großer Zahl anrückten. Wie beim ersten und zweiten Großen Mandat vor langer Zeit würden viele Banner gemeinsam gehisst werden müssen, damit sie sich durchsetzen konnten.

Aber was Belamae verhieß, war mehr als ein Krieg, wenn es denn zu einem kam – es waren Zeiten ohne den Schutz des Leidensliedes. Die Stilletreuen könnten kommen ... alle auf einmal. Eine neue Art von Furcht schlich sich in ihr Herz.

Belamae unterbrach ihren Gedankengang. »Wir haben vor nicht allzu langer Zeit darüber gesprochen, die Mor darum zu bitten, meine Leute ihre Kehrreime verwenden zu lassen. Der Zeitpunkt dafür ist nun gekommen.«

Helaina wusste wenig über die Kehrreime. Die historischen Aufzeichnungen verrieten so gut wie nichts darüber, und obwohl Belamae ihr davon erzählt hatte, war er dabei stets sehr zurückhaltend gewesen. Die Morvölker hatten sich zu einer Art Konföderation zusammengeschlossen, die unter der Bezeichnung Y'Tilat Mor bekannt war. Die Annalen ließen vermuten, dass es sich bei ihnen um Völker handelte, die aus dem Born entkommen waren, indem sie sich einer Sammlung von Kehrreimen bedient hatten, machtvoller Gesänge, die dem Leidenslied ähnelten, aber im Kampf zum Einsatz kamen. Doch die Morvölker führten ein äußerst zurückgezogenes Leben.

Sie nickte. »Wir werden eine förmliche Anfrage vorbereiten.«

»Erinnert Ihr Euch an die Sprache?«

»Ich erinnere mich.« Es war eine ihrer liebsten Erinnerungen an den Beginn ihrer Freundschaft. »Ihr wart der perfekte Lehrer.«

Er brachte ein kleines Lächeln zustande. »Ihr Südvölker und Eure eintönige Sprechweise! Euch entgehen die Schönheit und Vielschichtigkeit von Sprachen, die sich aus Bedeutungsebenen von Rhythmus und Intonation zusammensetzen. Aber als wir fertig waren, hattet Ihr, soweit ich mich erinnere, ein recht gutes Verständnis dafür entwickelt.«

Sie hatte die Morsprache seit Jahren nicht mehr gelesen oder gesprochen. Wenn sie ihre Kenntnisse der vielen komplexen Bedeutungsebenen auffrischen wollte, lag einige Arbeit vor ihr. Sie schwieg noch einen Augenblick, um Soluna die letzte Ehre zu erweisen, und stand dann auf. Könige, Königinnen und

Gesandte von überall aus den Ostlanden hatten begonnen, zum Großen Mandat zusammenzuströmen, und sie erwarteten, die *Faust im Handschuh* anzutreffen – unter der Bezeichnung war Helaina bekannt geworden. Ihr blieben noch ein paar Tage, um sich auf diese Kleinigkeit vorzubereiten.

Belamae beugte sich vor und drückte einen Kuss auf Solunas Wange. Dann erhob er sich und wandte sich an Helaina. »Ich hatte eigentlich nicht vor, wieder Eurem Hohen Rat beizutreten. Politik und Falschheit widern mich an.« Jetzt stand Feuer in seinen Augen. »Aber ich werde es tun. Und die, die sich uns entgegenstellen, sollen verflucht sein!«

Seine Stimme klang wie ein gedämpftes Brüllen, das sich in leichter Disharmonie in das Leidenslied mischte. Und während Helaina sich über seine Unterstützung freute, lauerte doch die unmittelbare Bedrohung nicht jenseits der Stadtmauern, sondern in Decalam selbst.

19

MANCHE MÜSSEN FÜHREN

Sie bekämpfen uns. Ich frage mich, ob sie wissen, dass wir nicht danach streben, die Götter von irgendetwas zu überzeugen, sondern nur danach, uns zu versöhnen.

(Aus Die Ironie des Hasses, *einem unveröffentlichten Brief, den Marta Solemy, Priorin der Versöhnungskirche, in Reaktion auf die Enthauptung mehrerer Anhänger ihres Glaubens verfasste)*

Roth Staned, Anführer und Aszendent der Liga der Edukation, schritt selbstbewusst das Mittelschiff der Bastulan-Kathedrale entlang. Als Decalam noch jung gewesen war, hatte die Bastulan-Kathedrale der Discantus-Kathedrale den Rang als schönstes Juwel der Stadt streitig gemacht. Ihre prächtigen Säulen und kunstvollen Gewölbe ragten so hoch auf, dass die Decke im Sonnenlicht verschwamm, das durch Dachfenster hundert Schritt über dem Boden hereindrang. Auf dem Boden bildeten spiegelglatte Quadrate aus poliertem Granit und Obsidian ein Schachbrettmuster. Die Weihestätte hatte einst als Gebetsort der Versöhnungskirche gedient. Schon über die Bezeichnung allein – *Versöhnung* – konnte Roth nur lächeln. Anhänger dieser archaischen Doktrin glaubten nicht nur, dass die Existenz der Väter plausibel war, sondern auch, dass durch Ergebenheit der Abwesenheit der Götter vielleicht ein Ende gesetzt werden könnte. *Narren.*

An den Wänden hingen lange schmale Banner in Grün und Violett von den Deckenbalken herab. Hier und da standen Statuen in Nischen. Weihrauch brannte auf Altären vor Traktaten, die direkt in den Stein gemeißelt waren. In schattigen Hallen, die von der Hauptachse abgingen, glomm Glut in Kohlebecken. Nicht weniger als ein Dutzend kleinerer Kapellen umrahmten den großen Innenraum. Jede bestand aus Holz aus der Heimat dessen, dem sie geweiht war. Es rief Roth ins Gedächtnis, wie groß das Land Vohnce war – und wie alt und von Mythen niedergedrückt.

Die Kathedrale war heute, ganz wie er es erwartet hatte, größtenteils leer. Hier war er verabredet. Und dort drüben zur Rechten, ein paar Bankreihen entfernt, beteten ein paar Krüppel um Heilung.

Am entgegengesetzten Ende der Bastulan-Kathedrale erhoben sich lange Stufen aus dem Boden des Hauptschiffes und führten zu einer prächtigen Kanzel empor, auf der eine Schriftrolle ausgebreitet lag. Dahinter war, den Bankreihen zugewandt, ein Relief in die gewaltige Granitwand gemeißelt, das das Tabernakel des Himmels zeigte, wo, weiteren Mythen gemäß, die Götter die Welt erschaffen haben sollten.

Roth lächelte noch einmal.

Er hielt diesen Glauben für kaum mehr als einen Trost für simple Gemüter. Und um ganz ehrlich zu sein, hatte das weniger mit den Göttern selbst zu tun als mit der Sehnsucht nach Versöhnung, die ihm wie eine verzweifelte Regung vorkam, die viel zu wenig der eigenen Kontrolle und dem eigenen Einfluss unterworfen war. Als er zu der Bank voranschritt, auf der seine

Verabredung ihn erwartete, verspürte er aber zugleich einen Anflug von Mitgefühl, weil diejenigen, die hoffnungsvoll hierherkamen, gewiss enttäuscht werden würden, während er ihnen doch einen besseren Weg zeigen konnte, ihr Leid zu lindern. Sich sogar ganz neu zu erschaffen. Und das Vielversprechende daran war, dass es *wirklich* einfach war. Nicht mühelos, aber geradlinig. So schlicht, als würde man sein Spiegelbild in einem ruhigen Teich betrachten.

Das würde er auch seiner Verabredung anbieten, wenn er sie nur erst überzeugen konnte, die Dinge ein wenig klarer zu sehen.

»Danke, dass du dich mit mir triffst«, sagte Roth und wandte sich der Frau zu, um ihr in die gehetzt blickenden Augen zu schauen. Sie war schön; das hatte er schon immer gefunden. »Darf ich mich setzen?«

Sie deutete auf die Bank neben sich. Als er sich niederließ, spürte er ihre Besorgnis. Er musste sie erst beruhigen, um sie wirklich von dem überzeugen zu können, worum er sie bitten wollte.

»Leona, es tut mir leid, was deinem Mann zugestoßen ist. Ich hätte dich oder deine Familie nie der Gefahr ausgesetzt, dass euch ein Leid geschieht. Es muss einer unserer übereifrigen Ligaten gewesen sein, vielleicht sogar mehrere.« Er lächelte begütigend. »Ich hoffe, du kennst mich gut genug, um das zu wissen.«

Leonas kleine Tochter war vergiftet worden, um ihren Vater, ein Mitglied der Liga, auf die Probe zu stellen, indem man beobachtete, ob er so weit gehen würde, die Kunst eines Sheson zu erbitten, um sie zu heilen. Roth hatte gewusst, dass der Mann es tun würde, denn der Bursche war kein besonders treuer Anhänger der Liga. Und nachdem er das Gesetz gebrochen hatte, war er zum Tode durch den Strang verurteilt worden. Er war von einem Fremden – einem Bogenschützen namens Tahn – gerettet worden, der ihn vom Galgen geschossen hatte, bevor der Strick ihm das Genick hatte brechen können.

Was Roth Leona nicht verraten konnte, war, dass er die List angeordnet hatte – und dass seine Männer über das Gegengift verfügt hatten und das Kind gerettet hätten, bevor es in die Erde zurückgekehrt wäre. Es war schließlich nur eine Prüfung der Loyalität des Vaters gewesen – eine, die den Weg für Roth und Leona hätte frei machen sollen.

Sie sah ihn an und versuchte sich an einem Lächeln, das ihre Lippen zittern ließ. »Wir wollen einfach nur weg, Roth. Bitte.«

»Heutzutage ist es nicht gut, wenn Familien nicht wissen, wo sie hingehören. Du musst an deine Töchter denken. Was lebst du ihnen vor, wenn du dich von denen abwendest, die dich schon so lange unterstützen?« Er legte ihr eine Hand an die Wange. »Es sind furchterregende Zeiten. Und du hast einige besonders furchterregende Augenblicke durchgemacht. Aber wenn du es zulässt, kann ich dich vor so etwas beschützen.«

Sie sah in ihren Schoß hinab, wo ihre Hände mit einem Tuch gespielt hatten, das sie nun hob, um sich die Augen abzutupfen. »Weshalb wolltest du mich treffen?«

Roth nickte. »Ich habe immer bewundert, dass du so direkt bist. Aber gedulde dich bitte, nur einen Moment lang. Geht es deinem Mann gut?«

Ihr gehetzter Blick hob sich, um seinem zu begegnen. »Er ist von der Regentin freigelassen worden, mit der Versicherung, ihn zu schützen, vor … der Vergeltung der Liga.«

Roth lächelte weiter. Also entsprach es der Wahrheit: Seine Liga der Edukation war nicht nur durch die Freilassung von Leonas Mann, Duugael, kompromittiert – den die Ligaten bezichtigt hatten, sich mit den Sheson verschworen zu haben –, sondern auch durch das Schutzangebot der Regentin, da diese Geste den Charakter der Liga in übles Licht rückte.

»Wir haben beides nicht verlangt«, fuhr Leona fort. »Natürlich wollten wir, dass Duugael wieder nach Hause kommt. Aber es war eine Fremde, die das bei der Regentin erwirkt hat.«

Roth wurde neugierig. »Und wer war das? Ich schulde ihr Dank, und den würde ich ihr gern persönlich abstatten, da sie für dich getan hat, was ich nicht tun konnte.«

Leonas Augen verrieten Argwohn, aber keinen Trotz. »Ich kenne sie nicht. Jung. Hübsch. Wie eine Wachsoldatin gekleidet – zwei Schwerter. Sie saß bei denen, die vor dem Höchsten Gericht den Widerspruch eingebracht haben, um zu versuchen, Duugaels Retter zu befreien.«

Roth sah sie vor seinem inneren Auge. Die flinke junge Frau, die mit dem Sheson, Vendanji, gekommen war. Sie war eine Fern. Eine Fremde, die sich in Angelegenheiten einmischte, aus denen sie sich hätte heraushalten sollen. Aber es erstaunte ihn nicht, dass jemand, der in Begleitung eines Willenslenkers reiste, es wagte, der Liga die Stirn zu bieten. Ihre dunklen Künste taugten dazu, den Willen schwacher Gemüter zu beeinflussen.

»Wo ist dein Mann jetzt? Ich hoffe, er ruht sich aus.« Roth tätschelte Leona die Hände.

Sie schüttelte den Kopf und begann leise zu weinen. »Bitte, Roth. Er ist ein guter Mann. Wir wollen nur ein einfaches Leben führen und glücklich sein. Kannst du uns nicht einfach in Ruhe lassen? Wir machen keinen Ärger … niemandem.«

»Pssst«, tröstete er sie und zog ihren Kopf an seine Brust. »Wenn es dich so aufregt, werde ich deinen Mann nicht besuchen, um ihm meine Aufwartung zu machen.«

Er wiegte sie mehrere Augenblicke lang bedächtig, wie Eltern es vielleicht getan hätten, um ein krankes Kind zu beruhigen, bis ihr Schniefen aufhörte. Es ärgerte ihn, dass sie darauf bestanden hatte, ihn ausgerechnet hier zu treffen, als er sie gebeten hatte, ihn zu sehen. Das roch nach Misstrauen. Aber er hatte rasch erkannt, wie glücklich dieser Ort gewählt war. Dazu würde er später kommen.

»Leona«, begann er erneut in sanfterem Tonfall, »was bedeutet dieses Gebäude dir? Warum kommst du hierher?«

Sie setzte sich auf und löste ihre gesegnet warme Wange von seiner Brust. »Um Frieden zu finden.« Nachdem sie sich kurz in der Kathedrale umgeschaut hatte, sah sie ihm wieder in die Augen. »Ich weiß, dass du glaubst, dass die Versöhnungskirche und andere Religionen dem Zweck der Liga widersprechen. Aber wir haben schon immer Trost in diesen Mauern gefunden.«

»Und du denkst, dass die Götter deine Gebete erhören?« Er achtete darauf, es nach einer ernsthaften Frage klingen zu lassen.

Diesmal zögerte sie, bevor sie antwortete. »Ich glaube nicht, dass das eine Rolle spielt. Worauf es ankommt, ist, das Gebet überhaupt zu sprechen. Ich sage dir noch etwas …« Sie hielt kurz inne. »Ich habe dafür gebetet, dass Duugael zurück zu uns nach Hause kommen würde.«

Roth nickte und trug weiter eine nachdenkliche Miene zur Schau. Innerlich kochte er vor Verbitterung und Wut. Die Regentin und ihre Busenfreunde leisteten dem Aberglauben Vorschub, indem sie Stätten wie Bastulan ungehindert weiterwirken ließen. Das führte zu altmodischen und zerstörerischen Glaubensüberzeugungen. Das musste ein Ende haben! Selbst wenn Leona seinem Flehen nicht nachgeben würde. Selbst, wenn er nicht das Recht erwarb, ihr schönes Gesicht täglich anzusehen.

Er hatte sie zum ersten Mal vor vielen Jahren gesehen. Sie war an die Tür seines Elternhauses, einer Hütte in der Hafenstadt Falhaven, gekommen, um sich selbst zu verkaufen. Ein »Hafengör«, wie man sie nannte. Sie war vielleicht dreizehn gewesen. Die Sonne hatte sich in ihrem hellblonden Haar gefangen, als sie seinem Vater fragend in die Augen geblickt hatte, in der Hoffnung, dass er ihr eine kleine Münze für einen Besuch in seinem Bett zahlen würde. Das alles lag in weiter Ferne, zeitlich, örtlich, was die Umstände betraf.

Hier und jetzt hingen ihre Wangen aus einer anderen Art Sorge und Not schlaff herab. Sie hatte dunkle Ringe unter den schönen grünen Augen. Sein Herz sehnte sich schmerzlich danach, sie in den Arm zu nehmen, sie so zu trösten, wie nur ein Ehemann es konnte. Es war ein glücklicher Zufall gewesen, dass er sie nach der langen Reise aus seiner Kindheit bis hierher vor ein paar Jahren in Decalam wiedergetroffen hatte. Seit ihrem zufälligen Wiedersehen hatten die vielen Verabredungen, die immer auf seine Bitte hin zustande gekommen waren, ihn viel über die Frau gelehrt, zu der sie geworden war. Über die Leidensfähigkeit und Stärke, die ihr innewohnten. Sie verfügte über ein wohltätiges Herz, Mitgefühl, Nachsicht, Durchhaltevermögen und offensichtlich Hoffnung – bemerkenswerte Eigenschaften für eine Frau mit ihrer Vergangenheit.

Aber er hatte keine Zeit mehr für falsche Heucheleien. Sie mochte ihren Mann zweifellos, aber Roth nahm an, dass ihre Gefühle für ihn sich im Zuge der letzten Treffen zwischen ihnen vertieft hatten. Und Roth liebte sie. Das wusste er schon lange.

»Leona, empfindest du etwas für mich?« Seine Worte hallten leise in der fast leeren Kathedrale wider.

Ohne Erstaunen sah sie ihn an. »Ja, Roth. Du bist kompromisslos, aber du glaubst, dass deine Arbeit Menschen helfen wird. Deshalb dienen mein Mann und ich der Liga.« Dann begannen ihre Lippen wieder zu zittern. »Aber wenn du mehr als das von mir verlangst … Ich lebe nicht in einer Vernunftehe. Ich liebe Duugael.«

»Natürlich tust du das.« Roth nickte ein einziges Mal. »Aber lass mich dir eine Frage stellen: Könntest du auf dieser Welt nicht mehr Gutes tun, wenn du an der Seite eines Mannes stündest, der über die Machtvollkommenheit verfügt, etwas zu ändern? Wenn dein Zuspruch einer Stadt, einer ganzen Nation oder den gesamten Ostlanden helfen könnte? Du weißt doch sicher über das Große Mandat Bescheid, das bald beginnt. Ich werde dort meine Beschwerden vortragen. Du könntest daran teilnehmen. Du könntest mir dabei helfen.« Er hielt inne und war bereit, die Frage zu stellen. »Wenn deine Gefühle für mich aufrichtig sind, stehst du vielleicht vor einer Entscheidung.«

Leona begann wieder ihr Tuch zu kneten, rollte es zusammen und wieder auseinander und starrte auf ihren Schoß. Sie blickte nicht auf, als sie erwiderte: »Du missverstehst mich. Ich empfinde etwas für dich … aber es ist keine Liebe.«

Roth bedachte sie mit einem sanften, verständnisvollen Lachen, und seine Heiterkeit hallte voll unterschwelliger Respektlosigkeit in der Bastulan-Kathedrale wider. Er sah Leona mit milderem Blick an. »Meine Teure, ich erwarte nicht augenblicklich deine Liebe. Die Liebe würde wachsen, während du mit mir daran arbeiten würdest, die ordinären Sitten der Menschen und derjenigen, die sie anführen, zu läutern. Wir werden die Regierung umbilden. Wir werden Schulen gründen, die jedem Kind zugänglich sind. Der Lohn des Zimmermanns wird im Verhältnis zum Gehalt des Juristen gerecht wirken. Das können wir bewirken, Leona. Es ist eine ruhmreiche Zukunft, die wir aufbauen können. Gewiss, das bedeutet viel Arbeit, aber es ist der Mühe wert und mit dir an meiner Seite durchführbar.«

Sie saß stumm da.

Und so fügte Roth hinzu: »Deine Töchter wären mir auch willkommen.«

Ihr Gesichtsausdruck veränderte sich zu einer entschlosseneren Miene. »Hast du mich deshalb gebeten, mich mit dir zu treffen?« Sie riss die Augen auf, als wäre ihr plötzlich eine Erkenntnis gekommen. »Ist meine Tochter deshalb vergiftet worden und Duugael verhaftet? Roth« – ihr zorniger Blick sprach Bände –, »hast du all das etwa getan, damit ich für dich frei sein würde?«

So viel hing davon ab, was er als Nächstes sagte. Er konnte diese *Anschuldigungen* natürlich abstreiten, ihr Vertrauen wiederherstellen, die heimlichen Treffen unter einem Vorwand weiterführen. Oder vielleicht war es schon vorbei, und er hatte einfach noch nicht das Herz, es sich einzugestehen. Unentschlossen saß er da und weidete sich an ihrer Schönheit, weidete sich sogar an ihrem Zorn.

Er hätte seine Beziehung zu ihr gern aufrichtiger begonnen, hätte gern gemeinsam mit ihr anderen einen Weg aus dem Dasein gewiesen, das sie in den Elendsvierteln fristeten. Er hatte geglaubt, dass dieser Gedanke über alle Hindernisse, die zwischen ihnen standen, erhaben sein würde.

Aber als er sie ansah, erkannte er, dass es *wirklich* schon vorbei war. Er saß mehrere Augenblicke lang da und trauerte um die Wunschvorstellung, an die er sich so lange geklammert hatte. Trauerte um Leona. Nach einer Weile flammte dann Entrüstung in ihm auf, und er erhob sich langsam. »Du hast nur wenige Fehler, aber dein Mangel an Weitsicht ist einer davon.« Er trat ins Mittelschiff und wandte sich dem Altar der Kathedrale zu. »Deine kindische Anhänglichkeit an diese Stätte ist ein anderer.« Er schaute in die Gewölbe über sich auf und flüsterte: »Aber künftig nicht mehr.« Dann drehte er sich um und starrte auf sie hinab. »Du enttäuschst mich. Nicht allein, weil du das Leben zurückweist, das ich dir anbiete, sondern auch, weil die Alternative, für die du dich entscheidest, *das hier* ist.« Er hob die Arme mit nach oben gewandten Handflächen, um die ganze lächerliche Vorstellung der Versöhnung zu umschließen. »Sag mir, dass du mich hasst. Sag mir, dass du die Liga hasst. Das kann ich beides respektieren, wenn auch nicht verstehen. Aber das hier, Leona? Diese Mauern sind auf falsche Hoffnung gebaut, zu Ehren von Mythen, die Menschen töricht machen und daran hindern zu verwirklichen, was in ihnen steckt.«

Sie zitterte vor ihm wie ein Tier, das in der Falle saß. Aber als seine Worte verklungen waren, sagte sie leise: »Es gibt viele Wege zur Größe.«

»Was?«

Sie zuckte zurück, fuhr aber fort: »Was ist aus dir geworden, Roth? Warum kannst du nicht zulassen, dass andere auf ihrem eigenen Weg Bedeutung erlangen? Warum darf Hoffnung nur in der Art von Bildung bestehen, die *du* anzubieten hast?«

Seine Lippen verzogen sich zu einem bitteren Lächeln. Das war die Kühnheit – sanft aber sicher, sogar jetzt noch vorhanden –, die er an seiner Seite zu haben gewünscht hatte. Er würde sie vermissen.

»Was ich anzubieten habe, ist *Führungsstärke,* Leona«, erklärte er. »Ordnung und Eintreten für diejenigen, die nicht die Stimme oder den Verstand haben, für sich selbst zu sprechen. Schutz vor Scharlatanen und ihren Taschenspielereien und leeren Versprechen. In einem Gemeinwesen, das sich selbst eine Richtung gibt, liegt Hoffnung. Ernst gemeinte Veränderungen und Wachstum. Nicht die rückwärtsgewandte Unwandelbarkeit dieses Ortes.« Er riss einen Arm hoch und zeigte in die Gewölbe über ihnen.

»Deine ›Edukation‹ verhöhnt, was anderen am Herzen liegt …« Sie zitterte immer noch, schloss aber: »Und deshalb wollen wir weg, Roth.«

Sie hatte Angst. Und einen Moment lang sah er sie so wie an dem Tag, als sie an die Tür seines Vaters gekommen war. Er hatte sich damals verliebt. Nicht in ihre Schönheit, sondern in ihre Stärke. In ihre Bereitschaft zu tun, was auch immer notwendig war, um zu überleben. Er war damals nicht in der Lage gewesen, irgendetwas für sie zu tun. Aber jetzt konnte er es. Für alle, die heute das waren, was sie einmal gewesen war, konnte er es. Er wollte unbedingt, dass sie das einsah und ihm half. Es erschien ihm richtig. Er liebte sie immer noch. Aber er wusste jetzt, dass sie seine Liebe nie erwidern würde.

Er schenkte ihr ein betrübtes Lächeln. »Manche müssen führen.«

Er ließ sie allein und schritt zum Chor der Bastulan-Kathedrale. Dort stieg er auf den Altar, packte eines der Kohlebecken, wandte sich um und blickte auf den großen Saal hinab. Von hier aus sah Leona so klein und unbedeutend aus. Er vermisste sie jetzt schon.

Er verstand, wie idealistisch seine Pläne waren. Aber er würde vor nichts zurückscheuen. Um sich zu konzentrieren, musste er sich nur an die Hütte am Hafenrand erinnern, wo sein Vater und er sich mühsam von Mahlzeit zu Mahlzeit durchgeschlagen hatten.

Er packte die offene Schriftrolle, die auf der Granitkanzel lag, und legte sie quer über das Kohlebecken. Binnen weniger Momente stand sie in Flammen. Dann nahm er das Kohlebecken, ging zu einem der großen, herabhängenden Wandteppiche und setzte ihn in Brand. Dann noch einen. Und noch einen, bis der Chor der Kathedrale von Flammen umhüllt war. Er ließ das Kohlebecken zu Boden fallen und verstreute Kohlen und die lodernde Schriftrolle auf dem dicken Teppich, der bald ebenfalls zu brennen begann.

Dann stieg er die Treppe hinab, wandte sich um und beobachtete das Inferno. *Das hätte ich schon längst tun sollen.* Dieser Scheiterhaufen der toten Götter war eine Kampfansage, die seine Parteigänger stählen würde.

Hinter ihm hörte er das Trommeln fliehender Schritte – Leona rannte davon. Vielleicht würde sie sich an die Regentin wenden, um Schutz zu finden. Noch mehr Torheit. Helaina konnte Leona zwar Schutz versprechen, aber Roth würde sie finden, wenn es sein musste. Vielleicht würde sie ihn als Brandstifter der Bastulan-Kathedrale bezichtigen. Es war ihm gleichgültig. Die Zeit war gekommen, Grenzen zu setzen. Er nickte bei sich und wollte die Kathedrale verlassen.

Er kam nicht weit. Auf einer seitlichen Kirchenbank saßen noch zwei Bittsteller in der Bastulan-Kathedrale: ein alter Mann und ein junges Mädchen. Es war Brauch, dass man Invaliden auf einen Sitz half, wo sie oft den ganzen Tag blieben, um zu beten und die tauben Götter um Heilung anzuflehen. Nur diese beiden, die nicht in der Lage waren zu gehen, waren noch da. Dieser Mann und dieses Mädchen würden im Feuer sterben. Ihre verkrüppelten Gliedmaßen waren nutzlos für sie. Sie schmiegten sich furchtsam aneinander.

Während die Flammen höher loderten, ging Roth auf die beiden zu, warf sie sich jeweils über eine Schulter und trug sie aus dem verdammten Gebäude hinaus.

20

ZWEIFEL

Eine Metapher ist ein »Bedeutungshammer«. Manchmal muss man alle Raffinesse über Bord werfen und dem götterverdammten Dickschädel von einem Leser mit einer Metapher eins überziehen.

(Aus dem Glossar des Humoristen Stephan Wirker über den Weg des Autors)

Braethen hatte noch nicht viel mehr getan, als sich ans Feuer zu schleppen. Er lag nun schon seit Stunden dort und versuchte, sich zu wärmen. Der Durchgang durch die Erzählung hatte auch seinen Magen in Aufruhr versetzt, aber es war nicht allein die Erzählung, die ihm zu schaffen machte.

Als er Vendanjis Blick über das Feuer hinweg auffing, nickte der Sheson. »Dich beschäftigt etwas, Sodale.«

Braethen hatte viele Fragen – über das, was zwischen ihnen in der Bibliothek von Naltus geschehen war, über die Sodalität selbst. Aber für den Augenblick klopfte er erst einmal auf die Klinge der Zeitalter, die er an der Hüfte trug.

»Jedes Mal, wenn ich sie hebe, bin ich von Dunkelheit umfangen.« Es fiel ihm schwer, es zu erklären, ohne dass es kindisch klang. »Ich verstehe, dass die Klinge aus mehr als Stahl besteht. Aber ich setze sie nicht gut ein, ganz gleich, was sie ist.«

Vendanji schenkte ihm ein Lächeln. »Das ist nur der Zweifel, mein Freund.«

»Zweifel?«

Vendanji blieb auf dem Boden sitzen, beugte sich aber mit erhobenem Finger zu ihm vor. »Du traust dir nicht zu, mit den Einsatzmöglichkeiten der Klinge umzugehen.«

Braethen starrte den Sheson verunsicherter denn je über das Feuer hinweg an. »Du hast gesagt, die Klinge würde dazu dienen, sich zu erinnern.«

Vendanji erwiderte seinen Blick mehrere Momente lang und sah sich dann um. Grant und Wendra schliefen in der Nähe. »Darin liegt große Macht. Sie verhilft uns dazu, etwas zu sehen … oder sogar an einem anderen Ort zu *sein,* damit wir uns erinnern können.«

Braethen erinnerte sich daran, wie er die Waffe erhoben hatte. Wie die Dunkelheit Gestalt angenommen hatte. An das Gefühl, an zwei Orten zugleich zu sein. Das Bild seines Vaters auf ihrer Veranda.

Vendanji lehnte sich an seinen Felsen zurück. »Du solltest besser eine Antwort auf die Fragen finden, die sich dir, bezogen auf dein Selbstvertrauen, stellen. Solange du das nicht tust, ist das Schwert eine Gefahr für dich.«

Braethen schaute auf die Klinge hinab. »Das sollte einfach genug sein«, sagte er und schmunzelte ein wenig.

Der Sheson schenkte ihm abermals ein Lächeln. »Vielleicht kann ich ein gutes Buch empfehlen, das dabei hilft.«

Braethen lachte. »Du klingst wie mein Vater. Er hatte ein Buch für jede Gelegenheit, gegen jede Krankheit. Wann immer ich traurig war, ist mein Vater mit einer Geschichte von Owain

Holzapfel gekommen. Darin heiratet gewöhnlich irgendein Schalksnarr das hübscheste Mädchen der Stadt. Wenn dagegen der Spott darüber, dass ich Sodale werden wollte, zu viel wurde, war er mit einem Buch von Luie Sonestev zur Hand – Erzählungen über Abenteuer auf hoher See.« Er lachte und schüttelte den Kopf. »Und wenn ich krank war, landete ein ganzer Stapel Geschichten auf meinem Nachttisch. Tragödien. Dinge, die viel schlimmer als mein Fieber waren. Sie sorgten dafür, dass ich mir weniger erbarmenswert vorkam.«

Vendanji lächelte angesichts der guten Verwendung, der A'Posian die Geschichten zugeführt hatte. »Dein Vater ist ein weiser Mann und begabter Autor. Ich vermute, dein Zweifel erwächst vor allem aus deinem Gefühl, dass du ihn enttäuscht hast, weil du nicht in seine Fußstapfen getreten bist.«

Die Worte trafen Braethen bis ins Mark. Er liebte seinen Vater, achtete ihn und hatte doch schon lange, bevor er sich Vendanji angeschlossen hatte, den Plan aufgegeben, selbst Autor zu werden. Es war ihm vorgekommen, als würde er sich damit von seinem Vater lossagen. Er ließ den Kopf hängen und hoffte wieder, dass sein Vater sich nicht achtlos behandelt oder ungeliebt gefühlt hatte.

Aber es war keine geringe Verpflichtung, den Weg eines Autors einzuschlagen. Es bedeutete, ein Leben lang zu lesen. Zu schreiben. Literarische Formen zu studieren. Geschichten zu erzählen, um zu belehren, zu unterhalten und zu erbauen. Es bedeutete, Tröster, Philosoph und Ohr und Stimme der Vernunft zu sein, wenn das Blut der Menschen schneller floss als ihre Gedanken. Vieles davon hatte Braethen durchaus geliebt und selbst getan. Aber nicht alles. Und nicht ein Leben lang.

Es war eine Ironie, dass er ausgerechnet bei all dem Lesen und Lernen die Sodalität entdeckt hatte. Er hatte davon erfahren und Geschichten darüber gelesen, und sie hatte in ihm Wurzeln geschlagen, bis er kaum noch in der Lage gewesen war, an etwas anderes zu denken. Dann hatte er Gelegenheit gehabt, sich Vendanji anzuschließen, als dieser in Helligtal eingetroffen war, und später den Eid abzulegen.

»Du hast recht. Mein Vater ist ein weiser Mann und ein begabter Autor«, stimmte Braethen ihm zu, »und ich habe ihn in der Tat enttäuscht.«

»Hast du das?«, fragte Vendanji etwas ungläubig.

»Alles, was er sich je gewünscht hat, war, dass ich ihm als Autor nachfolgen würde. Er hat Jahre damit verbracht, mir beizubringen, wie man zwischen den Zeilen liest, eine Bedeutung erkennt und dann das anwendet, was man gelernt hat. Mein Leben lang gehörte es alle acht Tage zu meinen Pflichten, eine Parabel oder ein Gedicht zu schreiben, die zum Wochenendabendessen vorgelesen werden konnten. Er wollte, dass mir der Weg zugutekam, den er gebahnt hatte.«

Vendanji zeigte nachdenklich mit dem Finger auf ihn. »Und diese Fähigkeiten, die dein Vater dir beigebracht hat … Würdest du sagen, dass du sie mit der gleichen Kunstfertigkeit zum Einsatz bringen kannst wie er?«

Verwirrt über die Frage erwiderte Braethen starr seinen Blick. »Überwiegend ja.«

»Ich verstehe.« Vendanji griff hinter sich und zog seine Tasche zu sich heran. Nachdem er sie sich auf den Schoß gelegt hatte, sah er Braethen wieder in die Augen. »Habe ich dir je erzählt, dass ich ein treuer Leser deines Vaters war?«

Braethen blieb der Mund vor Erstaunen offen stehen. »Du kennst meinen Vater?«

»Das habe ich nicht gesagt. Ich sagte, dass ich sein Werk kenne.« Dann griff er in seine Tasche und zog ein Buch mit abgegriffenem Rücken daraus hervor. Er hielt es ehrfürchtig in beiden Händen und betrachtete den Einband. Ohne aufzuschauen, sagte er: »Es gibt wenige Dinge, die ein Sheson mehr zu schätzen weiß als das Werk eines guten Autors. Die richtige Erzählung versteht sich auf die Rückschau, während sie den Blick zugleich nach vorn richtet, flößt Demut ein und verleiht doch zugleich Selbstbewusstsein. Dein Vater« – nun sah er zu Braethen hoch – »ist besonders gut darin. Ich habe es mir zur Gewohnheit gemacht, immer sein neuestes Werk zu kaufen. Aber das hier« – er klopfte auf das Buch, das er in der Hand hielt – »ist nicht so neu. Es wurde vor etwa fünfzehn Jahren geschrieben.«

Braethen reckte den Hals und versuchte, den Titel zu erspähen. »Welches ist es?«

»*Die Nadel des Nähers.* Erinnerst du dich daran?« Vendanji stand auf und brachte ihm das Buch.

Braethen nahm es dem Sheson vorsichtig aus den Händen. »Ich habe es gelesen, aber das ist lange her.«

»Ich glaube, jetzt wird das Buch für dich mehr Sinn ergeben«, vermutete Vendanji mit einem müden Lächeln. Er kehrte auf seine Decke auf der anderen Seite des Feuers zurück. »Es geht um einen Näher, der sich am Ende dazwischen entscheiden muss, zusammen mit seinem Vater, einem Schneider, Gewänder für Adlige anzufertigen oder die Bequemlichkeit des Palastes hinter sich zu lassen, um für Feldarbeiter Sackleinen zu flicken.«

Braethen schaute zu dem Sheson hoch. Die Bedeutung der Geschichte war jetzt ziemlich offensichtlich. Vor fünfzehn Jahren war sie ihm noch wie ein alberner Einfall für ein Buch erschienen.

»Sieh dir die erste Seite an«, bat Vendanji ihn.

Braethen schlug den Buchdeckel beiseite. Darunter stand, wie ein persönlicher Eintrag, eine Widmung: *Meinem Sohn. Stell deine Nadel dort zur Verfügung, wo sie am meisten Gutes bewirken kann.* Eine Last hob sich von seinen Schultern. Er holte tief Atem, und vor Tränen verschwamm ihm alles vor den Augen. Er sehnte sich danach, seinen Vater sofort zu sehen und ihm zu sagen, wie sehr er ihn liebte.

»Jener Näher klingt ganz wie ein Junge, der es sich in den Kopf gesetzt hat, der Sodalität zu dienen. Falls das noch nicht offensichtlich ist.« Vendanji lächelte. »Man könnte also sagen, dass ich schon einen Eindruck von dir hatte, bevor wir uns überhaupt begegnet waren. Das hast du deinem Vater zu verdanken.« Dann hob Vendanji auffordernd die Hand. »Lies die Geschichte. Sie ist kurz.«

Braethen blätterte vorsichtig die erste Seite um und ging ganz in der Geschichte auf. Feinste Einzelheiten darüber, wie sein Vater ihr Verhältnis zueinander gesehen hatte, wurden ihm deutlich. In vielerlei Hinsicht war es, als hätte er seinen Vater bei sich. Das erregte ein gewisses Glücksgefühl in Braethen, obwohl die Geschichte an sich ihn etwas verstörte.

Der Näher in der Geschichte hatte den sicheren, ungefährdeten Weg verlassen, den der Posten seines Vaters am Königshof ihm vorgab. Der Sohn hatte vor, seine Nadel den Kleidern von Feldarbeitern und Leuten, die nicht bezahlen konnten, zu widmen. Im Laufe der Zeit verlor er die schlichten Werkzeuge, die er zur Ausübung seines Handwerks brauchte, oder sie nutzten sich ab: Fingerhüte, Stoffscheren und dergleichen. Die magere Bezahlung seiner ländlichen Kundschaft gestattete es ihm nicht, viel zu ersetzen – oft nahm er Nahrungsmittel im Tausch gegen seine Arbeit an.

Am Ende waren die Finger des Nähers von den Stichen unzähliger Nadeln zäh wie Leder geworden, und seine Hände hatten vom ständigen Gebrauch Schwielen entwickelt.

Und während der selbstlose Näher wie eine offensichtliche Metapher für Braethen erschien, machten ihm die Hände des Mannes zu schaffen. Für Braethen deutete die Metapher nicht nur auf Selbstlosigkeit, sondern auch auf einen Verlust der Empfindsamkeit hin. Wenn Hände und Finger des Nähers das Mittel waren, mit dem er die Welt um sich herum erspürte und selbst dazu beitrug – und Braethen nahm an, dass sie es waren –, dann deuteten sie darauf hin, dass der Näher selbst vielleicht sogar tot sein mochte, zumindest im übertragenen Sinne. Oder verzichtbar.

Als Braethen die letzte Seite umgeblättert hatte, klappte er das Buch zu und blickte auf. Über das Feuer hinweg musterte Vendanji ihn mit ungewohnt heiterer Miene. Es schien, als hätte der Sheson darauf gewartet, dass Braethen fertig wurde, weil er wusste, dass er Fragen haben würde. Die hatte Braethen in der Tat.

Untermalt vom Prasseln des Feuers, fragte er: »Die Hände des Nähers … Was meinst du, wofür sie stehen?«

Vendanji antwortete nicht sofort, sondern holte tief Luft. »Ich bin mir nicht sicher, ob es eine Rolle spielt, was *ich* meine.«

Braethen blinzelte und dachte darüber nach. »Vielleicht sollte die Frage lauten, was mein *Vater* glaubte, wofür sie standen.«

Vendanji sagte nichts, sondern wartete ab.

»Die verhärteten Hände des Nähers scheinen auszudrücken, dass man, wenn man sein Leben in den Dienst eines anderen stellt, das Empfinden für das verliert, was einem am meisten bedeutet.«

Die Augenbrauen des Sheson schossen hoch. »Das ist deine Interpretation?«

Braethen dachte noch einmal nach und nickte dann. »Es verändert einen. Vielleicht nicht zum Schlechteren. Aber die Hände des Nähers waren sein Leben, sein Lebensunterhalt … seine Seele, wenn man so weit gehen möchte. Das Gefühl in ihnen zu verlieren …« Braethen kam eine neue Erkenntnis über die Geschichte. Er verlagerte die Beine und sah Vendanji erneut an. »Wenn ich der Näher bin, wenn es darum geht, dass ich mein Leben der Sodalität widme, dann erfordert etwas am Orden – zumindest so, wie mein Vater ihn einschätzte –, dass ich verliere oder aufgebe, was mir am meisten bedeutet.«

»Und was ist das?«, fragte Vendanji.

Braethen musste nicht lange überlegen. »Der Idealismus, mit dem ich die Sodalität selbst betrachte.« Er starrte Vendanji über das Feuer hinweg an und begann zu verstehen, was der Eid, den er geleistet hatte, wirklich bedeutete.

Vendanji erwiderte seinen Blick eine ganze Weile und stellte ihm dann eine beunruhigende Frage – beunruhigend in ihrer Schlichtheit. »Weißt du, wie die Sodalität ihren Anfang nahm?«

Die unmittelbar bevorstehende gelehrsame Entdeckung versetzte Braethen in Vorfreude. Sosehr er auch gesucht hatte, es war ihm nie gelungen, Unterlagen über die Gründung der Sodalität zu finden. Es gab Autorenberichte darüber, aber sie unterschieden sich so sehr voneinander, dass deutlich war, dass niemand auch nur die leiseste Ahnung davon hatte.

Vendanji lehnte sich gegen seinen großen Felsen. »Du hast die Geschichte des ersten Sheson, Palamon, gehört, der mit Johan'el gerungen hat, der dem Gott des Widerspruchs anhing. Zu sagen, dass sie miteinander *rangen,* ist ein Autorenkniff, um ihren Kampf poetischer zu machen. Es war ein Kampf des Willens. Ein Kampf, der sich über viele Tage und viele blutige Schlachten hinzog. Aber es war *dieser* Kampf, in dem Grenzen abgesteckt wurden, *dieser* Kampf, in dem die Absichten derer, die Quietus ergeben waren, offenbar wurden. Es war zugleich der Zeitpunkt, zu dem sich die Notwendigkeit der Sodalität erwies.«

»Warum gibt es keine Aufzeichnungen über die Gründung der Sodalität?«, fragte Braethen.

Vendanji hob die Hand. »Geduld.« Damit begann er, eine Geschichte zu erzählen.

21

ZWEI SEITEN DESSELBEN

Das, worauf es ankommt, ist aus dem Schmerz geboren. Es ist eine besondere Form des Wahnsinns.

(Ausdrucksform Acht aus
Die Gesichter des Wahnsinns,
Autor unbekannt; oft Haswald zugeschrieben)

Vendanji schwieg viele Augenblicke lang mit gedankenverloren starrem Blick. Dann erzählte er die Geschichte von der Entstehung der Sodalität.

Efram schloss die Schlafzimmertür und ließ seine beiden Kinder am Küchentisch beim Abendessen zurück. Er wandte sich seiner Frau, Volleia, zu, die auf ihrem Bett lag. »Johan'el kehrt zurück«, sagte er.

Volleia stand sofort auf. Ein ängstlicher Ausdruck trat auf ihr Gesicht. »Wir müssen fliehen. Ich hole, was wir tragen können.« Sie machte Anstalten, an ihm vorbei zur Tür zu gehen.

Efram streckte einen Arm aus, legte ihn ihr quer vor die Brust und umfasste sanft ihre Schulter. »Es ist zu spät«, sagte er leise. »Diesmal kommt er nicht allein.«

Das Gesicht seiner Frau erschlaffte vor Entsetzen. Sprachlos starrte sie ihn an.

Efram nickte, unfähig, sie zu trösten. »Palamon ist sich nicht sicher, wie viele es sind, aber sie kommen von Süden herauf und von Norden herunter. Wir sind umzingelt.«

»Dann klettern wir die Klippe hoch«, schlug Volleia verzweifelt vor.

»Mit den Kindern?« Efram schüttelte den Kopf. »Und es bleibt ohnehin keine Zeit.«

Sie legte ihm die Arme um die Taille und zog ihn eng an sich. »Was sollen wir tun?«

Efram hielt sie lange fest, spürte, wie glatt sich ihre Arme anfühlten, und roch den Fliederduft ihres Haars. Er wollte sich später an diese Dinge erinnern können. Dann löste er sich sanft von ihr und umfasste ihre Hände. »Palamon ist allein. Ein paar Leute versuchen zu fliehen. Andere verstecken sich in ihren Kellern. Die meisten sind ohnehin noch im Süden auf der Suche nach wärmeren, fruchtbareren Landstrichen, wo sie Ackerbau betreiben können.«

Er sah ihren Augen an, wie ihr die Erkenntnis dämmerte, ohne dass er aussprechen musste, was er im Sinn hatte. »Nein, Efram. Was kannst du denn überhaupt tun? Du bist kein Willenslenker. Du hast nur eine Mistgabel …«

Er drückte ihr die Hände. »Ich bin vielleicht wenig mehr als eine Ablenkung, aber ich kann Palamon etwas Zeit verschaffen …«

»Du willst dein Leben wegwerfen, um dem Sheson ein paar Sekunden zu erkaufen?« Zorn schwang in ihrem Tonfall mit.

»Ich werde ihnen schon mehr Schwierigkeiten bereiten«, antwortete er. Es war nicht nur so dahingesagt. Er trat nicht leichtfertig an die Seite des Sheson, um sich gegen Johan'el zu stellen.

Aber er wusste auch, dass wenig Hoffnung bestand, dass er je in dieses Haus, in dieses Zimmer zurückkehren würde … zu Volleia und seinen Kindern.

»Und was wird aus uns?« Ihre Frage klang, als ob sie wüsste, was ihm durch den Kopf ging.

Sein Schweigen war die einzige Antwort, die zu geben er sich stark genug fühlte.

Die Traurigkeit und Enttäuschung in ihrem Gesicht würden ihm mit Sicherheit zum Verhängnis werden. »Du möchtest also lieber an seiner Seite kämpfen, statt hier bei deiner Familie zu bleiben? Wir werden sterben, und du wirst nicht hier sein, um zusammen mit uns zu kämpfen oder zu fallen«, sagte sie in entsetzlich resigniertem Ton.

Efram versuchte, sich etwas einfallen zu lassen, das er sagen könnte, damit sie es verstand. »Volleia … die einzige Hoffnung, die wir haben, besteht darin, Palamon zu helfen. Es ist keine Hoffnung für die von uns, die hier festsitzen, nicht für dich oder mich … auch nicht für Tula oder Ridel.« Ihm schnürte sich die Kehle zu, als er die Namen seiner Kinder aussprach. »Aber für die, die vielleicht nach uns kommen.«

Wie immer dachte sie gründlich über alles nach und erkannte, was das Richtige war. Diesmal war einfach Efram – nach langem Ringen – als Erster darauf gekommen. Tränen strömten ihr über die Wangen. »Ich weiß«, sagte sie.

»Und wir können ihn vielleicht besiegen, Volleia. Vielleicht ist noch nicht alles verloren.« Er versuchte zu lächeln.

»Wie bald?«, fragte sie.

Er kämpfte gegen seine eigene Trauer an. »Ich muss mich von den Kleinen verabschieden.«

Dass sein Aufbruch unmittelbar bevorstand, ließ ihr frische Tränen in die Augen schießen. Er küsste sie und schmeckte das

Salz ihrer Tränen auf ihren Lippen. Dann führte er sie an der Hand aus dem Schlafzimmer an den Küchentisch. Er ging zu Ridels Stuhl und hockte sich hin, um auf Augenhöhe mit seinem Sohn zu sein.

»Wie schmeckt die Ente vom Spieß?«, fragte er.

»Gut«, sagte sein Junge.

»Ich gehe für eine Weile weg, mein Sohn.«

Ridel nickte und aß dabei weiter.

Efram zog seinen Sohn herum und nahm ihn in die Arme. »Hilf deiner Mutter, während ich weg bin.«

Als Ridel seinem Vater in die Augen sah, trat eine Art von Erkenntnis auf das Gesicht des Jungen, aber mit drei Jahren fehlten dem Kleinen einfach die Worte, sie auszudrücken. So schlang er Efram die Arme um den Hals und drückte ihn, so fest er konnte – wie er es immer tat, um sich zu verabschieden, wenn Efram fortging. Aber diesmal ließ er nicht los.

Efram erwiderte die Umarmung seines Sohnes und kämpfte seine Gefühlsbewegung nieder, um dem Jungen keine Angst zu machen. »Ich hab dich lieb, mein Sohn.«

»Hab dich lieb«, wiederholte der Junge.

Als Ridel ihn losließ, wandte Efram sich Tula zu, und ihm kamen doch noch die Tränen.

Wortlos sprang sie in seine Arme und drückte ihn mit aller Kraft an sich. »Nimm mich mit«, flüsterte sie ihm ins Ohr.

»Das kann ich nicht«, flüsterte er zurück, und ihm versagte vor Rührung die Stimme.

»Wann kommst du zurück?«, fragte sie.

Sein Leben lang hatte er sein kleines Mädchen noch nie belogen. »Bald, Tula. Bald. Hilf auch du deiner Mutter … Ich hab dich lieb.«

Tulas Augen blickten immer noch zweifelnd, aber vielleicht

bildete Efram sich das nur aus seiner eigenen Besorgnis heraus ein. »Ich hab dich auch lieb, Papa.« Sein kleines Mädchen ließ ihn widerwillig los.

Efram sah beide noch einmal an, lächelte ihnen zu und hoffte, dass es nicht zu unheilschwanger wirkte. Dann führte er Volleia an die Tür und küsste sie ein letztes Mal, während sie die kühle Nachtluft auf den feuchten Wangen spürten. »Ich liebe dich, Volleia.«

»Ich dich auch.« Sie sah ihn mit einer gequälten, ernsten Miene an, mit der nur wenige Frauen je vertraut werden sollten. Es war der Blick einer Frau und Mutter, die den Mann, den sie liebt, ermutigt, zum Sterben auszuziehen. »Tu dein Bestes für Palamon.«

Eframs Herz machte vor Trauer, Stolz und Sehnsucht zu beweisen, dass er ihre Liebe verdiente, einen Sprung. Er wischte ihr die Tränen von der Wange und schritt in die Nacht hinaus, wobei er sich die Frage gestattete, ob er zurückkehren würde und ob seine Familie, wenn er es tat ... Er konnte den Gedanken nicht zu Ende führen.

Die ganze Nacht hindurch wanderte er und erreichte Palamons Haus in den frühen Morgenstunden. Er hatte gehofft, dass andere sich versammelt haben würden, um an der Seite des Sheson zu kämpfen. Aber es war, wie er befürchtet hatte: Sie beide waren allein. Unter einem sternenklaren Himmel gingen sie zu der Anhöhe, von der aus sie das Tal unter sich überblicken und in Position gehen konnten, um gegen Johan'el zu kämpfen, der aus der Schlucht im Nordwesten anrückte.

Als der erste schwache Lichtschein den östlichen Himmel erhellte, trat der Feind hervor, vier ungeschlachte Gestalten im Rücken. Und die Schlacht begann.

Efram stellte unter Beweis, dass er mehr als eine Ablenkung

war, da er die Bar'dyn davon abhielt, zu Palamon zu gelangen, während der Sheson gegen den Albtraum aus dem Born kämpfte.

Die Sonne hatte den Himmel noch nicht berührt, als Schreie aus dem Tal zu ihnen heraufzuschallen begannen. Tränen strömten Efram aus den Augen, während er kämpfte. Er fragte sich bei jedem neuen gequälten Schrei, der in den Morgenhimmel aufstieg, ob er von einem Mitglied seiner Familie stammte, das von den Stilletreuen aufgespürt worden war.

Bis dann ein ganz bestimmter Schrei ertönte.

Danach kämpfte er hemmungslos. Sein Zorn und seine Verzweiflung flossen in einen wütenden Angriff mit ein. Und doch drohten sie zu verlieren. Die Stilletreuen, die von hinten heranstürmten, kamen immer näher. Efram sah zu Palamon hinüber, der aussah, als könnte er jeden Augenblick vor Erschöpfung zusammenbrechen.

In einem Augenblick blendender Erkenntnis schrie er dem Sheson zu: »Schöpfe aus MIR!«, und rannte in vollem Lauf auf Palamon zu.

Efram sah Grauen vermischt mit dankbarer Anerkennung auf dem Gesicht des Willenslenkers, als er sich ihm näherte. Und bald zeigte sich neue Entschlossenheit, die in Palamons Augen aufloderte. Einen Moment später trat Efram in den eisernen Griff des Sheson, und Wärme breitete sich sofort in seinem Körper aus.

Er hatte noch die Zeit »Ich komme!« hervorzustoßen und an Flieder zu denken, bevor sein Geist in Palamon einfloss und einen so vernichtenden Gedanken zum Leben erweckte, dass er ihn nicht in Worte fassen konnte. Dann raste sein Geist nach außen und breitete sich mit entsetzlicher Gewalt und Gleichgültigkeit aus wie ein Feuersturm.

Er durchschlug die Leiber der Bar'dyn, die noch aufrecht standen oder die Anhöhe erklommen, und auch die harte Gestalt des Draethmorte. Sein Bewusstsein verklang, während alle, die er berührte, tot niederstürzten, so dass inmitten der Verwüstung nur noch Palamon allein stand, als die Sonne vollständig am Himmel erschien.

Als Vendanji zum Ende der Geschichte kam, sah er Braethens verstörten Gesichtsausdruck. »In der Folgezeit«, setzte er hinzu, »erkannte Palamon, dass er Hilfe brauchen würde, wenn er einen Shesonorden aufbauen wollte, um sich der Stille entgegenzustellen. Vielleicht nicht immer die Art von Opfer, die Efram gebracht hatte, aber mehr, als ein Sheson allein bewerkstelligen konnte. Efram hatte ihnen den Weg gewiesen.«

Vendanji hielt inne, und die Geschichte hing schwer in der Luft, die sie umgab.

Braethen starrte ihn über das Feuer hinweg an.

»Es geschah danach sehr lange nicht mehr, dass jemand auf einen anderen zurückgriff, um aus dem Willen zu schöpfen«, sagte Vendanji. »Sogar die Bezeichnung ›Sodalität‹ entstand erst viel später. Aber damals begann es.«

Braethen schüttelte ungläubig den Kopf. »Ich dachte, nur die Velle würden andere benutzen, um das Willenslenken zu speisen.«

Er fühlt sich verraten. Vendanji konnte Braethen das Gefühl nicht verdenken. »Du willst wissen, ob man dir das Gleiche abverlangen wird wie Efram.«

Braethen sagte nichts.

Vendanji schenkte ihm ein müdes, beruhigendes Lächeln. »Ich werde es nicht von dir verlangen. Das tut kein Sheson jemals. Es muss freiwillig angeboten werden.«

»Wie in der Bibliothek von Naltus, als ich dir geholfen habe«, sagte Braethen mit ruhiger Gewissheit.

Vendanji nickte. »Du hast mich wiederbelebt. Mir einen Teil deiner selbst geliehen. Du hast es mit aller Selbstverständlichkeit getan, obwohl du es noch nie zuvor getan hattest. Das hat mir verraten, dass du bereit warst zu erfahren, was es bedeuten könnte, mehr zu geben. Das bringt mich zu einer wichtigen Frage.« Vendanji beugte sich vor, so dass sein Gesicht deutlich zu sehen war.

Der Sodale tat es ihm nach.

»Wenn du möchtest«, sagte Vendanji gemessen, »entbinde ich dich von deinem Eid. Es ist keine Schande, dich davon loszusagen. Wofür auch immer du dich entscheidest, du kannst dir meines Respekts und meiner Dankbarkeit für alles, was du getan hast, gewiss sein.« Er hielt kurz inne. »Du bist ein verdammt guter Näher.«

Braethen sah ihn vor Überraschung ausdruckslos an.

Aber Vendanji meinte jedes einzelne Wort ernst. Er hoffte, dass Braethen sich der Berufung zum Sodalen voll und ganz öffnen würde, aber der junge Mann hatte Zweifel, und es würde ihn in mehr als einer Hinsicht zerreißen, wenn er sich nicht vollständig aufopferte. Entweder musste er das tun – oder aufgeben. Vendanji war ihm diese Wahl schuldig.

»Antworte nicht sofort.« Er stand auf und rieb sich die Knie, die das Feuer erwärmt hatte. »Du solltest gründlich über das nachdenken, was ich dir erzählt habe, und deine Gefühle sorgfältig abwägen. Und das nicht, während ich dich beobachte und auf deine Antwort warte. Wir bleiben beisammen, bis wir nach Decalam gelangen. Falls sich unsere Wege dann trennen, bist du zumindest an einem sicheren Ort, um zu entscheiden, wie es für dich weitergeht.«

Bevor Braethen etwas erwidern oder noch eine Frage stellen konnte, wandte Vendanji sich ab und schritt in die kühle Abendluft hinaus. Er benötigte selbst ein wenig Zeit allein, um nachzudenken. Über seine Freunde. Über seine eigenen Zweifel.

Während er in die Abendschatten ging, schaute er zu den Sternen empor und dachte an seine Frau, Illenia, und ihr ungeborenes Kind. Er dachte an den Angriff der Stille, gegen den sie sich ohne ihn verteidigt hatte. Er dachte an den Schwarzrock der Liga, der ihn gezwungen hatte, den Raum zu verlassen, in dem sie bei dem Versuch gestorben war, ihrem Kind das Leben zu schenken.

»Ich vermisse dich«, flüsterte er.

Nach einiger Zeit blickte er auf Decalam hinab, das sich stolz vor dem Horizont erhob, und seine Gedanken wandten sich dem Großen Mandat zu.

Die meisten seiner Gefährten waren zu schwach, in die Stadt zu wandern. Es hatte einigen Willenslenkens bedurft, um seine eigene Kraft wiederherzustellen. Aber vorhin hatte er eine Wagenkolonne aus der Domäne Wynstout nach Süden Richtung Decalam fahren sehen. Er war ihr entgegengegangen und hatte erfahren, dass das Große Mandat erst in ein paar Tagen zusammentreten sollte.

Am Ende blieb er stehen. Mittlerweile war er so weit von ihrem Lagerfeuer entfernt, dass er es kaum noch sehen konnte. Er hockte sich hin und ließ die Finger über den verhärteten Erdboden streichen, und wenn auch nur, um sich ins Gedächtnis zu rufen, dass einigen Dingen ein Hauch von Dauerhaftigkeit anhaftete. Es war wichtig, sich daran zu erinnern.

Vendanji umklammerte eine Faustvoll Erde. Gepaart mit seinen eigenen Verlusten, trieben ihn all die Unsicherheiten der

Menschen um ihn herum zu einem manischen Grinsen, das sich auf seinem Gesicht seltsam gut anfühlte. Es hätten die Sheson sein sollen, die das hier taten – die in die Bresche sprangen. Aber im Laufe der Zeit hatten sie irgendwann begonnen, Dienst als Dienstbarkeit zu verstehen. Die Liga hatte das zu ihrem Vorteil ausgenutzt, das Lenken des Willens zu einem Verbrechen umgedeutet und Sheson wie Rolen eingekerkert, die nicht mehr getan hatten, als ein krankes Kind zu heilen.

Der Lauf der Dinge war verkehrt, und das führte zu dem Gegensatz, in dem er zu seinem eigenen Orden stand, zu einer Spaltung, die ihn zum Feind von seinesgleichen machte. Sein Lächeln wirkte nun gequält, und er ließ langsam die Erde aus der geballten Faust rieseln. Er würde ihnen die Augen öffnen, den Teilnehmern am Großen Mandat ebenso wie den Leuten in Estem Salo. Beim Namen jedes einzelnen entrückten Gottes, er würde ihnen die Augen öffnen oder bei dem Versuch sterben!

Vendanji sah ein letztes Mal zum sternenübersäten Nachthimmel empor, richtete sich dann auf und schritt ins Lager zurück, während er sich in seine Entschlossenheit hüllte wie in eine eiserne Rüstung.

22

GEGEBEN ODER GENOMMEN

Was gegeben wird, kann auch genommen werden.

(Das Paritätsprinzip, das als Teil der Charta gilt und zu den ethischen Grundsätzen zählt, die Gerüchten zufolge tief im Tabernakel des Himmels in Stein gemeißelt sind)

Im Morgenlicht ging Thaelon in den Gärten südlich vom Tabernakel des Himmels auf und ab. Er war früh dorthin gekommen, bevor seine vertrauten Freunde eintrafen, um über die Versammlung nachzudenken, die er einberufen hatte. Hinter ihm erhob sich das Tabernakel des Himmels in bröckelnder Erhabenheit. Der Zahn der Zeit hatte an ihm genagt, den Stein stumpf werden und die Decken einstürzen lassen, so dass der Wald langsam hineingewachsen war. Und doch schnitten die Säulen noch immer tief in den Himmel ein, so dass sie wirkten, als ob sie das Firmament trugen und mit der Erde darunter verbanden.

Mit Thaelons Besuchen hier ging stets ein beruhigendes Gefühl der Sicherheit einher. Vielleicht war noch etwas von der Machtfülle des Platzes vorhanden, über den die Götter vor vielen Zeitaltern geschritten waren, als sie die Welt erschaffen hatten. Er hatte die Ruinen nie betreten, um nachzuforschen, und in unausgesprochener Eintracht tat das auch kein anderer.

Seine Freunde trafen nach und nach ein und traten zwischen den hoch aufragenden Schierlingstannen und Pappeln hervor. Jeder nickte stumm zum Gruß und wahrte so vorerst die Feierlichkeit des Morgens und des Tabernakels. Thaelon setzte sich auf einige niedrigere Stufen, die rissig und von Efeu überwuchert waren. Er machte es sich bequem und atmete den frischen Geruch des Morgentaus ein, der sich auf das Stechpalmendickicht gelegt hatte.

Die anderen saßen oder standen in einem unregelmäßigen Halbkreis vor ihm und warteten. Es waren Männer und Frauen, die über machtvolles Wissen und dementsprechende Fähigkeiten verfügten. Sie dienten dem Shesonorden als Leiter ganzer Wissensgebiete und waren seine engsten Freunde. Ein Teil seines Rats. Und sie verhehlten ihre Besorgnis nicht, während sie auf seine Erklärung für dieses Treffen am Fuße des Tabernakels warteten, meilenweit von Estem Salo entfernt.

Er machte keine überflüssigen Worte. »Ich berufe eine Absichtenprüfung ein.«

Die vier sahen einander wortlos an, dann wieder ihn.

»Wegen Vendanji«, stellte Jak schließlich nüchtern fest. Jak Obsen war der Exemplar der Einsicht. Er runzelte niemals die Stirn, ganz so, als hätte die Einsicht ihm beständigen Seelenfrieden eingebracht.

»Nicht nur seinetwegen.« Thaelon faltete die Hände zwischen den Knien. »Es herrscht Zwietracht im Orden. Das kann ich nicht länger ignorieren. Die Ansichten über die rechte Art zu dienen und die angemessene Nutzung des Willens gehen auseinander.«

»Du solltest dich vielleicht ein wenig genauer ausdrücken«,

schlug Warrin vor. Warrin Cochellas war der Exemplar der Argumentation und zog, ganz im Gegensatz zu Jak, andauernd die Stirn kraus … Konzentration und Einwände verließen ihn nie. »Ist die Frage, die uns spaltet, nicht die, ob wir den Willen *überhaupt* nutzen sollen oder nicht? Und dafür ist die *Liga* verantwortlich.«

Odea Ren, die Exemplarin des Kampfes, mischte sich schneidend ein: »Das können wir ändern. Der sicherste Weg zum Zusammenhalt ist der, einen gemeinsamen Feind auszumachen.« Odea ließ ihre Bemerkung einen Moment lang so stehen, bevor sie das schiefe Grinsen zeigte, das immer mit ihrer Berufung darauf, dass sich jedes Problem durch eine Kampfstrategie lösen ließe, einherging. Die Übrigen lachten leise im sanften Morgenlicht. Und doch lag in Odeas Augen immer dann, wenn sie einen solchen Vorschlag machte, ein unnachahmliches Funkeln.

»Du stehst eigentlich vor zwei verschiedenen Schwierigkeiten, nicht wahr?«, warf Jak ein, abermals mit ruhiger Gewissheit.

Thaelon nickte seinem scharfsichtigen Freund zu. »So ist es. Vielleicht sogar vor dreien, je nachdem, wie man es betrachtet. Da ist einmal die Liga, gewiss. Die Schlinge ihres Zivilisierungsgesetzes zieht sich zu.« Er seufzte. »Mir liegen Berichte über Kranke und Gebrechliche vor, die unbehandelt bleiben, weil es gegen das Gesetz verstößt, aus dem Willen zu schöpfen.«

»Wie bei Rolen«, hob Lorra hervor. Lorra Fonn war Exemplarin des Übertragens. »Rolen ist einer der Sheson, die nach Decalam abgeordnet sind. Man hat ihn ins Gefängnis geworfen, weil er den Willen gelenkt hat, um einem kranken Kind zu helfen.«

»Was wir hinsichtlich der Liga unternehmen, ist eines«, sagte Thaelon. »Aber *manchen* Sheson schenkt ein Mann wie Vendanji Hoffnung, der handelt, ohne sich um die Folgen zu scheren.«

»Das ist das Denken eines Gesetzlosen«, bemerkte Warrin. »Ich achte Vendanji, aber ich glaube nicht, dass er noch derselbe ist, seit Illenia gestorben ist. Er gibt der Liga die Schuld daran.«

»Das mag alles wahr sein«, räumte Thaelon ein, »aber es ändert nichts daran, dass Vendanji sich im Orden wachsender Unterstützung erfreut. Viele billigen, dass er unerschrocken seine Gaben einsetzt, um zu tun, was er für das Beste hält.«

Warrin erwiderte Thaelons Blick unverwandt mit tief gerunzelter Stirn. »Meiner Ansicht nach hat Vendanji die Grenze zum Größenwahn überschritten.«

»Und doch trägt er den Kampf zu den Stilletreuen. Wer sonst von uns war so kühn?« Diesmal ließ Odea ihr schiefes Grinsen nicht folgen.

Thaelon nickte erneut. »Das ist die dritte Frage, die zu klären ich euch hergebeten habe. Ganz gleich, was die Liga tut oder glaubt, wir wissen, dass die Stille sich gegen ihre Fesseln stemmt. Ob wir nun mit Vendanjis Vorgehen dagegen einverstanden sein mögen oder nicht, die Bedrohung an sich ist Wirklichkeit. Die Völker des Ostens sind darauf nicht vorbereitet, und ihre Kriegskunst ist ohnehin unzureichend. Wir müssen entscheiden, wie wir dem Born Widerstand leisten wollen.«

Odea hob einen Stein auf und schleuderte ihn gereizt von sich. »Die Sheson sind auch nicht auf einen Krieg vorbereitet.«

»Ich weiß«, stimmte Thaelon zu. »Auch wenn ich den Verdacht habe, dass du das zum Besseren wenden könntest.«

Odeas Grinsen kehrte zurück.

»Was willst du mit einem Sheson tun, der Verständnis oder Unterstützung für Vendanji bekundet?« Das war Jak, der, wie immer, gleich auf das Entscheidende zu sprechen kam.

Lorra, die fast die ganze Zeit über geschwiegen hatte, blickte in die Höhen des Tabernakels auf. »Thaelon, du hättest überall ein privates Treffen abhalten können. Du hast diesen Ort gewählt, um uns ins Gedächtnis zu rufen, wer wir sind.« Sie senkte den Blick und sah ihn an. »Was die erste Frage, mithin die Liga, betrifft: Uns ist die Macht verliehen, den Willen zu lenken. Kein Gesetz wird etwas daran ändern, und es ist töricht von der Liga zu predigen, dass unsere Gaben die Selbstbestimmung der Menschen bedrohen. Die Zeit ist gekommen, den Aszendenten aufzusuchen und ihm das selbst vor Augen zu führen.«

»Ich gehe«, bot Odea an. Diesmal verriet ihr Grinsen Vorfreude.

Thaelon lächelte kurz. Also eine Gesandtschaft, um zu versuchen, dieses verdammte Zivilisierungsgesetz rückgängig zu machen. »Irgendjemand geht, aber nicht du.«

Jak lachte laut auf. »Wie ich sehe, besteht die eigentliche Schwierigkeit für dich in der Frage, was wir gegen den Born unternehmen sollen, da wir alle wissen, dass jede Antwort darauf erfordern wird, dass die Sheson kämpfen. So schließt sich also die Frage an: Auf deine Art oder auf Vendanjis?«

Warrin nickte bei sich, als wäre er selbst zu einem eindeutigen Schluss gekommen. »Was deine zweite Frage betrifft, die sich auf Vendanji und den rechten Gebrauch des Willens bezieht: Du solltest deine Absichtenprüfung auf alle Fälle abhalten.«

Odea und Lorra richteten beide forschende Blicke auf ihren Exemplar der Argumentation. Er schien es nicht zu bemerken.

»Wir sind alle einer Meinung, dass wir uns nicht länger den

unmoralischen Gesetzen der Liga beugen werden.« Warrin zeigte auf einen nach dem anderen von ihnen. »Aber wir sollten uns *auch* einig werden, dass Vendanjis Gebrauch des Willens einen Verstoß gegen unseren Eid darstellt. Ja, er versucht, sich der Bedrohung aus dem Born entgegenzustellen, aber er tut das auf gemeingefährliche Art, und seine Vorgehensweise ist derart verantwortungslos …«

Thaelon hob die Hände, um Warrin zum Schweigen zu ermahnen. Er würde später auf die dritte Frage, die nach der Stille, zu sprechen kommen. »Danke, meine Freunde.« Er sah Odea an. »Vervielfache die Waffenübungen für den Kampf. Verdopple die Übungszeit für Verteidigungs- und Angriffsstrategien genauso wie die für Techniken des Einzelkampfes.« Die nächste Anweisung erteilte Thaelon nicht gern, aber er sah keine andere Möglichkeit. Er schaute erst Warrin, dann Jak in die Augen und befahl: »Führt die Absichtenprüfung durch.«

Sie nickten beide, und Jak wiederholte die Frage, mit der er begonnen hatte: »Was willst du mit einem Sheson tun, der Verständnis oder Unterstützung für Vendanji bekundet?«

Da wandte Thaelon sich ab, um das Tabernakel anzusehen. »Du hattest recht, Lorra. Ich habe diesen Ort gewählt, weil er uns daran erinnert, wer wir sind. Aber noch mehr an das, was uns *gegeben* ist.« Er hielt inne. Wenige Augenblicke später fügte er mit der Gewissheit, die zu finden er hierhergekommen war, hinzu: »Und was gegeben ist, kann genommen werden.«

In dem Schweigen, das folgte, klang der morgendliche Gesang der Vögel am Fuße des Tabernakels des Himmels plötzlich lauter. Der Geruch des Taus auf Efeu und altem Stein, der sich in der Sonne erwärmte, ließ Thaelon gewöhnlich einen gewissen Frieden finden. Heute nicht. Ihr Gespräch hatte in seinem Verstand gefährliche Gedanken über die älteste Spaltung überhaupt gesät. Über die Stille. Aber dazu war später noch Zeit.

Er sah zu, wie seine Freunde sich auf den Rückweg hinab nach Estem Salo machten. Sobald sie außer Sichtweite waren, trat Raalena aus einem Hain von Pappelschösslingen hervor. Gemeinsam stiegen sie die Südtreppe zum Tabernakel empor. Tief in seinen Gewölben hoffte Thaelon in Stein gemeißelt die Inschriften zu finden, die die Antwort auf die eine Frage enthielten, die nicht in den Annalen von Estem Salo verzeichnet war: wie man einem Sheson die Macht nahm, den Willen zu lenken.

23

DAS GIFT DER POLITIK

Als die Mor dem Born entflohen und in die Ostlande gelangten, nahm man sie mit Stahl in Empfang. Sogar die Chronisten starben bei dem, was gemeinhin als die »Vergeltung der Mor« bekannt ist. Wir können froh sein, dass sie heutzutage unter sich bleiben.

(Auszug aus dem Kapitel »Die Kehrreime der Morvölker«
aus dem Unmusikalischen Historiker,
einer Betrachtung des Gesangs in der Geschichte)

Von der Warte ihrer Kanzlei am höchsten Punkt des Solath Mahnus ließ Helaina den Blick ostwärts über Decalam schweifen. Rauchschwaden vom nicht lange zurückliegenden Brand der Bastulan-Kathedrale stiegen noch immer in den Himmel empor. Roth war auf dem Weg zu ihr, und sein Kommen war ihr im Voraus angekündigt worden. Sie ließ ihn nun schon seit mehreren Mondumläufen beschatten. Nicht lückenlos. Manchmal entschlüpfte er ihren Spionen, was sie umso sicherer machte, dass er etwas mit der Bastulan-Kathedrale zu tun hatte.

Durch die frische Herbstluft blickte Helaina nach Nordosten. In weiter Ferne verloren sich die Ebenen außer Sichtweite.

Jenseits davon lag die trockene, öde Fläche des Mals, das Zuhause von Grants Mündeln. Ihr eigener Sohn war wenige Tage, nachdem sie ihn aus ihrem Leib hervorgepresst hatte, dorthin gelangt. Sie hatte Berichte über ihn, seine Ausbildung und seine Erziehung erhalten, aber sie waren bestenfalls ungenau gewesen. Sie kannte ihn nicht besser als beliebige Gefangene, die sie in ihre Verliese werfen ließ. Aber sie erinnerte sich durchaus an seine Geburt. Jene Nacht pulsierte in ihrem Gedächtnis mehr als jede andere – die Nacht, in der Tahn zur Welt gekommen war und vielen traurigen Jahren der Unfruchtbarkeit ein Ende gesetzt hatte.

Seit er fort war, hatte sie ihn nur ein einziges Mal gesehen: als er mit dem Sheson Vendanji und weiteren Begleitern nach Decalam zurückgekehrt war. Tahn hatte einen verurteilten Ligaten gerettet und war ins Verlies geworfen worden. Der Prozess, den seine Freunde angestrengt hatten, um seine Freilassung zu erwirken, war gescheitert, aber er und die anderen waren aus der Stadt geflohen. Mittlerweile hatte sie das Urteil gegen ihn aufheben lassen und hoffte, dass er den Weg zurückfinden würde. Vom Tillinghast und aus den langen Jahren, die er fern von ihr verbracht hatte …

»Das tun die schmerzenden Knochen uns Alten an«, klagte sie leise bei sich. »Sie zwingen uns, uns zu erinnern.« Helaina rieb die Hände aneinander, um den Schmerz und die Steifheit hinauszumassieren, die ihre Gelenke in vorgerücktem Alter überkommen hatten.

In letzter Zeit konnte sie die Feder kaum noch lange genug halten, um ein paar Worte zu schreiben, bevor sie die Hand ausruhen musste. Für die Botschaft, die sie heute Morgen aufgesetzt hatte, waren zehn lange Ruhepausen erforderlich gewesen – und das galt nur für *ihren* Teil der Nachricht. Belamae hatte den Brief begonnen und es ihr überlassen, ihn zu vollenden. Sie hatte lange gebraucht, um zu entscheiden, wie sie ihn zum Abschluss bringen sollte.

Aber heute Morgen, als sie durch ihr Ostfenster den Rauch beobachtet hatte, war ihr etwas eingefallen. Seitdem war sie am Fenster geblieben und vertraute nun schon zum dritten Mal langsam ihre Gedanken – und ihre flehentliche Bitte – dem Papier an. Zu ihrer Rechten stand ein Käfig mit drei Falken. Es war eine Vorsichtsmaßnahme, gleich drei auf einmal zu schicken, und für diesen besonderen Brief hatte sie ihren Falkner kommen lassen – diesmal würden die Neuntöter nicht ausreichen. Drei Silberfalken, die an den Klippen von Mesonn Dimn gefangen worden waren, warteten mit Hauben auf den Köpfen.

Als sie gerade daranging, die letzte der drei Kopien zu beenden, ertönte ein leises Klopfen an der Tür ihrer Kanzlei. »Herein«, sagte sie, drehte sich um und straffte sich, um sich ihrem Besucher gegenüber auch nicht die geringste Schwäche anmerken zu lassen.

Roth Staned, der Aszendent der Liga der Edukation, kam mit seinem unverkennbaren selbstbewussten Gang ins Zimmer spaziert. »Euer Gnaden«, sagte er und verneigte sich ein wenig aus der Hüfte heraus, senkte den Blick aber nicht vor ihrem. *Die Anrede, die Verbeugung – er legt schon den Tonfall für unser Gespräch fest.*

Roth Staned war ein hochgewachsener Mann, der auftrat wie jemand, der jederzeit hilfsbereit war. Seine Mimik und seine Gesten waren die eines Menschen, der es allen recht machen wollte. Und gerade weil alles an ihm so *wohlbedacht* wirkte, fand sie ihn besonders verstörend.

»Aszendent Staned«, erwiderte sie förmlich, indem sie den Titel des Ligaten gebrauchte. Sie verneigte sich, aber nicht so tief wie er.

Roth lächelte. »Ihr habt zweifellos von dem Brand gehört.«

»Und ihn von meinem Fenster aus gesehen.« Sie deutete nach rechts. »Wer könnte einen Nutzen aus der Zerstörung einer solchen Weihestätte ziehen?«

»Ihr vermutet also, dass es Brandstiftung war.« Roth sah sie quer durch die Kanzlei an und ließ keinerlei Schuldbewusstsein erkennen.

»Ich vermute nur, dass es sehr wenige gibt, die aus der Zerstörung der Kathedrale Gewinn ziehen.« Sie ließ sich hinter dem schwarzen Marmortisch nieder, der ihr als Schreibtisch diente, und faltete die zitternden Hände im Schoß, um nicht greisenhaft oder verängstigt zu wirken.

»Die Liga, das denkt Ihr doch.« Roth trat ans Fenster und blickte auf den Rauch, der nun dünner und heller wurde.

»Wie lautet doch gleich die Legende von Bastulan?«, sagte sie und antwortete Roth so, dass sich das Gespräch im Kreis drehte. »Es heißt, dass irgendwo in der Kathedrale – in ihrer Krypta oder den vielen Türmen – die Linse von Samalnae, die Armentrommel und andere Reliquien verborgen sind, die nur in den ältesten Geschichten erwähnt werden.«

»Für deren Vernichtung die Liga gern sorgen würde, wie Ihr annehmt.« In Roths Tonfall lag nun ein Hauch von Erheiterung.

»Der Sinn einer Reliquie besteht darin, einem Gegenstand Bedeutung zu verleihen, um ein Bedürfnis, das die Menschen empfinden, zu befriedigen. Nach meinem Wissensstand zieht die Liga zur Bewältigung der Herausforderungen des Lebens persönlichen Einsatz vor. Deshalb glaube ich nicht, dass Reliquien ein Platz in Eurer Lehre zugebilligt wird.« Helaina seufzte leise, da sie es bereits leid war, sich mit Seiner Führerschaft auszutauschen.

»Ich nehme nicht an, dass irgendeiner von uns die Kathedrale sehr vermissen wird«, räumte Roth ein, »aber das ist nicht dasselbe, wie ihre Zerstörung ins Werk zu setzen.«

»Es wäre mir nicht lieb, wenn die Dannire auf der Suche nach mir wären«, sagte Helaina mit einem boshaften kleinen Lächeln.

Roth wirkte aufrichtig überrascht. »Was? Die alte Geschichte über heilige Krieger? Ein paar rücksichtslose Schwertkämpfer, die im Namen der toten Götter streiten? *Die* Dannire?« Er lächelte.

»Wenn ich die Bastulan-Kathedrale in Brand gesteckt hätte, würde mir allein schon der Gedanke an die Dannire Angst machen, ganz zu schweigen von den Geschichten, die Kinder glauben machen, dass die Götter Mord gutheißen.« Helaina nickte in Richtung des Rauchs. Sie plagte ihn mit genau den Mythen, die er so hasste. »Ich bin mir nicht sicher, ob der Brandstifter, der dieses Inferno verursacht hat, sehr vorausschauend war.« Dann wechselte sie das Thema. »Warum seid Ihr hergekommen?«

»Ah, die Geduld des Alters, ich sehe schon …« Er drehte dem Fenster den Rücken zu.

Also habt Ihr es jetzt auf mein Amt abgesehen. Das hatte sich schon lange abgezeichnet: Andeutungen hier und da im Laufe der letzten drei Jahre. Aber der Zeitpunkt hätte nicht schlechter gewählt sein können. Und doch war es nur allzu erklärlich, warum Roth gerade jetzt seinen Spielzug machte.

»Die Regentschaft ist ein Amt auf Lebenszeit. Ich bin noch am Leben. Diese Tatsachen waren Euch bekannt, bevor Ihr mich heute aufgesucht habt«, rief sie ihm spitz ins Gedächtnis.

»So ist es, Euer Gnaden, aber es ist mir ernst. Bitte verzeiht mir meine Bemerkungen. Sie sind nichts als meine unbeholfenen Versuche, weniger … dreist zu wirken. Vielleicht war keiner von uns dem anderen ein besonders guter Verbündeter, seit wir unseren gemeinsamen Dienst angetreten haben.«

Helaina lachte innerlich. Seine diplomatischen Fähigkeiten waren wirklich außergewöhnlich. Sie hielt lange genug inne, um in Erwägung zu ziehen, dass sie sich in ihrem Zynismus vielleicht getäuscht hatte. Sie hatte schließlich in letzter Zeit selbst schon gedacht, dass ihr Amt von Rechts wegen einer jüngeren Führungspersönlichkeit zugestanden hätte. *Einer, die sich nicht ausruhen muss, nur weil sie einen schlichten Brief aufgesetzt hat.*

»Schön und gut«, entgegnete die Regentin. »Warum seid Ihr hier?« Diesmal meinte sie die Frage selbst ernst.

»Es fällt mir nicht leicht, es auszusprechen, weil ich weiß, wie es aufgenommen werden könnte, Euer Gnaden ... Helaina. Wir stehen in vielen Streitfragen auf unterschiedlichen Seiten. Sogar jetzt, bei diesem Großen Mandat, das eine Flut von nichtsnutzigen Herrschern aus fernen Fürstentümern in unsere Stadt strömen lässt ... Ich halte es für einen Fehler. Ob die Bedrohung aus dem Born nun Wirklichkeit ist oder nicht, ich hätte diese laschen Könige, Königinnen und Kriegstreiber nicht zu einem Großen Mandat zusammengerufen.«

»Und warum nicht?«, entgegnete Helaina. »So viele Königreiche wie nur möglich zu einem Bündnis zusammenzuschmieden, hat einen Nutzen, der über militärische Stärke und Zusammenarbeit hinausgeht. Denkt an das Gute, das man bewirken kann, wenn man mehr Akademien und Universitäten einrichtet, um die Bildung voranzubringen, und an den sicheren Handel mit Waren, die die Hungernden ernähren könnten.« Sie lachte innerlich erneut – nicht, weil all dies unzutreffend gewesen wäre, sondern weil sie sich auf Roths Reaktion darauf freute, dass sie sich seine politische Agenda zu eigen machte.

»Wenn ich offen sprechen darf, Helaina: Ich halte es für eine Schande, dass es eine mythische Bedrohung wie die aus dem Born braucht, um Euch den Anstoß zu liefern, Euch um das

Wohlergehen Eures eigenen Volkes zu sorgen«, sagte Roth in aller Demut. Wenn sie nicht schon jahrelang Debatten mit dem Mann ausgetragen hätte, hätte sie vielleicht sogar geglaubt, dass er keine Hintergedanken hatte.

Aber wenn das Alter auch ihre Hände verkrümmte und schmerzen ließ, machte es Helaina doch zugleich doppelt so scharfsinnig wie früher. »Der Tadel ist nur recht und billig, Roth, genau die Art von Weisheit, die ich von einem Mitglied meines Hohen Rates erwarte und zu schätzen weiß.« Sie rückte auf ihrem Stuhl herum, um ihm geradewegs ins Gesicht zu sehen. »Aber ich kann die Vergangenheit nicht ändern, und wenn dem Gemeinwesen aus derzeitigen Bedrohungen Vorteile erwachsen, dann sind das begrüßenswerte Folgen. Sie werden zu Regierungsangelegenheiten werden, bei denen ich Eure Hilfe benötige, um sie genauer einzugrenzen, damit sie unserem Volk zum Nutzen gereichen.«

Roth stand am Ostfenster und starrte Helaina mehrere Augenblicke lang an. Sie malte sich aus, wie er abwägte, welche Kritik an ihr er als nächste vorbringen sollte, wo er Risse in ihrer politischen Rüstung finden konnte, um ihre Regierungsunfähigkeit und mangelnde Führungsstärke herauszustellen.

Es war ein Tanz, den sie in den letzten paar Jahren immer häufiger aufgeführt hatten, aber heute drückte er sich unmissverständlicher denn je aus, und alle Schönfärberei zwischen ihnen begann sich bereits aufzulösen, bevor auch nur ein weiteres Wort fiel.

Roths Gesicht verhärtete sich und legte die Maske der Höflichkeit und Besorgnis ab.

Auch Helaina verzichtete auf ihr verbindliches Auftreten und ließ zu, dass die Verzweiflung über ihre rheumatischen Hände und alle anderen Altersleiden ihre Bissigkeit steigerte.

»Ich verlange hiermit ein einziges Mal unter vier Augen von Euch abzudanken. Ihr seid nicht geeignet, uns anzuführen.«

»Aufgrund meines Alters?«

»Ja, zum Teil«, sagte Roth. »Aber *nicht,* weil Ihr manchmal auf einen Stock gestützt geht. Es ist die Alterung Eures Verstandes, die das Wohlergehen Eures Volkes aufs Spiel setzt. Ja, wir haben in der Vergangenheit unterschiedliche Meinungen vertreten, bisweilen mit Nachdruck. Aber ich bin nicht hier, um zu behaupten, dass ich an Eure Stelle treten sollte. Nur, dass Ihr Eure Fähigkeit, für die Staatsangelegenheiten Sorge zu tragen, einer gründlichen Prüfung unterziehen müsst. Fragt Euch, ob Ihr wirklich immer noch in der geistigen Verfassung seid, das zu tun.«

Helaina stand auf und kämpfte gegen den Schmerz an, der bei der Anstrengung ihre Beine durchzuckte. Sie legte die Hände flach auf den Schreibtisch, um sich abzustützen und um sie daran zu hindern, sich zu Fäusten zu verkrampfen, wie sie es oft taten, wenn sie sie überanstrengt hatte. »Aszendent Staned, diese Sorgen sind berechtigt und, wie Ihr wissen solltet, nichts, was ich auf die leichte Schulter nehme. Offiziell ist mein Gesundheitszustand gut, wenn auch nicht mehr derselbe wie vor zehn Jahren. Und meine *geistige Verfassung* … Ich habe nie klarer als jetzt gesehen, was dieses Land benötigt, und auch nie …«

»Was seht Ihr …«

»Und auch nie klarer gesehen«, sagte sie noch lauter, »was zu tun ist, um diesen Notwendigkeiten zu genügen.«

Jetzt ließ Roth alle Verstellung fallen. Sein Gesicht verriet seine Abneigung, seine Skepsis und zugleich seinen Ehrgeiz. »Offiziell, sagt Ihr?«

Auch Helaina gab jegliche Heuchelei auf. »Inoffiziell«, sagte sie schneidend, »bin ich alt! Mein Körper schmerzt, und ich bin erfahren genug, um mich besorgt zu fragen, ob meine Entscheidungen gut genug sind, um ein ganzes Land zu lenken.«

Roth lächelte.

»Aber das sind die Tugenden des Alters, Ihr *Mann der Edukation.*« Diese letzten drei Wörter – *Mann der Edukation* – stieß sie mit äußerster Verachtung hervor.

»Was ist mit all den *anderen* Ländern?«, fragte Roth. »Ihr habt ein Großes Mandat einberufen. Glaubt Ihr wirklich, dass sie sich von einer Frau überzeugen lassen, die auf ihre alten Tage übermütig geworden ist?«

Helaina bedachte ihn mit einem aus Erfahrung geborenen nachsichtigen Lächeln. »Ihr vergesst, dass einige dieser Könige selbst in meinem Alter sind und dass viele der Jüngeren dazu erzogen wurden, Achtung vor den Geschichten über den Ersten und Zweiten Eid zu empfinden, ganz zu schweigen von den Männern und Frauen, die ihnen das Leben geschenkt haben. Sie werden dafür stimmen, den Eid des Großen Mandats wieder einzuführen.«

Roth lachte. Die eine Augenbraue, die er hochzog, zeugte eindeutig von Sarkasmus. »Ihr seid das Produkt Eurer eigenen Propaganda, und genau das ist einer der Gründe dafür, dass Ihr abdanken solltet. Ihr versucht, Eure Herrschaft zu überhöhen, indem Ihr das Große Mandat ein drittes Mal einberuft. Das ist politische Großmannssucht, das wisst Ihr so gut wie ich. Aber zugleich ist es ein Machtmissbrauch!«

»Das«, rief sie, »ist es doch, wogegen Ihr etwas habt, nicht wahr, Ligat? Ihr wollt meinen Platz einnehmen, damit *Ihr* derjenige sein könnt, der das Große Mandat lenkt. Unsere Fehde war … *zivilisiert*, bis ich das Große Mandat einberufen habe. Nun führt Euch der Opportunismus her und lässt Euch auf meinem Rücktritt bestehen. Ihr seht die Gelegenheit, Euren

Einfluss auszudehnen, indem Ihr die Furcht der anderen vor genau den Bedrohungen ausnutzt, die Ihr als Mythen abtut.« Sie zeigte wild mit dem Finger auf ihn. »Ihr seid ein Heuchler!«

»Was ist mit Euch, Helaina?«, entgegnete Roth. »Ihr habt Euch im Höchsten Gericht hingestellt, Euch auf das Gesetz berufen und die Verurteilung eines Ligaten und seiner Retter aufrechterhalten, nur um Euch dann umzuwenden und sie insgeheim freizulassen. *Ihr* seid die Heuchlerin! Ihr missbraucht Eure Macht für Eure privaten Interessen, ob es nun um Euer politisches Vermächtnis oder die Bittschrift eines Freundes geht. Ich werde Euer Verbrechen öffentlich machen, und dann werden wir ja sehen, ob das Große Mandat sich einer Frau beugt, die mit gespaltener Zunge spricht!«

Helaina nagelte ihn mit einem Blick fest, der ihre ganze Amtsgewalt verriet, und sagte in feierlichem, ruhigem Ton: »Was ich getan habe, habe ich nur in der Hoffnung getan, einen offenen Krieg mit der Stille und den Verlust einer weiteren Generation unserer Kinder zu vermeiden. Das sind die Entscheidungen, vor denen eine Regentin steht, und Ihr werdet sie weder infrage stellen, noch öffentlich bekanntmachen. Das zu tun … ist Verrat.«

Roth trat näher heran. Körperlich wirkte sie gegen ihn zwergenhaft. »Ihr seid nicht mehr bei Verstand, wenn Ihr glaubt, handeln zu können, ohne die Konsequenzen zu bedenken und ohne dem Rat und dem Volk, das er vertritt, eine Rechtfertigung zu schulden. Man kann Euch nicht gestatten, in aller Heimlichkeit vorzugehen und Eure Taten weiter zu verbergen. Ihr schuldet uns allen vollständige Rechenschaft.«

Nun war es an Helaina zu lächeln. »Nehmt Euch in Acht, Roth. Alle, selbst die erbärmlichen Lustknaben auf der Straße, haben Geheimnisse, die sie gern bewahren wollen. Um ihre

Edukation mag es nicht so bestellt sein, wie Ihr es gern hättet. Aber achtet darauf, nicht so vorwitzig zu sein, dass Ihr am Ende, statt meinen Sitz einzunehmen, Euren eigenen verliert ... und dabei die Liga vernichtet.« Letzteres sprach sie als offene Drohung aus. Es war an der Zeit, zum Angriff überzugehen. Dann kam sie auf das zurück, womit sie begonnen hatten, um ihn daran zu erinnern, dass es auch Gemeinsamkeiten zwischen ihnen gab. »Roth, ich habe das Große Mandat nicht nur einberufen, um der Bedrohung durch die Stille zu begegnen. Wir sind endlich so weit, dass wir ein dauerhaftes Bündnis schmieden können, um alle Königreiche und Völker des Ostens zu einen. Das ist meine politische Absicht, mein höchstes Ziel. Das wird uns gegen ... gegen jeden Feind stärken.« Sie hielt nachdenklich inne. »Und wenn Ihr recht habt und kein Feind aus dem Born gegen uns anrückt, dann werden wir dennoch eine Konföderation gegründet haben, die unsere gemeinsamen Ziele besser verwirklichen kann.« Sie senkte die Stimme, um den richtigen Grad an Zynismus mit einfließen zu lassen: »Wenn Eure Ziele denn wirklich die sind, die sie zu sein vorgeben.«

Roth musterte sie seinerseits ebenso unverwandt wie drohend. »Wenn Ihr der Liga den Krieg erklärt, werdet Ihr es bereuen.« Er schien nachzudenken. »Es ist zu spät. Vergesst nicht, dass Ihr Euch alles selbst zuzuschreiben habt, weil Ihr nicht willens wart einzusehen, dass Veränderungen notwendig sind.«

Furcht ergriff Helainas Herz. *Es ist zu spät.* Ihre Gedanken überschlugen sich in dem Bemühen zu verstehen, was er meinte. Aber sie durfte sich keine Schwäche anmerken lassen, und so bedachte sie ihn nur mit einem gleichmütigen Blick, als sie sagte: »Ich habe Euer Verbrechen zu lange ungesühnt gelassen. Aber damit ist es nun vorbei. Der Liga wird wegen der Vergiftung der Tochter des Ligaten Duugael der Prozess gemacht. Wenn sie schuldig gesprochen wird, dann, Aszendent Staned, werden der Liga der Edukation im Staate Vohnce alle Rechte und Privilegien aberkannt, und ich werde dafür sorgen, dass *das* an jedem Hof und in jedem Gerichtssaal der bekannten Welt öffentlich gemacht wird.«

Roth schien nahe daran zu sein, gewalttätig zu werden, wahrte aber die Fassung.

Helaina hielt den Kopf hoch erhoben und den Körper still, bis er sich abwandte und zornig aus der Kanzlei stürmte.

Helaina sackte auf ihrem Stuhl zusammen und war unfähig, ihre Beine am Zittern zu hindern – zum Teil vor Furcht, zum Teil wegen des Rheumatismus.

Als sie glaubte, dazu in der Lage zu sein, stemmte sie sich hoch und schleppte sich langsam ans Fenster. Dort hob sie ihre Feder auf, tunkte sie ins Tintenfass und beendete trotz der großen Schmerzen den letzten der drei Briefe, ohne innezuhalten. Dann rollte sie alle sofort zusammen, schob sie in die kleinen Röhrchen und band sie, eines nach dem anderen, an die Beine ihrer Falken.

Nach einem nur sehr kurzen Zögern sprach sie die Worte, die ihr Falkner ihr genannt hatte, um die Vögel auf den Weg zu bringen, und scheuchte sie dann in die Luft. Die Falken wandten sich scharf nach rechts und flogen durch das Panorama, das sich vor ihren Ostfenstern erstreckte. Bald verlor sich ihr graues Gefieder in der Farbe des Vormittagshimmels, während sie in aller Eile ihre Bitte zu den Mor-Völkern trugen. *Mögen die Götter geben, dass die Mor nicht immer noch ihren alten Groll hegen.*

24

ALTE FREUNDE

Wir haben Estem Salo nicht verlassen, um uns vom Shesoneid loszusagen, sondern weil wir uns der wissenschaftlichen Erforschung des Himmels und unserer Stellung in seinem Gewölbe widmen wollten.

(Teil des ersten Sendschreibens von Glock Omendal an die Astronomen zu Estem Salo nach der Gründung von Albenhain)

Tahn fiel. Trümmer wirbelten um ihn herum, als wäre er in einen heftigen Sturm geraten. Steine trafen ihn an Armen und Rücken und im Gesicht. Ein lautes Tosen erfüllte seine Ohren und übertönte seine eigenen Schreie. Einen Augenblick später landete er schwer auf hartem Erdboden, wo der Sturm aus Steinen und kleinen Zweigen weiter auf seinen Rücken einprasselte und der Wind ihn niederdrückte. Er lag hilflos da, und sein gesamter Körper war großem Druck ausgesetzt, bis der Wind unerwartet erstarb, die Trümmer auf und um ihn fielen, ohne Schaden anzurichten, und er einen Atemzug staubiger Luft einsog.

Er hustete und mühte sich ab, sich die Lunge erneut mit Luft zu füllen. Er hatte noch immer den Geruch eines Unwetters in der Nase, aber er war jetzt säuerlicher, wie Erlenholz, das von einer Fackel versengt wurde. Tahn tönten die Ohren von einem unglaublich schrillen Geräusch in seinem Kopf. Am Ende schlug er die Augen auf und sah, dass die Welt unter einem wolkenlosen, sternenklaren Himmel ins Dunkel der Nacht gehüllt war. Unter Schmerzen wandte er den Kopf, um in die andere Richtung zu blicken. Einige hundert Schritt entfernt erhoben sich wie stumme Wächter mehrere Türme aus der Ebene, zeichneten sich als dunkle Schattenrisse vor dem sternenübersäten Himmel ab.

Albenhain.

Die Gebäude waren ihm vertraut, aber sein Verstand war benebelt, und die Türme trösteten ihn weder über den stechenden Schmerz in seinem Körper noch über sein Schädelbrummen hinweg. Er schloss die Augen wieder, konzentrierte sich auf seine Atmung und versuchte sich zu beruhigen. Erst, als er die Rhythmen seines Körpers unter Kontrolle gebracht hatte, entspannte er sich genug, um über das nachzudenken, was gerade geschehen war.

Er hatte die Erzählung durchschritten, die Wendra für ihn gesungen hatte. Aber sich hindurchzukämpfen war so gewesen, wie gegen eine steife Brise anzulaufen, von der seine Haut noch immer brannte, und das sogar unter seinen Kleidern, als wäre der Wind voller Sandkörner gewesen.

Er versuchte aufzustehen und gab das Bemühen bald auf. Jede Bewegung war eine Qual, und außerdem hatte er kaum noch Kraft. Also wandte er den Kopf wieder nach Osten und rührte sich nicht mehr. Er blieb dort liegen, wo er hingefallen war, beobachtete den langsamen Zug der Sterne, die am östlichen Horizont aufstiegen, und schlief ein, während er auf die Morgendämmerung wartete.

Der Schmerz weckte ihn. Er hatte nur etwa eine Stunde lang geschlafen, aber sein Körper war steif geworden, und er spürte den Schmerz tief unten, wo die Muskeln an den Knochen ansetzten. Er lag zusammengerollt auf dem kühlen Boden und suchte Schutz vor der Kälte. Als er die Augen öffnete, dachte er an den Tagesanbruch.

Es ist kein geringes Wunder, etwas zu haben, worauf man sich verlassen kann. So sagte man im Hain, wenn einem die Hypothesen unter den Händen zerfielen.

Während er frierend, unter Schmerzen und nun weit von seinen Gefährten entfernt dalag, dachte er an frisch gepflügte Felder, aus denen im ersten Licht des Tages Dunst aufstieg, an den Morgentau, der den Duft des Heus versüßte, an die Sonne, die hinter Kiefernzweigen aufging, durch deren Nadeln ihre Strahlen in verschwommenen Lichtkegeln auf den Waldboden fielen. Das war sein Ritual vor Beginn der Dämmerung: sich die nahende Sonne auszumalen.

Einen Augenblick später hörte er das vertraute Geräusch von Schritten, die auf den Erdboden trafen und auf Kieselsteinen knirschten. Er blieb still liegen, da er wusste, dass er sich nicht würde verteidigen können, und hoffte, dass wer auch immer dort kam, ihm freundlich gesinnt sein würde.

Die Schritte wurden lauter, näherten sich ihm aber nicht auf geradem Wege. Er wartete. Sein Herz raste. Und dann blieb der unsichtbare Fremde stehen. Er hörte ein Seufzen, als am östlichen Himmel die ersten Andeutungen von Farbe aufzusteigen begannen. Mit jedem Augenblick, der verging, war er stärker von etwas überzeugt, das ihm kaum möglich schien: Wer auch immer diese Person war … sie war ebenfalls hergekommen, um den Sonnenaufgang zu beobachten. Angesichts dieses Gedankens ließ seine Besorgnis nach.

Eine Stunde lang lag er reglos da, während das Tageslicht den Osten erhellte und in feuriges Orange und herbstliches Gelb tauchte. Und über allem verblasste der dunkle Himmel zu einem matten Blau. Tahn atmete freier, wie er es stets tat, wenn die Sonne über den Horizont lugte.

Aber der Augenblick des Friedens zerfiel, als eine Stimme über die salbeibewachsene Ebene hinweg rief: »Gnomon? Bist du das? Bei all meinen Integralen, das ist nicht möglich!«

Schritte kamen auf ihn zugerannt, und Tahn kämpfte sich auf den Rücken. Seine Muskeln waren so verkrampft, dass er Angst hatte, dass sie vielleicht reißen könnten. Aber er streckte trotz der Schmerzen den Arm aus und tastete nach seinem Bogen. Er erreichte wenig mehr, als eine kleine Staubwolke aufzuwirbeln und Schmerzspitzen durch seinen zerschlagenen Körper zucken zu lassen. Er war dieser Fremden auf Gnade und Ungnade ausgeliefert.

Bis er sich an sein Messer erinnerte. Er hatte es gerade zur Hand genommen, als der Kopf einer Frau in Sicht kam.

Ein schiefes Lächeln verscheuchte nach und nach das Entsetzen aus ihrer Miene.

»Rithi?«, fragte Tahn zaghaft und wandte den Blick nach Westen. Nun sah er wieder die Türme, die im Licht der Morgensonne erstrahlten. Fünf Türme, die wie große Steinbäume ohne Äste in einem weitläufigen Fünfeck auf dem Thron von Kamas standen. Dann blickte er wieder Rithi an.

Die junge Frau schnitt eine Grimasse und verkündete dann: »Ich will wissen, warum du fortgegangen bist. Und ich will es *jetzt* wissen.«

Er hatte einen Moment lang Schwierigkeiten, sich an ihren echten Namen zu erinnern … Gwen. Sie waren während seiner Jahre hier eng befreundet gewesen und hatten einander Spitznamen verpasst, wie gute Freunde es tun: Rithi, weil sie Mathematik studierte und darin auch schier brillant war; sie nannte ihn Gnomon, weil …

»›Gnomon‹ ist der Teil der Sonnenuhr, der einen Schatten wirft«, sagte er lächelnd.

»Darin schwingt auch ›jemand, der Erkenntnisse gewinnt‹ oder ›das, was enthüllt‹ mit, aber genug davon. Ich warte.« Sie klopfte scherzhaft mit dem Zeh auf den Boden.

Tahns Lächeln wurde breiter.

»Du willst doch wohl jetzt kein spöttisches Grinsen aufsetzen, nachdem du fast acht Jahre lang verschwunden warst?« Rithi zeigte mit dem Finger auf ihn. »Spuck's schon aus. Wohin bist du gegangen?«

Bevor er es sich zweimal überlegen konnte, hörte er sich sagen: »Es wäre nicht sicher gewesen, wenn ich hiergeblieben wäre. Ich wurde zurück aufs Mal geschickt und dann nach Helligtal, das vor den Stilletreuen sicher sein sollte …«

Rithis Augen verrieten, dass sie den Wahrheitsgehalt seiner Worte abwägte. Er konnte auf ihre Einschätzung nicht warten, denn es wurde zu schmerzhaft, sich aufrecht zu halten. Er ließ sich mit einem hörbaren Seufzer der Erleichterung wieder zu Boden sinken.

»Wirklich, Gnomon? Du willst also bei der Ausrede bleiben? Und wahrscheinlich erzählst du mir gleich auch noch, dass es die Stille ist, die dir das hier angetan hat.« Sie wies auf seinen schmerzenden Körper.

»Nein«, antwortete er, »zumindest nicht direkt.« Er holte mehrmals tief Atem, bevor er bemerkte: »Du kommst immer noch her, um den Sonnenaufgang zu beobachten.« Hierher waren sie immer gemeinsam gegangen, nachdem sie von seinem kleinen Ritual erfahren hatte.

»Das hilft mir, mich zu erinnern.« Aber das war alles, was sie darüber sagte. »Wir müssen dich in ein Bett bringen und dir warmen Weidenrindentee verabreichen.«

Das war Tahn recht. Er nickte.

Das Unternehmen dauerte fast eine Stunde lang. Rithi rannte nach Albenhain zurück und kehrte mit einem kleinen Pritschenwagen zurück. Sie hatte beschlossen, ihn allein zu holen und seine Rückkehr vorerst nicht öffentlich zu machen. Es war ein kleines Wunder, dass es ihm gelang, auf die Ladefläche des Wagens zu klettern; die Schmerzen waren entsetzlich, und es fiel ihm schwer, nicht laut aufzuschreien. Das erklärte wahrscheinlich auch die geringe Geschwindigkeit, mit der sie ihn nach Albenhain und bis hinter ihr bescheidenes Haus fuhr. Und dennoch fühlten sich jeder kleine Stein und jede Furche, über die sie holperten, so an, als hätte ihm jemand mit den Fingerknöcheln in die Nieren geschlagen. Rithi trug ihn in ihr Schlafzimmer und legte ihn sanft auf ihr Bett, um gleich darauf mit warmem, bitter schmeckendem Tee zurückzukehren.

Tahn stürzte den Becher Rindenaufguss klaglos herunter und hatte sich gerade erst auf die weiche Federmatratze sinken lassen, als er hörte, wie die Tür des vorderen Zimmers sich wieder öffnete. Schlurfende Schritte kamen eilig näher, und zum zweiten Mal in genauso vielen Stunden starrte er in das ungläubige Gesicht einer Frau aus seiner Vergangenheit.

»Gnomon«, sagte die Weise Polaema. Lach- und Altersfältchen hatten sich tiefer in die Haut um ihre Augen und ihren Mund eingegraben, als er es in Erinnerung gehabt hatte, aber sie verliehen ihr noch immer das Aussehen der Mutter, an deren Stelle sie für ihn in seinen Jahren hier getreten war. »Es ist schön, dich wiederzusehen, mein Junge.«

Ihre Stimme umfing ihn und war für ihn genauso ein Balsam

wie vielleicht der Weidenrindentee. Tahn lächelte. »Es ist schön, wieder hier zu sein«, sagte er. »Es ist eigentlich sogar gut, überhaupt irgendwo zu sein.«

»Ich werde dich irgendwann bitten, mir diese Aussage zu erklären«, erwiderte Mutter Polaema.

Die Weise der Astronomie schien den ein oder anderen Verdacht zu haben, was ihn betraf, obwohl sie wusste, warum er den Hain verlassen hatte. Dann fiel ihm das unauffällige Symbol in die Augen, das auf der linken Brustseite in ihren Umhang eingewoben war. Schwarzer Faden auf schwarzer Wolle, zwei konvexe Linien, die sich in der Mitte berührten, eine im leichten Bogen nach oben, die andere nach unten gerichtet. Die untere stand für den Horizont, die obere wies auf die Weite des Himmelsgewölbes darüber hin. Tahn hatte sich das Recht erworben, dieses Symbol zu tragen, als er hier gewesen war. Polaema setzte sich an sein Bett, und Rithi spähte ihr über die Schulter.

Nachdem er die Insignien des Kollegs der Astronomie erspäht hatte, sah Tahn zu Rithi hoch und bemerkte zum ersten Mal das genauso unauffällige Zeichen, das sie als Angehörige des Kollegs der Mathematik trug, zwei sanft geschwungene Linien, die senkrecht nahe beieinanderstanden. Am oberen Ende lehnten sie sich leicht voneinander fort, während sie am unteren Ende sanft aufeinander zu geschwungen waren. Manchen zufolge standen diese Linien für Buchstaben kamasalischen Ursprungs, der linke für ein fließendes »I«, das imaginäre Zahlen symbolisierte, der rechte ein zart geschwungenes »S«, das für Summen stand. Theoretiker dagegen behaupteten gern, dass es sich um zwei »I«s handelte und dass sie gemeinsam für die benannten Zahlen standen – dafür, dass die Mathematik vollständige Beweise für jede Frage erbringen konnte.

»Ich sehe dir an, dass du Schmerzen hast«, sagte Mutter Polaema, »aber du siehst dennoch so aus, als ob du ein paar Fragen ertragen könntest. Irre ich mich?«

»Nein«, antwortete Tahn. »Es geht mir gut genug, um zu sprechen.«

»Gut. Denn dein plötzliches Erscheinen, und noch dazu in diesem Zustand, lässt vieles vermuten, und bevor wir den Weisen der anderen Kollegien die Neuigkeit mitteilen, dass du zurück bist, würde ich gern einen Eindruck davon gewinnen, warum du hier bist – und sei es nur, um unsere allgemeine Besorgnis zu beschwichtigen, du verstehst schon.« Sie schenkte ihm ein zaghaftes Lächeln.

»Also bittet Ihr mich jetzt schon, meine Bemerkung mit dem ›überhaupt irgendwo‹ zu erklären«, sagte Tahn und erwiderte dabei ihr Lächeln. Ihn durchliefen noch immer Schmerzwellen, aber, verdammt, er freute sich, hier zu sein! Er fühlte sich erstaunlich friedvoll, wenn nicht gar zu Hause.

»Durchaus«, sagte Rithi. »Aber bleib bei der Wahrheit. Dort, wo ich dich gefunden habe, waren keine Fußspuren auf dem Boden. Es ist, als wärst du vom Himmel gefallen.«

Tahn lachte laut darüber, bereute es sofort und hielt sich Brust und Bauch. Er stöhnte einige Augenblicke lang und entspannte sich dann schließlich. Als er wieder aufschaute, beobachteten ihn die beiden Frauen, die einst seine engsten Freundinnen gewesen waren, voll gespannter Besorgnis.

Er hatte nicht gewusst, wie er antworten würde, bis er den Mund öffnete, um zu sprechen. Nicht wirklich. Und als er es tat, erzählte er ihnen das meiste. Von seinen Jahren in Helligtal und allem, was geschehen war, seit er von den Stilletreuen von dort verjagt worden war. Er sprach nicht über seinen Bogenschuss in den Saeculoren oder über Einzelheiten dessen, was er am Tillinghast gesehen hatte, und er ging auch nicht auf seine Beziehung zu Mira ein. Abgesehen davon vertraute er Polaema und Rithi so sehr wie Sutter. Mit ihnen zu sprechen fiel ihm genauso leicht.

Als er geendet hatte, sah er ihren Augen das Erstaunen an – das, und hundert neue Fragen.

»Aber warum hier und warum jetzt?«, erkundigte sich seine alte Mentorin.

»Im Laufe der letzten paar Tage habe ich begonnen, mich an meine Astronomieausbildung zu erinnern. Mir ist wieder eingefallen, dass hier alles auf Forschung und Erkundung ausgelegt ist und mit welcher gedanklichen Zielstrebigkeit hier Probleme gelöst werden.«

»Und?«, hakte Mutter Polaema höflich nach.

Tahn erwiderte ihren Blick unverwandt und schenkte ihr schließlich ein schiefes Lächeln. »Ja, da ist noch mehr«, sagte er. »Aber erst habe ich eine Frage. Rithi, bist du jemals in die versiegelten Hallen des Mathematikkollegs vorgedrungen?«

»Tahn?«, erwiderte Rithi ungeduldig.

Er war drauf und dran, etwas Unerhörtes zu verlangen. »Ich möchte eine Debattenfolge einberufen.«

Ein Ausdruck äußerster Besorgnis huschte über die Gesichter von Mutter Polaema und Rithi, aber sie sagten nicht nein. Sie rührten sich nicht und warteten darauf, mehr zu hören.

Tahn spürte, wie die Übelkeit ihn wie eine Springflut erneut überkam. Er musste es aussprechen, bevor er sich übergab. »Wenn wir ein einendes Prinzip finden, nach dem der Schleier funktioniert«, sagte er und zuckte dabei ein wenig zusammen, »dann durchschauen wir früher oder später auch, wie wir ihn stärken können.«

Er las in ihren Augen immer noch eine Frage. Unruhe.

Furcht. Er wusste, dass sie damit rechneten, dass er vorhatte, sich auf dieselbe Argumentation zu berufen, die sie gemeinsam vorgetragen hatten, unmittelbar bevor er Albenhain verlassen hatte. Das war aber nicht der Fall. Zumindest nicht ganz. Und sie mussten verstehen, *warum* er um eine Debattenfolge bitten wollte.

Er schrak noch einmal zusammen, als sich ihm die Eingeweide zusammenkrampften, und beeilte sich, zum Ende zu kommen: »Das wird den Krieg verhindern, der uns droht, wenn es uns nicht gelingt … weil der Schleier dünn wird. Und wir haben nicht viel Zeit.«

Bevor er weitere Erklärungen anfügen konnte, brach die Übelkeit, die er empfand, seit er Wendras Erzählung durchschritten hatte, erneut mit äußerster Heftigkeit über ihn herein.

25

DER BORN: NOCTURNE

Der hohe Norden des Borns hat mit dem Süden ungefähr so viel gemein wie der Süden des Borns mit den Ostlanden.

(Bemerkung eines Wegelagerers,
der den Sklavenhandel aufgegeben hatte,
um Bierbrauer zu werden)

Ein buckliger Mond schien hell auf den gefrorenen Boden. Kett ging langsam und übte dabei, was er zu dem Präfekten sagen würde. Jedes Mal, wenn er ausatmete, bildeten sich Wölkchen in der Luft vor ihm und wurden kurz vom Mondlicht beschienen, bevor sie sich in nichts auflösten. Der Geruch des toten, raureifüberzogenen Grases lag in der Luft, und er konnte nichts als das Knirschen seiner eigenen Schritte auf brüchigen Zweigen und kleinen Steinen hören.

In all den Jahren hatte er nur wenige Freunde gewonnen. Der Gedanke an Freundschaft hatte im Born einfach wenig Wert. Die Erwartungen waren bescheiden, die Strafen hart. Man brauchte hartnäckiges Durchhaltevermögen und beinahe alle Zeit, die man hatte, um einfach nur zu überleben.

Und während Kett jetzt einige Verbündete in den Häusern

der Inveterae hatte, war es eine seiner wenigen Freundschaften, die ihn dazu brachte, sich in den späten Abendstunden ins Freie zu wagen.

In seine Gedanken versunken, bemerkte er nur flüchtig einen kahlen Baum, der vor dem Antlitz des tiefstehenden Mondes zu seiner Linken vorbeizog. So wenige Zweige …

Er hielt inne. Als er seine volle Aufmerksamkeit auf den Baum richtete, sah er, worum es sich wirklich handelte: um einen gekreuzigten Inveterae. Einen Freund. Nicht der, den er besuchen wollte, aber nichtsdestotrotz ein Freund. Grobe Pfähle waren zusammengebunden worden, um Taolen daran festzunageln. An Taolens Hals hing ein Schild, auf dem ein einziges Wort in der Sprache der Bar'dyn stand: *Exempel.*

Der Mond verlieh dem blutigen Gesicht seines Freunds milden Frieden. Er hoffte, dass diejenigen, die hier vorüberkamen, die Mahnung – *Exempel* – anders verstanden: als Appell an die Inveterae, sich gegen ihre Verfolger zu erheben, und nicht als die Abschreckung, als die die Stilletreuen sie einzusetzen hofften.

»Taolen?« Er machte drei schnelle Schritte bis an den Fuß des Pfahls. »Du lebst.«

Der Kopf des anderen hob sich leicht und sackte dann wieder vornüber. Seine Arme wiesen mehrere präzise Einschnitte auf, die dem Verlauf der Adern unter der Haut folgten. Die meisten davon waren verbunden worden, um die Blutung zu stillen; anscheinend ließ der Kreuziger ihn langsam ausbluten. Eines von Taolens Augen war völlig zerstört, und von der linken Seite seines Gesichts war ohnehin wenig übrig. Aber mit seinem einen verbliebenen Auge sah Ketts Freund erschöpft auf ihn herab. Mit einem heiseren Flüstern stieß Taolen mühsam hervor: »Ich habe nichts gesagt.«

Dann schloss sich sein Auge, und er wurde wieder ohnmächtig. Wenn der Morgen kam, würde er schon tot sein.

Kett hielt sich nicht länger dort auf, um zu grübeln oder zu trauern. Die einzig richtige Art, Taolen, Salima und den unzähligen anderen, die noch fallen würden, die letzte Ehre zu erweisen, war Entschlossenheit.

Langsam, aber selbstbewusst schritt er den Pfad entlang, auf das ferne Licht aus dem Zelt des Präfekten zu. Der Wind wirbelte Luft auf, die nach Brachland roch – alter Erde, auf der nichts ausgesät wurde, ungenutzt –, und ließ die Zeltklappen flattern, als Kett vor den beiden Wachposten stehen blieb, die stocksteif in der Kälte ausharrten.

Er wartete so lange, dass sie Zeit gehabt hätten, Einwände zu erheben. Es kamen keine. Sie kannten ihn. Es war nicht sein erster Besuch beim Präfekten. Kett trat gebückt durch die Zeltklappe in den gelben Schein von Öllampen, die die Luft kein bisschen erwärmten.

»Warum habe ich mir schon gedacht, dass du heute Nacht kommen würdest?«, fragte Lliothan. Seine Worte ließen Atemwölkchen im Lampenlicht aufsteigen.

Kett betrat das eigentliche Zelt nicht – er war noch nicht hereingebeten worden. »Weil du Taolen gekreuzigt hast.«

»Vielleicht.« Lliothan goss sich aus einem Bronzekrug ein Getränk ein, das zähflüssig wirkte. »Oder vielleicht, weil das Gerücht geht, dass du die Initiation durchlaufen und dein eigenes Kommando erhalten sollst, um … mehr oder minder das zu tun, was ich auch tue.«

»Ich stelle keine Bedrohung für dich dar«, erwiderte Kett sofort, »und ich bin kein Märtyrer. Man hat Salima getötet.«

Lliothan sprach keine tröstenden Worte, aber er trank zwei

Schlucke in rascher Folge, was Kett als bei den Bar'dyn übliche Ehrbezeugung erkannte – einen Schluck für den Körper, einen für die Seele.

»Du hast doch nicht vor, Selbstjustiz zu üben?« Lliothans Frage war rhetorisch.

»Gotunfrauen sterben tagtäglich«, sagte Kett. Es fiel ihm schwer, die Worte auszusprechen, aber er durfte keinen Verdacht erregen.

»Das tun sie«, stimmte Lliothan ihm zu. »Warum kommst du also?«

Der Präfekt hatte ihn immer noch nicht ganz ins Zelt gebeten. Kett musste näher heran, um seinen Appell vorzubringen. Lliothan musste Kett in die Augen sehen, wenn er die Bitte aussprach, die auszusprechen er gekommen war. »Darf ich eintreten?«

Der Bar'dyn wandte ihm den Rücken zu. »Komm.«

Kett trat ein, vorbei an der dicken Wolldecke, die über eine Strohschicht gebreitet war und als Bett diente, an einem einzigen, dreibeinigen Hocker und einem Schreibpult vorbei, das ein Register enthielt, um über die Bewegungen der Inveterae, Hinrichtungen und bemerkenswerte Vorkommnisse buchzuführen, und an einem schwarzen Öltuch entlang, auf dem Waffen und Wetzsteine bereitlagen – es war ein schlichtes Kommandozelt, aber zweckdienlich und beweglich.

An all diesen Dingen ging Kett vorbei, und an noch etwas – an einer Ecke des Zeltes, in der die dicken Leinwandbahnen Blutspritzer aufwiesen und der kalte Boden im fahlen Licht zweier kleiner Lampen scharlachrot glänzte.

Er stellte sich neben Lliothan, so dass er für ihn zu sehen war. Er stand einen Moment lang da und beobachtete, wie sein alter Freund aus seinem eisernen Becher trank und heiße Atemstöße noch mehr Wolken aus seinen Nüstern über den Becherrand trieben.

Am Ende stellte er die einfache Frage: »Kann ich dir vertrauen?«

Lliothan wandte nicht den Kopf, um ihm geradewegs ins Gesicht zu sehen. »Du wirst bald ein Kommando innehaben. Ich befolge Befehle.«

»Das ist nicht, wonach ich gefragt habe«, erwiderte Kett. »In unserer Jugend, bevor wir verstanden, was es bedeutet, Gotun oder Bar'dyn zu sein, waren wir Freunde. Erinnerst du dich daran?«

Lliothan trank wieder, und diesmal konnte Kett den kupfrigen Geruch dessen wahrnehmen, was der Bar'dyn im Becher hatte. Der Präfekt drehte sich noch immer nicht um, sondern sah weiter die Rückwand seines Zeltes an, so dass sein Gesicht teilweise verborgen im Halbschatten lag. »Kett Valan, du bist einzigartig. Aber du bist zugleich naiv. Du lebst wie alle Inveterae hier im Süden. Ihr suhlt euch in eurer Verlassenheit, verflucht den rauen Boden, dem ihr mit harter Arbeit nur wenig abringen könnt, und misstraut uns.« Er schlug sich auf die breite Brust. »Aber eure Einsicht ist beschränkt. Die Geheimnisse des Borns, seine Qualen, seine Grausamkeit ... und seine Gräuel sind weit von euch entfernt. Eure Unzufriedenheit wird von denen, die weiter nördlich leben, nicht gut aufgenommen.«

»Dann erzähl mir davon.« Er ging um Lliothan herum, um ihn von Angesicht zu Angesicht anzusehen. »Lehre mich, dankbar für Kreuzigung und Unwissenheit und lachhafte Tribunale zu sein, die mir keine Wahl als die lassen, Verrat an meinesgleichen zu üben.«

Lliothan erwiderte seinen Blick starr und finster. »Jeder Einzelne von uns lebt im Born«, sagte der Bar'dyn gleichmütig. »Wir sollten nicht zu entkommen versuchen, solange wir nicht *alle* gehen.«

»Gilt das auch für die Männer, Frauen und Kinder, die ihr uns in den Lagern halten lasst?« Kett achtete sorgfältig darauf, seinen Zorn ein gewisses Maß nicht übersteigen zu lassen – ihre alte Freundschaft bot ihm nur einen begrenzten Spielraum.

»Die Inveterae kümmern sich im Süden um die Gefangenen, weil keiner von euch weiter nördlich oder westlich überleben würde.« Lliothan leerte seinen Becher und ließ ihn ohne weitere Umstände neben seine Füße fallen.

Kett hakte sanft nach. »Was nützen sie euch? Besonders die Frauen und Kinder. Sie können nicht kämpfen, und sie wissen kaum etwas über die Politik oder die Armeen südlich der Bahrenberge.«

Lliothan bedachte Kett mit dem mitleidigsten Blick, dessen er fähig zu sein schien. »Das sind Dinge, die du gar nicht wissen willst. Glaub mir. Bald genug werden dir die Augen aufgehen. Bis dahin aber kümmere dich nicht darum.«

»Nun gut«, sagte Kett und nickte. »Ich werde dir *vertrauen*.«

Lliothans Mitleid wich einer Grimasse, die Kett als Ausdruck leiser Erheiterung erkannte. »Und indem du mir vertrauen würdest, würdest du umgekehrt mein Vertrauen gewinnen. Du bist wahrlich ein Diplomat, Kett Valan! Ich bin überrascht, dass du dem Jinaal nicht gleich die Peitsche aus der selbstgerechten Hand gerissen hast.«

Da tat Kett etwas, das in Gegenwart jedes anderen Bar'dyn seinen sofortigen Tod bedeutet hätte: Er lachte. Das Geräusch traf kalt auf das Zelt des Präfekten, und Kett erkannte entsetzt am verzerrten Lächeln seines Freundes, dass Lliothans Zähne klebrig von Blut waren. In diesem Moment wurde ihm bewusst, wozu die Schnitte in Taolens Armen dienten.

Als die Heiterkeit zwischen ihnen verflog, wandte sich Lliothan wieder ins Lampenlicht. »Was führt dich im Dunkeln zu mir? Doch bestimmt eine Bitte.«

Kett ließ sich einen Moment lang Zeit, um darüber nachzudenken, wie viel er dem Präfekten anvertrauen wollte. Lliothans Schutzherrschaft erstreckte sich über mehrere Bergketten und weite Täler und nach Osten bis zum Trauertal. Er verfügte über beträchtlichen Einfluss. Kett musste vorsichtig mit dem sein, was er ihm erzählte.

»Ich bin heute Nacht gekommen – bevor ich der Stille treu werde –, weil ich dich um zwei Gefallen bitten möchte, und ich möchte deine Antworten als dein Freund, nicht als dein Kommandant.« Er sah sich noch einmal im Zelt um und vergewisserte sich, dass sie allein waren.

Lliothan sagte nichts, sondern wartete ab.

»Erstens mag einmal ein Tag kommen, an dem ich dich bitte, mir zu helfen – und sei es nur, indem du ein Auge zudrückst.« Kett verlieh dem, was er als Nächstes sagte, so viel Feierlichkeit, wie er nur irgend konnte. »Wenn dieser Tag kommen sollte … bitte ich um deine Ergebenheit.«

Lliothans Gesichtsausdruck veränderte sich nicht. Wenn überhaupt, dann wirkte er nur noch gleichgültiger. »Was ist der zweite Gefallen?«

Kett sah auf den fallen gelassenen Becher des Präfekten hinab. Er verabscheute es, um dies hier bitten zu müssen, aber der Weg, der vor ihm lag, wies viele Windungen auf, und in einer möglichen Zukunft würde er einen Freund in den Reihen der Stilletreuen brauchen.

Er trat noch näher heran, so nahe, dass er den Aasgeruch in

Lliothans Atem roch, aber er zuckte nicht zurück. »Die Jinaal haben Salima getötet, um mir den Preis des Verrats bewusst zu machen. Alles, was mir noch bleibt, sind Marckol und Neliera …«

Die Augen des Präfekten verengten sich, als ob er erriet, was Kett von ihm erbitten wollte.

Er stählte sich, um es auszusprechen: »Wenn sie ergriffen werden, Lliothan, dann will ich, dass du ihr Henker bist. Sie haben dich schon getroffen, ich habe von dir gesprochen, und sie werden, wenn der Tod kommt, weniger Angst haben, wenn es von deiner Hand geschieht. Ich bitte dich darum, es rasch und schmerzlos zu tun. Und, bei den Göttern, töte sie im Fleisch; gestatte den Jinaal nicht, aus ihrem Geist zu schöpfen.« Zorn und Trauer mischten sich in seine Worte. »Schwörst du das?«

Die grobschlächtigen Züge des Bar'dyn bewegten sich auf eine Art, die Kett noch nie zuvor gesehen hatte. Die dicke, faserige Haut spannte sich straff über den kräftigen Knochen von Lliothans Gesicht, während er Ketts fragendem Blick standhielt.

Das stille Zelt, das nach Blut, verbranntem Öl und kalter Erde stank, schien sie in einem Pakt zusammenzuschweißen, der Ketts Herz zu Eis erstarren ließ.

Der Präfekt bückte sich, so dass sein gewaltiges Gesicht auf einer Höhe mit Ketts war. »Kett Valan, du lebst auf dieser Seite des Schleiers, aber du bist nicht im Born, und der Born ist auch noch nicht in dich eingedrungen.«

Kett schüttelte den Kopf. »Du irrst dich. Was ich tue … was ich getan habe … Wir unterscheiden uns nicht sehr voneinander, du und ich.«

Das verzerrte Lächeln trat wieder auf das Gesicht des Bar'dyn. »Tatsächlich?«

»Du wirst es schon selbst sehen. Ich habe vor, dich in meine Dienste zu nehmen, wenn ich erst stilletreu bin.«

Der Präfekt hob seinen Becher auf, goss noch etwas von dem zähflüssigen, nach Kupfer riechenden Getränk ein und reichte es Kett. »Der Schwur gilt.«

Kett trank von Taolens Blut, sicherte sich so die Hilfe, die er später vielleicht brauchen würde, und glitt tiefer in die Schmach hinein, der er zu entkommen gehofft hatte.

26

EISGEKÜHLTE MILCH

Wissen geht über alles.

(Auszug aus einer von der Kaufmannssprecherin von Decalam durchgeführten formlosen Umfrage unter Straßenhändlern über die von den Handelshäusern feilgebotenen Waren)

Das Kaufmannsviertel hatte einen ganz eigenen Geruch, den Helaina mehr vermisst hatte, als ihr bewusst gewesen war. Es war der Moschusduft durchscheinender Stoffe, die zu gewagten Gewändern verarbeitet wurden; es war der Papierhauch von Büchern, die als zweifelhaft, aber nicht anstößig galten; es war der alchemistische Geruch von Messing, das zu Messinstrumenten gegossen und so poliert wurde, dass es im Lampenschein glänzte.

Sie war in diesen Straßen aufgewachsen, hatte den Unterschied zwischen geprägten und gegossenen Münzen und den zwischen Legierungen und Währungen aus nur einem Metall gelernt. Viel davon hatte ihr Vater ihr beigebracht, bevor sie ihm das Herz gebrochen hatte.

Aber sie hing der Erinnerung vorerst nicht nach, sondern genoss stattdessen den Taumel des Nachthandels. Er hatte eine bestimmte Atmosphäre, die ihn von allen anderen Handelstätigkeiten unterschied. An unterster Stelle standen die behelfsmäßigen Buden, die von fliegenden Händlern längs der Straßen jenseits der Stadtmauer aufgebaut wurden. Diese über Land reisenden Kaufleute handelten häufig mit *Waren aus zweiter Hand* – was hieß, dass man der zweite Besitzer von etwas Gestohlenem wurde. Und wenn es nichts Gestohlenes war, dann handelte es sich um Gegenstände, die vom Gesetz verboten und grob gearbeitet und oft schon für ein paar minderwertige Münzen zu haben waren.

Eng verwandt mit den fliegenden Händlern waren diejenigen innerhalb der Mauern von Decalam, die ihre Karren überall in der Stadt in engen Gassen aufstellten. Die Dinge, die sie verkauften, standen eine halbe Stufe über der Ware, die auf der Landstraße zu haben war. Das schloss den Handel mit fleischlichen Genüssen ein. Wenn ein Mann oder eine Frau geschulte Liebe wollte, war diese käuflich. Manche Huren gingen auf eigene Faust auf den Strich. Ihre Dienste waren billig und schnell und häufig für etwas zu trinken oder einen Tropfen Laudanum zu haben. Diejenigen, die sich auskannten, vertrauten sich der Familie Genis an, die diesen speziellen Handel voller Stolz betrieb.

An der Spitze der Handelshierarchie stand das Kaufmannsviertel. Hier gab es drei weitere Stufen des Handels: zunächst den Nachtmarkt, dessen geschäftiges Treiben sie jetzt umfing, dann eine andere Reihe von Händlern, die tagsüber die Reihen von weißgekalkten Ständen beschickten. Sie boten gewöhnlich verbilligte Waren an, die die Handelshäuser aus ihren Regalen geräumt hatten. Und an oberster Stelle in der Hackordnung standen die Lagerhallen der Kaufmannsfamilien. Im Viertel gab es siebenundvierzig verschiedene Handelshäuser.

Helaina schlenderte gelöst über den Nachtmarkt und fühlte sich auf eine Art zu Hause, wie sie es im Solath Mahnus nie tat. Sie liebte die Unmittelbarkeit und Spontaneität der Schiefertafeln, auf denen Waren und Preise mit Kreide angeschrieben waren. Das hinterließ beim Käufer das Gefühl, dass die Dinge, die dort angepriesen wurden, bald verschwunden sein könnten und die Preise nicht feststanden.

Die Luft war von eifrigem Geplapper erfüllt, vom süßen Duft des Gerstenbrots mit Honig und vom durchdringenden Geruch gebratener Würste. Mehr als nur ein paar Musikanten spielten an Straßenecken – keine Jahrmarktslieder und auch keine Operettenarien. Nein, sie spielten die Begleitung zum Spazierengehen und Einkaufen, Lieder wie »Klingende Münze«, »Ein Handel ist ein Freudenfest« oder »Her damit, denn es ist mein«. Bei den Göttern, wie sie das alles vermisste!

Bevor sie wusste, wie ihr geschah, und bevor sie bereit war, blieb sie in der Mitte der Kaufmannshauptstraße stehen und wandte sich dem Handelshaus ihrer Familie zu. Das helle, warme Licht des Nachthandels beschien die Granitverblendung und verlieh ihr einen Anstrich von Robustheit und Dauerhaftigkeit.

In Buchstaben mit ausgeprägten Serifen war ein einziges Wort in den Stein über dem hohen Eingang gemeißelt: STORALAITH. Ihr Familienname. Eines der einflussreichsten Handelshäuser in Decalam. Eines, das zu führen sie gebeten worden wäre, wenn sie im Geschäft geblieben wäre. Eines, das glaubte, dass sie seine Interessen in ihrem allerersten Jahr als Regentin verraten hatte.

Bei den fernen Göttern, ich gehe hinein.

Sie war zu alt, um sich vor den Geistern ihrer Jugend zu fürchten. Außerdem hatte sie das Recht, Handelssanktionen zu verhängen. *Und es ist dreißig Jahre her.* Sie machte sich nicht einmal die Mühe anzuklopfen. Ein Klopfen hätte schließlich verraten, dass sie das Gefühl hatte, das Haus ihrer Familie nicht mehr betreten zu dürfen. Sie bedeutete ihrem Meritus, der in der Nähe bleiben und sich verstecken würde, dass sie allein hineingehen wollte. Dann öffnete sie die Vordertür, deren Schlüssel sie noch immer bei sich trug – er war von einem dimnischen Handwerker angefertigt worden und fast unmöglich nachzubilden.

Die Geräuschkulisse des Nachtmarkts verstummte, als Helaina die Tür schloss. Drinnen waren die Dochte der wenigen Öllampen heruntergedreht. Ihr Vater zog Öllampen den alchemistischen Leuchten vor. Im Schein der flackernden Flammen zeichneten sich die Umrisse der Möbel im vorderen Wohnzimmer ab. Die Türen zu den Schreibzimmern zur Rechten waren geschlossen. Ein lackiertes Geländer führte an der Treppe zu den Schlafzimmern im oberen Stockwerk empor. Und noch mehr Licht zu ihrer Linken – die Küche, in der sich immer die wahren Geschäfte abspielten.

Helaina steckte ihren Schlüssel weg, holte tief Atem und sammelte sich. Dann trat sie ein. Es war keine Überraschung, ihre Eltern, über Gläser mit eisgekühlter Milch gebeugt, damit beschäftigt zu finden, Zahlen in ein Hauptbuch zu kritzeln und sich mit gesenkten Stimmen zu unterhalten, wie sie es stets getan hatten. Sie saßen an einem Tisch, der dick wie ein Schlachtklotz war – stabil genug, um die Mahlzeiten der Familien und gelegentlich eine Rinderhälfte zu tragen, die sie selbst zerlegten. Auch das vermisste sie. Es war Familientradition, dass jeder ein Messer aus Alon'-Itol-Stahl führte und half, das Fleisch zu zerschneiden. Einander mit Streifen von zerteiltem Rinderfett zu bewerfen, war auch ein guter Zeitvertreib gewesen, und Gelächter hatte die Arbeit untermalt. Ihr Vater hatte all seine alten Witze darüber gerissen, dass die Familie, wenn sie in ihrem »Wissenshandel« versagte, geschlossen unter die Schlachter gehen könnte.

Soweit Helaina sich erinnern konnte, war dies auch die Haltung, in der sie die beiden zuletzt gesehen hatte. Wenn sie die Augen zusammenkniff, sah es aus, als würden sie sich zum Gebet verneigen, und ihre Worte klangen ähnlich ehrfürchtig.

Sie bemerkten sie nicht gleich, also blieb sie stehen und schaute eine Weile zu. Sie konnte die paar Gelegenheiten, da sie ihre Eltern gesehen hatte, seit sie zur Regentin ernannt worden war, an einer Hand abzählen – und die meisten lagen vor den Handelssanktionen, die sie veranlasst hatte. Sie war ihrem Vater seitdem zweimal über den Weg gelaufen, und beide Male war er ihr ausgewichen und verschwunden. Beide Male war es geschehen, nachdem gerade eine Abstimmung über die Sanktionen stattgefunden hatte, die allgemein als das »Wissensgesetz« bekannt geworden waren.

Bevor die Erinnerung vollständig zurückkehrte, hörte sie, wie ihr Vater sich räusperte. Sie sah hin und stellte fest, dass ihre Eltern sie anstarrten. Ohne den Blick abzuwenden, hob ihr Vater einen Fleischklopfer auf und schlug dreimal damit auf den Tisch wie mit einem Richterhammer. Die Schläge hallten laut durch die ganze Küche. Für einen fast Achtzigjährigen hatte er noch starke Arme. Erst dachte sie, er wäre einfach nur unverschämt, aber kurz darauf kam ein junger Mann, den sie kaum wiedererkannte, durch die hintere Küchentür herein.

»Was ist, Papa?« Dann schaute ihr Bruder Mendel zu ihr hoch. Er war fünfzehn Jahre jünger als sie, aber mittlerweile größer und dicker als ihr Vater.

Mendels Gesichtsausdruck wandelte sich in rascher Folge

von einem anfänglichen Lächeln freudiger Überraschung zu Besorgnis und schließlich – so dachte sie zumindest – einem Anflug von Abscheu.

»Helaina, Liebes, du bist ja ganz krumm vom Rheuma«, bemerkte ihre Mutter. »Trinkst du auch grünen Tee? Du solltest es mit Kurkumapulver versuchen, mein Schatz.«

Helaina lächelte. Ihre Mutter hörte nie auf, eine Glucke zu sein.

»Bitte zeig der Regentin den Weg nach draußen«, sagte ihr Vater.

»Gemen«, sagte ihre Mutter mit leisem Tadel.

Er ließ den Fleischklopfer sicherheitshalber noch einmal auf den Tisch krachen. »Merta, fall mir in der Sache nicht in den Rücken. Storalaith hängt wegen dieses Mädchens am seidenen Faden.« Er zeigte mit dem Finger auf sie. »In deren Augen sind wir doch kaum besser als Gauner! Ständig schnüffeln die Gesetzeshüter hier herum und nehmen Prüfungen unseres Inventars vor. Und andauernd drohen sie uns.« Seine eigenen Worte schienen seinen Zorn zu neuen Höhen aufzustacheln, und er ließ den Fleischklopfer noch einmal niederfahren, diesmal mit der flachen Seite, so dass eher ein Schnalzen als ein Krachen ertönte. »Und dabei geht es um den *Nachrichten*handel, Täubchen. Das ist Wahnsinn!«

Sie hatte nicht mehr gehört, wie ihr Vater ihre Mutter *Täubchen* nannte, seit sie noch hier gelebt hatte.

Mendel legte seinem Vater eine Hand auf die Schulter und versuchte, ihn zu beruhigen. »Helaina, es ist spät. Ich nehme an, du bist aus persönlichen Gründen hier und nicht als Regentin?« Er hob den Ton am Ende des Satzes, als wäre es eine Frage.

Helaina nickte. »Eigentlich spielt beides mit hinein.«

»Kann das bis morgen warten?«, schlug Mendel vor, sah auf seinen Vater hinunter und dann wieder hoch.

Ihr Bruder meinte damit, dass Gemen Storalaith morgen mit dem Handel beschäftigt sein würde. Sie würde sich besser mit ihnen unterhalten können, wenn er nicht da war.

Ihr Vater sah den stummen Austausch nicht, sondern schlug sein Hauptbuch zu, trank einen tiefen Zug seiner kalten Milch und richtete abschätzig den Blick auf sie. »Dann mal los. Fang mit dem Regentinnenkram an. Ich wüsste gern, warum du unserem Kontor so spät die Ehre eines offiziellen Besuches erweist. Du kannst uns ja wohl kaum noch höhere Steuern abverlangen, als du es ohnehin schon tust. Oder vielleicht sollten wir einfach Nägel mit Köpfen machen und dir gleich unsere Anteile überschreiben.«

Sie wartete, bis ihr Vater sich ausgetobt hatte, und sah ihre Mutter nachsichtig an. »Ich muss mir Zutritt zum Familiengewölbe verschaffen.«

Ihr Vater stieß ein sarkastisches Lachen aus. »Unglaublich. Zutritt zu unserem Gewölbe. Das willst du also? Ist das ein offizielles Ersuchen? Oder ist es meine Tochter, die Geld braucht? Vielleicht, um ein paar Stimmen zu kaufen, um noch ein Handelsgesetz zu verabschieden?«

»Ich könnte ein offizielles Ersuchen stellen«, sagte sie kühl, »aber das will ich nicht tun.«

»Vielleicht musst du das aber, Helaina.« Das war ihre Mutter, die auf ihre Art versuchte, den Riss zwischen Tochter und Vater zu kitten.

»Warum musst du hinein?«, fragte Mendel. Er wirkte nicht argwöhnisch, und außerdem war es eine durchaus berechtigte Frage.

Sie trat vor und legte die Hände auf die Tischkante, größtenteils, um sich abzustützen – sie war lange gelaufen und auf den Beinen gewesen. »Am Tag, als ich zur Regentin ernannt wurde, bin ich hergekommen, wisst ihr noch?«

Ihre Eltern nickten beide.

»Ich hatte etwas bei mir. Etwas, das ich im Gewölbe der Storalaiths hinterlegt habe, weil es in meinen Augen keinen sichereren Ort gibt, an dem ich es hätte hinterlegen können, nicht einmal in den Tiefen des Solath Mahnus.«

»Was war es?« Mendels Neugier war geweckt.

Sie bedachte jeden Einzelnen von ihnen mit einem langen Blick. »Ein Brief«, sagte sie. »Lasst ihr mich jetzt hinein?«

Ihre Antwort schien sie zu überraschen, und keiner von ihnen sagte etwas, während ihr Vater über ihre Bitte nachdachte. Er war es schließlich, der das Handelshaus Storalaith führte. Es war ein gewaltiges Unternehmen mit Zuträgern in den meisten Städten und Ortschaften der Ostlande. Wenn man den Handelshäusern glauben und ihrem Kaufmannsgarn über den Weg trauen wollte, dann hatte Gemen sogar Zuträger auf Frachtschiffen übers Meer und in den Born selbst gesandt.

Ihr Vater schwenkte abfällig den Fleischklopfer. »Nun gut. Lass uns deinen Brief holen, und dann verschwinde aus meinem Kontor. Schlecht fürs Geschäft«, murmelte er.

Als er dazu ansetzte, sich zu erheben, drückte Mendel seinen Vater sanft wieder auf den Stuhl. »Ich kümmere mich darum, Papa. Prüf du nur weiter die Tageseinnahmen und trink deine Milch aus.«

»Aber albert da hinten nicht lange herum«, mahnte ihr Vater. »Nur hinein und wieder heraus.« Um seine Worte zu unterstreichen, ließ er den Fleischklopfer vor- und wieder zurückschnellen. »Und denk daran, dass du deine *Regentin* begleitest.«

Helaina versuchte, sich nicht von dem höhnischen Ton treffen zu lassen, in dem ihr Vater ihren offiziellen Titel gebrauchte. Sie hatte von anderen wahrlich schon Schlimmeres gehört, und wenn sie ehrlich war, hatte sie damit auch gerechnet und sogar Verständnis dafür. Aber das minderte nicht den brennenden Schmerz, den sie dabei empfand. Die Haut ihres Vaters wies große dunkle Altersflecken auf. Obwohl seine Hände noch nicht zitterten, würde er bald in die Erde zurückkehren. Sie hatte vielleicht gerade die letzte Gelegenheit vertan, sich mit dem Vater zu versöhnen, den sie noch immer liebte. Dem Mann, der ihr den scharfen Verstand und die Werte vermittelt hatte, die – soweit sie wusste – für all ihren Erfolg als Regentin verantwortlich waren.

Mendel bedeutete ihr, ihm zu folgen, und verschwand durch die Hintertür der Küche. Im Vorübergehen blieb Helaina neben ihrem Vater stehen. Sie sehnte sich danach, sich vorzubeugen und ihn ein letztes Mal zu küssen, die Arme um ihn zu schlingen. Ihm zu sagen, dass sie ihn liebte. Sie spürte, dass all das zu viel gewesen wäre. Die Kluft zwischen ihnen war mittlerweile zu breit. Stattdessen griff sie einfach nach unten, legte ihm die Hand auf den Unterarm und spürte die Wärme seiner gealterten Haut. Sie sah ihn dabei nicht an, und er schaute nicht auf, aber er zog den Arm auch nicht weg.

Der Moment verging binnen eines Atemzugs und brach ihr dabei das Herz mit der Andeutung von Nähe, die sie vor dreißig Jahren verwirkt hatte. Ihr Vater.

Sie fragte sich, ob sie sich, wenn sie die Zeit hätte zurückdrehen können, dem Ruf, Regentin zu werden, verweigert hätte, um hier an der Seite ihres Vaters zu bleiben.

Komm schon, du senile Alte! Zurückzublicken ist ein Zeitvertreib für Narren.

Sie unterdrückte ein Grinsen, als sie die Küche verließ, um

sich in die Schatzkammer der Familie Storalaith zu begeben, denn der Pragmatismus, mit dem sie sich selbst zur Ordnung rief, gehörte auch zu ihrem Vater und war vielleicht das Beste, was sie von ihm geerbt hatte.

Am Ende eines kurzen Flurs wartete Mendel an einer eisernen Tür darauf, dass sie zu ihm aufschloss. Dies war die erste, einfachste Barriere zur Schatzkammer der Familie. Das dicke, gusseiserne Portal hatte ein recht schlichtes Schlüsselloch. Rein aus Gewohnheit steckte Mendel einen Schlüssel hinein und drehte ihn um.

Aber das war nur Schauspielerei. Während ihr Bruder die offensichtliche Aufgabe erledigte, drückte er auch unauffällig auf ein kleines Stück des Türrahmens eine Handlänge unter dem Schloss. Das war der wahre Schlüssel.

Nachdem sie die Tür durchschritten hatten, schloss Mendel sie sofort wieder und bog in ein kleines Vorzimmer ab. Ein paar Stühle standen in den Ecken, wo sich auch Beistelltische befanden, auf denen einige Bücher lagen und Öllampen mit heruntergedrehtem Docht standen. Ein dekorativer Teppich, der von einem Weber aus Reyal-Te stammte, bedeckte den Boden von Wand zu Wand. Dieser Raum hatte zu Helainas Lieblingszimmern gehört, als sie noch ein Kind gewesen war – still, abgeschirmt gegen das geschäftige Treiben, die Inventur im Lagerhaus und die Küchengespräche. Er eignete sich hervorragend dazu, in Frieden irgendeines der wunderbaren Bücher zu lesen, die sie zu verkaufen gedachten – den Warenbestand, wie ihr Vater es nannte.

Helaina lächelte über die Bezeichnung – *Warenbestand.* Sogar als Kind hatte sie das Beharren ihres Vaters darauf, dass sie die Bücher nur als Nebensache betrachten sollte, schon durchschaut. Das Wissen war Gemens Leidenschaft. Er hätte hundert andere Wege wählen können, Geld zu verdienen, und sogar viele Mitglieder seiner eigenen Familie vertraten die Ansicht, dass es einfachere Bedürfnisse zu befriedigen gab, Waren, die man schneller und mit einer größeren Gewinnspanne vertreiben konnte.

Davon wollte Gemen Storalaith nichts hören. Obwohl seine Tätigkeit auch seine Geldtruhen füllte, hatte er sich in den Kopf gesetzt, dass er seiner Kundschaft damit einen Dienst erwies. *Wissenshandel adelt,* pflegte er zu sagen. Damit hatte er noch nicht einmal unrecht.

Helainas Lächeln wurde bitter. Sie hatte genau diese Einschätzung von ihm geerbt, und es war dieses Gefühl, das dazu geführt hatte, dass sie das Wissensgesetz verabschiedet hatte. Sie hatte es von ihren juristischen Beratern aufsetzen lassen, was bedeutete, dass es mit allerlei Sechsmünzenwörtern angefüllt war, die nur ein gestandener Akademiker verstehen konnte. Aber im Wesentlichen besagte es, dass neue Informationen niemandem *gehörten* und daher nicht verkauft werden konnten. Das hatte der Einträglichkeit des Handels ihres Vaters einen schweren Schlag versetzt; das Gesetz verpflichtete das Haus Storalaith dazu, jede neue Erkenntnis, die es gewann, der Bibliothek des Gemeinsinns zu übertragen. Ihre Familie war gezwungen, ihre Geschäfte in der Grauzone der Gelehrsamkeit abzuwickeln, die bestehendes Wissen umdeutete. Das war ein spezialisierter Markt. Ein guter. Und ihr Vater war dafür Experte. Aber ihr Gesetz hatte Wachstum und Gewinnmöglichkeiten für ihn beschnitten.

Das Wissensgesetz war richtig gewesen. Es hatte Helaina beim Volk äußerst beliebt gemacht, und sie wiegte sich gern in dem Glauben, dass ihr Vater vielleicht irgendwo in seinem Innersten stolz darauf war, dass sie versucht hatte, dafür zu sorgen, die Aufklärung breiteren Schichten zugänglich zu machen. Aber sie hatte deshalb ihre Familie verloren und seither nicht mehr am Küchentisch gesessen und eiskalte Milch getrunken.

Mendel trat auf eine zweite Tür zu. Diese hier hatte überhaupt kein Schloss, nur eine Klinke, und als er anklopfte, klang die Tür so dünn und leicht wie Balsaholz. Aber Helaina lauschte dem Klopfen in süßer Erinnerung. Klopf klopf. Klopf klopf klopf. Klopf klopf. Klopf. Derselbe Rhythmus wiederholte sich über Kreuz dreimal.

Nichts geschah. Nach ein paar Augenblicken sah Mendel sich lächelnd nach ihr um. »Weißt du noch?«, fragte er mit hochgezogenen Augenbrauen.

Sie brauchte einen Moment, um sich zu erinnern, erwiderte dann aber sein Grinsen und wiederholte das rhythmische Klopfen, aber diesmal im richtigen Muster: Links. Links, rechts. Links, rechts, unten. Unten rechts. Rechts.

Unter ihren Fingerknöcheln schwang die Tür langsam in Angeln auf, die die Schwerkraft nutzten, um sie aufzuziehen. Helaina lächelte und freute sich, dass es ihr von selbst wieder eingefallen war.

Der kurze Flur dahinter ließ ihre Haut kalt werden. Kühler Stein umgab sie von allen Seiten, und eine weitere matte Öllampe mit kurzem Docht brannte am Ende des Korridors. Von hier an bestand alles aus dickem Granit.

Helaina und Mendel kamen zur letzten Tür. Helaina staunte nun über dieses Beispiel genialer Steinmetzkunst – beinahe nahtlos in ein lautloses System von Rollen eingelassen. Ein einzelnes, schmuckloses Wort war in die Tür graviert: *Sô.*

Sô war ein dimnisches Wort, das »Sprechgesang« bedeutete, und noch dazu eine archaische Form davon. Diese letzte Tür konnte nur vom Klang der Stimme aufgeschlossen werden, aber der Einfallsreichtum dieses Schlosses ging über bloßes *Sô* hinaus. Die Tür war auf die Stimmen der Familie Storalaith abgestimmt. Sprache verfügte, wie sich erwiesen hatte, über bestimmte Eigenheiten, die in der Familie lagen. Wie ein akustischer Fingerabdruck. Sie wies so eindeutige Unterscheidungsmerkmale auf wie Wolken, von denen keine der anderen glich. Und um den Preis eines sehr alten Texts aus Mesonn hatte Gemen Storalaith die Dienste eines Dimniers erkauft, der sich auf die Kunst verstand, die Tür mit einem Sprachschloss zu versehen, das nur ein Storalaith öffnen konnte.

Mendel öffnete die Lippen, um zu sprechen. Helaina legte ihm eine Hand auf die Schulter, um ihm Einhalt zu gebieten. Sie wollte es tun. Sie fühlte sich wieder wie ein Kind, und das schien nicht das Schlechteste zu sein. Er lächelte und bedeutete ihr mit großer Geste fortzufahren.

Helaina trat näher an die Tür heran und sagte, wie sie es stets getan hatten: »Lass mich nicht ein.«

Der kindische Scherz brachte sie beide zum Lachen, da die Tür natürlich beim Klang ihrer Stimme beiseiterollte.

Sobald sich die einen halben Schritt breite Granitplatte zur Gänze geöffnet hatte, hob ihr Bruder die Öllampe hoch, während sie hineingingen. »Lass mich nicht hinaus«, sagte Mendel, und das Portal rollte wieder zu – Schatzkammertüren blieben nie offen stehen.

Mendel entzündete mehrere Öllampen, um das Gewölbe zu erhellen, während Helainas Blick auf den Schreibtisch neben der Tür fiel, auf dem griffbereit eine Kopie des Hauptbuchs lag. Ihr Vater achtete pedantisch auf solche Dopplungen.

Dann schaute sie auf und erstarrte. Der Handel ihres Vaters hatte sich ausgeweitet. Einst hatte er mit Texten begonnen, aber nun war das Gewölbe in ordentliche Abteilungen mit verschiedensten Informationsgütern aufgeteilt. In einer Ecke lag auf einem hohen Gestell aus Kirschholz, das wie ein Weinregal gebaut war, eine umfangreiche Auswahl an Landkarten.

Neben dem Kartenständer befand sich ein Tisch, auf dem Dutzende verschiedener Erz- und Mineralienarten ausgebreitet lagen. Helaina verstand sich nicht auf die Mineralogie, war aber mittlerweile bauernschlau, was den Wert und Nutzen dieser Stoffe betraf. Anscheinend interessierte ihr Vater sich nicht für Platin, Gold oder dergleichen. So nützlich diese Metalle im Handel auch waren, sie verfügten offenbar nicht über dieselbe *Leitfähigkeit* wie die hier vorliegenden.

Helaina roch einen Hauch von Scheidewasser – Salpetersäure – und Essig, Stoffen, die dazu dienten, Mineralien auf ihre Echtheit zu überprüfen.

Neben dem Tisch stand ein großer Schrank mit Glastüren, dessen hohe Regalfächer Glasflaschen mit Korken enthielten. Die Flaschen waren mit unterschiedlichen Mengen von Pulvern und Flüssigkeiten gefüllt. Helaina kannte ihren Vater zu gut, als dass sie ihm zugetraut hätte, den Ungebildeten gefälschte oder auch nur den Kranken wirksame Wundermittel zu verkaufen – das war einfach nicht sein Geschäftsfeld. Mendel bemerkte ihren fragenden Blick, ging zu der Vitrine hinüber, öffnete die linke Tür und zog eine Flasche heraus. Er öffnete sie, tunkte einen Finger in zartviolettes Pulver und steckte ihn sich dann in den Mund.

»Rhabarberpulver. Gutes Aroma für Getränke.« Er grinste.

Helaina lachte leise. Sie wusste, dass der Schrank mehr als Kochzutaten enthielt, aber bevor sie noch weiter darüber nachdenken konnte, wandte sich ihre Aufmerksamkeit den Toten zu.

An der linken Wand hingen mehrere große anatomische Skizzen. Neben ihnen baumelten von einer Reihe von Haken, die in den Stein getrieben waren, vollständige Skelette, die in Größe und Form variierten. Es waren die Knochen verschiedener Wesen: Menschen, Tilatier, Fern, Malier, Dimnier und andere. Helaina war keine Anatomin, aber sie hätte schwören können, dass mindestens all diese Völker vertreten waren. Was sie allerdings am meisten verstörte, waren die Zeichnungen selbst. Sie waren an seltsamen Stellen beschriftet. *Strategischen Stellen.* Es wirkte auf sie, als wären die biologischen Schwächen jedes einzelnen Volkes peinlich genau aufgeführt worden. Wissen, das mit Sicherheit einen Käufer finden würde.

Während sie sich umsah, traf sie die plötzliche Erkenntnis, dass das Haus Storalaith sich mittlerweile nicht mehr darauf beschränkte, einfach Wissen zu erwerben und weiterzuverkaufen. Es war ins Geschäft des Entdeckens eingestiegen. Ihre Familie nutzte, was man aus Büchern lernen konnte, erweiterte das Wissen aber auch selbst.

Die Wand gegenüber der Tür verschwand mit Ausnahme eines Sekretärs zur Rechten von einem Ende zum anderen hinter Bücherregalen. Das hatte den Hauptteil der Geschäfte ihres Vaters ausgemacht, als Helaina noch daran beteiligt gewesen war. Sie schlenderte hinüber und begann, die Titel zu überfliegen. Ein trauriges Lächeln huschte über ihre Lippen, als sie Bücher von Shenflar, Haswald, Malekel, Ara und Deleni sah – Schriften, die beinahe mit Sicherheit einen Verstoß gegen das Wissensgesetz darstellten.

Sie riss sich von den Büchern los. Sie musste sich auf ihre Aufgabe konzentrieren.

Statt abzuwarten, dass Roth seinen Spielzug machte, hatte sie beschlossen, selbst zum Angriff überzugehen. Sie würde dem Regentenamt und damit auch ihrer eigenen Regentschaft zu neuer Geltung verhelfen, indem sie … den Brief veröffentlichte.

Helaina ging zum Sekretär. Sie öffnete die dritte Schublade und drückte auf eine verborgene Holzleiste, so dass sich eine Vertiefung in der Schublade öffnete, aus der sie einen Briefumschlag hervorzog.

Mendel hatte die Glasflasche wieder in die Vitrine gestellt und trat zurück, während Helaina behutsam mit zitternden Fingern den Brief hervorzog und ihn auf die Marmorplatte des Sekretärs legte, um ihn zu lesen.

An diesem vierten Tag im vierten Zyklus des Jahres 899 in diesem Fünften Zeitalter setzte ich, König Nevil Sadon, der Reihe von Königen im Königreich Vohnce ein Ende. Ich tue dies nicht, weil ich keinen Erben hätte. Vielmehr gestehe ich ein, dass sich meine Vorfahren als Herrscher dieser Lande allzu oft in der Geschichte unseres großen Reiches zu viele Freiheiten herausgenommen haben, nur weil sie in die Thronfolge hineingeboren waren. Und wir können uns die unbeständige Herrschaft, die sich aus dem unberechenbaren Gemüt eines einzelnen Menschen ergibt, nicht länger leisten.

Ich werde meine Herrschermacht jedoch auch nicht dem Bauern übertragen, der nichts von Krieg und Politik versteht. Das wäre ihm gegenüber nicht gerecht und auch nicht dem Rest des Volkes gegenüber, das er würde führen müssen.

So setze ich denn eine neue Regierungsform ein, in der Decalam und Vohnce anstelle eines Königs einen Regenten haben sollen, dessen Verantwortung der eines Königs gleicht, aber von einem Rat und von einer Gerichtsbarkeit beschränkt ist. All dies werde ich mit meinen Ratgebern in allen Einzelheiten festlegen, damit wir Verwirrung vermeiden, wenn wir die entsprechenden Reformen in Angriff nehmen, um Wohlstand zu erwerben, Schutz vor Eindringlingen zu gewährleisten und das Volk zum Fleiß zu erziehen.

Der Regent wird auf die Empfehlung eines neuen Hohen Rats hin

ernannt, der aus Vertretern aller einflussreichen Stände und aus dem Gewerbe besteht. Derselbe Hohe Rat wird auf Lebenszeit dienen, auf dass die wetterwendischen Winde des Geschäftslebens und die Bruderzwiste unserer vielen wichtigen Orden uns nicht beuteln mögen.
So beginnt unsere neue Zukunft. Jeder von Euch hat nun eine Stimme, und Ihr dürft Euch darauf verlassen, dass Euer Regent sie alle gerecht, mitfühlend und huldvoll anhören wird.
Möge der heitere Himmel Euch lachen.
Euer König und Bruder
Nevil Sadon

Unmittelbar unter dieser Kopie von König Sadons *Epistel des Wandels* stand Folgendes geschrieben:

Wir, der Hohe Rat, ernennen im Jahre 431 des Siebten Zeitalters Helaina Storalaith zur Regentin von Decalam und Vohnce, mit allen Rechten und Machtvollkommenheiten dieses Amtes. Unter ihrer Führung werden wir Gerechtigkeit und Gnade üben und allen anderen Reichen als Vorbild dienen.
Dies tun wir gemäß der Epistel des Wandels, *die von König Nevil Sadon verabschiedet wurde.*

Darunter standen die Namen aller Ratsmitglieder bis auf den Kindermund, dessen Amt bis vor kurzem außer Gebrauch gekommen war.

Helainas Nachfolgebrief.

Sie war eine sehr junge Frau gewesen, als er unterzeichnet worden war. Sie konnte sich noch erinnern, wie schlecht vorbereitet und aufgeregt sie gewesen war. Ihr Vorgänger hatte sie beruhigt: *Herrschen heißt, überzeugt zu sein, dass man recht hat.* Und wenn sie dahinschied, bevor sie Gelegenheit hatte, dieselbe

Weisheit demjenigen anzuvertrauen, der ihr früher oder später folgen würde, würde der Rat den Auswahlprozess so durchführen, wie er es bei ihr getan hatte. Es würde zwar geregelter ablaufen, wenn sie die Schlüssel zu Lebzeiten übergeben konnte, aber notwendig war das nicht. Eine Stimmenmehrheit würde für die Einsetzung eines neuen Regenten sorgen, aber erst, wenn sie bereit war abzudanken.

Das Große Mandat war nur noch wenige Tage entfernt. Sie würde sich dem Volk, dem Rat und den zu Besuch weilenden Königen, die sie herbestellt hatte, mit Nachdruck ins Gedächtnis rufen, indem sie diesen Brief veröffentlichte …

Etwas Hartes traf sie am Kopf und streckte sie auf dem Steinboden des Gewölbes nieder.

27

SCHREIBWORTE

Was nutzten Autoren vor Feder und Tinte?

(Rhetorische Frage, um die Hierarchie der fünf Gaben eines Autors darzulegen)

Roth stand vor Autor Garlens Tür. Der Geruch von brennendem Lampenöl drang durch die Ritzen um das Fenster zur Linken. Die bescheidene Bleibe des Autors lag an einer kleinen, kopfsteingepflasterten Gasse und war der zweite Ort, an dem Roth Halt machte, seit Helaina sich geweigert hatte, ihr Regentenamt niederzulegen. Er hatte eigentlich auch nicht damit gerechnet, dass sie es tun würde, sie der Ordnung halber aber dazu aufgefordert. In der Politik kam es darauf an, Dinge zu sagen und zu tun, die als angemessen vermerkt, gesehen und beurteilt werden konnten, während man diskret im Interesse des Gemeinwohls die Initiative ergriff. Und so hatte er begonnen, die Runde zu machen und Mitglieder des Hohen Rats aufzusuchen.

Er hatte bei General Van Steward begonnen, der Helaina treu ergeben war. Es wäre zwar schön gewesen, die Unterstützung des Mannes zu gewinnen, aber der General hatte sich nicht überreden lassen. Gleichgültig. Er würde von Rechts wegen die Befehle desjenigen befolgen, der das Regentenamt innehatte.

Roth klopfte an Garlens Türsturz, der wie so viele andere hier am Südrand der Stadtmitte durchhing – es war kein Elendsviertel, aber nur noch wenige Jahre davon entfernt, zu einem zu werden.

»Fort mit Euch!«, schrie eine Stimme übellaunig hinter der Tür.

Der alte Autor war als Griesgram reinsten Wassers bekannt. Dieser Besuch würde interessant werden.

»Autor Garlen, ich bin es, Roth Staned von der Liga der Edukation. Es ist wichtig. Gönnt Ihr mir bitte einige Minuten Eurer Zeit?« Roth lächelte in dem Wissen, dass man ihn nicht abwies, wenn er in offiziellen Angelegenheiten vorbeikam.

»Habt Ihr mich beim ersten Mal nicht verstanden?«, ertönte die Antwort des Autors noch bissiger als zuvor. »Ich habe keine Zeit für Politik.«

Roth musste behutsam vorgehen. Er musste darauf beharren, empfangen zu werden, durfte sich den Mann aber nicht schon zum Feind machen, bevor die Tür auch nur geöffnet war. »Garlen« – diesmal redete er ihn nur mit seinem Namen an, das wirkte persönlicher –, »so sonderbar es klingen mag, ich halte selbst nicht viel von Politik. In der bin ich einfach nur gelandet. Ich verspreche, mich kurz zu fassen, aber von allen Autoren in Decalam seid Ihr der Einzige, mit dem ich sprechen kann.«

Einige Flüche folgten, dann stapften Schritte aus dem kleinen Wohnhaus hervor auf Roth zu, und die Tür wurde voll vorurteilsbeladener Hast aufgerissen. »Es ist nicht die Schmeichelei des Politikers, die mich meinem Schreiben entrissen hat, Ligat, sondern mein Eifer, Euch hereinzubitten, damit Ihr Euch als Lügner erweisen könnt.«

Roth bedachte den Mann mit einem Lächeln und überlegte, wie er seine Anerkennung gewinnen sollte. »Das ist nur recht und billig.«

Garlen zog sich ins Haus zurück und ließ die Tür halb offen stehen. Roth trat ein, schloss die Tür und ließ den Blick über ein rechtes Schlachtfeld aus Papier, Büchern, Landkarten, Kunstwerken, Schuhen, schmutzigen Tellern, Federkielen, Tinte und Vergrößerungsgläsern schweifen ... völliges Chaos. Ein paar Lampen brannten gedämpft auf Schreibtischen, die an den Wänden standen. Die hellste hing über einem hohen Pult, das Garlen nun mit der Mühe, die das vorgerückte Alter mit sich brachte, erklomm.

»Beleidigt meine Ehrlichkeit Euch, wenn ich Euch sage, dass Euer Zuhause ein wahrer Schweinestall ist?« Roth setzte sein charmantes Lächeln auf.

»Ehrlichkeit beleidigt mich nie«, sagte Garlen leichthin. »Nun kommt auf den Punkt. Welches banale, unpolitische Gesprächsthema führt Euch in meinen Schweinestall? Oder habt Ihr Euch zu einer Lüge herabgelassen, um Euch ein paar Minuten meiner Zeit zu erkaufen? Ich hoffe wirklich, dass Letzteres zutrifft.« Mit diesen Worten lächelte Garlen selbst und hob eine Schreibfeder auf, als fühle er sich nur wohl, wenn er eine in der Hand hielt.

Roth ging auf einem schmalen Pfad durch das Durcheinander und dachte darüber nach, wie er das Gespräch beginnen sollte. Dann fiel ihm eine Herangehensweise ein. »Was hat Euch dazu gebracht, die Feder des Autors aufzunehmen, Garlen?«

»Erstens: Hört auf, mich Garlen zu nennen. Ihr und ich sind keine Freunde, und es ist unwahrscheinlich, dass sich daran etwas ändert. Zweitens hatte ich in der Sache keine Wahl. Die hat kein wahrer Autor. Man tut es, weil man muss. Weil es einen in den Wahnsinn treibt, es *nicht* zu tun.« Garlen beugte sich vor und starrte lächelnd über den Rand seines Pults herab. »Ich nehme an, das durchkreuzt den Anschlag, den Ihr auf mich vorhattet, nicht wahr? Ihr wolltet doch, dass ich ganz nostalgisch und rührselig ins Schwärmen über mein Handwerk gerate, über den Idealismus meiner Jugend und darüber, dass ich dachte, ich könnte die Welt mit meiner Feder verändern.«

Roth hob die Hände wie jemand, der aufgibt. »Na gut, ich gestehe es, ja. Ich hatte gehofft, genau das zu bewirken.« Aber Roths Vorhaben hatte noch eine zweite, hintersinnigere Ebene. »Erzählt mir etwas über diese Sache mit dem ›keine Wahl haben‹.«

»Ihr seid hier, um darüber zu sprechen?« Garlen lehnte sich zurück und kritzelte etwas auf das Pergament vor ihm.

»In gewisser Weise ja«, antwortete Roth und blieb stehen, um zu zeigen, dass er aufmerksam lauschte.

Garlen ließ die Schultern hängen. »Nun gut. Wir werden ja sehen, wohin das führt. Aber es wird kein langes Gespräch. Männer und Frauen, die dem Geschichtenerschaffen ergeben sind, haben zwei Möglichkeiten: Sie können zufrieden sein oder unglücklich.«

»Aber niemals *glücklich*«, warf Roth ein.

»Nicht, wenn sie etwas taugen, nein.« Garlen tauchte den Federkiel ein und begann zu schreiben, während er erklärte: »Wenn jemand wirklich Schriftsteller ist, dann überkommen ihn die Geschichten und müssen niedergeschrieben werden. Die Geschichten lassen einen nicht in Ruhe, bis man sie aufschreibt. Der Autor tut das vielleicht nur schlecht, aber das spielt keine große Rolle; die Geschichten einfach aus sich heraus und auf einen Fetzen Pergament zu bekommen, schenkt dem Autor Zufriedenheit. Dann – mit der Zeit und etwas Arbeit und ein bisschen Glück – werden die Geschichten irgendwann gut genug, um sie mit anderen Leuten zu teilen.«

Roth nickte und zerlegte die Worte des Autors in ihre Einzelheiten, um festzustellen, wie er sie auf den Zweck seines Kommens beziehen konnte.

»Allerdings«, fuhr Garlen fort, »vertrauen einige, die Autoren sein könnten und sollten, diese Geschichten nie dem Papier an. Sie sind zu beschäftigt damit, Fußböden zu putzen oder Kühe zu melken oder ein Königreich zu beherrschen, und die Geschichten sammeln sich wie Gift in ihnen an, machen sie verbittert oder zornig, und oft wissen sie gar nicht, warum. Und am Ende sind sie nur unglückliche, erbärmliche Geschöpfe und schlechte Gesellschaft.« Garlen hielt inne; seine Erklärung war beendet. Sein Federkiel schrieb im Schweigen kratzend weiter.

»Ich verstehe«, sagte Roth und ließ die Stimme entschlossen durch das stille Haus schallen. »Dann ist dies mein erster Spielzug, Autor Garlen: Ihr und ich unterscheiden uns gar nicht so sehr voneinander.«

Das brachte den Autor dazu, die Augen von seinem Pergament zu heben, und ließ seine Feder zur Ruhe kommen. »Ich lasse mich nicht in meinem eigenen Haus beleidigen, Ligat.«

Roth starrte den Mann einen Moment lang an und vertraute ihm dann einen Teil seiner Vergangenheit an. »Meine Mutter ist gestorben, als sie mir das Leben geschenkt hat. Mein Vater hat es nie so ausgedrückt, aber ich wusste es. Er war Decksmann in einer Hafenstadt. Hat Planken gescheuert und Fischeingeweide abgekratzt. Es bedarf keiner Erwähnung, dass wir kein bisschen Kleingeld hatten. Als er sogar die Arbeit verlor, gingen er und ich in die Schlafkammer, und er holte die wenigen schönen Sachen meiner Mutter hervor. Mein Vater erzählte mir etwas darüber. Da war ein schmaler Silberring – der Verlobungsring ihrer Mutter, den auch sie und mein Vater benutzt hatten. Ein Zierkamm aus Elfenbein, den sie im Haar trug, um sich hübsch zu fühlen. Eine Flöte aus Rosenholz, weil sie glaubte, dass Musik half, die Abende heiterer zu machen. Und ein kleiner Satz Schreibzeug, weil sie gern Gedichte schrieb – sie dachte, sie würde sie eines Tages zu einem Buch zusammenstellen.«

»Ist Letzteres wahr?«, fragte Garlen skeptisch.

»Ich erzähle keine Lügen über meine Mutter«, antwortete Roth. »Mein Vater erzählte mir, dass es bloß Gegenstände waren. Dass meine Mutter in uns lebte. Und dass er, da er kein Geld hatte, die Sachen zu einem Pfandleiher bringen und sie gegen alles Geld, das er herausschinden konnte, eintauschen müsste.«

Garlen musterte ihn. »Es gibt viele Geschichten über Armut.«

Roth ging nicht darauf ein. »Aber er brachte die schönen Dinge meiner Mutter nicht zum Pfandleiher. Er nahm sie mit auf ein Glücksspielschiff. Er verlor sie alle. Vielleicht ist er betrogen worden. Wahrscheinlich. Aber er verlor ihre schönen Sachen beim Plättchenspiel.«

Unbehagliches Schweigen zog sich zwischen ihnen in die Länge.

»Ich war der Grund dafür, dass sie starb. Und um mich zu ernähren, verspielte mein Vater seine letzten Erinnerungsstücke daran, wer sie war.« Er sah Garlen voller Aufrichtigkeit an. »Ich erzähle Euch das nicht, um Mitleid zu erregen. Ich erzähle es Euch, weil die meisten Leute, die solch ein hartes Leben führen wie ich einst, nicht die Gelegenheit bekommen, die mir geschenkt wurde.«

»Bei der Liga«, vermutete Garlen.

»Bei der Liga.« Roth lächelte, weil er nicht wollte, dass es aussah, als würde er sich Garlens Mitgefühl zunutze machen. »Ich weiß, dass die Liga nicht besonders beliebt ist. Aber um ehrlich zu sein war auch keine andere Regierung oder Gesellschaft, die versucht hat, Veränderungen herbeizuführen, jemals beliebt, sogar, wenn das Endergebnis beweist, wie verdienstvoll ihre Sache war.«

»Schlau«, sagte Garlen und schüttelte mit sarkastischer Erheiterung den Kopf, vielleicht auch, um den nachwirkenden Gefühlseindruck, den Roths Geschichte hinterlassen hatte, loszuwerden. »Aber andere Gesellschaften haben sich, ganz wie die Liga, in ihrer Anfangszeit für aufgeklärt gehalten und sich letzten Endes als äußerst verabscheuungswürdig erwiesen.«

»Als da wären?«, bat Roth um ein Beispiel.

»Nun, auf die Gefahr hin, wenig originell zu sein – was ist mit Quietus?« Garlen lachte auf.

Roth zügelte seinen Zorn darüber, mit dem Gott des Widerspruchs verglichen zu werden. Sein Lächeln trotzte der Beleidigung. »Ich bin im Nachteil, wenn ich mit einem Wortkünstler Beleidigungen austausche«, gestand er mit so viel Bescheidenheit, wie er nur irgend aufbringen konnte, seine Niederlage ein.

»Oh, ich glaube, Ihr schlagt Euch da ganz gut, Ligat.« Garlen stach mit dem Federkiel in Roths Richtung und begann dann wieder zu schreiben.

»Worauf ich hinauswill, ist Folgendes.« Roth begann auf und ab zu gehen. Er konnte klarer denken, wenn er sich bewegte. »In vielerlei wichtiger Hinsicht hat das, was Ihr tut, *Euch* erwählt, so wie das, was ich tue, *mich* erwählt hat. Und ob Ihr es nun zugebt oder nicht, zumindest ein Ziel Eurer Arbeit ist die Erbauung derjenigen, für die sie gedacht ist.«

»Ich glaube, dass ›Erbauung‹ für das, was ich tue, etwas zu viel gesagt ist«, bemerkte Garlen.

»Und ich glaube, das ist falsche Bescheidenheit Eurerseits.« Roth drehte sich auf dem Absatz um und ging seinen Weg zurück; nun tigerte er hin und her, wie er es oft tat, wenn er seinen Rhythmus gefunden hatte. »Ich möchte mich nicht mit Euch darüber streiten, da ich es nicht beweisen kann, aber ich muss sagen, dass ich viele kenne, die im Besitz Eurer Bücher sind oder Eure Geschichten nacherzählen. Das tun sie eindeutig aus dem Glauben heraus, dass Eure Geschichten *wichtig* sind. Dass sie moralische Grundsätze, Aufklärung und oft auch eine dringend notwendige Fluchtmöglichkeit aus einem harten Leben zu bieten haben.«

»Das ist eine schöne Nebenwirkung«, sagte Garlen gereizt. »Ich schreibe für mich selbst.«

»Vielleicht.« Roth schenkte ihm ein zweifelndes Lächeln. »Aber wenn Ihr kein Publikum für Eure Werke wolltet, wärt Ihr Tagebuchschreiber oder Historiker geworden, ja, bei den Höllen, vielleicht sogar Schreiber.«

Garlen starrte finster auf ihn herab und war anscheinend zu aufgebracht, um zu sprechen.

Roth bemerkte die wutentbrannte Miene des Autors und veränderte seine Herangehensweise. »Vergebt mir meine dreisten Mutmaßungen darüber, warum Ihr schreibt.«

Die nächsten Worte des Autors brachen wie ein Sturzbach hervor: »Ihr haltet mich für einen billigen Unterhaltungskünstler, der nach dem Beifall der Menge giert, oder, schlimmer noch, für einen Speichellecker, der auf die Aufmerksamkeit derer aus ist, die durch unsere vielgepriesenen Marmorsäle wandeln.«

»Nicht ganz«, verbesserte Roth. »Ich denke, dass Ihr glaubt, dass das, was Ihr tut, Einfluss auf die Herausbildung von Ansichten und Meinungen hat, und das ist der Grund, weshalb ich annehme, dass wir zumindest eines gemeinsam haben. Und wenn ich so vermessen sein darf, Autor Garlen: Das ist nichts Schlechtes.«

Der alte Autor legte seine Feder weg. »Ihr seid also hier, um ein Bündnis zu schließen, nicht wahr? Ihr glaubt, dass das, was Ihr mit der Liga zu tun versucht, das Gleiche ist, was wir Autoren mit unseren Federn zu bewirken versuchen.« Er drohte Roth mit dem Finger. »Und deshalb sollten wir unter einer Decke stecken. Stimmt das ungefähr?«

Roth ließ die Arme sinken und schaute so unterwürfig hoch, wie er nur konnte. »Stimmt ungefähr. Ich will aber, dass Ihr versteht, dass es hier nicht um Macht oder Einfluss geht. Ich denke schon lange darüber nach. Ihr wisst, dass unsere eigene Bruderschaft einen Zweig hat, der sich der Geschichtsschreibung widmet: Diese Männer und Frauen wissen die Arbeit der Autoren zu schätzen und finden darin oft mehr Wahrheit als in historischen Aufzeichnungen.«

Garlen bleckte skeptisch die Zähne.

Roth stellte sein Argument auf den Kopf. »Die Autoren sind ein mächtiger Stand. Sie genießen die Zuneigung des Volkes. Sie stehen für Wissen, Bildung, Intelligenz und Weisheit. Diese Werte drücken perfekt das aus, wofür die Liga bekannt werden soll, wenn es nach mir geht. Ein Bündnis zwischen der Autorengilde und der Liga wäre ein großer Schritt vorwärts. Die Arbeit, die wir gemeinsam leisten könnten, würde hehre Werte und eine Richtung vorgeben. Es ist eine ehrgeizige Vision, aber keine unerreichbare. Und sie beginnt – und endet vielleicht auch, wenn ich es so blumig formulieren darf – mit Debatten oder gar Uneinigkeit in kleinen Zimmern wie diesem, zwischen

Menschen wie Euch und mir, die die Wahrheit schätzen und ihrer Berufung voller Leidenschaft nachgehen.«

Autor Garlen stand langsam auf. Obwohl er kein hochgewachsener Mann war, ragte er auf seinem Pult hünenhaft im Raum empor, und sein Kopf warf einen Schatten auf Roth. »Das, was wir zu tun versuchen, wenn wir bis tief in die Nacht hinein arbeiten und uns über Pergament beugen, das wir uns oft kaum leisten können, während uns vom Geruch unserer eigenen Tinte schwindlig wird und wir die Betrachtungen unseres Herzens niederschreiben, mit den … politischen Machtspielen der Liga zu vergleichen, die alle in den Staub tritt, die sich ihr entgegenstellen, und Menschen – ja sogar Mitglieder ihrer eigenen Bruderschaft – zum Tode verurteilt, um ihre eigenen Interessen voranzutreiben … ist vielleicht die größte Beleidigung, die ich in meinem langen Leben je zu hören bekommen habe.«

Der Autor sprach nicht hastig oder hasserfüllt: Er traf die Feststellung gleichmütig, während sein Blick bleischwer auf Roth ruhte. Und als Garlen fertig war, wusste Roth, dass seine Winkelzüge gescheitert waren. Er ließ seine Heuchelei wie eine Maske fallen. Aber er war noch nicht fertig.

»Nun gut, Garlen, dann lasst mich etwas klarstellen, mit den Worten eines bloßen Politikers, der keine Geschichten und Metaphern ausspinnen kann, um zu belehren und aufzuklären. Ich *werde* beim neuen Zusammentreten des Großen Mandats und wenn der Hohe Rat sich darauf vorbereitet, über einige wichtige Themen abzustimmen, Eure Unterstützung erhalten. Anderenfalls findet sich die Autorengilde vielleicht in derselben Lage wieder, in der sich vor ein paar Jahren die Sheson befanden.«

Der alte Autor brüllte vor Lachen. »Ausrottung? Ihr glaubt, dass Ihr einen Erlass durchdrücken könnt, der dafür sorgt, dass

Geschichtenerzähler verbrannt oder gekreuzigt werden, weil sie ein paar Wörter aneinanderreihen? Ihr seid wirklich von Eurer eigenen Macht berauscht, Roth.« Er lachte erneut.

Das Kichern des alten Mannes erzürnte Roth. Seine Selbstbeherrschung versagte noch weiter, und er schlug mit der Faust gegen das Pult des Autors, so dass die Federn durcheinanderwirbelten, Papiere hochflatterten und Tinte über die Schreibplatte und an der Seite des Pults hinabspritzte. »Ich lasse mich nicht auslachen, alter Mann!« Dann beruhigte Roth sich wieder und legte selbst die Kälte an den Tag, mit der ihn der Autor gerade eben zurückgewiesen und getadelt hatte. »Ihr habt die Wahl, hier und jetzt eine Verbrüderung zwischen unseren beiden Vereinigungen zu besiegeln, aus der die richtige Zukunft erwachsen wird ... oder Ihr könnt Euch dafür entscheiden, all jene ins Verderben zu stürzen, die ... zufrieden sind.«

Die beiden Männer starrten einander in dem kleinen Raum drohend an, bis Autor Garlen die Feder ergriff und die rechte Hand hob. Ohne auch nur zu blinzeln, begann er in der Luft zu schreiben. Seine Hand bewegte sich schnell und sicher, als würde er ein Pergament vor sich sehen, das Roth nicht erkennen konnte.

Und während er dastand und zuschaute, wurden die Wörter, die der Autor schrieb, plötzlich mitten in der Luft sichtbar. Erst war es nur ein schwaches Gelb, das am Rand in Braun überging, doch dann leuchteten die Schriftzeichen Stück für Stück etwas heller. Sie hingen in der Luft zwischen ihnen und schlugen langsame Wellen, als würden sie in dem geschlossenen Raum von einem sanften Lufthauch bewegt. Während Garlen weiterschrieb, erstrahlte sein Gesicht im überirdischen Licht seiner Worte, die nicht nur Höhe und Breite, sondern auch Tiefe hatten. Sie schwebten in der Luft wie körperlose Statuen.

Es ist also wahr. Schriftzeichen in der Luft, die wir atmen.

Die Konzentration des Autors verriet Leidenschaft und mörderischen Eifer. Einen Augenblick später war er fertig und atmete schwer, während er durch die Worte hindurchstarrte, die leicht schimmerten und zwischen ihnen hingen. Dann schwenkte Garlen die Feder, und die Schriftzeichen leuchteten nicht mehr, obwohl Roth erkennen konnte, dass sie noch da waren. Er hätte sie übersehen, wenn er nicht miterlebt hätte, wie sie geschrieben worden waren, da sie nun kaum mehr zu sein schienen als die leichten Hitzewellen, die von einer Kerze aufstiegen.

»Da steht Ihr nun wie der Ochs vorm Berg, was?« Garlen grinste. »Das verraten wir niemandem. Es ist alt. Nehmt Euch in Acht, es nicht zu wecken und gegen Euch zu richten! Euch würden die Worte nicht gefallen, die wir für Euch und Eure Liga finden würden.«

Roth stand ehrfürchtig da. Aber er sammelte sich schnell und schritt zur Tür des Autors. Er drehte sich um und sah den alten Mann an, der selbstsicher mit der Feder in der Hand dastand, bereit, etwas zu schreiben, das Roth zugleich sehen und doch nicht sehen wollte. Von einem aber war er mittlerweile überzeugt: Ganz gleich, ob Garlen und seine Gilde sich ihm anschlossen oder nicht, sie waren noch nicht fertig miteinander.

Angesichts des Gedankens lächelte er. Jetzt wusste er besser, womit er es zu tun hatte.

Und was er dagegen unternehmen konnte.

28

GEHEIMNISSE IN EINER SCHATZKAMMER

Wem eine Frau etwas verkauft, verrät mehr über sie, als was sie verkauft.
(Altes Kaufmannssprichwort)

Helaina stürzte schwer auf den Boden des Gewölbes. Ein heftiger Schmerz durchzuckte ihren Kopf, und sie spürte, dass ihr warmes Blut über die Kopfhaut lief. Sie kämpfte mit ihren arthritischen Gelenken, als sie sich umdrehte, und war sicher, dass ein zweiter Schlag dem feigen ersten Angriff von hinten folgen würde. Sie starrte entsetzt hoch – Mendel stand mit einem kurzen, schweren Knüppel in der Hand da.

»Warum?« Sie versuchte es zu rufen, in der Hoffnung, Hilfe herbeizuholen, aber ihre Stimme klang selbst in ihren eigenen Ohren schwach und dünn. Sie wusste, dass es ohnehin hoffnungslos war – das Gewölbe bestand aus solidem, dickem Granit.

Sie bemühte sich aufzustehen, doch eine Welle von Schwindelgefühl ließ sie wieder zu Boden taumeln. Mendel umkreiste sie und kam näher. Sie kroch auf allen vieren von ihm weg, und der Steinboden ließ ihre Knochen schmerzen. Sie hatte den Eindruck, Mendel hinter sich etwas murmeln zu hören. Dann traf ein zweiter Schlag sie oben am Rücken und streckte sie abermals nieder. Ihr Kinn prallte auf den Stein, und sie biss sich auf die Lippe. Der Eisengeschmack des Bluts füllte ihren Mund.

Mendel packte sie am Kleid und drehte sie auf den Rücken. Instinktiv riss sie die Hände hoch, um den nächsten Schlag abzuwehren. Sie hatte Glück; ihr Handgelenk fing die Wucht eines weiteren Hiebs ab, den sie sonst ins Gesicht bekommen hätte. Sie hatte plötzlich das Gefühl, dass sie hier und jetzt sterben würde.

Aber nicht kampflos!

Bevor der Knüppel erneut niedersauste, trat sie mit beiden Beinen so kräftig nach oben, wie sie konnte, und zielte auf Mendels Weichteile. Ein Fuß sauste nur wild durch die Luft und traf nichts, aber der andere erwischte ihn am Oberschenkel und ließ ihn zurückweichen. Das verschaffte Helaina Zeit, ein paar Schritte weiterzukriechen und sich nach einer Waffe umzusehen. Doch es war nichts zur Hand. Sie hatte nur die lange, stabile Nadel, die sie benutzte, um sich die Haare hochzustecken. Sie zog sie heraus, so dass ihr die weißen Locken über die Schultern fielen, und starrte entschlossen zu ihrem Angreifer auf.

Als Mendel ihre schwache Waffe sah, lächelte er erst und lachte dann. Kopfschüttelnd erklärte er: »Ich habe mit etwas Widerstand gerechnet.«

»Du bist ein Narr«, sagte sie.

Er sah kurz von ihr auf den Knüppel in seiner Hand, dann wieder zurück. Er klopfte sich mit dem Knüppel kräftig genug auf die rechte Wange, um sie rot anlaufen zu lassen. »Ich werde aus der Schatzkammer hervorkriechen. Ich werde keuchen und unserem Vater erzählen, dass wir angegriffen worden sind. Ich werde deinen Hund von einem Meritus hereinrufen, der draußen steht und wartet. Wir werden zurückeilen und dich hier liegen finden. Ich werde dich selbst zu den Heilern und den Sheson tragen und nach ihrer Aufmerksamkeit rufen, weil es eilt. Aber es wird zu spät sein.«

Helaina starrte ihn verbittert an. »Sie werden dir auf die Schliche kommen. Und du wirst am Galgen enden.«

»Vielleicht«, erwiderte er unbesorgt. »Aber vielleicht auch nicht. Wenn ja, dann müssen sie es schnell tun, denn ich werde nicht mehr lange in der Stadt sein.« Dann huschte ein düsterer Ausdruck über sein Gesicht. »Und wenn sie herausfinden, dass ich dich in die Erde zurückgeschickt habe, und mich hinrichten, dann werde ich einen guten Tod gestorben sein, um deiner schwachen, abergläubischen Herrschaft ein Ende zu setzen.«

Abergläubische Herrschaft. Das kam ihr bekannt vor.

Er trat auf sie zu. Sein konzentrierter Gesichtsausdruck ließ ihr eiskalt werden. Sie umklammerte die Haarnadel, entschlossen, so viel Schaden anzurichten, wie sie nur konnte, bevor der Knüppel sein Werk verrichtete.

Als Mendel näher kam, überschlugen sich Helainas Gedanken. Hatte ihr Vater Bescheid gewusst? War er Teil einer Verschwörung? Was hatte das Herz ihres Bruders gegen sie gewandt? Das Wissensgesetz war doch sicher nicht genug, *das hier* zu verursachen. Wenn sie starb, was würde dann aus dem Großen Mandat werden? Würde irgendjemand an ihre Stelle treten, um es zu leiten?

»Meine Regentin«, sagte Mendel und sprang.

Sie hob die Haarnadel und stach mit aller Kraft nach oben. Die Nadel drang ihm ins Fleisch und sorgte dafür, dass er die Augen vor Überraschung und aufkeimendem Wahnsinn aufriss. Gleich darauf traf sein Knüppel sie an der Schulter. Heftige Schmerzen liefen ihr den Arm hinab und den Hals herauf. Sie versuchte, die Nadel zu verdrehen, die in seiner Seite steckte, aber ihre schweißnasse Handfläche glitt davon ab.

Dann lag die linke Hand ihres Bruders an ihrer Kehle, drückte schmerzhaft zu und schnürte ihr die Luft ab. Sie schlug auf sein Handgelenk. Versuchte, ihm die Augen auszukratzen. Sein Griff verstärkte sich. Sie strengte sich an, ihn abzuwerfen, aber er wog doppelt so viel wie sie und war sehr muskulös. Er setzte dazu an, mit dem Knüppel auszuholen, und hielt sie fest, um ihr einen tödlichen Schlag zu versetzen.

Helaina versuchte, etwas zu sagen, in der Hoffnung, ihre gemeinsame, freundlichere Vergangenheit heraufbeschwören zu können. Aber ihre Worte wurden von seinem schraubstockgleichen Griff um ihre Kehle abgewürgt. Sie schlug um sich und sah, wie der Knüppel weit über ihr seinen höchsten Punkt erreichte.

»Leb wohl«, sagte Mendel.

Helaina stählte sich, hoffte, noch einen Hieb zu überstehen und selbst zuschlagen zu können, wenn er vorüber war.

Mendel riss die Augen auf, und seine Haut wurde mit einem Mal krebsrot. Das sah nicht nach Wahnsinn oder Zorn aus – sondern nach dem Schmerz, den Feuer verursachte.

Als ihr Bruder tot auf ihr zusammenbrach, ging ein heißer Luftzug über sie beide hinweg. Der kurze, sengende Wind peitschte ihr die Haare ums Gesicht und war dann verschwunden. Ein so heißer Blutstropfen, dass sie sich daran verbrühte, fiel aus Mendels Mund und landete auf ihrem Hals. Mit hämmerndem Herzen stieß sie den leblosen Körper von sich und setzte sich auf. Auf der anderen Seite der Schatzkammer stand Artixan, eine Hand noch in ihre Richtung erhoben.

»Wie?«, stieß sie hervor.

Artixan erwiderte unverwandt ihren Blick und wirkte verhärmter, als sie ihn in Erinnerung hatte. »Er war ohnehin heißblütig, Herrin. Ich habe sein Blut einfach zum Kochen gebracht.«

Er durchquerte den Raum und kniete sich schwitzend und schwer atmend neben sie. Er war erschöpft, seine Hände zitterten. Aus seiner Robe zog er ein kleines Täschchen hervor und entnahm ihm ein feuchtes Stoffstück, das nach Salbei und Balsam roch. Sanft fuhr er mit dem Kräutertuch über ihre Wunden.

Artixan war ihr engster Freund und Vertrauter. Er setzte sie nie unter Druck. Seine Widerrede war niemals verletzend. Er verfügte über die unheimliche Fähigkeit, in der Nähe zu sein, wenn sie etwas besprechen musste, und abwesend, wenn sie allein sein wollte. Und nichts davon hatte, wie sie wusste, damit zu tun, dass er ein Mitglied ihres Hofstaats war. Hätte sie abgedankt und wäre Kauffrau des Hauses Storalaith geworden – wenn man sie hier denn noch haben wollte –, wäre er derselbe Freund geblieben, der er heute war. Die Art von Freund, die, wenn sie sich ernsthaft miteinander stritten – und das taten sie –, dennoch mit ihr gemeinsam zum Abendessen ging und über Nichtigkeiten plauderte. Er war auch der Mann, dem es zu verdanken war, dass man ihr Kind wieder zum Leben erweckt hatte, nachdem es tot zur Welt gekommen war. Sie stand in vielerlei Hinsicht in seiner Schuld.

»Ihr wisst, dass Ihr fürs Willenslenken gehenkt werden könntet«, sagte sie und versuchte, mit dem kleinen Scherz ihr Herzrasen zu beruhigen. Sie war so nahe daran gewesen …

»Das könnte ich«, erwiderte Artixan. Es glückte ihm nicht recht zu lächeln. Dann fragte er in ernstem Ton: »Geht es Euch gut?«

Helaina atmete mehrfach tief ein und aus. »Etwas verstört. Aber es geht mir gut.« In Wirklichkeit tat ihr der ganze Körper entsetzlich weh. Ihre Gelenke schrien vor Schmerz. Aber sie sagte nichts davon.

Artixan nickte erleichtert. »Ihr lügt. Esst das.« Er reichte ihr ein kleines Zweiglein.

Sie aß es pflichtergeben.

»Gut«, sagte er. »Und die hier heile ich nicht.« Er berührte ihre Lippe und ihren Hinterkopf. »Die sollten bleiben, damit andere sie sehen können. Sie werden uns helfen, diejenigen, die hinter dieser Verschwörung stecken, zu kompromittieren und anzuklagen.«

Sie nickte zur Antwort. Die Bewegung verstärkte ihre Kopfschmerzen. »Woher wusstet Ihr, dass ich hier war?«

Er sah sie ungläubig an.

Sie brachte ein kleines Lächeln zustande. »Danke.«

Artixan stand auf und ging um ihren toten Bruder herum. Er begann, Mendels Taschen zu durchsuchen, und zog ihm sogar die Stiefel aus. Nach mehreren Augenblicken hatte er nichts weiter als ein paar Münzen zutage gefördert.

»Er war so umsichtig, nicht viel bei sich zu tragen.« Artixan setzte sich wieder hin und schien darüber nachzudenken, was als Nächstes zu tun war. »Ich sollte die Meritengarde benachrichtigen. Vielleicht sind seine Mitverschwörer in der Nähe.«

Helaina bemerkte, dass die Tür des Gewölbes verschlossen war, und sah ihren Shesonfreund fragend an.

»Noch ein Willenslenkensverbrechen«, räumte er ein. »Ich war in Eile. Ich konnte mir nicht die Mühe mit den Türen machen.«

Sie wandte sich dem leblosen Körper zu, der zwischen Artixan und ihr lag. Zorn und Trauer rangen in ihr miteinander. Sie hatte ihren Bruder seit Jahren nicht mehr gesehen. Sie hatten einander nie besonders nahegestanden, aber sie liebte ihn so, wie man jemanden liebt, der ein Teil der eigenen Vergangenheit ist. Ein guter Teil.

Warum?

Sie begann, Mendels Tunika aufzuschnüren. Selbst, als sie sie ganz geöffnet hatte, sah sie noch nicht, womit sie gerechnet hatte.

»Euren Dolch«, sagte sie und streckte die Hand aus, ohne Artixan anzusehen.

Er reichte ihr seine Waffe, die ohnehin nur noch zeremoniellen Zwecken diente, und sie schnitt die Tunika von der Verschnürung bis zum Saum auf, riss die Seiten auseinander und legte Mendels muskulöse Brust frei – und die Tätowierung, mit der sie angesichts seiner Bemerkung über ihre *abergläubische Herrschaft* gerechnet hatte.

Dort, auf der rechten Seite des Mannes, zwischen seiner Achsel und seiner Taille, prangte in roter und schwarzer Tinte das Emblem der Liga. Nicht alle Ligaten trugen die Tätowierung, aber die besonders ergebenen fast immer – und das zu versuchen, was Mendel heute riskiert hatte, erforderte außerordentliche Ergebenheit.

Sie schaute zu Artixan hoch, dessen Gesicht vor finsterem Zorn rot angelaufen war.

»Wusstet Ihr das?«, fragte er.

Sie schüttelte den Kopf.

»Die Liga muss den Befehl ausgegeben haben, Euch zu töten.« Artixan schenkte ihr wieder sein dünnes Lächeln. »Das ist politischer Selbstmord für Roth.«

Helaina dachte nach und schüttelte dann erneut den Kopf. »Er wird dafür sorgen, dass sich die Liga von meinem Bruder distanziert. Es werden Dokumente ans Tageslicht kommen, die darauf hindeuten, dass er ein Fanatiker oder Wahnsinniger war oder dass einfach nur Hass unter Geschwistern dahintersteckte. Anderen Ligaten wird man einbläuen zu bezeugen, dass Mendel ein Einzelgänger war.« Sie lachte sarkastisch und bereute es sofort, als neuerliche Schmerzen ihren Kopf und ihre Lippen durchzuckten. »Ich möchte wetten, dass wir, wenn wir Nachforschungen anstellen, auch allerlei Briefe finden werden. Aus einem wird hervorgehen, dass er allein gehandelt hat, zum Wohle der Bruderschaft, was Roth öffentlich verurteilen wird. Ein weiterer wird ein offizielles Dokument sein, das beweist, dass mein Bruder längst aus der Liga ausgestoßen worden war.«

Das Schweigen zwischen ihnen zog sich in die Länge, während sie beide ihr Augenmerk wieder auf das Symbol auf dem Körper des toten Mannes richteten.

Artixan durchbrach die Stille mit einem düsteren Gedanken: »Jetzt wissen wir, wie weit Roth zu gehen bereit ist ... Euer Bruder war sicher nicht der Einzige, der auf die Gelegenheit wartet, einen Anschlag auf Euch zu verüben. Im Solath Mahnus wimmelt es von Ligaten, die Kriegsrat halten.«

Vor Sorge wurde Helaina übel. Es würde ihr schwerfallen, etwas zu leisten, wenn sie gezwungen war, ständig auf der Hut zu sein.

Nach mehreren Augenblicken brach Artixan das Schweigen erneut. »Was wollt Ihr tun?«

Helaina kämpfte sich auf die Beine. In ihrem Kopf drehte sich einen Moment lang alles, und sie streckte die Hand aus und stützte sich auf den Sekretär.

»Nehmt das hier.« Sie reichte Artixan ihren Nachfolgebrief. »Lasst tausend Kopien anfertigen und in ganz Decalam anschlagen.« Dann deutete sie auf das Pergament, das sie ihm gerade übergeben hatte. »Ich will, dass das Original in der Stadthalle von Decalam ausgestellt wird. Verschließt es hinter Glas und stellt ringsum zehn Meritenwachen auf.«

Artixan sah Helaina ein letztes Mal an. »Und was ist mit dem Aszendenten Staned?« Er zog den Titel spöttisch ins Lächerliche.

In dem Gefühl, wieder einmal die eiserne Faust im Samthandschuh zu sein, sagte Helaina: »Ich kümmere mich um ihn.«

Als ihr Blick noch einmal auf die Ligatätowierung ihres Bruders fiel, keimte ein düsterer Verdacht in ihr auf. Sie ging gebeugt zum Schreibtisch hinüber und blätterte das Hauptbuch durch, das dort lag. Seite um Seite waren die Einträge von demselben Käufer dominiert: der Liga der Edukation. Verschiedene Leute hatten den Verkauf der Ware abgezeichnet, aber oft war die dicht gedrängte Unterschrift ihres Bruders in Tinte auf der Seite zu lesen.

Banges Entsetzen breitete sich in ihr aus, als sie an die Gegenstände, die hinter ihr in der Schatzkammer lagerten, und auch an die zahllosen Dinge, die auf den Seiten unter ihren Fingern aufgelistet waren, dachte.

Sie würde wohl ihren Vater danach fragen müssen. Es war zwar kein Verbrechen, Handel mit der Liga zu treiben, aber ihr *Informationen* zu verkaufen … Sie fragte sich, ob sie ihren Vater über ihren Bruder belügen sollte – ihn vielleicht in dem Glauben lassen sollte, dass sein Sohn bei dem Versuch gestorben war, sie zu verteidigen.

Sie warf einen Blick auf Artixan und ließ ihn so wissen, dass er sich einen diskreten Weg nach draußen würde suchen müssen. Dann hob sie das Hauptbuch hoch und sagte grimmig: »Lass mich nicht hinaus.« Die Tür schwang auf, und sie ging, um sich ihren Vater vorzunehmen.

29

GEDENKEN

Auf die rechte Art gesungen wirkt sich ein Leiholanlied sowohl auf den Zuhörer als auch auf den Sänger aus. Seid also vorsichtig, wenn ihr von weltlichen Belangen singt.

(Lektion über Form und Inhalt, *erstes Lehrjahr der Leiholan)*

Wendra schritt leise durch die Gänge der Discantus-Kathedrale; sie wollte das ferne Summen des Leidensliedes nicht stören, das aus den Steinen des Gebäudes selbst hervordrang. Zwei junge Musikschüler führten sie feierlich durch die halbdunklen Hallen. Sie musste sich zwingen, nicht zu singen, so aufgeregt war sie. Sie hatte sich von der Übelkeit nach der Erzählung schneller als die anderen erholt und konnte es kaum abwarten, Belamae zu treffen und mehr über das Leidenslied zu erfahren.

Nach vielen Abzweigungen gelangten sie durch eine Doppeltür in eine gewaltige, kreisrunde Halle. Wendra schaute auf, und der Unterkiefer sackte ihr vor schierem Staunen herunter. Der weite Raum erhob sich höher, als sie zu ahnen vermocht hätte, und war von einer großen Kuppel bekrönt. Ringsum standen an den Wänden Bronzestatuen, die Sänger bei ihrer

Tätigkeit darstellten – manche auf dieser Ebene, andere hoch oben auf den kreisförmigen Galerien, die den Raum umgaben. Von jedem Stockwerk des Saals führten Gänge sternförmig wie Speichen eines Rades nach außen.

In der Mitte des Raums befand sich eine kleine, erhöhte Plattform – eine kreisförmige Estrade mit einem Durchmesser von etwa drei Schritt, die eine Art Bühne bildete, auf der ein bescheidenes, walnussbraunes Lesepult mit mehreren Notenblättern stand.

Heute schien in dem Saal eine Aufführung geplant zu sein. Mehrere Dutzend Stuhlreihen waren dem Podium zugewandt, aber im Augenblick waren nur wenige Plätze besetzt.

Als Wendra auf die Mitte des Saals zuging, trat ein vertrauter, weißbärtiger Mann aus einem der vorderen Gänge hervor: Belamae, oberster Maester hier an der Discantus-Kathedrale.

Er lächelte und kam mit ausgebreiteten Armen auf sie zu. Er hüllte sie in seine Umarmung ein, wärmte sie und hielt sie mehrere Augenblicke lang eng an sich gezogen. Von seiner Robe ging der Duft von Sandelholz und Salbeiblättern aus, ein sauberer Geruch, der sie an zu Hause erinnerte. Dann schob er sie auf Armeslänge von sich, hielt aber weiter ihre Hände fest, und musterte sie von Kopf bis Fuß.

»Ihr seht wohl aus. Wie fühlt Ihr Euch?«, fragte er.

»Müde.« Sie lächelte schwach.

»Kein Wunder«, erwiderte Belamae und schüttelte ihre Hände sanft seitwärts. Offensichtlich freute es ihn sehr, dass sie gekommen war. »Wir werden heute nicht singen. Aber lasst uns reden.«

Sie nickte, da sie es kaum erwarten konnte, mit ihm zu sprechen, und bemerkte ein Symbol, das in sein Gewand eingewoben war. Es bestand aus zwei sanft geschwungenen, s-förmigen

Linien, die spiegelbildlich miteinander verbunden waren und den Buchstaben V bildeten.

Belamae klopfte auf das Symbol. »Das Emblem der Discantus-Kathedrale. Es steht für die musikalische Anweisung *sotto voce,* ganz leisen Gesang, den man fast flüstert, um die Bedeutung zu erhöhen.«

»Und das hier?«, fragte Wendra und berührte sanft ein zweites Symbol daneben.

»Das Emblem der Leiholan«, antwortete er.

Das zweite Symbol bestand auch aus zwei S, die beide spiegelverkehrt übereinander geschrieben waren, so dass sie sich überschnitten und ein leicht verzerrtes Oval mit einer Spitze an beiden Enden bildeten. Die oberen und unteren Ausläufer des Symbols wölbten sich zu einem zusätzlichen Schwung.

Belamae lächelte. »Ihr werdet feststellen, dass wir eine Schwäche für Bedeutungen haben«, fuhr er fort. »Das Zeichen der Leiholan steht dafür, dass man mehr als nur die Lautstärke steigert, wenn man seinen musikalischen Ausdruck verdoppelt.«

Plötzlich kamen Wendra Bedenken. *Alles, was ich lerne, sorgt sicher nur dafür, dass er noch mehr von mir erwartet.*

Belamae drehte sich um und bot ihr den Arm. Wendra hakte die Hand in den Ellbogen des alten Mannes ein, und die beiden begannen, im Kreis um den runden Saal zu spazieren.

»Das hier ist eine Nachbildung des Saals der Gesänge«, sagte er mit gesenkter Stimme, während er auf den Saal und die Kuppel darüber wies. »Auf der anderen Seite der Kathedrale liegt der wahre Saal, wo wir das Leidenslied singen, das aus den Versen der Verlassenen besteht. Es ist eine Geschichte über den Gott des Widerspruchs, Quietus, und die Ereignisse, die dafür sorgten, dass er und all seine Geschöpfe in den Born gesperrt wurden.«

»Und das Leidenslied stärkt den Schleier«, fügte Wendra hinzu.

»Manche sagen, dass es ohne das Leidenslied keinen Schleier gäbe.« Dann wies er auf den lichten Saal. »Wir nutzen diesen Nachbau, um zu üben. Es erfordert viel Vorbereitung, das Leidenslied zu singen, und sogar dann verlangt es dem Sänger einen hohen Tribut ab.« Der alte Mann sah zu den vielen Stühlen hinüber, die vor dem Lesepult standen – nun waren schon ein paar mehr besetzt.

Wendra spürte, dass er an eine bestimmte Person dachte.

Belamae schwieg mehrere Augenblicke, während sie weitergingen, und schüttelte dann den Kopf, als wollte er seine Gedanken klären. »Der Saal hat eine perfekte Akustik und bietet einen gewissen Schutz vor schlecht vorgetragenem Gesang, so dass man hier in Sicherheit üben kann.«

»Machen Leiholan im eigentlichen Saal der Gesänge jemals Fehler?«

Er sah sie nachdenklich an. »Ja. Nicht oft, aber es kommt vor. Gewöhnlich beruhen diese Fehler nicht auf mangelnder Kunstfertigkeit oder Gedächtnisschwäche, sondern auf Übermüdung. Um das Lied vollständig zu singen, braucht man sieben Stunden, und es gibt nur wenige, die über das Wissen und die Begabung verfügen, das Leidenslied vorzutragen. Und sogar dann … sind manche Darbietungen des Liedes einfach nicht sonderlich lebendig.«

Wendra erkannte, dass sie eine lästige Frage gestellt hatte.

Doch Belamae lebte ein wenig auf, als er sie wieder ansah. »Aber dann gibt es ja noch Euch, Wendra. Eure Gesangsbegabung ist einzigartig. Sie würde den anderen Leiholan nicht nur mehr Ruhe gönnen, sondern dem Schleier Kraft verleihen. Diesmal werde ich stärker darauf beharren, dass Ihr die Discantus-Kathedrale zu Eurer Heimat macht.« Er lächelte sie väterlich an.

Statt sich dem Vorschlag des alten Mannes zu widersetzen, ertappte sie sich dabei, sich für den Gedanken zu erwärmen. Belamae schätzte sie offensichtlich, und obwohl er sie auch aus praktischen Gründen brauchte, empfand er unverkennbar Zuneigung zu ihr. Es war lange her, dass sie etwas Derartiges zuletzt gespürt hatte, sich *erlaubt* hatte, so etwas zu spüren – wegen der Stilletreuen, die ihr und den Menschen überall in den Ostlanden so viel genommen hatten. Ihr Lied regte sich tief in ihr.

Belamae musste ihren Groll wahrgenommen haben. »Dies ist nicht der rechte Ort für harsche oder zornige Gedanken, Wendra. Hütet Euch hier vor ihnen. Das hier mag nur ein Nachbau des Saals der Gesänge sein, aber ein Teil Eurer Ausbildung besteht darin, hier zu tun, was Ihr im echten Saal tun werdet. Beginnt jetzt damit.« Leiser Tadel schwang in seinem Ton mit.

»Ihr sagt mir, dass meine Lieder die falschen sind. Dass ich unbesonnen bin.« Sie dachte bei der Bemerkung an Vendanji.

Belamae überraschte sie, indem er erwiderte: »Nicht ganz.« Er lächelte erneut. »Oh, Ihr seid unbesonnen, und das wisst Ihr auch sehr gut. Aber ich glaube, Ihr würdet am liebsten aufhören, unbesonnen zu sein, obwohl ich weiß, dass Ihr die düsteren Gesänge, die in Euch wohnen, gern behalten würdet.«

Wendra sah den alten Mann verwirrt mit zusammengekniffenen Augen an. »Was meint Ihr dann mit ›nicht ganz‹?«

Er nahm sich einige Augenblicke Zeit, über ihre Frage nachzudenken, und hob den Blick an ihr vorbei wieder zu den Stuhlreihen, die in der Mitte des Saals aufgestellt waren. Weitere Schüler der Discantus-Kathedrale hatten sich mittlerweile dort hingesetzt, und das leise Raunen ihrer Gespräche erfüllte jetzt den Saal.

»Lieder der Trauer, des Zorns, der Furcht und der Enttäuschung sind nicht *falsch*, Wendra. Das sind machtvolle Gefühlsregungen, und sie spielen alle eine Rolle dabei, wie wir das Leben besingen und wie wir Melodien in der Absicht komponieren, bestimmten Bedürfnissen zu genügen.«

Sie hatte wieder das unbestreitbare Gefühl, dass Belamae auf etwas Spezielles abzielte, irgendein Ereignis aus seiner eigenen jüngsten Vergangenheit.

Er wandte sich ihr zu. »Dienen Eure Lieder voller Zerstörung und Bosheit dazu, denen zu schaden, die Euch oder jemanden, den Ihr liebt, bedroht haben? Oder … bringt Eure Verzweiflung Euch zum Singen, um ein Rachebedürfnis zu befriedigen und Euer Herz von einem gewissen Maß an Kummer zu reinigen?« Er schien gar keine Antwort zu erwarten, sondern fuhr gleich fort: »Wendra, der Macht, die Euch verliehen ist, wohnen feine Unterscheidungen inne. Leiholan verbringen ihr ganzes Leben damit, die kleinsten Einzelheiten von Melodien und das Verhältnis, in dem diese Melodien zu ihren eigenen Gefühlen stehen, zu studieren.« Dann lachte er leise. »Es wird leichter. Aber Ihr steht an einer bedeutenden Wegscheide. Wie Ihr Eure Begabung zu verstehen und einzusetzen lernt, wird Euch einen Weg vorgeben.«

»Also wollt Ihr, dass ich hierbleibe und lerne«, sagte sie.

»Ihr lasst das wie eine Verurteilung klingen.« Er lächelte voller Wärme. Dann wurde sein Gesicht ernster. »Sich zu entschließen, hierzubleiben, zu lernen und zu *verstehen*, wird Euch nicht leichtfallen. Ihr werdet auf die Rache verzichten müssen, die Ihr in Euch tragt.« Er klopfte sich auf die Brust.

Sie schüttelte den Kopf. »Erst sagt Ihr mir, dass meine Gefühle nicht falsch sind, dann ratet Ihr mir, mich davon loszusagen. Ihr seid so schwer zu verstehen wie der Sheson.«

Er sah sie nachsichtig an. »Ihr müsst genau zuhören, Wendra. Ich habe gesagt, dass Ihr die Rache aufgeben müsst, nicht den Schmerz oder die Erinnerungen, aus denen dieses Rachebedürfnis entspringt.« Wieder warf er einen Blick auf die Estrade und das Lesepult. Die Stuhlreihen waren nun fast voll besetzt. »Und ich habe nur von Euch verlangt, einen *Teil* des Gesangs aufzugeben, der sich in Euch regt. Ich kann diesen Teil sogar jetzt hören. Es ist ein machtvoller Gesang. Aber er ist blind, Wendra. Er macht *Euch* blind. Er ist aus der Wut geboren und mit jedem Mal, da Ihr ihn benutzt, schwerer zu beherrschen.« Er beugte sich vor und nagelte sie mit steinhartem Blick fest. »Wenn Ihr auch alles andere, was ich sage, in den Wind schlagt, nehmt Euch dieses eine zu Herzen.«

Schauer liefen ihr über die Arme, und sie erinnerte sich an das, was in Naltus geschehen war, als sie auf dem Schiefer gesungen hatte. Sie sah beiseite, weil sein forschender Blick dafür sorgte, dass sie sich unbehaglich fühlte.

Dann wurde sein Gebaren rücksichtsvoller. »Abgesehen davon ... habt Ihr nie gestutzt und einfach nur gestaunt, dass Ihr mit Gesang Dinge bewirken könnt, zu denen andere nicht in der Lage sind?«

Sie blieb lange still. Dann nickte sie mit einem kleinen, aber aufrichtigen Lächeln. »Manchmal erscheint es mir unwirklich.« Sie sah ihn ernster an. »Wie lange würde es dauern, bis ich bereit bin?«

Der Maester hob den Kopf und sah auf sie herab, wie ein Mensch es tut, der etwas begutachten soll. »Schwer zu sagen. Ein Teil der Ausbildung besteht darin, die Sprache der Musik lesen zu lernen; das ist recht einfach. Ein weiterer Teil ist darauf ausgerichtet, die Elemente der Musik zu verstehen: Melodie, Rhythmus, Dynamik, Taktart, Tonhöhe – sie erschöpft sich nicht einfach darin, Geräusche zu machen. Dann müsst Ihr dieses Wissen mit der Gabe, über die Ihr verfügt, verbinden. Zu dem Zeitpunkt werdet Ihr dann Musik in etwas verwandeln, das die Natur der Dinge ändern kann. Das zu tun«, sagte er und machte eine Kunstpause, um zu erreichen, dass sie seinen folgenden Worten ihre volle Aufmerksamkeit schenkte, »erfordert zweierlei. Zum einen die Euch innewohnende Macht. Findet in Euch selbst die Quelle, die Eurer Stimme ihre Leiholankraft verleiht. Was das betrifft, seid Ihr, wie ich spüre, schon recht geschickt.« Er hob mahnend einen Finger. »Doch ihr Gebrauch … wie Ihr diese Macht lenkt … die *Absicht* … das, Wendra, ist etwas, das Ihr noch nicht zu beherrschen gelernt habt, und wenn Euch das auch künftig nicht gelingt, dann wird der ungeübte Gebrauch des ersten Teils Eurer Leiholanbegabung Euch verzehren. Sie wird Euch auf Abwege führen …« Belamaes Worte verklangen zwischen ihnen. Nach einigen Momenten kehrte sein sanftes Lächeln zurück. »Doch seid nicht bestürzt, mein Kind. Auf die Gefahr hin, eingebildet zu klingen: Wenn es eines gibt, worin ich recht gut bin, dann ist es, Leiholan auszubilden. Und Ihr verfügt über solch eine große Begabung!«

In diesem Augenblick trat einer der Discantus-Schüler auf sie zu. »Maester«, wandte sich der junge Mann in ehrfürchtigem Ton an Belamae, »wir sind fast bereit. Wir warten nur noch auf Telaya, dann können wir beginnen.«

Belamae nickte. »Danke, Erl. Ich achte darauf, wann sie ankommt.«

Der junge Mann verneigte sich leicht und kehrte in die Menge zurück, die dem Lesepult zugewandt saß.

Belamae und Wendra spazierten weiter.

»Was findet hier heute statt? Eine Aufführung?«, fragte sie.

»Eine Gedenkveranstaltung.« Er beließ es für den Augenblick

dabei. Dann fragte er im Ton eines Menschen, der das Thema wechselt: »Wie viel habt Ihr in Eurer Zeit mit Vendanji und Grant über Eure Familie erfahren?«

Unbehagen machte sich in ihrem Bauch breit.

»Hier, mein Kind.« Er deutete auf zwei Stühle, die an der Wand des Saals standen. Sie setzten sich gemeinsam hin, und Belamae machte es sich erst bequem, bevor er sich umwandte und erneut ihre Aufmerksamkeit einforderte. »Wendra, Eure Eltern haben nicht immer in Helligtal gelebt. Einen Großteil Eurer Kindheit über lebten sie hier, in Decalam.«

Die Enthüllung traf sie bis ins Mark, so, wie wenn man sich zum ersten Mal wirklich seiner Sterblichkeit bewusst wird. Aber sie ließ sich Belamae gegenüber nichts davon anmerken. Später würde sie, wie sie wusste, in irgendeiner Form trauern. Für den Augenblick wollte sie erst einmal alles hören.

Das erwartungsvolle Gemurmel der in der Mitte des Saals wartenden Menge wurde lauter und breitete sich als Raunen im ganzen Raum aus.

»Ich kannte Eure Eltern, als sie noch hier lebten, insbesondere Eure Mutter.« Er musterte sie aufmerksam, als würde er auf etwas warten ...

Die Erkenntnis traf sie. »Meine Mutter war Leiholan.«

»In der Tat«, bestätigte er. »Eine der begabtesten, die ich je unterrichtet habe. Es war ein tränenreicher Tag, als sie mir mitteilte, dass sie die Discantus-Kathedrale verlassen würde, um in Helligtal zu leben. Ich werde Euch nicht vormachen, dass ich nicht versucht hätte, sie zu überzeugen hierzubleiben. Zum Teil aus Selbstsucht – sie und ich waren gut befreundet –, aber vor allem wegen des Leidensliedes. Schon damals war die Zahl der Leiholan nicht groß. Ihr Weggang bürdete uns anderen eine schwerere Last auf.«

»Warum ist sie dann fortgegangen?«

»Denolan SeFeery hat sie und Euren Vater gebeten, seinen Sohn, Tahn, an einen sicheren Ort zu bringen und dort als ihr eigenes Kind aufzuziehen.« Er hielt inne und ließ ihr Zeit, die Enthüllung zu verarbeiten.

Eine Art Erleichterung, mit der sie nicht gerechnet hatte, erfüllte ihr Herz. »Tahn ist nicht mein Bruder.«

»Nicht von Geburt«, stellte er richtig. »Aber Eure Mutter erklärte sich bereit, dabei zu helfen, ihn zu verstecken. Sie hätte Euren Vater ohnehin nicht allein fortgehen lassen, und sei es nur, um Eure Familie zusammenzuhalten.«

Wendra konzentrierte sich und versuchte, sich auch nur an einen Teil dessen zu erinnern, was er erzählte. Sie spürte, dass es wahr war, konnte sich aber auf nichts davon besinnen.

Wieder musste er einen Teil ihrer Gedanken erraten haben. »Macht Euch keine Sorgen wegen Eures Gedächtnisverlusts. Man hat Euch geholfen zu vergessen, um den Übergang nach Helligtal für alle einfacher zu gestalten. Wichtig ist, dass Ihr mehr über Eure Mutter erfahrt. Sie war eine bemerkenswerte Frau.«

Widerwillig verzichtete Wendra auf eine Flut von Fragen und beschränkte sich darauf, seine Einladung anzunehmen. »Erzählt mir von ihr.«

Er sah in Richtung der zum Gedenken Versammelten. »Telaya ist noch nicht hier. Gewöhnlich ist sie recht pünktlich.« Er kam offenbar zu dem Schluss, dass er Zeit hatte, Wendra etwas zu erzählen, und schaute sie wieder an. Sein schönstes Lächeln kehrte zurück. »Ihr seht genau wie sie aus«, begann er. »Ich nehme an, das wisst Ihr schon, aber für mich ist es, als würde ich in die Vergangenheit zurückblicken. Ich bin mit ihr durch diesen Saal hier geschritten. Auch sie war eigensinnig.« Er lachte leise und voller Wärme. »Bevor Ihr und ich einander kennengelernt haben, hatte ich noch nie jemanden getroffen, dessen Gesangsbegabung mit Voncencias mithalten konnte. Welche Schönheit und Kraft! Ich habe Säle wie diesen von Leuten überquellen sehen, die erst weinten, dann lachten und dann in Verzückung verfielen, während sie Voncencias Liedern lauschten. Ich hatte auch nie eine bessere Schülerin. Ihre natürliche Begabung ergänzte sie um fachmännisches Verständnis. Es zeugt zutiefst von ihrer Liebe zu Euch, dass sie die Discantus-Kathedrale verlassen hat.«

Wendra genoss es, ihn von ihrer Mutter erzählen zu hören. Das wenige, was sie über Voncencia noch wusste, gehörte zu ihren Lieblingserinnerungen.

Dann fiel ihr etwas auf. »Ihr habt gesagt, dass es nur wenige gab, die das Leidenslied singen konnten. War es da nicht verantwortungslos von ihr fortzugehen?«

Belamaes Miene war unergründlich. »Vielleicht«, sagte er. »Aber sie hat die richtige Entscheidung getroffen. Ich sollte gar nichts über Tahn wissen. Eure Mutter hat sich mir anvertraut, weil es ihr wichtig war, dass ich verstand, was sie zu ihrem Entschluss veranlasst hatte. Ich habe bis jetzt nie über jene Unterhaltung oder ihren Grund dafür gesprochen fortzugehen. Aber ich glaube, es ist an der Zeit, Euch davon zu erzählen.«

Wendra dachte einen Moment lang nach. »Und mein Gesang? Wusste sie davon?«

Er schüttelte den Kopf. »Nein, die Leiholanbegabung wird nicht von den Eltern auf ihr Kind vererbt, sonst hätten wir hier gewiss mehr Sänger. Ihr seid entweder ein Wunder an Unwahrscheinlichkeit, oder irgendetwas an der Größe der Begabung Eurer Mutter hat es Euch erleichtert, ihr Talent zu erben. Wie auch immer, Ihr seid eine Leiholan *und* die Tochter einer meiner allerbesten Freundinnen. Das ist beides gut. Ich freue mich darauf, Euch kennenzulernen und Euch zu helfen, Euren Gesang zu vervollkommnen.«

Wendra erwiderte seinen Blick unverwandt und zauderte erneut. »Was, wenn ich beschließe, nicht zu bleiben? Oder das Leidenslied nicht zu singen?«

Ein Ausdruck von Entsetzen und Besorgnis trat auf das Gesicht des alten Mannes. Belamae sammelte sich und sah sie dann mit ernster Miene unverwandt an. »Wendra, Ihr müsst einige Dinge begreifen, bevor Ihr derart selbstsüchtige Fragen stellt. Erstens: Der Schleier wird schwächer. Es gibt nicht genug von uns, um das Leidenslied zu singen und seine Kraft so aufrechtzuerhalten, wie sie aufrechterhalten werden sollte. Die Anstrengung fordert ihren Tribut von all jenen Leiholan, die das Lied darbieten.« Der Maester ließ bedächtig den Blick über das Publikum im Saal schweifen. »Diese Trauerfeier gilt einer jungen Frau, Soluna … einer Leiholan. Sie ist beim Singen des Leidensliedes gestorben.«

Wendra starrte ihn entsetzt an. »*Beim* Singen gestorben?«

»Das Lied ist schon unter günstigen Umständen fordernd«, erklärte er. »Aber wenn der Born an seinen Ketten zerrt, verlangt das Lied mehr. Das Leidenslied ist kein Trinklied. Es ist noch nicht einmal ein wohlmeinender Historienzyklus. Jedes Mal, wenn man es singt, benötigt man sein gesamtes Selbst. Das müsst Ihr verstehen, bevor wir beginnen, Euch zu unterrichten.«

Wendra sah zu der großen Menge hinüber, die darauf wartete, einer Leiholan die letzte Ehre zu erweisen, die beim Singen des Leidensliedes gestorben war. Die Bürde künftiger Zwänge lastete schwer auf ihr, beschnitt ihre Möglichkeiten, als müsste sie die Lückenbüßerin spielen – für die Lücke, die ihre Mutter hinterlassen hatte, die Lücke, die diese junge Frau hinterlassen hatte, die gerade erst gestorben war.

Belamae räusperte sich leise. Als sie sich ihm wieder zuwandte, umfasste er sanft ihr Kinn, wie ein Vater es tut, wenn er sowohl Zuneigung als auch die Notwendigkeit, verstanden zu werden, zum Ausdruck bringen will. »Und, mein Kind, ich sterbe.«

Wendra schnürte sich die Brust zu. »Belamae?«

Ein bekümmertes Lächeln huschte über sein Gesicht. »Oh, nicht heute oder morgen. Aber bald. Ich kann es spüren. Die Zeit, in der ich Euch nach besten Kräften mit Ratschlägen und Unterweisung versorgen kann ... nun, sie ist nicht unbegrenzt, und ein guter Sänger weiß, wann er von der Bühne abtreten muss.«

Belamaes Enthüllung traf sie härter, als sie erwartet hätte. Er hatte Wendra immer nur gütig behandelt. Er hatte ihr nie einen schlechten Rat gegeben. Und nun würde er bald sterben.

Und doch erinnerte sich Wendra plötzlich an Penit, von dem Sutter glaubte, dass er noch am Leben war. Sie dachte auch an die zahllosen anderen, die zusammengetrieben und als Sklaven in den Born verkauft worden waren, so wie der Wegelagerer Jastail es ihr anzutun versucht hatte. Wie viele andere waren im Laufe der Jahre verschleppt worden? Wie viele waren es heute? Sie wollte gern hierbleiben und lernen, ihre Liebe zum Gesang verfeinern. Aber sie fragte sich zugleich, was aus jemandem wurde, der in die Hände der Stilletreuen verkauft wurde. Fragte sich, ob sie diesen Leuten helfen konnte. Fragte sich, ob das Leidenslied ihr dabei dienlich sein würde.

Das Aufschwingen einer Tür war im ganzen Saal zu hören. Wendra folgte Belamaes Blick und sah eine hagere Frau, die erhabene Gefühlstiefe ausstrahlte, zur vordersten Reihe der Versammlung schreiten und dort Platz nehmen.

»Wir können beginnen«, sagte Belamae und geleitete Wendra in die Mitte des Übungssaals. »Wendra, dies hier ist Telaya.« Er deutete zwischen ihnen hin und her. »Sie ist eine unserer besten Lyren hier in der Discantus-Kathedrale und in vielerlei Hinsicht meine rechte Hand.« Er führte Wendra zu einem Platz neben der Frau, die sie mit einem knappen Nicken begrüßte.

Als sie die Verwirrung in Wendras Gesicht sah, erklärte Telaya: »Lyren sind Musikstudenten, die keine latente Leiholanbegabung haben.«

Wendra hörte einen Anflug von Missgunst in ihrer Stimme.

Dann stieg Belamae auf die Estrade und stellte sich hinter das Lesepult. Er wartete eine ganze Weile. Nicht darauf, dass Stimmen verklangen – im ganzen Saal herrschte bereits erwartungsvolles Schweigen. Er schien auf eine Inspiration zu warten. Vielleicht sah er jedem Trauernden in die Augen, der gekommen war, um Soluna die letzte Ehre zu erweisen. Aber statt eine Rede zu halten, sang der Maester, als er schließlich den Mund öffnete, und was er sang, war eine langgezogene, monotone Wiedergabe des Namens der gefallenen Leiholan: Soluna.

Wendras Herz klopfte schon beim Zuhören schneller. Der getragene, lange Ton klang gequält, ehrfürchtig und machtvoll zugleich. Er füllte den Saal der Gesänge aus wie nichts, was sie sich je hätte vorstellen können, und als Belamae damit fertig war, den Namen zu intonieren, hielt er inne und gestattete der Resonanz des Saals, den Namen in die Stille zu tragen. Nach vielen weiteren Augenblicken begann er wieder zu singen. Seine Worte waren nicht vorgegeben – dies war kein Klagelied bei einer Bestattung, und er bemühte sich nicht einmal zu reimen. Aber er geriet nicht ins Stocken und suchte auch nicht nach Worten, die er singen konnte: Sie flossen so geschmeidig dahin wie seine Töne. Langsam. Wie eine Prozession. Manchmal von Herzen und schwermütig, dann wieder leichthin und heiter. Erinnerungen.

»Also eine neue Leiholan.« Das war Telaya neben ihr, die gerade laut genug sprach, um verstanden zu werden.

Wendra sah zu ihr hinüber. »Ich habe keine Ausbildung.«

Die Frau bedachte sie mit einem abfälligen Blick, der Wendras Eingeständnis als falsche Bescheidenheit abtat. »Dann seid Ihr eine Souden – jemand, der sein Leiholantalent ausbildet. Schön, dass Belamae so schnell Ersatz für Soluna gefunden hat.«

»Ich bin kein Ersatz.«

Telaya zog die Augenbrauen zu einem anerkennenden Ausdruck hoch, der genauso schnell wieder verschwand – neuerliche Abfälligkeit. Sie glaubte Wendra offenbar nicht. »Lernt das Leidenslied gut, sonst werden wir hier als Nächstes Eurer gedenken.«

Wendra begann, ein klareres Bild von der Frau zu gewinnen, und entschloss sich, früh den richtigen Tonfall anzuschlagen. »Und warum seid Ihr zu spät zu dieser Trauerfeier gekommen? Verabscheut Ihr alle Leiholan? Oder nur Soluna?«

Statt angesichts dieser Anschuldigung brüskiert zu wirken, lächelte Telaya, aber nur so sehr, dass sie nicht gegen das gute Benehmen bei einer Trauerfeier verstieß. »Ich bin zu spät gekommen, weil eine Leiholan eine Musikstunde brauchte – Klarheit über die Shehalis-Tonleiter, unmittelbar bevor sie sich in den wahren Saal der Gesänge begab. Wir können nur hoffen, dass sie alles richtig macht, damit wir hier heute kein Doppelbegräbnis abhalten müssen.«

»Ich verstehe«, gab Wendra gleichermaßen eisig zurück. »Dann liegt es also nur daran, dass Ihr selbst nicht mit wahrer Macht singen könnt.«

Aus dem Gesicht der Frau traf sie ein ausdrucksloser Blick. »Ich verabscheue keine Menschen. Ich verabscheue aber einige ihrer Annahmen, wie etwa die, dass es eine Art Geburtsrecht ist, Leiholan zu sein.« Dann wandte Telaya ihre Aufmerksamkeit dem Klagelied zu, das Belamae mittlerweile sang. Echte Trauer und Reue huschten über ihre Züge. »Oder wollt Ihr Euch etwa auch bereitwillig in dieses Schicksal ergeben?«

Wendra saß einen Moment lang da und lauschte dem Gesang des Maesters. Während das Lied den großen Saal ausfüllte, kam ihr ein Gedanke, der fast schmerzhaft war: Diese Leiholan war vor kurzem beim Singen des Leidensliedes gestorben, um den Schleier gegen die Stilletreuen zu stärken, und erst vor wenigen Tagen hatte Wendra sich einer Armee aus dem Born entgegengestellt, die eben diesen Schleier durchquert hatte. Sie würde später die genauen Zeitpunkte beider Ereignisse überprüfen, aber sie wusste, dass sie übereinstimmen würden. Diese Leiholan, Soluna, war in derselben Schlacht gefallen, die Wendra gerade auf der Solielebene miterlebt und in der sie gekämpft hatte.

Hatte die Armee der Stilletreuen den Schleier durchdrungen, weil der Schutz, den er bot, bei Solunas Tod versagt hatte? Oder war die Armee auf die Barriere eingedrungen, und ihr Druck hatte Soluna einen tödlichen Tribut abverlangt? Oder gab es einen anderen äußeren Faktor, der zur Schwächung des Schleiers beigetragen hatte? Zu Solunas Schwächung?

Was auch immer die Wahrheit sein mochte, die Gefahren des Leidensliedes wurden in diesen Augenblicken deutlicher. Umfassender.

30

EIN FÜNFTER MANN

Mit einem Malier sollte man sich tunlichst nicht anlegen. Sie leben für den Schmerz.

(Sprichwort, festgehalten in Qualen. Vom Nutzen der Folter bei der Vorbereitung auf ein Leben in Dienst und Krieg*)*

Vier Meilen östlich von Decalam erhoben sich die Ruinen von Calaphel. Die Sonnenstrahlen malten im Vormittagsdunst schiefe Muster, wärmten geborstenen Stein und staubige Oberflächen. Staubkörnchen tanzten träge in diesen Lichtkegeln, aufgewirbelt von Roth, der nachdenklich auf und ab ging. Er drehte langsame Runden durch einen Raum ohne Dach und kam immer wieder an großen Fenstern vorbei, durch die er am Horizont Ausschau nach den anderen hielt, die kommen sollten.

Vor Generationen war Calaphel ein kleiner, aber wichtiger Stützpunkt gewesen, der vor Invasionen aus der Domäne Wynstout geschützt hatte. Allerdings war »Invasionen« schon ein übertriebener Ausdruck dafür. Jene Angriffe waren kaum jemals mehr als Plünderungszüge gewesen, unternommen, um schnell und heftig zuzuschlagen und Dinge zu rauben, auf die

die Domäne Anspruch zu haben glaubte. Man hatte Calaphel aufgegeben, nachdem Decalam ein Handelsabkommen mit der Domäne unterzeichnet hatte. Seitdem war die Handvoll Feldspatgebäude als Steinbruch missbraucht worden. Einen Großteil der Steine hatten Wanderhirten fortgeschleppt, um Viehpferche in der Nähe der Eichenwälder nordöstlich von hier zu errichten.

Roth blieb vor einem klaffenden Loch in der Nordwand stehen und starrte auf das weite, unverstellte Panorama hinaus. *Fleißige Leute, diese Hirten,* dachte er. Sie hatten den gestohlenen Stein zehn Meilen weit getragen, bevor sie ihn wieder abgelegt hatten. Das gefiel ihm. Es erinnerte ihn an seinen Vater – einen Mann, der sich nicht gescheut hatte, einen Schrubber über das nach Fisch stinkende Deck eines Kutters zu schieben, um seiner Familie Kartoffelbrei zum Abendessen zu verschaffen.

Er nickte beim Gedanken an die Erinnerung und die weise Entscheidung, an dieser Stelle einen Wachturm zu errichten. Bei Tageslicht war es unmöglich, sich über die langgestreckte, flache Ebene zu nähern, ohne gesehen zu werden. Es war ein guter Ort, um sich insgeheim mit den Anführern seiner Jurshah zu treffen.

Er blickte in den tiefblauen Himmel auf und ertappte sich bei einem Grinsen. Dieser verfallene Außenposten! Das Handelsabkommen, das seiner Nützlichkeit ein Ende gesetzt hatte, war auf Empfehlung des Wirtschafts- und Finanzflügels der Liga hin geschlossen worden. *Von Kriegsbereitschaft zu Viehpferchen.* Ihm gefiel diese Entwicklung, die Calaphel zugleich zum geeigneten Ort für das heutige Gespräch machte.

Binnen einer Stunde trafen die Anführer der vier Jurshah-Abteilungen ein, und zwar jeder aus einer anderen Richtung.

Von Osten kam Nama Septas, Leiterin des politischen Flügels, von Süden Wadov Pir, Finanz- und Wirtschaftssekretär der Liga, von Norden Bellial Sornahan, der für Gerechtigkeit und Verteidigung zuständig war, und aus dem Westen Tuelin Cill, die Meisterin der Geschichtsschreibung.

Aus allen vier Himmelsrichtungen herzureiten war Roth immer klug erschienen, um ihren Gegnern weniger Grund und Gelegenheit zu geben, sich Gedanken zu machen oder sie zu verfolgen, aber ihm gefiel zugleich die Symbolik. Er genoss es, sich auszumalen, wie seine Männer und Frauen, angetan mit sauberen, glatten, kastanienfarbenen Mänteln, überall die Straßen der Ostlande durchstreiften, Vorbilder an Bürgersinn.

Die Ligaführer banden ihre Pferde an und begrüßten einander leise. Dann kamen sie herein und nickten jeweils Roth zu, bevor sie sich auf einem von mehreren Steinblöcken niederließen, die in einem großen Kreis in der Mitte des Raumes aufgestellt waren.

Roth begann, von außen um den Kreis herumzuschreiten. Kleine Staubwölkchen stiegen um seine Stiefel auf und ließen das Licht noch trüber werden. Er ging eine ganze Runde, bevor er begann.

»Ich habe den Befehl gegeben, und alle geeigneten Ligaten halten nun nach einer Gelegenheit Ausschau … die Regentin wird bald tot sein.« Er hielt inne, damit die Ankündigung ihre volle Wirkung entfalten konnte. Jeder seiner Ligaführer nickte, die meisten erfreut. »Es wird einen Aufschrei geben, und man wird danach rufen, den Schurken zu finden. Man wird alles aufbieten, was Decalam hergibt, um Nachforschungen anzustellen. Helainas Freunde werden uns verdächtigen. Wir werden alles abstreiten. Unterdessen werden sie gezwungen sein, Pläne für ihre Nachfolge zu machen. Inmitten dieses Durcheinanders werden wir handeln.«

Nama Septas ergriff als Erste das Wort. »Der Hohe Rat wird rasch einen Ersatz für die Regentin finden müssen. Das Große Mandat soll bald beginnen.« Dann bedachte sie ihn mit einem schmalen Lächeln. »Der Rat wird unverzüglich darum bitten, Kandidaten für ihre Nachfolge zu benennen.« Sie musterte Roth und fragte: »Wie viele von ihnen habt Ihr in der Hand?«

Roth dachte eine Weile nach. »Mir das Regentenamt zu sichern erweist sich vielleicht doch als etwas größere Herausforderung, als ich dachte.«

»Vielleicht auch nicht«, mischte sich Wadov Pir ein. »Ich komme gerade aus ihrer Schatzkanzlei. Dort hat es … Diskrepanzen gegeben. Ich habe mich mit ihren Schatzmeistern auf beidseitiges Stillschweigen geeinigt, und das sollte uns ihre Unterstützung eintragen.«

Roth nickte Pir dankend zu, der ein Meister darin war, winzige Fehler in die Steuerlisten einzufügen. Das unscheinbare Buchhalterlächeln des Mannes verbarg unerwartet scharfe Zähne, wann immer es um Geldangelegenheiten ging.

»Aber was ist mit den unbesetzten Ratsposten?«, fragte Nama. »Wir hatten vor, sie mit der richtigen Art von Leuten zu füllen.«

Roth schritt weiter um den Kreis seiner Jurshah-Führer herum. »Die Autoren stellen sich nicht auf unsere Seite«, verkündete er mit gerunzelter Stirn. »Sie sind ohnehin nur locker miteinander verbunden, und ihr ungekrönter König ist ein zänkischer alter Narr, der sich zu nichts überreden lässt.« Roth trat hinter Tuelin Cill und legte ihr eine Hand auf die Schulter. »Aber ich habe etwas über diese ungeordnete Tintenklecksergilde herausgefunden.« Er beugte sich vor und tat, als würde er auf einer Wandtafel schreiben. »Sie scheinen über eine Alchemie zu verfügen, die ihnen die Fähigkeit verleiht, in der Luft zu schreiben. Cill, wir müssen mehr darüber herausfinden. Wozu sind sie in der Lage? Und wenn sie dieses Hexenwerk gegen uns richten, wie halten wir es auf? Begebt Euch in Eure Archive, betraut Eure klügsten Historiker mit der Aufgabe; wir brauchen Antworten.«

Cill nickte. »Sobald ich zurück bin.«

»Aber dass wir auf Autor Garlens Unterstützung verzichten müssen, schadet uns vielleicht nicht, weil ich bezweifle, dass er *überhaupt* für irgendjemanden stimmen wird«, erklärte Roth. »Ich halte ihn zwar für engstirnig, glaube aber, dass er vor allem einfach in Ruhe gelassen werden möchte. Wir haben noch Arbeit vor uns, was die Autoren allgemein betrifft, aber wir werden schon ohne seine Stimme auskommen.«

»Ihr werdet auch die Stimme der Kirche nicht erhalten«, fügte Nama hinzu. »Die Kirchenleute können zwar vielleicht nicht beweisen, dass Ihr die Bastulan-Kathedrale niedergebrannt habt, aber sie glauben es zumindest.« Namas Tonfall wurde schneidend vor Ungeduld: »Und warum, wenn ich fragen darf, habt Ihr es überhaupt für notwendig gehalten, Brandstiftung zu der Liste von Anschuldigungen gegen die Liga hinzuzufügen? Wäre es nicht einfacher gewesen, die Versöhnungsjünger zu erhabeneren Zielen zu bekehren, *nachdem* wir die Macht übernommen haben?«

Roth richtete sich hoch auf und begann dann wieder umherzuschlendern. »Ihr kennt die Mythen über die Bastulan-Kathedrale, ihre verborgenen Reliquien. Ihre Zerstörung wird viele anspornen, nach anderen Antworten auf ihre Fragen zu suchen. Antworten, die die Liga ihnen geben kann.«

»Und wenn es die Reliquien wirklich gibt?«, warf Tuelin ein. »Die einfachste Regel, die jeder Historiker befolgt, der seinen

Buchbinderleim wert ist, lautet, dass alles, was von mehr als drei Chronisten berichtet wird, in gewissem Maße auf Tatsachen beruht.« Sie maß Roth mit einem Blick, der entfernt an den einer Richterin erinnerte. »Das trifft auf die Reliquien zu.«

Er nickte geduldig. »Natürlich. Und die Bastulan-Kathedrale besteht zur Hälfte aus Stein, nicht wahr? Ich nehme an, alles, was von großem Wert ist, wird an einem sicheren Ort aufbewahrt, wo Feuer keine Bedrohung darstellt, oder wurde dorthin umgelagert. Fassen wir also zusammen: Die Kirchenbänke der Bastulan-Kathedrale sind jetzt Asche. Das ist ein vielversprechender Anfang.« Roth bedeutete Nama, gut zuzuhören. »Und das hat die wunderbare Folge, uns dabei zu helfen, die Macht zu erlangen, findet Ihr nicht? Die Versöhnungsjünger brauchen schließlich ein neues Wahrzeichen.« Dann kniff er die Augen zusammen. »Wenn Ihr aber zu zimperlich dafür seid, müssen Ihr und ich vielleicht noch einmal darüber nachdenken, ob ...«

Nama stand auf. »Ich bin nicht zimperlich. Aber es wäre *politisch* klüger gewesen, es zu vermeiden, den Zorn der Bastulan-Jünger zu erregen, bis sie nichts mehr unternehmen können, um unsere Herrschaft anzufechten.« Sie zeigte in Richtung Decalam. »Es könnte sie in Aufruhr versetzen. Das ist alles, was ich sage.«

Roth lächelte und nickte. »Verstanden.«

»Was ist mit Van Steward?«, fragte Bellial Sornahan. »Habt Ihr schon mit ihm gesprochen?«

Beim Namen des Generals beschleunigte Roth vor wachsender Erregung unwillkürlich seine Schritte – nun kamen sie zum springenden Punkt dessen, was sie heute hier in Calaphel zusammenführte. »Das habe ich. Van Steward ist, wie Ihr vielleicht schon erraten habt, der Regentin lächerlich treu ergeben. Mehr noch, er hat mich darüber in Kenntnis gesetzt, dass unsere eigenen Bemühungen, in Decalam die Einhaltung zivilisierter Verhaltensregeln zu überwachen, ein Ende nehmen müssen.«

»Dagegen können wir angehen«, warf Nama rasch ein. »Es gibt Gesetze, auf die wir uns berufen könnten ...«

»In der Tat«, sagte Roth. »Aber das wird nicht nötig sein.«

Bellial hob den Finger, wie er es oft tat, wenn er ein Argument vorbrachte. »Eure Führerschaft, ich muss widersprechen. Die Leute müssen wissen, dass wir dem Gesetz Geltung verschaffen und Fehlverhalten korrigieren dürfen, sobald wir es bemerken. Wenn das Volk uns nicht länger fürchtet ...«

»Respektiert«, verbesserte Roth.

Bellial grinste verschlagen. »Die Durchsetzung zivilisatorischer Normen stützt sich auf den *Respekt* des Volkes. Wenn allein Van Stewards Leute die Machtvollkommenheit haben, den Frieden zu sichern, dann steht, fürchte ich, die Zivilisation auf dem Spiel.«

Roth lächelte, sagte aber nichts, sondern wartete. Kurz darauf ertönte Hufgetrappel jenseits der rissigen und verfallenen Mauern von Calaphel. Ein unsichtbarer Reiter machte Halt, und das Pferd schnaubte jenseits des Türdurchgangs. Und gleich darauf schritt ein fünfter Mann in die Ruinen – Losol Moirai, Roths Überraschung für seine anderen Jurshah-Führer. Im Schlepptau hatte Losol einen anderen Mann, der gefesselt, geknebelt und offensichtlich geschlagen worden war. Er setzte den Gefangenen auf einen leeren Stein im Kreis. Wiedererkennen blitzte in den Gesichtern der Jurshah-Führer auf. Sie kannten den Gefesselten, sagten aber nichts.

Dann trat Losol vor. Seine Tunika und seine Hose lagen eng an und waren aus zahllosen straffen Zöpfen aus Sylphengarn gefertigt, einer seltenen Faser, die desto stärker wurde, je mehr man sie dehnte. Seine Kleidung war eine Variante des Lamellenpanzers, die sich aus winzigen senkrechten Linien zusammensetzte. Losols geschwärzte Stiefel und Handschuhe schützten seine Knöchel und Handgelenke so enganliegend wie der Rest seiner Rüstung. Und über den Schultern trug er den kastanienbraunen Umhang der Liga, wenn auch einen Hauch dunkler gefärbt, um ihn von den anderen abzuheben. Losol hatte zwei Waffen bei sich, ein Schwert mit schwarzem Elfenbeingriff an einer Hüfte und einen Dreizack an der anderen. Sein Kopf und sein Gesicht waren kahlrasiert. Schmucknarben verliefen als wohlgeordnete senkrechte Reihe von Symbolen von seiner Brust über den Hals bis auf die Wange unterhalb seines linken Auges.

Losol war in jeder Hinsicht Malier, und das Muster auf seinem Gesicht kennzeichnete ihn als jemanden, der aus Mal Riev Lux stammte. Die Schmucknarben waren Teil einer Tradition, die die Malier ein Leben lang pflegten: Man nannte sie *Talenfoier*, ein Ritual des Schmerzes und der ständigen Erniedrigung. Und doch waren die Malier gerade deswegen und aufgrund ihrer Ausrichtung auf die Kampfkunst fast ein Mythos. Manche hielten sie sogar für Stilletreue oder glaubten zumindest, dass sie Verständnis für diejenigen hatten, die im Born lebten. Ein weitverbreiteter Kinderreim besagte: *Ein Malier ist gleich masal Mann. Masal* war das ebonische Wort für fünf.

»Sehr verehrte Damen und Herren«, verkündete Roth hochzufrieden, »lasst mich Euch Losol Moirai vorstellen.«

Losol wurde von jedem Jurshah-Führer forschend gemustert. Er erwiderte die unverwandten Blicke gleichmütig, mit nur einem Hauch von Herausforderung.

Gut, dachte Roth. Aber er würde noch damit warten, die Unterbrechung zu erklären, damit die Jurshah-Führer sich auch Gedanken über den Gefangenen machen konnten, der zwischen ihnen saß.

»Sobald mein Nachfolgebrief als Regent ausgestellt und in den Gewölben des Solath Mahnus hinterlegt ist, werde ich beim Großen Mandat aufräumen. Ich werde eine Lobrede auf Helaina halten und eine aufwändige Feier zu Ehren ihres Lebens und ihrer Leistungen ankündigen. Ich werde den Königen und Herrschern dafür danken, dass sie ihre Heimatländer verlassen haben und nach Decalam gereist sind, um einem Appell zu folgen, der uns alle an eine gemeinsame Sache binden sollte. Aber …« Roth machte eine Kunstpause und stellte sicher, dass jeder seiner Unterführer seinen Worten aufmerksam lauschte. »Diese Sache wird nichts mit den alten Göttern und ihren grauenvollen Geschöpfen zu tun haben. Nein, ich werde sie auf die wichtige Aufgabe der Edukation in unseren Elendsvierteln einschwören, auf neue Verdienstmöglichkeiten, damit die Huren die Beine schließen und die Kinder aus den Arbeitshäusern entkommen können. Auf ein Bekenntnis, das alles, was wir wissen, mit der Erforschung dessen, was wir nicht wissen, verbindet. Durch Wissenschaft, nicht durch inständige Gebete.« Er sah in den tiefblauen Himmel über ihnen auf, während seine Jurshah-Führer ihm Beifall spendeten, ihr Klatschen in den Ruinen von Calaphel widerhallte und in die offene Luft darüber emporstieg.

»Ich werde beginnen, die Völker zu einen«, fuhr Roth fort, und seine Stimme wurde schrill, während sich seine Schritte beschleunigten. »Das Große Mandat wird kein Ereignis mehr sein, das alle paar Zeitalter einmal stattfindet. Es soll zum ständigen Regierungsorgan werden, und ich werde es leiten, um eine Konföderation zu bilden, die auf unser eigenes Bekenntnis gegründet ist und von unseren eigenen emsigen Sachwaltern erhalten wird.« Er sah auf seine Jurshah-Führer hinab. »Wir werden im Braun der Liga durch die Straßen ziehen und dem Ruf Folge leisten, zu helfen und zu züchtigen.«

Roth machte sich nicht die Mühe, seinen Jurshah-Führern zu verraten, dass er einen Teil seiner Vision von Helaina abgekupfert hatte.

Seine einstudierten Worte hallten ringsum wider, bis sich aufs Neue Schweigen über die verlassenen Überreste des Stützpunktes senkte. Roth gefiel es, wie die eintretende Stille seiner Rede einen Hauch von geschichtlicher Bedeutung verlieh. Sein Vortrag war nicht ohne Pathos, aber das war ja bisweilen angebracht.

Es war Nama, die schließlich das Schweigen brach, und das auch noch mit einer Frage. Aber Roth war dankbar für das endlose kritische Nachhaken der Frau; es schärfte seinen Verstand. »Könige sind oft nicht bereit, Macht an eine übergeordnete Instanz abzutreten. Wie wollt Ihr diejenigen dazu überreden, die lieber in ihre Heimat zurückkehren möchten und Eure Vision als politischen Opportunismus von sich weisen?«

Roth zeigte auf Losol Moirai. »Dort steht Eure Antwort, Nama.« Roth schritt nun in die Mitte des Rings und bedeutete Losol, sich dort neben ihn zu stellen. Dann ging er in engerem Kreis um den Malier herum und fing unterwegs den Blick jedes Einzelnen seiner alten Freunde auf, wodurch er die Aufmerksamkeit einiger von dem Gefangenen ablenkte.

»Das Werkzeug des Wandels, meine Freunde, ist der Krieg. Manche Völker werden sich uns unverzüglich anschließen. Vermutlich vor allem diejenigen, die unsere Unterstützung und unseren Schutz benötigen. Und es gibt einige Länder, in denen wir jetzt schon Einfluss haben.« Er senkte die Stimme und ließ einen bedrohlichen Unterton einfließen: »Bei anderen werden wir nachhelfen müssen, damit sie erkennen, was wir ihnen zu bieten haben.«

Tuelin Cill, die Meisterin der Geschichtsschreibung, sagte im zögerlichen Tonfall eines Menschen, der es verabscheut, den Mahner zu spielen: »Eure Führerschaft, Aberglauben hin oder her, die Annalen und Archive stützen überwiegend die Gerüchte über das, was hinter den Bahrenbergen und im fernen Westen jenseits des Randes liegt.« Sie schluckte und sah sich im Kreise ihrer Kollegen um.

»Sprecht frei heraus, Cill. Lasst uns an Eurer Besorgnis teilhaben«, sagte Roth und wechselte die Richtung, um wieder zurück zu ihr zu schreiten.

Cill atmete langsam durch die Nase aus und erkaufte sich so einen Augenblick Zeit. »Wir fordern schon lange, das Leidenslied als rückständigen Brauch zu beenden. Ich möchte nur diese eine Frage stellen: Wenn die historischen Aufzeichnungen zutreffen und es seit langem ausgegrenzte Völker und Legionen in den unerforschten Landen gibt ... und wenn jener Schleier, von dem man sich erzählt, mit dem Ende des Leidensliedes erlischt ...«

Roth blieb vor Cill stehen und lächelte nun nicht mehr. Er verabscheute diesen beschränkten Blickwinkel, konnte ihn aber jemandem, der sich nur mit der Vergangenheit beschäftigte, vielleicht verzeihen. Gleichgültig. Roth hatte alle Möglichkeiten in Erwägung gezogen.

»Meine Freunde«, begann er und sah dabei Cill an, »erinnern wir uns doch zunächst daran, wer wir sind und wofür wir stehen. Wir bestreiten nicht, dass es wirklich Völker jenseits der Bahrenberge gibt. Warum sollten wir annehmen, dass dort *keine* Leute leben? Ich wäre sogar erstaunt, wenn es dort niemanden gäbe. Nein, wir zweifeln die Mythen und Fabeln an, die sich um jene fernen Orte ranken, dieses Gerede von dunklen Göttern – oder überhaupt irgendwelchen Göttern –, den Rückgriff auf Dinge, mit denen Ihr und ich nicht gesegnet sind.« Roth wedelte mit der Hand zwischen sich und Cill hin und her. »Sänger und Sheson und Schleier! Das sind doch Allegorien, Mysterienspiele, Kinderreime.«

Bellial mischte sich mit tiefer und vom unaufhörlichen Pfeifenrauchen heiserer Stimme ein. »Ich weiß nichts von Sängern und Schleiern, aber die Shesonhexerei kann ich bezeugen. Habe ich selbst gesehen. Meist, um Leuten zu helfen. Mir gefällt der Gedanke nicht, dass sie sich gegen uns richten könnte.«

Roth zwang sich, nicht überstürzt zu antworten. Es ermüdete ihn, seine Unterführer an Grundüberzeugungen der Liga erinnern zu müssen. »Noch einmal, meine Freunde: Es geht nicht um die Existenz bestimmter Dinge, sondern darum, dass die Leute sich ihretwegen abhängig und unfähig fühlen. Es geht um die Furcht, die sie schüren, um den Gedanken, dass irgendetwas von vornherein feststeht. Das ist bar jeder Vernunft!« Er hielt inne und sah nach und nach jeden Einzelnen an. »Das erniedrigt uns. Wir haben etwas Besseres verdient. Wir *sind* besser.«

Der Gefangene rutschte auf seinem Stein hin und her, nun mit wacheren und weiter aufgerissenen Augen, als hätten Roths Worte ihn aufgeweckt.

Roth wandte sich wieder zu Cill um und starrte sie mit eisenhartem Blick an. »Ich brauche nicht erst eine besondere Zaubermacht, um jemandem in Not zu Hilfe zu kommen. Ich brauche kein Märchen, um mich zu zwingen, mich gut zu benehmen. Wenn es in der Ferne jenseits unserer Landkarten Horden gibt, deren einziges Ziel darin besteht, uns Schaden zuzufügen … dann sollen sie doch kommen! Ich wette, ihre Absichten erklären sich eher aus Selbstsucht als aus sonst irgendetwas, und das ist nicht gar so seltsam.« Er blieb stehen, holte tief Atem und sah sich in den zerfallenen Mauern von Calaphel um. »Ein solcher Krieg würde unseren Plänen sogar

Vorschub leisten. Umso besser, meine Freunde, wenn die Liga der Edukation die Macht ist, die dem Ursprung solch törichter Ängste wortwörtlich ein Ende setzt.« Er nickte, wie um seiner eigenen Argumentation zuzustimmen. »Ungeachtet dessen ist, wie ich schon sagte, das Werkzeug des Wandels der Krieg. Es wäre mir lieber, wenn der Wandel durch Verhandlungen und Verträge zu erreichen wäre, aber ich bin nicht einfältig, und wir waren lange genug geduldig. Und so wird die Liga nicht nur das Große Mandat anführen, sobald die Regentin tot ist und wir ihr Amt übernommen haben, sondern wird ihm auch als Schild und Schwert dienen.«

Diejenigen, die im Kreis um ihn saßen, sahen allesamt Losol an.

Roth nickte wieder und dachte noch einmal: *Gut.* »Hiermit verkündete ich die Gründung eines fünften Zweigs der Liga, der gleichen Anteil an der Zusammensetzung jeder Jurshah haben soll. Heute, meine Freunde, beginnt für die Liga ein neues Zeitalter … mit einem Kriegsführer.«

Und eines Tages vielleicht auch mit einem Bündnis mit den Maliern. Aber eins nach dem anderen.

Roth legte Losol die Hand in einer Gebärde des Einverständnisses auf die Schulter. Einer nach dem anderen standen die Übrigen auf und gingen quer durch den Kreis auf den neuen Mann zu, um ihn mit dem Ligahandschlag zu begrüßen. Es wurden keine Worte gewechselt, und Losols Augen blickten weiter wie die eines Raubvogels, als er einen neuen Mitstreiter nach dem anderen abschätzig musterte. Auch das war gut. Das Kriegswerkzeug der Liga würde dafür sorgen, dass sie alle ehrlich blieben.

Jeder Einzelne von ihnen beäugte besorgt den Gefangenen, als sie ihre Plätze wieder einnahmen.

Roth wies Losol an, sich im Kreis niederzulassen, und sobald alle saßen und aufmerksam waren, erklärte er: »Cill, im Grunde bin ich froh zu hören, dass Ihr über recht umfassende Kenntnisse über den Born verfügt. Die werden wir noch brauchen. Ihr werdet Euch mit Losol zusammensetzen, um an einigen sehr speziellen Fragen zu arbeiten, bei denen seine einzigartige Vergangenheit eine große Hilfe sein wird.« Er sah Bellial mit wissendem Grinsen an. »Die Ergebnisse dieser Nachforschungen, mein Freund, könnten Euch die Angst davor nehmen, gegen die Sheson zu kämpfen.«

Sein Meister der Gerechtigkeit und Verteidigung zog interessiert die Augenbrauen hoch und nickte, während er begann, sich eine Pfeife zu stopfen. »Und welche Vergangenheit ist das?«

Roth kannte sie selbst nicht vollständig, und was er wusste, behielt er für sich. Aber so viel verriet er dann doch: »Losol weiß darum, welche Verhältnisse jenseits des Randes herrschen.«

Das trug ihm mehrere besorgte Blicke ein, aber keine weiteren Fragen.

Der Gefangene scharrte mit den Füßen, als machte er sich bereit davonzulaufen.

»Was nun Calaphel betrifft«, sagte Roth mit einer gewissen Befriedigung, »so werden wir es wieder aufbauen, und hundert weitere Stätten gleicher Art, nah und fern. Zum Schutz und zur Warnung.« Er lächelte offen. »Ich hoffe, Ihr wisst den symbolischen Fortschritt zu schätzen: ein militärischer Außenposten von Decalam, der gefallen ist, nachdem die Liga ein Handelsabkommen mit der Domäne ausgehandelt hatte. Und jetzt: ein Militärstützpunkt der *Liga*.«

Natürlich war es Nama, die die Frage stellte: »Worin besteht die Symbolik?«

Roth bedachte sie mit einem nachsichtigen Blick. »Was alt ist, kann erneuert werden. Was wir niederreißen, bauen wir wieder auf.« Er wurde ernster und schloss: »Und Toleranz hat ihren Preis, ganz abgesehen davon, dass wir auch nicht immer tolerant sind. Besonders dann nicht, wenn unsere eigene Regentin beschließt, uns auszuspionieren.« Roth nickte zu dem Gefangenen hinüber.

Losol stand auf, trat hinter den Gefangenen und rammte dem Mann beiläufig ein Messer durch den Nacken ins Gehirn. Er drehte die Waffe im Kreis und zog sie dann wieder heraus. Es war eine unglaublich wirkungsvolle Attacke, und es floss bemerkenswert wenig Blut. Die Augen des Spions waren schon geschlossen, bevor er auf den Boden traf.

»Aber er war nicht nur ein Spion«, fügte Roth hinzu. »Seht genau hin.«

Seine Jurshah-Führer musterten den Leichnam, und auf allen Gesichtern stand das gleiche Wiederkennen.

»Er war einer von uns. Ein Ligat, der noch vor kurzem hoch angesehen war …« *Und jetzt ein warnendes Beispiel darstellt.* »Vergewissert Euch, dass Eure Leute verstehen, wem ihre Treue auch weiterhin gelten sollte. Erzählt ihnen vom Schicksal unseres Gastes hier.«

Nun, da er für Ordnung im eigenen Haus gesorgt hatte, konnte er seine ganze Aufmerksamkeit dem Großen Mandat widmen.

31

PERGAMENTKRIEG

Um zu gewinnen, muss man bereit sein zu tun, was der Feind nicht zu tun bereit ist.

(Das erste Gebot aller Konflikte,
aus Himshals Kriegskunst*)*

Thaelon klopfte leise an die Tür seiner Tochter – leise, weil er sie während ihrer Übungsstunden nach dem Abendessen aufsuchte. Ketrin war sein einziges Kind und auf bestem Wege, selbst Sheson zu werden. Aber ihr war die Gabe des Willenslenkens noch nicht verliehen worden, und den Suliven – denjenigen, die lernten, aber noch nicht über den Willen zu gebieten vermochten – dienten die Stunden nach dem Abendessen zum Lesen, Üben und Privatunterricht bei Shesonmentoren.

»Herein.« Die Stimme war durch die Tür gedämpft und klang abgelenkt.

Thaelon drückte die Klinke sanft herunter und schlüpfte in Ketrins Zimmer. Mehrere Lampen brannten. Sein »kleines Mädchen« – eine Bezeichnung, die aufzugeben er nicht einmal versuchte – hatte es gern hell. Sie saß an einem Tisch an der gegenüberliegenden Wand und baute eine Art Experiment auf. Wann immer möglich setzte Ketrin das, was sie lernen musste, praktisch um. Die Auswirkungen dessen zu betrachten, was sie studierte, war nun einmal ihre bevorzugte Vorgehensweise – und die sorgte dafür, dass sie den meisten Gleichaltrigen weit voraus war.

Neben ihr saß Sellena, ihre Shesonmentorin, die nicht gerade selten darum gebeten wurde, ein wenig den Willen zu lenken, um Vorstellungen zum Leben zu erwecken, die Ketrin ihren Büchern entnahm.

Heute Abend marschierte ein Dutzend kleiner Pergamentgolems auf dem Tisch mit einem lustigen Knistern in einer typischen Kampfformation auf.

Ketrin schaute nicht hoch, sondern konzentrierte sich weiter ganz auf die Aufstellung der Pergamentkrieger. Sie zeigte darauf und gab Sellena Anweisungen, wohin sie die Golems verschieben sollte.

Thaelon lächelte. Es war ein Spiel. Eines, das sein kleines Mädchen und er schon spielten, seit Ketrin fünf Jahre alt gewesen war. *Pergamentkrieg* nannten sie es. Ursprünglich war es ein einfaches Strategiespiel gewesen, in dem die Pergamentsoldaten verschiedenen Bewegungseinschränkungen unterlagen, und damals hatten sie es überwiegend aus Lust und Laune gespielt. Seine Frau Hala hatte für Ketrin den Willen gelenkt.

Ein Stapel dünner Pergamentbögen lag vor jedem Spieler, und mit einem Mindestmaß von Willen konnte dieses Pergament in die Form einer Person gelenkt und mit einem schlichten Zweck ausgestattet werden. Ursprünglich hatte dieser Zweck darin bestanden zu kämpfen. Im Laufe der Zeit hatte sich das Spiel verändert, da Ketrin einiges über ausgefeiltere Strategien und aufeinander abgestimmte Angriffstaktiken gelernt hatte. Das Spielfeld war zum Schlachtfeld geworden, die Golems zu Soldaten mit festgelegtem Rang.

Heute Abend verband sein kleines Mädchen, wie er sehen konnte, die Kampfkunstunterweisung mit Unterricht in Übertragen und Einflussnahme – Willenslenkerfähigkeiten, die sie würde beherrschen müssen, um Sheson zu werden.

»Ich muss mit dir sprechen«, sagte er. »Ich muss dich um einen Gefallen bitten.«

Sie nickte ihm zu weiterzureden, während sie gleichzeitig Sellena anwies, noch ein paar Golems aufzurichten und gegenüber von ihrer gestaffelten Linie in Stellung gehen zu lassen. Sie streckte die Hand aus und verschob einige von ihnen, da sie es kaum abwarten konnte, sie genau dort zu haben, wo sie wollte. Danach warf sie einen Blick in ein Handbuch – eine Ausgabe von Himshals *Kriegskunst*.

»Das, worum es geht, sollte man nicht ohne gründliche Überlegung ins Werk setzen«, fuhr Thaelon fort und ging auf die andere Seite des Tisches hinüber, so dass er sich direkt in Ketrins Gesichtsfeld befand. »Aber ich würde dich nicht darum bitten, wenn ich nicht annehmen würde, dass du die Richtige bist, darum gebeten zu werden.«

Sie sah ihn immer noch nicht an, sondern bedeutete Sellena, wohin sie einige der Golems im Verhältnis zu ihrer linken Flanke vorrücken lassen wollte.

»Ich höre.« Sie studierte weiter die Aufstellung auf dem breiten Tisch und die Positionen der beiden feindlichen Pergamentarmeen.

Thaelon lächelte verständnisvoll. »Du hast mich hereingebeten, um dich selbst auf die Probe zu stellen. Um zu sehen, ob du deinen Schlachtplan durchführen kannst, ohne dich ablenken zu lassen.«

Er sah ein kleines Fältchen in ihrem Mundwinkel – die Andeutung eines Lächelns –, bevor ihre Konzentration wieder die Oberhand gewann.

»Nun gut, dann lass uns einfach ein Spiel spielen.« Er ließ sich mit großer Geste gegenüber seiner Tochter nieder und begann, seine eigene Pergamentarmee aus dem Stapel vor sich zu bauen.

Der Klang von Pergament, das raschelte, riss und sich verformte, erregte eine gewisse Heiterkeit, vielleicht, weil die kleinen Figuren so harmlos aussahen, wenn sie sich kampfbereit machten. Die Pergamentsoldaten, die er zum Leben erweckte, hatten Beine und Arme, aber keine richtigen Köpfe. Höhe und Breite waren ihre Rangabzeichen.

Ketrins Augen funkelten vor Vorfreude, und sie ließ Sellena alle Golems von ihrem Stapel zu einer vereinten Streitmacht neu aufstellen.

Thaelon sah sich an, wie sie ihren General und ihre Soldaten aufgebaut hatte, und schenkte ihr ein schelmisches Lächeln. Er würde diese Prüfung noch schwieriger machen – bis auf seinen General belebte er jedes Pergament auf seinem Stapel, damit es selbstständig kämpfen konnte. Seine Pergamentarmee war ihrer gegenüber drei zu eins in der Überzahl. Zur Antwort versuchte Sellena, mit seiner Truppenstärke mitzuhalten, aber Ketrin hob die Hand, wie er gewusst hatte, dass sie es tun würde. Sein kleines Mädchen würde festzustellen versuchen, ob sie ihn mit weniger Golems überlisten konnte.

»Wenn ich gewinne, verleihst du mir dann endlich die Gabe? Machst mich zur Sheson?« Sie setzte ein herausforderndes Lächeln auf.

»Wenn du gewinnst, lasse ich dir deine Pergamentschnipsel.« Er lachte. »Und ich höre auf zu versuchen, dir Schlaflieder zu singen.«

»Gib keine Versprechen, die du nicht zu halten gedenkst.« Sie klopfte auf die Tischkante, um anzuzeigen, dass sie bereit war.

Er nickte und hob die leere Handfläche, um ihr zu bedeuten, dass sie anfangen sollte.

Sie stürzte sich mit Feuereifer ins Gefecht. Zunächst zog sie ihre Linie fast kreisförmig zurück und beugte so der Gefahr vor, dass er ihr in die Flanke fallen würde. Schlaues Manöver, wenn man das Zahlenverhältnis der Golems bedachte. Sie flüsterte Sellena etwas zu, und eine Handvoll ihrer Figuren bildete sich zu Barrikaden um, die sie strategisch aufstellte, um Thaelon zu zwingen, an nur zwei Stellen anzugreifen. Nicht schlecht. Aber Thaelon knüllte mehrere Pergamentblättchen zusammen und ließ sie von Paaren seiner Golems über die Barrikaden heben, wo sie landeten, weiterrollten und Ketrins Kreis sprengten.

Sie lachte kurz, doch ihre Miene blieb konzentriert. Ihre Armee bildete ihren Kreis jedes Mal, wenn sie getroffen wurde, neu. Aber sie führte keinen Gegenangriff. Stattdessen rollten einige ihrer Golems die Pergamentbälle weiter, um ihr Bollwerk zu vergrößern und den Zugang zu ihrer Pergamentarmee noch weiter einzuschränken. Sie hatte eine rein defensive Stellung bezogen.

Thaelon wollte sie aus der Reserve locken – ganz zu schweigen davon, dass er immer noch mit ihr reden musste –, und so ließ er einen Großteil seiner Golems einen Sturmangriff führen. Eine erdrückende Flutwelle aus Pergamentkörpern bewegte sich auf ihre kleinen Verteidigungsstellungen zu. Die Golems nutzten einander, um über Barrikaden und Pergamentfelsen zu klettern. Er wollte sie einfach überspülen, ihren angriffslustigen Verstand zwingen, das Kommando zu übernehmen.

Als sein Massenansturm von Golems ihre kreisförmige Verteidigungsstellung erreichte – das Knistern und Rascheln der Pergamentarme und -beine klang wie ein Regenschauer –, blieben sie alle auf einen Schlag stehen. Thaelon brauchte einen Moment, um zu sehen, warum. Während er seine zahlenmäßige Überlegenheit ausgespielt hatte, hatte sein kleines Mädchen ihn eingelullt, um ihn glauben zu machen, dass ihre Strategie nur aus Verteidigung, Bestandserhaltung und Schadensbegrenzung bestand. In Wirklichkeit hatte sie auf Zeit gespielt, um eine hintersinnigere, wirkungsvollere Strategie umzusetzen.

Er sah auf seinen General hinab. Der Golem hatte sich ein Stück seines Körpers abgerissen und hielt es nun wie eine weiße Fahne erhoben, um sich zu ergeben. Während Thaelon angenommen hatte, dass Ketrin gezwungen sein würde, eine der wenigen Gegenstrategien, einschließlich einer Kapitulation, in Betracht zu ziehen, hatte sie stattdessen das Spiel verändert. Sie hatte eine andere Übertragungsdisziplin ausgenutzt: Neuausrichtung. Sein General war dazu gebracht worden, umzuschwenken und in ihrem Interesse zu handeln. Der Ansatz folgte der klassischen Maxime *Bewege den Kopf, dann folgt der Körper*. Thaelon hatte sich so sehr auf den Angriff konzentriert, dass ihm nur wenig Energie geblieben war, um auf seinen Pergamentkommandanten achtzugeben.

Sie hatte seine kleine Prüfung eindrucksvoller bestanden, als er zu hoffen gewagt hatte, wenn auch mit einer fragwürdigen Strategie. Er hob die Hände. »Du hast gewonnen.«

In einem großen Auseinanderfallen stürzten alle Golems nieder, und ihre Körper wurden wieder zu glatten Pergamentblättern.

»Als hätte es anders sein können.« Ketrin stand von ihrem Stuhl auf und kam um den Tisch herum zu ihm, um ihn zu umarmen. Als sie zurücktrat, fügte sie hinzu: »Doch du hättest es durchschaut, wenn ich dich nicht in dem Glauben gewiegt hätte, dass ich einfach nur versuchen würde, deinen Angriff auszusitzen.«

»Vielleicht.« Er nickte Sellena zu und ließ sie damit wissen, dass sie gehen konnte.

Sobald Ketrins Mentorin die Tür hinter sich zugezogen hatte, atmete er langsam aus. »Du bist *wirklich* fast so weit, weißt du das?«

»Ich weiß. Ich habe es nicht eilig. Ich werde Sheson, wenn der rechte Zeitpunkt gekommen ist.« Sie kehrte zu ihrem Stuhl zurück.

Als er sich ihrer Aufmerksamkeit wieder sicher war, tadelte er sanft: »Neuausrichtung wirkt gut bei Gegenständen, die keinen echten eigenen Willen haben. Bei Menschen« – er hob einen Finger – »ist sie fast unmöglich, birgt ein gewaltiges Risiko … und ist nicht gestattet.«

Das ließ Thaelon an Vendanji denken, einen Sheson, der keine moralischen Schwierigkeiten damit gehabt hätte, eine Neuausrichtung zu wirken, wenn er angenommen hätte, dass sie einem gerechten Zweck diente.

»Ich weiß«, sagte sie. »Aber wir sprechen von einem Pergamentkrieg. Was ist denn nun so dringend, dass du während der Übungsstunden hergekommen bist?«

Thaelon sammelte seine Gedanken. »Wir müssen etwas gegen unser angespanntes Verhältnis mit der Liga unternehmen.« Er schwieg kurz und musterte sein kleines Mädchen, bevor er seine Bitte äußerte. »Du musst für mich nach Decalam reisen. Als meine Gesandte. Um mit dem Aszendenten Staned zu sprechen.«

»Und was willst du, dass ich sage?«, fragte sie mit einem leisen Unterton von Sarkasmus.

»Ganz einfach: dass wir die Rücknahme des Zivilisierungsgesetzes wollen. Wir werden nicht mehr zuschauen und Däumchen drehen, wenn Sheson getötet werden. Aber drohe ihm ja nicht! Doch darum geht es im Kern …«

»Und warum glaubst du, dass er jetzt auf uns hören wird? Viele bitten die Liga schon seit Jahren um genau das.« Ketrin begann, ihre Pergamente wieder zu Stapeln aufzuschichten.

»Weil du ihm die Mittel von Estem Salo anbieten wirst, um der Liga zu helfen, ihre Schulen aufzubauen, Bettler ein Handwerk zu lehren und Heilerhäuser zu errichten, um sich der Kranken anzunehmen.« Er reichte ihr etwas Pergament von seiner Seite des Tisches. »Wenn es Roth mit seinen Überzeugungen ernst ist, wird er zuhören.«

Sie unterbrach ihr Pergamentordnen und musterte ihn nachdenklich. »Und wenn er es nicht tut?«

Er seufzte. »Dann wissen wir zumindest, dass es ihnen beim Zivilisierungsgesetz nicht darum geht, dass die Bürger auf eigenen Beinen stehen, sondern darum, die Sheson auszurotten. Auch dieses Wissen wäre durchaus etwas wert.«

»In dem Fall möchtest du, dass ich mit ihm tue, was ich deinem General angetan habe.« Sie hielt das Pergamentblatt hoch, das sie *neuausgerichtet* hatte, um ihren Pergamentkrieg zu gewinnen.

»Nein«, stieß er etwas zu heftig hervor. »Nein«, wiederholte er dann leiser. »Ich glaube, sie werden ganz erpicht auf diese Zusammenarbeit sein.«

»Ich liebe dich für deinen Optimismus«, sagte sie und schenkte ihm ein aufrichtiges Lächeln, »und vielleicht hast du recht.« Sie klopfte die Pergamente zu einem ordentlichen Stapel zusammen und schob ihn dann beiseite.

»Wenn du nicht in der Lage bist, den Aszendenten zu überzeugen, dann beharre nicht zu sehr. Verlass einfach höflich Decalam.« Er hielt einen Augenblick inne und erkannte, dass sie nicht allein sein würde. »Und lass unter keinen Umständen zu, dass diejenigen, die dich begleiten, den Willen lenken, während ihr dort seid – oder sorg zumindest dafür, dass sie, wenn es denn sein muss, nicht dabei ertappt werden.« Thaelon hielt so viel echte Besorgnis aus seinem Tonfall heraus, wie er nur irgend konnte.

»Es kommen andere mit?« Sie warf einen Blick in die Richtung, in die Sellena gegangen war, als sie das Zimmer verlassen hatte.

»Vier. Du darfst Sellena bitten, eine davon zu sein. Die anderen werden ein paar von Odeas Besten sein.«

»Weil wir vielleicht kämpfen müssen. Uns verteidigen müssen«, bemerkte sie.

»Nur zur Sicherheit«, stellte er klar. Dann überlegte er es sich anders. »Ja, falls ihr kämpfen müsst.«

Sie schwieg einen Moment lang und rieb am Einband ihres Himshal-Handbuchs herum. »Ich sollte dem Aszendenten gegenüber die Stilletreuen erwähnen«, sagte sie entschlossen. »Er sollte wissen, dass er unsere Hilfe brauchen wird, wenn sie kommen.«

Thaelon starrte sein kleines Mädchen an und war sich unsicher, was er darauf antworten sollte. Wie sie den Stilletreuen entgegentreten würden, hing in hohem Maße von Vendanji ab, und über den wollte er im Augenblick nicht sprechen. Wenn Vendanji nicht gewesen wäre, hätte es wahrscheinlich keine Absichtenprüfung gegeben. *Keine Notwendigkeit, Ketrin nach Decalam zu schicken. Bei den verdammten Höllen, Vendanji war mindestens für die Hälfte der Abscheu der Liga vor den Sheson verantwortlich!*

»Wenn die Stilletreuen kommen … ja. Aber wann und *wie*

wir das ansprechen, heben wir uns für später auf. Achte für den Augenblick nur darauf, den Aszendenten wissen zu lassen, dass Vendanji nicht für uns alle spricht. Beschränke dich auf gemeinsame Ziele. Ich würde das Angebot nicht machen, wenn wir nicht auch an einige dieser Dinge glauben würden. In mehr als einer Hinsicht sind wir einer Meinung. Darauf lässt sich aufbauen.«

Sie schaute mit einem dankbaren Lächeln zu ihm hoch. Ein zweites Mal stand sie auf und kam um den Tisch herum, um ihn zu umarmen. »Danke, dass du mir vertraust, was das betrifft. Ich werde dich nicht enttäuschen.«

Er erwiderte die Umarmung seines kleinen Mädchens. »Ich habe dich lieb. Das weißt du.«

»Ich habe dich noch lieber«, sagte sie. »Jetzt lass uns Mama suchen. Sie muss erfahren, dass du heute Abend unseren Pergamentkrieg verloren hast.«

Er lachte, und gemeinsam verließen sie ihr Zimmer, um sich auf die Suche nach Hala zu machen.

32

DER BORN: FUGE

Menschen schwören bei ihrem Leben. Die Stilletreuen schwören bei ihrer Verdammnis.

(Antwort eines Fußsoldaten aus Ir-Caul in den Tagen nach dem Krieg des Ersten Eides auf die Frage: »Glaubst du, dass die Stilletreuen zurückkehren werden?«)

Kett war noch nie so weit von zu Hause weg gewesen. Er wanderte auf alten, verschlungenen Straßen nach Nordwesten, mittlerweile schon seit drei Tagen, ohne irgendjemanden gesehen zu haben, den er wiedererkannte. Luft, Himmel und Landschaft um ihn herum veränderten sich. Die Luft fühlte sich stickig, unbewegt und drückend an. Schwül, als könnte bald ein Gewitter losbrechen, das aber nie kam. Der Himmel schien weiter entfernt zu sein: Das holzkohlegraue Gewölbe wirkte wie eine endlose Decke. Kein Weiß, kein Schwarz, kein Wind.

Die Landschaft war allerdings nicht öde. Nicht alles bestand aus Basalt und Felsspalten. Pflanzen wuchsen hier durchaus. Es erforderte nur eben einiges, das karge Land urbar zu machen und Böden zu zähmen, auf denen Wildgräser und Brombeergestrüpp besser wuchsen als alles andere.

Götterbäume warfen von Zeit zu Zeit einen Streifen Rinde ab. Der leise, holzige Klang, wenn diese Streifen auf das Wurzelgewirr darunter trafen, war in der Stille unnatürlich laut und verstörend. Dann und wann sah er Götterbaumspinner zwischen den langen, spitz zulaufenden Blättern der Bäume umherflattern. Die Falter bewegten sich lautlos; ihr Flügelschlag war so still wie alles andere.

Auf der Straße selbst begegneten Kett außer den wuchernden Brombeerranken nur Knochen, über die er pietätvoll entweder hinwegstieg oder um die er einen Bogen machte. Er konnte an den Schädeln erkennen, dass es sich überwiegend um Inveterae handelte. Ihre Knochen hätten, da sie derart abgenagt waren, wohl geglänzt, wenn die Sonne geschienen hätte. Das alles verlieh Kett das Gefühl, sich immer tiefer in ein Land hineinzubewegen, das in seiner Gesamtheit ausschließlich als Beinhaus diente.

Es brachte ihn zugleich auf den Gedanken, dass Lliothan recht hatte. Auch der Süden des Borns war trügerisch, doch die Inveterae, die dort lebten, verstanden von dieser Seite des Schleiers wirklich nicht so viel, wie sie glaubten. Während Kett seiner Aufnahme in die Reihen der Stilletreuen entgegenschritt, erhaschte er einen Blick auf die umfassendere Verdammnis des Borns. Aber statt in seiner Entschlossenheit zu wanken, fühlte er sich gestärkt. Die Inveterae gehörten nicht hierher. Es war ein Fehler. Er würde diesen Fehler berichtigen … oder bei dem Versuch sterben.

Am Nachmittag des vierten Tages trat er aus einer Schlucht hervor, von der aus die Straße gewunden in ein weites Tal hinabführte. Im Mittelpunkt des Tals erstreckte sich Kael Ronoch, eine gewaltige Stadt. Sie erweckte zugleich Ehrfurcht und Angst in ihm. Allein die Größe und Gliederung des Ortes waren ein

Wunder. Von hier aus konnte er die ordentlichen, schnurgeraden Straßen sehen, die einander perfekt im rechten Winkel kreuzten, und Wasserwege, die sorgfältig als Bewässerungskanäle angelegt waren. Aber die Stadt selbst wirkte wie die Brombeeren, an denen er die letzten drei Tage über vorbeigestapft war. Eine Fülle von Turmspitzen ragte von Stadtmauern, Dächern, Obelisken und gewaltigen Hallen auf. Aus der Ferne sah alles wie Röhricht aus, das in einem See aus Brackwasser wuchs.

Kett setzte sich so gemächlich wie zuvor wieder in Bewegung. Andere, größere Straßen begannen die zu kreuzen, auf der er sich befand. Als er sich Kael Ronoch näherte, begegnete er endlich ein paar Reisenden. Keiner von ihnen sprach ihn an, aber der ein oder andere musterte ihn abschätzig aus dem Augenwinkel. Manche von denen, die ihm begegneten, gehörten stilletreuen Völkern an, die er kannte – Bar'dyn, Yarshoth, Wole –, aber andere erkannte er nicht. Und mindestens einmal war er sich sicher, einen *Inveterae* aus einem Volk gesehen zu haben, das er noch nicht kannte. Der Gedanke, dass es andere Inveterae geben mochte, von denen er nichts wusste, hinterließ in Kett dieselben gemischten Gefühle wie die Stadt an sich: Ehrfurcht … und Angst.

Er erreichte das Tor, wo sechs schwerbewaffnete Bar'dyn vollkommen regungslos Wache hielten und nur die Augen bewegten. Einer trat schließlich vor, um ihm den Weg zu versperren.

»Was hast du hier zu schaffen, Inveterae?«, fragte der Bar'dyn voll tiefer Verachtung in einem Singsang.

Kett zog mehrere Antworten in Erwägung, bevor er schlicht sagte: »Ich bin Kett Valan.«

Ein Ausdruck des Erkennens, wenn nicht gar der Anerkennung huschte über das Gesicht des Wachpostens. »Die Finger der Basilika reichen am höchsten.« Der Bar'dyn zeigte zu den

Turmspitzen empor, die alle Gebäude bekrönten, und dann hinab in die Stadt. »Geh weiter.«

Kett nickte und kam vielleicht drei Schritte weit an ihnen vorbei, bevor der Bar'dyn ihm mit einem schweren Spieß einen Schlag auf den Hinterkopf versetzte. Kett stolperte vornüber und wäre beinahe gestürzt. Es ertönte kein Gelächter, keine weitere Herausforderung. Kett sah sich nicht um und fluchte auch nicht. Er fasste sich nicht einmal an den Kopf, um festzustellen, ob der Schlag eine blutige Wunde gerissen hatte. Er ging einfach weiter.

Wie auf den alten Straßen, auf denen er gereist war, um hierher zu gelangen, herrschte in Kael Ronoch tiefe Stille. Stilletreue waren auf den Gassen unterwegs, sprachen jedoch kaum. Sie bewegten sich mit finsterer Zielstrebigkeit, aber in ihren Augen stand nicht unbedingt Bosheit. Sie wirkten eher humorlos. Die Atmosphäre der Stadt hing in der Luft wie erstickender Rauch.

Kett sah viele weitere Bar'dyn, während er die Straße entlangtrottete, die nicht mit Kopfsteinpflaster, sondern mit großen Steinplatten, die nahtlos aneinander anschlossen, befestigt war. Und genauso oft sah er Stilletreue, die er nur aus Geschichten kannte. Laedan kamen vorüber, manchmal auf vier Beinen, manchmal auf zweien; ihr gebürstetes kurzes Haar zuckte so wie das eines Tieres, wenn es von Bremsen gestochen wird. In der Nähe der Laedan hielten sich immer Rimaan Brode auf. Ihre langen Hälse drehten sich rasch beim Klappern jedes Absatzes. Sie waren schreckhafte Wesen, deren große Schritte sie immer so wirken ließen, als würden sie schleichen. Kett erspähte zwei Kausellots, aus deren Haut Knochengrate wie Stickerei hervorragten und ihre Hälse empor, über ihre Wangen und um ihre Augen führten. Es sah äußerst unbequem aus.

Und noch mehr Arten von Stilletreuen, ein Dutzend mehr, vielleicht gar zwei Dutzend. Manche hatten Flügel auf dem Rücken zusammengelegt, andere verästelte Schwänze, die eher wie zusätzliche Arme wirkten.

Aber ihr Aussehen und ihre Vielfalt waren nicht, was Kett störte. Nicht im Geringsten. Was ihn stutzig machte, war das dunkle Funkeln bei einem wie dem anderen, die gleiche brennende Inbrunst – intelligent, aufmerksam. Es erinnerte ihn an die Art, wie bei denen, die einen Groll nicht vergeben und vergessen, Zorn in Berechnung übergeht.

Und das war noch nicht alles. Die Erkenntnis überkam ihn erst, als er einen zweiten Gotun-Inveterae wie sich selbst sah: *Wir sehen alle gleich aus. Inveterae und Stilletreue.*

Das Gefühl der Zerstörung und der Rachedurst gingen hier tiefer als in den Inveteraelanden. Er verstand diese bitteren Regungen, die auch er empfand, wenn auch in abgeschwächter Form. Dennoch hatte er hier nicht so viel Angst, wie er im Voraus erwartet hatte. Und das erwies sich als das Verstörendste von allem.

Die Gebäude waren aus grob behauenem Stein errichtet, und man hatte große Mühe darauf verwandt, Symmetrie zu schaffen. Mörtel hielt dunkle Basaltstücke zusammen, die penibel zu rechteckigen Formen gemeißelt worden waren; die Oberflächen hingegen blieben zerklüftet. Die Eingänge waren nicht weniger als vier Schritt hoch und genauso breit. Manche führten in Häuser, die geräumig genug waren, weitaus größeren Stilletreuen als Bar'dyn Platz zu bieten. Die Eingänge hatten keine eigentlichen Türen, so dass der Eindruck entstand, dass die Straßen und der untere Bereich der Stadt ineinander übergingen.

Weiter vorn an der Straße strahlte eine Schmiede Hitze in die kühle Luft ab und verlieh ihr einen beißenden Geruch, der Kett säuerlich in die Nase drang. In der Schmiede brannten mehrere Feuer – insgesamt acht –, während muskulöse Bar'dyn gewaltige Hämmer schwangen und rhythmisch auf orangefarben glühenden Stahl einschlugen. Die ganze Werkstatt erinnerte Kett daran, dass es Inveterae nicht gestattet war, Waffen zu tragen.

Erst nachdem er an zahllosen Baracken vorübergekommen war, wurde ihm klar, dass Kael Ronoch wenig mehr als eine Garnison war. Nun verstand er, warum sie ihn *hierher* bestellt hatten, um ihn in ihre Reihen aufzunehmen. Aber er konnte sich des Eindrucks nicht erwehren, dass die Stadt auch anderen Zwecken diente – doch wenn sie es tat, dann erkannte er noch nicht, welche es waren.

Was er dagegen sehr wohl erkannte, waren die Blutlachen hier und da auf der Straße. Durch die meisten waren Füße und Hufe gestapft, und sie waren bereits getrocknet. Einige waren leuchtender – neuer und feuchter. Eine bildete eine Pfütze, als sei sie erst innerhalb der letzten Stunde vergossen worden. Das vermittelte ihm den Eindruck, dass Strafen auf der Stelle und streng vollstreckt wurden. Damit hätte er rechnen können. Was er nicht zu sehen erwartet hatte, war jedoch ein Trupp in Sackleinen gekleideter Männer, die blutgerötete Lumpen an die Knie gebunden trugen, sich über Wassereimer beugten und das Blut mit flachen Messern abkratzten. Hinter ihnen kamen noch ein paar Männer mit Schrubbern und frischen Wassereimern. Schon bevor sie fertig waren, roch der Stein wieder nach feuchtem Basalt und glänzte.

Sobald sie eine Verschmutzung weggewischt hatten, machten sie sich auf die Suche nach der nächsten Blutlache.

Kett schritt noch ungefähr eine Stunde lang durch die Stadt und nahm so viel davon in sich auf, wie er glaubte, im Gedächtnis behalten zu können. Ohne gezielt danach zu suchen, fand er sich vor der Basilika wieder. So gewaltig die übrigen Gebäude auch waren, dieses Bauwerk überragte die anderen, als hätte es sie alle gezeugt. Der düstere Prachtbau bestand nicht aus einer einzelnen hoch aufragenden Halle, sondern aus ganzen sechs. Kett ging auf das nächste Tor zu und starrte nach oben.

Vor dem schiefergrauen Himmel ragte der Basalt auf und strebte empor, als könnte er die Wolken berühren. Von Straßenhöhe aus erhoben sich viele Stockwerke, mehr als Kett zählen wollte, und jedes war größer als das vorhergehende. Jedes der aufeinanderfolgenden Dächer war mit scharfen Spitzen besetzt, die wie anklagende Finger gen Himmel stachen.

Er bemerkte gerade erst die vielen glaslosen Fenster der Basilika, als ein Bar'dyn auf ihn zukam.

»Bist du Kett Valan?«, fragte er. In seinem Tonfall schwang sowohl Befriedigung als auch Abscheu mit.

»Der bin ich.«

»Die Versammlung erwartet dich.« Der Bar'dyn drehte sich um und machte Anstalten, sich auf dem Weg, auf dem er gekommen war, wieder zu entfernen.

Kett dachte kurz an Salima, um seiner Entschlossenheit neues Leben einzuhauchen, und folgte ihm auf dem Fuße.

Unmittelbar hinter dem Haupttor bogen sie in einen breiten Gang ein, der schwach durch die Fenster in der Außenwand erhellt wurde. Die Ritzungen, die beiderseits des Wegs in den schwarzen Stein gemeißelt waren, ließen sich nur schwer ausmachen, und Kett hatte wenig Zeit, sich genauer damit zu beschäftigen, weil der Bar'dyn bald an einer inneren Tür stehen blieb und sich ruckartig umwandte.

»Diesen Gang entlang. Du wirst den Versammlungssaal betreten. Stell dich auf den Sockel in der Mitte.« Damit wandte der Bar'dyn sich um und ging.

Kett hatte Fragen, spürte aber, dass er sie nicht stellen durfte. Als er begann, auf das Rechteck aus Licht am Ende des Ganges zuzugehen, schnürten sich ihm die Eingeweide zusammen, und seine Beine wurden schwach. Er wusste in groben Zügen, was er hier zu tun hatte, aber mit jedem Schritt, den er machte, breitete sich die erwartungsvolle Stille weiter aus. Er musste jetzt an seine Kinder denken, um sich gegen das zu wappnen, was ihn am Ende des Korridors erwartete.

Ohne Pause schritt er langsam, aber selbstbewusst in eine große runde Arena. Vom Boden, auf dem er stand, erhob sich Stufe um Stufe, jede breiter als die letzte, wie ein großes überdachtes Amphitheater. In regelmäßigen Abständen führten acht Treppen vom Boden bis ganz nach oben, bis zu zwanzig Sitzreihen hoch, von denen jede vollständig von Stilletreuen besetzt war, die ihn stumm anstarrten. Die Atmosphäre geballter Feindseligkeit war erdrückend. Kett hatte plötzlich den Eindruck, dass man in diesem Raum schon Zeuge vieler Tode geworden war.

Unterschiedliche Gerätschaften standen an die Wand der untersten Ebene geschoben: ein schlichter Pranger, ein Galgen, ein Haufen Ketten, Streckbänke, Tische voll scharfkantiger Werkzeuge und Zangen, um festzuhalten, was nicht stillhalten wollte. Nichts von alledem war neu, aber alles war sauber.

Ein Aufflackern von Panik durchzuckte Kett, und er fragte sich, ob Balroath von Anfang an vorgehabt hatte, ihn hierherzulocken – hierher, wo man ihn auf dieser Bühne des Schmerzes einen peinlich genau geplanten Tod sterben lassen konnte.

Er erinnerte sich an Taolen, der langsam am Kreuz gestorben war, um ein warmes, salziges Getränk für den Präfekten Lliothan zu spenden. Die Erinnerung noch frisch im Gedächtnis, ging er direkt in die Mitte des Runds. Er stellte sich hin, wartete und versuchte, nicht trotzig zu wirken – was schwer war, wenn die eigenen Gedanken sich nicht von der Kreuzigung eines Freundes losreißen können. Er bemerkte, dass der Basaltboden an der Vorderseite des Podests feucht war, frisch geschrubbt. Der Geruch von nassem Gestein und abgewaschenem Blut begann, an seinen Nerven zu zerren – ebenso die unnatürliche Stille. Wenn auch nur ein einziger Stilletreuer auf seinem Platz hin- und herrutschte oder mit dem Fuß scharrte, hörte er es nicht. Die Stille war ohrenbetäubend.

Dann brach eine tiefe Stimme gleich einer Fanfare das Schweigen. »Kett Valan, du, ein Angehöriger der Inveterae, bist heute aus freiem Willen hier, um dich Quietus zu ergeben. Trifft das zu?«

Die Worte trafen Kett wie ein dornenbesetzter Streitkolben. Die kraftvolle, tiefe Tonlage … er kannte den Besitzer dieser Stimme. Als Kett sich umdrehte, erblickte er Balroath.

Als er den Jinaaloffizier ansah, wurde ihm die Tragweite dessen, was er gleich tun würde, so schlagartig bewusst, als würde ein Felssturz auf ihn niedergehen. *Mich ergeben …*

Aber es gelang ihm, Balroath zuzunicken, der in der ersten Reihe des ersten Rings stand.

»Nun gut«, sagte Balroath. »Lass uns deine Absichten feststellen, dann werden wir unsererseits darlegen, was es bedeutet, Quietus ergeben zu sein.«

Wieder nickte Kett.

Balroath sprach eher zu der Versammlung als zu Kett. Der Jinaal ließ den Blick über die mehreren hundert versammelten Stilletreuen schweifen, von denen einige aus Völkern stammten, die Kett kannte, mehr aber aus solchen, die ihm fremd waren. Und wieder sah er zu seiner Überraschung und seinem Entsetzen einige, die er instinktiv als Inveterae erkannte, aber nicht benennen konnte.

»Dir wurde für deine Beteiligung an einer Bewegung, die Inveterae aus dem Born zu führen, der Prozess gemacht. Im Austausch für dein Leben und das Leben deiner Kinder hast du dich bereiterklärt, dein Wissen und deinen Einfluss bei diesen Separatisten zu nutzen, um sie zu überzeugen, ihre Pläne aufzugeben. Verstehst du es so?« Balroath zeigte auf Kett.

»Ich werde sie überzeugen, dass wir alle nach demselben streben: danach, an der Seite der Völker jenseits der Bahrenberge zu leben.« Kett sah genau hin, um die Reaktion der Stilletreuen auf das, was er gesagt hatte, zu beobachten.

Die meisten von ihnen blieben ausdruckslos, aber ein paar wandten sich Balroath mit etwas mehr Interesse zu.

Balroath senkte den Kopf. »Es wird Konsequenzen haben, wenn du versagen solltest oder wenn du versuchst, uns zu täuschen.«

»Ich verstehe.« Er spürte die forschenden Blicke der Versammlung: Die Stilletreuen versuchten festzustellen, ob ihm auch nur die geringste Falschheit innewohnte.

»Nein, ich glaube nicht, dass du das tust, Kett Valan.« Balroath stand neben einer der Treppen und stieg nun zum Boden des Amphitheaters hinab. Er hob den Arm, um auf Kett zu zeigen. »Deshalb wirst du dich uns ergeben.« Balroaths tiefe Stimme hallte in seinem Brustkorb wider. Ein unheilverkündender Unterton lag darin.

Deshalb verzichtete Kett, als er antwortete, darauf, Ausflüchte zu machen. Sie mussten glauben, dass er ihr Vertrauen nicht enttäuschen würde. Er würde es brauchen, damit seine List aufging. »Ich habe Euch beim Leben meiner Familie mein Wort gegeben. Ich habe geschworen, der Hoffnung meiner Leute ein

Ende zu setzen, einer Gefangenschaft zu entkommen, die ihnen ungerechterweise aufgezwungen wurde. Habe ich mich Euch nicht schon ergeb …«

»Nein, Kett Valan, das hast du nicht.« Balroath ging auf Kett zu, und seine Schritte hallten laut durch den Versammlungssaal. »Dein Schwur, dich uns anzuschließen, bedeutet mehr, als deine Freunde zu verraten oder deine Familie zu verlieren. Wir alle hier, auch du« – er zeigte auf Kett – »sind verlassen worden. Aber wir« – er wies auf die Versammlung – »sind für diese Aufgabe geboren, werden von stillen Händen zum Leben erweckt. *Stilletreu* zu sein bedeutet mehr.« Balroath lächelte. Es war ein entsetzlicher Anblick, als wüsste das Gesicht des Jinaal nicht, wie es ein Lächeln formen sollte.

Kett sagte nichts, sondern wartete.

Der Jinaal warf sich in die Brust und baute sich vor Kett auf. »Es bedeutet eine Weihe. Verstehst du? All deiner Gedanken. All deiner Taten. Du hast sonst nichts, was wir dir oder deinen Inveterae-Mitverschwörern nehmen könnten.«

Kett nickte feierlich.

Balroath fuhr fort: »Es ist eine Fesselung deiner Seele, Kett Valan. Es ist eine Kapitulation … der Forda.«

Er versuchte, einen gleichmütigen Gesichtsausdruck beizubehalten, aber *Kapitulation der Forda* … Entsetzen keimte von neuem in seiner Brust auf. »Wie soll ich tun, was Ihr verlangt, wenn ich tot bin?«

Balroath lächelte wieder sein fürchterliches Lächeln. »Es ist keine Trennung von Körper und Geist, Kett Valan. Wir werden dein Herz an unsere binden. Wenn man es von dir verlangt, wirst du den Velle mit Freuden erlauben, aus deiner Seele zu schöpfen. Mehr noch, wenn deine Taten im Gegensatz zu deinem neuen Herzen stehen, werden wir es erfahren, und wir werden kommen, um unser Recht auf den Geist in dir geltend zu machen. Von jetzt an kannst du immer gefunden werden.«

Kett verlor den Mut. Wie sollte er zu Ende bringen, was er begonnen hatte, wenn er sich der Stille in dieser Form ergab?

»Kein Bollwerk und keine Entfernung entbinden dich von diesem Gelübde, Kett Valan. Wenn du uns also bisher an der Nase herumgeführt hast, werde ich dir jetzt großzügig den Tod gewähren.«

Kett hielt sich das Bild seiner Kinder vors innere Auge und tat das Einzige, was er tun konnte. »Ich glaube an das Band, das die Inveterae mit Euch verbindet.« Er schaute auf, sah sich in der Versammlung um und senkte den Blick dann wieder zu Balroath. »Ich werde diesen Eid schwören.« Er hoffte, dass es überzeugend klang.

Er hoffte auch, dass es einen Weg geben würde, den Eid zu lösen, wenn er ihn erst geschworen hatte.

»Nun gut«, sagte Balroath und wirkte dabei weder erfreut noch enttäuscht.

Der Jinaal trat vor und legte Kett die Hand auf die Brust. Mit volltönender Stimme und in einer Sprache, die Kett nicht kannte, stimmte Balroath einen leisen Sprechgesang an. Ketts Brust wurde unter der Berührung des anderen warm, und er spürte, wie diese Wärme seinen gesamten Körper durchströmte. Ein sengender Schmerz breitete sich in ihm aus. Er glaubte, dass aus einem Teil seiner Seele geschöpft wurde, dass er irgendwie an die Stilletreuen gebunden wurde. An Quietus. Dann geschah etwas in ihm. Wenn er es hätte beschreiben müssen, so kam der Empfindung noch am nächsten, dass die Gefühle, die er für Salima empfunden hatte … etwas verblassten. Aber auch das traf eigentlich nicht zu. Vor seinem inneren Auge sah er Rinde, die sich von Götterbäumen löste und langsam zu Boden fiel. Er sah, wie die widerstandsfähige Seide der Götterbaumspinner zu Fesseln geflochten wurde.

Er konnte es nicht ausdrücken. Aber in sich spürte er eine Art Gleichgültigkeit, die er vorher nicht gekannt hatte. Der Schmerz in seinem Körper kümmerte ihn noch nicht einmal.

Balroath löste seine Hand. Das Wärmegefühl verflog. Und Kett war *stilletreu*.

Viele derjenigen, die im Saal saßen, bedachten ihn stumm mit unverwandten, beifälligen Blicken. Manche trugen, wie Kett sah, immer noch die inbrünstige Abscheu jener Stilletreuen zur Schau, denen nur eine einzige Verwendungsmöglichkeit für Inveterae einfiel.

Einige der Inveterae, die in der Versammlung saßen ... ihre Mienen waren unergründlich. Kett hatte den Verdacht, dass sie gestanden hatten, wo er nun stand, und die warme Berührung des Jinaal gespürt hatten.

Dann begann das Publikum sich zu erheben und den Saal zu verlassen. Die Stilletreuen stiegen die Treppen zu den Arkaden am oberen Rand des großen Theaters empor. Kein Einziger kam zum Boden, um entweder hinauszugehen oder mit Kett zu sprechen. Als wäre es so Brauch, blieb Balroath neben ihm stehen, bis das Theater leer war. Es war nun kaum stiller als zuvor, als noch die vielen Stilletreuen auf ihren Plätzen gesessen hatten.

33

HANDGESANG

Wir könnten durchaus noch andere Beweise für Erymol in die Debattenfolge einführen, aber das Kolleg der Mathematik würde uns unter Gelächter aus dem Hörsaal werfen.

(Nanjesho Alanes über die Mathematik der Bewegung im Zuge der letzten Debattenfolge über Kontinuität)

Zwölf Tage nach ihrem Aufbruch aus Naltus führte Mira Sutter aus den Schieferebenen des Soliel in die sanften Hügel von Elyk Divad. Das Königreich war einst eine stolze Nation gewesen, vereint unter einem blauen Banner, das als Wappen eine weiße Lanze trug.

Sie reisten noch drei Tage unmittelbar südlich der Wüste Sotol entlang, genossen das warme, sonnige Wetter und umgingen kleine Städte, indem sie einen großen Bogen machten und sich dann noch für mehrere Meilen von der Straße fernhielten.

Mira entwickelte eine gewisse Bewunderung für Sutter: Er hatte sich bisher kein einziges Mal beschwert. Wenn sie nicht unterwegs waren, übte er die meiste Zeit mit dem Schwert. Mira brachte ihm die Latae-Tänze der Fern bei – ein geschmeidiges Vorausahnen von Bewegungen und Hieben, auf das sich nur die Fern verstanden. Er gewöhnte sich gut daran. Erstaunlich gut. Die Fechtkunst war für ihn zur Besessenheit geworden.

Mit jedem Tag, der verging, kam ihr mehr von ihrer Fernnatur abhanden. Sie hatte begonnen, darüber nachzudenken, dass sie nun nicht mehr sterben würde, wenn sie das Ende ihres achtzehnten Jahres erreichte. Stattdessen würde sie die Lebensspanne eines Menschen leben, mit einem menschlichen Makel in die Erde zurückkehren und somit nie der Verheißung teilhaftig werden, die den Fern ein Leben jenseits von Aeshau Vaal versprach. Wenn es so kam, würde es vielleicht in mancherlei Hinsicht eine unverhoffte Befreiung sein: So würde sie etwa Tahn besser und länger kennenlernen. Womöglich würde sie sogar Gelegenheit haben, das *ganze* Leben für ein Kind eine Mutter zu sein.

Aber nur, wenn ich keine Antwort finden kann ...

Am Morgen des vierten Tages, seit sie nach Elyk Divad gelangt waren, erspähte Mira im Norden einen Wald aus Zitterpappeln auf einem niedrigen Berg. Aus der Ferne waren einige breite Schluchten zu erkennen, als wäre mehrfach der Keil eines Holzspalters in den Berg getrieben worden. Er sah genauso aus wie auf der Karte, die Elan ihr gegeben hatte.

Meilenweit von jeder Straße und jeder Ortschaft entfernt, wandte sie sich nach Norden und führte Sutter zur letzten Bergkette am Rande der Wüste Sotol.

Der frische Duft der Pappelrinde und das Rascheln der Blätter erschienen Mira tröstlich, als sie die sanften Hänge hinaufritten. Im Spiel von Sonnenlicht und Schatten auf dem Boden wirkte die Welt ringsum sanft und ruhig. Die Andeutung von Gefahr, die auf dem Soliel und sogar in Divad stets lauerte, verschwand, als sie in den nordischen Wald gelangten.

Gegen Mitte des Vormittags flachte der Hang sich ab, der Baumbewuchs endete, und Mira fand sich oberhalb einer Stadt wieder, die sich an einen niedrigen Gipfel schmiegte. Rauch stieg träge aus den Schornsteinen auf, aber das Stimmengewirr von Marktschreiern und das Knarren von Wagenrädern fehlten.

»Laeodalin?«, fragte Sutter. »Ich dachte, du hättest gesagt, dass sie ihre Abgeschiedenheit behüten.«

»Das tun sie auch. Sie hätten uns nicht so weit vordringen lassen, wenn sie nicht darauf vertrauen würden, dass wir uns benehmen werden.« Sie bedachte ihn mit einem mahnenden Blick. »Fall niemandem lästig.«

Sie setzte sich wieder in Bewegung und sah aus dem Augenwinkel Sutters übertriebenes Schulterzucken, während sie weiter auf die Stadt zuritten. Als sie wieder nach vorn blickte, bemerkte sie, dass hier niemand zu Pferde unterwegs war. Am letzten Pappelhain steuerte sie den Straßenrand an, und sie banden ihre Reittiere zwischen den Bäumen fest. Dann betraten sie die stille Gemeinschaft zu Fuß.

In der Stadt herrschte kein geschäftiges Treiben. Die Bewohner gingen hierhin und dorthin, die meisten mit freundlicher Miene. Manche sahen Mira und Sutter mit einem liebenswürdigen Lächeln an, andere gingen einfach gemächlich und sorglos an ihnen vorbei.

Sie passierten viele schlichte Gebäude, die zumeist von den Händen kundiger Zimmerleute errichtet worden waren – die Fugen zwischen den Holzteilen waren kaum sichtbar, die Schnitzereien einfach und glatt. Die wenigen Häuser aus Kalkstein verrieten ebenfalls Sorgfalt in jeder gemeißelten Einzelheit und sogar in der Form der Ecken und Treppenstufen – anscheinend war nichts so klein, dass es keine Aufmerksamkeit verdient hätte. Selbst die Straße, über die sie schritten, war fachmännisch gepflastert, so dass Stein makellos an Stein grenzte.

Und doch verriet nichts davon Eitelkeit – nur Sorgfalt im Handwerk, im guten Gebrauch der Hände.

Nach mehreren Straßen bogen sie auf einen großen Platz ein, auf dem sich eine Menge um ein Amphitheater versammelt hatte, das im weiten Rund in die Mitte des Platzes eingetieft war. Als sie näher kamen, drang eine leise, unbeschreibliche Musik an Miras Ohren. Vielleicht war es gar keine Musik, nur dass es sich gleichermaßen zusammenhängend anfühlte und sich in Tonhöhe und Rhythmus ständig zu verändern schien.

Mira schlich so leise weiter, wie sie irgend konnte, und mahnte Sutter stumm mit einer Geste zum Schweigen. Sie wagte sich bis an den Rand des Amphitheaters und spähte hinab. In der Mitte des Theaters stand eine junge Frau, die keine Kleider trug und Hände und Arme anmutig in Mustern und Gebärden bewegte. Das Mädchen sprach kein Wort. Ihre Handgelenke und Ellbogen schienen sich umeinander zu schlingen, berührten sich aber nie, während sie elegante Formen woben. Auch ihre Finger tanzten in langsamen, geschmeidigen Wellen, während die Frau die Hüften nach vorn und zur Seite wiegte und einen erlesenen Tanz aufführte. Das ganze Schauspiel war betörend.

Der Soriahgesang, dachte Mira. *Und eine Handsängerin. Bei den taub gewordenen Göttern, es ist wahr!*

Sie ließ den Blick über die versammelte Menge schweifen und sah angesichts der Töne, die die junge Frau mit ihrem Lied hervorbrachte, gebannte Aufmerksamkeit und freudiges Lächeln auf den Gesichtern. Aber als Mira Sutter anschaute, bemerkte sie eine andere Form von Entzücken. Nicht unschicklich, aber doch so, als ob er glaubte, nur einen wunderbaren Tanz zu beobachten, ohne die Aufführung zu *hören.*

Sie sah wieder die Handsängerin an, wurde in den Klang hineingezogen und war dankbar, dass ihre Fernohren noch über die Fähigkeit verfügten, das Lied zu hören. Es entsprang den unmerklichen Bewegungen der Luft dort, wo Hände und Arme des Mädchens sich durch den Raum bewegten und so Harmonien erzeugten, die nur wenige jemals wahrnehmen würden.

In manchen Augenblicken waren die Finger der Handsängerin weit gespreizt, in anderen zur hohlen Hand geschlossen, dann wieder eng aneinandergepresst, um höhere, durchdringendere Töne hervorzubringen. Dann glitten ihre Unterarme aneinander vorbei, schwangen vom Körper weg und führten tiefere Töne herbei. Gelegentlich wurde das Mädchen langsamer, bewegte die Gliedmaßen kaum noch und schuf ein Lied, das der Stille glich und dessen Schönheit zu beschreiben Mira schwergefallen wäre. Und dann begannen die Bewegungen erneut, schneller, aber nie hektisch: Die Frau führte ihre Arme in bestimmten Mustern aneinander vorbei, so dass sie die ätherischen Töne, die sie hervorbrachten, aufwühlten und zurückwarfen, während die Sängerin sie in fließenden Rhythmen schwang.

Obwohl die Musik erhaben anzusehen war, bedauerte Mira Sutter dafür, dass er sie nicht hören konnte: Melodien, die von einem Lufthauch erschaffen wurden, Töne, die in einem akustischen Bereich erklangen, den seine Menschenohren einfach nicht wahrnehmen konnten.

Die Handsängerin wurde Stück für Stück langsamer, und ihre Arme und Hände kamen seitlich ihres Körpers zur Ruhe. Als ihre Bewegungen völlig aufgehört hatten, hob jeder, der in der Menge stand, ihr eine Hand entgegen – Applaus, wie Mira erkannte. Dann löste sich die Menschenmasse nach und nach auf, und die junge Frau inmitten des Amphitheaters streifte ein züchtiges weißes Hemd über und begann, von der kopfsteingepflasterten Bühne aus die Stufen emporzusteigen.

Mira winkte Sutter, ihr zu folgen, und ging der Handsängerin entgegen, um ihr am Rand des Theaters den Weg zu verstellen. Sie trafen genau im selben Moment wie die junge Frau am oberen Ende der Treppe ein.

»Entschuldigt«, begann Mira mit gesenkter Stimme.

Das Mädchen zuckte bei dem Wort zusammen. Ein besorgter Ausdruck trat auf ihr Gesicht.

»Bitte«, sagte Mira, »ich möchte Euch nicht in Angst versetzen. Ich habe Euer Lied gehört. Es war schön. Gibt es einen Ort, an dem wir uns ungestörter unterhalten können?«

Die Handsängerin wirkte weiter verstört.

Dann begriff Mira – es war kein Unbehagen, sondern Verwirrung. »Versteht Ihr, was ich sage?«, fragte sie.

Die Handsängerin sagte nichts, sondern starrte sie nur an.

Mira stand verlegen ein paar Augenblicke lang da und versuchte, sich etwas einfallen zu lassen, um sich mit der jungen Frau zu verständigen. Dann ging ihr ein Licht auf. Sie bedeutete der Handsängerin sanft, ihr zu folgen, und führte sie und Sutter zu einem Streifen ungepflasterten Bodens, auf dem an der Seitenwand eines Gebäudes Bäume und Blumen wuchsen. Sie kniete sich neben das Blumenbeet und schrieb mit der Hand in die Erde das Wort *Freundin*. Sie blickte auf und hoffte, dass aus dem Gesicht der Sängerin nun Verständnis sprechen würde.

Das Mädchen sah zwar hin, doch der verwirrte Ausdruck blieb.

Gesprochene Worte durchbrachen die Stille. »Ich glaube, ich kann helfen.«

Als Mira sich umdrehte, sah sie einen Mann mittleren Alters, der sich ungezwungen gab. Er trug eine leichte braune Tunika.

Sein schwarzes Haar wurde schon schütter, seine Kopfhaut war gebräunt. Er lächelte sie freundlich an und streckte zur Begrüßung eine Hand mit erhobener Handfläche aus.

Mira stand auf und nahm die Hand des Mannes im Griff der Freundschaft. »Ich bin Mira Fern, und das hier ist Sutter Te Polis. Wir sind weder fahrendes Volk noch Kaufleute. Wir kommen mit einer Bitte.«

»Das tun Besucher stets«, sagte er lächelnd. »Für die Leute aus den Bahrenbergen oder – was die Götter verhüten mögen! – die Stilletreuen liegen wir zu weit südlich der Wüste … und zugleich zu weit nördlich, als dass sich Divadier zu uns verirren würden. Nein«, sagte er, und sein Lächeln wurde ein bisschen breiter, »die, die den Weg hierher finden, wissen um die Soriah. Sie kommen in unterschiedlicher Absicht, aber doch alle nur deshalb. Ich muss allerdings sagen, dass wir nur selten eine Fern zu sehen bekommen.«

Sutter trat vor und bot ihm die Hand. Der Junge aus Helligtal gefiel Mira von Tag zu Tag besser – dafür, dass er so einfache Dinge tat, wie eine Hand zum Gruß auszustrecken.

»Ich bin Lilin«, sagte der Mann und schüttelte ihnen beiden die Hand. »Eledri ist nicht unhöflich; sie spricht einfach die Sprachen der Menschen nicht.«

Sutter sah das Mädchen an. »Ist sie stumm?«

»Wohl kaum«, sagte Lilin. »Die meisten von uns sehen einfach keinen Nutzen darin, eine andere Sprache als unsere eigene zu sprechen.«

Sutter zog die Stirn kraus, aber diesmal hielt er klugerweise den Mund.

»Ihr könnt übersetzen«, sagte Mira. »Seid Ihr auch in der Lage, den Soriahgesang zu erzeugen?«

Der Mann nickte. »Ja, aber nicht so schön wie Eledri. Was

ihr Soriah nennt, ist etwas, wozu die meisten Laeodalin in der Lage sind. Wie fachmännisch ist aber eine andere Frage.« Sein Lächeln wurde liebenswert bescheiden. »Und ich vermute, es ist Letzteres, was Euch zu uns führt?«

Nun war es an Mira zu nicken.

»Und wenn es etwas gibt, was wir tun können, um den Fern zu helfen«, sagte Lilin feierlicher als zuvor, »dann werden wir es tun. Kommt, wir sollten dieses Gespräch im Schatten der blühenden Bäume führen. Ich hoffe nur, dass die alte Geschichte, die Euch zu uns führt, nicht bis ins Lächerliche ausgeschmückt worden ist.«

Mira hörte einen warnenden Unterton in der Stimme des Mannes. Aber als sie den Blick wieder auf Eledri richtete und sich an das Lied der jungen Frau erinnerte, hoffte sie immer noch, dass das Mädchen sie heilen konnte.

34

DIE ZURÜCKGELASSENEN

Wir sollten uns eingestehen, dass der Schmerz, den der Tod eines Angehörigen einem verursacht, womöglich mehr als innerliches Leid ist. Es mag sein, dass mechanische Systeme betroffen sind.

(Aus Die Wissenschaft der Abwesenheiten – Verlustschmerzmodell eines Physikers, *in den Annalen des Physikkollegs von Albenhain zu finden)*

Am zweiten Tag, nachdem er durch Wendras Erzählung gefallen war, konnte Tahn sich ohne größere Schmerzen aufsetzen, und Gespräche machten ihn nicht mehr müde. Rithi hatte einen Kessel mit Weidenrindentee warmgehalten. Tahn hatte sonst wenig gegessen oder getrunken, aber sie schien zu wissen, dass er nun stark genug war, um über das zu sprechen, was geschehen war, bevor er den Hain vor acht Jahren verlassen hatte.

Er hatte ihr gerade seinen Becher zurückgegeben, den Rithi auf dem Nachttisch abstellte, bevor sie sich wieder Tahn zuwandte. »Meine anderen Freunde wussten auch nicht, wie sie sich verhalten sollten.«

Sie musste keine näheren Einzelheiten erwähnen. Tahn wusste auch so, was sie meinte: Nanjesho, ihre Mutter.

»Rithi, es war nicht meine Entscheidung. Mein Vater fand, dass ich den Hain verlassen sollte.« Wie konnte er ihr das nur erklären? »Sie waren besorgt, dass mein Bleiben euch andere in Gefahr bringen würde.«

Sie schwieg eine ganze Weile und sah ihn an. »Ich habe sie am Ende eines Stricks gefunden. Er war aus Hanf gedreht und sah aus wie einer, den sie selbst angefertigt hatte – einer mit acht Knoten. Sie mochte die Zahl acht. Sie hat es in ihrem Kämmerchen getan, wo niemand es sehen konnte.« Rithis Stimme zitterte kaum merklich. »Aber ich habe sie gefunden.«

»Es gab nichts, was du hättest tun können«, sagte er. »Und es war nicht deine Schuld.«

»Ich weiß.« Sie wandte den Blick von ihm ab. Brachte ihre Stimme wieder unter Kontrolle. »Aber ich hätte eine Zeitlang einen Freund brauchen können. Die, die ich hier hatte, hielten sich fern. Wussten nicht, was sie sagen sollten, nehme ich an. Oder vielleicht hatten sie auch Angst oder schämten sich. Ein paar haben mich aufgezogen, wenn sie dabei ungeschoren davonkommen konnten.«

Tahn hörte zu und ergriff nach einigen Augenblicken des Schweigens ihre Hand. »Ich wollte nicht fortgehen. Und es tut mir leid, dass ich nicht hier war.«

Dann wurde Tahn bewusst, dass Alemdra vielleicht das Gleiche empfunden hatte. Vendanji und sein Vater hatten ihn aus dem Mal fortgeschickt, um ihn vor vielen Dingen zu schützen, darunter auch vor der Verzweiflung, die auf den Selbstmord einer Freundin folgt. Sie hatten ihm sogar das Gedächtnis genommen. Er hatte Alemdra zurückgelassen, und sie hatte Devins Verlust ohne seine Freundschaft ertragen müssen.

Er hatte an Devin versagt. Er hatte an Alemdra versagt. Und er hatte an Rithi versagt.

Da überkam ihn die Erkenntnis. Überkam ihn wirklich. Der Selbstmord von Rithis Mutter. Er hatte auch sie geliebt. Sie und Polaema hatten eine Lücke in ihm ausgefüllt, eine, in der seine eigene Mutter sich hätte befinden sollen, wer auch immer sie war. Nanjesho hatte sich auf eine Art um ihn gekümmert, die über das, was man von der Mutter einer Freundin erwarten konnte, weit hinausging. Sie hatte sich seine zweifellos naiven Belehrungen und Ansichten über Astronomie angehört. Sie hatte ihn am gemeinsamen Esstisch willkommen geheißen und über seine Scherze gelacht.

Sie hat mich vom dritten Zweck *erzählen lassen.*

Plötzlich vermisste Tahn Nanjesho. Es war eine machtvolle Sehnsucht von der Art, die man in Brust, Kehle und Augen spürt.

Rithi drückte ihm kräftig die Hand im Griff einer Trauernden. »Nachdem ihre Kontinuitätstheorie im Astronomiekolleg gescheitert war, hat sie das Haus nie mehr verlassen.« Rithis Blick wurde glasig, als würde sie alles wieder vor sich sehen. »Sie hat Tag und Nacht an ihrem Tisch gearbeitet. Mit zahllosen Papierstapeln. Hat Beweise und Gleichungen niedergeschrieben und immer wieder umgeändert. Sie wollte niemanden aus der Debattenfolgemannschaft ins Haus lassen, ich glaube, weil sie sich geschämt hat. Aber sie war sich so sicher, recht zu haben.« Rithi blickte auf und sah wieder Tahn an. »Es war, als würde man eine Mathematikvergiftung beobachten, Gnomon, wenn ein unlösbares Problem Besitz vom Verstand ergreift und ihn in eine Schleife aus Beweisen zwingt, die nie erbracht werden können. Sie hat nichts gegessen. Sie hat nicht geredet. In jenen letzten Tagen hat sie nicht einmal mehr bemerkt, ob ich im Zimmer war. Sie hat nicht geantwortet, wenn ich sie angesprochen habe.«

»Rithi …«

Sie schüttelte den Kopf. »Es war erschreckend. So, als würde man mit einem Geist zusammenleben. Ich konnte sie sehen, sie hören … Sie brachte in jenen Tagen, bevor sie ihren Strick knüpfte, brillante Mathematik hervor. Aber selbst, wenn ich versuchte, ihre Hand zu nehmen, war es, als könnte sie meine Berührung nicht spüren.« Rithi sprach nun unter Tränen. »Ich habe ihr beim Sterben zugesehen, Tahn. Stunde um Stunde, tagelang, bis sie aufgegeben hat.«

Tahn war sich nicht sicher, was er dazu sagen sollte. Er entschied sich für: »Sie war eine begnadete Frau, Rithi. Eine Debattenfolge kann belastend sein …« Es klang dümmlich, und er wünschte, er hätte geschwiegen.

»Ich weiß«, pflichtete sie ihm bei. »Eine Debattenfolge *kann* belastend sein. Belastend für den, der die Argumente vorträgt. Und belastend für diejenigen, die gezwungen sind zuzusehen.« Sie hielt nachdenklich inne. »Und wenn man scheitert …«

Tahn setzte eine entschlossene Miene auf. »Ich werde nicht scheitern. Das kann ich nicht.«

»*Kannst* du es nicht, weil du einen felsenfesten Beweis hast? Oder *kannst* du es nicht, weil du für eine gute Sache eintrittst?« Sie lachte leise und bitter. »Denn Letzteres trifft auf alle Debattenfolgen zu.«

»Du wirst mir helfen, Ersteren zu erbringen«, sagte er und versuchte sich an einem Lächeln.

Rithi ließ seinen Versuch, die Stimmung aufzuheitern, unbeachtet. »Die Theorie, die sie umgebracht hat, war die Kontinuität, Gnomon. Sie hat versucht, die Existenz eines allgegenwärtigen Elements zu beweisen, das alles miteinander verbindet. Erymol. Weißt du noch?«

»Ja. Du und ich sind bis spätnachts aufgeblieben und haben

ihr bei den mathematischen und astronomischen Einzelheiten geholfen.«

»Ich bin sicher, dass wir ihr eher lästig waren als sonst irgendetwas.« Sie hielt inne und schluckte. »Aber sie hatte uns auch gern bei sich.«

»Da bin ich mir sicher«, stimmte er ihr zu. »Und ich war selbst ebenfalls gern bei ihr. Sie hatte Sinn für Humor. Ich glaube, sie würde wollen, dass du deinen häufiger zum Zuge kommen lässt.«

Rithi war wieder verstummt und starrte beiseite. »Sie hat einen Brief hinterlassen«, sagte sie schließlich. »Ich war nie fähig, ihn zu lesen.«

Es war die Erwähnung des Briefes, die Tahns zwei Welten plötzlich in schmerzlichen Einklang miteinander brachte. Mündel des Mals, die mit ihrem Messer in die Ödnis oder zum Schluchtengrat gingen, hatten immer einen Brief in der Tasche, wenn ihre Leichen gefunden wurden. Meist stand in diesen Briefen so gut wie dasselbe: *Es tut mir leid. Ich habe euch alle lieb. Aber ich konnte keinen weiteren Tag auf dem Mal ertragen. Ich bete darum, dass ihr mehr Glück dabei habt, euer wahres Heim zu finden. Ich hoffe, es gibt ein nächstes Leben, wie die toten Götter es uns verheißen haben. Wenn ja, dann sehen wir uns dort wieder. In Liebe …*

Also hatte das Mal ihn nach Albenhain verfolgt. Die Verzweiflung von Rithis Mutter mochte einen anderen Ursprung haben, aber es war ihr eigenes Mal gewesen, das sie dazu gebracht hatte, vor der Leere zu kapitulieren.

Und wie ein Mündel des Mals, das einen Freund zurückließ – einen, an den es sich in der trockenen, weiten Landschaft schutzsuchend geschmiegt hatte –, hatte Rithis Mutter ihr kleines Mädchen im Stich gelassen. Sie hatte es schon getan, bevor sie die Schlinge straffgezogen und ihren Körper hinabgestürzt hatte.

Tahn beugte sich vor und zog Rithi in eine Umarmung. »Ich glaube nicht, dass ihnen bewusst wird, welchen Schmerz sie hinterlassen.« Er schüttelte den Kopf. *Siebenunddreißig.* »Ich glaube, sie sind so in ihrem *eigenen* Schmerz gefangen, dass sie nichts anderes mehr wahrnehmen.« Er löste sich von ihr, um sicherzugehen, dass sie ihn sehen konnte. »Sie hat dich geliebt. Das habe ich von außen gesehen. Das ist die Wahrnehmung eines objektiven Beobachters, also kannst du darauf vertrauen.« Diesmal schenkte er ihr ein besseres Lächeln.

Rithi schnaubte mit einem leisen Lachen einen schwachen Luftstoß aus der Nase hervor. »Ich weiß. Und einen Großteil ihres Lebens war sie die beste Mutter, die ich mir nur hätte wünschen können. Aber ... Tahn?«

Er zog die Augenbrauen hoch und wartete auf ihre Frage.

»Was bringt dich auf den Gedanken, dass es dir nicht ebenso ergehen wird? Du kanntest meine Mutter. Du weißt, wie stark sie war.« Sie wandte den Blick ab, dorthin, wo die Türme des Hains standen. »Sogar Angehörige ihres Kollegs haben immer gesagt: ›Nanjesho ist so zuverlässig wie ihre Mathematik.‹«

Jetzt verstand Tahn alles besser. Ein Teil davon war also Angst um ihn – Angst, dass er der Debattenfolgekrankheit zum Opfer fallen würde, so wie Rithis Mutter.

Er drückte ihr die Schulter und lehnte sich zurück, weil ihm ein bisschen schwindlig war, da er so lange aufrecht gesessen hatte. »Ich bin mir nicht sicher. Aber ich muss es versuchen. Nicht, weil ich mir im Hain einen Namen machen will – das ist mir gleichgültig. Es ist das, was ich dir neulich schon erzählt habe. Ein Krieg droht. Ein Krieg in einem Ausmaß, von dem ich nicht glaube, dass wir es so schon erlebt haben. Die Nationen werden versuchen, sich ihm gewachsen zu zeigen. Aber, Rithi ... ich glaube nicht, dass wir gewinnen können. Und wenn wir nicht gewinnen, wird das, was übrig bleibt, kein richtiger Ort mehr sein …« *Sondern nur ein großes, ausgedehntes Mal.*

Sie musterte ihn unverwandt, die Stirn vor Konzentration und Besorgnis gerunzelt.

»In einem Zahlenspiel« – er klopfte sich auf die Brust – »ist mein Leben im Vergleich zu den vielen tausend, die sterben werden, wenn der Schleier fällt, ohne jede Bedeutung.«

»Du würdest dich vielleicht im Philosophiekolleg ganz gut schlagen.« Sie lächelte schwach.

Tahn wusste nicht, was er noch sagen oder wie er es ausdrücken sollte. Vor allem war er erpicht darauf, aus diesem Bett herauszukommen und endlich seine Absichten öffentlich kundzutun. Die Debattenfolge zu beginnen. Aber götterverdammt – es erwies sich ja schon als zu viel für ihn, sich einfach nur aufzusetzen! Er legte sich wieder flach hin.

Langes Schweigen senkte sich über das Zimmer. Die Sonne schien auf die Bettdecke. Staubkörnchen tanzten träge in ihren Strahlen.

Diesmal ergriff Rithi seine Hand. Ihre Tränen funkelten hell im Sonnenlicht. Wie die Staubkörnchen. »Hast du je einen geliebten Menschen gefunden, der so etwas getan hat? Der dir seine Liebe entzogen hat? Der dich aller weiteren Tage beraubt hat, ihn wiederzulieben?«

Ja. Viele Male.

Das Sonnenlicht schien auf einmal schwer auf ihm zu lasten. Die Bettdecke auch. Tahn schnürte sich der Brustkorb in dem Schluchzen zusammen, das er unterdrückte. Er hatte sie damit im Stich gelassen. Es war nicht seine Entscheidung gewesen, aber er hatte eine Freundin mit einem leeren Haus und Erinnerungen an eine Mutter zurückgelassen, die sie nicht genug geliebt hatte, um für sie zu leben. Die Debattenfolge hatte

Nanjesho mehr bedeutet. Die Mathematik war ihr wichtiger gewesen.

Er hätte Rithi sagen können, dass dies irregeleitete Überzeugungen waren. Dass eine Krankheit Besitz von Nanjesho ergriffen hatte. Das traf zu. Und Rithi, die jetzt erwachsen war und sich besser der Logik bedienen konnte, wusste das selbst. Aber das kleine Mädchen, das er zurückgelassen hatte, hatte all das nicht gewusst, und es schmerzte Tahn im Innersten, daran zu denken, wie sie allein gelitten hatte, nachdem er fortgegangen war. Ja, es hatte sicher Erwachsene gegeben, die ihr gezeigt hatten, dass sie sich um sie sorgten. Aber jeder weiß, dass man, wenn das Herz versagt, einen Freund braucht, der einen nicht verlogen tröstet, sondern einem ohne besonderen Grund zur Seite steht. Der ohne besonderen Grund überhaupt etwas tut. Das tun Freunde, wenn einem das Herz gebrochen wird.

Tahn wusste, wie wahr das war. Er hatte mehr als genug Freunde tot auf dem Mal gefunden.

Nun saß er bei dieser Freundin. Viele Jahre später. Und er trauerte mit ihr um eine Mutter, die sich den Strick für ihren eigenen Tod gedreht hatte.

Und während Rithi, die sich etwas lange Zurückgehaltenes von der Seele geredet hatte, an sein Bett gelehnt einschlief, schlug Tahns Herz weiter heftig.

Bei jedem einzelnen toten Gott; er würde sich mit aller Kraft in diese Debattenfolge stürzen!

Keine stillen Enden mehr für persönliches Leid.

Keine Ausweitung des Mals.

Er begann, sich durch seine Krankheit zu kämpfen, da er sich endlich dem Zweck widmen musste, zu dem er hergekommen war – der Debattenfolge. Er war auf die Theorie und vielleicht auch auf die Entdeckung erpicht, die ihm bevorstanden. Er würde sich vorbereiten. Die Kollegien von Albenhain und ihre Weisen würden ihm zuhören. Er würde so lange argumentieren, bis sie es taten. Er würde ein einendes Prinzip beweisen, das den Schleier stärken konnte. *Resonanz.* Und das würde bedeuten, dass Zehntausenden niemals abverlangt werden würde, sich zu erheben und gegen die Stille zu kämpfen.

Und er würde zu jenen abwesenden Göttern beten, dass diesmal die Debattenfolge anders verlaufen würde als beim letzten Mal, als er in Albenhain gewesen war. Er würde beten, dass Rithi ihm beistehen würde, obwohl sie jedes Recht hatte, ihm zu wünschen, im Feuer zu brennen.

Er verstand die Wunde, die es hinterließ, jemanden zu verlieren, der die Wahl traf zu sterben. Eine Debattenfolge über die Kontinuität einzuberufen, würde diese Wunde wieder aufreißen, für sie alle, aber besonders für Rithi und Polaema.

Aber Tahn klammerte sich an den Gedanken, dass, wenn er Erfolg hatte, weniger Leute im Kampf gegen die Stilletreuen sterben würden – und weniger geliebte Menschen in ihr eigenes Mal schreiten würden, um sich selbst den Tod zu geben.

35

DER KINDERMUND

Wir brauchen ein Kind, das uns hilft, über den Tellerrand unserer himmelschreienden Selbstsucht hinauszusehen.

(König Nevil Sadon von Vohnce über die Einsetzung von Vertretern seiner neuen Regierung, mit der die Königsdynastie endete)

Von seinem Fenster im Solath Mahnus aus ließ Roth Staned den Blick über das nordwestliche Viertel von Decalam schweifen. Sein Schreibzimmer war nicht so hoch gelegen wie die Kanzlei der Regentin, und die Fenster gingen nur in eine einzige Richtung – beides würde sich ändern! –, aber für den Augenblick atmete er im Zwielicht des Tages hoch über den Straßen der Stadt frische Luft, während er wartete und nachdachte.

»Das sind wohl kaum die erbärmlichen Zustände in einem Elendsviertel, nicht wahr?«, fragte Roth im Ton einer rhetorischen Frage.

Nama Septas, seine politische Beraterin, schüttelte verwirrt den Kopf.

Roth stützte sich aufs Fensterbrett, holte noch einmal tief Atem und lächelte in sich hinein. »Ich bin in der Hafenstadt

Falhaven aufgewachsen. An der Hafenkante. Morgens stank es immer nach dem Fang. Faule Fischer nahmen ihre Beute gleich dort aus und warfen die Eingeweide ins Hafenwasser.«

Nama rümpfte die Nase.

»Man wusste immer Bescheid, wenn der Fang einlief«, fügte Roth hinzu. »Das schrille Geschrei der Möwen war im ganzen Hafen zu hören. Die verdammten Viecher waren frech genug, am Fisch zu picken, während die Männer ihn für den Markt fertig machten.« Roth verzog die Lippen vor Abscheu. »Sogar das Fischblut wirkte unter dem bewölkten Himmel von Falhaven matt. Alles, was ich als Junge wollte, war, dem Hafenviertel zu entkommen. Ich dachte, ich würde Schiffsbauer werden, vielleicht im Landesinneren mit Holz oder Teer arbeiten oder es gar im Schiffshandel zu etwas bringen.«

Seine politische Beraterin stopfte sich eine Pfeife. Kirschsalbei. »Wie ist es Euch gelungen, dieser Laufbahn zu entgehen?« Nama hielt inne. »Es gibt Tage, an denen es mir durchaus recht wäre, mit Teer zu arbeiten.«

Roth lächelte. »Das schlichte Gemüt der Fischer und das Grau in Grau von Falhaven ließen mich danach gieren, um jeden Preis der Gesellschaft dieser Dummköpfe zu entkommen.« Er hob einen Finger. »Das ist ungerecht. Mein Vater war kein Dummkopf. Er hatte nur Pech. Elendsviertel am Meer bringen einem kein Glück.«

Nama hielt darin inne, ihre Pfeife zu schmauchen, und wandte sich ihm zu. »Euer Vater war also kein Ligat? Man ist zuallererst Mitglied einer Familie.«

»Mein Vater war Decksmann, schlechter Glücksspieler und junger Witwer«, sagte Roth, ohne sich auch nur im Geringsten zu schämen. »Er hat sich vor mich hingekniet und mir gesagt, dass wir überleben könnten. Hat mir gesagt, dass er wieder einen Weg zu mir finden würde, nachdem er mich für eine schnelle, schmutzige Begnadigung an einen Ligaten verschachert hatte.«

»Ihr wart ein Unterpfand?« Nama sackte der Kiefer herunter. »Bei den stummen Höllen, ich hatte ja keine Ahnung!«

Roth nickte mit einer gewissen Befriedigung. »Sie ließen meinem Vater keine Wahl. Er war gewitzt genug, diesen Handel selbst vorzuschlagen.«

Aber Roth hatte lange gebraucht, um über die Trennung von seinem Vater hinwegzukommen. Er vermisste ihn noch immer. Er hatte seinen Vater so geliebt, wie jeder kleine Junge es tut. Oder sollte. Falhaven und seinen Vater zu verlassen war nicht einfach gewesen. Aber er hatte geglaubt, dass sein Vater damit einverstanden gewesen wäre.

»Er wusste«, fuhr Roth fort, »dass die Liga mir ein besseres Leben verschaffen würde.« Er lachte laut auf. »Und als ich dann alt genug war, den Eid zu schwören, wusste ich mehr über die Politik der Liga, als die meisten Ligaten es je tun werden.«

Wenn er sich jetzt an jene Tage zurückerinnerte, dachte er eigentlich nur noch an seinen Vater. Und an Leona.

Er lächelte wieder. Es fühlte sich auf seinem Gesicht traurig an. Die Elendsviertel hatten ihm einige Lehrstunden erteilt, die es wert waren, nicht vergessen zu werden, und Roth konnte sich noch an die Gefühle des Jungen erinnern, der er gewesen war, als er auf der Straße Geldbeutel stibitzt hatte, wann immer er gekonnt hatte, und einen Tag alten Schellfisch gestohlen hatte, wenn sein Vater nicht genügend Scheuergeld bekommen hatte, um etwas zu essen zu kaufen. Aber anscheinend hatte ihm das Elendsviertel nicht das Geringste über das Herz einer Frau beigebracht.

»Ich esse allerdings keinen Fisch mehr«, sagte Roth.

Darüber lachten er und Nama beide. Dann verfielen sie für einen Augenblick in Schweigen und warteten. Roth hatte den Gewinner des Lesherlaufs zu sich bestellt, eines Rennens, das von Kindern aus Decalam abgehalten wurde, damit eines das Recht erwarb, im Hohen Rat zu sitzen und die Interessen der Jugend zu vertreten. Es war eine überholte Tradition, zugleich aber eine, die die Regentin vor kurzem wohl vor allem aus dem Grunde wieder eingeführt hatte, um ihm gegenüber eine Stimmenmehrheit im Rat zu gewinnen. *Schlau*, dachte er. Aber er war ihr zuvorgekommen und hatte begonnen, seine Pläne in die Tat umzusetzen. Er würde sich an die Arbeit machen und den Rat lenken, so wie er sich darum kümmern würde, das Große Mandat zu lenken.

Nama ergriff durch den Dunstschleier ihres Rauchs hindurch das Wort: »Sich Stimmen im Rat zu sichern ist wichtig. Aber vergesst nicht das Große Mandat. Die Regentin wird Unterstützer haben, die sich nicht umstimmen lassen.«

Roth drehte sich um. »Wir haben die Namen der Eingeladenen ...«

»Ich spreche nicht von den Sitzinhabern«, sagte Nama und sah ihn mit zusammengekniffenen Augen an. »Ich möchte Euch nur an unseren letzten Prozess vor dem Höchsten Gericht erinnern. Ihr alter Freund aus dem Mal ist aufgetaucht, um Widerspruch einzulegen. Ich möchte wetten, dass er da sein wird. Er ist ein mit allen Wassern gewaschener Redner und noch dazu so furchterregend wie eine Kirchenglocke.«

»Ich habe mir etwas für ihn überlegt«, sagte Roth nickend.

Gleich darauf ertönten auf dem Gang vor seiner Tür die leisen, trippelnden Schritte junger Füße.

Roth wandte sich um, als das Klopfen erfolgte. »Herein«, sagte er.

Zwei Ligaten eskortierten einen Jungen von vielleicht zehn Jahren in sein Schreibzimmer. Sie warteten auf weitere Befehle, was Roth mit einem wegwerfenden Winken quittierte. Die beiden zogen sich sofort zurück, und Nama schloss sich ihnen an und zog die Tür hinter sich zu.

»Unser Kindermund«, sagte Roth mit Blick nach unten. »Komm, Junge, stell dich vor.«

»Ich bin Dwayn«, antwortete der Junge. »Dwayn Alusel.«

»Willkommen, Dwayn. Möchtest du etwas zu trinken?« Roth ging zu seinem Schreibtisch hinüber, auf dem ein Krug mit kaltem, mit frischer Limone versetztem Wasser stand.

»Ja, bitte.« Der Junge trat zaghaft vor.

Roth bemerkte sein Zögern. »Du musst hier keine Angst haben, Dwayn. Ich bin dein Freund. Du trägst als Kindermund neue Verantwortung, und ich kann mir vorstellen, dass alles für dich sehr plötzlich kommt. Aber genau das ist der Grund, weshalb ich dich gebeten habe, mich hier zu besuchen. Ich werde dir helfen, dich in den Sachfragen und Diskussionen zurechtzufinden, zu denen man bald deine Meinung verlangen wird.«

Der Junge nickte und nahm das Glas Limonenwasser, das Roth ihm hinstreckte. Er nippte daran und sah sich im Schreibzimmer des Aszendenten um. »Warum ich?«, fragte er.

Roth lächelte nachsichtig. »Warum nicht du? Du hast den Lauf gewonnen. Und, ja, ich weiß, dass eine gewisse Uneinigkeit darüber bestand, wer der eigentliche Sieger sein sollte. Aber das liegt hinter uns.«

Dwayn schüttelte den Kopf. »Nein, ich meine, warum es mir erspart geblieben ist, in Galadell auf den Auktionsblock zu kommen. Liegt es daran, dass ich schnell rennen kann? Habt Ihr Euch einen Sieger für den Lesherlauf herangezogen?«

Roth zog eine Augenbraue hoch. »Wovon sprichst du?«

»Alle Kinder wurden gezwungen zu laufen. Wir mussten ständig an Wettrennen teilnehmen«, sagte der Junge. »Und dann wurden andere nach Galadell gebracht, um auch zu rennen. Es ist ein Händlerlager, wisst Ihr? Die Neuen wurden aus anderen Lagern hergeholt. Und als ich alle Rennen gewonnen hatte, haben sie mich hergebracht, um am Lesherlauf teilzunehmen.«

Da verstand Roth. Jemand hatte sich verschworen, einen schnellen Läufer auszusondern, mit dem Hintergedanken, so in der Lage zu sein, eine der Stimmen im Rat zu kontrollieren. Das klang nicht nach Helaina. Vielleicht war es eines der skrupelloseren Handelshäuser. Aber was Roth noch mehr verstörte, war die Geschichte des Jungen über Händlerlager.

Plötzlich stand vor ihm nicht mehr der Kindermund. Vor ihm stand … ein Junge. Roth dachte nicht länger an Politik oder an das, was er bewirken wollte.

All seine diplomatischen Winkelzüge waren vergessen, und er fragte: »Du hast in einem dieser Lager gelebt?«

Der Junge nickte. »Länger als die meisten anderen Kinder. Sie verkaufen uns schnell. Aber diejenigen, die Rennen gewannen, wurden nicht verkauft. Sie wurden behalten, um weiter zu laufen.«

»Was ist mit deiner Familie?«, fragte Roth. »Deinen Eltern?« Er dachte wieder an seinen Vater, der Roth aufgegeben hatte, damit er schönere Sachen und richtiges Essen bekam – und bessere Aussichten als die, bei gezinkten Hafenglücksspielen den Arglosen das Geld aus der Tasche zu ziehen.

Der Junge sah ihn eine ganze Weile unverwandt an. »Die habe ich schon … ich weiß nicht wie lange nicht mehr gesehen. Sehr lange.«

»Du wurdest entführt?«, hakte Roth sanft nach.

Dwayn nickte. »Ich hatte aber Glück. Ich bin davongekommen. Davongekommen, weil ich schnell laufen kann, schätze ich. Das dachte ich zumindest …« Der Junge schwieg und verzog nachdenklich das Gesicht. »Es kommt mir nicht richtig vor, dass ich der Kindermund bin. Ich stamme noch nicht einmal aus Decalam. Und ich glaube, dass es unaufrichtig war, mich zum Lauf antreten zu lassen.«

»Aber das hättest du schon früher sagen können«, bemerkte Roth unterschwellig herausfordernd.

»Ich hatte Angst«, erwiderte der Junge kleinlaut. »Angst, dass der Mann, der mich zum Lesherlauf gebracht hat, mir etwas antun würde. Oder meiner Familie.«

Roth nickte angesichts dieses Arguments. »Und jetzt hast du keine Angst mehr?«

Dwayn musterte ihn lange nachdenklich. »Ich hatte gehofft, dass Ihr mir dabei helfen würdet. Die Leute sagen, dass das Euer ganzer Plan ist: Menschen zu helfen, die Hilfe brauchen.« Er hielt inne. »Ich brauche Hilfe.«

Der Junge war wirklich mutig. Und Roth wollte nicht mehr nur seine Stimme. Hieraus war mehr geworden als Politik. Vor nicht allzu langer Zeit war er dieses Kind gewesen. Er wollte ihm dieselbe Hilfe zukommen lassen, die er von der Liga erhalten hatte, als er jung gewesen war. »Komm hier ans Fenster, damit ich dir etwas zeigen kann.«

Gemeinsam blickten sie auf das riesige Nordwestviertel von Decalam hinab. Sogar aus dieser Höhe war es unmöglich, den Stadtrand zu sehen. Dächer erstreckten sich bis an den Rand des Gesichtsfeldes. Hier und da ragten Türme und Dachreiter auf. Decalam schien sich bis an den Horizont auszudehnen.

»Es gibt dort draußen zahllose Familien, junger Mann, und

sie sind von der Weisheit derjenigen abhängig, die im Rat in den Sälen des Solath Mahnus sitzen.«

Der Junge ließ den Blick weiter über Decalam schweifen. »Der Lesherlauf soll doch einen Jungen oder ein Mädchen aus dem Volk auswählen, nicht wahr?«

»Nun … ja«, räumte Roth ein. »Aber wir gehören doch *alle* zum Volk, nicht wahr? Jedes Kind darf teilnehmen. Jedes Kind kann gewinnen. Es ist keine Voraussetzung, dass der Gewinner über irgendeine Form von Schulbildung oder Kaufmannswissen verfügt.« Er lachte leichthin und versuchte so, den Jungen zu beruhigen. »Allerdings gebe ich zu, dass es den meisten lieber wäre, wenn es ein Kind aus den Arbeitervierteln ist und keines aus einem Handelshaus oder einer Militärfamilie.«

»Ihr wollt, dass ich als Kindermund im Rat bleibe«, sagte Dwayn. Es war nicht unbedingt eine Frage.

Roth ließ den Blick nachdenklich auf dem Jungen ruhen. »Ich wurde hinter einem Fenster geboren, das gar nicht so weit vom Gestank der Gosse entfernt war. Und es ist mir lieber, wenn jemand, der einem wichtigen Rat angehört und abstimmt … weiß, wie es ist, so zu leben, wie ich es einst getan habe.«

Dwayn musterte Roth aufmerksam und wartete.

»Du hast in letzter Zeit ein gerüttelt Maß an Höllen durchgemacht«, sagte Roth kopfschüttelnd. »Sklavenhändlersiedlungen, die Händler selbst …« Er wusste von den Lagern. Er hatte sich immer gesagt, dass er etwas dagegen unternehmen würde, sobald er Zeit dazu fand.

»Und Ihr glaubt, dass das bedeutet, dass ich einen guten Kindermund abgeben würde«, sagte der Junge und vollendete so Roths Gedanken.

»Das tue ich. Nein, warte. Ich glaube es nicht«, verbesserte sich Roth, »ich *weiß* es.«

Dwayn trank nun einen größeren Schluck seiner Erfrischung. Er wischte sich den Mund ab und sah wieder aus dem Fenster. In seinen Augen schien eine Frage nach der anderen aufzublitzen.

Roth studierte das Gesicht des Jungen. In ihm steckte wirklich reichlich Scharfsinn. Vielleicht hätte ihn das nicht überraschen sollen, da ein längerer Aufenthalt an einem Ort wie Galadell jedes Kind gelehrt hätte, List zu durchschauen. Dieser Junge war dazu in der Lage und verfügte zugleich noch über den Mut und die Gelassenheit, einfach auszusprechen, was er dachte.

»Ihr wusstet nicht, dass ich aus den Lagern kam, also wart Ihr nicht derjenige, der den Mann bezahlt hat, sich für meinen Vater auszugeben.« Der Junge leckte sich die Lippen, vielleicht vor Nervosität. »Aber Ihr habt mich dennoch aus einem bestimmten Grund herbestellt. Wahrscheinlich, um mich zu bitten, so abzustimmen, wie Ihr es wollt.« Er wandte sich Roth zu und sprudelte die nächsten Worte etwas zu hastig hervor: »Deshalb will ich nicht im Rat sitzen. Alle haben mich schon aufgesucht. Mir ihre Geschichte erzählt. Mich gebeten, in ihrem Sinne abzustimmen.« Er brach ab und sammelte sich. »Ihr könnt einen finden, der besser geeignet ist als ich. Und wenn Ihr der Mann seid, als den man Euch schildert, dann werdet Ihr mir helfen, hier herauszukommen. Ihr werdet mir helfen, zu meiner Familie zurückzukehren. Ist die Liga nicht dafür da?«

Angesichts der Angst in den Augen des Jungen durchzuckte Roth eine schmerzliche Erinnerung. *Manch ein Kind muss die entsetzliche Lektion lernen, wie abhängig es von Älteren ist, die seine Verletzlichkeit und sein Vertrauen missbrauchen.*

Roth beugte ein Knie vor dem Jungen. »Ich verspreche dir

etwas, Dwayn, mein Junge«, sagte er leise in zuversichtlichem Ton. »Ich werde deine Familie finden und hierher bringen lassen.«

Der Junge runzelte fragend die Stirn. Vielleicht auch zweifelnd.

Roth schaute zur Tür. »Dimond.« Sein Bediensteter trat ins Zimmer. »Wenn der junge Herr Dwayn und ich hier fertig sind, notiert Ihr jede Einzelheit, die er Euch über seine Familie sagen kann. Sodann beauftragt Ihr zehn unserer besten Männer damit, sie zu finden und sicher hierher nach Decalam zu bringen. Ihnen wird bis auf weiteres eine Unterkunft im Hauptquartier der Liga angewiesen.«

Ligat Dimond nickte und schloss die Tür auf dem Weg nach draußen.

Roths Treffen mit dem Jungen hatte eine völlig andere Wendung genommen, als erwartet. Er hatte sich auf Dwayn vorbereitet wie auf jeden anderen Politiker und war dann im Laufe weniger Minuten an den Grund dafür erinnert worden, dass er überhaupt jemals Aszendent hatte werden wollen. Den Grund dafür, dass er den Rat und das Große Mandat lenken wollte.

Er tätschelte dem Jungen die Schulter. »Ich setze viel Vertrauen in die Wahlentscheidungen, die du treffen würdest. Bleib. Ich kümmere mich um alles Übrige. Und im Handumdrehen kannst du jedes Abendessen mit deinem Vater einnehmen.« Ein Lächeln huschte über sein Gesicht, aufrichtig und voller Erinnerungen an seinen eigenen Vater.

Dwayn lächelte seinerseits voller Erleichterung und Dankbarkeit. Er machte einen Luftsprung und umarmte Roth. Daran war der Aszendent nicht gewöhnt, aber er legte die Arme um den Jungen und hielt ihn fest.

»Schön, dass du wieder da bist«, sagte Roth.

Der Junge ließ ihn los, nickte und trank noch einen großen Schluck von seinem Limonenwasser. Er warf einen Blick aus dem Fenster zur Linken und fragte: »Worüber stimmen wir als Erstes ab?«

Roth lächelte und wandte sich um, so dass er die Aussicht gemeinsam mit seinem neuen Kameraden genießen konnte. »Nun, Dwayn, wir müssen uns über die Regentin unterhalten …«

36

BERUFT DIE ABSTIMMUNG EIN

Man kann seinen persönlichen Hass salonfähig machen, wenn man ihn öffentlich so darstellt, als läge er im Interesse anderer.

(Axiome der Einflussnahme,
ein von dimnischen Separatisten verfasstes Rhetoriklehrbuch)

Von der Straße bis zu Helainas hochgelegener Kanzlei prunkte der Solath Mahnus mit siebenundzwanzig Stockwerken, von denen die meisten von einem Ende bis zum anderen mit dreihundert Schritten zu durchqueren waren. Das Höchste Gericht und die zugehörigen Schreibstuben nahmen die Südostecke ein und beanspruchten viele Geschosse des Solath Mahnus. Anderenorts hielten Helainas Ratsmitglieder ihre eigenen Treffen in ihren eigenen Sälen und Schreibzimmern ab. Aber in der Mitte des vierten Stocks fanden in einem Raum von bescheidener Größe, umgeben von dicken Granitmauern, Decalams wichtigste Debatten statt: im Ratssaal. Heute war Helaina auf einen mit Worten geführten Krieg gefasst.

Sie erschien überpünktlich, um sich auf den Raum einzustimmen und ihren Körper ein wenig aufzuwärmen, bevor die Ratssitzung begann. In der Stille des Saals schlenderte sie langsam über den mit Teppichen belegten Boden und ging im Kreis um den Tisch in der Mitte. Zu ihrer Linken waren auch die Wände des Zimmers mit schweren Teppichen behängt, von denen jeder ein anderes Ereignis aus der Geschichte von Decalam zeigte.

Krüge mit frischem Wasser und Becher standen auf dem Tisch vor jedem Platz bereit, vierzehn insgesamt – einer für jedes Ratsmitglied. Helaina hoffte, dass diejenigen, die sie bestürmt hatte, ihren Sitz in ihrem Rat wieder einzunehmen, auch kommen würden. Sie vermutete, dass auch Roth unter vier Augen mit Ratsmitgliedern gesprochen hatte, um so eine Mehrheit dafür zu erringen, seine Agenda voranzutreiben.

Aber vielleicht würden heute Stimmen allein nicht ausreichen. Sie musste abwarten.

Einen Augenblick später kam Roth schnellen Schrittes zur Tür herein.

Helaina straffte sich und achtete darauf, sich vor ihm keine Schmerzen anmerken zu lassen. Ein Segen, dessen sie sich erfreute, war der, dass Politik ihr Kraft verlieh.

Die beiden tauschten einen Blick wie Kämpfer, die sich für die Schlacht bereit machten, und Helaina berührte sacht auf vielsagende Art die Beule an ihrem Hinterkopf.

Bevor einer von ihnen etwas sagen konnte, strömten nach und nach die anderen in den Ratssaal. Der Teppich auf dem Boden dämpfte ihre Schritte.

Einer nach dem anderen nahmen sie ihre Plätze ein.

Artixan, Helainas treuer Freund und ranghöchster Sheson in Decalam, setzte sich auf den Stuhl neben ihrem. Der Erste Sodale Rochard E'Sau folgte Artixan auf dem Fuße und ließ sich neben dem Sheson nieder. General Van Steward schritt an Helaina vorbei und berührte sie sanft am Ellbogen, bevor er seinen Platz auf der anderen Seite ihres Stuhls einnahm. Diese Männer waren ihre standhaftesten Parteigänger.

Kurz darauf erschien der Volkstribun Hemwell Or'slaed, der durch eine allgemeine Wahl auf seinen Posten gelangt war. Er stapfte herein und ließ sich schwer fallen – der Mann bekam in jeder Taverne der Stadt umsonst zu essen. Jermond I'Meiylo, der Erste Rat des Höchsten Gerichts, trat ebenfalls ein und brachte den neuen Kindermund, Dwayn Alusel, mit. Als Helaina die beiden zusammen sah, schnürte sich ihr aus Gründen, die sie sich nicht erklären konnte, der Magen zusammen. Hinter ihnen kam die sogenannte Kaufmannssprecherin Tully Dwento hereingewatschelt; sie war eine schwerfällige, füllige und furchteinflößende Frau mit kurzem Haar und ging vornübergebeugt. Tully vertrat alle Handelshäuser, entstammte aber derjenigen Kaufmannsfamilie, die die erbittertste Konkurrentin von Helainas eigener war. Die Frau hatte sich schon beim Wissensgesetz als ihre Erzfeindin erwiesen.

In rascher Folge kamen die Übrigen: Belamae aus der Discantus-Kathedrale, mit dem Helaina ein warmes Lächeln tauschte; die Oberste Schreiberin und Scola Cheyin Grase, ganz einfach die klügste Frau, die Helaina kannte; die Gesandte von Vohnce, Patrelia Calon, deren Schönheit ihrer Verschlagenheit Hohn sprach, wobei letztere Helaina in Staatsangelegenheiten sehr zupasskam; und schließlich die Prälatin Noleris aus der Bastulan-Kathedrale, der zwei ihrer Priester auf den Stuhl halfen. Ihre Hände und ein Großteil ihres Gesichts waren mit frischen Verbänden umwickelt, die nur kleinste Verfärbungen aufwiesen.

Autor Garlen war nicht gekommen. Helaina hätte ahnen sollen, dass er derjenige sein würde, der sich ihrem Appell verweigerte. Ihm bedeutete einfach nichts etwas bis auf seine eigenen Worte.

Dreizehn der vierzehn Plätze würden besetzt sein. Trotz A'Garlens Fehlen war das immer noch besser, als Helaina gehofft hatte.

Sie sah wieder Roth an, setzte eine gebieterische Miene auf und ging zu ihrem eigenen Platz. Das Rascheln, mit dem die Ratsmitglieder es sich auf ihren Stühlen bequem machten, verklang, und alle Blicke richteten sich auf Helaina.

»Lasst uns anfangen«, sagte sie, ließ sich in aller Form nieder und schloss so den Kreis. »Nicht alle von Euch haben meine Wiedereinberufung des Großen Mandats unterstützt. Aber das Gesetz verleiht mir das Recht dazu, und wir sind beinahe bereit zu beginnen.«

Roth murmelte etwas.

Helaina beachtete ihn gar nicht. »Ich habe Euch hierhergebeten, um unsere eigenen Angelegenheiten zu klären, so dass unser Vorbild dem Mandat den rechten Ton vorgeben kann. Ich glaube, dass Eintracht hier« – sie schlug auf den Tisch – »notwendig ist, damit das Große Mandat ein Erfolg wird. Und um Eintracht zu erlangen, müssen wir einige Dinge besprechen. Ich fordere Offenheit. Nehmt Abstand von Euren Beschwerden, oder tragt sie an den rechten Ort: vor die Gerichte.«

»Ja, lasst uns offen sein«, warf Roth ein. »Die Gesetze, die der Regentin die Macht verleihen, in jeglicher Angelegenheit, die das Gemeinwohl betrifft, allein zu handeln, sind alt und bieten keine Sicherheit mehr.« Er sah sich in der Runde am Tisch um. »Ich stehe voll und ganz zu meinen Streitigkeiten mit unserer Regentin, und ich achte das Amt, das sie innehat. Hier geht es nicht um Helaina persönlich. Aber es ist verantwortungslos von uns, dass wir zugelassen haben, dass die bekannte Welt ihre Könige und Königinnen vor unsere Tür schickt, und das aus Gründen, die wir nicht überprüfen können – aus

Mythen heraus, die wir mit unserer Politik lieber ausräumen sollten, als die Leute darin noch zu bestärken.«

Helaina wandte sich um und nickte Cheyin Grase zu, die daraufhin mehrere Pergamente aus einer Ledertasche zog, die sie bei sich trug. Sie reichte sie der Gesandten Calon zu ihrer Linken und bedeutete ihr, sie durchzusehen und dann weiterzugeben.

»Was für ein Winkelzug ist das?«, fragte Roth in leicht skeptischem Ton.

Die Schreiberin sah ihn mit forschendem Blick an – weder tadelnd noch bittend – und sagte dann mit ruhigem Selbstbewusstsein und vielleicht einer gewissen Traurigkeit: »Ihr werdet Euch erinnern, dass uns vor fast einem Monat ein Bericht über einen Angriff auf die Bibliothek zu Kumram erreicht hat. Wir haben zwanzig Schreiber ausgesandt, um mehrere Dutzend von General Van Stewards Leuten dorthin zu begleiten und die Zeugenaussagen zu überprüfen, die in den Briefen stehen, die nun in der Runde herumgereicht werden. Es ist alles wahr. Die Bibliothek ist zu Asche verbrannt, und der Berg, der sie barg, ist kaum mehr als ein Fluss aus geschmolzenem Stein.«

»Worauf wollt Ihr hinaus?«, fragte Roth. Wie so häufig nahm seine Herablassung die Form höflicher Neugier an.

Schreiberin Grase neigte den Kopf zur Seite, als würde sie sich an ein Kind oder einen Einfaltspinsel wenden. »Wir haben die Bibliothek nicht auf einem Vulkan errichtet, Aszendent Staned. Außerdem hätte ein Vulkan eine ganze Bergflanke oder mehr verbrannt. Was wir gefunden haben, war ein Brand, der sich allein auf Kumram beschränkt hat, und nichts, was in unserer Welt von Natur aus vorkommt, könnte auch nur versuchen, ein Steinlabyrinth mittels solcher Gluthitze zu zerstören.« Sie hielt inne, als wollte sie Roth Gelegenheit bieten, die Frage selbst zu beantworten.

Doch offenbar ließ Roth sich nicht ködern.

Cheyin sah ihn verächtlich an. »Die einzig plausible Erklärung ist die, dass die Zerstörung von Kumram durch Willenslenken erfolgt ist. Das würde darauf hindeuten, dass die Stilletreuen schon weit nach Süden vorgestoßen sind, und es ist ihnen eindeutig darum zu tun, unserem Streben nach Verständnis der Sprache der Väter ein Ende zu setzen.«

Roth warf einen Blick auf Artixan. »Und woher wollt Ihr wissen, dass es nicht die Sheson waren? Die Zwietracht zwischen ihnen hat dazu geführt, dass sie miteinander um Stellung und Einfluss ringen. Ihr Glaubensbekenntnis leidet unter der Spaltung ihres Ordens.«

Helaina sah zu, wie Artixan sich Roth zuwandte. Kein Stirnrunzeln trübte die gütige Miene des Sheson. Wie auch Helaina selbst wusste Artixan gewiss, dass Roth nicht ernsthaft damit rechnete, dass der Rat den Angriff auf die Bibliothek mit seinem Orden in Verbindung bringen würde. Aber es verschaffte Roth Gelegenheit, die hier Versammelten daran zu erinnern, dass der Shesonorden sich im Aufruhr befand. Er hatte sich in die Karten blicken lassen, zumindest, was einen Teil seiner eigenen Pläne für die heutige Ratssitzung betraf.

Artixan lächelte. »Lassen wir uns doch nicht zu unbegründeten Anschuldigungen herab, Roth. Niemand hier wird sie glauben.«

Cheyin fuhr fort: »Mithilfe von General Van Steward haben wir mehrere Wochen damit verbracht, die Berge rings um das Lesul-Tal zu durchsuchen. Wir haben weder Überlebende noch Hinweise auf irgendwelche verbliebenen Bücher oder Aufzeichnungen gefunden. Dagegen haben wir aber sehr wohl Spuren entdeckt, die wir nicht zuordnen konnten. Sogar sehr viele. Wenn sie nicht von Geschöpfen aus dem Born hinterlassen worden sind, dann weiß ich auch nicht, was sie verursacht hat.«

»Na, das ist ja einmal eine vernünftige Schlussfolgerung!«, sagte Roth in mitleidigem Singsang.

»Aber für mich steht es außer Frage, dass die Stilletreuen in der Nähe sind und auf heimlichen Wegen reisen«, schloss Cheyin.

Roth räusperte sich. »Der Verlust von Kumram ist tragisch. Obwohl ich der Absicht, eine tote Sprache wieder zusammenzusetzen, nichts abgewinnen konnte, habe ich die Bemühungen doch unterstützt, und es gab in der Bibliothek sogar viele Forschungsvorhaben, die von der Liga finanziert wurden.« Er sah sich im Kreis um. »Aber als Hinweise auf die Stilletreuen haben wir … was eigentlich? Etwas geschmolzenen Fels, haufenweise merkwürdige Spuren und die schriftlichen Berichte zweier Verbrecher? Reichen diese Beweise aus, um sich vor Staatsoberhäupter zu stellen und nach einem Krieg zu rufen? Krieg wogegen?« Roth machte eine theatralische Pause und sammelte sich. »Selbst wenn es Völker im Norden jenseits der Bahrenberge gibt, und selbst wenn sie die Grenzen eines Dutzends Königreiche überschritten haben, wissen wir nicht, ob sie in böser Absicht kommen. Und wir wissen ganz gewiss nicht, ob sie sich dem Willen eines legendären Gottes beugen, der tief im Born eingesperrt ist. Versteht Ihr denn nicht? Wir sind nahe daran, Schritte zu unternehmen, die sich auf das Leben einer ganzen Generation, wenn nicht gar mehrerer Generationen, auswirken werden, und das auf Grundlage eines Märchens, das man erzählt, um den ungestümen Tatendrang der Jugend in geordnete Bahnen zu lenken. Lasst uns selbst nicht ungestüm sein. Unser Sitz in diesem Rat verlangt uns größere Weisheit ab.«

Er wird in aller Form meine Abdankung fordern und sich auf mein Alter berufen. Nicht heute, Roth.

Helaina zog eine Kopie ihres Nachfolgebriefes hervor und legte ihn auf den Tisch vor sich. »Dieses eine Mal bin ich einer Meinung mit unserem Ratsligaten. Ungestüme Menschen schmieden in aller Heimlichkeit Pläne, um ihre eigene politische Macht zu mehren. Manche sind sogar bereit, dafür zu töten.« Sie ließ den Blick auf Roth ruhen. »Ihr werdet gesehen haben, dass ich den Nachfolgebrief, der mich zur Regentin beruft, weithin veröffentlicht habe. Ich bin sicher, dass viele von Euch es seltsam finden, dass ich es überhaupt getan habe, und noch dazu so spät in meiner Amtszeit. Ich habe es aus zwei Gründen getan: Zum einen, um meine Rolle in der Regierung von Vohnce zu unterstreichen und unser Volk an diese Tatsache zu erinnern, während für uns ein Zeitalter der Gerüchte anbricht. Aber noch wichtiger ist, dass der Brief als Erinnerung daran dient, dass man das Regentenamt nicht gewaltsam an sich reißen kann und es sich auch nicht anmaßen darf. Es wird durch eine Stimmenmehrheit dieses Rates besetzt.«

Roth lächelte. »So ist es, eine *Stimmenmehrheit.* Und eine solche Abstimmung sollten wir nicht erst einen Augenblick, bevor sie notwendig wird, einberufen.« Er nickte ehrerbietig.

Man sollte ihn mit der Reitpeitsche durchprügeln! Helaina legte Van Steward eine Hand auf den Arm und bedeutete ihm so, dass es an der Zeit war.

Der General erhob sich und ging um den Ratstisch herum. Er klopfte an die Saaltür, und unverzüglich traten zwei Waffenknechte ein, die Mendels Leichnam trugen, der bis zur Hüfte entblößt war.

Rings um den Tisch erhob sich Gemurmel. Helaina musterte Roths Gesicht aufmerksam. Würde er sich irgendetwas anmerken lassen? Der Aszendent wirkte entsetzt. *Welch schöne Heuchelei, Eure Führerschaft!*

»Gestern«, begann Helaina, »bin ich diesen Brief holen gegangen.« Sie schob ihn mit dem Daumen weiter auf den Tisch. »In der Schatzkammer meiner Familie hat mein eigener Bruder versucht, mich zu töten.«

Mehr als ein leises Aufkeuchen war zu vernehmen.

Der General ließ seine Männer den Toten umdrehen und zeigte unter Mendels rechten Arm. »Dieser Verräter«, sagte Van Steward, »trägt das Zeichen der Liga. Könnt Ihr das erklären, Aszendent Staned?«

Roth stand auf, ging zu der Leiche und bückte sich, um erst die Tätowierung und dann den ganzen Mann zu mustern. »Ich kenne ihn nicht. Da ich annehme, dass Ihr vorhabt, mich der Verschwörung zu bezichtigen, General, vermute ich zugleich, dass Ihr herausgefunden habt, dass dieser Mann tatsächlich ein Mitglied der Liga war und nicht nur ein Hochstapler mit einer Tätowierung.«

Der General nickte.

»Dann kann ich Euch sagen, dass er wahnsinnig gewesen sein muss. Die Tätowierung selbst deutet schon auf Fanatismus hin, da sie nicht vorgeschrieben ist, sondern sich nur unter jenen Ligaten eingebürgert hat, die zu … Übereifer neigen.« Roth drehte sich um und wandte sich an den Rat. »Wir sind keine fehlerlose Bruderschaft. In unseren Reihen gibt es einige, die unsere Ziele missdeuten. Es handelt sich gewöhnlich um Leute, die sich an irgendeinem eingebildeten Missstand stoßen und ausnutzen, was die Liga zu bieten hat, um zu versuchen, ihn zu beheben.« Er sah zu Van Steward hinüber. »Habt Ihr in seiner Bleibe irgendetwas gefunden? Männer, die Ränke schmieden, halten oft ihre Pläne und Wahnvorstellungen fest.«

Helaina wartete aufmerksam. Sie hatten in der Tat solch ein Tagebuch gefunden, ganz wie Artixan es vorhergesagt hatte. Es war genau der richtige Schachzug, um zu zeigen, dass dieser Mann allein gehandelt hatte und außerdem vollkommen wahnsinnig gewesen war. Aber Van Steward war auf eine brillante Idee gekommen: das Tagebuch nicht zu erwähnen und abzuwarten, wie der Aszendent reagieren würde.

»Nein«, antwortete der General. »Wir haben nichts gefunden.«

Roth zögerte keinen Moment lang, und seine Selbstbeherrschung bekam keine Risse, aber seine Antwort enthüllte so viel, wie Helaina sich von seiner Reaktion erhofft hatte. »Ein sehr gerissenes Individuum, wenn er nichts zurückgelassen hat«, sagte Roth und sah Helaina unverwandt in die Augen.

Helaina hielt jedes Lächeln von ihrem Gesicht fern. »Wir werden uns überzeugen müssen, dass er nicht auf Anweisung eines Mitglieds der Liga gehandelt hat. Ihr habt drei Tage, das zu tun. Wenn Ihr es nicht könnt, wird Euch der Platz in diesem Rat aberkannt.«

Roth starrte sie voll glühender Angriffslust an. Aber sogar das ging rasch vorüber. »So sollte es auch sein«, sagte er. »Unsere Meinungsverschiedenheiten, Regentin, sind politisch. Um Eure persönliche Sicherheit mache ich mir genauso viele Sorgen wie General Van Steward. Bitte vertraut darauf, dass dem so ist.«

Damit kehrte Roth auf seinen Platz zurück, während Van Steward seine Männer anwies, den Leichnam hinauszuschaffen.

Helaina sah auf ihren Nachfolgebrief hinab. Der Spielzug war kompliziert gewesen, aber er hatte die erwünschte Wirkung gezeitigt: Roth war in der Defensive. Das dachte sie zumindest, bis er wieder das Wort ergriff.

»Ich würde gern auf das zu sprechen kommen, worum es mir heute geht«, sagte Roth, und sein förmlicher Tonfall klang nun durchdringender. »Ich habe dieses Gespräch mit unserer Regentin unter vier Augen in ihrer Reichskanzlei geführt, und ich habe ihre vertrautesten Ratgeber darauf angesprochen, die, wie Ihr Euch wohl denken könnt, äußerste Loyalität zu ihr bewiesen haben. Aber es ist an der Zeit, dass ein anderer die Führung übernimmt. Regentin Helaina Storalaith«, sagte er unmittelbar an sie gewandt, »in Anwesenheit dieses Rates ersuche ich in aller Form darum, dass Ihr als Regentin abdankt.«

Mehrere der Ratsmitglieder, die um den Tisch herum saßen, begannen gleichzeitig zu sprechen.

Roth hob die Hände, um sie zum Schweigen zu ermahnen. »Bitte lasst mich ausreden. Ich weiß, dass man die Dinge in der Vergangenheit anders gehandhabt hat. Das Regentenamt ist eine Berufung auf Lebenszeit. Aber glauben wir, dass es im Interesse des Volkes liegt, dass die Regentin ihr Amt innehat, bis sie ihren letzten Atemzug tut?« Er sah sich im Saal um. »Ich will, dass Ihr alle versteht, dass es mir nicht darum geht, Helaina zu verdrängen. Es ist anstrengend, die Regentschaft innezuhaben, und ich glaube nicht, dass irgendein Mann oder irgendeine Frau im vollen Bewusstsein dessen, was das Amt einem abverlangt, wissentlich danach streben würde. Aber ich richte den Blick nach vorn auf die Herausforderungen, vor denen wir stehen, und ich mache mir Sorgen, dass im Regentenamt nicht die rechte Tatkraft herrscht, um ihnen zu begegnen. Stilletreue hin oder her, es kommt zu Unruhen. Unsere Elendsviertel wachsen. Und auf dem Lande lauern offensichtlich Gefahren, die wir nicht verstehen.« Roth richtete den Blick wieder auf Helaina. »Man könnte behaupten, dass die Regentin schuld an diesem

Stand der Dinge ist. Aber wir alle müssen die Schuld auf uns nehmen, da wir gemeinsam mit ihr herrschen. Wir haben Faulpelzen und Gesetzlosen erlaubt, ungehindert ihr Unwesen zu treiben. Es ist an der Zeit, unsere Pflichtvergessenheit wiedergutzumachen, selbst wenn das bedeutet, dass wir die Gesetze umschreiben müssen, nach denen wir uns so lange gerichtet haben. Ein neues Zeitalter ist angebrochen, und wir benötigen eine neue Art, die Dinge anzupacken.«

Zu Helainas Überraschung ergriff die Gesandte Patrelia Calon als Nächste das Wort und drehte sich zur Regentin um. »Helaina, ich diene Euch schon seit vielen Jahren. Ich verbringe einen Großteil meiner Zeit in den Sälen von Staatsoberhäuptern jenseits unserer eigenen Grenzen. Ihr wisst, wie sehr ich Euch respektiere. Aber vielleicht ist es an der Zeit für Euch, Euch auszuruhen.« Sie warf einen Blick zu Roth hinüber. »Es herrschen wirklich Aufruhr und Zweifel in den Herzen derjenigen, die Ihr herbestellt habt. Sie ringen mit ihren eigenen Hofintrigen und Fehden an ihren Grenzen. Sie hören Berichte über Gewalttaten und die Entführung von Frauen und Kindern aus ihren Häusern. In vielen der Völker, von denen Ihr erwartet, den Ersten und Zweiten Eid einzulösen, herrscht Zwietracht.« Sie hielt kurz inne. »Sie könnten ablehnen.«

Helaina unterdrückte ihr Erstaunen über die Worte der Gesandten. Nicht, dass sie an dem gezweifelt hätte, was Patrelia gesagt hatte. Sie waren schon lange befreundet.

Doch ihre Gesandte war noch nicht fertig. »Euer Vorbild hat den Weg für den vorgezeichnet, der Euch nachfolgen wird, Helaina, wer auch immer es ist. Ihr müsst nicht das Gefühl haben, das hier bis zum Ende durchstehen zu müssen. Es wird nicht binnen einiger Tage, Wochen oder Monate erledigt sein. Diese Probleme sind tiefgreifend. Sie an der Wurzel zu packen wird mehr verlangen, als wir von Euch zu diesem Zeitpunkt Eures Lebens erwarten können.«

Patrelia sprach voller Zuneigung und Wärme, während sie sich sonst stets im Tonfall einer Diplomatin äußerte. Helaina glaubte, dass die Gesandte es aufrichtig meinte. Sie hatte nicht den Eindruck, dass Patrelia nur eine von Roths Spielfiguren war.

Das änderte jedoch nichts an ihrer Antwort. »Danke, Patrelia. Aber ich bin viele Jahre davon entfernt, eine altersschwache Greisin zu sein, die nicht länger die Staatsgeschäfte führen kann.« Sie lächelte huldvoll. »Ich komme schon zurecht.« Sie wandte sich an die Übrigen. »Ich fühle mich von der Arbeit, die uns bevorsteht, belebter denn je, und ich werde jede Abstimmung anfechten, die versucht, die Gesetze umzuschreiben, die sich auf das Regentenamt beziehen.«

Nun war es an Roth, einem Gesinnungsgenossen zuzunicken. Er wandte sich an Jermond I'Meiylo, den Ersten Rat am Höchsten Gericht.

Jermond beugte sich mit strenger Miene vor und begann zu sprechen. »Regentin, Rat, auf Bitten des Aszendenten habe ich die Gesetze geprüft, die das Regentenamt bestimmen. In der Tat, Helaina: Der Nachfolgebrief ist ein entscheidendes Dokument, das die Abstimmung des Hohen Rats besiegelt und von einer Nachfolgeregelung zeugt, die von der Gewohnheit der Könige abweicht, die ihm vorangegangen sind. Allerdings« – er räusperte sich – »habe ich in meinen Nachforschungen über die Amtszeit keinen Hinweis darauf gefunden, dass die Berufung eine festgelegte Dauer hat, sei sie nun kurz oder lang.«

»Was sagt Ihr da?«, fragte Helaina und begann zu spüren, dass sich etwas in ihrer Magengrube zusammenballte.

Der Erste Rat erwiderte ihren Blick starr, ohne zu blinzeln.

»Ich bin angesichts der Verfahrensrichtlinien, die ich gelesen habe, der Meinung, dass jederzeit über das Regentenamt abgestimmt werden kann.«

»Das ist ungeheuerlich!«, sagte Van Steward. Seine Stimme hallte dröhnend im Saal wider.

»In der Tat«, fuhr Jermond fort, »erscheint es mir sinnvoll, da so sichergestellt ist, dass der Regent, dessen Entscheidungsgewalt über die der anderen Ratsmitglieder hinausgeht, sich gezwungen fühlt, entgegenkommend und umgänglich zu bleiben, um sich im Amt zu halten.«

Als Nächste ergriff Cheyin das Wort. »Wenn das Regentenamt nicht auf Lebenszeit gelten würde, könnte das zu wildbewegten politischen Zuständen führen, da ehrgeizige Ratsmitglieder ständig um das Amt und um Einfluss wetteifern würden.« Dann sah sie Helaina bedauernd an. »Aber es ist durchaus eine vernünftige Annahme, dass diejenigen, die das dynastische Prinzip abgeschafft haben, das Anspruchsdenken vermeiden wollten, das eine lebenslange Amtszeit hervorbringen könnte.«

»Die Frage erübrigt sich.« Die Worte erklangen in einem Ton, der keinen Widerspruch duldete – Belamae. »Wer würde schon dafür stimmen, die Regentin abzusetzen, bis auf unseren Aszendenten hier? Einige von uns sind nur an diesen Tisch zurückgekehrt, weil sie noch ihren eigenen Sitz innehat. Und ich kann Euch sagen, dass in unserer Runde hier heute niemand sitzt, der ihren Platz einnehmen könnte. Ich kann die Lieder hören, die jeder von Euch hervorbringt, indem er sich bewegt, spricht und denkt. Ich respektiere diese Regungen. Aber es sind nicht die Lieder eines Menschen, der uns auf die Art einen kann, wie wir geeint werden müssen.«

Roth mischte sich ein. »Es ist kein Wunder, dass Ihr Euch an diese Mythen klammert. Die einzige Daseinsberechtigung Eurer Sängerschar besteht darin, die Erinnerung an unsere gemeinsame Geschichte wachzuhalten. Aber seht Euch doch das Haus jener Gesänge an, Maester! Verfallen – und es wird darauf gepisst! Es ist ein vergessener Schrein im Herzen unseres Elendsviertels. Die Armen ducken sich in seinen Windschatten und erinnern sich an weit hergeholte Geschichten, die ihnen nicht dabei helfen, noch etwas zu essen oder ein warmes Bett aufzutreiben. Es ist ein Lichtzeichen, das sie in die falsche Richtung führt.«

Belamae lauschte geduldig mit unerschütterlicher, sanfter Greisenmiene. Er setzte sogar ein Lächeln auf. »Ich könnte andeuten, junger Mann, dass vielmehr Euer jugendliches Feuer das Lichtzeichen ist, das einen in die Irre führt.« Der Maester stand auf und sang mit samtiger, tiefer Stimme seine nächsten Worte.

Der Klang seiner Stimme und der Text, für den er sich entschied, bildeten eine Musik, die nur für diesen Augenblick, für jeden Einzelnen von ihnen, geschaffen war. Auf seltsam richtige Weise war es *ihr* Lied. Der Maester hauchte ihm Leben ein, verlieh ihm Resonanz. Es war, als würde er einen Teil von ihnen singen, um sie so etwas Wertvolles spüren zu lassen, das sie womöglich hinter sich gelassen hatten, als ihre eigenen jugendlichen Lippen zu singen aufgehört hatten.

Als Belamae seinen Gesang beendete, senkte sich völlige Stille über den Raum. Die Macht des Gesangs hatte, wie Helaina hoffte, mehr ausgedrückt, als all ihre Debatten es je vermocht hätten.

Aber Belamae beließ es nicht dabei. In die Stille hinein sagte er beinahe flüsternd: »Der Schleier wird schwächer, weil wir Leiholan zu wenige sind, um ständig mit der Kraft zu singen, die notwendig wäre, um ihn aufrechtzuerhalten. Während Ihr von Großen Mandaten sprecht und Euch darum zankt, wo genau Ihr an diesem Tisch sitzen wollt, während einige sich bereit machen, zahllose Leben in den Krieg zu schicken, klammern wir uns mit knapper Not an das Einzige, das uns vom Born selbst trennt. Wir stehen auf Messers Schneide, und irgendetwas muss unternommen werden. Wer hier verfügt über die nötige Erfahrung und Weisheit, um in die Bresche zu springen?«

Helaina beobachtete, wie Roth Belamaes Worten Zeit ließ zu verklingen, bevor auch er aufstand. »Maester, Euer Lied ist mitreißend. Ich glaube an seine Botschaft, die uns daran erinnert, wo wir einst standen. Wir sollten die Vergangenheit nicht vergessen, aber zugleich einen besseren Weg in die Zukunft erhellen.« Roth stieß einen leisen Seufzer aus – tadellos gespielt. »Ich möchte nicht unhöflich sein. Die außergewöhnlichen Begabungen, über die Ihr verfügt, werden immer ihre Daseinsberechtigung haben und Wertschätzung genießen. Aber Ihr müsst wissen, dass ich mehr als einmal das Ende des Leidenslieds gefordert habe.«

Die Prälatin Noleris schnappte nach Luft.

»Zu viele Angehörige unseres Volkes lauschen dem Lied, als wäre es ein Wunder, das sie aus ihrem zerstörten Leben erlösen wird. Statt sich ihren Ängsten zu stellen und zuzugeben, dass sie selbst andere schlecht behandeln, machen sie die Bedrohung, die Ihr besingt, für alles verantwortlich. Die Verse der Verlassenen, aus denen Ihr das Leidenslied erschafft, sind eine Schrift, die unseren Verbrechern eine Ausrede verschafft, sich nicht zu bessern, und unseren Faulpelzen einen Vorwand liefert, nicht nach Höherem zu streben.« Roth sah gezielt ein Mitglied des Hohen Rates nach dem anderen in der Runde am Tisch an.

»Genau wie ich Helaina aufgefordert habe zurückzutreten, fordere ich hiermit eine Abstimmung darüber, das Leidenslied zu beenden. Diesem Lied ein Ende zu setzen, wird das Fanal eines strahlenden Augenblicks im Streben unseres Volkes danach sein, selbst Verantwortung zu übernehmen. Es wird Aufklärung und Begeisterung nach sich ziehen. Ein neues Zeitalter der Gelehrsamkeit und Hoffnung wird an die Stelle der Gerüchte treten, von denen …«

»Und wenn es Stilletreue hinter den Bahrenbergen und jenseits des Randes gibt und sie wie eine schwarze Sturzflut in unsere Welt branden?« Die Frage kam von E'Sau, dem Ersten Sodalen, der bisher noch nichts gesagt hatte.

»Dann werden wir ihnen zusammen entgegentreten, geeint in einem strahlenderen Daseinszweck als dem, im Schatten der Götter, von denen Ihr sprecht, und ihrem vor so langer Zeit erfolgten Rückzug aus dieser Welt zu leben.« Roths Worte klangen aufrichtiger, als Helaina ihn bisher je hatte sprechen hören.

E'Sau war noch nicht fertig. »Und wenn Ihr dieser Bedrohung entgegentretet, welche Hilfe würdet Ihr dabei von den Sheson annehmen?«

Die Luft im Ratssaal schien auf einmal bleischwer zu sein. Helaina legte unter dem Tisch eine Hand auf Artixans Bein. Das Zivilisierungsgesetz hatte bereits dafür gesorgt, dass mehr Sheson getötet worden waren, als sie zu zählen wagte. Sie hatte gegen den Erlass gekämpft, aber Roth hatte selbst eine gewisse Magie heraufbeschworen, die auf Drohungen fußte, um sich die Stimmen zu sichern, die er benötigt hatte, um das Zivilisierungsgesetz zu verabschieden.

Schon bevor er sprach, wusste sie, wie heute seine dritte Forderung lauten würde.

»Artixan«, sagte der Aszendent und drehte sich um, so dass er dem Sheson geradewegs ins Gesicht sehen konnte. »Ich respektiere das Bekenntnis zum Dienen, dem Ihr durch Euren Eid verpflichtet seid. Ihr und ich sind nur unterschiedlicher Meinung, *wie* gedient werden soll. Aber die Zeit für Hexerei ist vorüber. Sie macht die Menschen faul und abhängig. Sie wiegt sie in falscher Sicherheit, und die Fähigkeit, sie zu wirken, kann nicht allen übertragen werden, so dass sie notwendigerweise elitär ist. Alles, was einen Menschen über einen anderen stellt, ist etwas, das wir in unserer Gesellschaft ausrotten müssen.«

Artixan fragte schlicht: »Und würdet Ihr *jeden* in Eure Liga der Edukation aufnehmen?«

Roth erwiderte Artixans Blick stumm.

Helaina hatte genug. »Nehmt Eure Plätze wieder ein«, sagte sie in einem Ton, der jedem Streit von vornherein einen Riegel vorschob. Dann stand sie selbst auf und sah Roth mit zusammengekniffenen Augen scharf an. Sie spürte einen Zorn, der besser zu einer Frau gepasst hätte, die halb so alt war wie sie. »Ich finde Eure Forderungen verabscheuungswürdig. Ich werde Euch sagen, was geschehen wird.« Sie zeigte auf Roth. »Eine förmliche Untersuchung wird nach und nach zutage fördern, wie viel die Liga über meinen Bruder wusste.«

»Ich habe doch schon gesagt …«

»Und eine zweite Untersuchung, die mit demselben Eifer betrieben werden wird, soll nachprüfen, wie es dazu kam, dass die Liga das Kind eines ihrer Mitglieder vergiftet hat. Daran erinnert Ihr Euch doch, nicht wahr, Aszendent Staned?«

»Das ist in keiner Weise …«

»Schweigt!«, befahl sie. »Unterbrecht mich gefälligst nicht.«

Roths Gesicht entspannte sich. Er lehnte sich zurück und wartete ab.

»Und zu guter Letzt«, fuhr sie fort, »wird eine dritte Untersuchung sich mit dem Brand der Bastulan-Kathedrale befassen, dem Feuer, das Prälatin Noleris Brandwunden am ganzen Körper zugefügt und Dutzende anderer getötet hat.«

»Deutet Ihr etwa an, dass die Liga aus lauter Brandstiftern besteht?«, fragte Roth mit eisiger Ruhe.

»Ich deute an, dass Ihr hoffen solltet, dass die Liga nicht für diese Verbrechen verantwortlich ist. Ich werde mit aller Macht meines Amtes gegen die Schuldigen vorgehen.« Helaina setzte sich wieder.

Nach mehreren Augenblicken fragte Roth: »Seid Ihr fertig?«

Helaina nickte.

»Nun gut. Dann stelle ich hiermit den förmlichen Antrag, über das Regentenamt abzustimmen. Ich denke, der Erste Rat Jermond wird bestätigen, dass von Rechts wegen der Antrag eines einzigen Ratsmitglieds genug ist, um eine Abstimmung zu erzwingen.«

Helaina sah nicht Jermond, sondern Schreiberin Cheyin an, die widerstrebend mit einem Nicken bekundete, dass auch sie glaubte, dass dem so war.

»Herrin«, sagte Jermond und zog so Helainas Blick auf sich. »Es ist nichts Persönliches. Es ist einfach das, was die Gesetze gestatten.«

Helaina sah sich aufmerksam im Kreis am Tisch um und versuchte, die Herzen derjenigen zu ergründen, die hier saßen. Alle bis auf den Kindermund waren Männer und Frauen, mit denen sie schon einige Zeit diente, und sie vertraute auf die Weisheit des Jungen. Als ihr Blick Artixan erreichte, sagte sie: »Nun gut, dann beruft Eure Abstimmung ein.«

Aszendent Staned legte die Hände auf den Tisch und verschränkte die Finger. »Angesichts des Stands der Dinge und all dessen, was wir hier heute besprochen haben, schlage ich vor, dass Regentin Helaina Storalaith aus dem Regentenamt entfernt wird. Ich schlage weiterhin vor, dass ich, Aszendent Roth Staned aus der Liga der Edukation, ihren Platz einnehme, um die Freie Stadt Decalam, das Land Vohnce und die bald beginnenden Beratungen beim Großen Mandat zu führen.« Er hielt inne und lehnte sich dann auf seinem Stuhl zurück. »Ich möchte Euch daran erinnern, dass in jeder der beiden Fragen nur eine einfache Mehrheit notwendig ist, um die Abstimmung zu entscheiden. Zunächst die Frage, ob Helaina aus dem Regentenamt entfernt werden soll.« Er hob die Hand, um seine Stimme anzuzeigen.

Helaina sah zu, wie der Volkstribun Hemwell Or'slaed, der Erste Rat Jermond I'Meiylo, die Gesandte Patrelia Calon und die Kaufmannssprecherin Tully Dwento ebenfalls die Hand hoben.

Erst schien es, als würde die Abstimmung scheitern, bis dann Prälatin Noleris widerstrebend die verbundene Hand hob. Der Ausdruck ihrer Augen, als sie Helainas Blick unverwandt erwiderte, verriet der Regentin viel darüber, wer ihre Kathedrale niedergebrannt hatte, und über die Furcht in ihrem Herzen.

Aber obwohl nur dreizehn der vierzehn Mitglieder anwesend waren, hatte Roth verloren ... bis auch der Kindermund zögerlich die Hand hob.

37

MEHR ALS NUR TONLEITERN

Man sagt, er habe die Resonanz eines ganzen Volkes gefunden und es, indem er sie sang, vollkommen ausgelöscht.

(In jüngster Zeit entstandener Gesangsmythos, der auf noch lebende Maesteri zurückgehen soll)

Wendra wurde davon wach, dass jemand summte. Es riss sie nur wenige Augenblicke, bevor das Klopfen an ihrer Tür ertönte, aus dem Schlaf. Sie zündete ihre Lampe an und ging zur Tür. Davor stand Belamae und summte unter seinem Lächeln ein heiteres Liedchen.

»Kommt, mein Kind, lasst uns Eure Ausbildung beginnen.« Er wartete nicht auf eine Antwort, sondern wandte sich ab und schlenderte den Korridor entlang, als bedrückten ihn keinerlei Sorgen … als würde er nicht bald sterben.

Wendra streifte hastig einen Morgenrock über, der an einem Haken neben der Tür hing, und eilte ihm nach. Im Gehen strich sie sich das Haar glatt. Der alte Mann summte weiter, während er sie in diesen frühen Morgenstunden durch die Kathedrale führte. Er blieb am unteren Ende einer Treppe stehen, bevor er sich an den Aufstieg machte. Es war ein langer Weg, und am oberen Ende hielt er wieder inne, hustete und wirkte etwas bleich. Als es vorüber war, lächelte er und führte sie in einen Raum, von dem aus man einen großartigen Blick auf Decalam hatte.

»Zur Inspiration«, sagte er und zeigte aus dem Fenster auf das Panorama des östlichen Teils der Stadt und der weiten Landschaft dahinter.

Wendra achtete nur kurz auf die Aussicht, bevor sie ihr Augenmerk auf den Raum selbst richtete. Instrumente aller Art ruhten auf Ständern oder hingen an den Wänden: Lauten, Leiern, Flöten, Geigen, ein Cembalo, Trompeten, Hörner mit kreisrunden Klangkörpern, Trommeln in allen Größen, ein Klavier und andere, deren Namen sie nicht kannte. Die meisten Instrumente hatte sie noch nie gesehen. Sie fühlte sich von ihnen allen angezogen, von den verschiedenen Möglichkeiten, Klänge zu erzeugen und zu musizieren.

Überall im Raum standen auf kleinen Regalen Unmengen von Partituren. Manche waren in Sprachen oder Notensystemen beschriftet, die Wendra nicht lesen konnte. An der Seite stand eine Schiefertafel, auf der mit verschiedenfarbiger Kreide einiges hingekritzelt war.

Belamae ließ sich am Cembalo nieder und bedeutete Wendra, sich in die Mitte des Raums hinter ein hölzernes Pult zu stellen, auf dem mehrere Notenblätter lagen.

»Könnt Ihr irgendetwas davon lesen?«

Wendra warf einen Blick darauf. »Ja, die meisten. Einige dieser Notensysteme habe ich aber noch nie gesehen.«

»Gut. Das ist der einfache Teil. Nun«, sagte er und drehte sich auf der kleinen Bank um, »Ihr seid eine Leiholan, mein Mädchen, was so viel wie ›aus Gesang geschaffen‹ heißt. Und die Techniken, die ich Euch beibringe, werden Euch darauf vorbereiten, das Leidenslied zu singen. Ich habe erwähnt, dass es gut sieben Stunden dauert, das Lied vollständig zu singen. Diese sieben Stunden umfassen neun Sätze. Ihre Namen lauten wie folgt: Quietus – Der Born – Die Ausweisung – Inveterae – Krieg – Selbstmord – Rache – Gesang der Stille – Rückgewinnung. Manchmal wird ›Selbstmord‹ auch unter dem Titel ›Selbstzerstörung‹ geführt, aber das spielt keine Rolle. Jeder Satz hat seine eigene Stimmung und erzählt einen Teil der Geschichte, die den Versen der Verlassenen entnommen ist.« Belamae musterte sie und schien feststellen zu wollen, ob er zu schnell vorging.

Wendra lächelte. »Also gehört Ausdauer zu den Dingen, die ich lernen werde.«

»Genau«, sagte er und lachte beifällig. »Zweckgebundene Ausdauer. Zielstrebigkeit … *Absicht.* Und eine gewisse innere Stärke Eurerseits. Die Sätze des Leidensliedes sind nicht unbedingt unter Körpereinsatz zu singen – sie sind vielmehr eine Reise durch die Gefühlswelt. Eine anstrengende. Ausdauer des Geistes macht einen Großteil davon aus.«

Sie hörte eine gewisse Mahnung in seinen Worten mitschwingen.

»Aber merkt Euch eines, mein Mädchen.« Belamae hob einen Finger. »Leid und Schmerz zu besingen hat seine Berechtigung. Es kann sowohl heilen als auch schaden. Wir werden Euch den Unterschied beibringen.« Dann spielte er eine aufsteigende Tonleiter auf dem Cembalo, dessen angezupfte Saiten angenehm durch den Raum tönten. »Nun, Musik ist die *belebende Kunst.* Sie kann die Seele zu Frieden oder Zorn anregen, selbst wenn sie ohne Leiholaneinfluss vorgetragen wird. Sie dringt nach innen.« Er klopfte sich auf die Brust. »Und das tut sie besser als … nun, alles andere. Musik spricht zum Herzen, wie nichts sonst es tut, ist es nicht so?«

Er sprach mit derart sanfter, aber zugleich überzeugter Leidenschaft, dass Wendra sich in seinem Unterricht zu verlieren begann. Die nächsten paar Stunden über brachte Belamae ihr mehrere musikalische Techniken bei: den Doppelschlag, Portamento, Crescendo, Pianissimo und eine Handvoll anderer. Wendra kombinierte diese Techniken bald in Liedfetzen.

Als es fast Mittag war, lud er sie ein, sich hinzusetzen und auszuruhen. »All das und noch so viel mehr gehört zum Leidenslied. Jede bekannte musikalische und stimmliche Fähigkeit ist erforderlich, um es zu singen. Ihr müsst sie alle meisterlich beherrschen.«

Sie runzelte die Stirn. So freudig erregt sie darüber war, so viel zu lernen: Sie hatte noch nicht beschlossen zu bleiben. Sie hatte sogar schon begonnen, darüber nachzudenken, wie diese neuen stimmlichen Techniken ihr vielleicht helfen würden, ein ganz anderes Ziel zu erreichen.

Belamaes Beobachtungsgabe war so scharfsichtig wie eh und je. »Ihr habt Euch noch nicht entschieden hierzubleiben, nicht wahr?« Der alte Mann sah sie von seiner Cembalobank aus an.

Wendra hätte ihn niemals angelogen. Nicht einfach nur, weil das nichts genützt hätte, da der Mann es sofort durchschaut hätte, sondern weil sie es nicht wollte. Sie hatte nun niemanden mehr, der einem Vater näherkam als er. »Nein«, antwortete sie. »Ich weiß, dass Ihr gesagt habt, dass meine Mutter Leiholan war und hier gesungen hat, und ich weiß, dass Ihr an meine Stimme glaubt. Aber ich bin mir nicht sicher, ob es das Richtige für mich ist.«

»Fürchtet Ihr Euch, weil Soluna beim Singen des Leidensliedes gestorben ist?«, fragte er.

Wendra dachte kurz nach. »Das ist es nicht.« Belamae musterte sie aufmerksam. »Es ist … manchmal denke ich, dass meine Stimme zu etwas anderem bestimmt ist.«

Ein enttäuschter Ausdruck legte sich über die Züge des Mannes. »Es steht Euch natürlich frei, eine Wahl zu treffen, und ich sollte Euch sagen, dass Ihr, wenn Ihr so empfindet, vielleicht nicht die Stimme seid, nach der ich suche.«

Die Worte trafen sie, obwohl Belamae sie ohne jede Bosheit gesprochen hatte.

»Im Kern versucht eine Leiholan, selbstlos zu sein.« Sein Tonfall wurde düster; die Freude über ihren musikalischen Austausch war verflogen. »Das habe ich auf sehr schmerzliche Weise gelernt. Eure eigenen Wunden und Verluste müssen gegenüber dem Leidenslied zurücktreten.« Er drehte sich auf seinem Platz um und sah sie direkt an. Entschlossenheit sprach aus seinem Gesicht. »Denkt darüber nach, Wendra. Wir haben schon darüber geredet, aber nur kurz, und seitdem ist alles noch schlimmer geworden.«

Sie erwiderte seinen Blick unverwandt und fühlte sich unsicher. »Was, wenn ich meinen Gesang nicht beherrschen kann? Würdet Ihr dann immer noch wollen, dass ich bleibe?«

Er musterte sie abwägend. »Erzählt mir von Eurem Gesang.«

Wendra schilderte ihm die Schlacht auf dem Soliel. Sie berichtete von den Stilletreuen, die beim Klang ihres düsteren Liedes gestaltlos wurden, das wenig mehr als eine Reihe von Schreien war, die ansatzweise von einer Melodie zusammengehalten wurden. Und all das wurde von einer Heiserkeit in ihrer Kehle hervorgebracht, die ein machtvolles, zerstörerisches Kreischen aufsteigen ließ.

»Gegenstände, sogar Leute, werden hell und dunkel und kaum mehr als das. Bis ich sie dann niedersinge …«, schloss sie.

Der alte Mann überraschte sie mit einem Lächeln und hob

einen Finger. »Der raue Klang der Heiserkeit einer Singstimme ist machtvoll. Wir bezeichnen das als dysphonische Technik. Sie wird meist im Krieg eingesetzt und eignet sich gut für Lieder über Zorn, Gewalt und Rache.«

Wendra nickte; das verstand sie besser, als er sich vorstellen konnte.

»Ich will nicht, dass Ihr diese Fähigkeit verliert oder vergesst, Wendra. Sie ist ein Teil Eurer Kunst und sollte Euch weiterhin als Werkzeug dienen. Ihr werdet sie brauchen. Die Gefahr besteht jedoch darin, dass dieser Teil dazu neigt, die übrigen Stellen des Liedes und andere Formen des Gesangs zu verschlingen. Er führt Sänger gewöhnlich auf einen Weg, auf dem sie wenig Notwendigkeit sehen, andere Klänge hervorzubringen. Das Lied ergreift Besitz von einem. Das habt Ihr schon gespürt.«

Sie hatte es *wirklich* gespürt. Beinahe jedes Mal, wenn sie mit Leiholaneinfluss gesungen hatte. »Kann ich es beherrschen?«

Belamaes Lächeln veränderte sich und wurde ernster. »Ja, natürlich. Es ist allerdings nicht leicht. Und das bringt uns zum größeren Teil der Leiholanbegabung: der Einstimmung.«

Wendra trat näher heran, eifrig darauf bedacht, diesen neuen Gedanken zu verstehen, besonders, wenn er ihr helfen konnte, ihren Gesang zu beherrschen.

»Die Einstimmung«, erklärte er, die Augen unverwandt auf ihre gerichtet, »ist ein Zustand, in dem man den Klang aller Dinge erkennt. Die *Vibrationen* des Lebens, die es sogar in einem Felsen oder Berg gibt, in den Schallwellen, die von Bäumen oder Flüssen ausgehen … oder von Menschen. Eingestimmt zu sein bedeutet, ein Lied in *allem* zu hören, und sobald man das tut, kann man lernen, seinen Gesang gezielt einzusetzen und mit anderen Liedern, die man hört, im Einklang zu sein. Wenn Ihr Euren Gesang beherrschen könnt, Wendra, so dass seine

Schwingungen mit denen des Gegenstands übereinstimmen, den Ihr besingt, dann ist eine echte Leiholan aus Euch geworden.«

Ich kann lernen, den Gesang zu beherrschen. Erleichterung durchströmte sie. »Wie werde ich eingestimmt?«, fragte sie und versuchte, nicht zu begierig zu klingen.

Belamae maß sie mit einem langen Blick. »Begebt Euch in *Einklang* mit mir.«

Sie begann den Kopf zu schütteln, eher aus Verwirrung als aus Furcht oder Trotz.

»Ich kann mich selbst schützen und zudem noch Euch führen. Was nehmen wir denn nur?« Er dachte einen Augenblick nach. »Eure Mutter. Ihr und ich empfinden beide Zuneigung zu ihr, nicht wahr? Singt mir von Voncencia vor. Findet das Lied in Euch, das am besten einfängt, welche Gefühle sie in Euch weckt, und teilt es dann mit mir. Benutzt es, um den Ort in *mir* zu finden, der das Gleiche empfindet. Versteht Ihr?«

Ihre Hände fühlten sich auf einmal kalt an. Bei dem Gedanken, es zu versuchen, fühlte sie sich ängstlich und doch zugleich freudig erregt. »Ich glaube ja.«

»Ein Großteil davon beruht auf Eingebung«, sagte Belamae. »Zumindest zu Anfang. Während Ihr das Lied findet und Euch auf mich konzentriert, werdet Ihr zu hören beginnen, wie Ihr den Klang abändern müsst, um die entsprechenden Teile in uns beiden in Resonanz miteinander zu bringen. Ich werde Euch helfen. Lasst uns nun beginnen.« Er lehnte sich zurück und schenkte ihr ein aufmunterndes Lächeln.

Wendra holte tief Atem und begann leise zu singen. Die Melodie, die ihr als Erstes in den Sinn kam, war die ihrer Spieldose – eine Melodie, die sie zusammen mit ihrer Mutter oft gesungen hatte. Aber es dauerte nicht lange, bis die Erinnerungen an Voncencia das Lied zu formen begannen. Wendra sah vor ihrem inneren Auge Bilder, wie die Frau arbeitete, obwohl sie müde war, Wendra einen kühlen, feuchten Lappen auf die Stirn legte, wenn sie Fieber hatte, oder lachte, wenn die Familie abwechselnd im Dreifußtanz herumsprang, während ihr Vater in die Hände klatschte, um den Takt vorzugeben.

Das Lied, das sie sang, war nicht voller Trauer. Es wurde bald lebhaft und schnell, und sie sang mit offenen Vokalen, die ihr im Einklang mit den Erinnerungen, die in ihrem Kopf nur so sprudelten, ein müheloses Auf und Ab gestatteten.

Und als sie das Lied gefunden hatte, ließ sie den Gedanken an Belamae und die Wärme mit einfließen, die er Wendra auf so vielfältige Art entgegenbrachte. Sie malte sich aus, dass er dasselbe für ihre Mutter getan hatte. Sie ließ ihr Lied über ihn strömen. In ihn hinein. Und schneller, als sie es im Voraus erwartet hatte, konnte sie spüren, wie ein Teil des Maesters ihr Lied verstärkte.

Vielleicht war es so rasch geschehen, weil ihre gemeinsame Liebe zu Voncencia so stark war. Aber was auch immer der Grund sein mochte: Das Lied wuchs. Nicht in Bezug auf die Lautstärke, obwohl auch die sich steigerte, sondern hinsichtlich seiner Kraft. Es nahm an Gewicht zu, wie ein physischer Gegenstand, den man als Schild einsetzen konnte.

Und als sie Belamaes feuchte Augen sah, wusste sie, dass er jeden guten Abschnitt dieses Liedes mit ihr sah und empfand.

Dann flammte ein Bild auf, gleißend hell und heiß wie ein Blitz. Es kehrte wieder, diesmal länger, und ließ ein Nachbild zurück, wie auch ein Blitz es tut: Wendra als Kind, zornig und in Tränen aufgelöst, weil sie Decalam verlassen musste.

Sie starrte Belamae verwirrt an, und ihr Lied glitt in eine neue Tonart ab, mit mehr Halbtönen, düsterer – ein Klang der

Bedrohung und Verunsicherung. Belamae erwiderte unverwandt ihren Blick, während sie sang. Sie spürte, dass er sie jederzeit hätte zum Schweigen bringen können. Er tat es nicht.

Und während ihre Musik sich entfaltete, sah sie Belamae Knie an Knie mit ihrer Mutter sitzen und ihr eine Gesangstechnik beibringen – etwas, das über die gewöhnlichen Unterrichtsstunden hinausging. Etwas, das er im offenen Kampf gelernt und eingesetzt hatte. Es war ein dysphonisches Lied, das rau und heiser klang. Er hatte es im Krieg gesungen und damit ... ohne Ansehen der Person getötet. So wie Wendra es auf der Solielebene getan hatte.

Nur dass sein Lied ... *Oh, bei den taub gewordenen Göttern! Er hat das Leidenslied umkomponiert ... für den Krieg.*

Ihr Gesang drängte die Musik sanft in diesen gemeinsamen Moment und die Erinnerung. Sie *hörte,* wie Belamae ihrer Mutter diese Liedwaffe beibrachte, bevor sie nach Helligtal abreiste. Er dachte, dass sie das Lied vielleicht eines Tages brauchen würde, um ihre kleine Familie zu verteidigen. Um Wendra und Tahn zu beschützen.

Sie spürte es jetzt in ihm, wie eine unglaublich tief gestimmte Saite, die angeschlagen wurde und nachhallte. Sein Verständnis ihres düsteren Liedes ging über das der Macht, die ihrem Gesang innewohnte, hinaus. Er hatte selbst solch ein Lied. Eines, für das er sich schämte. Eines, das ihn verändert hatte.

Ohne dass sie es bemerkte, strebte Wendras Lied auf Belamaes geheime Schande und ihren Klang zu. Sie versuchte, in Einklang damit zu kommen, befangen in einem Tagtraum aus gemeinsamem Schmerz. Es war der Schmerz, unabsichtlich Unschuldige niederzumetzeln, obwohl die Absicht hinter dem Lied, das man sang, eigentlich darin bestand, die Trauer um einen verlorenen geliebten Menschen zu lindern.

Belamae und sie saßen gemeinsam in ihrer Trauer da – ihre war neu, seine recht alt. Aber es war eine Saite, die in ihnen beiden zum Klingen gebracht werden konnte. Und Wendra sang den süßen, fürchterlichen Ton, bis Belamae schließlich durch ein Nicken anzeigte, dass es genug war. Seine Augen verrieten ihr, dass diese Lehrstunde eine Wendung genommen hatte, mit der er nicht gerechnet hatte. Aber eine, die er zugelassen hatte.

Wendra wollte aber nicht aufhören. Der Gesang lehrte sie etwas. Lehrte sie Resonanz. Lehrte sie das Leidenslied. Lehrte sie etwas über ihr eigenes Lied. Sie hatte eine neue Stimme gefunden: den Klang der Trauer selbst. Ihre reinsten Töne. So hörte sie nicht auf, sondern versank tiefer in den vibrierenden Klängen, die Belamae und sie miteinander teilten.

Wie aus weiter Ferne sah sie ihn den Kopf schütteln. Einen Augenblick später sang auch er. Und sein eigener Gesang fand ihren – in Tempo, Rhythmus und Melodie – und begann ihn zu führen, ihn umzuformen.

Aber Wendra war nicht bereit loszulassen. Sie schüttelte den Kopf und sang kraftvoller, beschwor das stärkste Lied herauf, das sie kannte, um diesen Einklang festzuhalten – ihr eigenes heiseres, düsteres Lied. Sie verlor sich in seinem Klang. Verlor die Beherrschung, wie sie es stets tat. Und es kümmerte sie nicht.

Dunkle und helle Bereiche füllten ihr Gesichtsfeld aus.

Die Freude an neuen Klängen und neuen Möglichkeiten, an ihrem Gesang zu arbeiten, wich dem Lied, das sie von Natur aus gelernt hatte. Es schoss in kreischenden Wellen aus ihrem Mund hervor, nur, dass sie es diesmal mit neuem Verständnis sang und ihrem Lied mit abgehackten Tönen in einem gewalttätigen Stakkato Leben einhauchte.

Die Macht des Liedes hätte Belamae töten sollen. Aber der Klang seiner eigenen Musik musste den Angriff abgefedert haben, so dass ihr düsteres Lied ihn nur brutal an die entgegengesetzte Wand schmetterte. Sein alter Körper brach auf dem Boden zusammen, Blut strömte ihm aus dem Mund. Er sah entsetzt und enttäuscht zu ihr hoch. Einen Moment später nahm sein Ausdruck eine solche Wut an, wie Wendra sie noch nie gesehen hatte, außer vielleicht in Vendanjis Augen.

Der Maester starrte sie mit festem Blick an und begann einen tiefen Basston zu singen. Der unwandelbare Klang hatte einen solchen Widerhall, dass die Luft selbst davon schimmerte. Er berührte Wendras Haut, übte Druck auf sie aus, presste ihr die Luft aus der Lunge und raubte ihr die Fähigkeit, Gesang hervorzubringen. Dann riss er sie zusammen mit den Notenblättern vom Boden hoch und begann, sie wie eine Aufziehpuppe herumzuwirbeln. Die flatternden Pergamente ringsum zeigten ihr einen Luftwirbel, in dessen Zentrum sie stand.

Die Welt verschwamm vor ihren Augen. Bilder von Trauer, Zerstörung und Mord füllten ihren Verstand aus, während die Außenwelt vorbeisauste: Belamae, die Instrumente, das Cembalo, das Fenster und ein Himmel, an dem die Sonne nun im Zenit stand.

Wie ein Kreisel drehte Wendra sich immer schneller. Dann endete das Lied aus tiefen Tönen, und sie stürzte inmitten der Notenblätter, die um sie herum niederflatterten, zu Boden. In ihrem Kopf drehte sich alles, und ihr wurde übel. Als sie das Gleichgewicht wiederfand, schaute sie zu Belamae hoch, dessen blutiger Mund sich zu bewegen begann.

Er lächelte traurig, und seine Worte ertönten in einem Singsang: »Selbst wenn wir es auf ein Lächeln anlegen, findet Euer Gesang die Dunkelheit, nicht wahr, mein Mädchen?« Er musste ihr die Besorgnis angesehen haben, die sie verspürte, denn er bückte sich und legte ihr eine Hand auf die Schulter. »Regt Euch nicht auf, Wendra. Wir haben gerade erst angefangen. Und das hier« – er deutete auf ihre Brust, dann auf seine eigene, und unterstrich so die Resonanz, die sie empfunden hatten – »ist ein großer erster Schritt auf das Leidenslied zu.«

Sie musterte ihn unverwandt, unsicher, wie sie mit dem, was geschehen war, oder dem, was er gesagt hatte, umgehen sollte.

»Es ist immer gefährlich, Leiholan auszubilden«, fügte er hinzu und schien vor allem mit sich selbst zu sprechen. Dann richteten seine Augen sich wieder auf sie. »Ihr seid begabt, mein Mädchen, und derart vielversprechend! Aber es wird nicht einfach, nicht wahr?«

Sie stemmte sich auf die Knie und fürchtete sich beinahe davor, etwas zu sagen. »Belamae«, fragte sie leise, »kann man sich auf jemanden einstimmen, dessen Lieder … dessen Absichten … wie meine sind?«

Sein Lächeln kehrte zurück. »Ob Chor oder Stille – was auch immer geschieht, wir halten durch.«

38

ES IST NICHT, WAS MAN HÖRT

Als das Geschöpf dann all seine Gliedmaßen ausstreckte und begann, sich in einem seltsamen Rhythmus zu wiegen, kamen die Echos. Stumme Echos, wenn ihr das glauben könnt. Und Lebewesen starben.

(Historischer Bericht über die Sotol-Verheerungen, eine überwiegend in Vergessenheit geratene Reihe von Schlachten gegen die Stilletreuen, verfasst von Robart Aminson; gilt aufgrund seiner erzählerischen Ausschmückungen als überwiegend unzuverlässig)

Mira folgte Lilin und Eledri ein kurzes Stück weit durch die Straßen. Die Sonne zog hoch über ihnen ihre Bahn und wärmte die milde Luft. Sutter hielt unmittelbar hinter ihr Schritt mit ihnen und sprach mit sich selbst über alles, was er sah. Er klang wie ein Kind beim Mittsommerfest. Zu jedem anderen Zeitpunkt hätte sie es ihm vielleicht gleichgetan. Aber nicht heute.

Sie gelangten in ein Viertel, in dem das Kopfsteinpflaster endete und gemähter Rasen an seine Stelle trat. Das Grün war ringsum von niedrigen Gebäuden gesäumt. Mehrere alte Laubbäume wuchsen in dem umschlossenen Garten und warfen Schattenflecken aufs Gras. Von ihren Zweigen fiel die ein oder andere späte Blüte. Die Bäume würden zum Winter hin Früchte tragen.

Ein freundlicher Ausdruck trat auf Lilins Gesicht, als er sie auf den Rasen und unter einen der gewaltigen, blühenden Bäume führte. Mira fiel der süße Duft der Blüten auf, während Eledri und Lilin sich beide an dem Baumstamm niederließen. Lilin bedeutete ihnen, ihrem Vorbild zu folgen.

Als sie alle auf dem Boden saßen, betrachtete Mira Sutter einen Moment lang. Worum sie die Laeodalin bitten wollte, würde Zweifel in seinem Verstand wecken – er wusste nicht, dass sie ihre Ferngaben nach und nach verlor. Aber er hatte ohnehin ein Recht darauf zu erfahren, was mit ihr vorging.

Danach musterte sie eine Weile Eledri, die mit fast musikalischer Anmut dasaß. Der Körper der jungen Frau war ihr Instrument und sorgfältig gestimmt. Als ein leiser Windhauch leicht an dem Chiffonschal zog, den sie sich locker um die Schultern gelegt hatte, schwankte sie in der Brise, als würde sie selbst davon mitgerissen. Die einfache Bewegung erinnerte Mira daran, dass die Waffenübungen der Fern sich an den Mustern des Soriahtanzes orientierten.

Den Kopf voll alter Geschichten über die Macht der Handgesänge wandte sie sich an Lilin. »Habt Ihr Gerüchte darüber gehört, dass die Völker aus dem Born die Bahrenberge überqueren?«

Lilins ungezwungenes Auftreten geriet für kurze Zeit ins Wanken. »Seid Ihr deshalb gekommen? Wir haben vom Großen Mandat gehört. Aber wir unterstehen keiner eurer Regierungen. Sogar Elyk Divad fordert keine Tributzahlungen von uns.« Das Lächeln des Mannes kehrte zurück. »Zum Glück sind die Laeodalin für die meisten nur eine Legende, und diejenigen, die uns kennen, wissen nicht, was sie von der Soriah halten sollen. Und wir wollen auch sehr gern, dass es so bleibt. Die Laeodalin ziehen nicht mehr in den Krieg.«

Er gab Miras Worte an Eledri weiter und bediente sich dabei einer Sprache, die Mira noch nie zuvor gehört hatte. Eledris Gesichtsausdruck wirkte nun besorgt, und sie warf einen Blick auf Mira.

»Wir sind nicht hier, um Euch zu bitten, am Großen Mandat teilzunehmen.« Mira schüttelte den Kopf in dem Versuch, Eledri zu beruhigen. »Unser Zwischenhalt hier hat persönliche Gründe.«

Lilin musterte Sutter und Mira so forschend wie jemand, der damit rechnete, eine Verletzung oder Wahnsinn festzustellen – etwas, das der Handgesänge bedurfte, um zu heilen.

Mira gestattete sich einen letzten besorgten Gedanken, bevor sie ihren Zustand enthüllte. »Meine natürlichen Fernbegabungen … verblassen.« Sie beobachtete, wie Verständnis in Lilins Gesicht aufkeimte. Aber sie musste vollkommen klarstellen, was sie wollte. »Aus vielerlei Gründen muss ich etwas dagegen unternehmen. Es umkehren.« Sie sah Sutter entschuldigend an. »Ich hätte dir das früher erzählen sollen. Es tut mir leid.«

Es sah komisch aus, wie Sutter der Unterkiefer heruntersackte, doch seine Augen verrieten echte Besorgnis.

»Mehr als einmal bin ich zu spät zu einem Kampf gekommen, und wenn ich dann eintreffe, ist meine Klinge langsamer als früher. Also ist es gut, dass du so viel übst.« Sie schenkte ihm ein schwaches Lächeln und wandte sich wieder Lilin zu.

»Wie habt Ihr Eure Ferngabe verloren?«, fragte der Mann.

Sie starrte ihn eine ganze Weile stumm an. »Ich habe meinen Eid für einen Freund gebrochen.« Sie versuchte, ihren Blick davon abzuhalten, sich zu verhärten. »Ich bereue es nicht. Was ich getan habe, war notwendig.« Sie brach ab und seufzte.

»Aber nun besteht in mir ein Ungleichgewicht, das ich nicht wieder beheben kann.«

Lilin nickte, noch während sie sprach. »Und Ihr habt die Geschichten gehört, die man sich am Feuer darüber erzählt, dass die Soriah-Handgesänge das Gleichgewicht wiederherstellen. Ihr glaubt, dass wir Euch reinigen können.«

»Das hoffe ich«, gestand sie.

»Damit Ihr Anspruch auf Euer Erbe erheben könnt, wenn Ihr in die Erde zurückkehrt«, vermutete Lilin. Sein Gesichtsausdruck war zärtlich wie der eines Vaters.

»Und damit ich meinem König einen Erben schenken kann«, fügte Mira hinzu.

Sutter sah sie abermals erstaunt an.

Lilin gab alles leise an Eledri weiter.

Die freundliche Miene der jungen Frau erschlaffte, und sie wandte sich Mira zu. Sanft hob sie die Hände und begann, mit ihnen ein Klagelied zu singen, das so herzzerreißend war, dass Mira, die nicht mehr geweint hatte, seit sie die Wahrheit über die Mutterschaft der Fern erkannt hatte, stumm Tränen vergoss. Die unmerklichen Klänge der Luft, die zart von der Drehung einer Hand, der Krümmung eines Fingers bewegt wurde, erreichten sie wie eine Vielzahl an Seufzern. Es war der Klang der Enttäuschung und zugleich der Klang aufkeimender Hoffnung – nicht darauf, die Flinkheit ihrer Schritte zurückzugewinnen, sondern auf die Möglichkeit, ein Kind zu gebären, obwohl sie nicht lange genug leben würde, um es kennenzulernen.

Das Lied spann sich weiter aus. Mira verlor jegliches Zeitgefühl, während sie der bittersüßen Musik lauschte. Kurz darauf endete es, und die Hände der jungen Frau kamen zur Ruhe. Mira fand sich, traurig und dankbar, dabei wieder, Eledri und

Lilin ins Gesicht zu blicken. Einige wenige Blüten fielen von einer sanften Brise gepflückt um sie nieder. Mira musste sich nicht die Augen oder Wangen trocknen. Sie schämte sich der Tränen nicht, die von der Bürde hervorgerufen waren, die auf ihrem Herzen lastete. Sie würde sie einfach in neue Entschlossenheit verwandeln müssen.

»Was hat sie gesagt?«, fragte Sutter.

»Sie hat gesagt, dass sie mich nicht heilen kann«, antwortete Mira leise.

Erst in diesem Augenblick wurde ihr die ganze Tragweite ihres Verlustes bewusst – der Unfähigkeit, einen Erben für die Fern hervorzubringen, vielleicht gar die Bundessprache wiederherzustellen … und ihre Familie wiederzusehen, wenn sie dieses Leben verließ. Ihr Fleisch lastete schwer auf ihren Knochen, und sie sank in sich zusammen und schloss die Augen. Sie hätte angesichts des drohenden Krieges, auf den die Fern keine Antwort mehr hatten, wohl eher um ihr Volk trauern sollen. Aber mehr als um all das trauerte sie um den Verlust ihres Erbes, der Möglichkeit, diejenigen zu treffen, die ihr das Leben geschenkt und sie mehr als alle anderen geliebt hatten.

Ein kleines Lächeln huschte bei einem ironischen Gedanken über ihr Gesicht: Setzte sie etwa die falschen Schwerpunkte, weil sie nun schon mehr Mensch als Fern war?

Sie saß noch eine Weile in selbstauferlegter Einsamkeit hinter ihren geschlossenen Augenlidern da. Dann schlug sie die Augen wieder auf. »Wir reisen ab, sobald wir unsere Wasserschläuche gefüllt und etwas Fladenbrot aufgetrieben haben.« Mira bot Lilin die Hand. »Danke. Es war freundlich von Euch, für uns zu übersetzen.«

Er streckte die Hand aus, und als Mira sie ergriff, bedeckte er ihre ineinandergelegten Hände mit der freien Handfläche und musterte Mira forschend. »Wenn Ihr mich fragt, Mira Fern, so glaube ich nicht an irgendeinen Eid, der einem seine Verheißung raubt, wenn man sich dagegen versündigt, indem man sich opfert. Die Väter mögen uns ja uns selbst überlassen haben, aber ich bin überzeugt, dass sie abgesehen davon keine Unholde waren.«

Sie setzte dazu an, dem Mann zu danken, aber er sprach erneut.

»Ich bitte Euch, nicht zu vergessen, dass Eledris Lied nicht nur aus Trauer und Kummer bestand. Ihre Hände haben auch von der Hoffnung gesungen, die Ihr mit Euch nach Laeodalin gebracht habt. Ich bin kein großer Meistersänger. Ihr habt eigentlich sogar Glück, dass Ihr die Gesänge meiner rauen, unbeholfenen Hände nicht zu hören bekommen habt!« Er lachte unbefangen. »Aber ich bin klug genug, die Töne eines Liedes nicht unbeachtet zu lassen. Ich vertraue darauf, dass Ihr Euch auf den Straßen, die von hier fortführen, richtig daran erinnern werdet. Ist das gut genug?«

Mira legte ihre freie Handfläche über ihre und Lilins verschlungene Hände. In dieser Gesellschaft war das eine Geste voll besonderer Wärme.

»Ich glaube, Ihr seid sehr weise«, sagte sie.

Sie standen alle auf, und unmittelbar vor dem Aufbruch ging Mira eine Frage durch den Kopf. »Zu Anfang unseres Gesprächs habt Ihr gesagt, dass die Laeodalin nicht mehr in den Krieg ziehen.«

»Das ist richtig, und ich bin dankbar, dass Ihr nicht deshalb gekommen seid. Vielleicht hätte ich Euch gegenüber sehr hässlich werden müssen.« Er bedachte sie mit einem schiefen Grinsen.

»Gab es denn eine Zeit, in der Ihr in den Krieg gezogen

seid?«, fragte sie. »Ich habe nie etwas darüber gelesen oder gehört.«

Lilin holte tief Atem, und die Musik, die darin lag, erschien Mira wie ein Lied voll erschöpfter Enttäuschung. »Ja, aber die Scola und Biographen haben nicht die rechten Ohren für unsere Mitwirkung. Also ist darüber nichts in Annalen oder Autorengeschichten verzeichnet.« Er hob die Hand und kratzte sich nachdenklich am Kinn. »Aber wir sind dankbar für ihre Taubheit. Sonst würden viele Menschen durch unsere Pappelhaine trampeln und hätten es darauf abgesehen, etwas, das sie nicht verstehen können, in ihren Besitz zu bringen. Ihr seid wenigstens mit achtbaren Absichten hergekommen. Es gefällt mir, dass wir uns auf diese Weise begegnet sind.«

Mira lächelte schwach. »Danke. Aber es wäre falsch von mir, nicht zu sagen, dass uns Eure Hilfe willkommen wäre.«

Sie nahm sich die Zeit, ihnen mehr über das Große Mandat zu erzählen, auch mehr darüber, wie es gekommen war, dass sie ihren Eid gebrochen hatte – auf dem Weg zum Tillinghast. Letzteres ließ einen besorgten Ausdruck auf Lilins Gesicht treten. Sie beschloss, nicht von den Verlusten in der Bibliothek von Naltus zu berichten, und scheute auch davor zurück zu erklären, wohin Tahn gereist war.

Sie sah Lilin in die Augen. »Wenn die Laeodalin kämpfen können, müsst Ihr darüber nachdenken, was Ihr tun werdet, wenn der Born losbricht.«

Der Mann schien mit verstörtem Blick, der in weite Ferne ging, durch sie hindurchzusehen. »Ich will nie wieder hören, wie sich Laeodalinhände auf diese Art bewegen.« Dann schaute er sie an. Seine Augen waren die eines Mannes, der mit sich rang. »Kommt mit«, sagte er schließlich.

Mira und Sutter folgten Lilin und Eledri durch Straßen, auf

denen das Laubwerk Licht und Schatten spielen ließ. Zum ersten Mal bemerkte Mira, dass einige Stadtbewohner keine Hände hatten; am Ende ihrer Armstümpfe trugen die meisten von ihnen nachgebildete Hände aus Holz. Manche hatten sich auch einfache, stumpfe Werkzeuge angeschnallt – Haken, zwei- oder dreizinkige Gabeln und dergleichen mehr. Sie nahm an, dass selbst die sanften Laeodalin strenge Strafen für den Missbrauch ihrer Begabungen kannten.

Am Ende gelangten sie an den Fuß des Berges, der schroff am Nordrand der Stadt aufragte. Direkt vor ihnen war ein Gang in den Fels gemeißelt. Wenn man die Klippe hinaufsah, erblickte man mehrere Dutzend quadratischer Höhleneingänge, die in die Felswand geschnitten waren. Lilin führte sie in die Dunkelheit und nahm im Gehen eine brennende Laterne von der Wand.

Zwanzig Schritt weit im Gang bogen sie nach links ab und begannen, eine Steintreppe hinaufzusteigen. Alle fünfzehn Stufen ging ein von Lampen erleuchteter Tunnel davon ab, der parallel zur Felswand verlief. Nach mehreren Treppen bog Lilin in einen dieser Korridore, in denen alle zwanzig Schritt eine verschlossene Steintür lag. Vor einer blieb ihr Gastgeber stehen und umfasste die eiserne Türklinke. Er bedeutete ihnen vorzutreten, so dass sowohl Mira als auch Sutter hineinblicken konnten. Dann stieß er langsam die Tür auf und flüsterte dabei: »Soriah Maal.«

Die schweren Eisenangeln ächzten, und helles Licht flutete ihnen aus dem offenen, quadratischen Höhleneingang entgegen. In der Mitte der Höhle saß der dunkle Schattenriss einer Gestalt reglos wie eine Statue. Nach einem Augenblick stand sie auf und schien sich im Licht zu entfalten wie eine Blume in der Wärme der Morgensonne.

Und als sie sich ganz aufgerichtet hatte – die glatten Umrisse ihres Körpers trugen keine Kleider –, hob sie die Arme, die an ihren Seiten gelegen hatten. Vor der Helligkeit des Tages jenseits der Höhle zeichneten sich kleine Fortsätze auf ihren Armen wie lange, elegante Finger ab. Mira fühlte sich im weitesten Sinne an einen Vogel erinnert, der Flügel und Federn spreizte. Einen Augenblick später erhoben sich weitere dünne, glatte Anhängsel aus den Schultern des Laeodalin. Wie sie sich entfalteten, erschien Mira schön und entsetzlich zugleich.

Lilin musste nichts erklären. Der Handgesang, den dieses Wesen hervorbringen konnte, indem es die Luft in so vielfältigen Kombinationen bewegte, musste betäubend und machtvoll sein. Es hinterließ in Mira den Eindruck einer wunderschönen Bedrohung. Dies waren die Handsänger, die in den Krieg ziehen würden, wenn es so weit kam. Mira malte sich den düsteren Tanz und die Bewegungen dieser Soriah Maal aus, während sie stumme Klänge wie einen misstönenden Windstoß gegen ihre Feinde erschufen.

Dann entspannten sich die kurzen Anhängsel und verliehen der Gestalt wieder eine eher menschliche Form. Mira bekam ihr Gesicht und ihre Augen nie zu sehen, und so blieb das Wesen ein Schattenriss, bis Lilin die Tür zuzog. Dann führte er sie aus dem Berg hinaus, durch die Stadt und in die Nähe der Stelle, wo sie ihre Pferde angebunden hatten – alles ohne ein Wort. Dort wandten er und Eledri sich um.

»Danke für die Warnung«, sagte Lilin mit seinem warmen Lächeln. »Wir werden darüber reden. Wenn die Stilletreuen wirklich kommen, dann werdet Ihr feststellen, dass wir nicht untätig bleiben, davon bin ich überzeugt.« Er schüttelte den Kopf und fügte hinzu: »Und es tut uns leid, dass wir nicht mehr tun konnten, um *Euch* zu helfen.« Er verneigte sich halb.

Aber Eledri trat nahe heran und umfasste Miras Hand in einer Umarmung, die sie nie vergessen würde. Die Finger der Handsängerin fühlten sich an, als würde man … *Musik berühren.*

Die beiden verbrachten einen langen Augenblick miteinander und sahen sich forschend in die Augen. Dann schenkte die junge Frau Mira ein winziges Lächeln, einen friedvollen Ausdruck, den sie noch lange in Erinnerung behalten würde. Kurz darauf ließ Eledri sie los und trat zurück. Sich von ihr zu lösen war beinahe schmerzhaft.

Lilin führte sie zu einer Quelle und zu einem Lagerhaus, wo sie sich mit Proviant eindeckten, bevor sie unter die Bäume zurückkehrten, ihre Pferde abholten und durch einen Pappelwald aus den zerklüfteten Bergen hinausritten.

Im Fortreiten nahm Mira sich die Zeit, Sutter mehr über die magische Sigille des Draethmorte zu erzählen, die er trug. Sie ermahnte ihn, nach einer günstigen Gelegenheit zu suchen, um sie dem Schmiedekönig zu zeigen, und erklärte alles so gründlich, wie sie nur konnte, obwohl sie mit den Gedanken anderswo war.

Sie hatte keine Antwort auf die Frage gefunden, wie sie genesen konnte, und überlegte nun, ob es eine andere Lösung gab. Aber sie mussten nach Ir-Caul gelangen und den Schmiedekönig überzeugen, dem Großen Mandat beizutreten, und dann weiter nach Estem Salo reisen. Sie hatte keine Zeit, auch nur über eine Alternative nachzudenken, um etwas an ihrem Zustand zu ändern.

Sie fühlte sich seltsam sterblich. Als Fern wäre sie in weniger als zwei Jahren tot gewesen. Nun, da sie keine echte Fern mehr war, würde sie vielleicht ein hohes Alter erreichen. Der Gedanke machte ihr Angst, aber nichts schmerzte so sehr wie der Verlust dieses Augenblicks des Wiedersehens, auf den sie sich schon ihr Leben lang freute: das Wiedersehen mit ihrer Mutter nach dem Tode. Mit ihrer wahren Mutter. Dieser Segen war ihr nun versagt. Die Trauer, die bis ins Mark ging, war ihr neu. Jetzt verstand sie, wie lähmend sie sein konnte. Die Fern verbrachten ihr Leben ohne Empfinden für solche Gefühle. Nun glaubte Mira zu verstehen, was Menschen wie Vendanji antrieb.

Von den Laeodalin nahm sie nur die Erinnerung an eine Musik mit, die schöne Hände dargeboten hatten, und die Berührung eines lebenden Instruments, dessen Lied, wie sie nun glaubte, etwas wie die Begleitmusik zu ihrem Dasein war, zugleich aber auch die Erinnerung an einen Schattenriss – *Soriah Maal* –, der anders als alles war, was sie bisher gesehen hatte.

Sie dachte noch immer über das Lied der Handsängerin nach, als sie den Fuß der Hügel erreichten.

Sutter zügelte sein Pferd und stieg ab, um dem Tier und seinem eigenen schmerzenden Rücken Ruhe zu gönnen. Er wartete, bis Mira einen Platz gefunden hatte, um sich niederzulassen, bevor er an sie herantrat. »Warum hast du es mir nicht erzählt?«

Mira zog ihr Öltuch hervor und begann, an ihren Klingen zu arbeiten. »Ich hatte gehofft, hier ein Heilmittel zu finden. Dann hätte es keine Rolle gespielt.«

»Du hättest mir vertrauen sollen«, sagte er mit leisem Tadel. »Ich hätte dein Geheimnis nicht weitererzählt.«

Mira nickte, weder erzürnt noch mit einem Lächeln. »Du hast recht.«

»Da ist noch mehr«, fuhr Sutter fort. »Wenn du es mir gesagt hättest, hätte ich dir vielleicht helfen können.«

»Es tut mir leid«, erwiderte Mira. »Ich bin nicht ganz ich selbst.« Sie lächelte leicht über ihren eigenen Scherz. »Welchen Rat gibst du mir?«

Sutter lachte, da die Frage ihn überrumpelte und er keine Antwort darauf hatte. »Lass uns nach Ir-Caul reisen. Vielleicht verfügt man dort über die nötige Weisheit, um dir zu helfen. Bei den Höllen, und ich dachte schon, all der Kram da oben wäre nur eine große Pantomime! Ich habe zu viel von diesem Unfug auf den Bühnenwagen gesehen – gewöhnlich gespielt von dem einen Mimen, der sich ums Verrecken nicht seinen Text merken kann!«

»Da spricht der Rübenbauer!« Und sie lachte mit ihm.

»Verdammt richtig.«

Unter ihrem Lächeln erriet sie, dass Männer und Frauen so ihre Trauer überwanden – indem sie lachten.

39

ENTKLEIDUNG

Wenn der Mensch wie eine Geige ist, dann lasst uns ein oder zwei Saiten zum Verstummen bringen.

(Sinnspruch auf dem Titelblatt der Schwingenden Natur des Lebens, *einer Untersuchung darüber, anstelle einer Hinrichtung Stille aufzuerlegen)*

Thaelon saß an einem Tisch im äußersten Eckzimmer der Kunstgalerie. Darauf lagen, umrahmt von mehreren Büchern, die Kreideabriebe, die er von den Schriftzeichen hergestellt hatte, die tief im Innern des Tabernakels des Himmels in den Granit eingemeißelt waren und erklärten, wie man einen Sheson der Macht entkleiden konnte, den Willen zu lenken.

Ein paar Lampen brannten und übergossen alles, was er gelesen hatte, mit einem gelben Lichtschein – all seine Bemühungen zu verstehen, wie dieser Vorgang zu bewerkstelligen war. Um ihn herum hingen an den Wänden dieses Galerieraums Darstellungen der ersten Absichtenprüfung in jener chaotischen Zeit, nachdem die Schöpfer die Welt verlassen hatten. Eine schwierige Epoche, in der die Sheson sich gespalten hatten: Einige waren Maldea in den Born gefolgt; die Übrigen waren hier, in Estem Salo, geblieben. Er hoffte, dass diese Abbildungen seinen Vorbereitungen Klarheit verleihen würden – oder doch zumindest Zielstrebigkeit.

Er stand auf, streckte sich und begann, auf und ab zu gehen und sich dabei die Gemälde anzusehen. Vielleicht war er seit Jahren der Erste, der es tat. Das Kabinett wurde nicht oft aufgesucht. Die Galerie hatte mehrere Stockwerke, und dieses Zimmer lag auf der höchsten Ebene in der entferntesten Ecke hinter Türen, die stets geschlossen blieben.

Heute Abend diente dieser Raum Thaelon als Studierzimmer, in dem er versuchte, einen vergessenen Brauch wiederzubeleben und sich vielleicht zum Teil auch selbst zu überzeugen, dass der Weg, den er vorzeichnete, der richtige war. Sich mit Büchern und Kunst zu umgeben half ihm oft dabei.

Einige Augenblicke, nachdem er begonnen hatte, sich zu bewegen, trat Raalena leise ein. »Läufst du wieder auf und ab?«

»Wie lange stehst du schon vor der Tür?«, fragte er, ohne sie anzusehen.

»Wie lange bist du schon hier?«, antwortete sie.

Er lächelte über diesen altvertrauten Wortwechsel. Dann blieb er stehen und zeigte auf das Bild, vor dem er stand. »Sie haben bei der ersten Absichtenprüfung keine Entkleidung vorgenommen.«

Sie stellte sich neben ihn und betrachtete das Gemälde. Es zeigte eine Frau, die auf beiden Seiten von je einem Sheson festgehalten wurde, während eine dritte Gestalt die Hand hob, um den Willen zu lenken. Im Gesicht der Frau stand nackte Angst. Hinter ihr lagen Leichen. Shesonleichen.

»Böse Absichten haben damals ein sehr endgültiges Urteil nach sich gezogen, nicht wahr?«, bemerkte Raalena.

Thaelon ließ den Blick über die gesamte Leinwand schweifen, die drei mal drei Schritt groß war. »Es waren andere Zeiten. Diese Abweichler hatten Verständnis für Maldea. Sie hatten die Absicht, ihm zu folgen. Es blieb einem kaum etwas anderes übrig, als sie zu vernichten.«

»Das ist eine ziemlich düstere Einschätzung.« Sie zeigte nach links, wo anscheinend die Kinder toter Sheson weinten. »Ich glaube, du beschäftigst dich schon zu lange damit. Du solltest für eine Weile Abstand gewinnen. Etwas essen.«

Er schüttelte den Kopf. »Die erste Absichtenprüfung findet bald statt. Ich muss herausfinden, wie man es bewerkstelligt.«

Raalena umfasste sanft seinen Arm und drehte Thaelon zu sich herum. »Ich glaube nicht, dass du mit der Frage ringst, *wie* man es tut – nur mit der, *warum*.«

Er lächelte ohne jegliche echte Heiterkeit. »Lass mich dir erst erläutern, *wie* – zumindest, soweit ich es verstanden habe –, dann erkläre ich auch, warum.«

Sie ließ seinen Arm los, und er ging weiter und betrachtete die Bilder der Galerie. Jedes erzählte eine Geschichte über eine Absichtenprüfung. Verlorene Leben. Und andere Leben, die sich für immer verändert hatten. Nachdem er noch eine Handvoll Gemälde betrachtet hatte, kehrte er quer durch den Raum zu seinem improvisierten Schreibtisch zurück. Er starrte mehrere Augenblicke lang auf seine Abriebe hinab, und die Schriftzeichen begannen, einen klareren Sinn zu ergeben.

»Wie lautet einer unserer ältesten Namen?«, fragte er, den Blick immer noch unverwandt auf seine Papiere gerichtet.

»Die Sheson?«, fragte Raalena. »Helfer? Palamons Leute? Innere Resonanz?«

Er schaute auf und wedelte aufmunternd mit dem Finger zu ihr hinüber. »Ja. Innere Resonanz. Warum nennt man uns so?«

»Weil ihr den Willen lenkt«, sagte sie und kniff die Augen zusammen, als versuchte sie vorauszuahnen, welche Wendung dieses Gespräch nehmen würde. »Weil ihr Dinge bewegt, indem ihr aus eurer Lebenskraft schöpft.«

Thaelon ließ seinen eigenen Gedanken Zeit, zur Ruhe zu kommen. Er wollte eine unwiderlegbar wahre Feststellung treffen. »Es liegt an den Schwingungen des Lebens. Darum nennt man uns so.«

»Schwingungen?«

»Stell sie dir als das vor, was uns bewegt – und als unsere Fähigkeit, uns bewegen zu *lassen*.« Er klopfte zur Unterstreichung auf die Abriebe. »Die Macht eines Sheson, den Willen zu lenken, verleiht ihm die Fähigkeit, zwischen zwei Dingen Resonanz herzustellen. Er beginnt, indem er Schwingungen seiner eigenen Forda auslöst und dann etwas außerhalb von sich selbst damit berührt.«

Raalena stellte sich gegenüber von ihm an den Schreibtisch. »Dann tragen also nicht nur Lebewesen eine Signatur aus Schwingungen, oder?«

»Nein, sondern alles, und sie muss nicht notwendigerweise als Schwingung erscheinen. Aber die Vorstellung hilft, die mögliche Verbindung zwischen zwei beliebigen Dingen zu erklären.« Er zeichnete ein paar der Zeichen mit den Fingerspitzen nach. »Die Kontrolle eines Sheson über seine eigene Forda ist einzigartig. Sie ist etwas, das man studieren und verstehen muss, bevor sie einem verliehen wird. Sie schenkt dem Sheson die Macht, seine eigene innere Resonanz so zu verändern, dass er auf beinahe alles einwirken kann.«

Sie ließ den Blick über die Gemälde ringsum schweifen. »Und, wenn nötig, auch töten kann.«

»Aber das ist nicht unser Weg.« Er drehte die Abriebe um,

so dass sie sie in der richtigen Reihenfolge sehen konnte. »Entkleidung bedeutet nichts weiter, als einen Sheson in den Zustand zurückzuversetzen, nur eine einzige Schwingung, eine einzige Resonanz zu haben. Die, die er schon bei seiner Geburt kannte.«

Sie zog die Augenbrauen hoch. »Ein Grund mehr für dich, Vendanji zu hassen: Er hat einen jungen Mann zum Tillinghast geführt. Einen jungen Mann, der tot zur Welt gekommen war, aber wiederbelebt wurde, indem er die Resonanz eines Sheson erhielt, um leben zu können.«

Thaelon starrte sie an, nicht zornig, sondern voller Offenheit. »Es hätte Tahn nie geben dürfen.«

Ein langes Schweigen folgte – ein Schweigen, in dem die Gemälde an den Wänden die beste Gesellschaft zu sein schienen. Thaelon musste nicht länger erklären, dass der Junge für eine Vergewaltigung des Wegs der Sheson stand, dass sein Leben aus dem Missbrauch und der falschen Verwendung innerer Resonanz hervorgegangen war oder dass Vendanji und seinesgleichen gefährlich waren, weil ihre moralischen Grundsätze nicht festgefügt waren, sondern sich je nach ihren Bedürfnissen änderten.

Am Ende nickte Raalena. »Das ist der Unterschied zwischen dir und Vendanji – und der Grund dafür, dass du denen, die seine Absichten teilen, die Macht, den Willen zu lenken, entziehen wirst.«

»Es wird sie schwerer treffen«, sagte er, die Stimme belegt von Reue. »Sobald ein Sheson einmal den Willen gelenkt hat, ändert sich die Resonanz des eigenen Lebens.« Er dachte einen Moment lang nach. »Eine Geige klingt fünfzig Jahre, nachdem sie gebaut worden ist, nicht mehr gleich, genauso wenig, wie der Musiker noch auf dieselbe Art spielt. Beide haben sich nach so viel Zeit und so viel Benutzung verändert und können nicht mehr sein, was sie zu Anfang waren.«

Sie warf einen forschenden Blick auf die Abriebe, als könnte sie ihre Bedeutung vielleicht verstehen.

Wieder schenkte er ihr ein müdes Lächeln. »Wenn sie diesen Teil ihrer selbst verlieren, werden sie nicht einfach wieder so sein, wie sie vorher waren. Sie werden auf eine sehr handfeste Art aufhören zu sein, wer sie sind.«

Sie nickte. »Sie verdienen es, um die Folgen zu wissen, bevor sie sich der Prüfung unterziehen.«

»Ich glaube, das ist die Ironie daran.« Er setzte sich wieder hin, um seine Vorbereitungen zu beenden. »Die Eigenschaft, die dafür sorgt, dass ihnen der Prozess gemacht wird, ist höchstwahrscheinlich dieselbe, die verhindert, dass sie sich von den Konsequenzen abschrecken lassen.«

»Und welche Eigenschaft ist das?«, fragte sie.

»Stolz auf ihren Glauben, dass sie recht haben«, antwortete er und beugte sich wieder über seine Abriebe.

Als sie sich zum Gehen wandte, hörte er sie sagen: »Darin unterscheiden sie sich nicht allzu sehr von uns, nicht wahr?«

40

DAS GROSSE MANDAT

Wir vergessen, dass das Zweite Große Mandat zu scheitern drohte, bis einige Sheson mit finsteren Drohungen und Mahnungen an den Königshöfen erschienen.

(Aus dem Versagen der Wahrnehmung,
*einer Studie über den Abstand zwischen Anspruch und Wirklichkeit,
einem von der Liga der Edukation verbotenen Buch)*

Helaina versuchte, Dwayns Blick aufzufangen, aber der Kindermund wollte sie nicht ansehen. Er hielt die Hand erhoben und starrte auf den Tisch vor sich. Die Stimme des Jungen hatte sie das Regentenamt gekostet. Roth hatte mit seinem politischen Handstreich Erfolg gehabt. Jetzt verstand sie das ungute Gefühl, das sie überkommen hatte, als sie den Jungen in Gesellschaft des Ersten Rats Jermond gesehen hatte. Dwayn war angeleitet, wahrscheinlich gar bedroht worden. Sie wünschte, sie hätte mehr Zeit mit dem Jungen verbracht.

Ihre Hände begannen zu zittern. Sie hatte ihren Hohen Rat zusammengerufen, um das Große Mandat vorzubereiten, und nun stand sie vor der Enthebung aus dem Amt, in dem sie das Mandat zum Erfolg führen konnte. *Bei allen Höllen, ich bin müde. Ich bin verdammt noch mal zu alt dafür.*

Artixan umfasste ihre Hand, um ihr zu helfen, sich zu beruhigen. Van Steward tat zu ihrer Linken das Gleiche. Ihr General packte fest zu, als ob er sich anschickte, etwas Unbesonnenes zu tun. Bevor irgendjemand etwas sagen konnte, flog die Außentür des Ratssaals krachend auf. Ein paar laute Schritte ertönten in dem kurzen Flur zwischen den beiden Türen. Dann wurde die innere Tür aufgestoßen und prallte gegen die teppichbehangene Wand.

In der Tür stand mit verärgerter Miene A'Garlen. »Eure Dienerschaft ist ein Haufen von Taugenichtsen! Ich musste mir selbst einen Weg durchs Gebäude suchen.« Der Autor ließ den Blick durch den Saal schweifen und schien zu erraten, was vorging, da er, erkennbar an jeweils einem kleinen Kopfnicken, die erhobenen Hände zählte. »Ich nehme an«, sagte Garlen, »dass Euer Antrag gestorben ist, Exigenz, da ich im Sinne der Dame abstimmen werde.«

»Wir heißen nicht mehr ›die Exigenz‹«, sagte Roth ruhig, aber mit sichtlichem Missfallen, »schon seit langer Zeit nicht mehr.«

»Ach ... na gut. Ich bin zu alt, meine Gewohnheiten noch zu ändern. Ich bitte um Eure Nachsicht.« Der Autor lächelte darüber, dass er den alten Namen verwendet hatte, und tappte dann zu seinem Platz. »Gibt es nachher noch etwas zu essen?«, fragte er und zwinkerte Helaina zu.

Er war gekommen. Erleichterung durchströmte sie wie eine Sturzflut.

Artixan lachte laut auf. Van Steward schlug beifällig dreimal mit der flachen Hand auf den Tisch. Schreiberin Cheyin und die anderen, die auf Helainas Seite standen, lächelten offen.

Roths Gesichtszüge entglitten ihm nur einen Moment lang weit genug, um Zorn zu verraten – jemand, der ihn nicht genau beobachtete, hätte es vielleicht übersehen. »Ihr und ich sind nicht einer Meinung«, sagte er in verbindlichem Ton, »aber wenn dieser Rat an Euch glaubt, dann könnt Ihr Euch der völligen Ergebenheit der Liga gewiss sein. Herrin.« Und er nickte übertrieben betont.

Helaina hätte dem Mann gern eine Ohrfeige versetzt, um ihn zur Aufrichtigkeit zu zwingen, nahm aber höflich seine Treuebekundung entgegen.

Unterdessen hatte A'Garlen sich auf seinem Platz niedergelassen und begonnen, sich darüber zu beschweren, dass es nichts zu essen gab. In dem alten Geschichtenerzähler steckte ein kleiner Schauspieler. Er hatte seinen Auftritt genau zum rechten Zeitpunkt hingelegt. Helaina war überzeugt, dass das kein Zufall gewesen war.

Sie war von ihrer Meritengarde darüber in Kenntnis gesetzt worden, dass Roth damit begonnen hatte, Ratsmitglieder aufzusuchen, Druck auszuüben und sich Unterstützung zu sichern. Roth war niemand, der eine Abstimmung dem Zufall überlassen hätte. Helaina hatte sich entschlossen, selbst die Runde zu machen. Einige ihrer Unterstützer würden sich nie von ihr abwenden. Einige hatten Schwachstellen, an denen man sie packen konnte, um auf sie einzuwirken. Roth wusste sicher um eben diese wunden Punkte. Aber entscheidend waren eigentlich diejenigen, die den Ratssitzungen nicht mehr beiwohnten – diejenigen, die ihre Sitze im Grunde genommen aufgegeben hatten.

Der Maester war einer davon. Es war Helainas Glück, dass ihr Freund Belamae an der Spitze der Maesteri in der Discantus-Kathedrale stand. Damit blieb noch der Sitz des Autors. Und in der Bruderschaft der Autoren gehörte die unhinterfragte Stimme Garlen, vor allem, weil niemand es wagte, ihm in die Quere zu kommen.

Sie hatte Garlen einen Besuch abgestattet, dem alten Kauz ihren Plan dargelegt und ihn nur wenige Minuten, bevor Roth in Garlens Haus eingetroffen war, überzeugt, seine Schreibfeder in ihre Waagschale zu werfen. Sie hatte in einem Hinterzimmerchen gestanden und dem Wortwechsel der beiden Männer gelauscht. Durch die Ritze unter der Tür hatte sie den schwachen Schimmer gesehen, als der Autor sein magisches Zeichen in die Luft geschrieben hatte. Vielleicht hätte Roth Garlens Unterstützung ohnehin nicht erlangen können – aber unter Umständen wäre es ihm doch möglich gewesen. Selbst wenn es nicht so weit gekommen wäre, hätte der Autor vielleicht einfach beschlossen, sich nicht um die ganze Angelegenheit zu kümmern und seinen Sitz nicht wieder einzunehmen. Aber sie hatte Roth überlistet. War ihm zuvorgekommen. Hatte einen Mann überzeugt, der schwer zu überzeugen war. Doch bis Garlen diese Tür durchschritten hatte, war sie sich nicht sicher gewesen.

Ich verstehe mich immer noch ganz gut auf die Politik.

Nun blieb das Große Mandat. Seit dem Zweiten Großen Mandat waren viele Zeitalter vergangen. So schwer es auch gewesen war, ihren eigenen Rat in die Schranken zu weisen, gegen das, was ihr bevorstand, war es eine Kleinigkeit. Um sich durchzusetzen, würde sie jeden Fetzen Gerissenheit und Entschlossenheit benötigen, den sie je besessen hatte. Sie brauchte mehr als politischen Scharfsinn. Sie würde jeder Zoll die eiserne Hand sein müssen, für die sie einst bekannt gewesen war.

Und Roth war mit seinen Intrigen sicher noch nicht fertig.

Vendanji führte Braethen und Grant durch die Menschenmenge. Die Straßen wimmelten von Bürgern Decalams, Pilgern und Bannerträgern der größeren und kleineren Häuser beinahe jedes Reichs und Landes in den ausgedehnten Ostlanden. Erregte Gespräche waren zu hören, Hymnen wurden gesungen, von Karren aus wurden am Straßenrand gewürztes Fleisch und geröstete Nüsse verkauft. Männer zapften reichlich Starkbier aus Fässern ab und schenkten es aus. Wenn man nicht gewusst hätte, dass das Große Mandat stattfand, hätte man glauben können, dass Decalam ein riesiges Volksfest feierte.

Und nicht wenige Leute hatten sich Rüstungen aus nicht zueinander passenden Teilen zusammengestückelt und sich ein schlichtes Banner angefertigt, um sich einen Anschein von Tapferkeit zu verleihen – wahrscheinlich hatten sie es darauf abgesehen, als Knappen angenommen zu werden. Sie machten Vendanji die meisten Sorgen. Anscheinend rechneten immer weitere Kreise mit Krieg und freuten sich sogar darauf, weil jeder Krieg manchen Menschen die Gelegenheit bot, ihre gesellschaftliche Stellung zu verbessern. Und es gab viele, die eine solche Gelegenheit bitter nötig hatten.

Die Stimmung war mit nichts zu vergleichen, was er je erlebt hatte – eine überschäumende Atmosphäre, die den düsteren Zweck der Zusammenkunft überlagerte. Die Ansichten der Feiernden über Wert und Bedeutung der Versammlung gingen weit auseinander. Vendanji war dankbar für die allgemeine Unwissenheit. Menschenmassen konnten sich schließlich schon auf den geringsten Anstoß hin in einen Mob verwandeln.

Vendanji suchte sich einen Weg durch die Menge und erreichte die Mauer der Erinnerung. Er musste die Stimme erheben, um von den Wachen des Solath Mahnus gehört zu werden, aber er und seine Freunde wurden rasch durchgelassen. Einen Hof, eine Treppe und ein Vestibül später betraten sie den langen Korridor, der den Solath Mahnus mit dem Mandatssaal verband.

Der Gang erhob sich zehn Schritt hoch und war genauso

breit; eine Kolonne Soldaten hätte hindurchmarschieren können, ohne sich gegenseitig mit den Ellbogen anzustoßen. Die drei gingen schnell. Ihre Stiefelabsätze klapperten auf dem weißen Marmorboden des breiten Ganges. Statuen von Königen, Königinnen und Regenten säumten den Korridor: Herrscher, die während des Ersten und Zweiten Eides besondere Tapferkeit bewiesen hatten.

Die Sitze waren zu Sonnenaufgang, erst vor wenigen Minuten, eingenommen worden. Vendanji kam absichtlich zu spät und unangekündigt. Er wollte denjenigen, die sich ihm entgegenstellen würden, keine Zeit lassen, sich Gegenargumente zurechtzulegen. Das Große Mandat würde wahrscheinlich mehrere Tage dauern, aber Vendanji musste die Diskussion von Anfang an in die richtige Richtung lenken.

Am Ende des Korridors erhob sich eine große, fünf Schritt hohe Eichentür. Die wachhabenden Meritengardisten bemerkten das Dreiringsymbol an Vendanjis Hals und öffneten die Tür so weit, dass er und seine Begleiter hindurchschlüpfen konnten.

Der Raum vermittelte den Eindruck einer großen Weihestätte. Gewaltige Fenster, die hoch oben in die Wände eingelassen waren, ließen die Morgensonne in breiten Lichtkegeln einfallen, und in der Mitte des Saals stand ein riesiger, kreisförmiger Tisch mit hochlehnigen Stühlen. Der Geruch nach staubigen Steinen, trockenem Holz und frisch gefärbter Wolle lag in der Luft. Ein Raunen war zu hören.

Vendanji war ein einziges Mal in diesem Saal gewesen. Allein und nachts, nur um nachzudenken. Ihn hier und jetzt mit Königen und Königinnen angefüllt zu sehen, die herbestellt worden waren, um den Raum zu seinem eigentlichen Zweck zu nutzen, ließ ihn schaudern. Die schiere Anzahl von Menschenleben, die die hier Anwesenden vertraten ... Er rief sich Illenia ins Gedächtnis und trat ein.

Sie gingen außen um den Raum herum, während diejenigen, die am Mitteltisch saßen, der Aufforderung folgten, sich mit Namen und Amt vorzustellen. Vendanji kannte viele von ihnen vom Sehen, andere nur dem Namen nach. Die meisten für Regierungen vorgesehenen Plätze waren besetzt, und es waren Vertreter der bedeutenden Bruderschaften anwesend, die auch einen Sitz im Großen Mandat hatten: Sheson Artixan, der Randior Thaelon vertrat, der Erste Sodale Rochard E'Sau, der im Namen der Sodalenvorsteherin Raalena Solem hier war, und Aszendent Roth Staned.

Aber manche Sitze blieben leer. Abwesend waren der Schmiedekönig Jaales Relothian von Alon'Itol, Elan von den Fern, die Mor-Völker, mit denen ohnehin niemand gerechnet hatte, und die Sedagin, der Rechte Arm des Eides. Die Sedagin würden dem Ruf der Regentin nie folgen – nicht nach dem Verrat, der im Krieg des Zweiten Eides an ihnen verübt worden war.

Die Kriegskönige der Malier fehlten ebenfalls. Ihre Sitze waren ohnehin nur der Form halber vorhanden, denn die Malier betrachteten sich nicht als Teil der Ostlande. Alte Gerüchte deuteten an, dass westlich der Malierlande sowohl Stilletreue als auch Inveterae durch den Schleier geschlüpft waren und sich mit Menschen gepaart hatten, um neue Völker zu zeugen. Für manche waren die Malier dasselbe wie Stilletreue. Sie hatten schon zu viele Kriege geführt, als dass man alle hätte aufzählen können. Aber Vendanji hatte Zeit in ihren Landen verbracht und festgestellt, dass viele der Gerüchte nichts als bösartige Legenden waren.

Drei Schritte hinter jedem Platz am Tisch standen einige kurze Stuhlreihen, in denen Vasallen und Diener saßen. Viele

Herren und Damen hatten auch einen Schreiber, der sich Notizen machte und ihren Anteil an den Verhandlungen dokumentierte.

Und mehrere Schritte hinter diesen Gefolgschaftsreihen befanden sich stufenförmige Galerien, in denen unbedeutendere Herren saßen, um ihre Lehenstreue der ein oder anderen Krone gegenüber zu zeigen. Diese Angehörigen des hohen und niederen Adels verfügten über große Macht – über mehr, als die Könige und Königinnen am Mitteltisch ihnen zutrauten. Diese *minderen* Aristokraten führten die Aufsicht über Grundbesitz, leiteten Banken, prüften die Hauptbücher der Kaufleute und verpflichteten Männer zur Heeresfolge. Die meisten Plätze auf der Galerie wurden von Männern und Frauen mit *schmutzigen Händen* eingenommen, wie man zu sagen pflegte. Sie führten die Geschäfte der Regierung, und es waren insgesamt über vierhundert von ihnen da.

Vendanji und seine Gefährten gelangten zu den Stühlen, die hinter Helaina aufgestellt waren. Sie grüßte ihn mit einem knappen Nicken, bevor sie sich kurz Grant zuwandte. Vendanji sah die beiden einen Blick tauschen. Grant nickte. Kurz huschte Erleichterung über Helainas Züge. *Tahn ist am Leben,* hieß das, aber es drückte zugleich noch etwas anderes aus. Etwas Zärtlicheres.

Dann setzte Helaina eine gebieterische Miene auf und hob den Kopf, um zu sprechen. »Zunächst danke ich denen, die meiner Bitte gefolgt sind, wieder zum Großen Mandat zusammenzutreten. Es ist keine Selbstverständlichkeit, dass Ihr solch eine weite Reise auf Euch genommen habt, und auch nicht, dass ich Euch darum gebeten habe. Wir fühlen uns geehrt, dass Ihr hier seid.« Sie hob den Blick zur Galerie. »Ihr alle.« Sie beugte sich vor, stützte die Hände auf den Tisch und gab sich den Anschein, die Teilnehmer des Großen Mandats ins Vertrauen zu ziehen. »Ich werde weder Zeit schinden, noch etwas verhehlen. Der Zweck unserer Zusammenkunft hier ist derselbe wie früher, und während ich nicht weiß, wie schrecklich jene Gefahr Euren Vorgängern erschien, die einst saßen, wo Ihr heute sitzt, glaube ich, dass wir darunter leiden werden, wenn wir keine Eintracht herstellen können. Wir werden unter dieser neuen und vielleicht letzten Bedrohung aus dem Born leiden.«

Ein Raunen erhob sich, nachdem die Regentin das Wort ausgesprochen hatte: *Born.*

Sie setzte dem Gemurmel ein Ende, indem sie in kraftvollem Ton fortfuhr: »Es gab immer einzelne Stilletreue, die die Bahrenberge überquert haben. Aber das waren vereinzelte kleine Vorstöße. Wir haben sie so bereitwillig ertragen wie die Grenzstreitigkeiten, die unter uns aufkommen. Nur zweimal war die Bedrohung groß genug, diese Versammlung einzuberufen.« Die Regentin sah sich ernst am Tisch um. »Nun ist sie es wieder.« Dann richtete sie sich hoch auf und winkte Belamae heran. Vendanji sah zu, wie der Maester sich von seinem Stuhl erhob und sich neben Helaina stellte.

Mit tiefer, volltönender Stimme wandte sich Belamae an die Versammlung: »Seit vielen Zeitaltern werden die Verse der Verlassenen als Lied dargeboten. Diese Darbietung ist als das Leidenslied bekannt. Seit der Ausweisung, als alle, die Quietus erschaffen hatte, im Born versiegelt wurden, wird diese Musik vorgetragen. Sie wird Tag und Nacht gesungen.« Der alte Maester sah ins hohe Gewölbe des Mandatssaales auf, als wollte er Götter anflehen, die längst verschwunden waren. Als er den Blick wieder senkte, atmete er tief durch die Nase ein und nahm den Faden wieder auf: »Aber die Gabe, jenes Lied zu singen, kommt unter den Menschen nicht mehr in Hülle und

Fülle vor. Und die Leiholan werden müde. Ich bin hier, um Euch zu sagen ... dass der Schleier schwach wird.«

Neuerliches Raunen. Das lauteste stammte von Maester Weston Alkai. Weston hatte die Oberherrschaft über Elyk Divad inne. Sein zeremonielles Gewand war unauffällig mit einer Partitur bestickt. Divad verfügte über eine reiche musikalische Tradition, die in einer Handvoll Konservatorien am Leben erhalten wurde, die dann und wann einen Schüler an die Discantus-Kathedrale entsandten. Westons Augen waren vom grauen Star umwölkt, aber er schien Belamae gut genug zu sehen, um einen besorgten Blick mit ihm zu tauschen.

Das Raunen kam schlagartig zum Erliegen, als Stuhlbeine über den Boden scharrten – Roth erhob sich von seinem Sitz. »Geneigte Könige, Königinnen und Herrscher der Nationen, ich kann keinen Moment länger untätig hier sitzen, ohne das Wort zu ergreifen. Ich lebe und diene hier in Decalam an der Seite unserer Regentin und des kundigen Maesters. Ich habe großen Respekt vor ihrem Beitrag zum Wohle des Volkes dieser Stadt und der Nation Vohnce, mag er nun in kluger Regierung oder in der Sangeskunst bestehen, die uns alle adelt, und ich stimme zu, dass wir guten Grund haben, zusammenzukommen und über eine neue Art von Eintracht oder Bündnis zu verhandeln, die unsere Grenzen friedlicher und sicherer macht. Doch im Geiste der Offenheit und des Meinungsaustausches, für den dieses Große Mandat stehen muss, sage ich Euch, dass die ursprüngliche Begründung für diese Versammlung aus der Luft gegriffen ist.« Roth begann, hinter den Sitzen der Teilnehmer entlangzuschreiten. »Ich streite nicht ab, dass es Berichte über Gewalttaten gibt. Aber sind wir nicht über die Schauermärchen hinaus, die sich in Mythen und Legenden niedergeschlagen haben? Sollten tatsächlich große Horden jenseits der Bahrenberge und des Randes leben, dann sind sie auch nicht mehr als das: gesetzlose Königreiche, die darauf aus sind, andere unter ihre Oberherrschaft zu zwingen, und gegen die wir uns vereint zur Wehr setzen können, wenn es nötig ist. Aber wir schüren nichts als Furcht und leisten rückwärtsgewandten Überzeugungen Vorschub, wenn wir weiter diesem Glauben an unsichtbare Schleier, dunkle Götter und böse Geschöpfe anhängen, die es nur auf unsere Vernichtung abgesehen haben.« Auf seinem langsamen Spaziergang kam Roth hinter der Regentin und dem Maester vorbei. »Dem Gesang wohnt Macht inne, gewiss – aber nicht von der Art, wie sie uns hier und heute geschildert wird. Wenn sich tatsächlich eine Bedrohung gezielt gegen alle Völker der Ostlande richtet, dann können wir über Gegenmaßnahmen, ja sogar über einen Krieg verhandeln. Doch es ist an der Zeit, unsere Entscheidungen auf etwas Handfestes und Greifbares zu gründen, und deshalb fordere ich, dass wir keinem Vorgehen unseren Segen erteilen, das sich auf diese abergläubischen Hirngespinste stützt, die, wie ich hiermit mahnend hervorhebe, nur zu unvernünftigen Entscheidungen führen.«

Vendanji ließ den Blick über die Gesichter derjenigen schweifen, die am Versammlungstisch saßen. Viele blieben unbewegt, aber genauso viele schienen die Worte des Aszendenten vernünftig zu finden. Roths Beredsamkeit und Argumentation hatten dem Großen Mandat einen neuen Ton vorgegeben, und das konnte Vendanji nicht unwidersprochen stehen lassen.

»Es geht nicht einfach um ein paar Berichte über Gewalttaten«, sagte Vendanji und sah Roth mit hartem Blick an. »Ich komme gerade aus Naltus Fern, das von über zehntausend Stilletreuen angegriffen wurde, die es zerstören wollten. Tausende von Fern sind gestorben, um diese Armee zurückzuschlagen.«

Am ganzen Tisch brandeten Gespräche auf. Einige Anwesende protestierten dagegen, dass Vendanji sich überhaupt zu Wort gemeldet hatte, da er kein Sitzinhaber war.

Helaina berührte Belamae am Arm, und der Maester kehrte auf seinen Platz zurück. Dann hob sie die Hand, um alle zum Schweigen zu ermahnen. »Aszendent Staned, Edukation bedeutet nicht, dass wir Traditionen aufgeben, die bisher unsere Sicherheit gewährleistet haben.« Sie sah in die Runde, bevor sie fortfuhr: »Ihr solltet alle nicht vergessen, dass wir heute nur deshalb geschützt hier sitzen und in der Lage sind, dieses Gespräch zu führen, weil es Völker wie die Fern gibt – und ebendie Dinge, denen der Aszendent gern den Garaus machen würde. Wir verfügen über teuer erkaufte Weisheit, die an uns weitergegeben wurde und uns geholfen hat, unsere gewohnte Lebensweise zu bewahren. Diese Weisheit umfasst die Lieder und Geschichten, die uns an das empfindliche Gleichgewicht erinnern. Wir stehen am Rande eines Abgrunds, meine Freunde. Unser nächster Schritt ist gefährlich und von entscheidender Bedeutung. Ich bitte Euch, den historischen Aufzeichnungen Gehör zu schenken, die vom Anteil Eurer Völker an den Kämpfen des Ersten und Zweiten Eides berichten. Lasst Euch von ihnen leiten, wenn wir nun einen eigenen Eid in Erwägung ziehen.«

Dann begann die Debatte. Staatsoberhäupter ergriffen – teilweise lautstark – das Wort, entweder, um Helainas Vorhaben zu verteidigen oder um Roths praktischen Standpunkt zu vertreten. Vendanji wurde bald deutlich, mit wem Roth im Voraus gesprochen hatte – bestimmte Parolen und Argumente wurden in allzu vertrauter Form wiederholt, und binnen weniger Minuten wurde die Kluft zwischen den beiden Lagern offenkundig. So schnell schon stand die geschichtsträchtige dritte Einberufung des Großen Mandats am Rande des Zusammenbruchs.

Vendanji schüttelte den Kopf, schritt zum Tisch und stellte sich mit Absicht direkt hinter Roth. »Ich muss sprechen«, rief er laut über mehrere hitzige Debatten hinweg, die sich gerade abspielten. Als die Stimmen verstummten, fügte er hinzu: »Und Ihr müsst mich anhören.«

Roth beugte sich zur Seite und verrenkte sich, um hochzuschauen. Vendanji erhaschte einen Blick auf einen angewiderten Ausdruck, bevor der Mann das Gesicht wieder nach vorn wandte. »Nur diejenigen, die über die Erlaubnis eines Sitzinhabers verfügen, dürfen das Wort …«

Helaina bedeutete Vendanji fortzufahren.

»Abgesehen von dem Heer der Stilletreuen, das die Bundessprache zerstört hat« – er hielt einen Moment inne, um die Enthüllung ihre volle Wirkung entfalten zu lassen –, »gibt es drei Dinge, die jeder von Euch wissen und berücksichtigen muss. Das, wovon die Regentin eben gesprochen hat, ist kein Mythos oder Mysterium. Ich habe die letzten paar Jahre meines Lebens auf den Landstraßen verbracht und bin in Städte gereist, die weit von hier entfernt liegen. Ich war in all Euren Ländern und Hauptstädten. Mit wenigen Ausnahmen habe ich Stilletreue unter Euch gefunden.«

»Es ist nicht überraschend, dass ein Sheson …«, begann Roth.

Vendanji ließ eine Hand schwer auf der Schulter des Mannes ruhen. »Ihr wart schon an der Reihe.« Er fuhr fort: »Mehr als einmal habe ich gegen diejenigen gekämpft, die Quietus ergeben sind. Meist war ich in der Lage, sie zurückzuschlagen. Aber ich habe ihre Kraft und Entschlossenheit gesehen, und mit jedem Jahr kommen sie in größerer Zahl. Sie sind eine tödliche Bedrohung. Täuscht Euch nicht!« Dann begann er im Kreis zu gehen, wie Roth es getan hatte, um so beim Sprechen nahe an jeden einzelnen Teilnehmer des Großen Mandats heranzukommen. »Zweitens müsst Ihr begreifen, dass es nicht einfach um ein Volk wie jedes andere oder um Unzufriedene geht. Es sind *viele* Völker. Und es ist mehr als Unzufriedenheit. Sie glauben, dass sie hierher gehören, in den Osten, zu uns. Sie glauben, unsere Verwandten zu sein, und zugleich dazu bestimmt, uns auf die Probe zu stellen – sogar durch Krieg.«

Roth versuchte erneut, etwas zu sagen, aber Helaina zeigte auf ihn und bedeutete ihm zu schweigen.

»Doch in einer entscheidenden Hinsicht sind sie *nicht* wie wir«, fuhr Vendanji fort. »Die ältesten Geschichten sind wahr. Sie wurden nicht als unseresgleichen geschaffen« – er hielt wieder inne und ließ den Blick durch die Runde schweifen –, »sondern als uns überlegene Wesen: stärker, schneller … und entschlossener. Vielen von ihnen sind Gaben verliehen, die die Liga für unzivilisiert halten würde – Gaben des Willens. Und was ihre Absichten angeht, sollte sich die Frage gar nicht stellen. Sie kommen, um zu zerstören.« Vendanji blieb hinter dem leeren Stuhl der Sedagin stehen und umklammerte die schweren Streben der Lehne. »Der Born ist gewaltig, und die Stilletreuen, die bisher gekommen sind, sogar jene zehntausend, sind nur ein Bruchteil von dem, was über uns hereinbrechen wird, wenn der Schleier fällt.«

Da ergriff Calene Pammel, die Königin von Kuren, in einem gönnerhaften Singsang das Wort, den man nur beherrschte, wenn man sehr viel Übung darin hatte. »Ihr werdet uns verzeihen, Sheson, aber Ihr stellt doch selbst nur Behauptungen auf. Wenn diese Armee tatsächlich gegen Naltus gezogen ist, wie Ihr sagt, was deutet dann darauf hin, dass es dabei um mehr geht als um einen Konflikt zwischen jenen beiden Völkern, und dass *wir* uns einmischen sollten?«

Elerion Sadolay, die Königin von Balenns, eine derart fettleibige Frau, dass ihre Hängebacken zitterten, wenn sie sprach, pflichtete Königin Calene bei: »So wenig es uns auch gefallen mag, Königreiche ziehen nun einmal in den Krieg. Aber wir müssen uns doch nicht an jeder Schlacht beteiligen.«

Elerions Armee war winzig. Auf ihre Unterstützung kam es kaum an.

Vendanji erwiderte Calenes herablassenden Blick. »Eure Hoheit, bedenkt, was Ihr sagt. Eure eigenen Geschichtswerke berichten von den riesigen Bündnissen, die vergangene Große Mandate geschmiedet haben, um einer gewaltigen Bedrohung von jenseits der Bahrenberge zu begegnen. Wäre es Euch lieber, wenn der Krieg schon über Euch kommt, bevor Ihr Euch mitsamt Euer Armee zu etwas *verpflichtet*? Wenn ja, dann wird es zu spät sein. In der Vergangenheit haben wir uns durchgesetzt, weil der Rechte Arm des Eides frühzeitig für alle von uns in die Bresche gesprungen ist. Aber beim letzten Mal haben wir das Vertrauen der Sedagin enttäuscht, und sie werden ihren Sitz unter uns nicht mehr einnehmen.« Er hob den Stuhl hoch und schmetterte ihn wieder auf den Boden. »Wir werden vielleicht gerade deshalb scheitern, weil wir uns beim letzten Mal, als diese Runde von Herrschern in diesem Saal saß, zu *nichts* verpflichten wollten!«

Die Königin wirkte unbewegt, sagte aber nichts mehr.

Nun mischte sich General Kaleth Weren ein, ein Mann, der mehr Bart als Gesicht hatte. »Ich stimme zu, dass wir stets bereit sein sollten, Sheson. Aber Ihr werdet verstehen, dass ich *Eurem* Zeugnis skeptisch gegenüberstehe.«

Vendanji musterte den General nachdenklich. »Ihr habt von der Spaltung gehört, die meinen Orden zu zerreißen droht. Daran trage größtenteils ich die Schuld. Es ist mir nicht darum zu tun, mich beim Randior beliebt zu machen oder bei der Regentin oder bei Euch.« Er sah sich im Saal um. »Genauso wenig kümmern mich mein Ruf oder meine eigene *Führerschaft*. Ich verfechte nur eines, und das um jeden Preis: den Schutz unserer Lebensweise gegen echte Bedrohungen. Und von dem Weg werde ich nicht abweichen, ganz gleich, was Ihr hier beschließt.« Er setzte sich wieder in Bewegung und sammelte seine Gedanken. »Das Dritte, was ich von Euch verlange, ist Folgendes: Was auch immer uns bedroht, entscheidet Euch hier und jetzt, dagegen zusammenzustehen. Ihr könnt Euch weiterhin treffen, debattieren und unterschiedlicher Meinung sein. Wenn Ihr Euch schon aus keinem anderen Grund vereint, dann doch zumindest, um diese Freiheit zu bewahren.« Seine Worte hallten in dem großen Saal wider. Als das letzte Echo verklungen war, machte er eine Kunstpause und erklärte dann mit einem Hauch von Endgültigkeit: »Wenn Ihr es nicht tut, werden die Stilletreuen kommen. Sie werden den Schleier niederreißen, und der Born wird sich auf alle Länder und Völker erstrecken.«

Einige Augenblicke später sagte die Baronin Asari Redall von Ebon leise in die Stille hinein: »Ich glaube Euch.«

Das Gesicht der Frau war verhärmt, ihre Wangen hohl; dunkle Ringe säumten ihre Augen. Sie herrschte über ein Reich, das an Destik'Mal grenzte, und war deshalb genauer mit den Verheerungen vertraut, mit denen alle in der Nähe des Schleiers zu kämpfen hatten. Die Geschichte ihres Reichs bestand aus einer Reihe von Kriegen gegen die Malier. Ebon war eine zweigeteilte Nation, hell und strahlend an der Küste der Asperen See, aber in den nördlichen Regionen dornig und von geißelnden Winden heimgesucht.

Roth trommelte zweimal mit den Fingern auf den Tisch. »Wir stecken in einer Sackgasse. Lasst uns also für den Augenblick die Frage nach den Stilletreuen und unsere Antwort darauf zurückstellen und uns stattdessen auf *jegliche* Bedrohung aus *jeder* Himmelsrichtung konzentrieren. Denn wenn wir den alten Mythen glauben, lauern jenseits der Asperen See andere Gefahren, der Rand birgt seine eigenen Geheimnisse, und weit jenseits des Ozeans, noch hinter den Morlanden, gibt es Dinge, über die man sich bisher noch nicht einmal Geschichten erzählt.« Roth nippte an seinem Becher und machte eine theatralische Kunstpause. »Aber ich glaube nicht an Mythen. Ich sehe genug Böses in den Taten der Menschen, selbst wenn dieses Böse sich lediglich in Nachlässigkeit und Selbstsucht äußert. Unsere eigene *bekannte* Welt mit ihren vielen Völkern diesseits dessen, was Ihr den Schleier nennt, ist vielfältig und weitläufig: Unsere Nationen sind grundverschiedene Königreiche, die sich nicht umeinander scheren oder sich sogar in offener Feindschaft gegenüberstehen. Wir stellen Armeen auf, um uns zu verteidigen oder Krieg gegeneinander zu führen. Die größte – oder zumindest erste – Angst sollten wir vor uns selbst haben.«

Fäuste, die auf den Tisch hämmerten, unterbrachen Roth. Es war Jeshel Solomy, der König von Nallan, dessen Ohren dank eines Lebens voller Helme und Prügeleien wie Blumenkohl aussahen. »Mögen die tauben Götter Euch hören!«, rief er. »Ich tue nichts, als mein Volk gegen Euren geliebten Schmiedekönig von Alon'Itol zu verteidigen!«

Jeshel war ein Kriegstreiber. Der Schmiedekönig war wahrscheinlich nicht hier, weil er sogar jetzt noch damit beschäftigt war, Angriffe aus Nallan abzuwehren.

Roth nickte Jeshel dankbar für seine Zustimmung zu. »Ich strebe schon lange nach Frieden und Brüderlichkeit über Grenzen hinweg – auf der Grundlage einer Reihe gemeinsamer Sitten und Prinzipien, die ich unermüdlich weiter verteidigen und verkünden werde.« Roth hielt wieder inne und hob den Finger, als würde er einen Einwand gegen sich selbst erheben. »Aber ich sehe auch ein, dass Sitten und Prinzipien allein nicht genug sind, um den Frieden zu stiften, den wir alle verdient haben und erwarten.« Er trank erneut aus seinem Becher; diesmal stellte er ihn leer wieder ab. »Heute gibt es nur noch wenige unter Euren Königreichen, in denen die Liga der Edukation nicht willkommen ist und in denen sie nicht schon Männer und Frauen hat, die die Leute über Anstand und Gesetzestreue belehren. An den meisten Orten gehören wir Euren herrschenden Räten an und helfen mit, Gesetze zu verabschieden und durchzusetzen, weil wir nichts höher schätzen als die Zivilisation.« Roth stand wieder auf und nahm die Haltung eines Menschen an, der etwas Geschichtsträchtiges zu sagen hatte. »Hiermit verkünde ich heute, nach allem, was man uns erzählt hat und was ich selbst gesehen und gehört habe, die Bildung eines fünften Zweigs der Jurshah der Liga. Neben Politik, Justiz und Verteidigung, Geschichte sowie Finanzen und Handel habe ich ... eine Kriegsabteilung eingerichtet. Dieser Zweig soll getrennt von denen sein, die Gesetze überwachen und für Gerechtigkeit sorgen. Er wird in der Kriegskunst ausgebildet. Seine Reihen werden aus der Liga und aus Rekruten, die sich die Sache zu eigen machen, bestehen. Er wird Euer eigenes Heer unterstützen, wenn sich die Notwendigkeit ergibt, oder die ersten Waffenknechte stellen, die einen Angreifer in Empfang nehmen, der Eure Grenzen erreicht.« Der Aszendent warf einen aufmerksamen Blick in die Runde. »Ganz gleich, welche Bedrohung naht, ob politische Feinde, Horden fremder Eindringlinge oder Himmel und Höllen selbst, die Liga wird auf Eurem Boden stehen und Euer Volk und seine Lebensweise verteidigen.«

Ein hochgewachsener Mann, der in eine schwarze Rüstung gehüllt war, kam durch die Saaltür herein. Sein selbstsicherer Gang verriet Kampferfahrung und Können. Der Fremde stellte sich direkt hinter den Aszendenten. Vendanji erhaschte einen Blick auf Van Stewards besorgte Miene. Der Sheson musterte den Neuankömmling, bei dem es sich unverkennbar um einen Malier handelte, und hatte das Gefühl, ihn schon einmal kennengelernt oder zumindest gesehen zu haben.

»Ihr schafft Euch eine eigene Armee.« Vendanji verbarg seine Verachtung nicht.

»Ich betrachte sie als Armee des Volkes: Eure, meine, die aller hier. Sie mag mir ja Rechenschaft schulden, aber«, setzte Roth hinzu, »ich habe meine Ziele und Anschauungen klar dargelegt, und diese widersprechen nicht dem Willen der Herrscher, an deren Grenzen wir dienen. Gesetzestreue, gegenseitiger Respekt, Sicherheit – das sind die Dinge, die uns am Herzen liegen. Wenn irgendjemand damit nicht einverstanden ist, gibt es wohl größere Streitpunkte zu besprechen.«

Vendanji zügelte sein Bedürfnis, den Aszendenten öffentlich anzuprangern. Zumindest für den Augenblick. Er hoffte immer noch, das Große Mandat davon überzeugen zu können, die von der Regentin vorgeschlagene Strategie zu beschließen. Aber bevor er das Wort ergreifen konnte, fuhr Roth schon mit seinen politischen Winkelzügen fort.

»Wenn irgendjemand von Euch wünscht, in seinem Heimatland sein eigenes Militär mit der Streitmacht der Liga zu verschmelzen, sind wir mit Freuden dazu bereit. Die vereinte Macht wird unsere gemeinsame Sache stärken.« Dann setzte Roth ein unbefangenes Lächeln auf, um die Anspannung zu lindern, die angesichts der gewichtigen Themen aufgekommen war. »Meine Freunde, ich halte all dies hier nur für eine

Vorsichtsmaßnahme. Ich möchte gern, dass wir auf das Schlimmste vorbereitet sind – aber in meinem Herzen und angesichts der Berichte, die ich von meinen Leuten erhalte, die an der Seite Eurer Völker leben und arbeiten, bin ich überzeugt, dass die einzige Gefahr, in der wir schweben, darin besteht, versponnenen Geschichten mehr Bedeutung zu verleihen, als ihnen zukommt. Deshalb: Ja, bereiten wir uns vor! Die Liga der Edukation wird diese Streitmacht als Absicherung gegen alle aufstellen, die gegen uns marschieren könnten. Aber in handfesterer Hinsicht wird ihre Gegenwart Grenzstreitigkeiten und inneren Unruhen ein Ende setzen und uns alle in unserer gemeinsamen Sehnsucht nach Frieden und Fortschritt einen.«

Vendanji tauschte einen Blick mit der Regentin; sie wussten beide, welche Absicht Roth insgeheim hegte. Er hatte vor, eine Hegemonie unter seiner eigenen Führung zu errichten. Nicht heute und vielleicht noch nicht einmal in diesem Jahr. Aber der monströse Ehrgeiz, der dahintersteckte, war offenkundig. Hatten all jene, die am Tisch saßen, das ebenfalls durchschaut? Vendanji befürchtete, dass viele Roths Armee gestatten würden, eine Garnison in ihren Ländern einzuquartieren, da sie glaubten, sie kontrollieren zu können und so einen Vorteil aus ihrer Anwesenheit zu ziehen.

»Aszendent Staned.« Volen Chraestus, König von Kamas, stand auf und wandte sich Roth zu. Er beugte sich vor und stützte die gespreizten Hände auf den Tisch. »Der Thron von Kamas sieht keine Notwendigkeit für eine Anwesenheit der Liga und wünscht sie auch nicht. Ich will, dass Ihr bekundet, mich verstanden zu haben.«

Der Thron von Kamas schützte die Dividen und Estem Salo. Seine Armee war der Grund dafür, dass es den Maliern nie gelungen war, sich weiter nach Osten auszubreiten. Die Malier zurückzuhalten ... war eine tödliche Aufgabe.

Roth blieb gefasst. »Wir sollten darüber sprechen ...«

»Bekundet, mich verstanden zu haben.« Volens Augen funkelten unter seiner niedrigen Stirn, aber er hob die Stimme kein einziges Mal.

»Ich verstehe.« So verunsichert hatte Vendanji Roth noch nie gesehen.

Volen setzte sich, und Helaina stand auf, um sich neben Vendanji zu stellen. Ihr Gesichtsausdruck war so streng wie der des Königs von Kamas und galt ebenfalls Roth. »Dieses Große Mandat wird nicht zur Kanzel für Euren Expansionsdrang werden, Aszendent. Ich lasse nicht zu, dass Ihr unsere drückende Not ausnutzt, um die Agenda der Liga voranzutreiben. Nehmt Euch in Acht. Die Wiedereinberufung des Großen Mandats ist *meine* Pflicht. Die Mitglieder unserer Runde hier werden von mir hören, ob das, was Ihr vorschlagt, ratsam ist. Aber nicht an diesem Tisch. Nicht in diesem Saal. Und was Eure Kriegsabteilung betrifft, so werden wir darüber sprechen, ob sie den Gesetzen von Vohnce nach erlaubt ist. Andere hier möchten vielleicht das Gleiche tun.« Sie sah sich im Saal um und nannte jeden König, jede Königin und jeden sonstigen Herrscher beim Namen, bis sie mit allen gesprochen hatte. »Der Korridor, durch den Ihr geschritten seid, um diesen Saal zu betreten, ist von Bildnissen gesäumt, die das Andenken von Männern und Frauen wachhalten, die, wie Ihr, aus einem einzigen Grund an diesen Ort gekommen sind. Ich bitte Euch, dem Gedenken an sie Ehre zu erweisen und mit Euren Streitkräften gegen die Bedrohung einzutreten, die wieder erwacht ist. *Das* ist der Grund, weshalb wir hier sind. Es ist *Eure* Herrschermacht« – sie warf Roth einen finsteren Blick zu –, »die auf dem Spiel steht, und

Eure Herrschermacht, die ich einer gemeinsamen Sache verpflichtet sehen möchte. Lasst uns zusammen die Banner hissen, die vereint stärker sind als ein einziges oder nur wenige, die allein im Wind flattern – und auch stärker als ein einzelnes Banner, das von einem aufgerichtet wird, der keinen Thron innehat«, schloss sie, den Blick immer noch unverwandt auf den Aszendenten gerichtet.

Roth lächelte nur und nickte. »Nichtsdestotrotz ist eine fünfte Abteilung geschaffen worden. Es sind nun fünf Arme statt der alten vier. Um Frieden zu stiften, nicht um Krieg gegen einen Mythos zu führen.«

Vendanjis Zorn kochte über. »Ihr fragt nach einem Beweis für die Stilletreuen.« Er stieß die Hände nach vorn und konzentrierte sich auf die Luft über dem großen runden Tisch. Dort beschwor er ein Bild von Zephora herauf, wie er ihm und seinen Gefährten in den Saeculoren entgegengetreten war. Vendanji sorgte dafür, dass sich die Erinnerung so lebensecht entfaltete, dass man sich hätte einbilden können, nur die Hand ausstrecken zu müssen, um die Dinge zu berühren, die man sah.

Der Anblick, die Gerüche, Stimmen und Geräusche, alles wurde für die Versammlung nachgebildet. Die entsetzlichen Gefühle der Hoffnungslosigkeit und des Hasses erfüllten den Saal, als wäre der Draethmorte dort erschienen. Vendanji wandte viel Kraft auf, um jede Einzelheit des Kampfes zu vermitteln: Die Luft selbst regte sich, als würde der Bergwind hier und jetzt durch den Mandatssaal fegen.

Wie ein Sturm wütete er vor ihnen, übertönte Raunen und Keuchen. Vendanji schöpfte tiefer aus dem Willen und schuf eine vollständige Vision, die jeden Mann und jede Frau, die heute hier saßen, umfing. Der Saal schien zu verschwinden. Es war, als würden sie hoch oben in den Saeculoren sitzen und persönlich Zeugen des Kampfes werden.

Vendanjis Gefährten wurden beiseitegeschleudert und geschlagen. Zephora sandte große Wellen von Dunkelheit aus seinen Händen hervor, die Gestein, Luft und Verstand schwarz werden ließen. Vendanji vermittelte das Gefühl der Besudelung, das Zephoras düstere Berührung bei ihnen hinterlassen hatte.

Der Sturm und der Kampf tobten so lebensecht, wie er es nur irgend bewirken konnte, bis er erschöpft war und die Vision verblassen ließ. Der Saal ringsum war wieder zu erkennen, und die Bilder lösten sich auf.

Tiefe Stille senkte sich über alle herab, während Vendanji über der Lehne des leeren Stuhls der Sedagin zusammensackte. Braethen eilte zu ihm und half ihm auf den Boden, wo er inmitten des Schweigens auf dem Stein lag. Vendanji hoffte, dass der albtraumhafte Anblick auch hochmütige oder gefühlskalte Herzen gerührt hatte.

Beim Klang der ersten Worte, die das Schweigen durchbrachen, schloss er die Augen. »Eine Taschenspielerei, die eine Beleidigung unserer Geisteskräfte darstellt! Und indem er den Willen gelenkt hat, hat der Sheson gegen das Gesetz verstoßen.« Es war Roth, der in kühlem Ton sprach. »Helaina, ruft Ihr die Wachen, oder soll ich es tun?«

Da hörte Vendanji Schritte und ein Schwert, das gezogen wurde. Er musste nicht hinsehen, um die Macht der Klinge der Zeitalter zu spüren, die von Braethens Hand hochgereckt wurde.

»Lasst ihn in Ruhe!« In Braethens Stimme schwang eine echte Warnung mit. Vendanji wusste, dass auch die anderen sie hören konnten. Der Sodale war nicht nur ein Mann mit einem Schwert. Die Klinge hatte ihm eine Aura von Autorität verliehen, die über den Stahl allein hinausging.

»Mein junger Sodalenfreund, es wird Euch nur Eure eigene Kerkerzelle einbringen, wenn Ihr Euch dem Gang des Gesetzes in den Weg stellt. Und hier Euer Schwert zu erheben, ist nicht allein rüpelhaft, sondern töricht.« Der Aszendent klang, als würde er mit einem Lächeln sprechen, obwohl seine Stimme ernst blieb.

Braethen antwortete ruhig und gemessen: »Stellt mich nur auf die Probe.«

Dann trat jemand anders vor und sprach leise mit Braethen.

Vendanji öffnete die Augen und sah Grant neben dem Sodalen stehen.

»Jetzt ist nicht der rechte Zeitpunkt«, sagte Grant und legte Braethen die Hand auf den Schwertarm. »Du bist dem Sheson und auch allen anderen keine Hilfe, wenn du in den Verliesen des Solath Mahnus eingesperrt bist.«

Der Sodale schob sein Schwert in die Scheide und kniete sich dann neben Vendanji. Er griff in die Falten von Vendanjis Umhang, suchte das kleine Holzkästchen und zog eines der Zweiglein daraus hervor. Nachdem er es Vendanji in die Hand gelegt hatte, fragte er: »Was soll ich tun?«

»Grant hat recht. Jetzt ist nicht der passende Zeitpunkt.« Vendanji aß rasch das Zweiglein und ließ sich von Braethen in eine sitzende Stellung aufhelfen. Dann wandte er sich an die Regentin. »Wir werden keine Umstände machen.«

Helaina nickte voller Wertschätzung. Kurz darauf erschienen drei Wachen, um ihn aus dem Saal zu führen. Mit Braethens Hilfe kam Vendanji auf die Beine. Bevor er ging, wandte er sich an Grant: »Wenn die Zeit gekommen ist, sag, was gesagt werden muss.«

Ein begieriger Ausdruck trat auf Grants Gesicht. Abgesehen von seiner stark wettergegerbten Haut sah Grant jetzt wieder ganz nach Denolan SeFeery aus, dem Mann, der vor zwanzig Jahren allen, sogar seiner eigenen Frau, getrotzt hatte.

Vendanji ließ sich von den Wachen abführen. Braethen begleitete ihn bis zur Tür. Sie gingen an den am Tisch Versammelten vorbei, auch an Roth, der sie gleichgültig musterte.

»Geh und besuche E'Sau, wenn du Zeit hast«, sagte Vendanji leise zu Braethen. »Du wirst seine Sichtweise zu schätzen wissen.«

Dann verließ er das Große Mandat, um es gegen die Dunkelheit und den Gestank der Kerker unter dem Solath Mahnus einzutauschen. In den Tiefen der Verliese von Decalam schmachtete ein Mann, mit dem er sich treffen wollte und der auf der anderen Seite des Risses stand, der durch den Shesonorden ging. Vendanji fragte sich, ob ein Wiedersehen mit ihm dazu beitragen würde, einen Weg aufzuzeigen, eine Brücke über die Kluft zu schlagen, die ihren Orden spaltete – oder ob es vielmehr verdeutlichen würde, dass ein solcher Brückenschlag nicht möglich war.

41

DER BORN: KANON

Als die Häuser der Mor mit den Kehrreimen aus dem Born entflohen, gelang es ihnen, denen, die sie zurückließen, auch noch die Erinnerung an den Gesang zu nehmen.

(Studien über den Auszug, *eine Chronik der Stilletreuen über Durchquerungen des Schleiers und daraus abgeleitete Vermutungen)*

Balroath sagte nur: »Folge mir«, und führte Kett aus dem Versammlungssaal in einen anderen Gang als den, durch den er hereingekommen war. Sie schritten durch schlecht beleuchtete Korridore. Kett nahm alles nur wie durch einen Dunstschleier wahr. Er ertappte sich bei dem Versuch, das, was er gerade getan hatte – sich Quietus zu ergeben –, mit dem größeren Plan in Einklang zu bringen, den er immer noch im Herzen trug: die Inveterae aus dem Born zu befreien. Er konzentrierte sich. Er musste über die Gerüchte, dass die Stilletreuen einen Weg gefunden hatten, über die Bahrenberge in den Süden zu gelangen, so viel herausfinden, wie er nur konnte.

Bald darauf blieb Balroath vor einer anderen Tür stehen, die in tiefen Schatten weit im Innern des Versammlungsgebäudes lag. Er klopfte einmal und trat dann ein. Dahinter wurde ein kleines Schreibzimmer von zwei Kerzen erleuchtet, die beiderseits eines Schreibtisches aus poliertem Stechpalmenholz standen. Die Wände verschwanden vollständig hinter Bücherregalen, die ihre Schritte dämpften.

Das Zimmer vermittelte eine Atmosphäre von Ruhe und Fleiß. Hinter dem Schreibtisch saß ein weiterer Jinaal – kleiner und mit gerundeten Schultern, als sei er in den langen Stunden, die er über seinen Tisch gebeugt verbrachte, in sich zusammengesunken. Erst als Balroath und Kett vor ihm stehen blieben, schaute dieser neue Jinaal auf.

»Ist er stilletreu?«, fragte er. Seine Stimme war so tief wie die Balroaths, aber heiserer.

»Ja«, antwortete Balroath.

Der andere nickte. »Kett Valan, du bist ein wichtigerer Inveterae, als dir bewusst ist. Ich bin Stulten, und ich habe dir einiges zu sagen.« Der Jinaal klopfte auf die Pergamente, die vor ihm auf dem Schreibtisch lagen, und lehnte sich auf seinem Stuhl zurück, der unter ihm knarrte. »Aber lass mich beginnen, indem ich dir eine Frage stelle: Was spürst du heute, nachdem du dich Quietus ergeben hast?«

Kett hatte den Eindruck, dass Stulten seine Antwort schon kannte. »Ich wusste nicht, was es bedeutet, bis Balroath mir die Hand auflegte. Ich verspüre ein gewisses Bedauern über den Eid.«

Stulten lachte. Das Geräusch ging in ein heiseres Husten über. Als er die Beherrschung über seine Stimme zurückgewonnen hatte, blickte er zu Kett hoch. »Ich glaube, du hast gut geschworen, Kett Valan. Jetzt werde ich dir deine wahre Bestimmung enthüllen. Wir wissen, wer deine Freunde sind. Wir wissen auch um das Ausmaß eurer Komplotte und Pläne. Wenn es uns klug erschienen wäre, hätten wir sie einfach hergebracht und auf dem Boden des Versammlungssaals einer langsamen Hinrichtung zugeführt. Wir hätten ihre Geständnisse und jeden weiteren Namen gehört, den sie herausgeschrien hätten, um zu versuchen, ihrem künstlich verlängerten Leid ein Ende zu setzen. Oder wir hätten, wenn wir nicht die Zeit dazu gehabt hätten, einfach Tribunale in ihre jeweilige Heimat entsandt, wie seinerzeit in deine, um ihnen so schnell wie möglich den Prozess zu machen, sie zu verurteilen und hinzurichten. Kannst du erraten, warum wir es nicht getan haben?«

Kett starrte den alten Jinaal über den Tisch hinweg voll feuriger Trauer an. »Weil ihr wollt, dass ich es für euch tue?«

Stulten wirkte erfreut. »Es war richtig, gerade dich in unsere Dienste zu nehmen«, sagte er. »Natürlich hast du recht. Es wird nicht deine Aufgabe sein, die Inveterae-Separatisten oder gar alle Inveterae davon zu überzeugen, dass wir dasselbe anstreben. Die meisten würden dich auslachen und dir sicherlich misstrauen.«

Kett wollte ihm widersprechen.

Aber bevor er es tun konnte, hob der Jinaal die Hand, um ihm Schweigen zu gebieten. »Oh, ich weiß, dass du unter deinesgleichen sehr angesehen bist. Aber kaum jemand würde deine Worte glauben, und die meisten würden früher oder später an dir zweifeln. Recht bald wäre dir der Zugang zu denen, auf die es uns ankommt, versperrt.«

Dann hob Stulten ein Pergamentstück auf und reichte es Kett. Im schwachen Licht konnte er erkennen, dass es eine lange Liste von Namen war – Freunde und diejenigen, die an seiner Seite auf die Flucht aus dem Born hingearbeitet hatten. Als Kett aufschaute, umspielte ein befriedigtes Lächeln Stultens Lippen. »Das entsetzt dich ein wenig, nicht wahr?«, fragte er.

»Sie sind meine Freunde«, antwortete Kett. »Es besteht keine Notwendigkeit, sie zu töten. Sie werden auf mich hören. Lasst mich sie umstimmen. Sie sind euch als Verbündete mehr wert, als wenn sie anderen Inveterae tot als Märtyrer gelten.«

Stulten lachte erneut. Ein zweiter Hustenanfall folgte. »Du bist ein geborener Anführer, Kett Valan! Aber ich glaube, du überschätzt den Einfluss deiner Mitverschwörer – sie taugen nicht zu Märtyrern. Und wir glauben nicht, dass ganze Zeitalter voller Misstrauen und Hass ungeschehen gemacht werden können, noch nicht einmal von dir. Nein, mit ihrer Hinrichtung ein Exempel an ihnen zu statuieren, ist für uns viel wertvoller.« Der ältere Jinaal beugte sich vor; dabei knackten einige Knochen in seinem Hals, so wie Fingerknöchel es tun. »Mehr noch, Kett Valan: Dass *du* ein Exempel an ihnen statuieren wirst, ist das, was zählt. Ihresgleichen, einer, der ihre separatistischen Hoffnungen geschürt hat, einer, der sie kennt, steht nun auf unserer Seite. Es wird sie entmutigen zu erfahren, dass du uns Treue geschworen hast, und wenn du den letzten Namen auf jener Liste ausgekratzt hast, wirst du uns nicht nur von der Separatistenbedrohung befreit haben: Du wirst allen Übrigen die Botschaft überbracht haben, dass wir sie beobachten und dass man uns nicht hinters Licht führen kann.«

Kett ließ den Blick noch einmal über die Liste der Namen schweifen. Ohne aufzuschauen, fragte er leise: »Was, wenn ich dazu nicht imstande bin?«

Diesmal ertönte kein Lachen, nur ein Schweigen, in dem die Kerzen brannten. Als Kett aufschaute, starrte ihn Stulten ohne jegliche Regung an. »Du kennst die Antwort darauf längst, Kett Valan. Aber ich sage dir *dennoch,* dass das Schöpfen aus deinem Geist ein Schmerz ist, den du dir nicht vorstellen kannst. Und darüber hinaus« – er machte eine theatralische

Pause – »*entschafft* es dich. Ganz gleich, an was für ein Leben nach diesem Leben du glaubst oder worauf du auch nur hoffst ... vergiss es. Die Essenz dessen, was du bist, wird dir abgestreift, und du wirst gestaltlos und namenlos dem Nichts anheimgegeben. Du, Kett Valan, hörst auf zu sein.« Stulten ließ seine Worte eine Weile in der Luft hängen, bevor er hinzufügte: »Und wenn du denkst, dass du es auf dich nehmen kannst, dann denk an deine Kinder.«

Kett starrte ihn ungläubig an und schüttelte den Kopf.

»Genau«, bekräftigte Stulten. »Aber dir steht ein anderer Weg offen, so verstörend er auch sein mag, und wenn du ihn erfolgreich beschreitest, wirst du hier Bedeutung erlangen. Vertrau mir, wenn ich dir sage, dass die Dinge sich ändern werden.« Der alte Jinaal klopfte auf etwas auf seinem Schreibtisch, das wie eine Sternkarte aussah. »Denk darüber nach, auf welcher Seite du stehen willst, wenn es so kommt«, sagte Stulten. »Denk darüber nach, wo du deine Kinder stehen sehen willst. Du, Kett Valan, hast die Gelegenheit, in diesem alten Streit nicht nur auf der richtigen Seite zu stehen, sondern dich auszuzeichnen. Denn in Wahrheit ist es doch so: Wir wollen wirklich dasselbe. Wir wollen frei entscheiden, wo wir leben. Wir wollen die Ungerechtigkeit, die uns vor so langer Zeit hierher verbannt hat, ungeschehen machen. Das sind Dinge, über die sich alle im Born einig sein sollten, und sie sollten zusammenarbeiten, um etwas daran zu ändern. Der Unterschied zwischen uns besteht nur darin, dass wir nicht mehr geduldig oder sanft vorgehen, wenn wir daran arbeiten. Das ist es, was du lernen wirst. Das ist es, wobei du uns helfen wirst.«

»Dann sind die Gerüchte wahr«, sagte Kett und benannte so die eigentliche Absicht, die seinem Treueschwur zugrunde lag. »Ihr habt einen Weg aus dem Born hinaus gefunden.«

Stulten musterte ihn aufmerksam. »Wir glauben es.«

»Einen Weg, die Barriere niederzureißen.« Ketts Stimme klang fast ehrfürchtig, obwohl er sich sehr bemühte, sich keine Neugier anmerken zu lassen.

»Oder zumindest ein Tor darin zu öffnen.« Stulten lächelte mit einer gewissen Befriedigung. »Nun, da du stilletreu bist, schadet es nichts, dir einige unserer Pläne anzuvertrauen. Du gehörst jetzt schließlich dazu.« Er holte tief Atem, und sein Blick ging in weite Ferne. »Viele Zeitalter lang haben wir die Geschichten über die Labraetaten nicht ernst genommen, die Sangeskünstler, die angeblich von einem Ort tief in den Ostlanden aus die Barriere aufrechterhalten. Ich bin stolz darauf, sagen zu können, dass ich dazu beigetragen habe, diese Einschätzung zu verändern. Ein weiterer Beweis, dass wir nicht mehr sind, was wir waren.«

Verstehen keimte in Kett auf, als er an all die Menschen dachte, die in den Born verschleppt wurden. »Ihr versucht, einen zu züchten.«

Der Jinaal lachte ohne jeden Hauch von Spott. »Ja, natürlich. Aber das ist noch nicht einmal der größte Teil dessen, worum wir uns mit den Menschen bemühen. Darüber sprechen wir ein andermal. Aber unsere Pläne«, verbesserte er milde, »hängen nicht davon ab, erfolgreich einen Labraetaten zu züchten. Ich bin mir nicht sicher, ob wir überhaupt einen ausbilden könnten, wenn wir es versuchten. Die Mor haben jenes Wissen mitgenommen, als sie aus dem Born geflohen sind – diese eigensüchtigen Widerlinge!«

Das letzte Versatzstück fand seinen Platz. »Ihr bringt einen her. Aus dem Süden.«

»Der Plan wird bereits in die Tat umgesetzt. Aber bevor du ein Teil davon wirst, haben wir diese Aufgabe für dich.« Er zeigte auf das Pergament in Ketts Händen. »Du wirst dich uns gegenüber damit beweisen, und zugleich sorgt es dafür, dass die Inveterae nicht aus der Reihe tanzen.« Dann griff Stulten in eine Schreibtischschublade und zog eine dunkle Halskette daraus hervor, die das Siegel der Sedgel trug – der Führungsriege der Stilletreuen. Er reichte sie Kett, nickte und bedeutete ihm, dass er entlassen sei.

Kett sah auf den kleinen Anhänger hinab: ein umgekehrtes V – ein Drehpunkt – und darauf eine Linie. Er kannte das Symbol, ein archaisches Emblem für eine Waage. Die Linie war gerade und neigte sich nicht. Das stand für Gleichmut und Gerechtigkeit. Kett hätte widersprechen können. Er hätte einwenden können, dass die Sedgel alles andere als gerecht oder ausgeglichen waren. Aber was er oder sie auch hinsichtlich der Bedeutung *glauben* mochten, der Anhänger zeichnete ihn als stilletreu aus, solange man ihm ebendieses Siegel nicht in die Haut brannte oder schnitt.

Balroath packte Kett beim Arm und führte ihn aus dem kleinen Schreibzimmer hinaus.

Kett hatte geglaubt, sein Herz wäre ein steiniger Ort, verhärtet von einem Leben im Born, das ihn zahllosen Erniedrigungen unterworfen hatte. Aber das hier …

Er folgte Balroath blind. Sein Herz raste, und seine Gedanken überschlugen sich. Während er auf die Liste hinabstarrte, konnte er nur hoffen, dass seine Seele sich zu Stein verhärten lassen würde.

42

DER SCHMIEDEKÖNIG

Das ist allgemein bekannt: Jaales Relothian war Schmied, bevor er König wurde, und noch dazu ein guter. Hat alle Schmiede und Kesselflicker, die auch nur ein bisschen etwas konnten, nach Ir-Caul geholt und sein Arsenal aufgebaut. Das ist richtiger Krieg.

(Aus der Befragung eines Waffenschmieds aus Ir-Caul gestrichen, die für die Biographie der Könige *durchgeführt wurde, ein verleumderisches Werk aus der Feder von Pazifisten)*

Sutter und Mira ritten noch sieben Tage lang. Jeden Augenblick, den Sutter nicht auf dem Pferd saß, verbrachte er damit, mit seiner Sedaginklinge zu üben. Es war zur Besessenheit geworden. Er ruhte sich nur aus, wenn sie ritten oder schliefen. Die Streckenabschnitte, die über offenes Land führten, verschafften ihm etwas Erholung. Mehr noch als Freunde um einen Tisch oder eine lange Straße, die man stumm gemeinsam bereiste, konnte ein weites, endloses Feld einen Menschen zur Ruhe kommen lassen.

Kurz vor Mittag des siebten Tages ritten sie aus einem blattlosen Wald hervor und sahen in der Ferne vor sich Ir-Caul, das sich aus der Ebene erhob wie ein großes Gerippe, das aus dem

Land aufragte. Weiße Dachreiter und gewaltige Türme stachen in den Himmel empor und wirkten schon aus der Ferne alt – ihre weiße Farbe war vielleicht der Tatsache geschuldet, dass Sonne und Zeit sie ausgebleicht hatten. Sutter stellte sich vor, dass die Stadt schlafend in der Erde gelegen hatte und im Laufe der Jahre von den tosenden Winden, die auf die weite Ebene einpeitschten, nach und nach freigelegt worden war.

Als sie näher kamen, stießen sie vor den Stadtmauern weder auf einen Markt noch auf Zelte. Die Umgebung der Stadt lag verlassen da. Es waren nicht einmal Reisende zu sehen, die auf dem Weg in die Stadt waren oder von dort aufbrachen.

Was Sutter dagegen sehr wohl sah, waren zahllose schwarze Rauchfahnen, die überall oberhalb der Stadt in den Himmel aufstiegen. Es handelte sich nicht um Kochherde oder Feuer, die man entzündet hatte, um sich daran zu wärmen. Es war Kohlerauch – es musste welcher sein. Sutter hatte nie so viele Kohlefeuer auf einmal brennen sehen. *Schmiedekönig*. Konnte es in dieser Stadt wirklich so viele gleichzeitig betriebene Schmieden geben?

Sie machten am Tor Halt, und mit dem Verklingen des Hufgetrappels auf der Straße breitete sich eine plötzliche Stille aus. Mira machte keine Anstalten, zu klopfen oder nach jemandem zu rufen. Das Schweigen belastete Sutter.

»Hallo!«, rief er. »Jemand zu Hause?« Seine Worte hallten an der Fassade der äußeren Stadtmauer entlang, die zwanzig Schritt hoch aufragte und sich weit in beide Richtungen erstreckte.

Mira bedachte ihn mit einem missbilligenden Blick.

Sutter zuckte mit den Schultern. »Ich weiß nicht, was all diese Feierlichkeit und Geheimniskrämerei soll. Wir wollen hinein. Wir stellen keine Bedrohung für sie dar.«

Mira schüttelte den Kopf. Als sie ihre Aufmerksamkeit wieder dem Tor zuwandte, schüttelte Sutter in erheiterter Nachahmung selbst den Kopf.

Das Ächzen gewaltiger Angeln unterbrach ihn, und als er sich umsah, erkannte er, dass das Tor gerade weit genug aufgestoßen wurde, um drei Männer hindurchschlüpfen zu lassen. Sie waren in fleckige Rüstungen gehüllt – Brustpanzer über Kettenhemden. Ein zur Faust geballter Handschuh auf weißem Grund war als Wappen auf den Schilden zu sehen, die die Bewaffneten trugen. Der Anführer hielt ein Schwert in der Hand, und sein Blick verriet Argwohn.

Sie stellten sich in einer unregelmäßigen Reihe vor Mira und Sutter auf. »Warum schlagt Ihr Lärm vor unserem Tor? Seid Ihr Narren?«

Sutter unterdrückte ein neuerliches Lächeln. Aber seine Heiterkeit verflog rasch, als er den Anführer und sein Schwert ansah. Er erkannte instinktiv, dass der Mann sich nicht nur aufspielte und ihnen nicht einmal drohte. Falsche Antworten würden Krieg bedeuten, so einfach war das.

»Der Sheson Vendanji schickt uns«, sagte Mira. »Mein Freund hier stammt aus dem Süden. Verzeiht ihm seine Unwissenheit.«

Der Schwertträger sah an ihnen vorbei die Straße hinunter, dann nach rechts und links die Mauer entlang. Überzeugt, dass sie allein waren, senkte der Mann die Klinge. »Den Namen haben wir seit vielen Jahren nicht mehr gehört. Was will der Sheson?«

»Er bittet uns, mit König Relothian zu sprechen«, sagte Sutter vorsichtig, da er dem Gesicht des Mannes einen Hauch von Abscheu angemerkt hatte, als Vendanjis Name gefallen war.

Der Anführer der Wachen zog eine Augenbraue hoch. »Ist dem so? Und in welcher Sache wollt Ihr mit dem König sprechen?«

Sutter stieg ab und trat nahe an den Mann heran. Sie waren ungefähr gleich groß, aber er hatte nicht die Absicht, einen Kampf vom Zaun zu brechen. Er wollte dem anderen einfach in die Augen sehen, während er sprach, um abschätzen zu können, wie er reagieren würde. »Das ist *unsere* Sache.«

Der Mann erwiderte seinen unverwandten Blick ausdruckslos. »Ach so. Und meine ist es, Gesindel von Ir-Caul fernzuhalten. Jeder will unseren König sehen, Beschwerden vortragen, Gnade erflehen, Privilegien einfordern. Er ist kein Ratgeber für das einfache Volk. Er ist der König.«

Sutter sah in den Augen des Mannes nur Aufrichtigkeit, keine Verstellung, keine Großsprecherei. »Ich will Euch ja nicht lästig fallen, aber wir sind aus Naltus Fern hergeritten, und wie lästig *das* war, könnt Ihr Euch vorstellen. Ich wäre lieber wieder zu Hause, als dem Sheson als Laufbursche zu dienen. Gegen Euren König will ich ja nichts sagen. Aber Vendanji … er hat so eine Art, einen um etwas zu *bitten*. Was wir zu sagen haben, ist jedenfalls so wichtig, dass König Relothian uns sicher sehen will. Wenn ich mich irre, gebe ich Euch gern acht Runden aus und bringe Euch dann nach Hause.«

Der Mann schaute zu Mira hoch und schien erst jetzt zu begreifen, dass sie eine Fern war. Dann sah er wieder Sutter an, und sein Gesicht entspannte sich kaum merklich. »Ich bin Eurem Sheson einmal begegnet. Er hat wirklich so eine Art … Nun gut. Aber benehmt Euch.« Er und seine Männer traten beiseite, und der gewaltige linke Torflügel schwang auf. Mira führte Sutter hinein.

Am Rande der Stadt, unmittelbar jenseits der Befestigungsmauer, erhob sich eine zweite Mauer. Sutter hatte sie vor dem Tor gar nicht wahrgenommen. Die Mauer ragte ein paar Schritt höher auf und war dicker. Auf diesem Bollwerk standen unzählige Wurfgeschütze bereit. Alle zehn Schritt waren Männer zu sehen, die den Horizont beobachteten. Das alles vermittelte Sutter den Eindruck bangen Wartens, obwohl die Soldaten nicht besorgt wirkten, was seine eigene Angst nur noch steigerte – anscheinend war Krieg in der Stadt Alltag.

Ein Stück innerhalb des Mauerrings von Ir-Caul wiesen die Steinbauten tiefe Abschürfungen auf: Pockennarben, die Belagerungsgeräte hinterlassen hatten.

Türme und Dachreiter waren jäh gekappt, als wären sie von einem heranfliegenden Steingeschoss abgetrennt oder zerstört worden.

Sie drangen tiefer in die Stadt vor, und mehr als alles, was er bisher schon gesehen hatte, fielen Sutter die Sarkophage auf. An jeder Ecke stand ein aufgerichteter Steinsarg, in dessen Vorderseite das Abbild eines Mannes als Relief gemeißelt war. Beiderseits davon brannten Fackeln und ließen Schatten über die Straße tanzen. Mit jedem Sarkophag, an dem sie vorbeikamen, wuchs Sutters Überzeugung, dass es sich hier nicht um für die Ewigkeit gedachte Grabstätten handelte, sondern um frische Särge unlängst Verstorbener. Das ließ ihn den Schluss ziehen, dass es hier in Ir-Caul Brauch war, die Toten zur Schau zu stellen. Vielleicht, um sie zu ehren, vielleicht, um an etwas zu erinnern.

Und alle Männer waren in verschiedene Kriegsrüstungen gekleidet. Die einzige Ausnahme bildeten die Händler. Sutter sah auf den Straßen und Gassen keinen einzigen Bettler oder Gossenjungen. Er hatte das Gefühl, dass dieser Umstand keiner Wohltätigkeit zu verdanken war, sondern eher der Tatsache, dass die Menschen hier entweder einen Zweck erfüllten oder weiterzogen.

Zudem hatten sie bisher kein einziges Gasthaus gesehen, vielleicht, weil sich alles in der Stadt nur um ihr Heer zu drehen schien. Sutter hatte gehofft, ein Zimmer zu finden und sich ordentlich ausschlafen zu können, bevor sie um Audienz beim König ersuchten. Aber der Schlaf würde warten müssen. Anscheinend kamen nicht oft Besucher nach Ir-Caul.

Sie ritten auf gewundenen Wegen durch die Straßen, bis sie ein prächtiges Gebäude erreichten, von dem Sutter annahm, dass es sich um den Palast handelte. Eine weitere dicke Mauer schützte das Bauwerk, aber diese hier war nur doppelt mannshoch. Ringsum standen darauf Wachposten, von denen einige miteinander sprachen, während ihre Augen die Passanten musterten.

Bevor Sutter eine Frage stellen konnte, trat aus dem inneren Tor einer der Soldaten hervor und ergriff die Zügel seines Pferdes. »Ich führe Euch hinein.«

Sutter erhob keine Einwände, und der Mann brachte sie auf einen Stallhof und wies sie an abzusteigen. »Eure Pferde werden gestriegelt und gefüttert«, sagte er und bedeutete ihnen dann, ihm zu folgen, als er sich wieder in Bewegung setzte.

Er führte sie an einer unauffälligen Tür am Fuße des Palastes vorbei, dann durch halb erleuchtete Treppenhäuser und Säle, in deren Stille ihre Stiefeltritte auf dem Stein laut hallten. Die Dekorationen an oder vor den Wänden waren sehr gleichförmig: Waffen, Rüstungen, Gemälde, die Schlachten oder Männer in vollständiger Kriegsrüstung zeigten. Nichts davon wirkte feierlich oder wie ein Siegeszeichen: Sämtliche Kriegsgeräte waren schartig und fleckig, die Schlachtengemälde brutal und lebensecht, als wären sie historisch zutreffend und nicht erdichtet, und die Bildnisse der Männer wirkten nicht erhaben oder glanzvoll, sondern zeigten hagere Gesichter, gehetzte Blicke und hässliche Narben. Hier wurde an echte Leben erinnert, und das vor aller Augen, um als handfeste Mahnung zu dienen.

Es fühlt sich wie eine verdammte Gruft an!

Im weiteren Verlauf ihres Wegs begegneten sie anderen Soldaten, die ihnen mit finsterem Blick nachsahen.

Sutter murmelte: »Was für ein fröhlicher Haufen.«

Mira schien nicht unter der Musterung oder der morbiden Ausstattung der Räume zu leiden.

Sutter umklammerte sein Sedaginschwert instinktiv fester.

Als sie es ihn tun sah, legte sie ihm eine Hand auf den Schwertarm und beugte sich nahe zu ihm, um zu flüstern: »Du hast dich sehr verbessert. Ich bin sogar beeindruckt von deiner Fechtkunst. Ich habe noch nie erlebt, dass jemand sich in die Latae-Kampftänze so eingefunden hat wie du. Aber sei nicht unbedacht. Nicht hier.«

Dann blieb ihr Führer vor einer Tür stehen und wandte sich zu ihnen um. »Ihr solltet hoffen, dass Ihr den Namen des Sheson nicht missbraucht habt. Und bildet Euch nicht ein, dass er Euch hochwillkommen macht.«

Sutter starrte verdrossen den Mann an, der die Tür aufzog und sie in einen Innenraum ließ. *Bildet Euch nicht ein, dass er Euch hochwillkommen macht?*

Sutter vergaß seine Fragen, als er einen Blick in den Thronsaal von Ir-Caul warf. All die Reliquien und Beinkästen, die sie bisher gesehen hatten, wirkten nur wie ein Abklatsch von dem, was am gegenüberliegenden Ende des Saales stand.

Sutter stählte sich und trat ein, Mira an seiner Seite.

Der Saal war menschenleer, was Sutter den Schluss ziehen ließ, dass der König allein mit ihnen sprechen wollte. Rechteckige Steinsärge, die denen auf der Straße glichen, standen an den Wänden. Auf jedem speiste eine einzelne Ölschale einen brennenden Docht. An der Wand über diesen Gräbern waren Waffen zur Schau gestellt. Die Vielfalt ließ darauf schließen, dass jeder hier bestattete Mann eine Vorliebe für ein anderes Kriegsgerät gehabt hatte. Und weit oben, hoch unter der Decke des Saals, fielen die Farben des späten Sonnenuntergangs durch die Fenster und überzogen die Ostwand mit Mustern aus rostrotem Licht.

Die Särge, die Waffen und alles andere waren auf das gegenüberliegende Ende des Raums ausgerichtet, an dem drei Steinstufen zu einer Estrade hinaufführten, auf der ein großer Thron stand, der ausschließlich aus Knochen gefertigt war.

Sutter konnte sich nicht erinnern, je das Gerippe eines Toten gesehen zu haben, aber seinem ungeschulten Auge erschienen sie wie Menschenknochen.

Der große Stuhl war sorgfältig gebaut: Die Schwünge und Formen seiner vielen hundert Teile passten zusammen wie ein Mosaik. Er schimmerte matt im Licht der Kohlebecken, die beiderseits davon brannten. Der Thron entsetzte Sutter und lehrte ihn zugleich etwas über dieses Kriegervolk: Es verehrte seine Toten. Zumindest war das der Eindruck, den der Thron in ihm hinterließ.

Und doch wurde ihm eiskalt, als er den Thron ansah. Es dauerte einen Augenblick, bis er verstand, warum: Es lag an der beiläufigen Vertrautheit mit dem Tod. Jetzt glaubte er zu begreifen, warum Vendanji sich Alon'Itols Unterstützung beim Großen Mandat wünschte, aber er spürte auch, dass mit ihrem Besuch hier mehr verbunden war als die bloße Bitte um ein Bündnis.

Sie haben vergessen, wer sie sind.

Hinter dem Knochenthron trat ein hünenhafter Mann hervor und sah auf sie herab. »Nur ein Narr beruft sich auf Vendanjis Namen, um diesen Thron aufzusuchen.«

Auf langem, geöltem Haar trug der breitschultrige Mann eine

dicke Krone aus angelaufenem Stahl. Ihre Zacken waren zu dem gleichen Handschuhwappen geformt, das sie überall in der Stadt gesehen hatten, und Namen waren darin eingraviert. Die Krone war zwar kein besonders hübsches Schmuckstück, beantwortete aber zumindest eine Frage: Das hier war König Jaales Relothian, der Schmiedekönig.

Mira setzte zum Sprechen an, aber Sutter legte ihr die Hand auf die Schulter und machte selbst einen Schritt vorwärts. »Also ist der Sheson Euer Feind?«, fragte er.

Aus den Tiefen seines großen Brustkorbs lachte der König laut auf. »Bei den Göttern, nein! In Vendanji steckt schon so einiges. Aber ich würde ihn auch nicht als Freund bezeichnen. Hat er überhaupt Freunde?« Der König lachte erneut.

»Gut, er kennt Vendanji wirklich«, sagte Sutter leise zu Mira. Dann wandte er sich abermals an den König. »Er wurde von der Regentin von Vohnce nach Süden bestellt, um an einem Großen Mandat teilzunehmen.«

Der König ging um den Knochenthron herum und stieg eine Stufe der Estrade herab. Er musterte sie beide abschätzig. »Ein Junge, kaum alt genug, sich den Bart zu scheren, und eine Fern aus dem Osten kommen nach Ir-Caul, führen den Namen des Sheson Vendanji auf den Lippen und reden von einem Großen Mandat.« Er zeigte mit dem Finger auf sie. Lachte laut aus voller Brust. »Ihr, meine Freunde, kommt vergeblich.«

»Dann wisst Ihr also, warum wir hier sind«, sagte Sutter. Seine Stimme klang im Saal durchdringend.

König Relothian sah auf sie herab. »Mein junger Freund. Ich weiß, warum der Sheson Euch *Eurer* Meinung nach hergeschickt hat: um mich anzuflehen, meinen Sitz im Mandatssaal einzunehmen. Ich habe meinen Neuntöter von der Regentin erhalten, wie auch all meine Standesgenossen, die in trockenen Zimmern sitzen und *Worte* zu ihrer einzigen Waffe machen. Der Vogel hat gut geschmeckt.« Neuerliches Gelächter brach aus dem bärtigen Gesicht des Königs hervor.

Vielleicht, weil er müde war, weil er verspottet wurde oder aus beiden Gründen trat Sutter vor und stellte trotzig einen Fuß auf die unterste Stufe der Estrade. »Was uns herführt, ist eigentlich nicht, dass Ihr Euren Sitz einnehmen sollt. Wir wissen, dass Ihr nie und nimmer rechtzeitig eintreffen würdet. Die Versammlung mag schon vorüber sein.« Sutter vergewisserte sich, dass der Schmiedekönig ihn auch ansah, als er erläuterte: »Es geht darum, Eure Unterstützung für das Mandat zu erklären. Ein Teil davon zu werden.«

»Ich weiß, worum es geht«, erwiderte Relothian mit gesenkter Stimme in warnendem Ton, obwohl er immer noch ein schwaches Lächeln zur Schau trug.

»Ich glaube nicht, dass Ihr wisst, was auf dem Spiel steht.« Sutter zog seinen zweiten Fuß hoch und stand jetzt ganz auf der untersten Stufe. »Oder Euch der Opfer bewusst seid, die gebracht werden mussten, nur damit wir hierherkommen und uns auslachen lassen konnten. Es ist geschmacklos von Euch, uns zu verhöhnen. Was für ein König tut das?«

Das Lächeln des Mannes schwand und wich einem dräuenden, finsteren Blick, der Narben auf seiner Stirn hervortreten ließ, die Sutter bis jetzt noch nicht bemerkt hatte. Er musterte Sutter mehrere Augenblicke lang.

»Für einen Sedagin, der so weit von zu Hause fort ist, seid Ihr sehr jung.« Er zeigte auf Sutters Klinge. »Lasst mich das sehen.«

Panik durchzuckte Sutter, aber er wahrte die Beherrschung und zog das Schwert. Er hatte es kaum aus der Scheide gezogen, als der König erneut sprach.

»Ihr seid nicht als Sedagin geboren, nicht wahr?« Relothians Blick ruhte fest auf Sutters Schwerthand.

Sutter fiel nichts ein, was er hätte sagen können, und so starrte er ihn nur an und wartete.

Der König lachte leise. »Für einen Sedagin, der damit aufgewachsen ist, den Kampf mit dem Langschwert zu lernen, habt Ihr den falschen Griff.«

»Es spielt keine Rolle, wer wir sind«, mischte sich Mira ein. Ihre Stimme klang so ruhig wie immer. »Eure Hilfe wird benötigt. Man hat uns hergesandt, um sie zu erbitten.«

Relothian hatte den Blick immer noch nicht von Sutters Schwerthand abgewandt. »Und doch tragt Ihr ihre Klinge und ihren Handschuh. Also seid Ihr entweder ein verdammt guter Kämpfer, der einen Sedagin überwunden und ihm seine Habseligkeiten abgenommen hat – was bemerkenswert wäre –, oder sie wurden Euch geschenkt, was *noch* bemerkenswerter ist. Wofür ich wenig Nachsicht aufbringen kann, ist aber, dass Vendanji das ausgenutzt hat, um zu mir durchzudringen. Dreckskerl.« Der König hielt inne und schaute zu Sutter, als ob ihm etwas eingefallen sei. »Entweiht diesen Ort nicht mit Gerede über Opfer, und glaubt nicht, dass, was auch immer Ihr verloren habt, Euch ein Recht verleiht, hier das große Wort zu führen. Ihr wisst nichts über Opfer. Ihr kennt noch nicht einmal Vendanji gut genug, um seine wahren Absichten dabei zu durchschauen, Euch nach Alon'Itol zu schicken.« Der König sah Mira an, dann wieder Sutter. »Respektloser Junge. Vendanji wusste, dass ich meinen Sitz beim Großen Mandat nicht einnehmen würde. Er hat Euch nicht deshalb hergesandt.« Er blickte beide nacheinander an. »Aber ich glaube, ich würde gern mehr darüber erfahren.«

43

HIMMELSBEWEISE

Es ging das Gerücht, dass Lug an einem Beweis arbeitete ... einem Götterbeweis. Dieser geniale, verrückte Bastard! Aber nun hat man ihn schon lange nicht mehr gesehen, nicht wahr? Eines darf man nicht vergessen: Wissenschaftler sind noch schneller damit bei der Hand, einen der Ihren zu verstoßen, als religiöse Eiferer. Ich glaube, er baut mittlerweile Mais an.

(Der Mythos der Objektivität,
eine nach Nanjesho Alanes' Tod durchgeführte Umfrage zum Thema Selbstkritik in Wissenschaftlerkreisen)

Am dritten Tag, nachdem er durch die Erzählung gefallen war, hatte Tahn schon etwas weniger Schmerzen. Er war jetzt überzeugt, dass ein Gutteil der Schmerzen auf den Sturz zurückging, nicht auf die Erzählung selbst. Er hatte die Geborgenheit in den letzten Tagen genossen. Rithi, Polaema und er unterhielten sich, aßen, unterhielten sich wieder und unterhielten sich dann noch ein bisschen mehr. Für Tahn fühlte es sich an, als würde er unter einem riesigen Wasserfall stehen, in dem Wissen und Erinnerungen auf ihn herabprasselten. Immer wieder ergaben sich blitzschnell Verbindungen: astronomische Konzepte, Berechnungen, Debatten über physikalische Gesetze.

Sie lachten fröhlich, wenn einem von ihnen ein einfacher Logikfehler unterlief, und stürzten sich dann gemeinsam auf das Problem, um eine neue, *unangreifbare* Argumentation zu finden. Und bei alledem machte er reichlich Gebrauch von den dimnischen Lernmethoden, die Grant ihm beigebracht hatte.

Er ging über das hinaus, was er zuvor gewusst hatte, und verschlang neue Bücher geradezu am Stück: das Buch des Weisen Lumen über die unterschiedlichen Eigenschaften des Lichts; ein paar philosophische Traktate über die Malier; einen Text über theoretische Mathematik von Herbel, einem Rechenmeister aus Wynstout; und zehn oder zwölf weitere Bücher – er zählte schon nicht mehr mit – über neue geomechanische Modelle, ganze Bände über Himmelsbeobachtungen und Phänomene, die Tahn selbst nie hätte wahrnehmen können.

Aber er entwickelte einen Anflug von Lagerkoller und musste ins Freie. Musste die Debattenfolge anstoßen. Tagtäglich malte er sich aus, wie die Stilletreuen die Bahrenberge überschritten. Malte sich aus, wie mehr Mündel mit ihren Messern ins Mal hineinschritten. Verzweiflung regte sich in ihm. *Halte die Stilletreuen auf, bevor alles zum Mal wird.*

Rithi half ihm aus dem Bett und führte ihn auf einem langsamen Spaziergang durch ganz Albenhain, damit er sich wieder mit dem Ort vertraut machen konnte. Bevor er ihr Heim verlassen hatte, hatte er sich instinktiv nach seinem Bogen umgesehen und festgestellt, dass er in einer Ecke lehnte. Am Ende hatte er die Waffe stehen lassen, wo sie war, und war Rithi ins Freie gefolgt.

Er schätzte, dass die kleine Stadt sich von einem Ende bis zum anderen ungefähr über eine halbe Meile erstreckte. Ringsum erhob sich eine große, kreisförmige Steinmauer etwa sieben Schritt hoch – genug, um eine Verteidigung zu ermöglichen, jedoch nicht ausreichend, um eine Belagerung durchzustehen. Dem Hain drohte aber wahrscheinlich nicht die Gefahr, angegriffen zu werden, da es ihm an politischer Bedeutung und dem entsprechenden Ehrgeiz mangelte.

Die fünf Türme, die in einem großzügigen Fünfeck errichtet worden waren, erhoben sich im Mittelpunkt des Hains. Eigentlich waren diese Türme der Hauptgrund für den Ortsnamen, da sie in der ausgedehnten Ebene eine Art eindrucksvollen Hain bildeten. Sie ragten dreihundert Schritt weit auf und trugen an der Spitze keine Banner oder Wimpel, sondern große Glaskuppeln zur Beobachtung der Sterne. Jeder Turm hatte daneben eine besondere Ausrichtung: Astronomie, Physik, Mathematik, Philosophie und Kosmologie. Jedes der fünf Kollegien wurde von einem Weisen geleitet, dessen Einsicht auf seinem Forschungs- und Wissensgebiet ihresgleichen suchte.

Zwischen den Türmen hatte man Hörsäle und Bibliotheken errichtet, die in der Mitte der Stadt ein Pentagramm bildeten. Wenn man beispielsweise ein Buch über Astronomie durchblättern oder einen Vortrag darüber hören wollte, musste man nur die Säle in der Nähe des entsprechenden Turms aufsuchen.

Aber der Hain war keine Akademie wie alle anderen. Gewiss, es gab Studenten, aber nur wenige, und Pädagogik war nicht sein eigentlicher Zweck. Hier lebten Physiker, Mathematiker und Astronomen, die *arbeiteten* und den größten Wert auf Forschung und Entdeckungen legten. Die wenigen Studenten, die es hier gab, mussten zum Fortschritt des Wissensschatzes ihres Kollegs beitragen, sonst wurden sie aufgefordert, denen Platz zu machen, die dazu imstande waren.

Diejenigen, die der Akademie verwiesen wurden, luden gewöhnlich *echte* Forscher zum Trinken ein und versuchten so, sich bei ihnen einzuschmeicheln, oder aber sie verkauften die im

Hain benötigten Arbeitsmaterialien, Dinge wie Linsenschleifersand von der ebonischen Küste, zugeschnittene Ladesteine, Messingzahnräder und Bögen aus Wetterschnitt – einem guten Papier, um Berechnungen festzuhalten, wenn die Luft feucht wurde. Sie erlernten auch oft ein Handwerk, das den Zwecken des Hains diente: Man konnte sich kaum umdrehen, ohne über einen Buchbinder, Eisenwarenhändler oder Glasmeister zu stolpern. Letztere waren ehemalige Glasbläser, die sich der Linsen- und Spiegelherstellung verschrieben hatten.

Dieselben Händler vermittelten für eine beträchtliche Summe oft auch das Wissen, das im Hain erarbeitet wurde, und behielten einen gewissen Prozentsatz ein, bevor sie den Rest an die Verwalter weiterreichten, damit dem Hain Linsen und Tinte nicht ausgingen.

Jenseits des Händlerrings lagen die Häuser, in denen die Bewohner des Hains lebten. Dazwischen verteilten sich kleine Märkte, auf denen von Handkarren herab Rote Bete, Kartoffeln, Karotten, Schweinefleisch, Weizen, Reis und manchmal Wolltuch und knöchelhohe Stiefel aus gegerbtem Leder verkauft wurden. Soweit Tahn es einschätzen konnte, waren die einzigen Läden mit steinernen Mauern in den Wohnvierteln diejenigen, in denen wissenschaftliche Instrumente verkauft wurden.

Obwohl sie eine kurze Treppe hinaufsteigen mussten, was sich als etwas schmerzhaft erwies, bestand er darauf, Die *Peraden* aufzusuchen, einen Astronomiehandel, der nach einem Meteoritenschauer benannt war, der jedes Jahr im Frühherbst auftrat. Von Rithi an einem Arm gestützt, betrat Tahn den Laden.

Ein paar Schritte hinter der Tür blieb er stehen und ließ den Blick über die vielen Tische und Regale im Ladenlokal schweifen. Auf dem nächststehenden Tisch zur Rechten stapelten sich

Quadrantenkarten, liniertes Pergament, auf das man seine eigenen Karten zeichnen konnte, und Einschreibbücher, um Erkenntnisse festzuhalten. Auf demselben Tisch stand auch ein Kasten, der mit Graphitstäbchen, Schreibgriffeln und Phiolen voll schwarzer, scharlachroter, kobaltblauer und grüner Tinte gefüllt war.

An der rechten Wand stand eine Reihe von Regalen, die sich unter dicken Büchern bogen, deren Einbände allesamt Knicke von vielfacher Lektüre aufwiesen. Sie standen nicht zum Verkauf; es war eine Leihbibliothek für Bücher, deren Inhalt noch nicht als wissenschaftliche Tatsache anerkannt war. *Wissenschaftliche Apokryphen,* so nannte man sie, nur um sie mit einem Hauch von Gefahr zu umgeben. In den größeren Bibliotheken neben den Türmen waren solche Bücher nicht zu finden. Tahn konnte es kaum abwarten, darin zu blättern.

Aber seine Aufmerksamkeit wandte sich rasch dem nächsten Tisch zu, auf dem astronomische Sextanten, Diopter, Äquatorien und Torqueten ordentlich aufgereiht waren – alles Instrumente, um die Position der Sterne, der Monde und der Sonne zu messen. Tahn schlurfte zur Tischkante, um sich die Geräte genauer anzusehen. Er konnte sich erinnern, wie Mutter Polaema ihm beigebracht hatte, einen Stern anzuvisieren, die Winkel in Entfernung umzurechnen und so festzustellen, wie weit entfernt der Stern war. Zahllose Nächte hatte er draußen in der kalten Dunkelheit gestanden, neben sich eine abgeschirmte Laterne auf dem Boden, die matt seine Sternkarten und sein persönliches Eintragbuch beschienen hatte. Die Erinnerungen waren lebendig und tröstlich.

Dann sah er den dritten Tisch und wurde sofort von Ehrfurcht ergriffen. Dort lagen in geordneten Reihen Astrolabien, astronomische Uhren – Astrarien, wie Tahn sich entsann – und auf der Rückseite, am weitesten von der Tür entfernt, eine kurze Reihe von Armillarsphären.

Meine Himmel …

Er stand da, starrte die Geräte an, bewunderte die kreisförmigen Rahmen aus Metallringen, in deren Zentrum ihre Welt lag und die für himmlische Längen- und Breitengrade standen – die Ekliptik, Meridiane, Parallelen –, mit Kreisen, die die Pole miteinander verbanden und den Äquator darstellten. Alles, um die Bewegung der Sterne über Aeshau Vaal zu demonstrieren und zu kartieren.

Natürlich war die Aeshau-Sphäre mittlerweile größtenteils durch eine ähnliche Armillarsphäre ersetzt worden, die sich die Sonne zum Mittelpunkt setzte. Wissenschaftlicher Fortschritt. Aber Tahn empfand eine Zuneigung zu dem älteren Instrument, die schwer zu erklären war. Vielleicht lag es nur daran, dass er nicht wollte, dass man der Vergangenheit ihre Bedeutung absprach.

Während er langsam um den letzten Tisch herumging und sanft die astronomischen Gerätschaften betastete, sog er die Gerüche von poliertem Messing, Ledereinbänden, sandgeglättetem Eichenholz und den schwachen Duft nach Tinte ein.

An der Rückwand ruhten auf einer Reihe von Haken mindestens ein Dutzend Teleskope unterschiedlicher Länge und Linsen- sowie Spiegelgröße; in der Ecke stand ein einsames Teleskop, das doppelt so lang wie die anderen war und dessen Glas am Ende zwei Handbreit maß, auf einem Dreifuß. In den letzten paar Jahrzehnten hatte das Linsenschleifen einen großen Sprung nach vorn gemacht. Der Hidansand von der ebonischen Küste wies, wie man festgestellt hatte, einen geeigneten Scheueranteil auf, um sie gut zu polieren.

Tahn hielt wieder inne, überwältigt von dem Gefühl, irgendwie am … *richtigen* Ort zu sein. Er war noch klein gewesen, als er zuletzt hier gestanden hatte, aber die Jahre der Trennung verblassten mit jedem Moment, der verging, immer mehr.

Er lächelte über seine eigene Nostalgie und sah, als er aufschaute, die *Tafel* an der rechten Wand, wo sie immer gehangen hatte. Darauf waren die neuesten Erkenntnisse über die Tiefen des Himmels notiert. Wie eine fortlaufende Liste von Siegern eines Wettbewerbs verzeichneten Zahlen und Nummernzeichen, wer jeweils was herausgefunden hatte und wo er darauf gestoßen war. Zu guter Letzt stand gegenüber der Tafel nahe an der linken Wand ein gedrungener Schreibtisch, an dem ein Mann, der auf die fünfzig zuging, saß und geduldig auf ihre Fragen wartete.

Tahn zog Rithi auf den Ladenbesitzer zu und empfand die Art von Freude, die ein Kind durchströmt, wenn es überraschend ein Geschenk bekommt. Während sie sich dem Händler näherten, vertiefte sich dessen Stirnrunzeln immer weiter, und er musterte sie aufmerksam.

Als Tahn vor ihm stehen blieb, glättete sich die Stirn des Mannes, und er erhob sich mit einem breiten, lässigen Grinsen. »Gnomon! Bei den Sternen, du bist zurück!« Martin Bandel umrundete rasch seinen Schreibtisch und war drauf und dran, Tahn in einer gewaltigen Umarmung an sich zu drücken, als Rithi die Hand hob.

»Er ist verletzt«, sagte sie. »Erdrück ihn besser nicht.«

Martins Begeisterung staute sich in ihm an, bis er am Ende die Arme hochriss und brüllte: »Willkommen, mein Junge! Willkommen!«

Die dröhnende Stimme seines alten Freundes lockte dessen Frau, Shaylas, aus dem Hinterzimmer hervor. Dunkles, lockiges Haar fiel ihr bis über die Schultern. Sie war so groß wie Tahn und begrüßte ihn mit einem Lächeln. Das Wiedersehen mit ihr erinnerte Tahn daran, wie verschossen er als Kind in sie gewesen war. Er spürte, dass ihm die Hitze in die Wangen stieg.

Shaylas war so rank und schlank, wie sie es stets gewesen war, und hielt in den Armen ein Kind. Tahn musste an Sutter denken, als er sie mit dem Säugling sah. Martin und Shaylas waren in ihrer Jugend auf den Spielmannswagen gereist und aufgetreten. Sie waren nach Albenhain gekommen, um die alten Geschichten aufzuführen, und nie wieder fortgegangen. Jetzt hatten sie eine Familie gegründet. Es war das Leben, das Sutter vielleicht für sich selbst geschrieben hätte.

»Willkommen zurück, Tahn.« Shaylas trat auf ihn zu und küsste ihn auf die Wange.

All das ließ Tahn ein wenig schwach auf den Beinen werden.

»Oh, bei den Himmeln«, murmelte Rithi kaum hörbar.

»Ein Sohn«, sagte Tahn und sah erst Shaylas, dann Martin an, der ein übertrieben stolzes Lächeln aufsetzte.

»Warum auch nicht?« Martin mimte den Gekränkten. »Wir leiden schließlich nicht unter körperlichen Gebrechen.«

Shaylas lachte. »Ich weiß, was jetzt gleich kommt, also ziehe ich mich lieber zurück. Es war mir ein Vergnügen, dich wiederzusehen, Tahn.« Damit kehrte sie ins Hinterzimmer zurück und sprach unterwegs leise mit dem Kind.

Tahn lächelte und wandte sich seinem alten Freund zu. »Es ist gut, wieder hier zu sein, Martin. Wie geht es dir?«

»Das ist alles, was du zu sagen hast? Du verschwindest für acht Jahre, kommst dann in meinen Laden spaziert und fragst mich mit aller Selbstverständlichkeit, wie es mir geht? Ich hätte nicht übel Lust, dir mit meinem neuesten Spiegelteleskop eins überzuziehen!«

Tahn erinnerte sich, dass Martin fast einen Kult darum

betrieben hatte, Spiegelteleskope zu benutzen, da er Linsenteleskope als unnötiges Hindernis bei astronomischen Beobachtungen ablehnte.

Martin eilte davon und kehrte mit einem Teleskop zurück, dessen Länge mindestens dem Abstand von der Hüfte zu den Zehen entsprach. Sein Spiegel hatte einen Durchmesser von zwei Handbreit. »Verschling das mit den Augen, mein Junge.« Er reichte Tahn das Teleskop, der sanft die Finger darum legte. Es schmiegte sich so natürlich in seine Hand wie sein Bogen. Er sehnte sich verzweifelt danach, es auszuprobieren, aber er hatte kein Geld für etwas so Großartiges und durfte sich nicht ablenken lassen. Was wirklich Not tat, war, Polaema aufzusuchen. Jetzt, da er seinen Kokon verlassen hatte, musste er die Debattenfolge in Gang bringen. Mutter Polaema würde diejenige sein, die ihm half, alles in die Wege zu leiten.

Aber die Verlockung erwies sich als zu stark. Er hob das Teleskop und richtete es auf die Vordertür, um über die Straße zu spähen. Der Spiegel holte das Bild eines Mannes heran, der gerade im Schatten des Uhrmacherladens auf der anderen Straßenseite stand. Die Gestalt hatte ihre Aufmerksamkeit unverwandt auf Martins Geschäft gerichtet. Wer auch immer es war, konnte aus dieser Entfernung – und von außerhalb der *Peraden* – nicht wissen, dass Tahn ihn sah.

Aber es weiß doch niemand, dass ich hier bin.

Vielleicht hatte er seinen Kokon zu früh verlassen.

»Nicht schlecht, was?« Martins Frage war rhetorisch.

»Nicht schlecht«, pflichtete Tahn ihm bei und reichte das Teleskop zurück.

»Na, freu dich nicht zu früh!«, sagte Martin höchst sarkastisch. »Ich hatte ja vor, es dir zur Feier deiner Rückkehr zu schenken. Aber ...«

Tahn streckte die Hand aus und umfasste sanft den Ellbogen des Mannes. »Ich bin noch nicht völlig genesen, Martin. Sei nicht gekränkt. Und es besteht keine Notwendigkeit, Ware zu verschenken, noch nicht einmal an deinen besten Himmelstiefenbeobachter.« Er lächelte.

Martin erwiderte sein Lächeln. »Warum bist du eigentlich zurückgekommen, Gnomon?«

Tahn zögerte einen Moment lang, besann sich aber in der Wärme von Martins Lächelns darauf, dass der Händler ihm einst ein so guter Freund gewesen war wie Rithi. »Ich werde eine Debattenfolge einberufen.«

Martins Lächeln ging in ein freudiges Lachen über. »Aber natürlich! Und bei meinem besten Teleskop, diesmal wirst du gewinnen!« Er setzte dazu an, Tahn einen Schlag auf den Rücken zu verpassen, erinnerte sich dann aber an Rithis Warnung und machte ein sachtes Tätscheln daraus. »Lass mich wissen, ob du Hilfe brauchst. Ich könnte ein bisschen Spaß im Hörsaal durchaus vertragen.«

»Das werde ich«, sagte Tahn, denn er konnte sich gut vorstellen, dass er Martin irgendwann brauchen würde – der ehemalige Mime betrachtete die Vortragssäle, in denen die Debatten stattfanden, nur als eine andere Art von Bühne, auf der er spielen konnte. Dann erhaschte er einen Blick auf Rithis Gesicht. Die Erwähnung der Debattenfolge hatte ihr Lächeln verscheucht.

Eine neue Stimme ließ sie alle zusammenfahren. »Ich könnte selbst ein bisschen Spaß im Hörsaal vertragen.«

Tahn drehte sich um und bemerkte einen Fremden, der mit einem freundlichen Lächeln im Gesicht weniger als zwei Schritte entfernt stand. Er sah sie alle so an, als wäre er von Anfang an in ihr Gespräch mit einbezogen gewesen.

»Darius Franck«, stellte Rithi den Mann vor. »Philosoph. Ligat. Esel.«

Tahn zwang sich, nicht zu lachen.

»Ach, Gwen Alanes.« Darius trat vor und streifte sich, einen Finger nach dem anderen, die Handschuhe ab. »Es ist sehr interessant zu hören, dass Ihr vorhabt, an einer Debattenfolge teilzunehmen, wenn man bedenkt, welch unglückselige Erfahrungen Ihr damit gemacht habt.«

Martin hob einen fleischigen Arm. »Ihr könnt auch gleich das Maul halten, wenn Ihr es nur zu dem Zweck aufreißt. Das hier sind Freunde von mir, und einen, der das nicht respektiert, kann ich in meinem Haus nicht brauchen!«

Darius hielt die Hände hoch wie jemand, der ausgeraubt wurde. »Frieden, Frieden. Eine spitze Bemerkung hatte ich nach der über den Esel doch gut, findet Ihr nicht?«

Martin sagte nichts dazu, umklammerte sein Teleskop aber wie eine Keule.

Darius musterte Tahn von Kopf bis Fuß. »Das ist also Tahn SeFeery? Verfeinerer von Teleskopparabeln. Entdecker von Planeten, die von ihrer Bahn abweichen. Schoßhündchen der Weisen in ihren Glastürmen. Schreckhaftes Maultier, das die Flucht ergreift, wenn etwas Tragisches geschieht.«

Martin hob drohend das Teleskop.

Tahn legte eine Hand darauf und drückte es sanft nach unten. »Da bin ich Euch gegenüber im Nachteil. Alles, was ich über Euch weiß, ist, dass Ihr ein Esel seid.«

»Soweit ich weiß, hat Gwen ›Philosoph und Ligat‹ gesagt«, verbesserte Darius.

»Habe ich doch gesagt.« Tahn lächelte und zog die Kunstpause um der Wirkung willen in die Länge. »Esel.«

»Ich verstehe.« Darius räusperte sich und baute sich wie ein

Redner auf; vermutlich war das die einzige Angriffshaltung, die er kannte. »Dann wisst Ihr sicher auch nichts über einen anderen jungen Mann namens Tahn Junell, der durch die Gegend zieht, Kinder erschießt und das dann als bedauerlichen Begleitumstand eines Kampfes abtut.«

Die Stilletreuen kämpfen nicht immer in offener Feldschlacht, hatte Vendanji gesagt. *Sie spielen Leute wie uns gegeneinander aus und setzen Gerüchte in die Welt.*

Tahn staunte, dass die Gerüchte sich binnen weniger Tage so weit verbreitet hatten. Aber er staunte nicht lange. Die Wirkung der spitzen Bemerkung glich dem Fausthieb eines Feiglings, der angriff, während sein Gegner nicht hinsah, und verschlug Tahn fürs Erste die Sprache.

»Was wollt Ihr, Darius?« Rithi ließ seinen Namen wie einen Schandfleck der gesamten Philosophie klingen.

»Antworten«, erwiderte er geschmeidig. »Auf der Straße erzählt man sich gewisse Geschichten. Und dann taucht unser langvermisster Astronom auf und strebt eine Debattenfolge an. Ich versuche nur, diese recht unterschiedlichen Vorgänge miteinander in Einklang zu bringen.«

Tahn fand seine Stimme wieder. »Das verstehe ich.«

»Oh, ein vernünftiger Kerl«, sagte Darius. Sein Tonfall triefte vor Herablassung.

»Natürlich – das ist die Arbeit der Philosophie.« Tahn gestikulierte übertrieben. »Da Ihr überhaupt keine richtige Wissenschaft betreibt, haltet Ihr es für Eure Aufgabe, die Arbeit derer, die es tun, miteinander in Einklang zu bringen. Vollkommen verständlich.«

Darius' Lächeln schwand keinen Augenblick lang. »Und doch stehen uns zwanzig Prozent des Vermögens des Hains zu und werden von uns verwaltet …«

»Das klingt, als solltet Ihr Geldverleiher werden«, sagte Tahn und erwiderte das Lächeln.

Darius nickte, wie jemand es tut, der eine gute Debatte genießt. »Was wird denn das Thema Eurer Debattenfolge sein, wenn ich fragen darf?«

»Nun ja, ich würde es Euch ja gern erklären, aber es beinhaltet theoretische Mathematik, und es hört sich für mich so an, als ob Ihr Euch, was Zahlen betrifft, am besten mit Eigentumsanteilen und Gewinnspannen auskennt. Wie steht es heutzutage um den Exporthandel des Hains mit Philosophietraktaten? Ist er rege? Oder verdient der Hain sein Geld mit echten wissenschaftlichen Erkenntnissen ... wie er es *immer* getan hat?«

Martin brüllte vor Lachen, so dass ein kräftiger Speichelschauer Darius' Stirn besprengte.

Der Philosoph zog so gesittet wie möglich ein Taschentuch hervor und wischte sich die Spucke ab, um Martin dann das Tüchlein zu schenken. Erstaunlicherweise verflog sein Lächeln dabei nicht, auch wenn es etwas angespannter wirkte und es Darius schwerer zu fallen schien, es beizubehalten.

Tahn nahm an, dass es an dem Speichel lag; wenn er auch nur ein wenig Menschenkenntnis besaß, dann war Darius über die Aussicht, einen würdigen Gegner zu bekommen, freudig erregt.

»Ich löse so gern ein gutes Rätsel wie nur irgendeiner«, sagte Darius, »selbst wenn es sich um einen mordenden Astronomen dreht. Dann warte ich eben auf die förmliche Ankündigung. Und ich muss Euch sagen« – er beugte sich zu Tahn herüber –, »dass ich hoffe, dass Ihr an den Kollegien der Physik und Mathematik vorbeikommt.«

»Weil Ihr glaubt, dass ich dann im Kolleg der Philosophie verlieren werde?«, vermutete Tahn und schüttelte den Kopf, weil es so offensichtlich war.

»Nein«, sagte Darius und schlug ihm auf den Rücken. »Weil Ihr gegen *mich* verlieren werdet. Ich bin in unserem Kolleg der führende Redner bei Debattenfolgen.«

»Ist das alles?«, fragte Tahn und klopfte Darius seinerseits auf den Rücken.

Darius schüttelte leicht den Kopf. »Nein, eigentlich nicht. Wisst Ihr, ich bin gewissermaßen in offizieller Funktion hier.«

»Ach so?« Rithi drehte sich zu Darius um.

»Ja, und nicht als Philosoph, was Euch freuen dürfte, sondern als Mitglied der Liga.« Darius trat noch näher an Tahn heran, und seine Miene wurde ernst. Er sah Rithi und Martin an. »Wusstet Ihr, dass Tahn mit bekannten Gesetzlosen und Verbannten befreundet ist? Er ist selbst noch vor kurzem in den Verliesen des Solath Mahnus festgehalten worden. Ich bin der höchstrangige Ligat im Hain, und es ist meine Aufgabe, hier für Sicherheit zu sorgen und dem Gesetz Geltung zu verschaffen.« Er setzte ein dünnes Lächeln auf. »Und genau das werde ich tun … mit allen Mitteln, die mir zu Gebote stehen.«

»Drohungen? In einem Astronomieladen?« Tahn lachte. »Wir lange habt Ihr darauf gewartet, mich in aller Öffentlichkeit abzufangen?«

Darius' Gesicht erhellte sich zu seinem früheren leutseligen Ausdruck. »Nur damit eines klar ist, mein Freund: Die Politik im Hain ist einzigartig, eine komplizierte Mischung aus Wissenschaft und Gesetz. Sorgen wir doch dafür, dass Ihr nicht dagegen verstoßt, ja? Ihr wollt doch gewiss nicht die Debattenfolge, die Ihr plant, aufs Spiel setzen.«

Die Drohung in Darius' letzten Worten traf Tahn tief.

Darius verneigte sich vor Rithi, salutierte vor Martin und tippte sich an die Schläfe, um sich von Tahn zu verabschieden. *Verliert ja nicht den Kopf*, schien er zu sagen.

Darius schlenderte aus den *Peraden* hinaus und pfiff im Gehen. Als er fort war, schien es im Astronomieladen etwas zu still zu sein.

»Nun, du *warst* der Beste, mein junger Freund«, bemerkte Martin scherzhaft.

»Ist er so gut?«, fragte Tahn.

Rithi antwortete für beide: »Sosehr es mir widerstrebt, das zu sagen: ja.« Dann wandte sie sich ihm zu. »Wann wolltest du uns denn von diesen faszinierenden Freunden erzählen, die du da hast – den Gesetzlosen und Verbannten?«

Tahn zeigte in die Richtung, in die Darius verschwunden war. »Er lässt es ganz anders klingen als die Wirklichkeit.«

»Das wird er auch den Weisen des Hains gegenüber tun, sobald wir ihm einen Vorwand liefern«, erwiderte Rithi.

»Gut, Frieden. Ich werde Euch das Wichtigste über all meine Freunde erzählen, wenn es von solchem Interesse ist.« Er lächelte. »Aber ich würde mir darüber keine Sorgen machen.«

Martin legte Tahn eine Hand auf die Schulter. »Achte nur darauf, die Debattenfolge nicht zu gefährden. Darius könnte dazu imstande sein. Geh wie auf Eierschalen.«

»Nun mal langsam mit den jungen Pferden. Wir haben bisher doch gar keine Debattenfolge erbeten.« Tahn war ziemlich gut gelaunt.

»Richtig. Und wir müssen dich auf den neuesten Stand bringen, wenn du wieder am Spiel teilnehmen willst.« Martin setzte ein herausforderndes Grinsen auf und winkte Tahn zur Tafel hinter sich hinüber. »Gehen wir doch gleich an die Arbeit, ja?« Martin strich sich über den dünnen grauen Bart, ein Funkeln, aus dem Freude und Mahnung zugleich sprachen, in den Augen, während er sich in seinem Laden umsah und sich vergewisserte, dass sie allein waren. Danach hob er die Hand und tastete nach einem schlichten Hakenverschluss an einer Seite der Tafel. Auf den leisesten Druck hin rollte die Tafel nach oben und gab eine zweite Schieferplatte dahinter frei. Eine neuerliche Welle von Erinnerungen brach über Tahn herein, der diese verborgene Tafel vor langer Zeit schon einmal gesehen hatte.

Martin sagte nichts, sondern ließ Tahn in Ruhe lesen, was dort in gelber Kreide niedergeschrieben stand. Die Beobachtungen waren mit mehreren mathematischen Gleichungen verbunden. Hinter sich hörte Tahn Rithi einen kehligen Laut ausstoßen. Überraschung? Besorgnis?

Es waren Berechnungen, die vielleicht die seltsame Richtungsänderung von Pilona Soray erklärten – den Grund dafür, dass sie von ihrer Bahn abgewichen war.

Er wandte sich an Martin. »Bist du der Einzige, der darüber Bescheid weiß? Warum hältst du es versteckt?«

Sein alter Freund legte sich einen Finger an die Nase. »Das, mein junger Freund, ist eine sehr gute Frage und zugleich eine, die ich mit Freuden beantworten werde. Aber nicht hier. Und nicht jetzt. Nun zieh deiner Wege und erinnere dich weiter an das, was noch vergessen ist, und wenn du es dann immer noch wissen willst, such mich nach Sonnenuntergang an einem der üblichen Orte auf.«

Tahn studierte die Zahlen noch eine Weile. Er war in Mathematik nicht so gut wie Martin und ganz gewiss nicht so gut wie Rithi, aber was er zu sehen glaubte, hing vielleicht mit dem Grund dafür zusammen, dass die Stilletreuen in der Lage waren, die Bahrenberge zu überqueren und Naltus anzugreifen, und verband ihn mit Pilona Sorays Abweichen von ihrer Bahn.

Martin streckte ihm eine kleine Ringuhr hin – eine Art tragbarer Version einer Armillarsphärensonnenuhr. »Dass ich dir so viel schenke, lässt du aber zu, nicht wahr?«

Tahn lächelte und nahm die Uhr, ein einfaches Werkzeug, um die Zeit zu messen. Die Ringe ließen sich flach zusammenfalten, so dass man sie in der Tasche tragen konnte, aber das war nicht der Grund, weshalb Martin sie ihm geschenkt hatte, das sah Tahn den Augen seines Freundes an, als er die Ringe in seinem Hemd verstaute. Diese Sonnenuhr hatte einen beweglichen Gnomon, um den Schatten zu werfen. Der Vorteil solch eines Instruments bestand darin, dass der Gnomon nicht an den Himmelspolen ausgerichtet werden musste. Die Bedeutung des Geschenks war klar und ähnelte ein wenig Martin selbst, da dieser es hasste, gezwungen zu werden, sich an irgendetwas anzupassen.

Tahns Lächeln wurde breiter. »Ein wandernder Gnomon für den wandernden Gnomon. Schlau!«

Ohne weitere Umstände zog Martin die äußere Tafel herab, verriegelte sie und kehrte an seinen Schreibtisch zurück, wo er sich eine Brille auf die Nase setzte und sich vorbeugte, um eine Quadrantenkarte zu betrachten.

Tahn lächelte auch darüber. Rithi aber … ihr Gesichtsausdruck war nach wie vor besorgt, und sie starrte weiter die Tafel an, als würde sie noch immer die Berechnungen auf dem verborgenen Schieferstück vor sich sehen.

Als er ihrem Blick folgte, bemerkte Tahn plötzlich, was auf die obere Tafel gekritzelt war. »Martin, stimmt das hier?«

Sein alter Freund schaute von der Karte auf und sah, wohin Tahn zeigte. »Ach ja. Recht selten, aber nicht einmal annähernd so interessant wie das, was ich euch auf der unteren Tafel gezeigt habe.« Seine Nase richtete sich wieder auf seine Karte.

»Was?«, fragte Rithi, die seiner Stimme offensichtlich die Besorgnis anhörte. »Es verzeichnet Datum und Uhrzeit der Mondfinsternis.«

»Aber die des zweiten Mondes«, sagte Tahn. »Ich habe die Finsternis des ersten Mondes vor nicht allzu langer Zeit gesehen. Gewöhnlich folgen sie nicht so dicht aufeinander.«

»Nein«, stimmte sie ihm zu, »aber wie Martin schon gesagt hat, ist es auch nicht völlig *beispiellos*.«

Tahn starrte die Schiefertafel an und suchte nach Zusammenhängen. Die erste Mondfinsternis war eingetreten, als die Stilletreuen nach Naltus gekommen waren. Wenn die beiden Ereignisse etwas miteinander zu tun hatten, dann hatte die Mondfinsternis Tausende von Stilletreuen durch den Schleier geführt. Und der zweite Mond, Ardua, wirkte zwar am Nachthimmel kleiner, verfügte aber über eine höhere Dichte. Die Gezeiten stiegen und sanken in ihren Phasen stärker. Falls Tahns aufkeimender Verdacht auch nur annähernd Hand und Fuß hatte, mussten sie sich an die Arbeit machen – und zwar schnell. Zum Teil wegen Ardua, aber mehr noch wegen der Beobachtungen, die auf die geheime Tafel gekritzelt waren. Ihnen blieb nicht mehr viel Zeit bis zur nächsten Mondfinsternis. Bis zum Anrücken der nächsten stilletreuen Armee.

»Gehen wir«, sagte er und setzte sich in Bewegung. Seine Muskeln protestierten gegen seinen Schwung, aber er kämpfte den Schmerz nieder. Es galt Nachforschungen anzustellen, und es fühlte sich verdammt gut an, damit beschäftigt zu sein.

Er hatte den Mann, der auf der anderen Straßenseite stand, schon vergessen, bevor sie die *Peraden* auch nur verlassen hatten.

44

ALLES IST EIN KAMPF

Die dysphonische Gesangstechnik wird oft ausschließlich als Kampfmittel betrachtet. Dem ist nicht so. Man sollte sie lieber als »unnachgiebig« verstehen. Unter diesem Blickwinkel hat sie jeden nur erdenklichen Nutzen.

(Fortgeschrittene Gesangstheorie, Discantus-Kathedrale, ein selten gelehrter Kurs, der auf dem Musikstil der Mor basiert)

Wendra betrat das Musikzimmer und sah Belamae auf einem einsamen Stuhl inmitten des Durcheinanders und der Trümmer der gestrigen Gesangsstunde sitzen. Es war höchst bedauerlich, dass die schönen alten Instrumente zu Bruch gegangen waren. Belamae wartete mit mürrischer Miene, als hätte er hier schon lange gesessen und gegrübelt. Seitlich von ihm kniete Telaya und sammelte Teile einer zertrümmerten Laute ein – eine Aufgabe, der sie sich mit äußerster Sorgfalt widmete.

»Das genügt, Telaya.« Belamae nickte. »Lasst es gut sein.«

»Aber Maester, die Instrumente müssen aufgesammelt werden …«

»Darum kümmere ich mich schon«, versicherte er ihr. »Aber vielen Dank.«

Telaya nickte ehrerbietig, stand auf und machte einige Schritte durch den Raum. Als sie auf einer Höhe mit Belamae war, blieb sie stehen. »Kommt Ihr?«

»Gleich«, sagte er. »Sorgt dafür, dass Luela sich um Dalyn kümmert und es ihm bequem macht, bis wir ankommen.« Er wischte sich die Stirn mit einem Tuch ab.

Telaya beugte sich über ihn. »Maester, geht es Euch gut?«

Nach einem Augenblick lächelte er und legte ihr beruhigend die Hand auf den Arm. »Ich erhole mich schon.«

Telaya nickte und bedachte Wendra, bevor sie das Musikzimmer verließ, mit einem verächtlichen Blick.

Sobald sich die Tür hinter ihr geschlossen hatte, seufzte Wendra erleichtert. »Ich mache mir nicht gerade viele Freunde.«

Belamae lächelte, als er erwiderte: »Telaya ist zu Eurer persönlichen Musiklehrerin bestimmt worden.«

»Oh, wunderbar.«

Sein Lächeln wurde etwas breiter. »Telayas einzige echte Zuneigung gilt der Musik, und sie arbeitet härter als die meisten anderen – vielleicht härter als alle – daran, die Techniken zu perfektionieren, die wir ihr beibringen.« Er neigte den Kopf leicht zur Seite. »Das kann man ihr wohl kaum zum Vorwurf machen. Aber sie ist eine Lyren und verfügt nicht über die Leiholangabe, und das ist etwas, das an ihr nagt.«

»Es schien mir mehr als das zu sein«, bemerkte Wendra.

»Der Morgen war anstrengend.« Belamae begab sich zu einem Cembalo. »Einer der Leiholan, Dalyn, ist beim Leidenslied zusammengebrochen. Das Leid hat ihn übermannt. Er musste ersetzt werden.«

Damit schien das Thema für Belamae abgeschlossen zu sein, und er setzte sich zurecht, um eine Tonleiter auf dem Cembalo zu spielen.

Wendra unterbrach ihn, bevor er auch nur beginnen konnte. »Maester, es tut mir leid, was gestern geschehen ist. Ich wollte nicht …«

»Macht Euch darum keine Gedanken«, entgegnete Belamae leichthin. »Ich habe Euch doch gesagt, dass es mit Gefahren verbunden ist, Leiholan auszubilden.«

Wendra war sich nicht ganz sicher, wie sie die Frage stellen sollte, aber sie musste es einfach wissen. »Ich habe Euer Lied gesehen. Ich habe gesehen – und gehört –, wie Ihr das Leidenslied umgestaltet habt … für den Krieg.«

Belamae ließ die Hände in den Schoß sinken; sein Blick wurde entschuldigend und geistesabwesend. »Wir haben unsere Resonanz mit Eurer Mutter begonnen, nicht wahr?« Er hielt inne und sah sie nun mit einem gewissen Mitleid an. »Ich werde Euer Gedächtnis wiederherstellen, damit Ihr mehr von den Eltern haben könnt, die Ihr verloren habt. Aber erst später, nach unserer heutigen Unterrichtsstunde. Jetzt müssen wir erst einmal Musik machen.«

Sie setzte sich rasch neben ihn und legte ihm eine Hand auf die Finger, bevor er zu spielen beginnen konnte. »Ihr habt meiner Mutter beigebracht, wie man das Leidenslied als Waffe einsetzt. Für den Fall, dass sie uns beschützen musste.«

Er drehte ihre Hände um und umfasste ihre fest mit seinen. »Ich habe Eure Mutter geliebt – so sehr, wie ihr eigener Vater sie liebte. Ich konnte den Gedanken nicht ertragen, was hätte geschehen können, wenn …« Er räusperte sich. »Aber es war ein Fehler. Mein Fehler. Als ich in Eurem Alter war, nahm ich das Leidenslied und kehrte in mein Heimatland zurück, um dem Kriegsruf zu folgen. Ich habe das Lied missbraucht. Und als ich zurückgekehrt war und begonnen hatte, Leiholan auszubilden … hatte ich einen schwachen Moment. Ich brachte Voncencia bei, was ich gelernt hatte.« Er sah sie entschlossen an. »Den Fehler werde ich nicht noch einmal begehen.« Damit war die Sache erledigt.

Und doch konnte sie noch einen Teil seines Leidensliedes hören. Es war ein Klang, den sie nicht vergessen konnte und auch gar nicht vergessen wollte.

Er bemühte sich sichtlich, die belastenden Nachwirkungen ihres Gesprächs abzuschütteln. »Ihr und ich müssen immer noch zur Einstimmung gelangen. Zur Resonanz. Hier, lasst mich Euch zeigen wie.« Belamae wies auf eine Fiedel, die nach der gestrigen Unterrichtsstunde mit zerschmettertem Hals und Klangkörper einige Schritte entfernt liegen geblieben war. Er begann zu singen, und das zerbrochene Instrument klapperte und erhob sich in die Luft. Dort schwebte es einige Augenblicke. Dann beendete Belamae seinen Gesang, und die Fiedel fiel mit einem leisen Knacken und einem misstönenden Schnarren wieder zu Boden. »Alles, was ich hier getan habe, war, die Resonanz dieses Raums, der Luft, des Holzes, der Darmsaiten und der Knochen des Instruments zu singen. Ich habe beeinflusst, was nötig war, um die Fiedel zu bewegen und aufzuheben. Das Material, aus dem sie besteht, hat auf diese Schallwellen reagiert. Nun seht her.« Er begann wieder zu singen.

Diesmal erzitterte die Fiedel und erhob sich – und langsam begannen die Holzsplitter sich wieder zusammenzufügen. Im Laufe weniger Augenblicke bildete die Geige sich neu und sah nun wieder aus wie früher. Die Saiten strafften sich und begannen zu summen. Dann ließ Belamae sein Lied leise ausklingen, und das Instrument fiel wieder in zerschmetterten Stücken zu Boden.

»Könnt Ihr mir sagen, was der Unterschied war?«, fragte er.

Wendra konnte den Blick nicht von der Fiedel losreißen,

aber sie wusste es. »Ihr habt das Lied der Fiedel gesungen«, sagte sie. »Ihr habt eine Resonanz mit mehr als nur dem Material der Fiedel hergestellt. Ihr habt eine Resonanz mit dem *Gedanken* der Fiedel erreicht – mit ihren ureigensten Schallwellen.«

Als sie den alten Mann wieder ansah, lächelte er. »Genau. Die ältesten Gesetze, Wendra, legen fest, dass Materie weder erschaffen noch zerstört werden kann, sondern nur verändert oder erneuert. Indem ich die Schwingungen aufgespürt habe, die in der Zusammensetzung aus Holz und Saiten stecken, all die Dinge, die der Geige« – er lächelte – »ihr Fiedeltum verleihen, habe ich sie sich selbst zurückgegeben, wenn auch nur für kurze Zeit.«

Wendra nickte aufgeregt. »Aber warum habt Ihr sie nicht ganz gelassen?«

»Oh, so bin ich einfach. Ich genieße es, Instrumente auf altmodische Art zu reparieren. Irgendwann einmal zeige ich Euch meine Geigenbauerwerkstatt.« Er bedeutete ihr mit einer Handbewegung, dass sie nun auf ein anderes Thema kommen würden. »Ich will, dass Ihr Euch jetzt darauf besinnt, dass unser Ziel das Leidenslied ist. Das Lied trägt diesen Namen, weil der Leiholan, der es singt, einer schrecklichen Abfolge historischer Ereignisse seine Stimme leihen muss – der gesamten Geschichte derjenigen, die in den Born verwiesen wurden. In einigen Teilen geht es um Darben und Krieg … und um reichlich echtes Leid. Das werdet Ihr singen müssen. Ihr werdet im Einklang damit sein müssen, wie ich es mit dieser Fiedel war.«

Die Vorstellung ließ sie ehrfürchtig werden, erregte sie und flößte ihr zugleich eine Angst ein, die sie sich nicht erklären konnte, ganz wie das erste Jagdmesser, das ihr Vater ihr geschenkt hatte. Sie war glücklich und stolz und aufgeregt gewesen – und dann war ihr klar geworden, wozu dieses Messer diente.

»Aber eines müsst Ihr wissen, Wendra.« Belamae hob warnend einen Finger, und seine Miene verdüsterte sich. »Jedes Mal, wenn Ihr in Resonanz mit etwas oder jemandem singt, verändern sich Eure eigenen Schwingungen ein klein wenig.«

Diesmal verstand sie die Lektion voll und ganz, schon bevor er sie aussprach.

»Das ist die Natur des Liedes. Die Natur des Leidens. Es wandelt sich stets ...«

»Ist Soluna deshalb gestorben?« Sie hatte die Worte schon hervorgesprudelt, bevor sie es sich zweimal überlegen konnte.

Er betrachtete sie eine ganze Weile. »Das glaube ich nicht«, sagte er schließlich. »Und bevor Ihr fragt: Ich weiß nicht, warum sie gestorben ist. Nur, dass die Anforderungen, die das Leidenslied stellt, wachsen. Sie steigern sich seit jeher.«

»Ich wollte nicht taktlos sein.«

Er lächelte das Lächeln eines nachsichtigen Lehrers. »Ich weiß. Worauf es ankommt, ist, dass das Lied nie stillsteht. Und so werden die Auswirkungen des Einstimmens, der Resonanz mit einer Fiedel oder mit mir ... oder irgendetwas anderem nicht allein einen Wandel in dem auslösen, was Ihr besingt, sondern sich auf Euer eigenes Lebenslied auswirken. Natürlich nur Stück für Stück. Aber deshalb bin ich so besorgt um Euch. Denn ganz so, wie Ihr dies hier tun könnt, um etwas wiederherzustellen, könnt Ihr es auch tun, um etwas zu zerstören.«

Wendra dachte an die Schlacht auf dem Soliel zurück. »Das habe ich schon getan.«

»Nein. Das habt Ihr nicht.« Er schüttelte den Kopf. »Oh, Ihr seid von dunklem Schall erfüllt, gewiss – und daran werden wir arbeiten. Aber was Ihr getan habt, war eher so, als hättet Ihr die geborstenen Teile einer Fiedel nur hochgehoben. Ihr müsst erst noch die Resonanz eines Gegenstands finden und sie wahrhaftig singen.«

Etwas widerstrebend fragte sie: »Was geschieht, wenn ich die Resonanz eines anderen Menschen singe?«

»Das hängt von Eurer Absicht ab. Wir werden bald eine ganze Unterrichtsstunde der Absicht widmen.« Dann nickte er so, wie ihr Vater es immer getan hatte, wenn er gezwungen gewesen war, etwas Unschönes zu erklären. »Für den Augenblick müsst Ihr nur Folgendes wissen: Sobald Ihr eingestimmt seid und die Resonanz eines Gegenstands wahrnehmen könnt, ist es möglich, im Einklang damit oder *nicht im Einklang* mit dieser Schwingung zu singen. Ersteres nennen wir Harmonie. Letzteres nennen wir Dissonanz. Die Wirkung kann die Natur des Gegenstands, den Ihr besingt, verändern … oder ihm vollständig den Garaus machen.«

Die Art, wie Belamae das Wort *vollständig* aussprach, hinterließ ein Gefühl eisiger Angst in Wendras Magengrube.

Dann zog er die Augenbrauen hoch und unterstrich so seine folgenden Worte: »Und jedes Mal, wenn Ihr etwas niederreißt oder zerstört, verändern sich auch die Schwingungen *Eures* Lebens auf eine Art, die *Euch* dissonanter macht, während jedes Mal, wenn Euer Gesang erhebend oder inspirierend ist, die Vibrationen des Liedes, das Ihr selbst seid, zu einer kraftvolleren Melodie werden.«

Sie nickte und verstand, da sie an all die Male zurückdachte, die sie ein Lied hervorgebracht hatte, um etwas niederzureißen.

Belamae schenkte ihr ein tröstendes Lächeln. »Ich sage Euch das, damit Ihr die Verantwortung versteht, die Euch die Leiholangabe aufbürdet.«

»Ist es zu spät, sie zurückzugeben?« Sie zog bei der scherzhaften Frage die Augenbrauen hoch.

Belamae lachte laut aus dem Bauch heraus, aber sein Gelächter brach mit einem gequälten Gesichtsausdruck und einem heftigen Hustenanfall ab. Er nahm sich einen Moment Zeit, um sich wieder zu sammeln. »In der Tat«, sagte er schließlich. »Jedenfalls besteht der große erste Schritt in der Einstimmung. Sie wird Euer Lied stärker machen. Euch mehr Beherrschung verleihen.« Er schwieg eine Weile. »Selbst wenn Ihr beschließt, nicht bei uns in der Discantus-Kathedrale zu bleiben, was Ihr, wie ich hoffe, nicht mehr in Erwägung zieht. Wir brauchen Euch hier dringend.«

Sie erwiderte seinen Blick und sagte nichts. Sie wollte gern alles lernen, was es darüber zu wissen gab, eine Leiholan zu sein, und sie wollte das Leidenslied einüben und singen. Aber es vergingen nur wenige Stunden, in denen sie nicht über die Menschen nachdachte, die gefangen genommen und in den Born verschleppt wurden, wie es auch ihr und Penit beinahe zugestoßen wäre. Sie konnte sich einfach nicht des Eindrucks erwehren, dass sie etwas dagegen unternehmen musste. Dass sie es *konnte*. Und vielleicht umso mehr, nachdem sie hier einige Zeit bei Belamae verbracht und so mehr über *sein* Lied gelernt hatte, das sie während ihrer Augenblicke der Resonanz in ihm gefunden hatte.

Dann stieß Belamae sie an, um ihr zu bedeuten aufzustehen. »Es ist an der Zeit für die nächste praktische Übungsstunde.«

Wendra erhob sich, fühlte sich aber unsicher. »Ihr glaubt, dass ich dafür bereit bin.«

Ohne ein weiteres Wort führte er sie aus dem Zimmer und dann schweigend einen langen Weg durch die Discantus-Kathedrale. Sie kamen an unzähligen Türen vorbei, hinter denen Musikunterricht und Aufführungen von solcher Lebendigkeit und Verschiedenheit stattfanden, dass Wendra gern stehen geblieben wäre, um hundert Fragen zu stellen. Sie gingen Treppen hinab, durch Atrien und durch tunnelgleiche Korridore. Wendra hätte sich verlaufen, wenn sie allein gewesen wäre. Am Ende gelangten sie zu einer Tür in einem Flügel mit privaten Unterkünften, den Wendra zuvor noch nicht besucht hatte. Allerdings wusste sie, dass hier die Leiholan lebten.

Belamae bedachte sie mit einem kurzen, fragenden Blick, bevor er in dieses private Zimmer schlüpfte und ihr bedeutete hereinzukommen. Ein Mann von ungefähr dreißig Jahren lag im Bett und schlief unruhig. An seiner Seite saß eine ältere Frau, die ihm die Stirn mit einem Lappen kühlte, den sie gelegentlich in ein Wasserbecken auf dem Tisch neben dem Bett tauchte. Auf der gegenüberliegenden Seite des Raums saß Telaya und trug etwas in eine Liste ein; sie schaute zu Belamae und Wendra hoch, und aus ihrer Miene sprach offene Missbilligung.

Belamae trat ans Bett. »Wie geht es ihm, Luela?«

Die ältere Frau fuhr in ihrer Beschäftigung fort, dem Mann Stirn und Wangen mit ihrem Lappen zu kühlen. »Er schwebt nicht in Lebensgefahr. Aber es war mir nicht möglich, aus der Krankheit den Grund für das abzuleiten, was beim Leidenslied geschehen ist. Er hat Fieber, das ich weder mit Weidenrinde noch mit Balsaholzwurzel senken kann, und er schläft und ist einfach nicht aufzuwecken.«

Belamae nickte und winkte dann Wendra zu sich heran. »Das hier ist Dalyn. Einer unserer neuesten Leiholan – aber verwechselt ›neu‹ nicht mit ›schwach‹.« Er hielt inne und legte dem Mann eine Hand auf die Brust. »Und doch ist er krank geworden, als er heute Morgen das Leidenslied gesungen hat.«

Wendra sackte der Magen in die Kniekehlen. »Ihr wollt, dass ich versuche, die Krankheit von ihm zu nehmen, nicht wahr?«

»Das ist die falsche Art, es sich auszumalen.« Er bedachte sie mit seinem nachsichtigen Lächeln. »Ich will, dass Ihr in Einklang mit ihm gelangt – und mit der Vorstellung von Gesundheit. Schöpft aus Eurem eigenen Gefühl der Gesundheit.«

»Was, wenn es … misslingt?«

»Ich bin ja da.« Er legte ihr die freie Hand auf die Schulter. »Aber wenn Ihr das Leidenslied singen sollt, müsst Ihr eingestimmt sein, und zwar nicht nur auf Dissonanzen. Versteht Ihr?«

»Die praktische Übung besteht darin aufzubauen, statt niederzureißen«, sagte sie. »In etwas anderem als *meinem* Lied.«

Er schüttelte den Kopf. »Es ist *alles* Euer Lied, Wendra. Ihr habt Euch nur zumeist für einen bestimmten Kehrreim entschieden. Singt heute etwas Neues. Etwas, das zu Dalyn passt.« Sein Lächeln wurde strahlender, und er trat beiseite und schob sie sanft näher heran.

Wendra setzte sich ans Bett des Mannes. *Das kann ich nicht.* Sie klärte ihren Geist. Wenn sie schon scheitern musste, dann nicht aus Zweifeln heraus. Mehrere Augenblicke lang musterte sie Dalyns Gesicht und suchte nach einer Eingangsmelodie. Als sie keine fand, begann sie wie so oft, wenn sie etwas Neues sang, mit der Melodie ihrer Spieldose.

Die Dose war ein Geschenk von ihrer Mutter gewesen. Mithilfe ihrer Melodie hatte Wendra sich damals in den Höhlen unter der Sedagin-Hochebene zum ersten Mal selbst geheilt. Nachdem sie einige Takte weit in das Lied vorgedrungen war, fand sie einen anderen Melodieverlauf. Sie malte sich die Last des Leidensliedes aus. Sie stellte sich Soluna vor, die Leiholan, die unter dieser Bürde gestorben war. Und Ton um Ton wuchs ihre Melodie. Sie begann, in kühnen Fetzen zu erklingen, so, wie Kampfgesänge es tun. Sie verlieh ihr Kraft und Lautstärke, und es war ihr gleichgültig, dass sie zu laut für das kleine Zimmer klang. Was sie sang, war nicht einfach eine Wiederherstellung der Gesundheit: Es war eine Herausforderung an die Krankheit, eine Verkündigung unbeschadeter Vollständigkeit.

Sie beugte sich vor und sang laut in Dalyns Gesicht. Einen Moment lang hatte sie den Eindruck, spüren zu können, wie die Krankheit sich gegen sie stemmte und mit ihr darum rang, Dalyn festzuhalten. Wendra sang noch lauter. Sie beschwor die Rauheit ihres Liedes herauf – die Dysphonie, wie Belamae es nannte. Sie stieg aufs Bett, rückte näher an diesen kranken Leiholan heran und schrie ihr Lied keinen Fingerbreit von seiner Nase und seinem Mund entfernt heraus. Sie forderte diese götterverdammte Krankheit zum Kampf, diese Leidensliedkrankheit, die ihn niedergestreckt hatte! Sie rief mit ihrem Schreigesang nach Dalyns Kraft, damit sie zurückkehrte.

Und einen Augenblick später öffneten sich flatternd seine Augenlider, und ein breites Lächeln trat strahlend in seine Augen und auf seinen Mund. Es war, als hätte er jeden gekreischten Ton gehört und wäre höllisch dankbar dafür. Er langte nach oben und umarmte sie kräftig wie ein Bär. Zumindest in seinen Armen war keinerlei Schwäche zurückgeblieben.

Als er sie losließ, wandte er sich mit einem schiefen Grinsen, das beifällig wirkte, an Belamae. »Leiholan?«

Belamae schien ihn gar nicht zu hören. »Ein Kampfgesang. Ich will verflucht sein! Ihr macht sogar die Gesundheit zur Schlacht.«

Sie zuckte mit den Schultern. »Es scheint gewirkt zu haben.«

Darüber lachte er aus vollem Hals. »Und Ihr habt auch noch das Lied Eurer Mutter als Ausgangspunkt gewählt.« Seine Augen blitzten auf, als er Voncencia erwähnte. »Kommt. Eines bleibt Euch und mir noch zu tun.«

Sie verabschiedeten sich. Telaya dankte in angemessenem Maße, doch ihrer Stimme und ihrem Gesicht war immer noch kühle Zurückhaltung anzumerken. Als sie dann auf dem Gang standen, nahm Belamae Wendra beim Arm.

»Jetzt ist es an der Zeit für Euch, die Erinnerung an Eure Mutter zurückzugewinnen … vollständig. Voncencia hat besser als jeder andere Leiholan, den ich je unterrichtet habe, verstanden, was ich Euch beizubringen versuche.«

Wendra hatte vergessen, dass ihr Gedächtnis wiederhergestellt werden sollte. Als sie den Namen ihrer Mutter hörte, brach eine weitere Welle der Trauer um ihre gestohlenen Erinnerungen über sie herein.

Der Maester wartete nicht auf einen besseren Zeitpunkt und suchte auch keinen angemesseneren Ort auf. Er führte sie zu einem Sitz auf dem Flur und begann sofort zu singen. Es war eine leise, langsame Arie, voll Zärtlichkeit und einem Unterton von Verlustschmerz dargeboten, aber auch voll freudiger Erinnerungen.

Wendra wurde davon mitgeschwemmt: Der gegenwärtige Augenblick entglitt ihr, und eine Art Leere füllte ihren Geist aus. Dann wurden so allmählich, wie eine Blume in den ersten Sonnenstrahlen der Morgendämmerung erblüht, Bilder vor ihrem inneren Auge sichtbar, und bittersüße Gefühle übermannten sie.

45

DER NUTZEN DER JUGEND

Aus dem, wozu ein Gegner nicht bereit ist, lässt sich mehr schließen als aus dem, wozu er bereit ist.

(Maxime aus Entlarvung verräterischer Verhaltensweisen, *einem rekonstruierten Text aus dem Osten von Mal'Tara, nun im Besitz der Ligaführung)*

Das Speisehaus war für Roths Treffen mit der Gesandten aus Estem Salo geräumt worden. Er wollte das bevorstehende Gespräch ungestört führen. Helaina ließ ihn von ihrer Meritengarde beschatten, und so war ein Treffen an einem öffentlichen Ort, an dem seine eigenen Männer Türen und Fenster bewachen konnten, die sicherste Wahl. Als er den Saal schließlich betrat und die sehr junge Frau sah, tat er etwas, das er sonst kaum jemals tat: Als er ihre Hand ergriff, legte er seine linke Handfläche über ihre verschlungenen Finger. Es war eine seltene Geste voll Wärme und Vertraulichkeit, die dazu dienen sollte, die junge Politikerin einzulullen.

»Setzen wir uns doch«, sagte er liebenswürdig und bot ihr den Arm.

Ein langer Tisch war bereits mit Tellern gedeckt. Warmes

Weizenbrot, das großzügig mit Butter bestrichen war, dampfte neben Krügen mit kühlem Wasser, dem Gurkenscheiben Geschmack verliehen.

Die junge Frau lächelte und ließ sich am Kopfende des Tisches nieder. *Sie maßt sich eine tonangebende Führungsposition an.*

Aber das war eine laienhafte Taktik. Sie war zweifellos hergeschickt worden, weil sie klug war, aber Roth vermutete, dass es sich bei ihr nicht um eine erfahrene Diplomatin handelte.

Während er sich in die Mitte einer der langen Tischseiten setzte, von wo aus er sich in alle Richtungen wenden konnte, um je nach Bedarf jeden Einzelnen am Tisch anzusehen, nahmen weitere Sheson ihre Plätze neben ihm und gegenüber von ihm ein. Seine Jurshah-Führer belegten die übrigen Stühle.

»Nun denn«, begann er, riss ein Stück Brot ab und reichte den Teller weiter. »Ich bin Roth Staned.« Er nannte nur seinen Namen und ließ absichtlich seinen Titel unerwähnt.

Ein halbes Grinsen huschte über das Gesicht der jungen Frau. Er fragte sich, ob sie lächelte, um ihn sehen zu lassen, dass sie seinen Wunsch, alles – zumindest für den Augenblick – möglichst zwanglos zu gestalten, durchschaut hatte.

»Ich bin Ketrin. Meine Freunde und ich sind auf Bitten von Thaelon Solas hier.« Die Frau nahm das Brot, das ihr gereicht wurde, und riss ein Stück ab.

»Von Eurem Randior«, stellte Roth klar. »Ich möchte nicht undankbar klingen oder mich zu weit vorwagen, aber ist er aufgrund der … internen Schwierigkeiten, in denen die Sheson stecken, nicht selbst gekommen?«

Ketrin lachte so anmutig, dass es ihn fast entwaffnete. Fast. »Bei den Himmeln, nein! Auch nicht in größeren Schwierigkeiten als die Liga mit den vielen Untersuchungen, die ihr bevorstehen.«

Roth wahrte die Beherrschung, aber er war nahe daran, sie zu beschuldigen, den Willen gelenkt zu haben, um an diese Information zu gelangen, als Nama, seine politische Beraterin, sich räusperte: »Die Regentin hat die Untersuchungen heute früh öffentlich gemacht. Die ganze Stadt weiß, dass wir unter Beobachtung stehen.«

Zur Antwort wandte Roth sich an Ketrin. »Ich bin ein wenig in Verlegenheit gebracht. Aber das wird vergehen. Unsere Bruderschaft wächst, und unser Einfluss erregt Verdacht.« Er änderte die Blickrichtung und musterte die anderen Sheson. »Ich nehme an, das ist der Grund dafür, dass Ihr uns aufgesucht habt. Um unsere Hilfe in irgendeiner Angelegenheit zu erbitten?« Aus seinem Tonfall sprachen Offenheit und Hilfsbereitschaft.

Es war Ketrin, die das Wort ergriff. Die jüngste Sheson am Tisch und eindeutig diejenige, der sich die anderen beugten. »In mancherlei Hinsicht sind *wir* gekommen, um *Euch* zu helfen. Aber das ist nicht die ganze Wahrheit, und da ich nicht erwarte, dass volle Mägen unsere Bitte für Euch genießbarer machen werden, teile ich Euch hiermit einfach Thaelons Vorschlag mit.«

Roth biss ein Stück von seinem Brot ab, kaute lächelnd und setzte seine schönste harmlose Miene auf. »Eure Ehrlichkeit gefällt mir. Wie können wir helfen?«

Sie richtete die Augen voll ernster Zielstrebigkeit auf ihn, sprach aber ohne Eile und mit verstörender Ruhe. »Wir können keine Shesontode mehr hinnehmen. Es muss ein Ende damit haben. Das heißt, dass das Zivilisierungsgesetz zurückgenommen werden muss.«

Er sah sie überrascht an, wenn auch nicht unbedingt angesichts der Bitte. »Euch ist bewusst, dass die Liga dieses Gesetz nicht allein verabschiedet hat. Wir haben dafür gestimmt, gewiss, aber es wurde vom Hohen Rat ratifiziert. Ich kann nicht für andere sprechen und …«

»Die Liga hat das Gesetz eingebracht. Und Ihr führt die Liga.« Ketrin trank einen Schluck Wasser. »Ihr könnt seine Rücknahme fordern, und im Gegenzug wird Thaelon alles, was Estem Salo zu bieten hat, in den Bau der Schulen, Heilerhäuser und Handelsakademien einbringen, an deren Einrichtung die Liga überall in den Ostlanden arbeitet.«

Das Angebot verblüffte ihn. Er saß da, starrte die junge Frau an und erinnerte sich plötzlich, warum er überhaupt seinen unbeirrbaren Aufstieg durch die Hierarchie der Liga begonnen hatte. Wie viel schneller und besser konnte er seinen Wünschen zur Erfüllung verhelfen, wenn dieses Angebot ernst gemeint war!

Ketrin fuhr fort: »Wir werden unsererseits beim Willenslenken Diskretion walten lassen, da es im Zentrum unseres Streits steht. Aber wir werden nicht *aufhören*, den Willen zu lenken, wenn es im Interesse derjenigen liegt, die unsere Hilfe benötigen, sondern damit durchaus begleitend zu der Arbeit fortfahren, die wir in anderer Form gemeinsam mit der Liga zu leisten gedenken.«

Letzteres riss Roth schlagartig aus seiner kurzzeitigen Träumerei. *Willenslenken. Abhängigkeit.* Er nahm sich einen Augenblick Zeit, aus seinem eigenen Becher zu trinken, und ordnete seine Gedanken. »Ihr seid sehr direkt, junge Dame. Darf ich fragen«, sagte er, schluckte und bedachte jeden einzelnen Sheson mit einem raschen Blick, »was geschieht, wenn wir nein sagen? Was, wenn wir glauben, dass wir Eure Hilfe nicht brauchen, oder dass die Sheson genauso verschwinden sollten, wie die Ersten Väter verschwunden sind – ins Chorgestühl der Mausoleen, die wir als Kirchen bezeichnen?«

Ketrin hob ihren Becher, als hätte er einen Trinkspruch ausgebracht. »Dann bleiben wir auch künftig Gegner, was, wie ich annehme, bedeutet, dass wir irgendwann offen kämpfen werden, wenn bis dahin nicht schon die Stilletreuen gekommen sind und all unseren Streitigkeiten ein Ende gesetzt haben.«

Roth setzte den Becher ab und nickte, als hätte er damit voll und ganz gerechnet. »Ist das Eure wahre Absicht? Ein Bündnis, um gegen diese Leute von jenseits der Bahrenberge zu kämpfen?«

Die Frau musterte ihn eine ganze Weile. Er sah ihr an, dass sie nicht glaubte, dass er nicht um die Existenz der Stilletreuen wusste, auch wenn er sie vermenschlichte. Sie als *Leute* bezeichnete. Er freute sich auf ihre Reaktion darauf.

Sie beugte sich vor und kaute dabei beiläufig weiter. »Mein Vater ist Thaelon«, begann sie.

Roth hoffte, dass sie nicht sah, wie sehr es ihn entzückte, das zu hören.

»Ich sage Euch das nicht als Drohung, sondern im Geiste der Aufrichtigkeit. Wir müssen einen Kompromiss zwischen der Liga und den Sheson finden. Mein Vater will es so.« Sie hielt inne und schien über ihren nächsten Spielzug nachzudenken. »Und auch Ihr solltet es wollen. Ob die Stilletreuen kommen oder nicht, Ihr solltet es wollen. Aber lasst mich Euch eines sagen.« Sie richtete ernst den Blick auf ihn. »Ganz gleich, was Ihr glauben mögt, wer hinter den Bahrenbergen lebt: Sie bringen Euch keine freundlichen Gefühle entgegen. Auch mir nicht. Auch keinem anderen von uns. Was das betrifft, solltet Ihr mir glauben.«

Es gelang Roth recht gut, äußerlich seine Gleichgültigkeit zu wahren, aber wenn jemals irgendetwas, das jemand ihm über die Natur der Stilletreuen gesagt hatte, zu ihm durchgedrungen war, dann dies. Er vermochte nicht zu sagen, warum. Vielleicht lag es daran, dass die junge Frau sich nicht wie eine Politikerin benahm. Mögliche Folgen schienen sie nicht zu kümmern. Ihr war offenbar nur wichtig, auf den Punkt zu kommen, was er durchaus guthieß – aber auch ausnutzen konnte.

Auf ein kleines Nicken hin trat Losol aus den Schatten abseits des Tisches hervor und rammte einem der Sheson ein Messer in den Rücken. Es war kein tödlicher Stich, aber ein schmerzhafter. Der Mann schrie und bäumte sich auf. Losol wich mit zwei anmutigen Schritten zurück, schob sein Messer in die Scheide und zog sein Schwert.

Um Roth herum geriet alles am Tisch in Aufruhr, als die Sheson aufsprangen und Stühle klappernd umfielen. Roths Jurshah-Führer taten es den Sheson nach und reihten sich hinter Losol ein, während die Luft stickig wurde und ein schwaches Surren sie erfüllte.

Ein gezielter Kraftstoß sauste an ihm vorbei und riss kurz an seinem Kragen, als er auf Losol traf. Roth sah, wie einer der Sheson die Hand zurückzog und dann abermals nach vorn rammte. Aber diese Willensexplosionen brachen sich an Losols Schwert und verpufften. Es blitzte kein helles Licht auf; kein Schmerzensschrei ertönte. Es löste sich nur ein warmer Wind in nichts auf.

Der verwundete Sheson glitt zu Boden. Als sie ihn fallen sahen, reckten die beiden Sheson, die am nächsten bei ihrem gefallenen Kameraden gesessen hatten, die erhobenen Handflächen in Losols Richtung. Einen Augenblick später taten die anderen es ihnen gleich. Alle bis auf Ketrin. Sie war mit besorgter und enttäuschter Miene aufgestanden.

Sie kann den Willen nicht lenken, schloss Roth. *Oh, das ist wunderbar.*

Die junge Diplomatin duckte sich und eilte ihrem Freund zu Hilfe. Sie nahm die Verletzung in Augenschein, drückte ein

Tuch darauf und nickte tröstend. Sie hatte erkannt, dass es keine tödliche Wunde war. Würde sie Losol für einen unfähigen Meuchelmörder halten oder dies hier als die List erkennen, um die es sich handelte? Es spielte keine Rolle. Roth saß in diesem Augenblick, in dem die Zeit stillstand, da, wie man es bei einer Mimenaufführung hätte tun mögen, und wartete darauf, dass die Dinge ihren Lauf nahmen.

Alle Sheson bis auf den Gefallenen standen nun in der gleichen Haltung da. Sie lenkten den Willen mit vereinten Kräften. Der Fußboden begann zu beben. Staub rieselte aus den Deckenbalken herab. Lampenflammen flackerten hinter ihren Glasschirmen, einige erloschen sogar. Fensterscheiben bekamen Risse, Glasscherben fielen klirrend zu Boden. Flaschen stürzten um und landeten zerschmettert in Lachen voller Scherben. Und das Holz des Speisehauses ächzte. Roth hatte Mühe, Atem zu holen. Sie saßen fest wie Käfer in Bernstein. Einige seiner Jurshah-Führer sahen sich mit echter Besorgnis um. Nur Losol konzentrierte sich die ganze Zeit über ungerührt und lächelte dabei dünn. Er hielt sein Schwert immer noch wie einen Schild erhoben.

»Genug.« Ketrin stand auf und sagte dann noch einmal gleichermaßen ruhig: »Genug.«

Keine der beiden Seiten hörte auf sie, aber der Kampf artete auch nicht aus.

Sie wandte sich an Roth. »Zweifelsohne ein übereifriger Ligat. Keine Tat, die Eure Rückendeckung hätte.«

Sie schlug ihm eine Ausrede vor. Diese junge Frau war eine außergewöhnliche Diplomatin. Roth setzte sein bestes entschuldigendes Lächeln auf. »Das ist richtig. Ich bedaure sein vorschnelles Handeln zutiefst.« Er hob die Hand und forderte so Losol und die anderen auf, die Waffen zu senken, was sie auch taten. »Losol?«, sagte er in deutlich fragendem Tonfall.

»Ich dachte, ich hätte den Mann beim Willenslenken ertappt, als Ihr es gerade nicht sehen konntet – bei einer Geste mit der Hand, wie die Sheson sie machen, wenn sie einem Herzen befehlen stillzustehen.« Losol war nicht gut darin, Aufrichtigkeit zu heucheln, und versuchte es zum Glück gar nicht erst. »Ich hielt ihn für einen Meuchelmörder, Eure Führerschaft. Ich hatte keine Wahl.«

Ketrin sagte nichts zu Losol, sondern wandte sich direkt an Roth: »Dieser Mann ist entweder ein Dummkopf oder ein Lügner. Die einzige Frage, die sich wirklich stellt, ist die, ob er aus eigener Machtvollkommenheit gehandelt hat« – sie hielt einen Moment inne und nagelte ihn mit eisenhartem Blick fest – »oder auf Befehl eines anderen. Wenn Ihr mir sagt, dass es sein eigener Übereifer war, glaube ich Euch aufs Wort.«

Roth ließ das Lächeln nicht bis auf sein Gesicht vordringen. Sie wusste Bescheid – und sie sah in der Hoffnung über den Vorfall hinweg, den Wunsch ihres Vaters zu erfüllen und die Rücknahme des Zivilisierungsgesetzes zu erreichen.

Er nickte, während sie sprach, und sah sie, als sie geendet hatte, mit einer anderen Art von Bedauern an. »In dieser Stadt gibt es ein Gesetz gegen das Willenslenken.« Er seufzte, als schmerze es ihn, das zu sagen. »Ein Gesetz, das eine schwere Strafe vorsieht.«

Ketrin ging mit langsamen Schritten auf ihn zu und kam ihm sehr nahe. Sie war zwei Handbreit kleiner als er, aber es fühlte sich nicht so an. Er bezweifelte, dass man sie überhaupt einschüchtern konnte. »Ich habe über einen Mordversuch hinweggesehen, der ebenfalls etwas ist, das unter schwerer Strafe steht. Was wir gesehen haben«, sagte sie so laut, dass alle sie hören konnten, »war, dass der Aszendent der Liga versucht hat, einen Sheson zu töten, der mit einem Friedensangebot kam –

der Versöhnung wollte. Es gibt fünf Zeugen dafür.« Sie richtete ihren kühlen Blick auf Losol. »Ihr verfügt über interessante Waffen, Roth. Sie lenken die Wirkung des Willens ab. Zumindest, bis wir uns an sie anpassen.« Sie sah ihn mit kalter Selbstsicherheit wieder an. »Und wir *werden* uns anpassen. Wie hättet Ihr es nun gern?«

Roth verriet keinen seiner Gedanken. Er zeigte ihr eine nachsichtige Miene, als er erklärte: »Natürlich kann ich allein keine Versprechen ablegen. Ich werde Zeit brauchen, mit den anderen zu verhandeln, die hierüber werden abstimmen müssen. Aber Ihr könntet mir folgendermaßen helfen.« Er streckte eine Hand aus und drückte ihr sanft den Ellbogen – noch eine Geste voll Wärme und Vertraulichkeit. »Schreibt mir einen Bestätigungsbrief. Haltet fest, was Ihr mir gesagt habt: dass die Sheson sich für die Ideale der Liga wie Ausbildung, Schulen und Heilerhäuser einsetzen werden. Ich kann es denen mitteilen, die ich überzeugen muss …«

»Ich komme mit Euch«, sagte sie. »Es wird allem mehr Gewicht verleihen, wenn man es von mir hört.«

Roth schüttelte den Kopf. »Nein, einige der Ratsmitglieder fürchten sich sogar vor Eurem Orden. Sie würden Euch nicht empfangen.« Nachdem er ihr Angebot so abgeschmettert hatte, fuhr er fort: »Vielleicht hundert Exemplare des Briefes, den ich erwähnt habe – etwas, das wir an alle Orte tragen können, die unserer Hilfe bedürfen.«

Ketrin schwieg einen Moment lang und musterte ihn abschätzig. »Ihr werdet diese Briefe erhalten, sobald das Zivilisierungsgesetz zurückgenommen ist, bis dahin jedoch nur ein Exemplar, das Ihr Eurem Rat vorlegen könnt.«

»Das ist nur recht und billig«, sagte er, »und es ist ein gutes Geschäft für Thaelon. Nicht nur wegen der Gesetzesänderung.

Man fürchtet Eure Gemeinschaft und misstraut ihr fast überall. Das wisst Ihr doch, nicht wahr?«

»Das, mein neuer Freund Roth, ist die Propaganda der Liga.« Sie lächelte so unmerklich, dass es ihn beinahe erregte. »Und zugleich ein Teil von dem, was Ihr in einem Brief niederlegen werdet, der erklärt, dass die Liga sich der Aufgabe widmen wird, den Schaden wiedergutzumachen, der unserem Ruf zugefügt worden ist. Ihr werdet«, setzte sie mit Befriedigung hinzu, »sogar schreiben wollen, dass Ihr die Sheson verteidigen werdet, wenn und wann immer es nötig ist.«

Roth erwiderte ihr dünnes Lächeln. »Das wird uns schwerfallen. Ihr kommt bei dem Kompromiss besser davon.« Er tätschelte ihr den Arm. »Aber anders möchte ich es auch gar nicht.«

Die Briefe der Sheson würden Roth in Gebieten, die sich bisher gegen die Anwesenheit der Liga gesperrt hatten, Türen öffnen. Und er würde sie bekommen, obwohl er nicht die Absicht hatte, das Zivilisierungsgesetz zurückzunehmen.

Die Sheson senkten die Hände. Das Summen und Klappern verstummte. Eine der Frauen wandte sich um, legte ihrem verwundeten Gefährten die Hände auf den Rücken und heilte ihn.

»Alles ist wieder gut«, sagte Roth und klatschte in die Hände. »Nun … es ist spät. Ich muss mich noch um einige Dinge kümmern, und Ihr werdet Euch ausruhen wollen. Losol«, rief er seinen Kriegsführer zu sich heran, »zum Zeichen des guten Willens werdet Ihr unsere neuen Freunde an einen sicheren Ort führen, wo sie sich waschen und ausruhen können.«

»Wir benötigen keine Wache.« Ketrin sah in Losol Mals Gesicht und musterte ihn aufmerksam, aber gleichmütig.

»Natürlich nicht. Ich spiele einfach nur den guten Gastgeber«, sagte Roth. »Das gestattet Ihr mir doch, nicht wahr?«

Sie streckte ihm die Hand hin und wartete darauf, dass er sie schütteln würde, um die Abmachung zu besiegeln.

Roth tat es mit einer kleinen, ehrerbietigen Verneigung. »Ruht Euch aus«, sagte er. »Wir sprechen uns bald wieder.«

Die Sheson und die Tochter des Randiors folgten Losol aus dem Speisehaus, während Roth breit über sein unverhofftes Glück lächelte.

46

DER ERSTE SODALE

Die Dunkelheit atmet, sagt man.
(Volkstümliches Sprichwort unbekannten Ursprungs)

Die Nacht hatte sich herabgesenkt. Die Straßen von Decalam glichen nun noch mehr als tagsüber einem Jahrmarkt. Opportunisten waren zu Beginn des Großen Mandats in die Stadt geströmt. Braethen hielt sich an Nebenstraßen und schmale Gassen, um der Menschenmenge aus dem Weg zu gehen. Vendanji hatte ihm vorgeschlagen, den Ersten Sodalen von Decalam, Rochard E'Sau, zu besuchen. Aber er hätte sich ohnehin zu ihm begeben. *Frag den, der Bescheid weiß,* hatte sein Vater immer gesagt, und nach allem, was Braethen über sein Schwert und den Ursprung der Sodalität gelernt hatte, hatte er Fragen.

Er bog nur wenige Male falsch ab, bevor er das enge Gässchen fand, das zum Hintereingang des Anwesens der Sodalität führte. Das geschäftige Treiben der Stadt verklang hinter ihm, als er das verschlossene Tor erreichte. Er kletterte über den Zaun und überquerte einen kleinen, mit Stühlen ausgestatteten Hof, um die Tür zu erreichen.

Er klopfte leise an und wartete. Nichts. Die Fenster waren

dunkel, aber sie waren auch schon dunkel gewesen, als er das letzte Mal hier zu Besuch gewesen war. Seit dem Zivilisierungsgesetz war die Sodalität gezwungen, sich unauffällig zu verhalten, da sie vermuten musste, dass jede ihrer Bewegungen überwacht und genau beobachtet wurde.

Nach mehreren Augenblicken drückte Braethen einfach die Klinke herunter. Die Tür öffnete sich. Das fand er etwas seltsam, da er glaubte, dass man hier gewöhnlich einfache Vorsichtsmaßnahmen wie die, eine Tür verschlossen zu halten, beherzigte. Aber er schlüpfte dennoch ins Haus und schloss leise die Tür, bevor er sich in der Küche umsah.

Es hing kein Geruch nach Abendessen mehr in der Luft. Die Küche war ruhig und still. Alles schien ordentlich zu sein und an der richtigen Stelle zu stehen. Und doch hatte Braethen das Gefühl, dass etwas nicht stimmte. Hier und jetzt hätte es brennende Lampen geben sollen, abendliche Gespräche, Sodalen, die lasen und lernten, besonders, da doch das Große Mandat begonnen hatte. Doch als Braethen durch das Erdgeschoss des großen Hauses ging, stellte er fest, dass das Empfangszimmer und die kleine Bibliothek so dunkel und leer waren wie die Küche.

Die Wände waren mit Gemälden und gerahmten Pergamenten geschmückt. Zu jedem anderen Zeitpunkt wäre er gern stehen geblieben, um sie genauer zu betrachten.

Er ging leise durchs ganze Erdgeschoss und gelangte ans untere Ende einer Treppe. Beim Aufschauen in die Schatten zögerte er. Als Junge hatte er Angst vor der Dunkelheit gehabt. Große Angst. Vielleicht, weil er so viele Bücher seines Vaters gelesen hatte, in denen das Böse im Verborgenen lauerte. Er lächelte, trotzte der alten Furcht und begann, die Stufen hinaufzusteigen. Allerdings setzte er die Füße jeweils an ihrem äußersten Ende auf, nahe an der Wand, um zu versuchen, knarrende Dielen zu umgehen.

Langsam stieg er in tiefere Dunkelheit. Er erreichte den ersten Stock, wo schwere Vorhänge vor den Fenstern hingen und das letzte Licht von der Straße und den dahinterliegenden Himmel aussperrten. In seinen Gedanken machte sich Panik breit. Er versuchte, ihr mit Vernunft beizukommen: Er war kein Kind mehr, das sich vor der Dunkelheit fürchtete. Jetzt gab es in seinem Leben *echte* Ängste.

Die Logik war keine Hilfe.

So leise er konnte, zog er sein Schwert. Dann begann er den Gang entlangzuschleichen und spähte in Räume, deren Türen allesamt offen standen. Als seine Augen sich vollständig an das Dämmerlicht gewöhnt hatten, erkannte er in diesen Zimmern die Unterkünfte einzelner Sodalen: Er sah Betten, Schränkchen und Schreibtische. Braethen kam an einem weiteren kleinen Leseraum vorbei, in dem zwei große Bücherregale wie stumme Wächter vergessen in den Schatten standen.

Erleichterung durchströmte ihn, nachdem er den ersten Stock zur Gänze durchsucht hatte, ohne etwas zu finden. Dann gelangte er zu einer weiteren Treppe, die in den zweiten und letzten Stock hinaufführte. Diesmal wollte sich kein Lächeln einstellen. Er stand wie gelähmt da.

Das wenige Licht, das um die Fenstervorhänge herum einfiel, schien die Dunkelheit nur noch vollständiger zu machen. Er versuchte, sich seine Gefühle vernünftig zu erklären, sich von seiner eigenen Torheit zu überzeugen. Aber er hatte zu viele zum Leben erweckte Albträume gesehen, seit er Helligtal verlassen hatte, um jetzt keine böse Vorahnung zu haben. Sein Herz hämmerte – eine Warnung, die ihn drängte zu fliehen. Die schwer lastende Stille wirkte unnatürlich. Vielleicht war das

Anwesen gerade aufgrund dieser lastenden Stille verlassen. Weise Sodalen waren vor dem geflohen, was er nur als geballte Furcht beschreiben konnte. Sie presste selbst die Luft, die er atmete, zusammen.

Schweißperlen bildeten sich und liefen ihm über die Wangen. Das Schwitzen ließ seinen Griff um sein Schwert unsicherer werden. Er keuchte, und es fiel ihm schwer, sich die Lunge zu füllen.

Und doch … begann er die Treppe hinaufzusteigen.

Die Stufen unter ihm ächzten zweimal, während er in die neue Schicht aus Dunkelheit emporgelangte. Das Geräusch erschien ihm sehr laut in der Stille. Wenn jemand oder etwas auf ihn lauerte, wusste er oder es nun, dass Braethen kam. Er blieb auf der letzten Stufe stehen und sah einen langen Flur hinab, der dem entsprach, den er gerade durchsucht hatte. Türen standen beiderseits des Korridors wie klaffende schwarze Schlünde offen.

Als er in die andere Richtung blickte, sah Braethen weitere Türen und Zimmer, genauso still und verlassen.

Könnten sie nicht einfach alle zusammen bei einer Veranstaltung sein? Ich zucke schon beim kleinsten Schatten zusammen. Ich muss mich beruhigen!

Die Mahnung, die er an sich selbst richtete, hatte keine Wirkung. Sein Herz raste immer schneller, und er wechselte die Klinge lang genug in die andere Hand, um sich die Handfläche und das Heft der Waffe abzutrocknen. Auf einem Tisch in der Nähe stand eine Lampe. Er zog in Erwägung, sie anzuzünden, und fragte sich, ob Licht wohl die Angst vertreiben konnte, die ihn im Griff hatte. Aber das hätte nun wirklich die Aufmerksamkeit dessen erregen müssen, was hier lauerte, und er würde beide Hände brauchen, wenn er einem Eindringling begegnete. Er hoffte, dass die Dunkelheit ihn selbst so sehr verhüllte wie alles andere.

Er lächelte nervös, weil ihm der Gedanke kam, dass dies hier so vielen Autorenmärchen glich, in denen tollkühne Abenteurer sich in die Höhle einer Bestie vorwagten, sich mit unsichtbaren Gegnern maßen und widerwillig der Dunkelheit trotzten. Doch dann fragte er sich, ob Autoren vielleicht solche Geschichten erzählten, weil darin eine Wahrheit über die Dunkelheit und die Furcht der Menschen davor lag – über die Art von Dingen, die das Tageslicht scheuten.

Mit dem Schwert in der Hand schlich er von Tür zu Tür, spähte in die Zimmer und rechnete mit einem gewalttätigen Zusammenstoß. Seine Arme und Beine schmerzten von der ständigen Anspannung, kampfbereit zu bleiben.

Am Ende eines Flurs warf er einen Blick in einen Raum und nahm aus dem Augenwinkel nur wenige Fuß entfernt die Bewegung einer Gestalt wahr. Die Beine wurden ihm schwach, aber er reagierte schnell und schwang sein Schwert. Der Schattenriss tat es ihm nach. Braethen legte alle Kraft in seinen Hieb und hoffte, den anderen schon mit dem ersten Schlag zurückdrängen zu können.

Eine halbe Sekunde später traf seine Klinge auf etwas, und das Geräusch splitternden Glases durchbrach die Stille. Scherben rieselten ihm über die Hände und landeten klirrend auf dem Boden. Ihm wurde klar, dass er sein eigenes Spiegelbild in einem dunklen Spiegel erspäht hatte. Er hätte gelacht, wenn sein Herz nicht so heftig in der Brust gehämmert hätte.

Er wirbelte herum. Wenn irgendetwas hier im Hinterhalt lag, konnte er seine Gegenwart jetzt nicht länger verheimlichen. *Aber bei allen Höllen, ich lasse mich nicht von der Angst in die Flucht schlagen.* Er setzte sich den Gang entlang in Bewegung, um die andere Seite des zweiten Stockwerks in Augenschein zu nehmen.

Am entgegengesetzten Ende des Korridors lag noch eine offene Tür. Dieser letzte Raum war größer als alle anderen; es musste sich um das Quartier des Ersten Sodalen handeln. In einer Ecke standen hochlehnige Stühle um einen Kamin, in einer anderen einige private Bücherregale, während sich in der dritten eine große Kommode befand.

Im letzten Viertel des weitläufigen Zimmers stand in den Schatten ein Himmelbett. Anders als alle Pritschen und Matratzen, die Braethen bisher gesehen hatte, war dieses hier nicht ordentlich gemacht. Das Dämmerlicht erschwerte es Braethen, klar zu sehen, und er tastete sich mit ausgestrecktem Schwert ins Zimmer vor.

Im Näherkommen glaubte er, im Bett eine reglose Gestalt liegen zu sehen. Schlief sie? Er schlich sich an und bemühte sich, im Dunkeln etwas zu erkennen. Als er bis auf einen Schritt herangekommen war, senkte er das Schwert. Das Bett war leer. Die Decke war zurückgeschlagen und die Kissen verrutscht, so dass es aus einiger Entfernung so gewirkt hatte, als schliefe dort ein Mensch.

Braethen drehte sich um und ließ den Blick durchs Zimmer schweifen. Das gesamte Anwesen schien verlassen zu sein. Die Anspannung in seinem Brustkorb löste sich, aber er steckte sein Schwert nicht in die Scheide. Noch nicht. Er begann, den Rest des Zimmers abzugehen, um gründlich zu sein. Währenddessen entspannte sich sein Geist endlich genug, um die Frage zu formulieren, die zu stellen er hergekommen war: Stand er auf der richtigen Seite des Schismas, das den Orden spaltete?

Als er um den nächsten Sessel herumging, sah er ihn. In der Umarmung der hohen Lehne zusammengesunken, saß E'Sau – tot. Ein Messer ragte aus seinem Hals hervor. In den Schatten wirkte das von dunklem Blut befleckte Hemd des Ersten Sodalen tiefschwarz.

Braethen kämpfte den Drang nieder, um Hilfe zu rufen. Dem Ersten Sodalen konnte kein Schwarzrockheiler mehr helfen, und Braethen wusste, dass er in diesen Zeiten voller Gerüchte als so gut wie Fremder der Hauptverdächtige in dem Mordfall sein würde, wenn man ihn allein hier antraf.

Warum hätte jemand den Ersten Sodalen töten sollen? Braethen starrte die leblose Gestalt an und rang mit der Sinnlosigkeit von E'Saus Tod, der Ungerechtigkeit. Dann bemerkte er, dass etwas im Schoß des toten Mannes lag und seine starren Finger sich um den Gegenstand geschlossen hatten. Braethen kniete nieder und beugte sich vor. Ein Buch. Vorsichtig und sanft entzog Braethen E'Saus Händen den Band. Er schlug ihn auf, aber die Dunkelheit machte es ihm unmöglich, den Titel zu lesen. Braethen ging rückwärts zum nächsten Fenster und zog die Vorhänge auf.

Trotz des Sternenlichts und des hellen Mondscheins beschlich ihn zum ersten Mal in dieser Nacht echtes Entsetzen. Es war das Buch seines Vaters: *Die Nadel des Nähers.*

Ist das nur ein fürchterlicher Zufall?, fragte sich Braethen. Oder hatte E'Sau mit Braethens Besuch gerechnet? Vielleicht hatte auch jemand oder etwas dem Mann das Buch in die Hände gelegt – als Zeichen oder Botschaft für ihn. Dieser letzte Gedanke kam der Wahrheit wohl am nächsten.

Als sein Entsetzen darüber sich legte, richtete Braethen die Augen wieder auf die Seite und entdeckte Flecken darauf – es war dasselbe Buch, das Vendanji ihm gegeben hatte.

Nachdem er schon durch die lärmenden Straßen von Decalam gewandert und in die furchteinflößenden Schatten des Sodalensitzes emporgestiegen war, nur um E'Sau tot mit

A'Posians Geschichte in der Hand vorzufinden … kam der schrecklichste Augenblick, als er ein paar Verse erspähte, die unter den Namen seines Vaters gekritzelt waren:

Der blut'ge Schatz wird dir zuteil,
den Recht und *Will'* dir eingebracht,
da kühn du folgtest alldieweil
dem Mann, der blind die Welt verlacht.

Doch warten and're mit Geduld
ob du lernst, klug zu handeln
und mutig zu verwandeln
in Frieden Hass und schwere Schuld.

Denn reift ein Knabe nun zum Mann,
so fragt er binnen kurzer Frist,
ob wohl sein Weg zu ändern ist,
wenn er nur eins begreifen kann:

Dass eine Folge ist der Tod,
der unverhofft mit Leichtigkeit
ereilt manch einen ohne Not.
D'avor sind Eltern nicht gefeit!

Braethen blickte auf, und als er durch das Fenster des toten Sodalen den Nachthimmel betrachtete, begann er, die Botschaft des Gedichts zu verstehen. Eine Drohung. Gegen das Leben seines Vaters.

47

EIN UNBEFUGTER TAGEBUCHSCHREIBER

Die Dimnier sind ein Volk von Denkern, und doch führten sie einst einen Bürgerkrieg. Um ein Buch. Die Ideen darin waren angeblich ansteckend. Sie gingen weit über Gedankenspiele hinaus. Soweit man weiß, hat kein Exemplar davon überdauert. Anscheinend war auch der Verfasser des Buches unbekannt.

(Aus dem anonymen Werk Die Verschwörung der Worte*)*

Wann immer Helaina nach Einbruch der Dunkelheit geweckt wurde, wusste sie, dass es schlechte Neuigkeiten gab. Diesmal geschah es in der ersten Nacht des Großen Mandats, so dass sie befürchtete, dass beides miteinander in Zusammenhang stand. Und als ob das noch nicht schlimm genug gewesen wäre, wurde die Botschaft von den Lippen ihres einstigen Ehemanns überbracht, der nun einmal dazu neigte, stets im Mittelpunkt entsetzlicher Geschehnisse zu stehen.

Sie kleidete sich hastig an und kämpfte mit arthritischen Fingern gegen die Knöpfe ihres Kleides. Die Tatsache, dass Grant vor der Tür darauf wartete, dass sie fertig wurde, und sie seine Ungeduld förmlich spürte, erleichterte ihr die Aufgabe nicht unbedingt. Am Ende kam er gereizt herein, als wüsste er, was sie so lange aufhielt. Er schob sanft ihre Hände beiseite und begann, die Knöpfe an der Seite des Gewands zu schließen.

»Das gehört sich nicht«, sagte sie, aber selbst in ihren eigenen Ohren klang ihr Tonfall nicht überzeugend.

»Es ist nichts, was ich nicht schon gesehen hätte.« Und obwohl er sich beim Zuknöpfen nicht übermäßig viel Zeit ließ, fügte er hinzu: »Außerdem ist unsere Ehe, soweit ich weiß, niemals offiziell aufgelöst worden. Also begehe ich in den Augen des Gesetzes kein Verbrechen.«

»Das ist genau die Art von Schlafzimmergesprächen, die eine Dame so recht genießt«, erwiderte Helaina.

Als hätte er es gar nicht gehört, bemerkte Grant: »Du hast dich gut gehalten.«

Sie sah ihn kopfschüttelnd an. »Wie unendlich reizend von dir. Warum hast du mich geweckt?«

»Das sollten wir nicht hier besprechen.« Grant schloss den letzten Knopf.

»Sag mir, wohin wir gehen«, beharrte sie.

Grant beugte sich zu ihr. Sein warmer Atem strich zärtlich über ihr Ohr, als er flüsterte: »Deinen Ersten Sodalen besuchen.«

Sie lehnte sich zurück und stellte ihm mit Blicken eine Frage: *Warum dieser nächtliche Besuch bei E'Sau?*

Aber Grant gab ihr keine Antwort.

Helaina beugte sich wieder zu ihm und führte nun ihre eigenen Lippen nahe an das Ohr des Mannes, dem sie sich entfremdet hatte: »Bestell Artixan und Van Steward her, damit sie uns begleiten.« Sie hielt einen Moment lang inne, da sie es genoss, wieder so nahe bei ihm zu sein. Nach all den Jahren erregte sein Geruch sie noch immer. Aus ihrem Sinn für Anstand heraus löste sie sich schließlich von ihm.

Er sah sie an und sagte leise: »Das habe ich schon getan. So leid es mir tut, Herrin, du bist heute noch so berechenbar wie vor zwanzig Jahren.«

Dann lächelte er, und die Falten, die Wetter und Sonne um seine Augen und seinen Mund hinterlassen hatten, unterstrichen sein gutes Aussehen ihrem Dafürhalten nach nur umso mehr. Es erzürnte sie, dass er über ein solches Maß an ungeschliffener Anziehungskraft verfügte, während er gleichzeitig immer wieder unter Beweis stellte, was alles gegen ihn sprach. Sie erinnerte sich, dass seine Leidenschaft und Starrköpfigkeit nicht unwesentlich zu seiner Unwiderstehlichkeit beigetragen hatten, als sie ihm das erste Mal begegnet war.

Sie verließen den Solath Mahnus, ohne Aufmerksamkeit zu erregen. Das war vor allem der Tatsache zu verdanken, dass ihre Meritengarde den Weg für sie freimachte. Als sie durch die Straßen ihrer Stadt zum Sitz des Ersten Sodalen gelangten, waren sowohl Artixan als auch ihr General schon dort und standen neben Vendanjis jungem Sodalen. Keiner von ihnen sagte etwas, während sie Braethen ins Haus folgten.

Helaina bereitete sich innerlich auf das Treffen mit E'Sau vor. Wahrscheinlich gab es hinsichtlich der Spaltung des Shesonordens irgendeine neue Entwicklung. Der Erste Sodale hatte sie über die wachsenden Spannungen gut auf dem Laufenden gehalten, da diese sich womöglich auf das Große Mandat auswirken konnten.

Als sie E'Saus Zimmer betrat und um die Sessel herumging, die vor dem Kamin standen, schnürte sich ihr das Herz zusammen. Ihr vertrauter Freund war ermordet worden; die Waffe ragte noch aus seinem Hals. Eine Lampe, die auf einem Tisch zwischen den Kaminsesseln stand, beleuchtete den grausigen Anblick und ließ die Blässe von E'Saus Haut und das geronnene Blut auf Hals und Brust erkennen.

Sie alle schwiegen, nahmen in sich auf, was sie sahen, und erwiesen dem, den sie verloren hatten, die letzte Ehre. Und was Helaina betraf, so dachte sie darüber nach, was dies für ihren Rat und das Große Mandat zu bedeuten hatte, obwohl sie es verabscheute, dass ihr Verstand sich so schnell diesen Fragen zuwandte.

Sie ergriff als Erste das Wort. »Wer hat das getan?«

Braethen antwortete in dem ehrerbietigen Ton, mit dem man auf einem Gräberfeld spricht: »Ich habe nicht gesehen, wer es getan hat. Nach der Mandatsversammlung bin ich hergekommen, um mit E'Sau zu sprechen. Das Anwesen war verlassen, keine einzige Lampe brannte, und alle Türen innerhalb des Hauses standen offen. Hier habe ich ihn gefunden. Ich bin zum Solath Mahnus zurückgekehrt und habe auf Grant gewartet. Ich habe niemand anderem die Neuigkeit anvertraut.«

Helaina nickte. »In Zukunft könnt Ihr jedem Einzelnen von uns hier vertrauen.«

Braethen nickte zur Antwort.

Artixan trat vor und kniete sich vor den toten Sodalen. »Du warst ein guter Freund. Ruh dich nun aus. Andere werden die Bürde auf sich nehmen, die du so gut getragen hast.« Dann legte der Sheson seine Hand auf E'Saus, als würde er sich von dem Sodalen verabschieden. Während er noch dort kniete, veränderte sich Artixans Stimme, und ein schneidender Tonfall trat an die Stelle des sinnenden Bedauerns: »Das ist kein Zufall. Kein Einbrecher ist hier eingedrungen, um nach Geld zu suchen, und es sieht auch nicht nach Rache aus. E'Sau hatte Feinde – meine Feinde –, aber ich war der Gegenstand ihrer Verachtung, nicht er.«

Van Steward seufzte verärgert. »Es ist doch aber eigentlich kein großes Rätsel, nicht wahr? Wer zieht den größten Gewinn aus E'Saus Tod?« Der General fuhr fort und beantwortete seine eigene Frage: »E'Sau hat immer wie Artixan abgestimmt – nicht, weil er dazu gezwungen gewesen wäre, sondern weil sie einer Meinung waren. Und Artixan stimmt aus demselben Grunde gewöhnlich so ab wie die Regentin. Bald stehen Entscheidungen über wichtige Angelegenheiten an, und Roth wird vielleicht auch eine neuerliche Abstimmung über kürzlich gefasste Beschlüsse einberufen. Es wird einige Zeit dauern, bis die Sodalität einen Nachfolger für E'Sau ernannt hat. Bis dahin verschiebt sich das Stimmengewicht zu Roths Gunsten.«

»Die Sodalität wird E'Sau schnell ersetzen«, versicherte Artixan ihnen.

»Es geht nicht allein um den Hohen Rat«, rief Grant ihnen ins Gedächtnis, »sondern auch um das Große Mandat. Dass wir E'Sau verloren haben, kostet uns Stimmen in beiden Versammlungen.« Grant sah Helaina an. »Du hast einen starken Fürsprecher des Versuchs verloren, die Herrscher ein drittes Mal zusammenzuschweißen. Wer auch immer an E'Saus Stelle tritt, wird nicht dieselbe Geltung beanspruchen können, weil er einfach noch neu und unerprobt sein wird.«

Zorn keimte in ihrer Magengrube auf. »Wenn Roth dafür verantwortlich ist, lasse ich ihn noch heute hinrichten! E'Saus Tod wird nicht zur politischen Angelegenheit werden.«

Ein entsetztes, angstvolles Flüstern von Braethen unterbrach sie alle. »Bei den toten Göttern.« Der Sodale schlich sich von der Seite an den Sessel heran, bückte sich und musterte den Dolch, der aus E'Saus Hals ragte. Dann wandte er sich an Artixan, der auf dem Boden kniete. »Das solltet Ihr Euch ansehen«, sagte Braethen zu dem Sheson.

Artixan stand auf, trat zur Seite und neigte den Kopf zu der

Waffe. Helaina merkte ihrem Freund am Gesicht an, dass ihn eine Erkenntnis überkam.

Statt darauf zu warten, die beiden sagen zu hören, was sie dort sahen, trat sie selbst näher heran, um hinzuschauen. In das flache, runde Ende des stählernen Dolchgriffs war das Dreiringemblem des Shesonordens eingraviert. Was das zu bedeuten hatte, war offensichtlich. Anscheinend reichte es ihren Feinden nicht aus, E'Sau aus dem Gleichgewicht der Kräfte zu entfernen.

Grant schien nicht erst selbst nachsehen zu müssen. »Das Dreiringmesser hat überwiegend zeremonielle Bedeutung, aber es wird eigens für alle Männer und Frauen angefertigt, die in den Orden aufgenommen werden. Man wird Jagd auf den Willenslenker machen, der sein Messer verloren hat, aber dabei hat man es nicht auf einen einzelnen Menschen abgesehen – so viel steht fest.«

Van Steward sagte laut mit volltönender Stimme: »Wir werden den Verantwortlichen finden. Noch zur Stunde werde ich die Mobilmachung …«

»Wir haben schon damit begonnen«, erklang eine Stimme aus dem Gang. Roth trat ins Zimmer, gefolgt von Jermond I'Meiylo, dem Ersten Rat am Höchsten Gericht. »Eure Männer können im Streben nach Gerechtigkeit in dieser Sache gern die Liga unterstützen, General.«

Helaina nahm eine förmlichere Haltung an und stellte sich zwischen den Aszendenten und Artixan, da sie ahnte, dass die Gefühle überkochen würden. »Und woher wusstet Ihr, dass Ihr so schnell eine solche Suche anberaumen musstet, Roth?«

Ein so schwaches Lächeln, dass Helaina sich nicht sicher war, es überhaupt gesehen zu haben, huschte über Roths Lippen. »Ganz einfach. E'Sau und sein Stellvertreter, Sodale Urieh Palon, sollten sich heute unmittelbar nach der Mandatsversammlung mit dem Ersten Rat I'Meiylo und mir treffen. Palon kam auch wie vereinbart, und wir plauderten und warteten auf E'Sau. Am Ende begaben wir uns zu dritt hierher, weil wir dachten, dass der Erste Sodale vielleicht unsere Verabredung vergessen hätte. Zu unserem Entsetzen fanden wir diesen grausamen Anblick vor und suchten dann unverzüglich seine Angehörigen auf, um sie darüber in Kenntnis zu setzen und herzuholen, damit sie sich vergewissern …«

Eine kleine Frau drängte sich an Roth vorbei. Ihr honiggoldenes Haar war zu einem Knoten aufgesteckt, ihr Gesicht verkniffen vor Trauer. Sie zog zwei Kinder hinter sich her.

Der schamlose Dreckskerl hat sogar die Kinder hergeschleift. Hier ging es nicht darum zu bestätigen, wer der Tote war, sondern um Kriegführung mithilfe der öffentlichen Meinung.

»Artixan?« E'Saus Witwe sprach seinen Namen in flehentlichem Tonfall aus. *Sag mir, dass es nicht wahr ist.* Mach, *dass es nicht wahr ist,* sagte dieser Ton. Natürlich kannten sie einander. Artixan und E'Sau hatten sich so nahegestanden wie Helaina und Artixan.

»Deliah, es tut mir so leid.« Er trat an dem Leichnam vorbei und stellte sich zwischen sie und E'Sau. »Es besteht keine Notwendigkeit, dass du dir das ansiehst. Behalt ihn nicht so in Erinnerung.«

»Artixan«, warf Roth mit einer Ehrerbietung ein, von der Helaina bis ins Mark spürte, dass sie nur aufgesetzt war, »das hier ist eine ernste Angelegenheit. Sie muss feststellen, ob …«

Der Blick, mit dem Artixan Roth bedachte, war hasserfüllt. »Aszendent, ich kannte und liebte diesen Mann wie einen Bruder. Es ist E'Sau. Und diese Frau« – seine Stimme war vor Ergriffenheit belegt – »ist meine Freundin. Ich möchte ihr gern ersparen …«

Deliah eilte in Artixans Arme und barg das Gesicht an seiner Brust. Sie schluchzte, während ihre beiden Kinder hinter ihr mit nassen Wangen neben Roths Beinen standen. Als Artixan sie sah, bedeutete er Roth zurückzutreten und führte Deliah dann sanft zu ihren Kindern. Dort kniete er langsam nieder und umarmte sie alle. Nach einer ganzen Weile löste er sich von ihnen, um mit ihnen zu sprechen.

»Lasst mich euch sagen, was ich glaube.« Er schenkte ihnen ein tröstendes Lächeln, obwohl seine eigenen Augen glasig von Tränen waren. »Ich glaube, dass es einen schönen Ort gibt, der guten Leuten vorbehalten ist. Einen Ort, an den sie gehen, wenn sie diese Welt verlassen, und wo sie mit großer Vorfreude auf den Tag warten, an dem ihre Lieben dort zu ihnen kommen.« Er legte dem älteren Kind eine Hand an die Wange. »Dort ist dein Vater nun, Alon, und bis deine Zeit gekommen ist, ihn wiederzusehen, habt ihr mich. Ich werde euch helfen.«

Die Mutter streckte die Hand aus und wischte ihren Kindern mit einem tapferen Lächeln die Tränen aus den Augen.

»Das Versprechen haben er und ich einander gegeben«, sagte Artixan, »und meine Versprechen halte ich.«

Sie schwiegen wieder eine Weile und tauschten eine Reihe von Umarmungen aus.

»Nun denn«, sagte Artixan schließlich. »Es liegt einige Arbeit vor mir. Wir müssen Gerechtigkeit üben. Wenn ich hier mit allem fertig bin, werde ich vorbeikommen und nachsehen, wie es euch geht.«

Van Steward gab ein Handzeichen, und zwei Männer erschienen. Die Eskorte.

»Er hat dich geliebt«, sagte Deliah zu Artixan. »Wir lieben dich alle.«

Es schien ihm für einen Augenblick die Sprache zu verschlagen. »Und ich euch. Was auch immer ihr braucht …«

Sie umarmte ihn zum Abschied und zog ihre Kleinen an sich, während sie den Flur entlang an Roth und dem Ersten Rat vorbeiging.

Als zu hören war, dass die Tür unten ins Schloss fiel, veränderte Artixans Gesichtsausdruck sich merklich. Helaina spürte seinen Zorn. »Wie könnt Ihr es wagen, Deliah und ihre Familie als Schachfiguren zu missbrauchen, um die öffentliche Meinung zu beeinflussen?«

»Das war eine schlechte Entscheidung von mir«, räumte Roth mit dem Bedauern eines Politikers ein. »Es tut mir leid. Ich scheine in Zeiten wie diesen zwanghaft in eine peinlich genaue Einhaltung aller Vorschriften zu verfallen.«

»Das ist eine Ladung Pferdemist«, sagte Grant. »Ihr entschuldigt Euch, nachdem das Kind schon in den Brunnen gefallen ist, hofft aber immer noch, dass sich die Nachricht herumspricht und die Empfindungen der Öffentlichkeit beeinflusst.«

»Ich versichere Euch, dass nichts weiter von der Wahrheit entfernt sein könnte«, sagte Roth.

»Und wie umsichtig von Euch, Aszendent, die Gesellschaft eines Sodalen zu suchen, während Ihr einen anderen ermorden lasst.« Artixan hatte sich mit durchgedrückten Schultern vor dem Ligaten aufgebaut.

Roth sah Artixan mit mitfühlender Miene an. »Mein Freund, Ihr und ich haben seit jeher gewisse Meinungsverschiedenheiten, aber ich würde niemals tun, was Ihr mir hier unterstellt. Ich habe Verständnis für Euer Bedürfnis, jemandem die Schuld in die Schuhe zu schieben, und mache es Euch angesichts Eurer Trauer nicht zum Vorwurf. Aber bitte verzichtet darauf, diesen Gedankengang weiterzuführen. Ich bin in dieser Sache Euer engster Verbündeter, und wir sollten uns an die Arbeit machen, da anscheinend ja jemand in Eurem Orden der Schuldige ist. Ich nehme doch an, dass Ihr wissen möchtet, wer diese Person ist, um sie aus Euren Reihen auszustoßen.«

Van Steward stellte sich neben Helaina. Auch er schien bestrebt zu sein, eine Barriere zwischen den beiden Männern zu schaffen. »Eines Tages, Staned, werde ich Euch die listige Zunge herausschneiden.«

Der Aszendent machte sich nicht einmal die Mühe, die Bemerkung des Generals zur Kenntnis zu nehmen. »Herrin«, begann er an Helaina gewandt, »ich glaube, ich kann etwas Erhellendes zum Verständnis dessen beitragen, was hier geschehen ist.« Er winkte den Ersten Rat heran, der, wie sie nun bemerkte, ein Buch in der Hand hielt. »Der Anlass des Treffens, zu dem E'Sau sich mit uns verabredet hatte, zu dem er aber unglücklicherweise nicht erschien, war die Zwietracht, die im Shesonorden herrscht. Wir hatten zwar noch nicht in allen Einzelheiten darüber gesprochen, aber er hatte mir gegenüber angedeutet, dass er befürchtete, dass die Uneinigkeit mittlerweile erbittert genug geworden sei, um eine Bedrohung für die Sicherheit des Volkes und seines eigenen Ordens darzustellen.«

»Nehmt Euch in Acht, Aszendent, diesen Mann nicht zu verleumden«, sagte Artixan gepresst.

»So etwas würde ich nie tun«, erwiderte Roth. Sein Tonfall war ein Musterbild der Aufrichtigkeit. »Aber anscheinend waren die inneren Streitigkeiten mittlerweile so heftig, dass E'Saus Sodalität selbst nicht mehr wusste, wie sie weiter dienen sollte.«

»Was meint Ihr damit?«, fragte Artixan mit unverkennbar drohendem Unterton.

»Ich meine, dass er erkannt hatte, dass er sich entscheiden musste, welche Seite des gespaltenen Shesonordens seine Leute unterstützen sollten.« Roth sah sie alle mitfühlend an, als könnte er lebhaft nachempfinden, vor welchen Schwierigkeiten man in leitender Stellung bisweilen stand. »Aber als Vorkämpfer der Zivilisation und Hüter des Rechts hatte der Erste Sodale die Absicht, seine Anhänger hinter jenen Sheson zu vereinen, die sich von ihren undurchsichtigen Praktiken losgesagt hatten.«

»Woher wisst Ihr das?«, fragte Helaina. »Ihr habt selbst gesagt, dass er sich noch nicht näher dazu geäußert hatte.«

Der Erste Rat I'Meiylo trat näher heran. »Als wir früher am Abend mit dem Sodalen Palon hierherkamen und E'Sau tot vorfanden, führten wir eine erste Suche nach Beweismaterial durch. Natürlich sahen wir das Dreiringemblem der Sheson auf der Mordwaffe, aber wir fanden auch das hier.« Er hob das Buch mit beiden Händen. »Das ist das persönliche Tagebuch des Ersten Sodalen. Darin geht er recht ausführlich auf seine Besorgnis um den Shesonorden, seine eigenen Anhänger und das Volk, dem beide Orden dienen sollen, ein.«

Helaina sah das Tagebuch an, dann Roths Gesicht und musterte den Mann genau, um auch noch den geringsten Hinweis auf Doppelzüngigkeit oder Falschheit zu erspähen.

Der Aszendent wahrte eine makellose Fassade des Bedauerns und der Beflissenheit – und er war noch nicht fertig: »Und, so leid es mir tut: Er führt darin sogar eine Namensliste derjenigen Sheson, deren radikales Vorgehen er am meisten fürchtet. Wie es scheint, Herrin, ist die Spaltung tiefer, als wir dachten, und die meisten Sheson haben einen Weg eingeschlagen, der dem Gesetz entgegensteht.« Roth machte eine theatralische Kunstpause und schloss dann: »Sie stellen nun nicht mehr nur eine Gefährdung des öffentlichen Friedens, sondern auch eine Eurer Arbeit am Großen Mandat dar.«

Helaina bedachte den Mann mit einem wutentbrannten Blick. »Wie das, Aszendent Staned?«

»Liebe Herrin«, antwortete er, »es ist ganz einfach. Die Sheson unterlaufen das Zivilisierungsgesetz und verhöhnen damit Euren eigenen Erlass. Sie untergraben die Autorität und den Respekt, die Ihr benötigt, wenn andere Nationen sich Eurer Sache anschließen sollen.«

»Einer Sache, an die Ihr, wie ich Euch in Erinnerung rufen könnte, nicht glaubt, Aszendent«, sagte Helaina.

»Das streite ich nicht ab, Herrin. Aber ich respektiere zumindest, dass wir unterschiedlicher Meinung sind. Mehr noch, ich achte Euer Amt. Ich wäre ein pflichtvergessenes Mitglied Eures Rats, wenn ich Euch nun nicht so beraten würde, wie ich es tue.«

»Wo ist der Sodale Palon?«, erkundigte sich Artixan.

»Wir haben Palon ins Haus der Liga gebracht; der Mann ist völlig aufgelöst«, antwortete der Erste Rat. »Wir haben es ihm so bequem wie möglich gemacht, während wir eine Untersuchung dieser Angelegenheit in Gang gesetzt haben. Artixan«, I'Meiylo sah Helainas engsten Freund an, »das hier ist eine ernstzunehmende Anklage. Und … Euer Name steht auf diesen Seiten.«

Dreckskerl! Sie hätte nichts lieber getan, als die Macht ihres Amtes zu nutzen, um – alles andere als vorurteilsfrei! – das giftige Element aus ihrem Hohen Rat zu entfernen. *Eiserne Faust im Samthandschuh.*

Sie machte sich gerade bereit, eine wilde Tirade auf Roth loszulassen, als der junge Sodale Braethen sich einmischte. »Darf ich das Tagebuch sehen?«

Der Erste Rat zögerte kurz, bevor er das Buch weiterreichte. Mehrere Augenblicke war es still im Zimmer, während Braethen die letzten Seiten des Tagebuchs durchblätterte. Sein Ausdruck höchster Aufmerksamkeit weckte neue Hoffnung in ihr. Dann reichte der junge Mann dem Ersten Rat das Buch zurück.

»Ich nehme an«, sagte Braethen recht gleichgültig, »dass Ihr, Erster Rat« – Helaina lächelte darüber, dass der junge Sodale sich an I'Meiylo und nicht an Roth wandte –, »im Zuge Eurer Ermittlungen die Echtheit jener Einträge im Tagebuch überprüfen werdet, die diese Behauptungen über die Sheson aufstellen.«

Der Erste Rat I'Meiylo wirkte einen Moment lang verwirrt, als ob ihm das gar nicht in den Sinn gekommen wäre. Helaina bemerkte auch, dass der junge Sodale, als er seine Frage stellte, nicht I'Meiylo, sondern Roth ansah. Angesichts dessen huschte ein dünnes Lächeln über ihre Lippen.

Dann gewann der Erste Rat die Fassung zurück. »Wir werden gründlich sein«, antwortete er.

»Deutet Ihr an, dass diese Einträge nicht von E'Sau vorgenommen wurden?«, fragte Roth und starrte Braethen ebenso ungläubig wie finster an.

»Ich deute an, dass Ihr … gründlich sein solltet«, entgegnete Braethen.

Grant lachte offen, was ihm einen vernichtenden Blick von Roth eintrug.

Braethen fuhr fort: »Diese Seiten stehen nicht in Einklang mit dem, was ich über den Mann weiß, und ich nehme an, dass diejenigen hier, die ihn besser kannten als ich, das Gleiche sagen würden.«

»Genau das ist doch der Punkt, junger Mann. E'Sau war innerlich zerrissen, was er hinsichtlich seiner Sorgen unternehmen sollte. Es waren Befürchtungen, die er für sich behielt, bis er sich dann an mich wandte. Wie ich uns allen ins Gedächtnis rufe, hatte jemand anscheinend großes Interesse daran, dass er nie zu diesem Treffen erscheinen würde.«

Van Steward verlor die Geduld mit der Diskussion. »Jedem Ligaten und Gerichtsrat, der in dieser Sache ermittelt, werden einige meiner Leute an die Seite gestellt. Nichts geschieht, solange wir nicht auch dabei sind. Verstanden?«

»Nichts lieber als das«, stimmte Roth zu. »Danke, General.«

Dann entfernten sich Roth und I'Meiylo aus dem Zimmer und ließen sie in Gesellschaft ihres ermordeten Freunds allein.

Grant legte Helaina beruhigend die Hand auf den Arm und fragte über ihre Schulter hinweg: »Was wolltet Ihr uns nicht erzählen, solange der Aszendent nicht gegangen war, Sodale?«

Braethen sah zu ihnen herüber. Die Überlegungen, die er angestellt hatte, schienen ihn im höchsten Maße zu belasten. »Wenn der Erste Rat I'Meiylo tut, was wir verlangt haben, und die Echtheit jener Tagebucheinträge prüft, wird er keine Abweichungen finden, was Handschrift, Tinte, Papier oder Stil betrifft. Sie wirken in jeder Hinsicht so, als hätte E'Sau sie geschrieben.«

»Großartige Neuigkeiten«, sagte Grant.

»Aber ich habe die Frage nicht gestellt, weil ich glaubte, dass er etwas finden würde.« Braethen sah zu Artixan hinüber. »Ich habe sie gestellt, um die Reaktion des Aszendenten auf diese Bitte auszuloten. Ich könnte mich irren, aber ich dachte, ich hätte einen Moment lang Zweifel in seinen Augen gesehen.«

Helaina wandte sich an ihren alten Freund. »Habt Ihr die gleiche Beobachtung gemacht?«, fragte sie Artixan.

Der alte Mann hatte die Beherrschung zurückgewonnen und

zeigte den Anflug eines Lächelns. »Ja. Fahrt fort, Braethen. Mir gefällt Euer Verstand.«

»Mein Vater hat mir beigebracht, dass unter denen, die dem *Weg des Autors* folgen, einige sind, deren Begabung im Fälschen besteht. Es ist eine Fähigkeit, die sich nicht in der rechten Federführung erschöpft, um einen anderen Autor nachzuahmen, sondern auch beinhaltet, seine Ausdrücke und seine Wortwahl zu treffen. Es wirkt, als *wäre* dieser Fälscher der Autor.«

»Dann werden wir diesen Betrüger finden«, sagte Van Steward mit ruhigem Zorn, »und ihm das Geständnis abringen, sich mit dem Aszendenten verschworen zu haben: zu Mord und Verrat.«

Braethen hatte den Blick nicht von Artixan abgewandt. »Es ist noch schlimmer. Oder wäre es für meinen Vater«, verbesserte er sich. »Es deutet alles auf etwas hin, wovon er mir ein- oder zweimal erzählt hat. Manchmal wurde ihm seine Arbeit zur Last. Nicht so, als würde man ein Feld eggen oder einen Brunnen ausheben. Aber dennoch eine Bürde. Und ein paar Mal, wenn er eine ganze Karaffe saurer Maische heruntergestürzt hatte, geschah es, dass er über eine Autorensekte sprach, die sich dem Fabulieren hingab ...«

»Tun das denn nicht alle Autoren?«

»Sie schreiben Geschichten, die nur dazu gedacht sind, zu verstören und Düsternis heraufzubeschwören«, sprach Braethen eilig weiter, »Worte, die Chaos, Misstrauen und Furcht zum Leben erwecken. Er bezeichnete das als Propaganda und Anklagen gegen Unschuldige.«

»Wie die Bereitstellung von Beweisen, dass die Sheson ein Motiv gehabt hätten, E'Sau zu töten, bevor er die Sodalität überzeugen konnte, sich gegen sie zu wenden.« Helaina wurde beim Klang ihrer eigenen Worte übel.

Braethen sah wieder sie an. »Und sie schüchtern uns auch mit Freuden ein.« Er zeigte ihnen das Gedicht im Buch seines Vaters.

Helaina versprach, einen Trupp Männer auszusenden, um über die Sicherheit von Braethens Vater zu wachen.

Ein Ausdruck aufrichtiger Dankbarkeit erfüllte das Gesicht des jungen Mannes, verschwand aber schnell wieder. Ihm schien noch etwas einzufallen. »Ich glaube, das ist der Beweis, dass es diese Autorensekte wirklich gibt und dass die Liga sie rekrutiert hat. Bei den toten Göttern«, murmelte er. »Es gibt die Sekte *wirklich*. Die Macht einer kunstvollen Lüge. Wahrscheinlich geht das schon eine Weile so vonstatten, und wir haben es einfach nicht gesehen.«

Helaina wurde bei seinen Worten eiskalt, doch ihre flammende Wut verbrannte die Kälte rasch wieder. Sie war vielleicht schon in fortgeschrittenem Alter, aber sie dachte noch klar – und als sie so vor dem Leichnam eines engen Freundes stand, erkannte sie, was Roth als Nächstes tun würde. *Er wird versuchen, die Kontrolle über das Große Mandat zu gewinnen.* Der Gedanke ließ sie um mehr als nur um ihr eigenes Leben bangen.

Also bin ich am Zuge.

Sie wandte sich an Grant. »Ich nehme an, dass uns morgen beim Großen Mandat noch mehr Überraschungen der Liga erwarten. Vielleicht brauchen wir deine ungewöhnliche Form der Diplomatie.«

Auf Grants Gesicht breitete sich ein schiefes Lächeln aus.

48

EINE PRIVATAUDIENZ

Es gibt glaubhafte Indizien dafür, dass kriegerische Kulturen sich auch auf die Fleischeslust besonders gut verstehen. Allerdings ist nicht klar, welche dieser beiden Vorlieben der anderen vorausgeht.

(Eine Untersuchung der Gelüste verschiedener Kulturen, Band 2: Die nördlichen Königreiche. Praktische Forschungen)

Im rostroten Farbspiel der Abenddämmerung stand Sutter auf dem großen Balkon vor seinem Zimmer und übte mit seiner Sedaginklinge. Entspannte Stille lag über Ir-Caul; die Straßen waren verlassen, so dass in der ganzen Stadt Ruhe herrschte. In der kühlen Abendluft sah Sutter zu dem feurigen Himmel im Westen und vollführte mit der Waffe langsame, zielgerichtete Bewegungen. Die Übung war eher Meditation als Kampfkunst.

Sie hatten sich zurückgezogen, ohne auch nur ein Abendessen einzunehmen. Die recht schlicht eingerichtete Unterkunft – bis auf eine zerbrochene Hellebarde an der Wand war sie schmucklos – gefiel ihm gut. Er war körperlich von all den langen Tagen und kurzen Nächten erschöpft, aber seine Gedanken überschlugen sich vor Fragen, nachdem sie König Relothian kennengelernt hatten. Der König hatte gesehen, dass er kein wahrer Sedagin war, was Sutters Laune trübte, hatte es ihn doch an die vielen Fern erinnert, die aufgrund seiner Unerfahrenheit im Fechten gestorben waren. Er hatte gehofft, dass es ihn beruhigen würde, seine Schwertkampfübungen zu vollführen …

Auf seinem stillen Balkon probte er methodisch die einzelnen Manöver, die Mira ihm beigebracht hatte. Inmitten des Drills dachte er über die Art von Kraft nach, die in seinem Vater steckte, dem Mann, der ihn großgezogen hatte – nicht dem, der ihn gezeugt hatte – und der Tag für Tag sein Landstück beackerte, um ihm eine Ernte abzuringen und ein paar hungrige Mäuler satt zu bekommen. Er tat es klaglos, ohne auch nur jemals das Bedürfnis zum Ausdruck zu bringen, etwas anderes oder gar etwas Besseres zu tun oder zu sein.

Sutter lächelte traurig, da er erkannte, dass er nicht über die gleiche Charakterstärke verfügte. Vor allem machte es ihn dankbar. Obwohl es ihm wie ein schlechter Scherz vorkam, hatten die Jahre in Helligtal ihn in den Dingen verwurzelt, die er für *richtig* hielt: Loyalität, Ehrlichkeit, Fleiß, Leidensfähigkeit.

Er senkte das Schwert und starrte in die Vergangenheit. Er sah einen harten Winter vor sich, von der Art, in der selbst der kleinste Kieselstein oder Erdklumpen am Boden festgefroren war. Er sah die Haut seines Vaters in der bitteren Kälte dampfen, als er auf den steinharten Boden unter dem Birnbaum hinter ihrem Haus einhackte. Er sah sich selbst eine Schaufel aufheben, um zu versuchen, mit den eigenen, schwächeren Armen zu helfen. Er sah die Umrisse seiner kleinen Schwester unter ihrer besten Decke liegen – gestorben am Winterfieber. Sie war vier Jahre alt. Er sah die Röte in den Augen seines Vaters und vielleicht Dankbarkeit für die Gelegenheit, eine

Spitzhacke zu schwingen und seinen Zorn und seinen Kummer auszutoben. Er sah, wie Renae in den kalten, harten Boden gebettet wurde und sein Vater sich Zeit nahm, ein Gebet zu sprechen, da er noch nicht willens war, die Erde wieder zurückzuschaufeln.

Die Trauer wallte aufs Neue in ihm auf, und Sutter hob die Klinge mit gefestigter Entschlossenheit. Als er gerade einen schnellen Hieb mit dem Langschwert geführt hatte, scharrte ein Schuh über den Boden hinter ihm. Er erstarrte. Den Blick auf den Horizont gerichtet, umklammerte er das Schwert fester. Sein Herz hämmerte. Er stellte sich vor, dass Stilletreue hinter ihm standen, irgendeine Bestie, vielleicht ein Fährtenleser, der sich in sein Zimmer gestohlen hatte.

Er wirbelte herum und schwang die Klinge in einem tödlichen Bogen. Noch in der Bewegung erhaschte er einen Blick auf eine hellblaue Chiffontunika und zog das Schwert zurück. Er vermied es nur knapp, eine Frau aufzuschlitzen, die dastand und ihn mit großen Augen ansah.

Sutter knurrte, vor allem, weil es ihm Angst machte, beinahe eine Frau angegriffen zu haben, die zu Relothians Hofstaat gehörte.

»Was wollt Ihr?«, stieß er hervor und erkannte noch beim Sprechen, dass er durch den zarten Stoff ihres Kleides hindurchsehen konnte. Sie trug nichts darunter. Ihr Haar – die Farbe war ein dunkles Kastanienbraun – fiel ihr in sanften Wellen bis zum Brustansatz, und ihre helle Haut ließ ihre grünen Augen und braunen Sommersprossen deutlich hervortreten.

»Ich bin Yenola, König Relothians Schwester. Ich bin hergekommen, um mich zu vergewissern, dass Ihr es bequem habt.« Sie verneigte sich würdevoll, aber der Ausdruck ihrer Augen wirkte weniger förmlich, eher … *anzüglich.* »Ihr seid

Sedagin«, sagte sie, und in ihrem Tonfall lag die Andeutung einer Frage.

Sutter blickte auf seine Klinge und den einzigartigen Handschuh an seiner rechten Hand hinab. Er hob lächelnd beides hoch, während sein Herz nach dem kurzen Schrecken wieder in seinen üblichen Rhythmus zurückfiel. »Es sieht ganz danach aus, nicht wahr? Aber nein – das hier waren Geschenke.«

Die Frau zog die Augenbrauen hoch. »Die Sedagin haben Euch ihre Klinge und ihren Handschuh geschenkt? Wie habt Ihr Euch diese Ehren verdient?«

Sutter dachte nach und lächelte dann erneut. »Ich habe auf einen Tanz mit einer schönen Frau verzichtet.«

Yenola erwiderte sein Lächeln, doch zugleich runzelte sie vor Staunen und Verwirrung die Stirn. »Natürlich steht dabei eine Frau im Mittelpunkt. Seid Ihr an diese Frau gebunden?«

»Nicht, wenn Ihr sie fragt«, antwortete Sutter und steckte sein Schwert in die Scheide.

Yenola strahlte die Art heiterer Ruhe aus, die Sutters Ansicht nach Angehörige von Königshäusern auszeichnete. Sie hatte wahrscheinlich nie eine Wurzel ausgraben müssen. Und sie wirkte weder gekränkt noch lüstern, als Sutters Blicke verstohlen über ihre geschmeidige Gestalt huschten. Er gewann den Eindruck, dass es nicht als unanständig galt, wenn sie so gesehen wurde. Dennoch wandte er sich um der Schicklichkeit willen ab und betrachtete wieder die ferne Bergkette, um nicht in Verlegenheit zu geraten.

Sie trat nahe heran, und ihr Arm streifte seinen, als sie sich zu ihm stellte und mit ihm den Blick von seinem Balkon genoss. »Behaltet Euer Geheimnis für Euch«, sagte sie.

»Es ist kein Geheimnis«, erwiderte Sutter. »Sie und ich haben einfach keine feste Abmachung miteinander getroffen.«

»Nicht die Frau! Euer Verhältnis zu den Sedagin. Man nimmt an, dass Ihr in den Rechten Arm des Eides hineingeboren wurdet.«

Sutter wandte sich ihr zu, und Fragen keimten in seinem Verstand auf. Relothian hatte ihnen seine Vermutungen darüber nicht enthüllt, warum Vendanji sie geschickt hatte, und wenn Sutters Erfahrung ihn eines gelehrt hatte, dann, dass es gewöhnlich nichts Gutes verhieß, wenn jemand es hinauszögerte, Informationen weiterzugeben, es sei denn, er wusste selbst nicht Bescheid.

»Seid Ihr deshalb hier? Weil Ihr mich für einen Sedagin haltet?« Angesichts ihres Kleides erriet Sutter, welchen Zweck ihr Besuch gehabt hatte, doch er sprach es nicht aus.

»Natürlich. Kränkt Euch das?« Ihr Tonfall wurde zu keinem Zeitpunkt aufgeregt oder ungläubig.

Vor allem aber spürte Sutter, dass sie ihn nicht herablassend behandelte.

»Wohl kaum«, sagte er. »Es ist doch vielmehr ein Kompliment, nicht wahr?«

Der König hat es ihr nicht gesagt.

»Das möchte ich annehmen«, antwortete Yenola. »Es ist der einzige Grund dafür, dass man Euch durchs Tor gelassen hat. Nicht einmal die Fernfrau hätte den Turm bewegt, Euch passieren zu lassen.« Unerwartet ergriff sie seine Hand und strich mit der eigenen über seine Finger und seine Handfläche. »Was nun Euer Geheimnis angeht … Ihr seid kein Kämpfer, aber Ihr versteht Euch gut darauf, Eure Hände zu gebrauchen. Wie kommt das?«

Sutter schämte sich nicht im Geringsten zu sagen: »Ich habe viele Jahre damit verbracht, im Dreck zu spielen.«

Die Frau schenkte ihm ein anmutiges Lächeln, das ihm warm

werden ließ. Ohne dass sie es laut aussprach, wusste er, dass es ihr gefiel, dies über ihn zu erfahren.

»Wie hat ein Bauer sich auf dem Tehiel wiedergefunden, um zu tanzen und sich genug Achtung zu erwerben, in die Familie der Sedagin aufgenommen zu werden?« Yenola ließ seine Hand nicht los.

Ihre Berührung war sanft und einladend – so sanft und einladend, dass Sutter einige Augenblicke benötigte, bis ihm bewusst wurde, was in ihrer Frage mitschwang. »In die Familie der Sedagin aufgenommen? Was bedeutet das?« Er vergaß für kurze Zeit, dass diese schöne Frau fast nackt war.

»Ich werde es Euch sagen, und dann schuldet Ihr mir einen Gefallen. Abgemacht?« Ihr Lächeln wurde schief: Einer ihrer Mundwinkel hob sich schelmisch.

»Das ist nur recht und billig.«

»Es ist eigentlich ganz einfach. Diese Klinge« – sie ergriff das Heft seines Schwerts mit der freien Hand und rüttelte sacht daran – »wird von den Sedagin als Anhängsel ihres Körpers betrachtet. Sie trennen sich nie davon, sobald sie begonnen haben, ihren Gebrauch zu erlernen. Sie verwenden äußerste Sorgfalt auf die Herstellung jeder einzelnen, und niemand aus dem Flachland darf jemals ihr Schwert tragen, solange er nicht zu einem Teil ihrer Familie geworden ist.«

»Und der Handschuh?«, fragte Sutter und hob die rechte Hand.

»Damit ist es ganz ähnlich«, antwortete Yenola. »Er weist Euch als einen der Ihren aus. An manchen Orten, etwa in Ir-Caul, ist er ein Zeichen, das Euch mehr Rücksichtnahme sichert, als Ihr sie sonst genießen würdet. An anderen Orten tätet Ihr dagegen gut daran, ihn abzulegen; er würde Zorn erregen und Leute anziehen, die sich mit Euch zu messen wünschen.«

Sutter betrachtete den seltsamen Handschuh, den er trug, mit neuer Wertschätzung und Besorgnis. »Alles, was ich getan habe, war, einen Mann daran zu erinnern, dass eine Frau selbst darüber entscheidet, mit wem sie tanzt.«

»Wenn Ihr es recht bedenkt, habt Ihr ihn dazu gebracht, sich auf mehr als nur auf angemessenes Benehmen zu besinnen.« Sie sah ihn nachdenklich an, lächelte aber noch immer. »Ihr mögt nicht auf der Hochebene geboren sein, aber sie betrachten Euch als einen der Ihren. Das bedeutet zugleich, dass *wir* Euch als einen der Ihren betrachten. Das ist der einzige Grund dafür, dass der König sich bereiterklärt hat, mich Euch zu sprechen.« Sie musste Sutter wohl die Frage ansehen, die noch in seinen Augen stand, denn sie lachte, als sie fragte: »Wisst Ihr, wo Ihr seid?«

»Was meint Ihr? Ich bin in Ir-Caul.« Sutter schaute auf und ließ den Blick über die Stadt schweifen.

»Die nördliche Grenze von Alon'Itol bilden die Bahrenberge. Jenseits davon liegt der Born selbst. Und im Westen liegt Nallan …« Sie brach ab und schien abzuwägen, ob sie noch mehr über jenen Ort sagen musste.

Sutter hatte schon vom Königreich Nallan gehört, erinnerte sich jedoch nicht an viel, abgesehen davon, dass Nallans eigene Westgrenze am Düsterfeld verlief. Aber irgendetwas an der Art, wie sie den Namen – *Nallan* – aussprach, ließ Sutter vermuten, dass sie nicht nur bloße Tatsachen aufzählte.

Wieder erwies sich Yenola als scharfsichtige Deuterin von Sutters Gedanken. »Ich überlasse es dem König, Euch mehr über unseren Nachbarn im Westen zu berichten. Für den Augenblick ist das, was Ihr verstehen und zu Eurem Vorteil nutzen müsst, dass unsere Tore allen außer bekannten Freunden verschlossen sind.«

»Wir haben Vendanjis Namen genannt«, sagte er und hoffte, mehr über das Verhältnis des Sheson zu Relothian zu erfahren.

Ihr schönes, schelmisches Lächeln erschien wieder. »Jeder hätte den Namen des Sheson nennen können, um uns aufzusuchen, und ich weiß nicht, ob Vendanji *überhaupt* Freunde hat. Was die Stadt Ir-Caul, meinen Bruder und seine Generäle betrifft, so schulden wir dem Sheson vielleicht Dank – aber die Art, wie er sich ein Anrecht darauf erworben hat, hat seinen Namen hier zu einem Schimpfwort gemacht. Ich würde ihn nicht noch einmal nennen.«

»Das ist ja einfach wunderbar«, sagte Sutter. »Der Aussätzige von Ir-Caul schickt uns her, damit wir seinen Willen tun.« Er sah wieder Yenola an. »Warum sind Eure Tore verschlossen?«

Ein Ausdruck echten Erstaunens trat auf ihr Gesicht. »Sutter« – es war das erste Mal, dass sie seinen Namen aussprach –, »es herrscht Krieg.« Dann nahm sie ihn bei der Hand und führte ihn in sein Zimmer und zu seinem Bett.

Sutter erwachte früh. Er hatte nicht viel geschlafen, und das hatte er Yenola zu verdanken. Aber die im Liebesspiel verbrachte Nacht hatte ihn auf eine Art erfrischt, wie eine durchschlafene Nacht es noch nie getan hatte. Er hatte zuvor noch nie mit einer Frau geschlafen. Er betrachtete sie lange, wie sie in sein Bettzeug gewickelt neben ihm lag.

Sie regte sich, öffnete die Augen und küsste ihn mit solcher Selbstverständlichkeit, als würden sie einander schon jahrelang kennen. »Kannst du nicht schlafen?«, fragte sie.

»Ich nehme an, ich bin es einfach gewohnt, früh aufzustehen.«

Sie seufzte tief und befriedigt. »Was du mir über die Worte

erzählt hast, die du mit dem König gewechselt hast – ich habe noch nie jemanden so mit ihm sprechen hören. Zumindest keinen Fremden. Ich wäre gern dabei gewesen.«

»Man sagt mir immer wieder, dass ich zu forsch bin«, sagte Sutter und lächelte im Dunkel des Morgens.

Yenola küsste ihn noch einmal, und diesmal schwang irgendetwas darin mit.

Sutter gestand sich ein, dass seine Unerfahrenheit mit Frauen es ihm völlig unmöglich machte, den Kuss zu deuten.

»Du solltest noch einmal mit dem König sprechen«, sagte sie. Ihre Worte klangen wie Gedanken, die sie laut äußerte, um sie zu hören und ihre Durchführbarkeit abzuwägen. Sie schien zu einem Schluss zu gelangen; ihr Blick wurde klar. »In den meisten Nächten schläft der König auf dem Dach. Dort ist er zugänglicher.«

»Auf dem Dach?«

Yenola nickte. »Zieh dich an.«

Sutter schlüpfte aus dem Bett und in seine Sachen. Aus Gewohnheit legte er auch seinen Schwertgurt und seinen Sedaginhandschuh an. Dann sah er sich nach Yenola um und war mit einem Mal mehr als nur ein wenig neugierig. »Warum erzählst du mir das?«

»Eine einzelne Wendeltreppe liegt am Ende des Ganges.« Sie setzte sich auf. Die Laken glitten ihr von den Schultern und enthüllten ihre Brüste. Selbst im Zwielicht entfaltete ihre Schönheit immer noch Anziehungskraft auf ihn. »Sag ihm nicht, dass ich dir gesagt habe, wie du ihn finden kannst. Und komm zurück, wenn du fertig bist.« Ein zartes Lächeln trat auf ihre Lippen, weniger sinnlich als sonst, aber freudiger, wie er fand.

Er nickte und setzte sich in Bewegung. Er schritt den stillen

Gang im Wohnturm entlang, fand die schmale Treppe und stieg die enge Spirale durch mehrere Stockwerke der Burg hinauf, indem er seine Hand an der Wand entlanggleiten ließ, damit sie ihn durch die Dunkelheit führte. Die Treppe hatte in den dazwischenliegenden Geschossen keine Ausgänge, sondern führte immer weiter nach oben. Sutter folgte den Stufen leise und setzte die Füße sacht auf dem Stein auf, bis er eine schwere Tür erreichte, die das Ende der engen Wendeltreppe bildete. Sutter drückte die Klinke herunter und stieß die Tür auf.

Er trat auf das kleinste, höchstgelegene Dach der Festung hinaus. Auf diesem Burggipfel war die Luft still und kühl, und man hatte einen großartigen Blick über Ir-Caul. Sutter konnte von diesem Ausguck aus erkennen, dass er die Größe der Stadt unterschätzt und noch keinen richtigen Eindruck von ihrer Nutzung als Garnison gewonnen hatte.

Straßen führten sternförmig in alle Richtungen und waren überwiegend von großen Baracken und Exerzierplätzen gesäumt. Es war eine Stadt, die für den Krieg errichtet und von Kriegern bevölkert war. Am äußersten Rand seines Gesichtsfelds glaubte er, mehrere Freiflächen zu sehen, auf denen Kriegsmaschinen, deren Namen er nicht kannte, auf ihren Einsatz warteten. Der Eindruck, den dies alles in ihm hinterließ, ähnelte dem, den er in Naltus Fern gewonnen hatte, aber hier fehlte der dort damit einhergehende Beiklang von Hoffnung. Nicht, dass Ir-Caul hoffnungslos gewesen wäre: Es war nur so, dass seine Bewohner allein für den Moment zu leben schienen, ohne mit einem weiteren Tag zu rechnen.

Sutter drehte sich langsam im Kreis und betrachtete jedes Viertel der Stadt in der Dunkelheit vor Sonnenaufgang. Sein Herz begann heftig zu klopfen, als er eine Gestalt zusammengerollt auf einem Lager an der Mauer zu seiner Linken liegen sah.

Vorsichtshalber zog er sein Schwert und trat argwöhnisch näher. Er hatte auf den Straßen von Ir-Caul bisher keinen einzigen Bettler oder Landstreicher gesehen. Aber genau daran erinnerte ihn der Haufen, der in den Winkel zwischen Mauer und Dach geschmiegt war.

Als Sutter bis auf wenige Schritt herangekommen war, sagte die Gestalt: »Steckt Eure Waffe weg.«

Sutter entspannte sich und schob die Klinge in die Scheide. Es war tatsächlich der König, der in seiner eigenen Festung auf hartem Stein in der Kälte schlief.

Kurz darauf setzte Relothian sich auf und lehnte den Rücken an die Mauer.

Sutter starrte ihn einen Moment lang an und spähte dann in der Dunkelheit auf die ausgedehnten Ebenen jenseits der Stadtmauern, da er damit rechnete, vielleicht dort den Grund dafür zu entdecken, weshalb der König hier war. Da er jedoch nichts außer dem Lichtschein einiger Fenster in der Stadt sah, wandte er sich wieder dem König zu. »Was tut Ihr hier?«

»Ich könnte Euch dasselbe fragen. Ihr habt keinen Grund, allein durch meine Burg zu spazieren. Ein richtiger König wäre beleidigt.« Relothian wirkte allerdings nicht gekränkt.

»Ich konnte nicht schlafen«, log Sutter.

»Das kann ich auch nicht. Jedenfalls nicht auf Daunenmatratzen unter schwerem Bettzeug.« Der Mann schob die dünne Decke von sich, die quer über seinem Schoß lag. »Und nicht in der Wärme eines Kamins.« Er tätschelte den Stein unter sich. »Ich muss etwas Festes unter mir haben und kalte Luft, die mir die Wangen kühlt. Wenn ich irgendwann beginne, die Annehmlichkeiten zu genießen, die mein Thron mir bietet, werde ich auf sie verzichten und abdanken.«

Sutter glaubte, ihn zu verstehen, sagte aber nichts.

Der König stand auf und ging zum Rand des Daches. »Ein Kämpfer entwickelt einen leichten Schlaf und weiß ein raues Lager zu schätzen, das ihn von seinen Träumen fernhält. Ich bin bereit, wenn mein Feind anrückt. Aber sagt mir, was *Euch* so früh geweckt hat.«

Sutter trat nicht neben den König an den Rand des Daches, sondern blieb stehen, wo er war, und versuchte, zu einem Schluss darüber zu gelangen, wie viel er ihm anvertrauen sollte. »Ich habe Albträume. Vielleicht sollte ich es mit einem härteren Bett versuchen.«

Der König lachte leise. »Welche Träume können einem *Sedagin* schon Angst einjagen?«

Sutter machte sich nicht die Mühe zu erklären, wie er zu seinen Sedagingeschenken gekommen war. Vielleicht später. Stattdessen sagte er, weil er nicht lügen wollte: »In letzter Zeit? Die Gesichter von Soldaten, die bald sterben werden.«

Relothian wandte sich mit forschendem Blick zu ihm um.

Da trat Sutter vor, um den König im Dämmerlicht besser sehen zu können. »Was glaubt Ihr, wozu die Einberufung des Großen Mandats dient? Wozu hat sie stets gedient? Ich bin kein großer Krieger, und ich weiß nicht, mit welchen Schwierigkeiten ein König zu kämpfen hat, aber ich werde Ir-Caul nicht verlassen, solange Ihr nicht aufhört, Euch wie ein Es…«

»Nehmt Euch in Acht«, sagte der König leise.

Sutter erwiderte seinen Blick unverwandt. Seine Ungeduld wuchs. »Wenn ein Junge Königreiche durchquert und Grenzen überwindet, um im Namen des Sheson, den Ihr hasst, eine Botschaft auszurichten, könnt Ihr doch vielleicht ein paar Tage erübrigen, um Euch anzuhören, was die Regentin zu sagen hat.«

»Ihr habt keine Ahnung, was Ihr da verlangt«, erwiderte der König. Sein Ton verriet unterdrückten Ärger. »Seht dorthin.« Relothian deutete nach Westen.

Sutter blickte in die Ferne und sah nichts bis auf eine dunkle Bergkette unter einem sternenübersäten Himmel.

»Ich liege im Krieg mit Nallan, einem Reich, das sich nimmt, was es will. Das ohne Reue oder Ehre tötet.« Der König wandte sich nach Süden und fuhr fort: »Seit Jahren flehen wir andere Völker an, sich mit uns zu verbünden. Ich habe unzählige Briefe und Gesandte geschickt. Und doch kämpfen wir immer noch allein.« Er schwieg eine Zeitlang, und sein Blick wandte sich nach Osten, um dann wieder nach Westen zurückzukehren. »Die Schmieden werden bald angefacht.« Er wies auf die Stadt. »Rauch wird den Himmel mit Hoffnung erfüllen. Wir waren dabei, den Krieg zu verlieren, als ich diesen Thron übernommen habe, Sedagin. Unsere Männer trugen schlecht gefertigte Klingen. Ihre Rüstungen und Schilde waren lächerlich. Und Kriegsmaschinen und Belagerungsgeräte ...« Er schüttelte den Kopf. »Wir hatten nur wenige. Deshalb nennt man mich den Schmiedekönig. Mein erster Befehl lautete, mehrere hundert Schmiede nach Ir-Caul zu bringen, um Schmieden zu bauen und zu beginnen, anständigen Stahl herzustellen. Das war vor zwanzig Jahren.«

Sutter erinnerte sich an die zahllosen Rauchfahnen, die er am Vortag hatte aufsteigen sehen.

»Aber in den letzten paar Jahren sind meine Männer in größerer Zahl gefallen. Nallan bedrängt uns heftiger. Etwas stimmt nicht. Ich spüre es bis ins Mark. Doch all meine Bittbriefe an Mandatsinhaber sind unbeantwortet geblieben. Ich werde vielleicht doch noch gezwungen sein, der Liga zu gestatten, hier eine Garnison einzurichten.« Er drehte sich wieder zu Sutter um. »Also erzählt mir nichts vom Großen Mandat. Euer eigenes Volk ist nicht dafür. Wie in der Vergangenheit spricht es jeglicher Bündnistreue Hohn. Könige und Adlige ringen um Macht und Einfluss und geben sich politischen Winkelzügen hin. Ihr wisst, dass auch die Sedagin das nicht unterstützen.« Er lachte.

Sutter griff spontan unter seinen Umhang.

Der König packte seinen Arm rasch in eisenhartem Griff. »Ich spiele keine Spielchen mit Euch, Junge. Was versteckt Ihr da?«

Sutter riss sich los und griff in eine Innentasche. Er zog die Sigille des Draethmorte hervor und hielt sie dem König vors Gesicht. »Ihr müsst mich anhören.«

Sutters Stimme tönte laut durch die Stille und hallte von der Spitze von Relothians Burg wider. Einige Augenblicke später kehrte die Stille lastender denn je zurück.

Der König umschloss den Anhänger mit einer Hand und starrte ihn ungläubig an. »So etwas habe ich noch nie gesehen – nur auf den Gemälden, die hier an den Wänden hängen. Das ist gotteslästerlich! Wie seid Ihr dazu gekommen?«

In aller Ausführlichkeit erzählte Sutter die Geschichte von Tahns Kampf am Tillinghast. Er fügte so viele Einzelheiten ein, wie er aus Tahns Bericht noch in Erinnerung hatte. Dann schilderte er die Schlacht in Naltus und den Verlust der Bundessprache. Aber er wiederholte nicht, was Vendanji über den Anhänger gesagt hatte: *Die Menschen dort haben vergessen, wer sie sind. Bringt sie dazu, sich zu erinnern. Die Sigille wird dabei helfen.*

Als Sutter geendet hatte, bedachte der König ihn mit einem unergründlichen Blick, so dass er sich fragte, ob es ein Fehler gewesen war, ihm so viel anzuvertrauen.

Der König rührte sich nicht und sagte auch nichts.

»Hinter diesem Stück Metall stehen mehr Opfer, als ich mir gern ins Gedächtnis rufen möchte«, sagte Sutter. »Ich habe Velle gesehen, gegen Bar'dyn gekämpft und über ein Schlachtfeld voller Toter geblickt, das sich so weit erstreckte, dass ich sein Ende nicht sehen konnte. Die Stilletreuen kommen.« Er hielt inne, unsicher, ob er aussprechen sollte, was er wirklich über Relothians Armee dachte. »Und um Euch die Wahrheit zu sagen: Selbst wenn Ihr dem Großen Mandat beitretet, bin ich mir nicht sicher … ob es ausreichen wird.« Sutter schob den Anhänger zurück in seine Innentasche und fühlte dabei den starren Blick des Königs auf sich ruhen.

»Wir unterhalten uns später noch.« Der König ließ Sutter auf dem obersten Dach der Festung im Licht des Tagesanbruchs stehen, während der Rauch der Schmiedefeuer in den Morgenhimmel aufzusteigen begann.

49

WAFFENSCHMIEDEKUNST

Baut eure Kriegsmaschinen zunächst als Kinderspielzeug. So fangt ihr den Einfallsreichtum des Spiels ein und bleibt von verhängnisvollen Konsequenzen in der Erwachsenenwelt verschont.

(Zeugmeisteranweisung an sämtliche Schmiede von Alon'Itol)

Die Tür zum Zeughaus öffnete sich, und Mira starrte ins Gesicht eines kleinen Mannes mit fast gänzlich kahlem Kopf. Hinter ihm konnte sie erkennen, dass die breite Werkstatt keine Fenster hatte – dies war kein Ort, von dem König Relothian oder seine Generäle wollten, dass hergelaufene Schaulustige ihn sahen. Aber Lampen erleuchteten ihn hell, und der süßliche Geruch von frisch geschlagenem Holz und nassem Hanf lag in der Luft.

»Oh, bei meinen Geräten!«, sagte der kleine Mann. »Ihr seid das Fernmädchen, über das alle reden! Vorzüglich. Ganz vorzüglich. Kommt herein.«

Der Mann trat zurück, ließ Mira vorbei, schloss dann die Tür und ließ einen Querriegel fallen, der in eine Art Schließmechanismus einrastete, wie sie ihn noch nie gesehen hatte. Der

Riegel war dick und bestand aus massivem Eisen. Kein geschickter Dieb würde ihn je von außen anheben können.

»Ich bin Zeugmeister Mick. Ihr seid Mira«, verkündete der Mann hellauf begeistert. »Ihr seid eine Fern. Und ich fertige Kriegsgerät. Ihr seid sicher hier, um meine Arbeit zu sehen. Vorzüglich. Vorzüglich.«

Das war in der Tat ein Grund dafür, dass sie hergekommen war – einer unter mehreren. Sie hatte noch andere Fragen, aber sie nahm an, dass sie die Antworten auf einige davon in der Arbeit des Waffenschmieds finden würde.

»Wenn es Euch nicht zu lästig fällt.« Mira war schon damit beschäftigt, einen Tisch in Augenschein zu nehmen, auf dem Modelle von Belagerungsmaschinen standen, die sie nicht kannte.

Er schüttelte den Kopf weitaus heftiger als nötig und hinkte zu dem Tisch, den sie betrachtete. An einem Ende lagen mehrere frisch zugeschnittene Holzstücke unterschiedlicher Länge und Dicke. Auf den ersten Blick hätte man sie mit einem Stapel für Kinder gedachter Bauklötzchen verwechseln können. Daneben standen Spulen mit Hanfzwirn auf senkrechten Stäben, die aus dem Tisch hervorragten. Schnitzmesser, Meißel, Hämmer, Nägel, eiserne Beschläge und andere Werkzeuge lagen neben den Rohmaterialien. Aber ein Großteil des Tisches diente der Zurschaustellung von maßstabsgetreuen Modellen verschiedener Geräte, die Katapulten, Ballisten, Wurfmaschinen, Rammböcken und Sturmleitern ähnelten. *Ähnelten,* aber nicht völlig glichen. Ohne mehr Zeit damit zu verbringen, sie zu mustern, konnte Mira nicht sagen, was anders war, aber sie konnte sehen, dass alle *verändert* worden waren.

»Oh, viele Ideen!«, erklärte er. »Ich kann vielleicht eine von hundert umsetzen.«

Dicht vor Mira waren zahllose Entwürfe für Schwerter, Dolche, Äxte, Kampfhämmer, Streitflegel, Speere, Schilde, Helme, Rüstungen und weitere Waffen als Miniaturen aufgereiht. Sie bemerkte, dass der Mann einen Ledergürtel trug, der über die ganze Vorderseite verteilt Taschen aufwies, in denen verschiedene Holzschnitzmesser steckten.

»Ihr seid ein vielbeschäftigter Mann«, bemerkte sie.

»Nicht ohne Grund«, entgegnete er. »Kriege fechten sich nicht von selbst aus.« Er betastete ein Gegengewicht an einem ausgefeilten Katapult und schoss mit einem Steinchen auf Mira.

Sie fing es auf und betastete das Erz. »Eure Schmieden fertigen Gusseisen, um all dies hier herzustellen.« Sie steckte den Stein ein und deutete auf den Tisch.

»Bei meinen Geräten, nein! Sie bauen Kriegsmaschinen, die sich schon *bewiesen* haben. Das hier ist alles … nur geraten.« Sein verschmitztes Lächeln verriet, dass er sie in die Irre führte.

Einige dieser Gegenstände waren zweifellos schon in der Schlacht erprobt worden. Aber Mira hatte das Gefühl, dass der Waffenschmied nicht so sehr am Krieg wie an seinen Erfindungen Freude hatte. Er strahlte eine solche Energie aus, dass sie überzeugt war, dass er nie untätig herumsaß.

»Ihr befindet Euch also im Krieg«, sagte sie und betrachtete ein seltsames Modell genauer, das wirkte, als könnte es mehrere Pfeile zugleich verschießen.

Sein Schweigen schien Antwort genug zu sein. Er ging zur anderen Seite des Tisches und betätigte eine hölzerne Kurbel an dem Modell, das sie gemustert hatte. Auf einer Seite hatte das Gerät ein paar hölzerne Räder mit ineinandergreifenden Zähnen, die sich zu drehen begannen, als er die Kurbel im Kreis bewegte. Ein ausgefeilter Mechanismus spannte mittels zweier Seilzüge eine Sehne. Die Sehne selbst war in zwei weitere Endpunkte eingefädelt. Sie bildete nun eine gerade Linie, die in die Kerben von sechs Pfeilen passte, die in flachen Vertiefungen ruhten. Als die Spannung der Sehne ein gewisses Maß erreichte, löste sich der Mechanismus, und die sechs Pfeile segelten gleichzeitig über den Modelltisch.

Der Zeugmeister kurbelte weiter, und Mira beobachtete, wie dank einer Rotation von sechs Halterungsebenen ein neuer Satz Pfeile eingespeist wurde. Binnen weniger Sekunden flogen sechsunddreißig Pfeile, die nicht größer als Zahnstocher waren, über den Tisch und auf den Boden.

»Lässt sich das hier umsetzen?«, fragte Mira.

»Vorzüglich«, bekannte der Waffenschmied strahlend. »Die Kampfversion schießt zwölf Pfeilsalven ab und hat zehn Lagen. Ein Mann lädt die Pfeile nach. Der andere kurbelt.«

»Gegen wen kämpft Ihr?« Mira hob einen der Pfeile in Modellgröße auf und sah sich seine Kerbe näher an. Die Gestaltung war ausgeklügelt: Statt eine einzige Rille zu haben, wirkte die Kerbe eher wie eine Krone, so dass die Sehne mühelos darin einrasten konnte, ganz gleich, wie der Pfeil in die Maschine gelegt wurde.

»Gegen Nallan natürlich, wen sonst?« Der Waffenschmied eilte geschäftig zu seinen Werkstoffen hinüber. Er hob ein Stück Holz auf und begann zu schnitzen, als wäre ihm just in diesem Augenblick ein neuer Gedanke gekommen.

Mira legte den kleinen Pfeil wieder hin und ließ den Blick durch das restliche Zeughaus schweifen. »Wie lange führt Ihr schon Krieg gegeneinander?«

»Das reicht länger zurück als mein eigenes Leben«, sagte der Waffenschmied. »Seit Generationen. Nallan … kein freundliches Volk. Keine freundlichen Gedanken.« Er nickte zu seinen eigenen Worten.

»Dann würde ich sagen, dass Ihr wohl nicht viel Erfolg habt«, bemerkte Mira. »Wenn Ihr schon so lange im Krieg steht, meine ich.«

Der Mann schaute auf und unterbrach seine Schnitzarbeit.

Als sie den leicht ernüchterten Ausdruck seiner Augen sah, kam ihr eine seltsame Frage in den Sinn: »Versucht Ihr überhaupt zu gewinnen?«

Er erwiderte ihren Blick unverwandt und fuhr mit dem Daumen kreuz und quer über die Klinge seines scharfen Schnitzmessers; es war eine Art nervöser Tick. »Ich glaube, ich frage mich viel eher, wer hinter der verdammten Sache steckt.« Sofort trat ein beschämter Ausdruck auf sein Gesicht. »Oh! Da stelle ich mich hin und fluche in Gesellschaft, und das auch noch in der einer Ferndame. Das tut mir leid.«

Mira schüttelte den Kopf über die Entschuldigung. Dann sagte sie schlicht: »Der *König* befehligt die Armee.«

Sogar der fuchtelnde Daumen des Waffenschmieds kam zur Ruhe. Mick starrte Mira lange an. »Ihr seid nicht wirklich hergekommen, um meine Arbeit zu sehen, nicht wahr?«

»Ihr seid der oberste Waffenschmied des Königs«, antwortete Mira. »Ich will verstehen, was sich bewegt, wenn er es verlangt. Wie es um sein Kriegshandwerk bestellt ist.« Sie hielt inne und sah sich noch einmal um.

»Und er weiß, dass Ihr hier seid und fragt?« Zeugmeister Micks verschmitztes Lächeln kehrte langsam zurück.

Mira nahm sich die Freiheit, es mit einem Grinsen zu beantworten. »Er weiß, dass die Regentin von Decalam ein Großes Mandat einberufen hat. Er weiß, dass man ihn gebeten hat, daran teilzunehmen. Und er weiß, dass das bedeutet, dass Eure

Spielzeuge hier maßstabsgetreu nachgebaut werden und von einer Heereskolonne aus Decalam oder Pater Ful oder Kali Firt oder Mesonn Dimn vor sich hergeschoben werden könnten … oder aus Naltus Fern.«

Die Augen des Waffenschmieds strahlten aufs Neue. »Das wäre vorzüglich. Vorzüglich!«

Mit der Messerhand winkte er Mira, ihm zu folgen, und führte sich durchs Zeughaus bis an die Rückwand. Sie kamen an riesigen Gestellen vorbei, auf denen die Modelle nach und nach größer wurden, wie um die darauf anwendbaren physikalischen Gesetze in stufenweiser Steigerung zu erproben. Je weiter sie vordrangen, desto mehr Metall war in den größeren Modellen verbaut, und immer weniger Entwürfe schienen der Überprüfung standgehalten zu haben. Behälter voller zerbrochener Gerätschaften standen neben jedem Tisch.

Sie wateten durch Sägemehl, beiseitegeworfene Werkzeuge, Holzstäbe und Stahlstücke. Die Deckenbalken schienen höher zu werden, während die Modelle beinahe so groß wurden, als könnte man sie mit in die Schlacht nehmen. Und am gegenüberliegenden Ende des Zeughauses standen stumm und einsatzbereit Regale voller Waffen und Rüstungen nebst einigen kleineren Belagerungsmaschinen von sonderbarem Aussehen.

Mira hatte schon einige Kriegswaffen gesehen, aber diese hier waren Neuland für sie.

Zeugmeister Mick musste ihr das am Gesicht angemerkt haben, da er sichtlich ein Kichern unterdrückte, bevor er sie weiter zur Rückwand führte.

Sie gingen noch zehn Schritte, bevor er stehen blieb und sich mit einem ganz neuen Gesichtsausdruck zu ihr umwandte – vielleicht war es Besorgnis. »Ich bin kein Kriegstreiber. Ich will, dass Ihr das wisst. Aber meine Kriegsmaschinen …« Seine

Miene zeigte wieder die freudige Begeisterung, die Mira im Gedächtnis behalten würde. »Ist es nicht großartig, sich einen Gegenstand vorzustellen und sich dann einfallen zu lassen, wie man ihn umsetzen kann?« Er zuckte die Achseln, als wollte er zum Ausdruck bringen, dass er einfach nicht anders konnte, als sich wie besessen der Fertigung von Kriegsgerät zu widmen.

Dann zog er an einem Hebel, der einen Verschlusshaken löste, und ließ einen Großteil der Wand beiseitegleiten. Am unteren Ende rollte sie, am oberen glitt sie auf einer eisernen Schiene dahin. Dahinter lag ein weitläufiger Hof, der mit langen Balkenzäunen abgeschirmt war. Hier und da standen die großen Ausführungen der geschnitzten Modelle aus dem Zeughaus oder zumindest einiger davon. Manche waren mannshoch, andere dagegen zehnmal so groß, gewaltige, aber zugleich elegante Kolosse, die aus Holz, Eisen und Seilen gefertigt waren. Alle standen auf kräftigen Rädern, um auf Feldzügen mitgeführt zu werden – und alle wirkten bedrohlich, sogar in der hellen Morgensonne.

Mira trat auf den riesigen Hof. Sie war zwar nicht in der Lage, die meisten dieser Kriegsmaschinen zu benennen, doch viele schienen ähnlichen Zwecken zu dienen wie jene, die sie schon gesehen hatte, um Felsbrocken, Eisenkugeln oder schwere Speere zu schleudern. Anderen dagegen konnte sie nicht ansehen, wie man sie gebrauchte. Manche schienen große, dornenbesetzte Kugeln zu werfen. Einige der kleineren Gerätschaften waren an etwas gebunden, das mit Segeltuch überzogenen, dünnwandigen Heißluftballons ähnelte.

Mira machte sich bewusst, dass es Höfe wie diesen überall in der großflächigen Stadt Ir-Caul gab. »Wer kümmert sich während der Schlacht um die Geräte?«, fragte sie. »Zieht Ihr mit ihnen ins Feld?«

»Oh, bei meinen Geräten, nein! Ich bin inzwischen etwas zu fußlahm fürs Kriegsgeschäft. Jeder Maschine sind Waffenschmiede zugeordnet. Gewöhnlich haben sie sich aus den Schmiederängen hochgearbeitet. Ein schöner Schwung junger Männer, muss ich sagen, der sich um einen schönen Schwung Kriegsgeräte kümmert.« Er strahlte vor Stolz.

Aber die Sammlung von Belagerungsmaschinen ... verschlug ihr den Atem. Sie zeugten von Zerstörung und sorgten dafür, dass der sonnige Hof sich wie ein Gräberfeld anfühlte. Als handliche, aus süß duftendem Kiefernholz geschnitzte Modelle waren sie eher Spielzeuge als Kriegsgeräte eines Waffenschmieds. Aber wenn sie so groß waren, dass sie einen Schatten warfen wie eine ausgewachsene Ulme ... dann wohnte ihnen ein ganz eigenes stummes Brüllen inne.

Der Waffenschmied erschreckte sie, als er sich plötzlich neben sie stellte und sagte: »Die hier sind vom Haus Relothian in Auftrag gegeben worden.«

Irgendetwas daran klang falsch. »Der König heißt Relothian.«

»Ja«, sagte der Waffenschmied, »und auch alle übrigen Mitglieder seiner Familie.«

Sie wandte sich um und sah ihn an.

Diesmal wirkte das schelmische Lächeln wissender, und Mira wusste, wo sie als Nächstes würde vorsprechen müssen.

50

DANKE

Wir sind *die Entscheidungen, die wir treffen. Trefft also gute.*
(Zumeist Palamon zugeschriebener Lehrsatz der Sheson)

Vendanji?« Die Stimme klang, als käme sie aus weiter Ferne. »Vendanji?«

Langsam öffnete er im Dämmerlicht die Augen. Die Verhältnisse stürzten auf ihn ein – Decalam, das Große Mandat, wegen Willenslenkens eingekerkert in den Verliesen tief unter dem Solath Mahnus –, und er sah in die Augen von Artixan, dem besten Mentor, den er in seinen frühen Shesonjahren gehabt hatte.

»Wie lange habe ich geschlafen?« Er schaute sich um und stellte fest, dass er der einzige Gefangene in der dunklen Zelle war. »Und wo ist Rolen?«

»Ungefähr achtzehn Stunden«, antwortete sein alter Freund, »und ich muss sagen, dass deine Hoffnung, dich an derselben Stelle wie ein zweiter Sheson angekettet wiederzufinden, etwas weit hergeholt ist.«

Vendanji rieb sich den Hinterkopf, der offenbar mehrere schnelle Schläge mit einem Knüppel abbekommen hatte. »Ich dachte, ich könnte ihn finden, auch wenn sie uns nicht zusammensperren würden.«

»Glaubst du das tatsächlich?« Artixan veränderte seine Sitzposition auf der untersten Stufe der Treppe, die zur Zellentür hinaufführte. »Du bist nicht unbedingt diplomatischer geworden.«

Vendanji lachte schwach auf und bereute es sofort, da dabei Schmerzen und Schwindelgefühl seinen Kopf durchzuckten. »Ich denke doch, dass dem so ist. Schließlich atmet noch jeder, der an der Mandatsversammlung teilgenommen hat, oder?« Er dachte einen Moment lang nach. »Wie spät ist es also – haben wir die dritte Stunde?«

»In etwa. Das ist eine ungefährliche Zeit für einen alten Mann wie mich, um hinabzutappen und einen ehemaligen Schüler zu besuchen. Ihm vielleicht noch ein oder zwei Lektionen zu erteilen.« Artixans Lächeln war schelmisch, aber zugleich traurig.

»Schönes Kunststück, wenn du dazu in der Lage bist«, sagte Vendanji und versuchte, sich aufzusetzen. Neue Schmerzwellen durchliefen ihn.

»Beweg dich nicht«, befahl Artixan mit einem gewissen Nachdruck. »Lass mich dir die Neuigkeiten mitteilen, die es wert sind, erzählt zu werden, und ruh dich dabei aus.«

Vendanji nickte und lehnte sich zurück.

»Das Große Mandat ist nicht mehr sehr weit gediehen, nachdem man dich hinausgeschleift hatte. Viel Gerangel, um die Hackordnung abzustecken, wenn du mich fragst.« Artixan schüttelte den Kopf. »Abgesehen davon gibt es Gutes und Schlechtes, was du erfahren solltest.«

Vendanji wappnete sich.

»Randior Thaelon hat eine Gesandte hergeschickt, um einen

Frieden mit der Liga auszuhandeln.« In Artixans Stimme schwang Hoffnung mit. »Er hat seine eigene Tochter geschickt, damit sie die Verhandlungen übernimmt. Kennst du sie?«

»Ketrin«, sagte Vendanji und freute sich über die Nachricht. »Klüger als du und ich zusammen – aber ich glaube nicht, dass man ihr schon die Macht verliehen hat, den Willen zu lenken.«

»Das hat man auch nicht. Aber sie ist nicht allein. Ich vermute, dass Roth es zu würdigen weiß, dass Thaelon sie mit diesem Auftrag hergesandt hat.« Artixan schwieg einen Moment lang.

»Heraus mit der Sprache«, drängte ihn Vendanji. »Was es auch ist, es kann nicht schlimmer sein als das, was ich in letzter Zeit gesehen habe.«

Artixan zögerte noch einen Moment. »Der Erste Sodale E'Sau ist heute Nacht ermordet worden. Der Attentäter hat den Shesonorden zum Sündenbock gemacht – er hat eines unserer Messer in dem armen Mann stecken lassen.«

»Bei den toten Göttern!«, knirschte Vendanji mit zusammengebissenen Zähnen. Die Kopfschmerzen, die damit einhergingen, waren ihm willkommen. »Roth.«

»Der Bastard hat E'Saus Witwe und ihre Kinder an den Tatort geschleift.« Artixan klang ebenso erschöpft wie verärgert. »Die Sache wird sich herumsprechen, ohne dass die Liga selbst etwas weitertratschen muss, und ich bin überzeugt, dass das geschehen wird, bevor wir beweisen können, dass Roth hinter allem steckt.«

Vendanji beruhigte sich genug, um über die Tat hinaus an die Absichten dahinter zu denken. »Wer wird an E'Saus Stelle treten?«

»Die Sodalität wird natürlich abstimmen«, erklärte Artixan, »aber wahrscheinlich wird ein junger Mann namens Palon sein Nachfolger.«

»Ich bin ihm schon begegnet. Dränge die Sodalität, E'Saus Nachfolge schnell zu regeln. Wir werden ihre Unterstützung brauchen.«

Artixan nickte, als ob alles bereits in die Wege geleitet wäre.

Nach mehreren langen Atemzügen wandte Vendanji sich an seinen alten Freund und Mentor. »Und du bist auch in Helainas Namen hier.«

Artixan lächelte. »Sie sollte sich in den Verliesen nicht sehen lassen, vor allem nicht mit dir – und besonders nicht während des Großen Mandats.«

Vendanji fühlte sich etwas stärker und stützte sich auf die Ellbogen. »Sag ihr, dass es Tahn gut geht. Er hat den Tillinghast überlebt, und sein Gedächtnis ist wiederhergestellt.«

»Wo ist er jetzt?«

»In Albenhain.« Vendanji vertraute Artixan an, dass Tahn aufgehört hatte, die lenkenden Worte zu gebrauchen, die ihm sein Vater beigebracht hatte. Er erzählte ihm auch, mit welcher Begeisterung Tahn in den Hain zurückgekehrt war, um zu versuchen, eine Möglichkeit zu finden, den Schleier zu stärken. »Es ist seltsam, welche Wege das Leben einschlägt, nicht wahr?«

»Was ist mit dir?«, fragte Artixan. So hatte er schon immer gestochert, als er Vendanji noch in Wissen und Einflussnahme unterrichtet hatte.

»Ich bin älter. Verbitterter. Weniger vertrauensselig.« Das kleine Lächeln, das sich auf seinem Gesicht ausgebreitet hatte, verschwand schnell. »Enttäuscht und zornig, dass die Sheson gespalten sind.«

Artixan zog fragend die Augenbrauen hoch. »Du bist also von dir selbst enttäuscht?«

Das Lächeln kehrte halb zurück. Es war gut, dass sein Mentor ihn wieder forderte. Vendanji hatte acht Jahre als Schüler dieses Mannes verbracht, die ersten vier als Sulive – um sich das erforderliche Wissen anzueignen, den Willen zu lenken –, die letzten vier, um die Kunst der Einflussnahme zu erlernen: den eigentlichen Gebrauch des Willens. Vendanji erinnerte sich voller Zuneigung daran, dass ein Großteil jener Zeit dazu gedient hatte, Fragen über seine eigenen Absichten und Gefühle zu beantworten. Was Vendanjis Entscheidungen und Taten betraf, war Artixan ein Mann, dem es mehr auf das *Warum* als auf das *Wie* ankam. Für Vendanji seinerseits war es von Bedeutung gewesen, dass Artixan sich überhaupt darum gekümmert hatte. Selbst Vendanjis Vater hatte sich nie die Mühe gemacht, solche Fürsorge an den Tag zu legen.

Vendanji rührte nicht an diesen Teil seiner Vergangenheit. Dafür hatte er jetzt keine Zeit. »Ja«, sagte er. »Ich bin enttäuscht von mir selbst, doch nicht von mir allein. Aber … ja.«

»Gut«, sagte Artixan und wirkte erfreut. »Dann kann ich darauf vertrauen, dass du vorhast, alles wieder in Ordnung zu bringen.«

Vendanji nickte und spürte dabei neue Schmerzen im Nacken. »Das will ich. Sobald wir das Große Mandat hinter uns haben, reisen wir nach Estem Salo. Ich glaube, dass wir mit Tahn und den anderen dieses schwankende Schiff schon wieder ins Lot bringen werden.«

Artixan musterte ihn einen Moment lang, bevor er sich mit den Fingerknöcheln über den bärtigen Kiefer fuhr. »Nötige Thaelon nicht. Ich habe großen Respekt vor dem Mann. Er ist vernünftig und ungewöhnlich einfallsreich, wenn es darum geht, eine Lösung zu finden.«

»Keine Nötigung«, stimmte Vendanji zu. »Ich muss nur dafür sorgen, dass er die Dinge sieht, wie sie sind. Genau wie die Mandatsversammlung.«

»Und nimm dich dabei in Acht.« Der Rat hatte etwas von einer elterlichen Mahnung zur Vorsicht. Vendanjis Mentor hatte nie eigene Kinder gehabt, und Vendanji hatte die Rolle unausgesprochen, doch mit Freuden ersatzweise ausgefüllt. »Aber tritt auch nicht auf wie ein Milchbart.«

»Kein Milchbart. Verstanden.«

So hatte er sich schließlich überhaupt erst mit seinem Mentor angefreundet. Artixans Gebaren war immer wohlwollend, und man konnte sich darauf verlassen, dass er gerecht war, doch er folgte ausnahmslos seinem Gewissen, ohne auf irgendetwas anderes Rücksicht zu nehmen – noch nicht einmal auf seinen Shesoneid. Genau, wie er es getan hatte, als er Helainas totgeborenes Kind, Tahn, zum Leben erweckt hatte.

Vendanji tauschte einen langen Blick mit dem Mann, den er mittlerweile in vielerlei wichtiger Hinsicht als seinen Vater betrachtete. »Bereust du es je?«

»Es« war noch etwas, das zwischen ihnen keiner Erklärung bedurfte. Sie hatten schon oft darüber gesprochen.

»Nein«, sagte Artixan mit fester Stimme, aber ohne Schärfe. Er beugte sich vor und stützte die Ellbogen auf die Knie; sein Gesicht wirkte in den Schatten ein wenig sanfter. »Helaina hat gelitten. Genau wie jemand, der an Aussatz oder Feigheit leidet. Genau wie jemand, dem andere nicht erlauben, über einen Ruf hinauszuwachsen, den schlechte Entscheidungen ihm eingebracht haben. Und durch irgendein kleines Wunder wurde sie schwanger, was die Antwort auf ihr Leid war. Deshalb«, er zog die Schultern hoch, »habe ich ihr geholfen, als ihr Kind tot zur Welt kam und sie mich um Hilfe bat. Das bereue ich nicht mehr, als ich es bereuen würde, einem Feigling gut zugeredet, eine Krankheit geheilt oder jemanden bei einem notwendigen Neuanfang unterstützt zu haben.«

»Nur, dass es ein unzulässiger Gebrauch des Willens war, ihr zu helfen.« Vendanji stellte eher den Shesoneid als Artixans Entscheidung infrage.

Sein alter Freund saß lange Zeit grübelnd da. »Ich nehme an, in der Beziehung ähneln du und ich einander mehr, als auch nur einer von uns gern zugeben möchte.« Dann lachte er, laut und aus vollem Hals, so dass der Klang in der Zelle widerhallte.

Trotz der Schmerzen, die es ihm bereitete, fiel Vendanji mit ein.

Nachdem ihr Lachen verklungen war, sah er seinem alten Freund in die Augen. »Habe ich dir je dafür gedankt, dass du in den Tagen, nachdem Illenia gestorben war, bei mir gesessen hast?«

Artixans Lächeln wurde traurig. »Das tust du jedes Mal, wenn wir uns begegnen. Gern geschehen, mein Junge. Gern geschehen.«

51

PENDEL

Es besteht durchaus die Möglichkeit, dass der Schleier und die Stilletreuen keine unvorhergesehenen Fehlentwicklungen waren, sondern von Anfang an zum Plan der Schöpfer gehörten.

(Ein neuer Blick auf die Versöhnung,
Argumentation für eine planvolle Schöpfung,
aus der Kanzlei der Dritten Prälatur von Decalam)

Es war lange her. *Zu lange,* wie Tahn dachte, als er die großzügige Beobachtungskuppel auf dem Astronomieturm betrat. Er hatte sich den ganzen langen Weg die Turmtreppen hinauf auf diesen Moment gefreut. Nirgendwo sonst hatte er solch eine Aussicht auf den Nachthimmel gehabt, wie er sie nun hatte. Der Anblick war schlicht und einfach großartig.

Im Schatten standen Himmelsinstrumente. Das große Teleskop beherrschte die Mitte der Kuppel. Aber auch hier gab es Armillarsphären, Modelle des Sonnensystems, Astrarien, Astrolabien, Quadrantenkarten und mehr. Sie lagen stumm bereit und warteten darauf, dass ein Astronom auf sie zurückgreifen würde, um den Himmel über ihnen zu vermessen.

Polaema hatte dafür gesorgt, dass Tahn Zugang zu den Hilfsmitteln des Kollegs erhalten würde, wenn er daranging, die Argumentation für seine Debattenfolge Stück für Stück zu erarbeiten. Aber das war nicht der Grund, weshalb er heute Nacht hier war. Bevor er morgen förmlich die Debattenfolge einberief und so zum eigentlichen Kern des Grundes, warum er hierher zurückgekehrt war, vordrang, gab es noch eines, wonach er in den Annalen und Archiven des Hains, die ihm nun zur Verfügung standen, suchen wollte.

Quilleszent.

Sogar der Gedanke daran verblasste für einen Augenblick. Das Gewölbe des Himmels öffnete sich über ihm, als wäre es ihm so nah, dass er nur die Hand ausstrecken musste, um es zu berühren. Er hatte die Atmosphäre hier immer geliebt: Eine gewisse Ruhe lag über allem. Die Geduld der Sterne. Die gedankenschweren Studien und Beobachtungen hoch über dem Rest des Hains verliehen den Kuppeln eine ganz eigene Feierlichkeit. Man sagte, dass man hier oben »mit den Sternen wandelte«. Tahn lächelte und entspannte sich mehr, als er es, soweit er sich erinnern konnte, seit seinem Aufbruch aus Helligtal jemals getan hatte.

Langsam schritt er die äußere Begrenzung des Raumes ab und sah durch das Glas der Kuppel ins Freie. Er war nach Einbruch der Dunkelheit hergekommen, um sicherzugehen, dass der Himmel so schwarz wie nur irgend möglich war, weil beide Monde im Augenblick tief unter dem Horizont standen. Die langgestreckte Ebene um Albenhain war nicht durch Hügel oder Wälder aufgelockert, so dass man den denkbar weitesten Blick auf den Himmel hatte. Nur die anderen Kollegientürme standen einem völlig uneingeschränkten Gesichtsfeld im Wege.

Tahn nahm im Gehen Sterne und Sternbilder wahr und sprach leise ihre Namen aus. Erst, als er einmal ganz im Kreis herumgelaufen war und dann die geduldige Atmosphäre der Kuppel auf sich hatte wirken lassen, ging er in sich und widmete sich seiner Aufgabe.

Quilleszent.

Die Stilletreuen hatten das Wort mehr als einmal gebraucht, um ihn zu beschreiben. Vendanji wusste nicht, was es bedeutete. Also hoffte Tahn, dass er hier, im Hain, einen Hinweis darauf finden würde. Er hatte bereits die Annalen des Kollegs durchstöbert und auf alle Arten, die er kannte, nach dem Wort gesucht. Da er keinen Erfolg gehabt hatte, war er hergekommen.

Abgesehen von dem großen Teleskop und anderen Instrumenten, die dazu dienten, den Himmel zu kartieren, wurde in den Kuppeln auch eine handverlesene Auswahl von Büchern aufbewahrt. Hier waren sie zugleich sicher und leicht zugänglich, wenn der unvermeidliche Fall eintrat, dass sich plötzlich Fragen über den Himmel ergaben, die einen Rückgriff auf frühere Forschungen erforderlich machten.

Tahn suchte sich eine Lampe mit Schirm, zündete sie an und begann, die seltenen Bücher durchzusehen. Als er den Tisch erreichte, an dem man Sterne kartierte, hatte er schon vier Bände bei sich: Jalens *Handbuch der Himmelsbewegungen*, ein sehr altes Kompendium von Sternenkarten, *Die Sprache des Himmels* (Autor unbekannt) und das Tagebuch des Glock Omendal. Omendal wurde von vielen als Vater der Astronomie betrachtet, weil er einer derjenigen gewesen war, die sich von den Sheson losgesagt hatten, um den Hain zu gründen.

Tahn setzte sich hin und begann seine Auswahl zu überfliegen. Jalens Handbuch schien keinerlei Hinweise zu enthalten. Er wandte sich dem Kompendium zu, einem Buch, das er eher aus Neugier an sich genommen hatte als aus dem Gefühl heraus, dass es ihm helfen könnte, seine Frage zu beantworten.

Aber als er es zu einem Drittel durchgeblättert hatte, hielt er inne und starrte auf den Namen hinab, der unter dem Polarstern stand: *Quilesem.*

Er überprüfte rasch die Legende der Sternkarte und hielt nach näheren Erläuterungen Ausschau. Die Karte war alt – so alt, dass sie entstanden war, bevor es sich eingebürgert hatte, das Jahr der Abfassung zu verzeichnen. Er ließ das Kompendium aufgeschlagen, schob es aber beiseite und öffnete *Die Sprache des Himmels.* Gewiss würde er hier einen sprachlichen Hinweis finden. Dieses Buch war so etwas wie ein Astronomiewörterbuch, aber ein sehr umfassendes aus der Zeit, bevor Vereinfacher begonnen hatten, Begriffe festzuschreiben und zu vereinheitlichen.

Tahn fand nichts und griff eifrig zu Omendals Tagebuch. Das Buch enthielt keine Handreichung, wie es zu benutzen sei, nur tägliche Einträge. Tahn begann sie querzulesen, musste das aber nicht lange tun, bis er zu einem Eintrag gelangte, der vielversprechend wirkte. Er bekam heftiges Herzklopfen, als er neu ansetzte und den Abschnitt noch einmal langsam und sorgfältig las.

Der Tagebuchschreiber äußerte sich zur Navigation nach dem Sternenstand. Er beschrieb die Herstellung eines neuen Instruments, um die *Männer auf See* zu unterstützen. Und dann sprach er vom großen Polarstern, der sich nie von seinem Platz am Himmel wegbewegte: einem Stern, den er *Quilesem* nannte.

Der große Stern ist der beste Wegweiser, ein vollkommener Bezugspunkt. Er ist in seiner Unbewegtheit ein sanfter Mahner und Lehrmeister. Deshalb nennen wir ihn Quilesem: Weil er ruht. Er ist still. Er ist reglos. Von seinem unwandelbaren Standort aus können wir einen Großteil des

Himmels vermessen, und das ist vielleicht die eigentliche Bedeutung dieses Namens: Etwas aus nichts.

Tahn sah von den Büchern zum Polarstern auf, der, soweit er sich erinnern konnte, nie den Namen *Quilesem* getragen hatte. *Ich bin auf der richtigen Spur.* Er hatte seine Aufmerksamkeit gerade wieder auf das Tagebuch verlagert, als von der anderen Seite der Kuppel eine Stimme ertönte. Sie war tief und klar wie Glockengeläut an einem Wintermorgen, aber sie erklang nur leise, als ob auch ihr Besitzer Ehrfurcht vor diesem Ort empfand. Vor den Sternen.

»Findest du, was du suchst?«

Als die Worte die Luft berührten, wandelte diese sich. Wurde lebendig. In der Turmkuppel breitete sich eine Atmosphäre von Gefahr aus, die auf Tahn wie Bosheit wirkte, die aus Gleichgültigkeit entstanden war. Instinktiv griff er nach seinem Bogen, aber er hatte ihn nicht hierher mitgenommen.

Hinter dem großen Teleskop trat ein Mann hervor. Er wirkte nicht weiter ungewöhnlich. Seine Kleidung wies kein Emblem eines Kollegs auf. Vielleicht war er kein Mitglied der Akademie, aber wie hatte er sich dann Zugang zum Turm verschafft? Der Mann war etwa so groß wie Tahn, schlanker gebaut und über zwanzig Jahre älter. Sein Gang verriet lässige Selbstsicherheit. Der Fremde wandte den Blick keinen Augenblick von Tahn ab. Und sein Gesicht … sein Gesicht blieb ausdruckslos. Ganz ähnlich wie bei den Bar'dyn.

Das war die Atmosphäre: die Stille. Aber dieser Mann sah aus wie ein Vater. Kein Bauer wie Sutters Vater – er ähnelte vielleicht eher einem Wirt in Geldnöten. Mit verhärmtem, erschöpftem Gesicht, aber aufmerksamem, wachem Blick.

Das ist der Mann, denn ich von den Peraden *aus auf der gegenüberliegenden Straßenseite gesehen habe.*

»Wer seid Ihr?«, fragte Tahn und schlug seine Bücher zu.

»Du willst einen Namen?«

»Ihr gehört nicht dem Kolleg an. Vielleicht seid Ihr sogar an den Kuppelwachen vorbei hier eingedrungen.« Tahn stand langsam auf.

»Nein, ich gehöre nicht dem Kolleg an«, war alles, was der Mann sagte, während er ein paar Schritte von Tahn entfernt stehen blieb.

»Was wollt Ihr? Wer seid Ihr?«

Der Fremde starrte ihn an und blinzelte dann bedächtig. »Ich bin hier, um zu lernen, genau wie du.«

Tahn schüttelte den Kopf. »Das bezweifle ich.«

Der Mann neigte den Kopf leicht zur Seite, und Tahns Hals begann so zu schmerzen, wie er es bei einem hartnäckigen Winterhusten tat, wenn er schon rau geworden war und jedes Schlucken wie Feuer brannte.

Der Mann sah einfach zu, wie Tahn vor Schmerz das Gesicht verzog.

Tahn mühte sich ab, nicht zu schlucken und so das Gefühl zu vermeiden, von tausend Splittern durchbohrt zu werden.

»Sprechen wir doch nicht mehr von Zweifeln«, sagte der Mann.

Fast sofort kam der Schmerz in Tahns Hals zum Erliegen.

»Du bist hier, um für die Kontinuität zu argumentieren.« Der Fremde sprach voller Gewissheit. »Das allein kann der Grund dafür sein, dass du gerade jetzt hierherkommst.«

Tahn erwiderte unverwandt seinen Blick, und seine Furcht wuchs, war aber von einem Hauch von Ärger durchsetzt. Dieser Mann musste ein Velle sein. »Verlasst Albenhain«, sagte Tahn und wahrte, so gut er nur konnte, die Beherrschung über seine Stimme. »Hier gibt es nichts für Euch.«

Der Mann schaute zu der Kuppel über ihnen auf.

Tahn spürte, wie sich etwas regte – nicht die Luft, sondern etwas Unmerklicheres.

Einen Moment später barst eine Glasscheibe und rieselte rund um ihn herab. Das Auftreffen der Glassplitter auf dem Boden klang laut in der stillen Kuppel. Dann zerbrachen in rascher Folge mehrere andere Fenster hier und da. Aber die Auswahl wirkte nicht zufällig, und als Tahn die geborstenen Scheiben ansah, erkannte er, warum: Der Mann hatte genau dort Durchblicke aufgebrochen, wo sich zu dieser Stunde mehrere Wandelsterne am Himmel befanden. *Er kennt die Anordnung der Planeten.*

Aber die Erkenntnis verblasste angesichts der schlichteren Wahrheit, deren Zeuge Tahn gerade geworden war.

Resonanz. Der Fremde stellte sie einfach unter Beweis. Genau, wie er es schon bei Tahns Hals getan hatte.

»Was sollen wir als Nächstes zerstören, damit wir gemeinsam dazulernen?« Im Tonfall des Mannes schwang kein Humor mit.

Tahns Zorn und Angst steigerten sich. Er stellte sich vor, seinen Bogen zu spannen, wie er es schon getan hatte: ohne Pfeil. Einen Teil seiner selbst abzuschießen, nur mit dem Gedanken. Aus Gewohnheit machte er die Bewegung, als würde er seine Waffe heben, und ließ eine Sehne los, die nicht da war. Ein Brausen durchlief ihn, eine warme Welle, die aus seinem ausgestreckten Arm hervorschoss und mit unsichtbarer Kraft gegen den Mann prallte.

Aber die Energie brach sich um den Fremden herum wie eine Welle an einer Buhne. Ein Luftflirren ließ den anderen einen Moment lang wässrig wirken, als würde er unter der Oberfläche eines klaren Sees treiben. Dann war das Brausen verschwunden. Binnen eines Augenblicks kehrte die Stille zurück.

Die Augen des Mannes verengten sich fast unmerklich, und diesmal war die Resonanz, die Tahn spürte, kein Brennen in der Kehle, sondern eine Öffnung in seinem Verstand, in seinem Gedächtnis. Er sah für einen kurzen Moment einen Tag am Rande des Mals vor sich, den er mit Grant, seinem Vater, verbracht hatte. Er sah, wie sie miteinander lachten und am Ufer eines Flusses, an dem sie saßen und angelten, zwei Sirupstangen miteinander teilten. Er sah, wie sein Vater seinen Fragen lauschte, hörte seine Antworten darauf, die hoffnungsvoll klangen. Er sprach über einen Tag, an dem sie das Mal verlassen würden, und in der Abenddämmerung, als Glühwürmchen die Wasseroberfläche erleuchteten, hörte er, wie Grant ihm sagte, dass er ihn lieb hatte – und dass er nie aufhören würde zu versuchen, das Mal zu vernichten, das, was es bedeutete, was es war und was es ihnen angetan hatte.

Tahns Herz schmerzte bei der Erinnerung, die so tief begraben gewesen war, dass sie bisher noch nicht zum Vorschein gekommen war – und vielleicht auch nie mehr zum Vorschein gekommen wäre.

Und dann, nachdem sie ihm ein paar süße Augenblicke lang vergönnt gewesen war, begann sie zu verbrennen.

Der Fremde veränderte sein Resonanzlenken in Tahn, um die Erinnerung auszulöschen.

»Nein!« Tahn riss die Arme hoch, wie um einen Schlag abzuwehren, und drängte seine eigene Lebenskraft, Widerstand zu leisten. Er spürte das Brausen erneut, beherrschte es diesmal aber besser und richtete es gezielt gegen den Angriff.

Weitere Erinnerungsfetzen flogen davon, wie Papierschnipsel auf einem Gartentisch, die von einer leichten Brise erfasst werden. Tahn hatte seinen Vater geliebt. Trotz all der schmerzlichen Lektionen, bei denen es so gewirkt hatte, als würde Grant seine Liebe nicht erwidern, hatte Tahn ihn weiter lieb gehabt. Und hier und jetzt konnte er eine Erinnerung an einen Zeitpunkt sehen, die ihm half zu wissen, dass sein Vater ihn in Wirklichkeit auch geliebt hatte. Eine schlichte Erinnerung, aber eine, die mit einem innigen Gefühl einherging. Er konnte sie nicht loslassen!

Tahn wehrte sich entschlossener denn je und fühlte sich, als würde er stromaufwärts durch einen von der Schneeschmelze angeschwollenen Bach waten.

Doch der Fremde bedachte ihn nur mit einem weiteren ausdruckslosen Blick, nickte – und die Erinnerung war verschwunden.

Tahn schrie vor Wut und Trauer noch einmal auf. Er wusste nicht mehr, was es war, das man ihm genommen hatte, aber die Lücke, die es hinterließ, fühlte sich an, als wäre ihm Liebe entzogen worden. Es tat tief in ihm weh, dort, wo Gefühle beginnen.

Und es machte ihn zornig.

Binnen eines Atemzugs beschwor er seine Erinnerung an die sechs Kinder auf dem Soliel herauf, an Freunde, die sich auf dem Mal das Leben genommen hatten – einem Ort, der von Kreaturen wie der erschaffen worden war, die jetzt vor ihm stand –, und sammelte all das zu einem blinden Ansturm, den er dem Mann entgegenschickte.

Diesmal ließ Tahns Angriff den Mann mit voller Wucht rückwärts gegen das Teleskop prallen. Der laute, dumpfe Knall hallte im leeren Körper des Instruments wider, und der Fremde sank auf die Knie.

Tahn ließ ihn nicht wieder aufstehen. Er dachte an Wendra

und Mira und das, was sie verloren hatten, und schoss eine weitere brutale Energiewelle auf den Mann ab.

Der Stilletreue riss eine Hand hoch und wehrte den Angriff ab. Dann hob er den Kopf, um Tahn anzustarren. Das Schreckliche, was er in den Augen des anderen sah, war keine Bosheit, sondern Uneindeutigkeit. Dem Fremden bedeutete Tahns Leben – oder sein Tod – einfach nichts.

Der unverwandte Blick brachte Tahn ins Stocken und ließ ihn zurückweichen.

Im nächsten Augenblick durchsuchte der Stilletreue erneut Tahns Verstand.

Tahn versuchte, ihn abzuwehren, aber er war müde und fror.

Als der Fremde aufstand, erschien auf seinem Gesicht ein Ausdruck, der einem Lächeln so nahekam wie kein anderer, den Tahn bisher bei ihm gesehen hatte. »Resonanz«, verkündete er mit misstönender Stimme. »Natürlich. Wie das, was du gleich spüren wirst.«

Der Mann hob eine Hand, spreizte die Finger und ließ das Kinn sinken. Innerlich fühlte sich Tahn, als würden ihm Herz, Lunge und Magen in einem Schraubstock zusammengepresst. Seine Nackenmuskeln versteiften sich. Er biss die Zähne zusammen, und als sein Körper sich verkrampfte, begannen Erinnerungen zusammenzuströmen, zunächst nur wenige, dann immer mehr. Es erinnerte ihn daran, wie er am Tillinghast gestanden hatte, nur dass die damit einhergehenden Bilder vor seinem inneren Auge jetzt ... gezielt ausgewählt waren. Einige drangen aus dem Mal auf ihn ein, einige aus der Zeit, die er als kleiner Junge hier im Hain verbracht hatte, einige auch aus Helligtal. Manche kehrten aus der Zeit, seit er Vendanji getroffen hatte, zu ihm zurück: seine Flucht zum Tillinghast und seine Taten auf dem Soliel. Zusammengenommen erzählten sie eine ganz andere Geschichte über Tahn, und als er sich über den Schmerz in seinem Körper hinweg sammelte und den so gewöhnlichen Mann ansah, dem er gegenüberstand und der sich, was bestimmte Saiten in seinem Leben betraf, im Einklang mit Tahn befand, begann er zu verstehen. Er und dieser Mann waren gar nicht so verschieden.

Aber warum ist er mir dann hierher gefolgt? Was will er von mir? Er hätte mich längst töten können.

Er wehrte sich und versuchte, genug Kraft aufzubringen, um sich loszureißen. Der andere war zu stark, als dass Tahn mit roher Gewalt gegen ihn hätte kämpfen können. Er hielt ihn wie in einem Schraubstock und zeichnete zugleich ein Bild von Tahn, das ihn bis ins Mark ängstigte.

Ist es das, was Quilleszent bedeutet? Wie es sich anfühlt?

Dann kristallisierte sich eine süße Erleuchtung in Tahns Gedanken heraus: Wenn der Fremde die Resonanz gegen ihn einsetzte, dann konnte Tahn seinerseits etwas in dem anderen bewegen. Im selben Moment, als ihm dieser Gedanke kam, durchlief ein schmerzhafter Ruck seinen Körper und schleuderte ihn Richtung Kuppel. Er prallte gegen das Glas und zerschlug zwei breite Scheiben. Das schrille Splittern von berstendem Glas umgab ihn erneut, und ein leichter Wind fuhr durch die Öffnung. Tahn lag zusammengesackt am Boden und verspürte einen Moment lang Erleichterung, da der Druck auf seinen Körper verflog. Er schnappte nach Luft und versuchte zu atmen, als er Schritte näher kommen hörte.

Ohne sich vorher durch einen Gedanken zu verraten, malte Tahn sich einfache Bilder und Gefühle aus und trug sie vor, ganz unkomplizierte Dinge: einen grünen Schössling, der an einem rieselnden Bach wuchs. Den Moment, in dem das erste Licht den Osten erhellt. Wie er mit Sutter zusammen lachte.

Da er nicht genau wusste, wie er es bewerkstelligen sollte, testete Tahn den Fremden und versuchte, in ihm eine Saite zu finden, die er mit diesen Dingen zum Klingen bringen konnte. Etwas, mit dem er in Einklang sein konnte. Er glaubte, den Mann lähmen zu können, indem er ihn die bessere Seite seines Lebens sehen ließ.

Aber entweder war Tahn völlig unfähig dazu, oder es gab in dem Mann keine derartigen Gedanken und Gefühle, mit denen sich Resonanz erzeugen ließ. Tahn sah, dass er langsam den Kopf schüttelte, als er auf ihn zukam.

Einen Augenblick später wurde sein Körper wieder von einem Krampfanfall geschüttelt: Er versteifte sich und fand sich, den Blick zu den Sternen hinauf gerichtet, bei dem Versuch wieder, sich einen Fluchtweg einfallen zu lassen.

Der Fremde schleifte ihn ein Stück weit durch das Glas – mittels Willenslenken. Mittels Resonanz.

Tahn war sicher, dass der andere vorhatte, ihn vom Turm zu schleudern. Er würde mehrere hundert Schritt weit in den Tod stürzen.

»Wenn du mich töten könntest«, fragte der Mann, »würdest du es tun? Und woher würdest du wissen, ob es richtig ist?«

Tahn warf dem Mann einen zornigen Blick zu. Der Fremde schien zu wissen, dass Tahn einen Großteil seines Lebens nach solcher Bestätigung gesucht hatte. »Ihr solltet sterben!«, stieß Tahn verängstigt und zornig mit zusammengebissenen Zähnen hervor. »Daran ist nichts Rätselhaftes!«

Er musste etwas unternehmen. Der Versuch, etwas Sanftes in dem Mann zu finden, das er in Einklang mit sich selbst bringen konnte, war gescheitert, rohe Gewalt ebenfalls. Tahn war jetzt schwach und ausgelaugt.

»Du könntest recht haben«, sagte der andere, »aber mir wäre es lieb, wenn du dir sicher wärst.«

Tahn begann, etwas Neues zu empfinden, etwas außerordentlich Schmerzhaftes. Er fühlte sich, als ob Teile dessen, der er war, gestohlen und umgeformt wurden. Gerade genug, um ihn begreifen zu lassen, dass aus seinem Leben geschöpft wurde. *So wäre es den Kindern auf dem Soliel ergangen!*

In dem Augenblick wurde ihm bewusst, dass er auf die falsche Weise dagegen angekämpft hatte.

Er sah dem Fremden ins Gesicht und begann mit dem Gedanken, dass dieser Stilletreue aus Muskeln und Knochen bestand. Genau wie Tahn. Er legte es nicht darauf an, den Fremden von sich zu stoßen. Stattdessen versuchte er, eins mit dem Gedanken an das Fleisch des Mannes zu werden. Und er ergriff Besitz von dieser Vorstellung ... in feindlicher Absicht.

Der Fremde zuckte zusammen und konnte Tahn nicht weiter im Griff behalten.

Tahn holte zitternd Atem, erhielt aber sein eigenes Resonanzgefühl aufrecht. Er schob sich langsam vom Kuppelrand weg und stand auf. Für den Augenblick hatte er die Oberhand, und er nutzte seinen Vorteil aus, indem er den Mann mithilfe des Gedankens zusammenkrampfte, um die Knochen in seinem Körper von innen heraus zu zerschmettern.

Der Mann begann, gegen Tahns Griff anzukämpfen.

Tahn hatte damit gerechnet und verschob seinen Angriff auf die offensichtliche Resonanz, die ihm zuvor entgangen war. Er griff mit aller Trauer und Abneigung, die er in seinem eigenen Leben je empfunden hatte, nach dem Fremden und suchte in dessen Leben danach. Er folgte jenen Saiten bis auf den Grund, zu ihrem tiefsten Ton, fand sie in dem Mann. Und schlug sie an.

Durch seine Gedanken brandete ein neues Brausen: Bilder aus dem Leben des Fremden, eine Resonanz der Gefühle in einer Tonlage, die Tahn nicht erklären konnte. Es gab eine Ebene, auf der sie gleich *waren*. Das war ein verstörender Gedanke, aber Tahn nutzte ihn aus, beharrte darauf, weil er glaubte, den Willen des anderen brechen zu können.

Resonanz summte in ihm. Sie fühlte sich so an, wie man das Vibrieren einer gespenstischen Melodie eher im Holz des Instruments, das sie spielte, als in ihrem Klang spürte.

Es verändert mich.

Obwohl Tahn für den Augenblick die Oberhand hatte, wurde ihm deutlich, dass die Tatsache, dass er in diesem Mann etwas gefunden hatte, was mit ihm im Einklang war, zugleich den Teil von ihm veränderte, der Resonanz mit den Stilletreuen empfinden *konnte*.

Er vertiefte das Gefühl und versuchte, den Mann zu zermalmen. Während er es tat, spürte er, dass er mehr Energie aufwandte, als er selbst aufbringen konnte. Aber kein Glas barst. Kein Metallmodell verbog sich oder gab nach. Kein Holz entzündete sich oder qualmte. Kein seltsamer Wind umfing sie. Kein Papier flatterte im warmen Luftzug oder peitschte durch zerbrochene Fenster.

Wenn jemand Zeuge des Kampfes geworden wäre, so wäre dieser ihm still erschienen: nur Tahn und der Fremde, die einander anstarrten und sich auf eine Art konzentrierten, die kein Beobachter verstanden hätte. Und doch tobte ein großer, unsichtbarer Sturm, eine heftige Bö, die an ihnen zerrte. Sie erfüllte Tahns Verstand mit Lärm und Entsetzen, wie ein Unwetter, in dem Bilder so heftig wie Hagel auf ihn einprasselten. Aber es war alles nur ein Sturm *in* ihm. Und in dem anderen.

Der Mann bedachte Tahn mit einem forschenden Blick, schüttelte langsam den Kopf, und der Sturm kam schlagartig zum Erliegen.

Tahn war innerlich so still und ruhig wie die Kuppel ringsum.

Der Mann hatte Tahns Bemühen um Resonanz einfach unwirksam gemacht.

Hatte der Fremde ein Spiel gespielt? Ihn auf die Probe gestellt? Ihm geholfen?

Die Vorstellung der Resonanz war greifbarer geworden. Handfester. Gefährlicher. Und Tahn hatte gelernt, dass zwei ganz verschiedene Leute in Resonanz miteinander gebracht werden konnten.

Wenn alles eine Lektion für Tahn gewesen war, warum?

Mit schrecklicher Unvermitteltheit packte der Mann Tahn wieder und begann, ihn gewaltsam herumzuwirbeln. Er stürzte auf seinen Arbeitstisch, so dass die Bücher davonflogen. Sein Körper taumelte nach links und erneut gegen die Kuppel, so dass er noch mehr Glas zerschlug, dann nach vorn, wie eine hingeworfene Puppe, prallte auf das Teleskop und brachte es wie eine tiefe Glocke zum Klingen. Tahn landete mit voller Wucht auf dem Boden und rang nach Luft.

Aber während des gesamten Angriffs hatte der Mann weder Tahns Gedächtnis verletzt, noch seine Lebenskraft angetastet. Tahn war durchgeschüttelt worden wie ein Spielzeug, wie um ihm seine Grenzen ins Gedächtnis zu rufen.

Der Mann schlenderte beiläufig dorthin, wo Tahn am Boden lag, und sah auf ihn herab. Er sprach leise und zeigte nach allem, was gerade geschehen war, keinerlei Anzeichen von Erschöpfung. »Die meisten haben den Glauben an dich verloren. Ich aber nicht.« Der Fremde musterte Tahn von oben bis unten.

»Noch nicht. Es interessiert mich, welchen Weg du jetzt beschreitest. Was du über die Resonanz herausfindest. Was du aus diesem Wissen machst.«

Stille senkte sich über die Turmkuppel, bis der Mann einfach davonging. Tahn lag voller Blutergüsse zerschlagen da und hörte, wie die Schritte des Fremden sich die Treppe hinab entfernten.

Ihr lieben stummen Götter …

Tahns Gedanken überschlugen sich angesichts dessen, was gerade vorgefallen war: Er hatte das Abschießen eines Pfeils, eines Teils seiner selbst, umgeformt. Resonanz. Er hatte in sich hineingeschaut, um Augenblicke des Unbehagens und Schmerzes zu finden und sie ausgenutzt, um das Gleiche in dem Stilletreuen zu finden. Sogar jetzt noch konnte er einen Überrest der tiefen Qual des anderen in sich spüren.

Er erschauerte, da er erkannte, dass sein Versuch, diese neue Resonanz herzustellen, keine Kleinigkeit gewesen war. Der andere war mit ihm umgesprungen wie mit einer Puppe. Was sagte das über die Resonanz in dem Stilletreuen aus?

Die Debattenfolge war ihm jetzt noch wichtiger als zuvor. Er wollte immer noch versuchen, den Schleier zu stärken. Sogar mehr denn je. Vor allem, wenn andere wie dieser Mann im Born darauf lauerten, über die Ostlande hereinzubrechen. Aber jetzt wollte er auch um seiner selbst willen mehr über die Resonanz herausfinden – genau, wie er es in diesem Kampf getan hatte. Denn er hatte das Gefühl, dass dieser Stilletreue ihn früher oder später nicht mehr interessant finden würde, und es war offenkundig, dass er Tahns Leben mit wenig mehr als einem Gedanken ein Ende setzen konnte.

Er wollte auch verstehen, was der Stilletreue gemeint hatte: *Die meisten haben den Glauben an dich verloren. Ich aber nicht.* Irgendetwas sagte ihm, dass er es nur verstehen würde, wenn er seine eigene Argumentation in der Debattenfolge voll und ganz durchschaute. Er musste die Debattenfolge *gewinnen,* den Hain auf diese eine Frage ausgerichtet halten, bis es eine Antwort darauf gab. Bis man in jeder wissenschaftlichen Disziplin die Resonanz beweisen konnte. Sie *nutzen* konnte.

Aber so erschöpft, wie er war, und unter Schmerzen konnte er sich nicht lange auf seine Fragen konzentrieren. Er legte sich flach auf den Rücken, starrte durch die Kuppel zu den Sternen empor und schöpfte langsam Atem.

Danksagung

Auf dem Weg zu diesem Buch ist etwas dazwischengekommen. Vor allem das Leben. Umwälzungen am Arbeitsplatz. Eine neue Lektorin. Todesfälle in der Familie. Ein Freund hat sich das Leben genommen – dazu gleich mehr. Ein Schriftsteller (ich) hat versucht durchzuhalten. Nicht zynisch zu werden.

Das beste Buch zu schreiben, das er schreiben konnte.

Wenn mir das in irgendeiner Weise gelungen ist, dann habe ich es überwiegend anderen zu verdanken.

Vor allem meiner Frau Cathy. In diesem Buch geht es um die Vorstellung eines magischen Schriftzeichens – eines Schriftzeichens, das für den Polarstern steht, einen Fixpunkt am Himmel, an dem man sich orientieren kann. Zugleich repräsentiert es die Kontinuität von Verwandtschaft. Cathy ist mein Polarstern. Außerdem hat sie das beste Lachen überhaupt.

Als Nächstes kommen meine »Kleinen«. Wenn ich jemals beschließe, mich dem »Gewölbe des Himmels« von der Metaebene her zu nähern, werde ich wahrscheinlich feststellen, dass die Resonanz, die ich in Geschichten suche und spüre, sich verändert hat, als ich Vater geworden bin. Und man ist nie zu alt für ein Wettkitzeln!

Mein Agent, Nat Sobel, ist ein außergewöhnlicher Mensch. Nicht genug damit, dass er seine Agentenrolle vorzüglich ausfüllt, er sagt auch immer genau das, was ich gerade hören muss, und das so prägnant, dass es einen wirklich umhaut. Darüber hinaus weiß er, wo man die besten Bagels in ganz New York bekommt.

Dann meine Lektorin, Claire Eddy. Wie wunderbar ist es doch, Vertrauen zu finden – meines in Claire und ihres in mich. Ich habe die Reise durch das »Gewölbe des Himmels« nicht mit Claire an meiner Seite angetreten, aber ich hoffe ganz gewiss, den Weg mit ihr zu Ende zu gehen. Abgesehen davon hat sie mir eine herrliche Formulierung beigebracht: »Und das ist gar nicht so beschissen.«

Ich muss auch meine Betaleser erwähnen, besonders diejenigen, die den ersten Entwurf dieses Buches gelesen haben, der über 450000 Wörter lang war. Ich bin mir ziemlich sicher, dass sie sich damit einen Anspruch auf die Heiligsprechung verdient haben, und zusammengenommen spötteln sie besser als sonst irgendjemand.

Dann ist da noch die ganze Armee, die den Verlag Tor bildet, Leute wie Bess Cozby, Ardi Alspach, Patty Garcia, Irene Gallo, die Mannschaft von Tor.com, das Herstellerteam (dessen Geduld ich zu schätzen weiß), Phyllis Azar und die großartige Marketingabteilung und andere, die ich wahrscheinlich vergessen habe. Danke. Ihr seid einfach klasse!

Besonderer Dank gilt dem Vertriebsteam von Tor. Ich war bei manchen Besprechungen zwar nicht selbst dabei, aber meine Lektorin hat mir davon berichtet. Ich bin euch zutiefst dankbar für eure Begeisterung und Unterstützung und euren Geschäftssinn. Außerdem seid ihr absolut kreativ.

Diesmal danke ich auch Tom Doherty. Er nimmt freundlicherweise immer meine Einladungen zum Essen an, wenn ich in New York bin, und ich lerne dabei jedes Mal etwas Neues. Seine Unterstützung auf dieser Reise bedeutet mir sehr viel. Und der Mann hat Geschichten zu erzählen!

Ganz besonderer Dank gilt Linda Quinton. Ihre Entscheidungen haben maßgeblich dazu beigetragen, wie sich die Dinge für mich entwickelt haben. Ich respektiere sie sehr und bin dankbar für die Unterstützung, die sie mir und meiner schriftstellerischen Tätigkeit erwiesen hat. Sie ist phantastisch!

Auch hier danke ich noch einmal meinen Eltern, den anständigsten Menschen, die ich kenne. Sie haben mir beigebracht, hart zu arbeiten, meinen Worten Taten folgen zu lassen und fair zu sein. Sie haben mich Opferbereitschaft gelehrt, indem sie für mich Opfer gebracht haben. Hoffentlich bin ich eines Tages in der Lage, meiner Dankbarkeit ihnen gegenüber einen angemessenen Ausdruck zu verleihen – *someday* (ja, das ist eine Anspielung auf das *Trans-Siberian Orchestra*).

Zu guter Letzt und vor allem danke ich auch meinen Lesern. Danke für eure Geduld. Wie ich schon sagte, ist das Leben dazwischengekommen, und da es vier Jahre her ist, dass ich *Der Vergessene* und *Der Unrechte* geschrieben habe, ist *Der Ausgestoßene* so konzipiert, dass man damit in die Serie einsteigen kann. Ich fand das nur vernünftig. Leser, die mit *Der Vergessene* und *Der Unrechte* nicht vertraut sind, können mit diesem Buch anfangen. Natürlich fügt sich alles tiefer in einen Kontext ein, wenn man die ersten Bände kennt, aber ich habe die Hintergründe hier und da eingeflochten, also erfährt man auch hier alles, ob man *Der Vergessene* und *Der Unrechte* nun kennt oder nicht.

Was die Geschichte selbst angeht: Nachdem ich *Der Ausgestoßene* beendet hatte, habe ich noch einige Änderungen vorgenommen und dabei festgestellt, dass sich bestimmte Leitmotive ins Buch eingeschlichen hatten. So geht es mir mit Leitmotiven immer: Sie ergeben sich ganz von selbst, und ich erkenne sie erst in der Rückschau. Diesmal gehören dazu die *Absichten* eines Menschen, die starken Einfluss auf das haben, was er sagt oder tut. Auch die Erforschung des Himmels – Astronomie – und das Staunen und der veränderte Blickwinkel, die sich aus ihr ergeben, spielen eine wichtige Rolle. Und unterschwellig geht es vielleicht auch um das Thema Selbstmord.

Wie ich oben bereits erwähnt habe, hat ein Freund von mir sich entschlossen, aus dem Leben zu scheiden. In der unbarmherzigen Welt des Mals in meiner Serie haben schon immer diejenigen Spuren hinterlassen, die genau das tun. Aber ich bin mir mittlerweile sicher, dass die emotionale Resonanz der Erfahrung, einen Freund durch Selbstmord verloren zu haben, sich hier in Tahns Geschichte eingeschlichen hat. In der Rückschau fiel mir alles wieder ein und erfüllte meine Gedanken – *filled my mind again* (und, ja, das ist eine Anspielung auf *Disturbed*). Das war verdammt hart.

Und so muss ich vielleicht noch einen Dank aussprechen. So sentimental es auch klingt, ich tue es hiermit einfach und danke: der Musik. Für mich spielt sie in allen Lebenslagen eine Rolle. Manchmal baut sie einen auf, wie gute Absichten es zu tun versuchen. Manchmal tröstet sie einen, wie ein Blick hinauf zu den Sternen. Manchmal bereitet sie mich auf meine eigenen Kämpfe vor, wenn ich zornig oder verletzt bin. Und so wird es sicher niemanden wundern, dass die Musik in *Der Ausgestoßene* stärker als zuvor im Mittelpunkt steht. Um aufzubauen. Um zu trösten. Um einen in den Kampf zu begleiten.